CORRUPTION

DON WINSLOW

CORRUPTION

Traduit de l'anglais (États-Unis) par
JEAN ESCH

Harper
Collins
POCHE

Titre original :
THE FORCE

Ce livre est publié avec l'aimable autorisation de HarperCollins Publishers, LLC, New York, U.S.A.

© 2017, Samburu, Inc.
© 2018, HarperCollins France pour la traduction française.
© 2019, HarperCollins France pour la présente édition.

Tous droits réservés, y compris le droit de reproduction de tout ou partie de l'ouvrage, sous quelque forme que ce soit.

Toute représentation ou reproduction, par quelque procédé que ce soit, constituerait une contrefaçon sanctionnée par les articles 425 et suivants du Code pénal.

Cette œuvre est une œuvre de fiction. Les noms propres, les personnages, les lieux, les intrigues, sont soit le fruit de l'imagination de l'auteur, soit utilisés dans le cadre d'une œuvre de fiction. Toute ressemblance avec des personnes réelles, vivantes ou décédées, des entreprises, des événements ou des lieux, serait une pure coïncidence.

HARPERCOLLINS FRANCE
83-85, boulevard Vincent-Auriol, 75646 PARIS CEDEX 13
Tél. : 01 42 16 63 63
www.harpercollins.fr
ISBN 979-1-0339-0433-5

Pendant que j'écrivais ce roman, tous ces représentants de l'ordre ont été assassinés en accomplissant leur devoir. Ce livre leur est dédié.

Sergent Cory Blake Wride, Shérif adjoint Percy Lee House III, Shérif adjoint Jonathan Scott Pine, Agent pénitentiaire Amanda Beth Baker, Inspecteur John Thomas Hobbs, Agent Joaquin Correa-Ortega, Officier Jason Marc Crisp, Premier shérif adjoint Allen Ray « Pete » Richardson, Officier Robert Gordon German, Capitaine d'armes Mark Aaron Mayo, Officier Mark Hayden Larson, Officier Alexander Edward Thalmann, Officier David Wayne Smith Jr., Officier Christopher Alan Cortijo, Shérif adjoint Michael J. Seversen, Policier de la route Gabriel Lenox Rich, Sergent Patrick « Scott » Johnson, Officier Roberto Carlos Sanchez, Policier de la route Chelsea Renee Richard, Shérif adjoint John Thomas Collum, Officier Michael Alexander Petrina, Inspecteur Charles David Dinwiddie, Officier Stephen J. Arkell, Officier Jair Abelardo Cabrera, Policier de la route Christopher G. Skinner, Adjoint spécial Marshal Frank Edward McKnight, Officier Brian Wayne Jones, Officier Kevin Dorian Jordan, Officier Igor Soldo, Officier Alyn Ronnie Beck, Chef de la police Lee Dixon, Shérif adjoint Allen Morris Bares Jr., Officier Perry Wayne Renn, Policier patrouilleur Jeffrey Brady Westerfield, Inspecteur Melvin Vincent Santiago, Officier Scott Thomas Patrick, Chef de la police Michael Anthony Pimentel, Agent Geniel Amaro-Fantauzzi, Officier Daryl Pierson, Policier patrouilleur Nickolaus Edward Schultz, Caporal Jason Eugene Harwood, Shérif adjoint Joseph John Matuskovic, Caporal Bryon Keith Dickson II, Shérif adjoint Michael Andrew Norris, Sergent Michael Joe Naylor, Shérif adjoint Danny Paul Oliver, Inspecteur Michael David Davis Jr.,

Shérif adjoint Yevhen « Eugene » Kostiuchenko, Shérif adjoint Jesse Valdez III, Officier Shaun Richard Diamond, Officier David Smith Payne, Agent Robert Parker White, Shérif adjoint Matthew Scott Chism, Officier Justin Robert Winebrenner, Shérif adjoint Christopher Lynd Smith, Agent Edwin O. Roman-Acevedo, Officier Wenjian Liu, Officier Rafael Ramos, Officier Charles Kondek, Officier Tyler Jacob Stewart, Inspecteur Terence Avery Green, Officier Robert Wilson III, Adjoint au Marshal des États-Unis Josie Wells, Policier patrouilleur George S. Nissen, Officier Alex K. Yazzie, Officier Michael Johnson, Policier de la route Trevor Casper, Officier Brian Raymond Moore, Sergent Greg Moore, Officier Liquori Tate, Officier Benjamin Deen, Adjoint Sonny Smith, Inspecteur Kerrie Orozco, Policier de la route Taylor Thyfault, Policier patrouilleur James Arthur Bennett Jr., Officier Gregg « Nigel » Benner, Officier Rick Silva, Officier Sonny Kim, Officier Daryle Holloway, Sergent Christopher Kelley, Agent pénitentiaire Timothy Davison, Sergent Scott Lunger, Officier Sean Michael Bolton, Officier Thomas Joseph LaValley, Shérif adjoint Carl G. Howell, Policier de la route Steven Vincent, Officier Henry Nelson, Shérif adjoint Darren Goforth, Sergent Miguel Perez-Rios, Policier de la route Joseph Cameron Ponder, Shérif adjoint Dwight Darwin Maness, Shérif adjoint Bill Myers, Officier Gregory Thomas Alia, Inspecteur Randolph A. Holder, Officier Daniel Scott Webster, Officier Bryce Edward Hanes, Officier Daniel Neil Ellis, Chef de la police Darrell Lemond Allen, Policier de la route Jaimie Lynn Jursevics, Officier Ricardo Galvez, Caporal William Matthew Solomon, Officier Garrett Preston Russell Swasey, Officier Lloyd E. Reed Jr., Officier Noah Leotta, Commandant Frank Roman Rodriguez, Lieutenant Luz M. Soto Segarra, Agent Rosario Hernandez de Hoyos, Officier Thomas W. Cottrell Jr., Agent spécial Scott McGuire, Officier Douglas Scott Barney II, Sergent Jason Goodding, Adjoint Derek Geer, Adjoint Mark F. Logsdon, Adjoint Patrick B. Dailey, Major Gregory E.

« Lem » Barney, Officier Jason Moszer, Agent spécial Lee Tartt, Caporal Nate Carrigan, Officier Ashley Marie Guindon, Officier David Stefan Hofer, Shérif adjoint John Robert Kotfila Jr., Officier Allen Lee Jacobs, Adjoint Carl A. Koontz, Officier Carlos Puente-Morales, Officier Susan Louise Farrell, Policier de la route Chad Phillip Dermyer, Officier Steven M. Smith, Inspecteur Brad D. Lancaster, Officier David Glasser, Officier Ronad Tarentino Jr., Officier Verdell Smith Sr., Officier Natasha Maria Hunter, Officier Endy Nddiobong Ekpanya, Shérif adjoint David Francis Michel Jr., Officier Brent Alan Thompson, Sergent Michael Joseph Smith, Officier Patrick E. Zamarripa, Officier Lorne Bradley Ahrens, Officier Michael Leslie Krol, Responsable de la sécurité Joseph Zangaro, Officier de justice Ronald Eugene Kienzle, Shérif adjoint Bradford Allen Garafola, Officier Matthew Lane Gerald, Caporal Montrell Lyle Jackson, Officier Marco Antonio Zarate, Officier pénitentiaire Mari Johnson, Officier pénitentiaire Kristopher D. Moules, Capitaine Robert D. Melton, Officier Clint Corvinus, Officier Jonathan De Guzman, Officier José Ismael Chavez, Agent spécial De'Greaun Frazier, Caporal Bill Cooper, Officier John Scott Martin, Officier Kenneth Ray Moats, Officier Kevin « Tim » Smith, Sergent Steve Owen, Shérif adjoint Brandon Collins, Officier Timothy James Brackeen, Officier Lesley Zerebny, Officier Jose Gilbert Vega, Officier Scott Leslie Bashioum, Sergent Luis A. Meléndez-Maldonado, Shérif adjoint Jack Hopkins, Officier pénitentiaire Kenneth Bettis, Shérif adjoint Dan Glaze, Officier Myron Jarrett, Sergent Allen Brandt, Officier Blake Curtis Snyder, Sergent Kenneth Steil, Officier Justin Martin, Sergent Anthony Beminio, Sergent Paul Tuozzolo, Shérif adjoint Dennis Wallace, Inspecteur Benjamin Edward Marconi, Commandant adjoint Patrick Thomas Carothers, Officier Collin James Rose, Policier de la route Cody James Donahue.

« *Les flics sont des gens comme les autres* », dit-elle, sans raison.
« *Oui, au début, à ce qu'il paraît* ».

Raymond Chandler, *Adieu, ma jolie*

LE DERNIER HOMME AU MONDE

Denny Malone était bien le dernier homme au monde que l'on pouvait s'attendre à voir finir dans une cellule du Metropolitan Correctional Center, sur Park Row.

Vous auriez dit le maire, le président des États-Unis, le pape... Les habitants de New York auraient parié qu'ils les verraient derrière les barreaux avant l'inspecteur-chef Dennis John Malone.

Un héros de la police.

Le fils d'un héros.

Un vétéran de l'unité d'élite du NYPD.

La Manhattan North Special Task Force.

Et, surtout, un type qui savait où étaient cachés tous les squelettes, car il en avait lui-même enterré la moitié.

Malone, Russo, Billy O, Big Monty et les autres s'étaient approprié les rues, et ils y régnaient comme des rois. Ils les avaient rendues sûres et veillaient à ce qu'elles le restent, pour les honnêtes gens qui tentaient d'y vivre ; c'était leur métier, leur passion et leur premier amour, et si pour cela ils devaient de temps en temps s'arranger avec les règles et truquer la partie, ils n'hésitaient pas.

Les gens n'imaginent pas ce qu'il faut faire parfois pour les protéger, et mieux vaut qu'ils ne le sachent pas.

Peut-être pensent-ils qu'ils voudraient savoir, peut-être disent-ils qu'ils voudraient savoir, mais ils se racontent des histoires.

Malone et la Task Force, ce n'était pas n'importe quels flics. Sur les trente-huit mille types en uniforme bleu, Denny Malone et ses gars représentaient le un pour cent du un pour cent du un pour cent : les plus intelligents, les plus coriaces, les plus rapides, les plus courageux, les plus méchants, les meilleurs.

La Manhattan North Special Task Force.

« La Force » soufflait sur la ville tel un vent froid, hostile, vif et violent, qui balayait les rues, les ruelles, les terrains de jeu, les parcs et les cités, arrachait les ordures et la crasse, une tempête prédatrice qui emportait les prédateurs.

Elle s'engouffrait dans la moindre fissure, les escaliers des tours, les fabriques d'héroïne dans les appartements, les arrière-salles des clubs, les résidences des fortunes récentes, les penthouses des fortunes anciennes. De Columbus Circle au Henry Hudson Bridge, de Riverside Park à Harlem River, en remontant Broadway et Amsterdam, en descendant Lenox et St. Nicholas, à travers les rues numérotées de l'Upper West Side, Harlem, Washington Heights et Inwood. S'il y avait un secret que La Force ignorait, c'était qu'il n'avait pas encore été prononcé à voix haute, ni même pensé.

Deals de drogue et d'armes, trafics de personnes et de biens, vols, braquages et agressions, crimes échafaudés en anglais, en espagnol, en français, en russe, devant une assiette de chou vert, de poulet à l'étouffée, de porc séché, de *pasta marinara*, ou devant les plats gastronomiques de restaurants cinq étoiles, dans une ville bâtie sur le péché, pour le profit.

La Force frappait partout, mais plus particulièrement le trafic d'armes et de drogue, parce que les armes tuent et que la drogue incite à tuer.

Maintenant que Malone est derrière les barreaux, le vent ne souffle plus, mais tout le monde sait que c'est l'œil du cyclone, le calme plat avant que les éléments se déchaînent. Denny Malone entre les mains des fédéraux ? Pas les Affaires internes ni le bureau du procureur, mais les fédéraux, là où personne ne peut le joindre ?

Les gens se planquent, ils chient dans leur froc et attendent le coup de tonnerre, le tsunami, car avec tout ce qu'il sait Malone peut faire tomber des commandants, des capitaines, et même le chef de la police. Il pourrait dénoncer des procureurs, des juges... putain, il pourrait même leur servir le maire sur le proverbial plateau d'argent, accompagné d'au moins un membre du Congrès et de deux ou trois milliardaires de l'immobilier en guise d'amuse-bouche.

Alors, à mesure que se répand la nouvelle que Malone se trouve au MCC, ceux qui sont au cœur de l'ouragan prennent peur, réellement peur, et cherchent un refuge, tout en sachant qu'il n'existe pas de murs assez hauts, de caves assez profondes – ni à One Police[1], ni au Criminal Courts Building, ni même à Gracie Mansion[2] ou dans les somptueux penthouses qui bordent la Cinquième Avenue et Central Park South – pour les protéger de ce que Denny Malone a dans la tête.

Si Malone veut détruire toute la ville autour de lui, il peut le faire.

En même temps, nul n'a jamais été véritablement à l'abri de Malone et de sa bande.

Son équipe fait les gros titres : le *Daily News*, le *Post*, Channel 7, 4 et 2. Ce sont des flics médiatiques. Des flics qu'on reconnaît dans la rue, des flics que le maire appelle par leurs noms, qui disposent de places gratuites au Garden, au Meadowlands, au Yankee Stadium et au Shea, des flics qui sont traités comme des princes quand ils débarquent dans n'importe quel restaurant, bar ou club de la ville.

Et de cette meute de mâles alpha, Denny Malone est le leader incontesté.

Lorsqu'il entre quelque part, les flics en uniforme et les nouvelles recrues se figent pour le regarder, les lieutenants

---

1. One Police Plaza : QG de la police new-yorkaise. (Toutes les notes sont du traducteur.)

2. Résidence officielle du maire de New York.

le saluent d'un hochement de tête ; les capitaines eux-mêmes savent qu'il ne faut pas lui marcher sur les pieds.

Ce respect, il l'a gagné.

Entre autres choses (putain, vous voulez parler des cambriolages qu'il a empêchés, de la balle qu'il a reçue, de ce gamin pris en otage qu'il a sauvé ? des descentes, des démantèlements, des inculpations ?), Malone et son équipe ont réalisé la plus grosse saisie de drogue de toute l'histoire de New York.

Cinquante kilos d'héroïne.

Mort du trafiquant dominicain.

Et d'un héros de la police.

Ils ont inhumé leur équipier – cornemuses, drapeau plié sur le cercueil et rubans noirs sur les insignes – puis repris le travail, car les dealers, les gangs, les cambrioleurs, les violeurs et les mafieux ne prennent pas de congé pour porter le deuil. Si vous voulez que vos rues soient sûres, vous devez être présent : le jour, la nuit, le week-end, pendant les vacances, n'importe quand ; vos femmes savaient à quoi s'attendre en vous épousant, et vos enfants apprennent à comprendre que c'est le métier de leur papa : il met les méchants en prison.

Sauf qu'aujourd'hui c'est lui, Malone, qui se retrouve derrière les barreaux, assis sur un banc métallique dans une cellule, comme toutes ces raclures qu'il envoie d'habitude au trou. Penché en avant, la tête entre les mains, il s'inquiète pour ses équipiers, ses frères, il se demande ce qui va leur arriver maintenant qu'il les a fourrés dans la merde jusqu'au cou.

Il s'inquiète pour sa famille : sa femme, qui n'a pas signé pour ça, ses deux enfants, un garçon et une fille, encore trop jeunes pour comprendre mais qui, plus tard, ne lui pardonneront jamais d'avoir dû grandir sans père.

Et puis, il y a Claudette.

Paumée à sa manière.

Elle a besoin d'affection, besoin de lui, et il ne sera pas là.

Ni pour elle ni pour personne ; et il ne sait pas ce qui va arriver à ceux qu'il aime.

Le mur qu'il contemple ne peut pas non plus lui expliquer comment il a atterri là.

Non, pas de ça, pense Malone. Sois honnête avec toi-même au moins, se dit-il, assis là, sans rien face à lui, si ce n'est le temps.

Avoue-toi au moins la vérité.

Tu sais pertinemment comment tu as échoué ici.

Un putain de pas après l'autre.

Le commencement ne peut pas connaître la fin.

Quand il était gamin, les bonnes sœurs lui ont appris que, même avant notre venue au monde, Dieu, et Lui seul, connaît la date de notre naissance et celle de notre mort, il sait qui on sera, ce qu'on deviendra.

J'aurais aimé qu'il me refile cette putain d'info, pense Malone. Il aurait pu m'en toucher un mot, me donner un tuyau, me rencarder, me dire quelque chose, n'importe quoi. Du style : Hé, connard, tu as tourné à gauche, tu aurais dû tourner à droite.

Mais non, rien.

Avec tout ce qu'il a vu, Malone n'est pas un grand admirateur de Dieu, et il devine que c'est réciproque. Il y a un tas de questions qu'il aimerait Lui poser mais, en supposant qu'il puisse L'interroger un jour, nul doute que Dieu refuserait de parler, Il prendrait un avocat et laisserait Son fils porter le chapeau.

Après tout ce temps dans la police, Malone a perdu la foi, et donc, quand est venu le moment de regarder le diable dans les yeux, il n'y avait plus rien entre lui et le meurtre, si ce n'est cinq kilos de poids de détente.

Cinq kilos de pesanteur.

C'était le doigt de Malone qui avait pressé la détente, mais peut-être était-ce la pesanteur qui l'avait fait tomber : la pesanteur implacable, impitoyable, de dix-huit années dans la police.

Qui l'avait entraîné là où il est aujourd'hui.

Malone n'était pas parti pour échouer là. En lançant sa casquette en l'air le jour où il avait obtenu son diplôme de l'académie de police, en prêtant serment, le jour le plus heureux de sa vie – le plus éclatant, le plus bleu, le plus beau –, il n'avait pas pensé qu'il finirait comme ça.

Non, il avait commencé en gardant les yeux fixés sur l'étoile Polaire, marchant résolument dans le droit chemin, mais c'est ça le problème dans la vie : au début vous vous dirigez droit vers le nord, puis vous dérivez de un degré, et pendant un an, cinq ans peut-être, ça n'a pas d'importance, mais à mesure que les années s'accumulent, vous vous éloignez de plus en plus de la direction initiale, sans même savoir que vous êtes perdu, jusqu'au jour où vous êtes tellement loin de votre destination que vous ne la discernez même plus.

Vous ne pouvez même pas rebrousser chemin pour repartir du début.

Le temps et la pesanteur vous en empêchent.

Pourtant, Denny Malone payerait cher pour recommencer.

Il donnerait tout.

Car il n'aurait jamais pensé se retrouver dans une prison fédérale. Personne ne l'aurait pensé, sauf peut-être Dieu, mais Il était resté muet.

Et Malone est là.

Sans son arme, sans son insigne, ni quoi que ce soit d'autre qui indique ce qu'il est et qui il est, ce qu'il était et qui il était.

Un flic ripou.

PROLOGUE

LE COUP

« Lenox Avenue,
Chérie.
Minuit.
Et les dieux se moquent de nous. »

Langston HUGHES,
« Lenox Avenue : Midnight »

Harlem, New York
Juillet 2016

4 heures du matin.
Quand la ville qui ne dort jamais se couche et tout au moins ferme les yeux.
Voilà ce que pense Denny Malone tandis que sa Crown Vic remonte le long de l'épine dorsale de Harlem.
Derrière les murs et les fenêtres, dans les appartements, les hôtels, les taudis et les tours des cités, des gens dorment ou tentent de dormir, rêvent ou ont cessé de rêver. Des gens se battent, baisent, ou les deux, font l'amour et des bébés, crient des injures ou murmurent des mots intimes qui ne sont pas destinés à la rue. Certains bercent des enfants en espérant les rendormir, ou bien viennent de se lever

pour attaquer une nouvelle journée de travail, tandis que d'autres coupent des kilos d'héroïne qu'ils répartissent dans des sachets de papier cristal, avant de les vendre aux junkies en manque de leur remontant matinal.

Après les putes et avant les balayeurs, c'est pendant ce laps de temps que vous pouvez faire un coup, Malone le sait. Après minuit, il ne se passe jamais rien de bon, disait son père, et il savait de quoi il parlait. Il était flic dans ces rues et il rentrait le matin, après son service de nuit, le meurtre dans les yeux, l'odeur de la mort dans le nez, et dans le cœur une stalactite de glace qui ne fondait jamais et avait fini par le tuer. Un jour, il était descendu de voiture dans l'allée et son cœur avait cédé. Les médecins ont affirmé qu'il était mort avant même de toucher le sol.

C'est là que Malone l'avait trouvé.

Il avait huit ans, il sortait de la maison pour aller à l'école et il avait vu le manteau bleu dans le tas de neige sale qu'ils avaient déblayée ensemble, à la pelle.

L'aube n'est pas encore levée et il fait déjà chaud. C'est une de ces journées d'été où Dieu le proprio refuse de baisser le chauffage et de brancher la clim ; la ville est nerveuse, irritable, au bord de l'embrasement, d'une bagarre ou d'une émeute ; il y a une odeur de chou fermenté et d'urine rance, sucrée, aigre, douceâtre et dénaturée, comme un parfum de vieille pute.

Denny Malone adore ça.

Même dans la journée, malgré la fournaise et le bruit, les gangs qui squattent les coins de rue, le martèlement des basses du hip-hop qui vous perce les tympans, les bouteilles, les canettes, les couches sales et les poches de pisse qui s'envolent par les fenêtres des logements sociaux, quand ça empeste la merde de chien dans la chaleur fétide, il ne voudrait pas être ailleurs, pour rien au monde.

C'est sa ville, son territoire, son cœur.

Il remonte maintenant Lenox, longe le vieux quartier de Mount Morris Park et ses élégants *brownstones*. Il vénère les petits dieux locaux, les tours jumelles du Ebenezer

Gospel Tabernacle, d'où s'échappent des cantiques le dimanche, chantés par des voix d'anges, puis le clocher caractéristique de l'Ephesus Seventh-Day Adventist Church et, plus loin, le Harlem Shake, non pas la danse mais sans doute un des meilleurs hamburgers de la ville.

Et puis, il y a les dieux morts, le vieux Lenox Lounge, avec son enseigne au néon emblématique, sa façade rouge et toute son histoire. Billie Holiday y chantait, Miles Davis et John Coltrane y soufflaient dans leurs instruments, James Baldwin, Langston Hughes et Malcolm X y avaient leurs habitudes. Il est fermé désormais, du papier marron recouvre les vitres, l'enseigne est éteinte, mais on évoque une réouverture.

Malone n'y croit pas.

Les dieux morts ne ressuscitent pas, sauf dans les contes de fées.

Il traverse la 125e, alias Dr Martin Luther King Jr. Boulevard.

Des pionniers urbains et la classe moyenne noire ont embourgeoisé le quartier, que les agents immobiliers ont rebaptisé « SoHa ». Pour Malone, ces appellations sonnent toujours le glas d'un vieux quartier. Il est convaincu que si les promoteurs pouvaient acheter des propriétés dans les profondeurs de l'Enfer de Dante, ils le rebaptiseraient « LoHel », et ils y construiraient des boutiques et des appartements.

Il y a quinze ans, cette portion de Lenox n'était qu'une succession de vitrines vides ; aujourd'hui, elle est redevenue à la mode, on y trouve des restaurants, des bars, des cafés avec terrasse, où les habitants les plus aisés du quartier viennent manger, où les Blancs viennent pour se sentir branchés, et, dans les nouvelles tours, certains appartements se vendent jusqu'à deux millions et demi.

Tout ce que vous avez besoin de savoir désormais sur ce coin de Harlem, se dit Malone, c'est qu'il y a un magasin Banana Republic à côté de l'Apollo Theater. Il y a les dieux du lieu et les dieux du commerce, et si vous devez parier sur le vainqueur, misez votre fric sur le fric, à tous les coups.

Plus loin vers le nord, dans les cités, c'est encore le ghetto.

Malone passe devant le Red Rooster, dont le sous-sol accueille le Supper Club de Ginny.

Il existe d'autres autels, moins célèbres, mais néanmoins sacrés aux yeux de Malone.

Il a assisté à des enterrements au Bailey's, il a acheté des bouteilles d'alcool au Lenox Liquors, il s'est fait recoudre aux urgences du Harlem Hospital, il a joué au basket à côté du Big L, le mur peint du terrain de jeu Fred Samuel, il a commandé à manger à travers la vitre blindée du Kennedy Fried Chicken. Il s'est garé dans la rue pour regarder les gamins danser, il a fumé de l'herbe sur une terrasse, il a vu le soleil se lever au-dessus de Fort Tryon Park.

Encore des dieux morts, des dieux anciens, les vestiges du Savoy Ballroom, l'emplacement du Cotton Club, disparus l'un et l'autre bien avant sa naissance, des fantômes de la dernière « Harlem Renaissance », qui hantent ce quartier en laissant deviner ce qui a été et ne pourra plus jamais être.

Mais Lenox vit.

Lenox vibre, littéralement, grâce à la ligne de métro IRT qui passe dessous, sur toute la longueur. Dans le temps, Malone prenait le train #2, celui qu'on surnommait « la Bête ».

Aujourd'hui, c'est Black Star Music, Mormon Church, African & American Best Food. Quand ils atteignent l'extrémité de Lenox Avenue, Malone dit :

— Fais le tour du pâté de maisons.

Au volant, Phil Russo tourne à gauche dans la 147e et descend la Septième Avenue puis prend de nouveau à gauche dans la 146e. Il passe devant un immeuble abandonné que le propriétaire a rendu aux rats et aux cafards, afin de chasser les habitants, espérant qu'un junkie y mettra le feu en chauffant sa came pour pouvoir toucher le fric de l'assurance et vendre le terrain.

Gagnant-gagnant.

Malone essaye de repérer des sentinelles ou des flics cloîtrés dans une voiture de patrouille, s'offrant un petit roupillon durant leur service de nuit. Un seul guetteur se tient devant la porte. Bandana vert, Nike vertes et lacets verts : un Trinitario.

L'équipe de Malone a surveillé la fabrique d'héroïne du premier étage tout l'été. Les Mexicains apportent la came par camion et la livrent à Diego Pena, le Dominicain, le boss de New York. Pena répartit les pains de un kilo en sachets, qu'il distribue ensuite aux gangs de Domos, les Trinitarios et les DDP (Dominicans Don't Play), puis aux Noirs et aux gangs de Portoricains dans les cités.

Ce soir, la fabrique fait le plein.

Le plein de fric.

Le plein de dope.

— Préparez-vous, dit Malone en vérifiant le Sig Sauer P226 glissé dans l'étui fixé à sa ceinture.

Un autre étui, dans le creux de ses reins, juste sous le nouveau gilet pare-balles à plaque de céramique, accueille un Beretta 8000 D Mini-Cougar.

Il oblige toute son équipe à porter des gilets en mission. Big Monty se plaint que le sien est trop serré, mais Malone lui rétorque qu'il sera encore plus à l'étroit dans un cercueil. Bill Montague, alias Big Monty, est très *old school*. Même en été, il ne quitte pas son feutre légendaire, au bord étroit et avec une plume rouge sur le côté. Seule concession à la chaleur : une chemise *guayabera* XXXL, par-dessus un pantalon en toile. Un Montecristo non allumé pend au coin de sa bouche.

Un fusil à pompe Mossberg 590 calibre 12, doté d'un canon de cinquante centimètres, chargé de balles en céramique à forte puissance, est posé aux pieds de Phil Russo, entre ses chaussures en cuir rouge rutilantes. Assorties à ses cheveux, car Russo est un oiseau rare : un Italien roux. Pour plaisanter, Malone dit qu'il devait y avoir une anguille irlandaise sous roche. Russo réplique que c'est impossible vu qu'il n'est pas alcoolique et qu'il n'a pas besoin d'une loupe pour trouver sa bite.

Billy O'Neill trimballe un pistolet-mitrailleur HK MP5, deux grenades incapacitantes et un rouleau d'épais ruban adhésif. Billy O est le plus jeune de l'équipe, mais il est doué et débrouillard.

Il a aussi du cran.

Malone sait que Billy ne va pas détaler, il ne va pas se pétrifier ni hésiter à tirer en cas de besoin. À vrai dire, ce serait plutôt le contraire : Billy s'emporte un peu trop vite. Il a hérité du tempérament irlandais, en plus de sa belle gueule à la Kennedy. D'ailleurs, il a d'autres qualités kennedyennes. Ce gamin aime les femmes, et elles le lui rendent bien.

Ce soir, Malone et sa bande sont venus équipés.

Et chargés à bloc.

Si vous devez affronter des narcos défoncés à la coke ou aux amphètes, mieux vaut être pharmacologiquement au niveau, alors Malone gobe deux *go-pills*, de la Dexedrine. Puis il enfile un coupe-vent bleu portant l'inscription NYPD en lettres blanches et suspend son insigne autour de son cou.

Russo refait le tour du pâté de maisons. En revenant dans la 146e, il met les gaz et pile net devant l'atelier. Le guetteur entend le crissement des pneus mais se retourne trop tard. Malone est descendu de la voiture avant même qu'elle soit arrêtée. Il plaque l'homme face contre le mur, et appuie le canon du Sig sur son crâne.

— *Cállate, pendejo*. Un seul mot, et je t'explose la cervelle.

Il fauche les jambes du guetteur et l'immobilise au sol. Billy est déjà sur le gars : il lui attache les mains dans le dos avec le ruban adhésif et lui en applique un morceau sur la bouche.

L'équipe se colle contre la façade de l'immeuble.

— On reste vigilants, dit Malone. On rentre tous à la maison ce soir.

La Dexedrine fait son effet : il sent son cœur s'emballer et son sang bouillonner.

C'est bon.

Il envoie Billy O sur le toit, il va redescendre par l'escalier de secours et couvrir la fenêtre. Les autres entrent et gravissent l'escalier. Malone en tête, son Sig devant lui, prêt. Russo derrière, armé du fusil à pompe, puis Monty.

Malone n'a pas peur pour ses arrières.

Une porte en bois bloque le haut des marches.

Malone adresse un signe de tête à Monty.

Le colosse s'avance, il introduit le Rabbit entre la porte et le montant. La sueur perle à son front et coule sur sa peau sombre tandis qu'il actionne le vérin hydraulique et force la porte.

Malone entre et balaye le couloir avec son arme. Personne. En regardant sur la droite, il découvre la porte en acier, neuve, au fond du couloir. De l'autre côté, une radio diffuse de la musique machata. Des voix qui parlent en espagnol, le bourdonnement des moulins à café électriques, les claquements d'une compteuse de billets.

Et un chien qui aboie.

Putain, se dit Malone. Tous les narcos ont des clebs maintenant. De même que toutes les nanas de l'East Side se baladent avec des yorkshires qui jappent dans leurs sacs à main, les dealers ont des pitbulls. C'est une bonne idée : les négros ont la trouille des chiens et les *chicas* qui travaillent dans les ateliers n'osent pas voler, de peur de se faire bouffer le visage.

Malone s'inquiète à cause de Billy O car le gamin adore les chiens, même les pitbulls. Malone l'avait découvert en avril dernier quand ils avaient tapé un entrepôt au bord du fleuve. Trois pitbulls essayaient de sauter à travers le grillage pour les égorger. Billy O n'avait pas pu se résoudre à les buter, et il avait empêché les autres de s'en charger, si bien qu'ils avaient dû faire tout le tour du bâtiment, grimper sur le toit par l'échelle de secours et redescendre par l'escalier.

C'était emmerdant.

Le pitbull les a repérés, mais pas les Domos. Malone entend l'un d'eux beugler : « *Cállate !* » Un grand coup sec et le chien se tait.

Mais la porte blindée pose problème.

Le Rabbit ne réussira pas à la forcer.

Malone demande dans sa radio :

— Billy, tu es en position ?

— Toujours, *bro*.

— On va faire sauter la porte. Au même moment, tu balances une grenade.

— Pigé, D.

Malone fait un signe de tête à Russo, qui vise les gonds de la porte et tire deux fois avec son Mossberg. La poudre de céramique explose à une vitesse supérieure à celle du son et la porte tombe.

Des femmes, entièrement nues à l'exception de leurs gants en plastique et de leurs filets à cheveux, foncent vers la fenêtre. D'autres s'accroupissent sous la table pendant que les compteuses crachent le fric sur le sol comme des machines à sous qui distribueraient des billets.

Malone hurle :

— NYPD !

Il aperçoit Billy derrière la fenêtre sur sa gauche.

Il ne bouge pas, il se contente de regarder par la fenêtre. Balance la grenade, nom de Dieu.

Billy ne réagit pas.

Qu'est-ce qu'il attend, bordel ?

Puis Malone comprend.

Le pitbull, une chienne, a des petits. Quatre chiots roulés en boule derrière leur mère, qui tire sur sa chaîne en aboyant et en grognant pour les protéger.

Billy ne veut pas faire de mal aux chiots.

Malone braille dans sa radio :

— Vas-y, putain !

Billy le regarde à travers la vitre, puis il la brise d'un coup de pied et lance sa grenade.

Mais pas assez loin, afin d'épargner ces foutus clebs.

La déflagration pulvérise ce qui reste de la fenêtre, projetant des éclats de verre au visage et dans le cou de Billy.

Une lumière blanche intense, aveuglante. Des cris, des hurlements.

Malone compte jusqu'à trois et entre.

C'est le chaos.

Un Trinitario titube, d'une main il protège ses yeux aveuglés, de l'autre il fait feu avec un Glock, en avançant vers la fenêtre et l'escalier de secours. Malone lui tire deux balles dans la poitrine, et il bascule au-dehors. Un deuxième type armé, planqué derrière une table, vise Malone, mais Monty l'abat d'une balle de 38, puis en tire une seconde pour être certain qu'il sera bien mort à l'arrivée.

Ils laissent les femmes s'enfuir par la fenêtre.

— Ça va, Billy ? lance Malone.

Le visage du gamin ressemble à un masque de Halloween.

Il a des plaies aux bras et aux jambes.

— J'ai connu pire en jouant au hockey, dit-il en riant. Je me ferai recoudre quand on en aura terminé ici.

Il y a de l'argent partout : des liasses sur les tables, dans les machines, éparpillées sur le sol. L'héroïne est encore dans les moulins à café électriques qui servent à la couper.

Mais ça, c'est *peanuts*.

La *caja* – la trappe –, un gros trou creusé dans le mur, est ouverte.

Les pains d'héroïne s'empilent du sol au plafond.

Diego Pena est assis à une table, tranquillement. Si la mort de deux de ses hommes le chagrine, ça ne se voit pas sur son visage.

— Tu as un mandat, Malone ?

— J'ai entendu une femme appeler au secours.

Pena sourit.

Classieux, le salopard. Costume gris Armani à deux

mille dollars au moins, et, à son poignet, la montre Piguet en or vaut cinq fois plus.

Pena a vu son regard.

— Elle est à toi. J'en ai trois autres.

Le pitbull aboie furieusement en tirant sur sa chaîne.

Malone regarde l'héroïne.

Des piles et des piles de came, emballée sous vide dans du plastique noir.

De quoi faire planer toute la ville pendant des semaines.

— Je vais t'éviter de compter, dit Pena. Cent kilos tout rond. De la « cannelle » mexicaine, Dark Horse, pure à soixante pour cent. On peut en tirer cent mille dollars le kilo. Et tout ce fric que tu vois, il doit y en avoir pour cinq millions. Vous prenez la came et le fric, je monte dans un avion pour la République dominicaine et vous n'entendez plus jamais parler de moi. Réfléchis. Vous n'aurez pas souvent l'occasion de gagner quinze millions juste en tournant le dos.

Et on rentre tous à la maison ce soir, pense Malone.

Il ordonne :

— Sors ton arme. Lentement.

Pena glisse la main à l'intérieur de sa veste, doucement, pour prendre son pistolet.

Malone lui tire deux balles dans le cœur.

Billy O s'accroupit et ramasse un pain de un kilo. Il l'ouvre avec son couteau de l'armée, plonge un petit tube dans l'héroïne, en prélève une pincée et dépose le tout dans le sachet en plastique qu'il a sorti de sa poche. Il brise le tube à l'intérieur du sachet et attend que la couleur change.

Elle vire au violet.

Billy a un sourire jusqu'aux oreilles.

— On est riches !

Malone dit :

— Magnez-vous.

Un bruit sec retentit lorsque le pitbull brise sa chaîne pour foncer droit sur Billy. Billy tombe à la renverse, envoyant valdinguer le pain d'héroïne. La poudre jaillit comme un champignon atomique et retombe telle une averse de neige sur ses plaies ouvertes.

Nouvelle détonation lorsque Monty abat la chienne.

Mais Billy reste allongé sur le sol. Malone voit son corps se raidir, puis ses jambes commencent à convulser, il est secoué de spasmes incontrôlables tandis que l'héroïne se répand à toute allure dans son sang.

Ses pieds frappent le sol.

Malone s'agenouille à côté de lui et le prend dans ses bras.

— Billy, non. Accroche-toi.

Billy le regarde avec des yeux vides.

Son visage est livide.

Sa colonne vertébrale tressaute comme un ressort qui se détend.

Et c'est fini.

Foutu Billy, jeune et beau Billy. Il ne vieillira jamais.

Malone entend son propre cœur se briser, puis des explosions sourdes, et il croit tout d'abord qu'on lui a tiré dessus, mais il ne voit aucune blessure, alors il pense que c'est sa tête qui explose.

Puis ça lui revient.

On est le 4 juillet.

PREMIÈRE PARTIE

NOËL BLANC

1

*Harlem, New York
Veille de Noël*

Midi.

Denny Malone gobe deux *go-pills* et passe sous la douche. Il vient de rentrer après un minuit-8 heures et il a besoin des amphètes pour tenir le coup. Le visage renversé sous le pommeau, il laisse les aiguilles pointues lui piquer la peau jusqu'à la douleur.

Ça aussi, il en a besoin.

La fatigue sur sa peau, sur ses yeux.

Dans son âme.

Malone se retourne et savoure l'eau brûlante qui lui martèle la nuque et les épaules. Qui coule sur ses bras entièrement tatoués. C'est bon, il pourrait rester comme ça toute la journée, mais il a des choses à faire.

Il est temps d'y aller, champion, se dit-il.

Il a des responsabilités.

Il sort de la douche, s'essuie et noue la serviette autour de sa taille.

Malone mesure presque un mètre quatre-vingt-dix, il est costaud. Âgé de trente-huit ans à ce jour, il sait qu'il a l'air dur. C'est à cause des tatouages sur ses avant-bras épais, de la barbe bleutée et drue, même quand il se rase, des cheveux noirs très courts, et des yeux bleus qui semblent dire : Me faites pas chier.

À cause du nez cassé, de la petite cicatrice sur le côté gauche de la lèvre. Ce qu'on ne voit pas, ce sont les autres cicatrices, plus grandes, sur sa jambe gauche, celles qui lui ont valu la médaille du courage, parce qu'il a été assez stupide pour se faire tirer dessus. C'est ça, le NYPD, pense-t-il. Ils vous filent une médaille parce que vous êtes débile, et vous reprennent votre insigne parce que vous êtes intelligent.

Peut-être que ce look de méchant lui permet d'échapper aux confrontations physiques, qu'il essaye en général d'éviter. Premièrement, c'est plus professionnel de s'en sortir en discutant. Deuxièmement, n'importe quelle bagarre entraîne des blessures – ne serait-ce qu'aux jointures – et ça ne lui dit rien de salir ses fringues en roulant dans on ne sait quelles merdes sur le trottoir.

Comme il n'aime pas trop soulever de la fonte, il tape dans le sac et il court, d'ordinaire au petit matin, ou en fin d'après-midi en fonction de son travail, dans Riverside Park, pour profiter de la vue sur l'Hudson, Jersey de l'autre côté du fleuve et le pont George Washington.

Malone entre dans la petite cuisine. Il reste un peu de café, préparé par Claudette lorsqu'elle s'est levée. Il remplit une tasse et la met dans le micro-ondes.

Aujourd'hui, elle fait un double service au Harlem Hospital, à quatre rues d'ici, dans Lenox, au niveau de la 135e, pour qu'une autre infirmière puisse passer du temps en famille. Avec un peu de chance, il la verra plus tard, ce soir ou demain très tôt.

Malone se fiche pas mal que le café soit amer. Il ne recherche pas une expérience gustative, mais une dose de caféine pour déclencher l'effet de la Dexedrine. De toute façon, il ne supporte pas cette mode débile autour du café. Faire la queue derrière un connard de millénial qui met dix minutes à commander le *latte* parfait pour pouvoir faire un selfie avec. Malone ajoute une bonne dose de crème et de sucre, comme la plupart des flics. Ils en boivent trop, et le lait apaise les douleurs d'estomac, tandis que le sucre leur donne un coup de fouet.

Un médecin de l'Upper West Side lui fait des ordonnances pour tout ce qu'il veut – Dex, Vicodin, Xanax, antibiotiques, n'importe quoi. Il y a deux ou trois ans, le brave docteur (c'est aussi un gars bien, marié et père de trois enfants) a eu une petite aventure avec une maîtresse, qui a décidé de le faire chanter quand il a préféré rompre.

Malone est allé parler à la fille, il lui a expliqué certaines choses. Et il lui a remis une enveloppe contenant dix mille dollars, en lui disant que c'était terminé. Elle ne devait plus contacter le médecin, sinon il l'enverrait en taule, où elle vendrait sa chatte surévaluée pour une cuillerée supplémentaire de beurre de cacahuète.

Depuis, le médecin reconnaissant lui fait des ordonnances, mais la moitié du temps il lui refile des échantillons gratuits. C'est toujours ça de pris, se dit Malone. Et puis, il ne peut pas se faire rembourser le speed ou les antalgiques par son assurance, car ça apparaîtrait dans son dossier médical.

Il ne veut pas téléphoner à Claudette à son boulot pour ne pas la déranger, alors il l'informe par texto qu'il ne s'est pas rendormi quand le réveil a sonné et lui demande comment se passe sa journée. Elle lui répond :

Folie de Noël, mais OK.

Oui, la folie de Noël.
À New York, c'est tout le temps la folie, pense-t-il.
Quand c'est pas la folie de Noël, c'est la folie du jour de l'an (les pochetrons) ou la folie de la Saint-Valentin (le nombre de disputes conjugales s'envole et les homos se battent dans les bars), la folie de la Saint-Patrick (flics bourrés), la folie du 4 Juillet, la folie de la fête du Travail. Ce qu'il nous faudrait, c'est une année sans fêtes, pour voir si ça arrange les choses.

Sans doute pas, se dit-il.

Parce qu'il reste la folie de tous les jours : la folie des alcoolos, la folie des junkies, la folie des camés au crack ou à la meth, la folie de l'amour, la folie de la haine et, la préférée de Malone, cette bonne vieille folie de la folie. Ce que le public dans son immense majorité ignore, c'est que les prisons de la ville sont devenues, *de facto*, des asiles psychiatriques et des centres de désintoxication. Les trois quarts des prisonniers entrants sont des drogués ou des schizophrènes.

Leur place est à l'hôpital, mais ils n'ont pas de couverture sociale.

Malone retourne dans la chambre pour s'habiller.

Chemise en jean noire, Levi's, Dr Martens coquées (parfait pour enfoncer les portes) et blouson de cuir noir. Quasiment l'uniforme officiel des flics irlando-américains de New York, secteur Staten Island.

Malone a grandi là-bas, sa femme et ses enfants y vivent toujours, et quand vous êtes un Irlandais ou un Italien de Staten Island, vos choix de carrière se limitent, en gros, à flic, pompier ou truand. Malone a choisi la porte numéro un, mais il a un frère et deux cousins qui sont pompiers.

Du moins, son frère Liam était pompier, jusqu'au 11 Septembre.

Aujourd'hui, c'est une excursion au cimetière de Silver Lake deux fois par an, pour déposer des fleurs, une bouteille de Jameson et faire un compte rendu de la saison des Rangers.

Qui, en général, est à chier.

Ils plaisantaient toujours en disant que Liam était la brebis galeuse de la famille car il était devenu un *hose-monkey*[1], un pompier, au lieu d'entrer dans la police. Malone s'amusait à mesurer les bras de son frère pour voir s'ils avaient grandi à force de trimballer tout ce bordel, et Liam rétorquait que la seule chose qu'un flic était capable de porter en montant un escalier, c'était un

---

1. Littéralement, un singe avec un tuyau.

sachet de donuts. Et puis, il y avait cette compétition fictive entre eux pour savoir qui pouvait faucher le plus de trucs : un pompier au cours d'un incendie ou un flic appelé sur un cambriolage.

Malone adorait son petit frère, il veillait sur lui tous ces soirs où leur père n'était pas à la maison, et ils regardaient les Rangers ensemble, sur Channel 11. Le jour où ceux-ci avaient remporté la Stanley Cup, en 1994, avait été un des plus beaux de sa vie. Liam et lui agenouillés devant la télé durant la dernière minute du match, alors que les Rangers s'accrochaient à leur unique but d'avance et que Craig MacTavish – que Dieu le bénisse – ne cessait de renvoyer le palet au fond de la zone des Canucks, jusqu'au coup de sifflet final. Les Rangers avaient remporté la série 4 à 3 et les deux frères s'étaient sauté au cou en faisant des bonds sur place.

Et quand Liam les avait quittés, comme ça, subitement, c'était Malone qui avait dû l'annoncer à leur mère. Après cela, elle n'avait plus jamais été la même et elle était morte tout juste un an après. Les médecins parlaient d'un cancer, mais Malone savait qu'elle était une victime de plus du 11-Septembre.

Il accroche à sa ceinture l'étui qui contient le Sig Sauer réglementaire.

Beaucoup de flics portent un holster d'épaule mais, selon Malone, cela oblige à faire un geste supplémentaire pour lever le bras, et il préfère que son arme soit près de sa main. Il glisse son Beretta dans son pantalon, au creux de ses reins. Le couteau SOG retrouve sa place dans sa chaussure droite. C'est contraire au règlement et totalement illégal, mais il s'en fout. Supposons que des criminels lui piquent ses flingues, qu'est-ce qu'il est censé faire, sortir sa bite ? Pas question de crever comme une lavette, il mourra en tailladant et en poignardant.

Mais qui essayerait de le buter, hein ?

Un tas de gens, abruti, se dit-il. De nos jours, tous les flics portent une cible dans le dos.

Les temps sont durs pour le NYPD.

D'abord, il y avait eu la mort de Michael Bennett.

Michael Bennett était un jeune Noir de quatorze ans, abattu par un flic de l'Anti-Crime à Brownsville. Un classique : il faisait nuit, le gamin semblait nerveux, le flic – un bleu nommé Hayes – lui avait ordonné de s'arrêter et le môme ne l'avait pas fait. Bennett s'était retourné, avait glissé la main dans la ceinture de son pantalon pour sortir ce que Hayes avait cru être une arme.

Le bleu avait vidé son chargeur sur le gamin.

Il s'est avéré que ce n'était pas une arme, mais un téléphone portable.

Évidemment, la communauté était « révoltée ». Les manifestations avaient eu un parfum d'émeute, les habituels pasteurs, avocats et activistes médiatiques avaient fait leur numéro devant les caméras, la municipalité avait promis une enquête approfondie. Hayes avait été mis en congé administratif en attendant les résultats de l'enquête, et les relations entre les Noirs et la police s'étaient encore dégradées.

L'enquête était toujours « en cours ».

Cela s'était produit après les affaires de Ferguson, de Cleveland, de Chicago, de Freddie Gray à Baltimore. Et puis il y avait eu Alton Sterling à Baton Rouge, Philando Castile dans le Minnesota, etc.

Tout ça ne voulait pas dire que les policiers du NYPD n'avaient pas eux aussi tué des Noirs désarmés – Sean Bell, Ousmane Zongo, George Tillman, Akai Gurley, David Felix, Eric Garner, Delrawn Small... Et il avait fallu que cette jeune recrue abatte Michael Bennett.

Résultat, vous aviez Black Lives Matter sur le dos, chaque citoyen se transformait en journaliste, son téléphone à la main, et tous les jours vous deviez aller bosser alors que le monde entier vous considérait comme un meurtrier raciste.

Bon, d'accord, peut-être pas tout le monde, reconnaît Malone, mais sans conteste les choses ont changé.

Les gens vous regardent différemment.

Ou ils vous tirent dessus.

Cinq flics abattus par un sniper à Dallas. Deux flics tués par balle alors qu'ils déjeunaient dans un restaurant. Quarante-neuf officiers assassinés aux États-Unis l'année dernière. Parmi eux, Paul Tuozzolo, du NYPD, et l'année précédente, ils ont perdu Randy Holder et Brian Moore. Ils ont été trop nombreux au fil des ans. Malone connaît les chiffres : 325 flics tués par balle, 21 poignardés, 32 battus à mort, 21 écrasés délibérément par des voitures, 8 morts dans des explosions, tout cela sans compter les gars qui sont en train de crever à cause des saloperies qu'ils ont avalées le 11 Septembre.

Alors oui, Malone trimballe un truc en plus, et oui, se dit-il, il y a un certain nombre d'individus qui sont prêts à vous passer la corde au cou s'ils vous trouvent en possession d'armes illégales, à commencer par le CCRB, un sigle qui selon Phil Russo signifie : Connards, Casse-couilles, Raclures et Branleurs, mais qui est en réalité le Civilian Complaint Review Board, le bâton choisi par le maire pour taper sur sa police quand il cherche à faire oublier ses propres scandales.

Le CCRB vous enverrait à l'échafaud, se dit Malone, et ce bon vieux Bureau des affaires internes aussi. Votre propre boss lui-même se ferait un plaisir de vous pendre haut et court.

Il doit prendre sur lui pour appeler Sheila. Il redoute une dispute, il redoute la question : « Où est-ce que tu es ? » Et c'est ce à quoi il a droit quand sa femme, dont il est séparé, décroche.

— Où est-ce que tu es ?

— Je suis en ville.

Pour tout natif de Staten Island, Manhattan est et sera toujours « la ville ». Il reste vague et, coup de chance, Sheila n'insiste pas. Au lieu de cela, elle dit :

— J'espère que tu ne m'appelles pas pour m'annoncer que tu ne peux pas venir demain. Les enfants…

— Non, je viens.
— Pour les cadeaux ?
— J'arriverai tôt, dit Malone. À quelle heure ?
— Sept heures et demie, huit heures.
— OK.
— Tu travailles de nuit ? demande-t-elle, un rien soupçonneuse.
— Oui.

L'équipe de Malone est de service de nuit, en effet, mais c'est un détail technique, ils travaillent quand ils décident de travailler, c'est-à-dire quand les affaires l'imposent. Les dealers ont des horaires réguliers afin que leurs clients sachent quand et où les trouver, mais les trafiquants, eux, ont des horaires libres.

— Et ce n'est pas ce que tu crois.
— Qu'est-ce que je crois ?

Sheila sait bien que tout flic possédant un QI supérieur à 10 et le moindre grade peut obtenir un congé pour le réveillon de Noël s'il le souhaite. Une patrouille de nuit est bien souvent un prétexte pour aller picoler avec des copains ou se taper une pute, ou les deux.

— Ne va pas te faire des idées, on est sur un coup. Il se pourrait que ça se conclue cette nuit.
— Oui, bien sûr.

Elle se fout de lui. Nom de Dieu, qui est-ce qui allonge le fric, à son avis, pour acheter les cadeaux, payer les bagues des gamins, ses séances de spa, ses virées entre copines ? Dans la police, tous les gars sont obligés de faire des heures sup pour régler les factures, et peut-être essayer de mettre du fric de côté. Les épouses, même celles dont vous êtes séparé, peuvent le comprendre. C'est vous qui vous cassez le cul tous les jours.

— Tu passes le réveillon avec elle ? demande Sheila.

Il s'en était fallu de peu, pense Malone. Sheila prononce ce « elle » d'un ton méprisant.

— Elle travaille, répond Malone, esquivant la question comme un criminel. Et moi aussi.

— Tu travailles tout le temps.

C'est bien vrai, se dit Malone et, considérant cela comme un au revoir, il coupe la communication. Sur ma putain de tombe, ils écriront : « Denny Malone, qui travaillait tout le temps. » Et puis merde. On travaille, on meurt, et quelque part entre les deux, on essaye d'avoir une vie.

Mais surtout, on travaille.

Un tas de gars entrent dans la police pour faire leurs vingt ans et toucher leur retraite. Malone, lui, est dans la police parce qu'il aime ce métier.

Sois honnête, se dit-il en sortant de l'appartement. Si tu devais recommencer, tu ne serais pas autre chose qu'un flic de New York.

Le plus beau métier sur cette putain de planète.

Malone enfile un bonnet de laine noire car il fait encore froid dehors, verrouille la porte de l'appartement et descend l'escalier pour déboucher dans la 136e Rue. Claudette a choisi cet endroit parce qu'elle peut se rendre à son travail à pied, et c'est près du centre de loisirs Hansborough, qui possède une piscine où elle adore nager.

— Comment peux-tu aller à la piscine publique ? lui avait demandé Malone un jour. Avec tous ces microbes qui flottent. Toi, une infirmière ?

Elle s'était moquée de lui.

— Tu as une piscine privée dont tu ne m'aurais jamais parlé ?

Il marche jusqu'à la Septième Avenue, alias Adam Clayton Powell Jr. Boulevard, passe devant la Christian Science Church, United Fried Chicken et le Café 22, où Claudette n'aime pas aller manger car elle a peur de grossir, et où lui n'aime pas aller manger car il a peur que l'on crache dans son plat. Sur le trottoir d'en face se trouve Judi's, le petit bar où ils vont boire un verre tranquillement, les rares fois où leurs moments de pause coïncident. Il traverse ACP au niveau de la 135e, passe devant la Thurgood Marshall Academy et un IHOP[1] qui jadis accueillait, au sous-sol, le Small's Paradise.

Claudette, qui sait toutes ces choses, a appris à Malone que c'est là que Billie Holiday a passé sa première audition et que Malcolm X travaillait comme serveur durant la Seconde Guerre mondiale. Malone s'intéressait surtout au fait que l'établissement avait appartenu à Wilt Chamberlain pendant quelque temps.

Les pâtés d'immeubles sont des souvenirs.

Avec des vies et des morts.

Malone portait encore un uniforme et conduisait une voiture de patrouille quand un salopard avait violé une petite Haïtienne dans cette rue. C'était la quatrième gamine victime de ce porc, et tous les flics du Trois-Deux le recherchaient.

Les Haïtiens les avaient précédés. Ils avaient découvert le violeur sur le toit de l'immeuble et l'avaient balancé dans la ruelle, derrière.

Malone et son équipier de l'époque avaient répondu à l'appel et s'étaient rendus sur place. Rocky, l'écureuil qui ne savait pas voler, gisait dans une mare de son propre sang, la plupart des os brisés car, huit étages, ça fait quand même une sacrée chute.

— C'est lui, avait dit une femme du quartier, à l'entrée de la ruelle. L'homme qui a violé ces petites filles.

Les secours savaient à quoi s'en tenir, et l'un des gars avait demandé :

— Il est mort ?

Malone avait secoué la tête, alors le type avait allumé une cigarette et s'était adossé à l'ambulance pour fumer pendant dix bonnes minutes, avant que ses collègues et lui entrent dans l'allée avec une civière et en ressortent en demandant à la police d'appeler le légiste.

Celui-ci déclara que le décès était dû à « un important traumatisme contondant, accompagné d'une hémorragie

1. International House of Pancakes.

catastrophique et fatale », et l'inspecteur de la Criminelle arrivé sur place avait accepté la version de Malone, selon laquelle le type avait sauté dans le vide, sans doute rongé par le remords.

Les enquêteurs avaient conclu à un suicide, Malone avait gagné la considération de la communauté haïtienne et, surtout, aucune des fillettes n'avait été obligée de témoigner au tribunal, face à leur violeur et une ordure d'avocat qui auraient tenté de les faire passer pour des menteuses.

Un bon résultat, mais putain de merde, se dit-il, si on faisait ça aujourd'hui, on irait en taule, on se ferait choper.

Il continue à marcher vers le sud et passe devant St. Nick's.

Surnommé « le Nickel ».

St. Nicholas Houses, treize immeubles de treize étages qu'enjambent les boulevards Adam Clayton Powell et Frederick Douglass, de la 127e à la 131e Rue, représente une bonne partie de son univers professionnel.

Oui, Harlem a changé, Harlem s'est embourgeoisé, mais les cités restent les cités. Elles se dressent telles des îles désertes dans un océan de prospérité nouvelle, mais ce qui fait les cités est ce qui a toujours fait les cités : la pauvreté, le chômage, le trafic de drogue et les gangs. Malone est persuadé que la plupart des habitants de St. Nick's sont des gens bien, qui tentent de vivre au jour le jour, d'élever leurs enfants malgré les conditions difficiles, mais il y a aussi les criminels purs et durs, les gangs.

Deux gangs dominent St. Nick's : les Get Money Boys et les Black Spades. Les GMB tiennent le nord de la cité, les Spades le sud, et ils cohabitent dans une paix précaire imposée par DeVon Carter, qui contrôle la majeure partie du trafic de drogue à West Harlem.

La frontière entre les gangs est la 129e Rue, et Malone dépasse les terrains de basket situés à l'entrée sud de la rue.

Les gars des gangs ne sont pas là aujourd'hui, il fait un froid à vous geler les couilles.

Il quitte Frederick Douglass Boulevard, passe devant

le Harlem Bar-B-Q et l'église Greater Zion Hill Baptist. C'est juste là, dans cette rue, qu'il s'est fait une réputation simultanée de « flic héroïque » et de « flic raciste », aucune des deux étiquettes n'étant vraie, estime-t-il.

C'était il y a six ans maintenant. Agent en civil au Trois-Trois, il déjeunait au Manna's quand il avait entendu des hurlements dehors. En sortant, il avait vu des gens montrer du doigt un traiteur un peu plus loin, sur le trottoir d'en face.

Malone avait lancé un 10-61 par radio, dégainé son arme et était entré dans la boutique.

Le braqueur avait attrapé une fillette avant de lui coller son flingue sur la tempe.

La mère de la gamine s'était mise à hurler.

— Lâche ton arme ! avait crié le braqueur à Malone. Ou je la bute ! J'hésiterai pas !

Il était noir, en manque et complètement à la masse.

En gardant son arme pointée sur lui, Malone avait répondu :

— Qu'est-ce que ça peut me foutre que tu la butes ? Une petite négresse de plus ou de moins…

Profitant de la stupéfaction du type, Malone lui avait tiré une balle dans la tête.

La mère s'était précipitée pour serrer la gosse dans ses bras.

Malone venait de tuer quelqu'un pour la première fois.

De manière légale. Ça ne posait aucun souci du point de vue de la commission de contrôle de l'usage des armes à feu, même s'il avait dû rester assis derrière un bureau le temps d'être mis hors de cause, et aller voir le psy de la police afin qu'il détermine s'il ne souffrait pas de stress post-traumatique ou un truc dans le genre. À ce niveau-là, tout allait bien.

Seul problème : l'employé du traiteur avait tout filmé avec son téléphone, et le *Daily News* avait titré : UNE PETITE N******* DE PLUS OU DE MOINS, accompagné d'une photo de Malone et de cette légende :

« Le héros de la police est un raciste. »

Malone avait alors été convoqué pour un entretien avec son capitaine de l'époque, un type des Affaires internes et un porte-parole de One Police Plaza qui avait demandé :
— « Petite négresse » ?
— Il fallait que je sois convaincant.
— Vous n'auriez pas pu choisir un autre terme ?
— Je n'avais personne à côté de moi pour m'écrire un discours.
— On aimerait vous attribuer la médaille du courage, avait dit son capitaine, mais…
— Je n'avais pas l'intention de la réclamer.

À son crédit, le gars des Affaires internes avait lancé :
— Puis-je faire remarquer que le sergent Malone a sauvé la vie d'une Afro-Américaine ?
— Et s'il avait mal visé ? avait demandé le porte-parole.
— Je l'ai eu, avait répondu Malone.

En vérité, il s'était posé la même question. Il n'en avait pas parlé au psy, mais il faisait des cauchemars dans lesquels il manquait le braqueur et atteignait la fillette.

Aujourd'hui encore.

Putain de merde, il faisait des cauchemars parce qu'il avait buté le braqueur.

Les images avaient tourné sur YouTube et un groupe de rap local fit une chanson intitulée *Une petite négresse de plus ou de moins*, qui récolta quelques centaines de milliers de vues. Côté positif : la mère de la fillette lui rendit visite et lui apporta sa spécialité, un pain de maïs aux *jalapeños*, ainsi qu'un mot de remerciement écrit à la main.

Il a toujours le mot.

Il traverse St. Nicholas, Convent, et descend la 127e jusqu'au croisement où la 126e bifurque vers le nord-ouest. Il traverse Amsterdam, passe devant le Amsterdam Liquor Mart, qui le connaît bien, l'Antioch Baptist Church, qui ne le connaît pas, puis St. Mary's Center, la Two-Six House, et pénètre dans le vieux bâtiment qui abrite désormais la Manhattan North Special Task Force.

Ou, comme on l'appelle dans la rue : La Force.

2

La Manhattan North Special Task Force était une idée de Malone au départ.

Une quantité de baratin bureaucratique décrit leur mission, mais Malone et les autres flics de La Force savent très exactement quelle est leur « mission spéciale ».

Tenir la position.

Big Monty avait formulé la chose un peu différemment.

— On est des paysagistes. Notre boulot, c'est d'empêcher la jungle de repousser.

— Qu'est-ce que tu racontes ? avait demandé Russo.

— L'ancienne jungle urbaine qu'était Manhattan North a été presque entièrement rasée pour laisser place à un jardin d'Éden cultivé et commercial. Mais il reste des parcelles de jungle, à savoir les cités. Notre boulot, c'est d'empêcher la jungle de reprendre possession du paradis.

Malone connaît bien cette équation – les prix de l'immobilier grimpent à mesure que la criminalité baisse –, mais il n'en a rien à foutre.

Sa préoccupation, c'est la violence.

Quand il était entré dans la police, le « miracle Giuliani » avait transformé la ville. Les chefs de la police, Ray Kelly et Bill Bratton, avaient utilisé la théorie de « la fenêtre brisée » et la technologie CompStat afin de réduire la criminalité de rue à un niveau presque négligeable.

Après le 11 Septembre, l'attention de la police s'était détournée de la criminalité pour se concentrer sur le terrorisme, mais la violence de rue avait continué à baisser, le nombre de meurtres s'était effondré et les quartiers « ghettos » de l'Upper Manhattan – Harlem, Washington Heights et Inwood – avaient commencé à revivre.

L'épidémie de crack avait largement atteint sa tragique conclusion darwinienne, toutefois les problèmes liés à la pauvreté et au chômage – drogue, alcoolisme, violences conjugales et gangs – n'avaient pas disparu.

Aux yeux de Malone, il existait deux quartiers, deux cultures regroupées autour de leurs châteaux respectifs – les nouveaux gratte-ciel étincelants et les vieilles tours des cités. La différence étant que les gens au pouvoir étaient maintenant littéralement investis.

Jadis, Harlem c'était Harlem, et les Blancs riches « ne mettaient pas les pieds là-bas », sauf pour s'encanailler ou rechercher des frissons à peu de frais. Le nombre de meurtres était élevé, idem pour les agressions, les vols à main armée et toute la violence liée à la drogue, mais tant que des Noirs violaient, détroussaient ou assassinaient d'autres Noirs, tout le monde s'en foutait.

Sauf Malone.

Et d'autres flics.

Telle est l'ironie amère et brutale du métier.

L'origine de la relation amour/haine que la police entretient avec la communauté et la communauté avec la police.

Les flics voient ça chaque jour, chaque nuit.

Les blessés, les morts.

Les gens oublient que les flics voient d'abord les victimes, puis les coupables. Qu'il s'agisse du bébé qu'une pute défoncée au crack a laissé tomber dans la baignoire, du gamin battu jusqu'à l'hébétude par le petit ami à peine majeur de sa mère, de la vieille dame qui s'est brisé la hanche quand un voleur de sacs à main l'a projetée sur le trottoir, ou de l'apprenti dealer de quinze ans abattu au coin de la rue.

Les flics éprouvent de la peine pour les victimes et de la haine pour les criminels, mais ils ne peuvent pas avoir trop de peine car ils ne pourraient plus faire leur travail, et ils ne peuvent avoir trop de haine car ils se transformeraient en criminels.

Vous avez de la peine pour la vieille dame blessée, mais vous détestez le salopard qui a fait ça ; vous compatissez avec le commerçant qui vient de se faire braquer, mais vous méprisez le taré qui l'a attaqué ; vous êtes triste pour le jeune Noir qui a été abattu, mais vous détestez le nègre qui lui a tiré dessus.

Alors, les flics se construisent une carapace, ils s'entourent d'un champ de force qui semble dire « Pas de quartier » et que chacun peut sentir à trois mètres.

Il le faut, Malone le sait, sinon ce boulot vous tue, physiquement ou psychologiquement. Ou les deux.

Le véritable problème, se dit Malone, c'est quand vous commencez à haïr la victime. Et ça arrive. Ça vous use. Leur souffrance devient la vôtre, la responsabilité de cette souffrance pèse sur vos épaules : vous n'avez pas fait suffisamment pour les protéger, vous n'étiez pas au bon endroit, vous n'avez pas arrêté le criminel plus tôt.

Vous commencez à vous accuser et/ou vous commencez à accuser les victimes. Pourquoi ces gens sont-ils si vulnérables, si faibles, pourquoi vivent-ils dans ces conditions, pourquoi entrent-ils dans des gangs, pourquoi vendent-ils de la drogue, pourquoi faut-il qu'ils s'entretuent pour rien… Pourquoi faut-il que ce soit des putains d'animaux ?

Pourtant, Malone persiste à se sentir concerné.

Il ne le veut pas.

Mais il persiste.

Tenelli n'est pas contente.

— Pourquoi est-ce qu'il nous convoque le jour du réveillon ? demande-t-elle à Malone en franchissant la porte. Il est con comme une bite.

— Je crois que tu as répondu toi-même à la question, dit Malone.

Le capitaine Sykes est con comme une bite.

En parlant de ça, l'opinion dominante veut que Janice Tenelli ait la plus grosse de la Task Force. Malone l'a vue décocher des coups de pied dans un sac de frappe, au niveau des couilles, et il a senti les siennes se ratatiner.

Ou gonfler. Tenelli a une épaisse crinière de cheveux noirs, une forte poitrine et un visage sorti tout droit d'un film italien. Tous les types de l'unité aimeraient coucher avec elle, mais elle a bien fait comprendre qu'elle ne chie pas là où elle mange.

Malgré toutes les preuves du contraire, Russo continue d'affirmer devant Tenelli, mère de deux enfants, qu'elle est lesbienne.

— Parce que je refuse de baiser avec toi ?
— Parce que c'est mon fantasme le plus cher. Toi et Flynn.
— Flynn est lesbienne, elle.
— Je sais.
— Fais-toi plaisir, lance Tenelli en secouant le poignet.

Elle confie à Malone :

— Je n'ai pas encore emballé un seul cadeau. Mes beaux-parents débarquent demain et je suis obligée d'écouter ce type faire des discours ? Allez, Denny, parle-lui.

Elle sait ce qu'ils savent tous : Malone était là avant l'arrivée de Sykes et il sera encore là lorsque celui-ci s'en ira. Une plaisanterie dit que Malone pourrait réussir l'examen de lieutenant, ce qu'il ne pourrait pas accepter, c'est la réduction de salaire.

— Tu t'assois, tu écoutes, répond Malone, et ensuite tu rentres chez toi pour préparer… Qu'est-ce que tu fais à manger ?

— Je sais pas. C'est Jack qui cuisine. Des côtelettes, je suppose. Et toi, tu participes à ta distribution de dindes annuelle ?

— D'où le terme « annuelle ».
— Touché.

Malone et les autres entrent en file indienne dans la salle de briefing quand il aperçoit Kevin Callahan du coin de l'œil. Grand, maigre, barbe épaisse et longs cheveux roux, le flic infiltré a l'air complètement défoncé.

Les flics, infiltrés ou pas, ne sont pas censés consommer de la drogue, mais comment, dans ce cas, peuvent-ils dealer sans se faire repérer ? Alors, parfois, ça devient une habitude. Beaucoup de gars vont directement en cure de désintox après leur mission d'infiltration, et leur carrière est foutue.

Les risques du métier.

Malone marche vers Callahan, le prend par le coude et l'entraîne dans le couloir.

— Si Sykes te voit, il va illico te faire pisser dans un flacon.

— Faut que je signe le registre.

— J'expliquerai que tu es en planque. Si on te pose la question, tu étais à la Ville pour moi.

Le local de la Manhattan North Special Task Force est idéalement situé entre deux cités : Manhattanville, juste en face, et Grant, de l'autre côté de la 125e, plus bas.

Si la révolution éclate, pense Malone, on sera encerclés.

— Merci, Denny.

— Qu'est-ce que tu fais encore là ? Allez, tire-toi... Hé, Callahan, si tu te pointes encore dans cet état, c'est moi qui m'occupe de toi.

Il retourne dans la salle de briefing et s'assoit sur une chaise métallique pliante, à côté de Russo.

Big Monty, assis devant eux, pivote sur sa chaise. Il a dans la main une tasse de café fumant, qu'il parvient à boire malgré le cigare éteint enfoncé au coin de sa bouche.

— Je tiens à émettre une protestation officielle concernant les activités de cet après-midi.

— C'est noté, répond Malone.

Monty se retourne.

Russo sourit.

— Il est pas content.

Non, il n'est pas content, se dit Malone, satisfait. C'est bien de secouer de temps en temps l'imperturbable Big Man.

Ça le conserve.

Raf Torres entre avec son équipe : Gallina, Ortiz et Tenelli. Ça déplaît à Malone que Tenelli soit avec Torres car s'il aime bien Tenelli, il pense que Torres est un connard. Il est balèze, cet enfoiré, mais aux yeux de Malone on dirait un gros crapaud portoricain, marron et vérolé.

Torres le salue d'un signe de tête. Un geste qui réussit à exprimer à la fois du respect et une forme de provocation.

Sykes entre à son tour et vient se placer derrière le pupitre à la manière d'un professeur. Il est jeune pour un capitaine, mais il faut dire qu'il a des appuis à la NSA, des huiles qui veillent sur ses intérêts.

Et il est noir.

Malone sait que Sykes a été choisi par défaut et que la Manhattan North Special Task Force représente une étape importante dans son ascension.

Pour Malone, il ressemble à un candidat républicain précoce qui vise le Sénat : pimpant, propre sur lui, cheveux courts. Pas le genre à avoir des tatouages, à moins qu'une flèche dans son dos n'indique son cul avec ces mots : *Vers mon cerveau*.

Non, c'est injuste, se dit Malone. Ce type a un solide palmarès, il a fait du bon boulot à la division des Major Crimes dans le Queens, avant de devenir le nettoyeur officiel des *precincts*[1] : il a fait le ménage au Dixième et au Sept-Six, de vrais dépotoirs, et depuis on l'a muté ici.

Pour cocher une autre case sur sa feuille de route ? se demande Malone.

Ou pour nous nettoyer ?

En tout cas, il n'a pas changé de style.

De l'ordre et de la discipline.

Un marine du Queens.

Le jour de sa prise de fonction, il avait réuni toute la Task Force – cinquante-quatre inspecteurs, agents infiltrés,

---

1. Division au sein d'un département de police.

types de l'Anti-Crime et policiers en uniforme… – et il leur avait fait un discours.

— J'ai face à moi l'élite, avait-il dit. La crème de la crème. Je sais aussi que j'ai face à moi quelques ripoux. Ils savent de qui je parle. Et bientôt, je le saurai moi aussi. Alors, écoutez-moi bien. Celui que je surprends en train d'accepter ne serait-ce qu'un café ou un sandwich, je lui prends son insigne, son arme et sa retraite. Maintenant, fichez le camp et allez faire votre boulot.

Il ne s'était pas fait d'amis, mais il avait clairement fait comprendre qu'il n'était pas là pour ça. En outre, il s'était mis à dos ses troupes en prenant très nettement position contre les « violences policières », en prévenant qu'il ne tolérerait pas les intimidations, les passages à tabac, les contrôles au faciès ni les fouilles au corps.

Putain, comment croit-il qu'on maintient un semblant d'ordre ? pense Malone en l'observant à présent.

Le capitaine brandit un exemplaire du *New York Times*.

— « Noël blanc, lit-il. L'héroïne envahit la ville pour les fêtes. » Mark Rubenstein. Et il ne signe pas juste un article, il y en a toute une série. Dans le *New York Times*, messieurs.

Il s'interrompt, le temps que ça imprègne les esprits.

En vain.

La plupart des flics ne lisent pas le *Times*. Ils lisent le *Daily News* et le *Post*, avant tout pour le sport ou la fille à poil en page 6. Quelques-uns lisent le *Wall Street Journal* pour surveiller leur portefeuille d'actions. Le *Times*, c'est uniquement pour les bureaucrates de One Police et les gratte-papier de la mairie.

Mais le *Times* annonce qu'il y a « une épidémie d'héroïne ».

Évidemment, c'est une épidémie depuis que des Blancs en meurent, se dit Malone.

Les Blancs ont commencé par obtenir de leurs médecins des pilules à base d'opium, l'oxycodone, le Vicodin, toutes ces merdes. Mais ça coûtait cher et les médecins rechignaient à les prescrire, à cause du risque d'addiction justement. Alors, les Blancs se sont fournis sur le libre marché et ces pilules sont devenues une « drogue de la rue ». Tout cela se passait très bien, de manière civilisée, jusqu'à ce que le cartel de Sinaloa, là-bas au Mexique, prenne la décision de livrer une guerre commerciale aux grandes sociétés pharmaceutiques américaines en augmentant sa production d'héroïne, entraînant par conséquent une baisse des prix.

Pour attirer le consommateur, ils en ont également augmenté la puissance.

Les Américains blancs accros ont découvert que la « cannelle » mexicaine était moins chère et plus forte que les pilules, alors ils ont commencé à se l'injecter dans les veines et à faire des overdoses.

Malone est aux premières loges.

Son équipe et lui ont arrêté tellement de junkies du quart-monde, d'épouses de banlieue et de madones de l'Upper East Side qu'il est devenu impossible de les compter. De plus en plus de victimes qu'ils découvraient mortes dans des ruelles étaient de type caucasien.

Une tragédie, selon les médias.

Les sénateurs et les membres du Congrès eux-mêmes ont sorti le nez de la raie du cul de leurs donateurs le temps de prendre conscience de cette nouvelle épidémie et d'exiger que « des mesures soient prises ».

— Je veux que vous alliez sur le terrain pour arrêter ce trafic, dit Sykes. Nos chiffres concernant le crack sont satisfaisants mais, pour l'héroïne, ils sont médiocres.

Les bureaucrates adorent les chiffres, se dit Malone. Cette nouvelle race de flics « managériaux » ressemble aux statisticiens du base-ball, convaincus que tout est dans les chiffres. Et quand ceux-ci ne disent pas ce qu'ils attendent, ils les tripotent comme des Coréennes de la Huitième Avenue, jusqu'au happy end.

Vous voulez vous faire bien voir ? Les crimes violents sont en baisse.

Vous voulez davantage de crédits ? Ils sont en augmentation.

Vous avez besoin d'effectuer des arrestations ? Envoyez vos gars dans la rue pour procéder à des interpellations bidon qui ne déboucheront sur aucune inculpation. Vous vous en foutez – les inculpations, c'est le problème des procureurs –, vous voulez juste faire du chiffre.

Vous voulez prouver que le trafic de drogue diminue dans votre secteur ? Envoyez vos gars en mission « chercher et éviter », là où il n'y a pas de drogue.

Ce n'est qu'une partie de la combine. L'autre moyen de manipuler les chiffres, c'est de demander aux policiers de transformer les « crimes » en « délits mineurs » au moment de rédiger leurs rapports. Ainsi, un braquage devient un « larcin », un cambriolage se traduit par des « objets perdus » et un viol est une « agression sexuelle ».

Et vlan, la criminalité recule.

Du bon usage des chiffres.

— Il y a une épidémie d'héroïne, dit Sykes, et nous sommes en première ligne.

Ils ont vraiment dû briser les couilles de l'inspecteur McGivern lors de la réunion CompStat, songe Malone, et il a transmis la douleur à Sykes.

Alors, il nous la refile.

Et nous, on va la refourguer à une bande de petits dealers minables, de camés qui vendent pour pouvoir acheter, on va multiplier les arrestations jusqu'à ce que Central Booking soit englouti sous le vomi des junkies en manque et les tribunaux engorgés par des pauvres types tremblotants qui plaideront coupables et retourneront en prison pour acheter de l'héro. Ils en ressortiront toujours accros et le cycle recommencera.

Mais on sera dans le par.

Les bureaucrates de One Police peuvent bien répéter à loisir qu'il n'y a pas de quotas, n'importe qui dans la police sait que c'est faux. À l'époque de « la fenêtre brisée », ils rédigeaient des assignations pour tout et n'importe quoi : traîner sur un banc, jeter un déchet par terre, sauter par-dessus le tourniquet du métro, se garer en double file. L'idée étant que si on ne punissait pas les petits délits, les gens allaient croire qu'ils pouvaient en commettre des gros.

Les policiers rédigeaient alors un tas de convocations à la con qui obligeaient un tas d'individus pauvres à prendre des heures qu'ils ne pouvaient pas se permettre de perdre afin de se rendre au tribunal et de payer des amendes qu'ils ne pouvaient pas payer. Certains ne se présentaient pas le jour dit et écopaient d'un mandat d'arrêt, si bien que leur délit se transformait en crime et leur faisait risquer la prison pour avoir jeté un emballage de chewing-gum sur le trottoir.

Cela avait provoqué une vive colère envers la police.

Et puis, il y avait eu les 250[1].

Arrestation et fouille au corps.

En gros, si vous voyiez un jeune Noir dans la rue, vous l'arrêtiez pour voir ce qu'il transportait. Cela aussi avait provoqué beaucoup de ressentiment, et un grand nombre de réactions négatives dans les médias, donc on ne le fait plus non plus.

Sauf que si.

Aujourd'hui, le quota qui n'existe pas, c'est l'héroïne.

— La coopération, est en train de dire Sykes, et la coordination sont ce qui fait de nous une unité opérationnelle et non pas des entités séparées réunies dans le même espace. Alors, travaillons ensemble, messieurs, et atteignons notre objectif.

Hourrah ! se dit Malone.

Sykes n'a sans doute pas conscience qu'il vient de donner à ses troupes des ordres contradictoires – utiliser leurs indics et effectuer des arrestations –, il ne saisit pas

---

1. Code utilisé par la police pour désigner un type particulier d'interventions.

que vous utilisez vos indics en leur refilant de la drogue et non en les arrêtant.

Ils vous donnent des infos, vous leur foutez la paix.

C'est comme ça que ça marche.

Que croit-il ? Qu'un dealer va vous parler par bonté d'âme ? Pour être un bon citoyen ? Un dealer vous parle contre de l'argent ou de la drogue, pour échapper à une inculpation ou pour entuber un rival. Ou peut-être, peut-être, parce que quelqu'un baise sa nana.

C'est tout.

Les types de La Force ne ressemblent pas trop à des flics. À vrai dire, songe Malone en regardant autour de lui, ils ressemblent davantage à des criminels.

Les infiltrés ont l'air de junkies ou de dealers : sweats à capuche, pantalons baggy ou jeans crasseux, baskets. Le préféré de Malone est un jeune Noir surnommé Babyface, qui se cache sous une épaisse capuche et suce une énorme tétine, les yeux levés vers Sykes, tout en sachant que le boss ne lui dira rien car il fait bouillir la marmite.

Les types en civil sont des pirates urbains. Ils portent encore des insignes en fer (pas en or) sous leurs blousons de cuir noir, leurs cabans ou leurs doudounes. Leurs jeans sont propres, mais pas repassés, et ils préfèrent les boots aux tennis.

À l'exception de Bob Bartlett, alias Cowboy, qui porte des grosses bottes pointues. « Y a pas mieux pour enfiler les négros. » Bartlett n'a jamais voyagé plus loin que Jersey City, et malgré cela, il s'exprime avec un accent traînant de *redneck* et il rend Malone complètement dingue en écoutant de la « musique » country dans le vestiaire.

Les agents en uniforme non plus ne ressemblent pas à des flics ordinaires. Ce n'est pas à cause de leur tenue, c'est leur tête. Ce sont des teigneux, ils arborent leur sourire narquois sur le visage comme leur insigne sur la poitrine. Ces gars-là sont toujours prêts, pour le plaisir.

Même les femmes sont arrogantes. Elles ne sont pas nombreuses au sein du groupe, mais elles ne font pas de quartier. Il y a Tenelli, et puis il y a Emma Flynn, une fêtarde qui picole dur (une Irlandaise, figurez-vous) et possède la voracité sexuelle d'une impératrice romaine. Coriaces toutes les deux, elles ont dans le cœur une haine salutaire.

Mais les inspecteurs, les insignes dorés, comme Malone, Russo, Montague, Torres, Gallina, Ortiz, Tenelli, appartiennent encore à une autre catégorie, « la crème de la crème », ce sont des vieux de la vieille décorés, qui ont à leur actif un paquet d'arrestations importantes.

Les inspecteurs de la Task Force ne sont ni en uniforme, ni en civil, ni infiltrés.

Ce sont des rois.

Leurs royaumes ne sont pas des champs et des châteaux, mais des pâtés de maisons et des tours. Les quartiers de l'Upper West Side et les cités de Harlem. Ils règnent sur Broadway et le West End, Amsterdam, Lenox, St. Nicholas et Adam Clayton Powell. Central Park et Riverside, où des nounous jamaïcaines promènent en poussette des enfants de yuppies, où des dirigeants de start-up font leur jogging, et les terrains de jeu jonchés d'ordures, où les membres des gangs baisent et vendent de la drogue.

Et on a intérêt à gouverner d'une main de fer, se dit Malone, car nos sujets sont noirs et blancs, portoricains, dominicains, haïtiens, jamaïcains, italiens, irlandais, juifs, chinois, vietnamiens, coréens. Tous se haïssent et, s'il n'y avait pas de rois, ils s'entretueraient, plus qu'ils ne le font déjà.

On règne sur les gangs : Crips et Bloods, Trinitarios et Latin Lords. Dominicans Don't Play, Broad Day Shooters, Gun Clappin' Goonies, Goons on Deck, From Da Zoo, Money Stackin' High, Mac Baller Brims. Folk Nation, Insane Gangster Crips, Addicted to Cash, Hot Boys, Get Money Boys.

Et puis, il y a les Italiens – la famille Genovese, les Luchese, les Gambino, les Cimino –, qui tous deviendraient totalement incontrôlables s'ils ne savaient pas que des rois étaient là pour les décapiter.

Enfin, on règne sur La Force. Sykes croit que c'est lui, du moins il fait mine de le croire, mais en réalité ce sont les rois inspecteurs qui tiennent les rênes. Les infiltrés sont nos espions, les flics en uniforme nos fantassins, les flics en civil nos chevaliers.

Et on n'est pas devenus rois parce que nos pères l'étaient ; on a conquis nos couronnes à la dure, à l'image de ces guerriers de l'ancien temps qui ont accédé au trône en se battant avec des épées ébréchées et des armures cabossées, couverts de blessures et de cicatrices. On a commencé dans ces rues avec des flingues et des matraques, des poings, des nerfs, des tripes, de la matière grise et des couilles. On a gravi les échelons grâce à notre connaissance de la rue, chèrement acquise, grâce au respect gagné, à nos victoires, et même à nos défaites. On s'est fait une réputation de chefs coriaces, forts, impitoyables et justes en administrant une justice brutale avec une compassion inébranlable.

Voilà ce que fait un roi.

Il rend la justice.

Et Malone sait qu'il est important d'avoir la tête de l'emploi. Les sujets attendent de leurs rois qu'ils aient l'air élégants, qu'ils portent un peu de fric sur le dos et aux pieds, qu'ils soient un peu classe. Prenez Montague, par exemple. Big Monty s'habille comme un prof de la Ivy League : vestes en tweed, gilets, cravates en tricot, sans oublier le feutre et la petite plume rouge dans le ruban. Cela va à l'encontre du stéréotype et ça fout la trouille car les criminels ne savent pas quoi penser de lui, et quand il les conduit au poste, ils pensent être interrogés par un génie.

Ce qu'il est sans doute.

Malone l'a vu se rendre à Morningside Park, là où les vieux Noirs jouent aux échecs, faire cinq parties simultanées et toutes les gagner.

Puis rendre le fric qu'il venait de leur prendre.

Un trait de génie là aussi.

Russo est de la vieille école. Il arbore un grand manteau en cuir sang-de-bœuf, un vestige des années 1980 qui lui va bien. Il faut dire que tout lui va bien, il sait s'habiller. Le manteau rétro, les costards italiens sur mesure, les chemises monogrammées, les chaussures Magli.

Une coupe de cheveux tous les vendredis, rasage deux fois par jour.

Le style gangster chic. Le regard ironique de Russo sur les mafieux avec qui il a grandi et qu'il n'a jamais voulu rejoindre. Il a pris la direction opposée et, en tant que flic, il aime plaisanter en disant qu'il est « le mouton blanc de la famille ».

Malone, lui, s'habille toujours en noir.

C'est son signe caractéristique.

Tous les inspecteurs de La Force sont des rois, mais Malone – sans vouloir manquer de respect à Notre-Seigneur – est le roi des rois.

Manhattan North est son royaume.

Comme n'importe quel roi, ses sujets l'aiment et le craignent, ils le vénèrent et le détestent, l'encensent et le vilipendent. Il a ses loyalistes et ses rivaux, ses sycophantes et ses critiques, ses bouffons et ses conseillers, mais il n'a pas de véritable ami.

Sauf ses équipiers.

Russo et Monty.

Ses frères rois.

Il est prêt à mourir pour eux.

— Malone ? Vous avez une minute ?

C'est Sykes.

3

— Comme vous le savez certainement, dit Sykes une fois dans son bureau, tout ce que je vous ai dit, ou presque, c'était du pipeau.

— Oui, capitaine, répond Malone. Je me demandais si vous le saviez aussi.

Le sourire de Sykes se crispe davantage. Malone n'aurait pas cru cela possible.

Le capitaine le trouve arrogant.

Malone ne dit pas le contraire.

Pour être flic dans ces rues, mieux vaut être arrogant, pense-t-il. Il y a des individus par ici, s'ils sentent que vous n'êtes pas un salopard, ils vous buteront et vous baiseront par tous les trous qu'auront laissés les balles. Que Sykes aille donc dans les rues, qu'il fasse des descentes, qu'il enfonce des portes.

Sykes n'aime pas cette arrogance, mais il y a beaucoup de choses qu'il n'aime pas chez l'inspecteur Denny Malone : son sens de l'humour, ses bras entièrement tatoués, sa connaissance encyclopédique des paroles de hip-hop. Surtout, il n'aime pas son attitude, cette idée, en gros, que Manhattan North est son royaume, et son capitaine un simple touriste.

Qu'il aille se faire foutre, se dit Malone.

Sykes ne peut rien faire car, en juillet dernier, Malone et son équipe ont réalisé la plus grosse saisie d'héroïne de toute l'histoire de New York. Ils ont tapé Diego Pena, le baron de la drogue dominicain. Cinquante kilos. De quoi fournir un fix à tous les habitants de la ville. Hommes, femmes et enfants.

Ils ont également saisi près de deux millions en liquide.

Les bureaucrates de One Police n'étaient pas très contents que Malone et son équipe mènent l'enquête dans leur coin, sans faire appel à qui que ce soit. Les Stups étaient furieux. La DEA aussi. Qu'ils aillent tous se faire foutre, se dit Malone.

Les médias ont adoré.

Le *Daily News* et le *Post* ont fait des gros titres en couleurs, et toutes les chaînes de télé ont ouvert leurs JT avec cette info. Le *Times* lui-même a publié un article dans les pages « *Metro* ».

Les bureaucrates ont alors été obligés de sourire en serrant les dents.

Ils ont posé à côté des piles de paquets d'héroïne.

Les médias se sont aussi déchaînés en septembre quand la Task Force a effectué une mégadescente dans les cités Grant et Manhattanville et arrêté plus de cent personnes appartenant aux gangs des 3Staccs, des Money Avenue Crew et des Make It Happen Boys, un des « jeunes en difficulté » de ce dernier gang ayant buté une basketteuse star de dix-huit ans pour se venger après qu'un des leurs avait été abattu. À genoux dans la cage d'escalier, elle avait supplié qu'on la laisse vivre, pour pouvoir aller à l'université où elle avait obtenu une bourse, mais on ne lui avait pas laissé cette chance.

Ils l'avaient abandonnée sur le palier, son sang coulant sur les marches comme une petite cascade écarlate.

Les journaux étaient remplis de photos de Malone et de son équipe en train d'embarquer les meurtriers pour les conduire vers une peine de prison à perpétuité à Attica, surnommée dans les rues « Le Dôme de la Terreur ».

Mon équipe, se dit Malone, réalise les trois quarts des arrestations importantes « sous votre commandement », des arrestations sérieuses qui se traduisent par des condamnations sérieuses. Ça n'apparaît pas dans vos chiffres, mais vous savez foutrement bien qu'elle a apporté son soutien à quasiment toutes les arrestations pour des meurtres liés à la drogue, sans parler des vols avec agression, des cambriolages, des braquages, des violences conjugales et des viols commis par des junkies et des dealers.

J'ai éliminé des rues plus de dangereux criminels que le cancer, et c'est mon équipe qui maintient le couvercle sur ce merdier, qui l'empêche d'exploser. Et vous le savez.

Alors, même si vous vous sentez menacé par moi, même si vous savez que c'est moi, en réalité, qui dirige la Task Force, et non pas vous, vous n'allez pas me muter car vous avez besoin de moi pour donner une bonne image de vous.

Et ça aussi, vous le savez.

Même si vous n'aimez pas votre meilleur joueur, vous n'allez pas l'échanger. C'est lui qui marque des points au tableau d'affichage.

Sykes ne peut pas l'atteindre.

Le capitaine poursuit :

— C'était un numéro destiné à satisfaire les bureaucrates. L'héroïne fait les gros titres, nous sommes obligés de réagir.

La vérité, c'est que la consommation d'héroïne dans la communauté noire est en baisse, et non en augmentation, Malone le sait. La vente d'héroïne par les gangs de Noirs a diminué, pas le contraire. En fait, les jeunes délinquants se diversifient : vols de téléphones portables et cybercriminalité, usurpations d'identité et fraudes aux cartes bancaires.

N'importe quel flic de Brooklyn, du Bronx et de Manhattan North sait que la violence n'est pas due à l'héroïne, mais à l'herbe. Les jeunes se battent pour déterminer qui peut vendre de la paisible marijuana, et où.

— Si on peut fermer toutes les fabriques d'héroïne, dit Sykes, fermons-les, évidemment ! Mais ce qui m'intéresse surtout, ce sont les armes. Ce qui m'intéresse, c'est d'empêcher ces jeunes crétins de s'entretuer et de tuer d'autres personnes dans mes rues.

Les armes et la drogue sont les éléments de base de la criminalité américaine. Et si la police est obsédée par l'héroïne, elle l'est encore plus par la volonté d'éradiquer les armes. Pour une bonne raison : ce sont les flics qui doivent affronter les meurtres, les blessés, qui doivent annoncer la nouvelle aux familles, travailler avec elles, faire en sorte que justice leur soit rendue.

Et évidemment, ce sont les armes en circulation dans les rues qui tuent les flics.

Les connards de la NRA vous diront que « ce ne sont pas les armes qui tuent, ce sont les gens ». Oui, se dit Malone, des gens armés.

Certes, vous avez aussi des meurtres à l'arme blanche, des tabassages mortels, mais s'il n'y avait pas d'armes à feu, le nombre d'homicides serait négligeable. Et la plupart des putes du Congrès qui se rendent à la convention de la NRA parfumées et vêtues de fanfreluches n'ont jamais vu un homicide par balle, ni même quelqu'un qui s'est fait tirer dessus.

Les flics, si.

Ce n'est pas joli. Ça ne ressemble pas à ce qu'on voit dans les films. Le bruit et l'odeur non plus. Ces abrutis pour qui la réponse consiste à armer tout le monde, afin que les gens puissent, par exemple, canarder dans l'obscurité d'une salle de spectacle, n'ont jamais eu d'arme pointée sur eux, et ils chieraient dans leur froc si ça leur arrivait.

Ils évoquent le deuxième amendement et les droits individuels, mais en réalité c'est une question de fric. Les fabricants d'armes, qui financent majoritairement la NRA, veulent vendre leur production et s'en foutre plein les poches.

Voilà tout.

La ville de New York possède la législation la plus sévère du pays en matière d'armes, mais ça ne change pas grand-chose car elles arrivent de l'extérieur, par le « Pipeline de Fer ». Des dealers achètent des armes dans des États où la législation est moins contraignante – le

Texas, l'Arizona, l'Alabama, les deux Carolines – et ils les importent dans les villes du Nord-Est et de la Nouvelle-Angleterre, par la I-95.

Les idiots aiment évoquer la criminalité dans les grandes villes, songe Malone, mais ils ignorent que les armes viennent de chez eux, ou bien ils s'en foutent.

À ce jour, quatre flics new-yorkais au moins ont été tués par des armes arrivées via le Pipeline de Fer.

Sans parler des gamins des gangs et des passants.

Le bureau du maire, les forces de l'ordre, tout le monde tente désespérément d'éradiquer les armes. La police va même jusqu'à les racheter : vous rapportez vos armes et, sans poser de questions, on vous offre, le sourire en prime, 200 dollars pour une arme de poing ou un fusil d'assaut, et 25 dollars pour les carabines et fusils de chasse et pour les carabines à air comprimé.

La dernière opération de rachat, organisée dans l'église de la 129ᵉ Rue, a permis de récupérer quarante-huit revolvers, dix-sept pistolets semi-automatiques, trois fusils et un AR-15.

Malone n'a aucun problème avec ça. Des armes rachetées, ce sont des armes qui ne circulent plus dans les rues, et des armes en moins dans les rues, ça aide les flics à accomplir leur tâche numéro un : rentrer chez eux à la fin de leur service. Un vieux de la vieille lui a appris ça quand il est entré dans la police : ta première mission, c'est de rentrer chez toi après ton boulot.

Sykes lui demande :

— Où en est-on avec DeVon Carter ?

DeVon Carter, alias Soul Survivor, règne sur le trafic de drogue à Manhattan North, c'est le dernier en date d'une lignée de barons de Harlem qui remonte à Bumpy Johnson, Frank Lucas et Nicky Barnes.

La plus grosse partie de ses revenus provient des fabriques d'héroïne, qui sont en réalité des centres de distribution, chargés des expéditions vers la Nouvelle-

Angleterre, les petites villes situées au bord de l'Hudson, jusqu'à Philadelphie, Baltimore et Washington.

Imaginez Amazon version héroïne.

Il est intelligent, il a le sens de la stratégie et il s'est mis à l'écart des opérations quotidiennes. Il n'approche jamais de la drogue ni des transactions, toutes ses communications sont filtrées par une poignée de subordonnés qui s'adressent à lui de vive voix, jamais par téléphone, par texto ou par mail.

La Force n'a pas réussi à placer un indic au sein de l'organisation de Carter, le Soul Survivor n'accueille que de vieux amis et sa famille proche à l'intérieur de son cercle restreint. Et s'ils se font arrêter, ils préfèrent purger une peine de prison plutôt que de le dénoncer car en choisissant la prison, ils sont sûrs de rester en vie.

C'est frustrant. La Task Force peut arrêter autant de dealers de rue qu'elle veut. Les infiltrés montent un grand nombre d'opérations à succès. Mais c'est une porte à tambour : quelques membres de gang vont à Rikers[1], pendant que d'autres font la queue pour prendre leur place et vendre de la drogue.

Jusqu'à présent, Carter est resté intouchable.

— On a envoyé des indics dans les rues, dit Malone, et parfois on arrive à le localiser. Et après ? Sans enregistrement, on est baisés.

Carter possède ou détient des parts dans une dizaine de clubs, épiceries, immeubles, bateaux et Dieu sait quoi encore, et il éparpille ses rendez-vous. S'ils pouvaient placer un micro dans un de ces endroits, ils auraient peut-être de quoi passer à l'offensive.

Le cercle vicieux classique. Sans motif raisonnable, pas de mandat, mais sans mandat, impossible d'obtenir un motif raisonnable.

---

1. Rikers Island accueille la plus grande prison de la ville de New York.

Malone ne prend pas la peine de l'expliquer, Sykes le sait déjà.

— D'après certaines infos, dit le capitaine, Carter négocie un très gros achat d'armes. Du lourd : fusils d'assaut, pistolets automatiques et même des lance-roquettes.

— D'où vous tenez ça ?

— Contrairement à ce que vous pensez, vous n'êtes pas le seul à faire votre métier de policier dans cet immeuble. Et si Carter cherche ce genre d'arsenal, ça veut dire qu'il va partir en guerre contre les Dominicains.

— Je suis d'accord.

— Tant mieux, réplique Sykes. Je ne veux pas que cette guerre ait lieu sur mon territoire. Je ne veux pas assister à un bain de sang de cette envergure. Je veux que ce chargement soit intercepté.

Oui, se dit Malone, vous voulez qu'il soit intercepté, OK, mais à votre manière. « Pas de numéro de cow-boy, pas d'enregistrements illégaux, pas de fracas, pas de coups fourrés. »

Il a déjà entendu ce discours.

— J'ai grandi à Brooklyn, lance Sykes. Dans la cité Marcy.

Malone connaît l'histoire, elle a été publiée dans les journaux, mise en avant sur le site de la police. « Des cités au poste de police : un officier noir échappe aux gangs pour accéder au plus haut échelon du NYPD. » Elle raconte comment Sykes a transformé sa vie, obtenu une bourse pour étudier à Brown University, avant de revenir chez lui afin de « changer les choses ».

Malone ne va pas fondre en larmes.

Toutefois, ça ne doit pas être facile d'être un flic noir à un poste important. Tout le monde vous regarde différemment : pour les flics de votre brigade, vous n'êtes pas vraiment noir, pour la hiérarchie, vous n'êtes pas vraiment « bleu ». Malone se demande avec quels yeux il se voit, lui, le sait-il seulement ? Alors, oui, ça doit être difficile, surtout de nos jours, avec toutes ces sales histoires raciales.

— Je sais ce que vous pensez de moi, dit le capitaine. Un costard sans rien à l'intérieur. Un carriériste noir dans le rôle de symbole. « J'avance et je monte en grade » ?

— Oui, plus ou moins. Puisqu'on parle franchement.

— Les bureaucrates veulent que Manhattan North soit un endroit sûr pour les Blancs riches. Moi, je veux en faire un endroit sûr pour les Noirs. Je suis suffisamment franc ?

— Oui, ça ira.

— Je sais que vous vous sentez protégé par l'affaire Pena, par vos autres faits d'armes, par McGivern et le club des Italo-Irlandais de One Police. Mais laissez-moi vous dire une chose, Malone. Vous avez des ennemis qui attendent que vous glissiez sur une peau de banane pour pouvoir vous piétiner.

— Mais pas vous.

— Dans l'immédiat, j'ai besoin de vous. J'ai besoin de vous et de votre équipe pour empêcher DeVon Carter de transformer mes rues en abattoirs. Si vous faites ça pour moi, alors oui, je monterai en grade, et je vous laisserai tranquille dans votre petit royaume. Mais si vous ne le faites pas, vous ne serez qu'une épine blanche dans mon pied noir et je vous ferai muter si loin de Manhattan North que vous devrez mettre un putain de sombrero pour aller travailler.

Essaye un peu, enfoiré, pense Malone.

Essaye pour voir.

L'emmerdant, c'est qu'ils veulent tous les deux la même chose. Ils veulent que ces armes ne finissent pas dans les rues.

Et ce sont *mes* rues, se dit Malone, pas les tiennes.

— Je peux intercepter ce chargement, dit-il. Mais je ne sais pas si je peux le faire dans les règles.

Alors, à quel point avez-vous envie de mettre la main dessus, capitaine Sykes ?

Il regarde son supérieur pendant que celui-ci réfléchit à son pacte avec le diable.

Finalement, Sykes lance :

— J'exige des rapports, sergent. Des rapports dans lesquels tout est fait selon les règles. Je veux savoir où vous êtes et ce que vous y faites. C'est bien compris ?

Parfaitement.

On est tous corrompus.

Chacun à notre manière, voilà tout.

Et c'est un gage de réconciliation. Si ça débouche sur une méga-arrestation, je vous emmène avec moi cette fois. Vous serez la vedette du film, vous aurez votre photo dans le *Post*, de quoi booster votre carrière.

— Joyeux Noël, capitaine.

— Joyeux Noël, Malone.

4

Malone a commencé à participer à la Turkey Run, la distribution de dindes, il y a peut-être cinq ans, quand la Task Force a vu le jour ; il lui semblait alors qu'ils avaient besoin de renvoyer une image positive dans le quartier.

Tout le monde par ici connaît les inspecteurs de La Force, et il est toujours bon de faire preuve d'un peu d'amour et de bonne volonté envers les gens. Et puis, on ne sait jamais : un gamin qui a mangé de la dinde à Noël au lieu de crever de faim peut décider de vous faire une fleur un jour, de vous refiler un tuyau.

Malone met un point d'honneur à payer les dindes de sa poche. Lou Savino et les mafieux de Pleasant Avenue se feraient un plaisir d'offrir des volailles tombées du camion, mais Malone sait que la communauté l'apprendrait immédiatement. Alors, il accepte le rabais proposé par un grossiste dont les camions ne sont pas verbalisés quand ils se garent en double file, mais il paye le restant de la somme.

Bah, une bonne saisie et il rentre largement dans ses frais.

Malone n'a pas l'illusion de croire que les gens qui viennent chercher ses dindes ne vont pas lui envoyer dès le lendemain, par la voie des airs, du haut des tours des cités, de jolis cadeaux : bouteilles, canettes, couches sales. Un jour, quelqu'un a lancé du dix-huitième étage un climatiseur entier, qui a atterri à quelques centimètres seulement de ses pieds.

Malone sait que la Turkey Run n'est qu'une trêve.

Il descend dans le vestiaire où Big Monty est en train d'enfiler son costume de Père Noël.

Malone éclate de rire.

— Tu es superbe.

En réalité, il est ridicule. Un grand Noir, toujours réservé et digne, coiffé d'un bonnet rouge et affublé d'une grande barbe.

— Un Père Noël noir ?

— C'est ça, la diversité, répond Malone. Je l'ai lu sur le site de la police.

— De toute façon, dit Russo à Montague, tu n'es pas Santa Claus, tu es *Crack* Claus. C'est obligé que tu sois noir vu le secteur. Et puis tu as la bedaine.

— C'est pas ma faute, répond Montague, si chaque fois que je baise ta femme elle me prépare un sandwich.

Russo rit de bon cœur.

— Je peux pas en dire autant.

Avant, c'était Billy O qui se déguisait en Père Noël, même s'il était maigre comme un clou. Il adorait ça. Il glissait un oreiller sous son costume, plaisantait avec les gamins, distribuait les dindes. Désormais, ce rôle incombe à Monty, bien qu'il soit noir.

Celui-ci ajuste sa barbe et regarde Malone.

— Tu sais bien qu'ils les revendent. On aurait plus vite fait de supprimer les intermédiaires et de leur distribuer directement du crack.

Malone sait, en effet, que toutes les dindes ne finiront pas sur la table, beaucoup d'entre elles se retrouveront directement dans une pipe, dans des veines ou des narines. Elles iront chez les dealers, qui les revendront aux épiceries, qui les mettront sur leurs étals et réaliseront un bénéfice. Mais la plupart arriveront dans une assiette, et de toute façon la vie est une loterie. Certains gamins mangeront de la dinde à Noël, d'autres non.

Il faut s'en contenter.

DeVon Carter, lui, estime que ce n'est pas suffisant, loin de là. Il s'est moqué de la Turkey Run de Malone.

C'était il y a un mois environ.

Malone, Russo et Monty déjeunaient chez Sylvia's ; ils savouraient des ailes de dinde en ragoût lorsque, levant la tête, Monty avait glissé :

— Devinez qui est là ?

Malone avait jeté un coup d'œil vers le bar et aperçu DeVon Carter.

Russo avait demandé :

— Tu veux qu'on réclame l'addition et qu'on s'en aille ?

— Je vois pas pourquoi on se montrerait hostiles, avait répondu Malone. Je crois que je vais aller le saluer.

Au moment où il s'était levé, deux des hommes de Carter s'étaient interposés, mais Carter leur avait fait signe de s'écarter. Malone avait choisi le tabouret voisin de celui de Carter.

— DeVon Carter, je suis Denny Malone.

— Je sais qui vous êtes. Il y a un problème ?

— Pas en ce qui me concerne. Je me suis dit : puisqu'on se retrouve au même endroit, autant faire connaissance.

Carter était élégant, comme toujours. Col roulé en cachemire gris Brioni, pantalon Ralph Lauren anthracite et grosses lunettes Gucci.

Le bruit était retombé dans la salle. Le plus gros trafiquant de drogue de Harlem et le flic qui cherchait à le coincer s'étaient assis côte à côte.

— En fait, avait dit Carter, on était justement en train de se moquer de vous.

— Ah oui ? Qu'est-ce qu'on a de si drôle ?

— Votre Turkey Run. Vous donnez aux gens des pilons à ronger. Moi, je leur donne de l'argent et de la drogue. À votre avis, qui va gagner la partie ?

— La vraie question, avait rétorqué Malone, c'est de savoir qui va gagner entre vous et les Domos.

La descente chez Pena avait un peu ralenti les Dominicains, mais ce n'était qu'un simple contretemps. Certains gangs de Carter commençaient à envisager les Domos comme une option. Ils avaient peur de se retrouver en infériorité numérique, sous-armés, et de perdre le marché de la marijuana.

Alors, Carter était devenu un marchand multidrogue. Il le fallait. En plus de l'héroïne dont la majeure partie quittait la ville, ou du moins s'acheminait vers une clientèle à grande majorité blanche, il vendait de la coke et de la marijuana car, pour gérer son trafic d'héroïne qui lui rapportait gros, il avait besoin de troupes. Il avait besoin de protection, de mules, de spécialistes en communication... Il avait besoin des gangs.

Les gangs doivent gagner de l'argent, il faut qu'ils se nourrissent.

Carter n'a donc pas d'autre possibilité que de laisser « ses » gangs dealer de l'herbe, sinon, les Dominicains le feront et ils lui prendront son marché. Soit ils achèteront les gangs dans leur totalité, soit ils les rayeront de la carte, car sans le fric de l'herbe, les gangs ne pourront pas acheter d'armes et se retrouveront impuissants.

Sa pyramide s'écroulera par le bas.

Malone ne s'intéresserait pas autant au trafic d'herbe si 70 % des meurtres commis à Manhattan North n'étaient pas liés à la drogue.

Vous avez les gangs de Latinos qui se battent entre eux, vous avez les gangs de Noirs qui se battent entre eux et, de plus en plus, vous avez des gangs de Noirs qui se battent contre des gangs de Latinos, à mesure que s'intensifie la guerre entre les caïds du trafic d'héroïne.

— Vous m'avez rendu service en éliminant Pena, avait dit Carter.

— Et on n'a même pas eu droit à un panier de muffins.

— J'ai entendu dire que vous aviez été largement dédommagés.

Cette remarque avait provoqué une décharge électrique le long de la colonne vertébrale de Malone, mais il n'avait pas cillé.

— Chaque fois qu'il y a une grosse saisie, la « communauté » affirme que les flics se sont servis.

— Parce qu'ils se servent à chaque fois.

— Il y a un truc que vous ne comprenez pas. Dans le temps, les jeunes Noirs ramassaient le coton. Aujourd'hui, c'est *vous*, le coton. Vous êtes la matière première que l'on met dans la machine, des milliers d'entre vous chaque jour.

— Le complexe carcéro-industriel. C'est moi qui paye votre salaire.

— N'allez pas croire que je ne suis pas reconnaissant. Mais si ce n'était pas vous, ce serait quelqu'un d'autre. À votre avis, pourquoi on vous surnomme le Soul Survivor ? Parce que vous êtes noir et que vous êtes isolé. Parce que vous êtes le dernier de votre espèce. Il fut un temps où des politiciens blancs seraient venus vous lécher le cul pour obtenir vos votes. Mais on ne les voit plus beaucoup, car ils n'ont pas besoin de vous. Ils préfèrent faire de la lèche aux Latinos, aux Asiates et aux enturbannés. Même les musulmans ont plus la cote que vous aujourd'hui. Vous êtes tout près de la sortie.

Carter avait souri.

— Si on m'avait donné un dollar chaque fois que j'ai entendu ça…

— Vous êtes allé faire un tour à Pleasant Avenue dernièrement ? C'est la Chine ! Inwood et Heights ? Il y a de plus en plus de Latinos chaque jour. Vos gars de la Ville et de Grant commencent à se fournir chez les Domos, et bientôt vous allez même perdre le Nickel. Les Domos, les Mexicains, les Portoricains, ils parlent la même langue, ils mangent la même bouffe, ils écoutent la même musique. Ils veulent bien vous vendre leur came, mais s'associer avec vous ? Oubliez. Les Mexicains accordent aux Latinos du coin des prix de gros qu'ils ne vous accordent pas à vous, et vous ne pouvez pas rivaliser car un junkie n'est loyal qu'envers une seule chose : ses bras.

— Vous misez sur les Domos ?

— Je mise sur moi. Et vous savez pourquoi ? Parce que la machine continue à broyer.

Plus tard ce jour-là, un panier de muffins avait été livré

à Manhattan North à l'intention de Malone, accompagné d'une facture indiquant qu'il avait coûté 49,95 dollars, soit cinq *cents* de moins que le prix d'un cadeau qu'un flic pouvait légalement accepter.

Cela n'avait pas fait sourire le capitaine Sykes.

Malone remonte Lenox Avenue, assis à l'arrière d'une camionnette aux portières ouvertes, pendant que Monty pousse des « Ho, ho, ho », et il lance des dindes, accompagnées de cette bénédiction : « Que La Force soit avec vous ! »

La devise officieuse de l'unité.

Encore une chose que Sykes n'aime pas. Il trouve ça « frivole ». Ce qu'il ne comprend pas, c'est que dans ce secteur, le métier de flic implique une part de comédie. Ce n'est pas comme s'ils étaient infiltrés. Ils bossent avec des infiltrés, mais ce ne sont pas eux qui font les descentes.

C'est *nous*, se dit Malone, et certaines de ces descentes ont les honneurs de la presse, avec nos tronches et notre plus beau sourire, et ce que Sykes ne pige pas, c'est qu'on doit afficher notre présence. Renvoyer une image. Et cette image doit être : La Force est *avec* vous, pas *contre* vous.

Sauf si vous vendez de la drogue, si vous agressez les gens, si vous violez des femmes, si vous abattez des passants. Dans ces cas-là, La Force vous punira.

D'une manière ou d'une autre.

Et de toute façon les gens d'ici nous connaissent.

Ils crient : « Je vous emmerde ! » « Filez-moi ma putain de dinde, bande d'enfoirés ! » « Hé, vous devriez plutôt distribuer des *poulets* ! » Ça fait rire Malone, c'est seulement pour plaisanter, et la plupart des gens ne disent rien, ou juste un discret « Merci ». Car la plupart d'entre eux sont des gens bien, qui tentent de survivre, d'élever leurs enfants, comme presque tout le monde.

Comme Montague.

Le colosse porte un trop lourd fardeau sur ses épaules,

se dit Malone. Il vit à la résidence Savoy avec sa femme et trois fils, dont l'aîné approche de cet âge auquel ou vous le gardez ou la rue vous le prend, et Montague s'inquiète de plus en plus de ne pas passer suffisamment de temps avec ses garçons. Comme ce soir : il aimerait être chez lui, en famille, pour le réveillon de Noël. Au lieu de cela, il est parti gagner l'argent de leurs études à l'université, il fait marcher son commerce, en bon père de famille.

C'est ce qu'un homme peut faire de mieux pour ses gamins : effectuer son boulot.

Et ce sont de braves gosses, les fils de Montague, estime Malone. Intelligents, polis, respectueux.

Malone est leur « oncle Denny ».

Et leur tuteur légal. Sheila et lui sont les tuteurs légaux des gamins de Montague *et* des gamins de Russo, au cas où il arriverait quelque chose. Quand les Montague et les Russo vont dîner ensemble, comme ils le font parfois, Malone plaisante en disant qu'ils ne devraient pas tous voyager dans la même voiture pour qu'il n'hérite pas de six gosses supplémentaires.

Phil et Donna Russo sont les tuteurs légaux des enfants Malone. Si Denny et Sheila meurent dans un accident d'avion ou autre – un scénario de plus en plus improbable –, John et Caitlin iront vivre chez les Russo.

Non que Malone n'ait pas confiance en Montague – Monty est peut-être le meilleur père qu'il connaisse, et les enfants l'adorent –, mais Phil est son frère. Môme de Staten Island lui aussi, il n'est pas seulement l'équipier de Malone, c'est aussi son meilleur ami. Ils ont grandi ensemble, ils sont allés à l'académie de police ensemble. Malone ne saurait dire combien de fois ce rital gominé lui a sauvé la vie, et Malone lui a rendu la pareille.

Il se ferait tuer pour Russo.

Pour Monty aussi.

Un petit gamin, huit ans peut-être, donne du fil à retordre à Monty.

— Cet enfoiré de Père Noël, il fume pas le cigare.

— Celui-là, si. Et surveille ton langage.
— Pourquoi il fume ?
— Tu veux une dinde, non ? demande Monty. Alors, arrête de me casser les couilles.
— Le Père Noël, il dit pas « couilles ».
— Fous-lui la paix au Père Noël, et prends ta dinde.

Le révérend Cornelius Hampton s'approche de la camionnette et la foule s'écarte devant lui telle la mer Rouge, qu'il évoque toujours dans ses sermons sur Moïse.

Malone regarde le célèbre visage, les cheveux argentés crantés, l'expression sereine. Hampton est un activiste de la communauté, un leader des droits civiques, fréquemment invité dans les *talk-shows* sur CNN ou MSNBC.

Le révérend n'a jamais rencontré une caméra qu'il n'aimait pas, songe Malone. Il a plus de temps d'antenne que le juge Judy.

Monty lui tend une dinde.
— Pour votre église, révérend.
— Pas cette dinde, dit Malone. Celle-ci.

Il tend le bras à l'arrière de la camionnette et choisit une volaille qu'il offre à Hampton.
— Elle est plus grosse.

Plus lourde aussi, à cause de la farce.

Vingt mille dollars en liquide fourrés dans le cul de la dinde, avec les compliments de Lou Savino, le *capo* de la famille Cimino à Harlem, et des gars de Pleasant Avenue.

— Merci, sergent Malone, dit Hampton. Elle servira à nourrir les pauvres et les sans-abri.

Oui, peut-être en partie, pense Malone.
— Joyeux Noël, dit le révérend.
— Joyeux Noël.

Malone aperçoit Merde au cul.

Il s'agite comme un junkie en bordure du petit défilé, son long cou décharné enfoui dans le col de la doudoune North Face que Malone lui a achetée afin qu'il ne meure pas de froid dans la rue.

Merde au cul est un des indics de Malone, un « informateur de police », son mouchard particulier, même si Malone n'a jamais ouvert de dossier à son nom. Junkie et dealer à la petite semaine, il a souvent de bonnes infos. Il doit son surnom à la puanteur qu'il dégage, comme s'il avait chié dans son froc. Dans la mesure du possible, mieux vaut discuter avec lui en plein air.

Il s'approche de l'arrière de la camionnette ; sa frêle silhouette frissonne, à cause du froid ou du manque. Malone lui tend une dinde en se demandant où il va bien pouvoir la faire cuire, étant donné qu'il dort généralement dans des squats pour camés.

Merde au cul dit :

— 218 Un-Huit-Quatre. Vers 23 heures.
— Qu'est-ce qu'il va faire là-bas ? demande Malone.
— Il trempe son biscuit.
— Tu en es sûr ?
— Certain. Il me l'a dit lui-même.
— Si tout se passe bien, ce sera jour de paye pour toi. Et trouve-toi des chiottes, bordel.
— Joyeux Noël.

Merde au cul repart avec sa dinde. Peut-être qu'il réussira à la vendre, pense Malone, pour se payer un fix.

Un homme sur le trottoir braille :

— Je veux pas de la dinde de flics ! Michael Bennett, il peut plus en manger, de la dinde, pas vrai ?

Exact, se dit Malone.

C'est la vérité.

Il aperçoit alors Marcus Sayer.

Le garçon a le visage enflé et violacé, sa lèvre inférieure se fend lorsqu'il réclame une dinde.

La mère de Marcus, une femme stupide, obèse et paresseuse, entrouvre la porte et voit l'insigne doré.

— Laissez-moi entrer, Lavelle, dit Malone. Je vous apporte une dinde.

En effet, il a une dinde sous le bras, et il tient Marcus, huit ans, par la main.

Elle fait coulisser la chaîne et ouvre la porte.

— Il a des ennuis ? Qu'est-ce que tu as fait, Marcus ?

Malone pousse Marcus devant lui et entre. Il pose la dinde sur le comptoir de la cuisine, ou du moins ce qu'il en aperçoit sous les bouteilles vides, les cendriers et la crasse.

— Où est Dante ? demande-t-il.

— Il dort.

Malone soulève le blouson et la chemise à carreaux de Marcus pour lui montrer les marques dans son dos.

— C'est Dante qui a fait ça ? interroge-t-il.

— Qu'est-ce que Marcus vous a raconté ?

— Il ne m'a rien raconté.

Dante émerge de la chambre. Le nouvel homme de Lavelle est une baraque et doit dépasser les deux mètres de muscles et de méchanceté. Il est ivre, ses yeux jaunes sont injectés de sang et il toise Malone.

— C'est quoi que vous voulez ?

— Qu'est-ce que j'ai dit que je ferais si tu recommençais à frapper cet enfant ?

— Que vous alliez me casser le poignet.

Malone a sorti sa matraque, il la fait tournoyer à la manière d'un bâton de majorette et l'abat sur le poignet droit de Dante, le brisant comme un vulgaire bâtonnet de sucette. Dante se met à brailler, décoche un crochet du gauche. Malone esquive, se baisse et envoie un coup de matraque dans les tibias de Dante. L'homme s'écroule tel un arbre scié à la base.

— Et voilà, dit Malone.

— C'est de la brutalité policière, gémit Dante.

Malone appuie un pied sur le cou de Dante et, de l'autre, il lui botte le cul violemment, trois fois.

— Tu vois Al Sharpton[1] quelque part ? Des équipes de télé ? Lavelle qui brandit un portable ? Il n'y a pas de

---

1. Pasteur évangélique et homme politique.

brutalités policières quand il n'y a pas de caméras pour filmer.

— Ce gamin m'a manqué de respect, grogne Dante. Je l'ai puni.

Marcus s'est figé, les yeux écarquillés ; il n'a jamais vu le grand Dante se faire cogner, et ça lui plaît. Lavelle, elle, sait qu'elle est bonne pour une nouvelle branlée quand le flic sera parti.

Malone accentue la pression de son pied.

— Si je le revois avec des bleus, si je le revois avec des traces de coup, c'est moi qui *te* punis. Je t'enfonce cette matraque dans le cul et je la ressors par la bouche. Ensuite, Big Monty et moi, on te coule les pieds dans du ciment et on te balance dans Jamaica Bay. Maintenant, fous le camp. Tu n'habites plus ici.

— Vous avez pas le droit de me dire où je dois habiter !

— Et pourtant je viens de le faire.

Malone ôte son pied du cou de Dante.

— Qu'est-ce que tu fiches encore là à chialer ?

Dante se lève, il tient son poignet cassé en grimaçant. Malone lui lance son manteau.

— Et mes chaussures ? Elles sont dans la chambre.

— Barre-toi pieds nus. Marche dans la neige jusqu'aux urgences et raconte-leur ce qui arrive aux adultes qui frappent des enfants.

Dante sort en titubant.

Malone sait que tout le monde va parler de cette scène ce soir. La nouvelle va se répandre : vous pouvez peut-être frapper des mômes à Brooklyn ou dans le Queens, mais pas à Manhattan North, pas dans le royaume de Malone.

Il se tourne vers Lavelle.

— Qu'est-ce que vous avez dans le crâne ?

— J'ai besoin d'amour, moi aussi.

— Aimez votre fils. La prochaine fois, je vous envoie en prison et Marcus finit dans un orphelinat. C'est ce que vous voulez ?

— Non.

— Alors, reprenez-vous.

Malone sort un billet de vingt dollars de sa poche.

— Ce n'est pas pour acheter des gâteaux. Vous avez encore le temps d'aller chercher un truc à mettre sous le sapin.

— J'ai pas de sapin.

— C'est une expression.

Nom de Dieu.

Il s'accroupit devant Marcus.

— Si quelqu'un te fait du mal, si quelqu'un menace de te faire du mal, tu viens me voir, ou Monty, ou Russo, n'importe qui de La Force. OK ?

Le garçon hoche la tête.

Oui, peut-être, se dit Malone. Il y a peut-être une chance pour que ce gamin ne grandisse pas avec la haine des flics.

Malone n'est pas idiot : il sait bien qu'il ne pourra pas protéger tous les enfants battus de Manhattan North, ni même la plupart. Ni la plupart des enfants d'autres crimes. Et ça le tracasse, car c'est son territoire, sa responsabilité. Tout ce qui arrive à Manhattan North, c'est sa faute. Ça non plus, ce n'est pas réaliste, mais c'est ce qu'il ressent.

Le roi est responsable de tout ce qui se passe dans son royaume.

Il retrouve Lou Savino au D'Amore, dans la 116e, ce qu'on appelait autrefois Spanish Harlem.

Avant cela, c'était Italian Harlem.

À présent, c'est en train de devenir Asian Harlem.

Malone se faufile jusqu'au bar.

Savino et son équipe règnent sur le vieux territoire de Pleasant Avenue. Ils font dans le racket du bâtiment et des syndicats, les prêts usuraires, le jeu – les trafics habituels de la pègre –, mais Malone sait que Lou vend aussi de la drogue.

Pas à Manhattan North.

Malone le lui a bien fait comprendre : si cette saloperie

apparaît dans le quartier, rien ne va plus. Cela rejaillirait sur ses autres activités. Cela s'était toujours plus ou moins passé ainsi entre la police et la pègre : les mafieux voulaient contrôler la prostitution, le jeu – parties de cartes, casinos clandestins, loterie (avant que l'État mette le grapin dessus et en fasse une vertu civique) –, et chaque mois ils refilaient une enveloppe aux flics.

En général, un flic d'un autre *precinct* servait de collecteur : il récupérait les pots-de-vin et les distribuait à ses collègues. Les agents de police les reversaient aux sergents, les sergents aux lieutenants, les lieutenants aux capitaines, et les capitaines aux chefs.

Tout le monde touchait sa part.

Et presque tout le monde considérait cela comme de « l'argent propre ».

En ce temps-là (et aujourd'hui aussi, merde alors, se dit Malone), les flics faisaient la distinction entre « argent propre » et « argent sale ». L'argent propre provenait principalement du jeu, et l'argent sale de la drogue et des crimes violents : les rares fois où un mafieux essayait d'étouffer une affaire de meurtre, de braquage à main armée, de viol ou d'agression brutale. Si la plupart des flics acceptaient l'argent propre, ils n'étaient pas nombreux à prendre de l'argent souillé par la drogue ou le sang.

Les mafieux eux-mêmes comprenaient cette différence comme le fait que le même flic qui avait palpé l'argent du jeu le mardi puisse arrêter le même gangster le jeudi pour avoir vendu de l'héroïne ou commis un meurtre.

Tout le monde connaissait les règles.

Lou Savino fait partie de ces gangsters qui croient assister à un mariage, sans s'apercevoir qu'il s'agit en réalité d'un enterrement.

Il prie devant l'autel des faux dieux morts.

Il tente de s'accrocher à une image de la réalité d'autrefois, pense-t-il, mais qui n'a jamais existé, sauf peut-être dans les films. Ce connard rêve d'incarner une chose qui n'a jamais été réelle, et dont même la projection spectrale se fond dans l'obscurité.

Les types de la génération de Savino aimaient ce qu'ils voyaient au cinéma et c'était ce qu'ils voulaient devenir. Ainsi, Lou n'essaye pas d'être Lefty Ruggiero, il essaye d'être Al Pacino jouant Lefty Ruggiero. Il n'essaye pas d'être Tommy DeSimone, il veut ressembler à Joe Pesci jouant Tommy DeSimone, il ne cherche pas à être Jake Amari, mais James Gandolfini.

C'étaient de chouettes fictions, se dit Malone, mais nom de Dieu, Lou, c'étaient des *fictions*. Et les gens montrent, à quelques rues d'ici, l'endroit où Sonny Corleone a tabassé Carlo Rizzi avec le couvercle d'une poubelle, comme ça s'est réellement passé, ils ne montrent pas l'endroit où Francis Ford Coppola a filmé James Caan faisant semblant de tabasser Gianni Russo.

Mais bon, pense-t-il, toutes les institutions se nourrissent de leur propre mythologie, y compris le NYPD.

Savino porte une chemise en soie noire sous une veste Armani gris perle et il sirote un Seven and Seven. Comment peut-on verser du soda dans un bon whiskey, ça reste un mystère pour Malone, mais chacun ses goûts.

— Hé, voilà le flic *di tutti* flics !

Savino se lève et lui donne l'accolade. L'enveloppe glisse aisément de la veste de Savino à celle de Malone.

— Joyeux Noël, Denny.

Noël est un moment important dans la communauté des mafieux ; c'est à cette époque que tout le monde touche ses bonus annuels, qui souvent atteignent des dizaines de milliers de dollars. Et le poids de l'enveloppe est un indicateur de votre statut au sein de l'équipe : plus elle est lourde, plus il est élevé.

L'enveloppe de Malone n'a rien à voir avec tout ça.

Il est rétribué pour ses services d'intermédiaire.

De l'argent facilement gagné. Vous rencontrez quelqu'un ici ou là – un bar, un *diner*, le terrain de jeu de Riverside Park – et vous lui glissez une enveloppe. La personne sait déjà de quoi il s'agit, tout a été préparé. Malone n'est que le livreur car ces bons citoyens ne veulent pas courir le risque d'être vus en compagnie d'un mafieux connu.

Ce sont des fonctionnaires municipaux : ceux qui attribuent les contrats.

C'est là que réside le centre de profit des Cimino.

La *borgata* Cimino prélève sa commission sur tout : les pots-de-vin du promoteur qui a décroché l'appel d'offres, le béton ensuite, les barres d'armature, l'électricité, la plomberie. Sinon, les syndicats repèrent un problème et font annuler le projet.

Tout le monde croyait que la pègre était au tapis après RICO[1], Giuliani, l'affaire de la Commission, l'affaire des Fenêtres.

Et c'était vrai.

Puis les Tours se sont écroulées, les fédéraux ont affecté les trois quarts de leur personnel à l'antiterrorisme et la pègre a effectué son retour. Putain, elle a même gagné une fortune en surfacturant l'enlèvement des débris de Ground Zero. Louie se vantait qu'ils avaient empoché soixante-trois millions.

Le 11 Septembre a sauvé la mafia.

On ne sait pas très bien qui dirige la famille Cimino, mais les personnes avisées misent sur Stevie Bruno. Il a fait dix ans de prison, il est sorti depuis trois ans maintenant et il a gravi les échelons à toute allure. Très protégé, il vit dans le New Jersey et se rend rarement à New York, même pour un déjeuner ou un dîner.

Alors, oui, ils sont de retour, même s'ils ne seront plus jamais ce qu'ils ont été.

Savino fait signe au barman de servir un verre à Malone. Le barman sait déjà que c'est un Jameson sans glace.

Les deux hommes s'assoient et exécutent la danse rituelle : comment va la famille, bien, et la tienne, très bien, et les affaires, la routine, le baratin habituel.

---

1. Loi fédérale destinée à lutter contre le crime organisé.

— Tu as vu le bon révérend ? demande Savino.
— Il a eu sa dinde, répond Malone. Deux de tes gars ont tabassé un patron de bar de Lenox l'autre soir, un certain Osborne.
— Et alors, tu as le monopole du tabassage de négros ?
— Oui.
— Il a oublié de payer sa dette. Deux semaines de suite.
— Ne me fous pas dans la merde en faisant ça dans la rue, devant tout le monde. La situation est déjà suffisamment tendue dans la « communauté ».
— Hé, c'est pas parce que vous avez flingué un gamin que je dois jouer les bons samaritains. Ce pauvre connard a parié sur les Knicks. Les *Knicks*, Denny. Et ensuite, il me file pas mon fric. Qu'est-ce que je suis censé faire ?
— Ce que tu veux, mais pas sur mon terrain.
— Putain de merde. Joyeux Noël. Je suis content que tu sois venu ce soir. Y a autre chose qui te tracasse ?
— Non, c'est tout.
— Merci, saint Antoine.
— Tu as touché une belle enveloppe ?
Savino hausse les épaules.
— Tu veux que je te dise un truc ? Entre nous ? De nos jours, les boss, c'est une sale bande de radins. Ce type, il a une baraque dans le New Jersey, avec vue sur le fleuve, et un court de tennis… Il vient quasiment plus en ville. Bon, OK, il a tiré dix ans, je comprends… Mais il croit que grâce à ça, il peut se goinfrer des deux mains, et tout le monde s'en fout. Et tu veux savoir quoi ? Moi, je m'en fous pas.
— Putain, Lou, il y a des oreilles qui traînent par ici.
— Je les emmerde.
Savino commande un autre verre.
— J'ai un truc qui pourrait t'intéresser. Tu sais ce que j'ai entendu dire ? Il paraît que toute l'héro de Pena saisie après cette descente qui a fait de toi une rock star n'est pas arrivée jusqu'au local des pièces à conviction.
Nom de Dieu, est-ce que tout le monde parle de ça ?

— C'est des conneries.

— Oui, sans doute, dit Savino. Sinon, la came aurait déjà refait surface dans les rues, et c'est pas le cas. Quelqu'un se la joue French Connection, il la garde sous le coude. Voilà ce que je pense.

— Évite de penser.

— Putain, tu es vachement susceptible ce soir. Je dis juste que quelqu'un est assis sur un pactole, et qu'il cherche à le fourguer…

Malone repose son verre.

— Faut que j'y aille.

— Tu es un homme très occupé. *Buon Natale*, Malone.

— Oui, à toi aussi.

Malone ressort dans la rue. Nom de Dieu, qu'est-ce que Savino a entendu dire au sujet de cette descente ? Est-ce qu'il allait à la pêche aux infos ou bien savait-il vraiment quelque chose ? Ça ne sent pas bon. Il va falloir s'occuper de ça.

En tout cas, se dit-il, les ritals vont arrêter de tabasser des bons à rien de *ditzunes* dans Lenox.

C'est déjà ça.

Au suivant.

Debbie Phillips était enceinte de trois mois quand Billy O était tombé.

Comme ils n'étaient pas mariés (pas encore, car Monty et Russo harcelaient le gamin pour qu'il s'engage et c'était en bonne voie), la police n'avait rien fait pour elle. À l'enterrement, elle n'avait eu droit à aucune reconnaissance, et cette putain de hiérarchie catholique avait refusé de donner à la mère célibataire le drapeau plié, pas la moindre parole de réconfort non plus, ni pension de réversion, ni couverture santé. Elle avait voulu faire faire un test de paternité et traîner la police en justice, mais Malone l'en avait dissuadée.

On ne remet pas la police entre les mains des avocats.

— On ne fonctionne pas de cette manière, lui avait-il dit. On prendra soin de toi et du bébé.
— Comment ?
— Laisse-moi m'occuper de ça. Si tu as besoin de quoi que ce soit, tu m'appelles. Si c'est un problème de femmes... essaye Sheila, Donna Russo, Yolanda Montague.

Debbie ne l'avait jamais contacté.

Elle était du genre indépendant, pas vraiment attachée à Billy, sans parler de sa famille étendue. C'était un coup d'un soir devenu permanent, en dépit des mises en garde constantes de Malone, qui incitait Billy à bien emballer la marchandise.

— Je me suis retiré, avait dit Billy quand Debbie l'avait appelé pour lui annoncer la nouvelle.
— Tu te crois encore au lycée ? avait demandé Malone.

Monty lui avait flanqué une taloche sur la tête.

— Imbécile.
— Tu vas l'épouser ? avait demandé Russo.
— Elle veut pas se marier.
— S'agit pas de savoir ce que tu veux ou ce qu'elle veut, avait répondu Monty. La seule chose qui compte, c'est le gamin, et il a besoin de deux parents.

Mais Debbie faisait partie de ces femmes modernes qui pensent pouvoir élever un enfant sans homme. Elle avait expliqué à Billy qu'ils feraient mieux d'attendre pour voir « comment leur relation évoluait ».

Ils n'en avaient pas eu l'occasion.

Elle ouvre la porte à Malone. Elle est enceinte de huit mois, et ça se voit. Elle ne peut espérer aucune aide de la part de sa famille en Pennsylvanie, et elle n'a personne à New York. Yolanda Montague, qui vit le plus près, lui rend visite, elle lui apporte des courses, l'accompagne chez le médecin quand Debbie le veut bien, mais elle ne s'occupe pas de l'argent.

Les épouses ne s'occupent jamais de l'argent.

— Joyeux Noël, Debbie, dit Malone.
— Ouais, merci.

Elle le laisse entrer.

Debbie est mignonne, menue, et son ventre paraît d'autant plus énorme. Ses cheveux blonds sont sales, filasse, l'appartement est en désordre. Elle s'assoit sur le vieux canapé, la télé est allumée. Ce sont les infos du soir.

Il fait chaud, on étouffe, mais il fait toujours trop chaud ou trop froid dans ces vieux appartements, personne n'arrive à régler les radiateurs. L'un d'eux siffle, comme pour dire à Malone de foutre le camp s'il n'est pas content.

Il dépose une enveloppe sur la table basse.

Cinq mille dollars.

Une décision facile à prendre : Billy a toujours droit à une part entière, et lorsqu'ils écouleront l'héroïne de Pena, il touchera également sa part. Malone est l'exécuteur, il donnera l'argent à Debbie s'il voit qu'elle en a besoin et qu'elle est capable de le gérer. Le reste ira sur un compte destiné à payer les études du gamin de Billy.

Son fils ne manquera de rien.

Sa mère pourra rester à la maison pour s'occuper de lui.

Debbie s'est opposée à lui à ce sujet.

— Tu payeras la crèche. J'ai besoin de travailler.

— Non.

— C'est pas juste une question de fric. Je vais devenir dingue, enfermée toute la journée ici, seule avec un môme.

— Tu verras les choses autrement quand il sera né.

— C'est ce qu'ils disent tous.

Elle regarde l'enveloppe sur la table, puis lève les yeux vers lui.

— L'aide sociale.

— Je ne te fais pas l'aumône. C'est l'argent de Billy.

— Alors, file-le-moi. Au lieu de me le distribuer au compte-gouttes comme les services sociaux.

— On veille sur les nôtres.

Malone regarde autour de lui.

— Tu es prête à avoir cet enfant ? Tu as... je ne sais pas, moi... un couffin, des couches, une table à langer ?

— Si tu t'entendais.

— Yolanda peut t'emmener faire des courses. Ou, si tu préfères, on peut t'apporter tout ce qu'il faut.

— Si Yolanda m'emmène faire des courses, je ressemblerai à une de ces riches pouffiasses du West Side avec sa nounou. Peut-être que je pourrais lui demander de prendre l'accent jamaïcain. À moins qu'elles soient toutes haïtiennes maintenant ?

Elle est amère.

Malone ne lui en veut pas.

Elle a une aventure avec un flic, elle se retrouve en cloque, le flic se fait descendre et elle se retrouve seule, sa vie complètement foutue. Des flics et leurs épouses lui disent ce qu'elle doit faire, ils lui donnent de l'argent de poche, comme à une gamine. Mais *c'est* une gamine, pense-t-il, et si je lui donnais toute la part de Billy d'un coup, elle risquerait de la claquer, et que resterait-il au fils de Billy ?

— Tu as des projets pour demain ? demande Malone.

— *La Vie est belle*, dit-elle. Les Montague m'ont déjà posé la question. Les Russo aussi. Mais je ne veux pas m'imposer.

— Ils étaient sincères.

— Je sais.

Elle pose les pieds sur la table.

— Il me manque, Malone. C'est fou, non ?

— Non. Ce n'est pas fou.

Moi aussi, il me manque.

Moi aussi, je l'aimais.

The Dublin House. 79ᵉ et Broadway.

Si vous entrez dans un pub irlandais le soir du réveillon de Noël, songe Malone, vous allez trouver des Irlandais ivres et des flics irlandais, ou encore un mélange des deux.

Il aperçoit Bill McGivern, debout devant le bar bondé, en train de vider un verre.

— Commandant ?

— Malone. J'espérais bien te voir ce soir. Qu'est-ce que tu bois ?

— La même chose que vous.

— Un autre Jameson, dit McGivern au barman.

Il a les joues empourprées et sa crinière de cheveux blancs paraît du coup encore plus blanche. McGivern fait partie de ces Irlandais souriants au visage rond et rougeaud, chaleureux. C'est un personnage important au sein de la Emerald Society[1] et des Catholic Guardians[2]. S'il n'avait pas été flic, il aurait été agent électoral, et pas n'importe lequel.

— Vous voulez qu'on s'installe dans un box ? propose Malone quand on lui apporte son verre.

Ils en trouvent un dans le fond et s'y assoient.

— Joyeux Noël, Malone.

— Joyeux Noël, commandant.

Ils trinquent.

McGivern est « l'ancre » de Malone – son mentor, son protecteur, son parrain. Tous les flics qui font carrière d'une manière ou d'une autre en ont un : quelqu'un qui vous évite les problèmes, vous dégotte des missions en or, veille sur vous.

Et McGivern est une ancre solide. Un commandant du NYPD se trouve deux échelons au-dessus d'un capitaine, et juste en dessous des chefs. Un commandant bien placé, et c'est le cas de McGivern, peut détruire la carrière d'un capitaine, et Sykes le sait.

Malone le connaît depuis qu'il est gamin. Son père et McGivern ont porté l'uniforme ensemble, au Sixième, jadis. C'était McGivern qui lui avait parlé quelques années après le décès de son père, qui lui avait expliqué certaines choses.

---

1. Organisation regroupant des policiers ou des pompiers d'origine irlandaise.

2. Association d'entraide à but non lucratif financée par l'archidiocèse new-yorkais.

— John Malone était un très bon flic, lui avait-il dit.
— Il buvait.

Oui, il avait seize ans, alors bien évidemment, il savait tout.

— Exact, avait dit McGivern. À l'époque du Sixième, ton père et moi on a découvert huit gamins assassinés, tous âgés de moins de quatre ans, en l'espace de deux semaines.

Un des enfants avait le corps couvert de petites traces de brûlures. McGivern et son père ne comprenaient pas à quoi elles étaient dues, jusqu'à ce qu'ils s'aperçoivent qu'elles correspondaient exactement au fourneau d'une pipe à crack.

L'enfant avait été torturé et il s'était coupé la langue avec les dents à cause de la douleur.

— Alors, oui, avait dit McGivern, ton père buvait.

Malone sort une enveloppe épaisse de sa poche et la fait glisser sur la table. McGivern la soupèse et dit :

— Joyeux Noël, en effet.
— J'ai eu une bonne année.

McGivern glisse l'enveloppe dans son manteau en laine.
— Comment va la vie ?

Malone boit une gorgée de whiskey et répond :
— Sykes me gonfle.
— Je ne peux pas le faire transférer. C'est le chouchou de Puzzle Place.

One Police Plaza.

Le QG du NYPD.

Qui a en ce moment ses propres problèmes, se dit Malone.

Une enquête du FBI sur des haut gradés qui reçoivent des cadeaux en échange de services.

Des conneries du style voyages, billets pour le Super Bowl, repas gastronomiques dans des restaurants à la mode, en échange desquels ils font sauter des P-V, enterrent des citations à comparaître et vont jusqu'à protéger des connards qui importent des diamants de l'étranger. Un de ces riches enfoirés a convaincu un commandant de marine d'emmener ses amis à Long Island sur une vedette de la police, et un type de l'unité aérienne de transporter ses invités jusque dans les Hamptons à bord d'un hélicoptère de la police.

Et puis, il y a l'histoire des permis de port d'armes.

À New York, il est difficile d'en obtenir un, surtout un permis de port d'arme dissimulée. Cela nécessite généralement une enquête fouillée et des interrogatoires. Sauf si vous êtes riche et si vous pouvez refiler vingt mille dollars à un « courtier » qui soudoie des hauts gradés afin qu'ils raccourcissent le processus.

Les fédéraux tiennent un de ces courtiers par les couilles et il s'est mis à table, il cite des noms.

Des inculpations deviennent imminentes.

Cinq chefs ont déjà été relevés de leurs fonctions.

L'un d'eux s'est suicidé.

Il s'est rendu dans une rue à côté d'un terrain de golf, près de sa maison de Long Island, et il s'est tiré une balle.

Sans laisser de mot.

Un authentique chagrin et des ondes de choc ont ébranlé les hautes sphères du NYPD. McGivern y compris.

Ils ignorent qui sera le prochain. Qui se fera arrêter ou qui avalera son flingue.

La presse se déchaîne comme un chien aveugle sur un pied de fauteuil, essentiellement parce que le maire et le directeur de la police sont en guerre.

Enfin, non, peut-être pas vraiment en guerre, songe Malone. On dirait plutôt deux types sur un navire en train de sombrer qui se disputent pour la dernière place dans le canot de sauvetage. Chacun doit faire face à un énorme scandale, et son unique stratégie consiste à balancer l'autre aux requins des médias, en espérant que la curée durera assez longtemps pour lui permettre de se sauver en pagayant.

Tout ce qui peut arriver à Hizzoner n'est pas assez grave pour faire plaisir à Malone, et la plupart de ses frères et sœurs flics partagent son opinion car cet enfoiré les transforme en boucs émissaires à la moindre occasion. Il ne les a pas soutenus dans les affaires Garner, Gurley ou Bennett. Il sait d'où viennent ses votes, alors il fait du gringue à la « communauté », et c'est tout juste s'il n'a pas léché le cul collectif de Black Lives Matter.

Aujourd'hui, c'est lui qui se retrouve dans la merde.

Il s'avère que son administration a rendu des services à de gros donateurs politiques. Tu parles d'un scoop, se dit Malone. Rien de nouveau sous le soleil, sauf que les accusateurs affirment que le maire et son équipe ont poussé le bouchon un peu plus loin, en menaçant physiquement les donateurs potentiels qui ne mettaient pas la main au porte-monnaie, et le procureur de l'État de New York chargé de l'enquête a employé un vilain mot pour désigner cette méthode : extorsion.

Un terme d'avocat pour ne pas dire « racket », une vieille tradition new-yorkaise.

La pègre a employé cette méthode durant des générations – et sans doute continue-t-elle dans les rares quartiers qu'elle contrôle encore –, obligeant les commerçants et les patrons de bar à effectuer un versement hebdomadaire en échange d'une « protection » contre le vol et le vandalisme qui, autrement, ne manqueraient pas de se produire.

La police en faisait autant. Autrefois, tous les propriétaires de commerces du quartier savaient qu'ils avaient intérêt à préparer une enveloppe chaque vendredi pour le flic qui patrouillait dans le secteur ou, à défaut, des sandwichs, du café, des verres offerts gracieusement. Des pipes pour les putes. En échange, le flic veillait sur le quartier, il vérifiait les serrures la nuit, chassait les jeunes qui traînaient.

Et le système fonctionnait.

Aujourd'hui, Hizzoner se livre à son propre racket pour financer ses campagnes et il a choisi un moyen de défense presque comique en proposant de dévoiler une liste de gros donateurs auxquels il ne rend aucun service.

On parle d'inculpations, et sur les 38 000 flics de la police de New York, 37 999 se sont portés volontaires pour venir avec leurs menottes.

Hizzoner pourrait renvoyer le chef de la police, sauf que ce serait trop visible, alors il a besoin d'un prétexte et s'il peut trouver un moyen de faire chier la police, il se jettera dessus sans hésiter.

Quant au chef de la police, il remporterait aux points son combat contre le maire, s'il n'y avait pas ce scandale qui secoue One P. Alors, il a besoin de bonnes nouvelles, il a besoin de gros titres.

Saisies d'héroïne et baisse du taux de criminalité.

— La mission de la Manhattan North Special Task Force n'a pas changé, est en train de dire McGivern. Je me fous de savoir ce que dit Sykes, tu gères le cirque comme bon te semble. Inutile de lui répéter ce que je viens de dire, naturellement.

Quand Malone était venu trouver McGivern pour lui proposer de créer une brigade qui lutterait simultanément contre les armes et la violence, il avait rencontré moins de résistance qu'il ne l'aurait cru.

Les Homicides et les Stups étaient deux unités séparées. Les Stups constituaient une division à part entière, gérée directement depuis One Police, et généralement, ils ne se mélangeaient pas. Mais étant donné que presque les trois quarts des meurtres étaient associés à la drogue, ça n'avait plus aucun sens, avait souligné Malone. Idem concernant l'unité de lutte contre les gangs, car la violence liée à la drogue était aussi liée aux gangs.

— Créez une force unique, avait-il dit, pour les attaquer simultanément.

Les Stups, les Homicides et les Gangs avaient braillé comme des porcs. Et il est exact que les unités d'élite ont mauvaise réputation au sein du NYPD. Avant tout parce qu'elles ont toujours eu un penchant pour la corruption et la violence excessive.

Dans les années 1960 et 1970, l'ancienne Division des agents en civil avait donné naissance à la commission Knapp, qui avait bien failli détruire la police. Frank Serpico était un connard naïf, se dit Malone. *Tout le monde* savait que les flics en civil en croquaient. Il y était allé quand même. Il savait où il mettait les pieds.

Ce type souffrait du complexe du messie.

Pas étonnant qu'aucun flic du NYPD n'ait voulu donner son sang quand il s'était fait tirer dessus. Ça avait bien failli détruire la ville aussi, nom de Dieu. Après la commission Knapp, pendant vingt ans la priorité de la police avait été de combattre la corruption plutôt que le crime.

Et puis, il y avait eu la SIU – Special Investigative Unit – qui avait carte blanche pour opérer à sa guise dans toute la ville. Ils avaient réussi quelques jolies prises, et gagné pas mal de fric aussi, en taxant les dealers. Évidemment, ils s'étaient fait prendre, et on avait fait le ménage pendant quelque temps.

L'unité d'élite suivante était la SCU – Street Crimes Unit –, qui avait pour principale mission de faire disparaître des rues les armes dont la commission Knapp avait facilité l'introduction au départ. Cent trente-huit policiers, tous blancs, si efficaces que la hiérarchie avait multiplié leur nombre par quatre trop rapidement.

Résultat, le soir du 4 février 1999, alors que quatre agents de la SCU patrouillaient dans South Bronx, le plus ancien faisait partie de l'unité depuis deux ans seulement, et les trois autres depuis trois mois. Il n'y avait aucun superviseur avec eux, ils ne se connaissaient pas et ils ne connaissaient pas le quartier.

Aussi, quand Amadou Diallo avait donné l'impression de sortir une arme, un des flics avait ouvert le feu et les autres l'avaient imité.

« Tir par contagion », avaient déclaré les experts.

Les tristement célèbres quarante et une balles.

La SCU avait été démantelée.

Les quatre policiers avaient été inculpés, et tous acquittés. La communauté s'en était souvenue quand Michael Bennett avait été tué.

Mais c'est compliqué – le fait est que la SCU faisait du bon boulot pour chasser les armes des rues, et son démantèlement a sans doute tué plus de Noirs que la police.

Enfin, il y a dix ans était apparu le prédécesseur de la Task Force : le NMI. Northern Manhattan Institute. Quarante et un inspecteurs des Stups de Harlem et de Washington Heights. L'un deux avait arraché 800 000 dollars à des dealers, son collègue était arrivé en seconde position avec 740 000 dollars. Les fédéraux les avaient transformés en dommages collatéraux dans une combine de blanchiment d'argent. Un des deux flics avait écopé de sept ans, l'autre de six. Le chef de l'unité avait purgé un an et des broutilles pour avoir prélevé sa part.

Voir des flics menottes aux poignets, ça jette un froid.

Mais ça n'endigue rien pour autant.

Tous les vingt ans apparemment, on voit émerger un nouveau scandale de corruption, et une nouvelle commission.

Pas facile, alors, de faire accepter la Task Force.

Il a fallu du temps, du forcing et de l'influence, mais la Manhattan North Special Task Force a vu le jour.

Sa mission est simple : reprendre possession des rues.

Malone en connaît la devise cachée : on se fout de ce que vous faites, et de comment vous le faites (du moment que ça ne se retrouve pas dans les journaux), mais empêchez les animaux de sortir de leurs cages.

— Eh bien, Denny, que puis-je faire pour toi ? demande McGivern.

— On a un infiltré du nom de Callahan, dit Malone. Il traverse une période difficile. J'aimerais le sortir de là avant qu'il se fasse du mal.

— Tu en as parlé à Sykes ?

— Je ne veux pas faire de tort au gamin. C'est un bon flic. Il est infiltré depuis un peu trop longtemps, voilà tout.

McGivern sort un stylo de la poche de sa veste et trace un cercle sur la petite serviette en papier.

Puis il ajoute deux points à l'intérieur du cercle.

— Ces points, Denny, c'est toi et moi. À l'intérieur du cercle. Tu me demandes de te rendre un service *à toi*, on est à l'intérieur du cercle. Ce Callahan…

Il ajoute un point à l'extérieur du cercle.

— C'est lui. Tu comprends ce que je te dis ?

— Pourquoi est-ce que je réclame un service pour une personne qui se trouve en dehors du cercle ?

— Juste pour cette fois, Denny. Mais dis-toi bien une chose : si ça remonte jusqu'à moi, je me défausse sur toi.

— Compris.

— Il y a une place à l'Anti-Crime du Deux-Cinq. Je vais appeler Johnny là-bas, il me doit une faveur. Il prendra ton gamin.

— Merci.

— Il nous faut davantage de saisies d'héroïne, ajoute McGivern en se levant. Le chef des Stups me harcèle. Fais tomber la neige, Denny. Offre-nous un Noël blanc.

Le commandant se fraye un chemin à travers le pub bondé en saluant les gens avec effusion, distribuant les tapes sur les épaules jusqu'à la sortie.

Malone se sent soudain triste.

C'est peut-être l'adrénaline qui retombe.

Ou le blues de Noël.

Il se lève, se dirige vers le jukebox, introduit un *quarter* dans la machine et trouve ce qu'il cherche.

The Pogues. « Fairytale of New York. »

Une tradition du réveillon de Noël pour Malone.

Malone sait que Sykes est le jeune prodige enthousiaste de Police Plaza, mais aux yeux de qui exactement, et jusqu'où ? Sykes a pour mission de lui nuire, cela ne fait aucun doute.

Mais je suis un héros, se dit Malone, en se moquant de lui-même.

Enfin, la moitié des flics du pub reprennent le refrain en

chœur. Ils devraient être chez eux, en famille, du moins ceux qui en ont encore une, mais au lieu de cela, ils sont ici, avec leurs verres, leurs souvenirs, entre eux.

C'est une nuit glaciale à Harlem.

Il fait un de ces froids paralysants où la neige sale craque sous vos pieds, où votre souffle est visible. À 22 heures passées, il n'y a pas beaucoup de monde dans la rue. Même les épiceries sont fermées, leurs gros rideaux de fer, couverts de graffitis, sont baissés. Quelques taxis rôdent, deux junkies se déplacent tels des spectres.

La Crown Vic banalisée roule vers le nord dans Amsterdam, mais ils ne sont plus là pour distribuer des dindes, ils viennent répandre la souffrance. Les gens d'ici savent à quoi elle ressemble, pour eux, c'est un mode de vie.

C'est le réveillon de Noël, froid, propre et calme.

Nul ne s'attend à ce qu'il se passe quelque chose.

Et Malone compte là-dessus : il veut que Fat Teddy Bailey soit obèse, heureux et content de lui. Malone travaille depuis des semaines avec Merde au cul pour coincer le dealer en possession d'héroïne au moment où il ne s'y attend pas.

Russo chante.

Je te conseille de pas gueuler, je te conseille de pas crier,
Je te conseille de pas bouder. Je vais t'expliquer :
Santa Héro débarque dans la cité.

Il tourne dans la 184e où, d'après Merde au cul, Fat Teddy doit être en train de s'envoyer en l'air.

— Les guetteurs devaient se les peler, lâche Malone, car il n'aperçoit pas les gamins habituels et personne ne siffle pour informer ceux que ça intéresse que La Force est de sortie.

— Les Noirs n'aiment pas le froid, dit Monty. C'est quand la dernière fois que tu as vu un frère se trimballer à skis ?

La Cadillac de Fat Teddy stationne devant le 218.
— Merde au cul, mon pote, dit Malone.

> *Il sait quand tu dors.*
> *Il sait quand tu es réveillé.*
> *Il sait quand tu piques du nez…*

— Tu veux le choper maintenant ? demande Monty.
— Laissons-le tirer son coup, répond Malone. C'est Noël.
— Ah, le réveillon de Noël, dit Russo, alors qu'ils attendent dans la voiture. Le lait de poule au rhum, les cadeaux sous le sapin, ta femme juste assez éméchée pour te donner sa *fica*, et nous, on est là, dans la jungle, à se geler le cul.

Malone sort de la poche de son blouson une flasque qu'il lui tend.
— Je suis en service, fait Russo.

Il avale une longue gorgée et fait passer la flasque à l'arrière. Big Monty boit un coup et la rend à Malone.

Ils attendent.
— Combien de temps il peut limer, ce gros porc ? demande Russo. Il prend du Viagra ou quoi ? J'espère qu'il ne nous fait pas une crise cardiaque.

Malone descend de voiture.

Russo le couvre lorsqu'il s'accroupit à côté de la Cadillac de Fat Teddy pour dégonfler le pneu arrière gauche. Sur ce, ils remontent dans la Crown Vic et attendent encore cinquante minutes glaciales.

Fat Teddy mesure un mètre quatre-vingt-douze et pèse cent vingt-quatre kilos. Quand il finit par sortir, on dirait un bibendum en doudoune North Face. Il se dirige vers sa bagnole, dans ses baskets LeBron Air Force One à 2 600 dollars, avec cette démarche arrogante du type qui vient de se vider les couilles.

C'est alors qu'il découvre son pneu à plat.
— Les enculés.

Fat Teddy ouvre son coffre, sort le cric et se penche pour dévisser les boulons.

Il ne l'entend pas venir.

Malone appuie le canon de son pistolet derrière l'oreille de Fat Teddy.

— Joyeux Noël, Teddy. Ho ho ho.

Russo pointe son fusil à canon scié sur le dealer, tandis que Monty entreprend de fouiller la Cadillac.

— Bande d'enfoirés, vous en avez jamais assez. Ça vous arrive de prendre un jour de congé ?

— Est-ce que le cancer prend des vacances ?

Malone plaque Fat Teddy contre la voiture et fouille l'épais rembourrage de la veste du dealer, le délestant d'un 6,35 mm. Les dealers adorent ces armes aux calibres bizarres.

— Oh ! fait Malone. Un repris de justice en possession d'une arme à feu dissimulée. Cinq ans minimum.

— Il est pas à moi, répond Fat Teddy. C'est parce que je suis noir ?

— Parce que tu es Teddy, réplique Malone. J'ai vu une bosse sous ta veste qui ressemblait à une arme.

— Vous matez ma bosse ? Vous avez viré pédé, Malone ?

En guise de réponse, Malone trouve le portable de Fat Teddy, le jette sur le trottoir et le piétine.

— Hé, c'était un Six, mec. Vous avez fumé.

— Tu en as une vingtaine comme ça. Les mains dans le dos.

— Vous allez pas m'embarquer, soupire Fat Teddy avec lassitude. Vous allez pas passer votre réveillon au poste à remplir des DD-5. Les Irlandais, faut que ça picole.

Monty glisse la main sous le siège du passager et en ressort une « pochette » d'héro : cent enveloppes de papier cristal par groupes de dix.

— Tiens, tiens, qu'est-ce qu'on a là ? Un Noël à Rikers. Tu devrais penser à emporter du gui, Teddy, si tu veux qu'ils t'embrassent sur la bouche.

— Vous êtes pas réglo.

— C'est la poudre de DeVon Carter. Il ne sera pas content que tu l'aies perdue.

— Faut que vous parliez à vos potes.
— Quels potes ?
Malone le gifle.
— Qui ça ?
Fat Teddy ne dit rien.
Malone poursuit :
— Je vais te coller une étiquette d'indic à Central Booking. Tu ne sortiras pas vivant de Rikers.
— Pourquoi vous me faites ça ?
— Soit tu roules avec moi, soit tu passes sous les roues.
— Tout ce que je sais, c'est que Carter a dit qu'il avait des protections à Manhattan North. Je croyais que c'était vous.
— Eh bien, non.
Malone est furax. Soit Teddy baratine, soit quelqu'un à Manhattan North émarge chez Carter.
— Qu'est-ce que tu as d'autre sur toi ?
— Rien.
Malone plonge la main à l'intérieur de la doudoune et en sort un rouleau de billets maintenu par un élastique.
— C'est rien, ça ? Il y a au moins trente mille dollars. Un sacré paquet de fric. C'est la ristourne de Mickey D pour les clients fidèles ?
— Je bouffe au Five Guys, enfoiré.
— Eh bah ce soir, tu boufferas des bolognaises.
— Allez, Malone.
— Tu sais quoi ? On va juste confisquer la came et le fric, et te laisser filer. Appelle ça un cadeau de Noël.
Ce n'est pas un cadeau, c'est une menace.
Teddy lance :
— Si vous me prenez ma came, faut m'arrêter et remplir un rapport !
Fat Teddy a besoin de ce rapport pour prouver à Carter que les flics ont confisqué la came, et qu'il ne l'a pas arnaqué. C'est la procédure officielle. Si vous vous faites arrêter, vous avez intérêt à montrer un DD-5, sinon, on vous coupe les doigts.

Carter l'a déjà fait.

D'après la légende, il possède une déchiqueteuse de papier, comme dans les bureaux, et les dealers qui n'ont pas sa came, son fric ou un 5, on leur met les mains dans l'appareil, et hop, plus de doigts.

Sauf que ce n'est pas une rumeur.

Un soir, Malone avait trouvé un type en train de pisser le sang sur un trottoir. Il tenait à peine debout. Carter lui avait quand même laissé le pouce ; de sorte que, si le type voulait désigner le coupable, il était obligé de se montrer du doigt.

Ils laissent Teddy assis dans sa voiture et regagnent la Crown Vic. Malone répartit l'argent en cinq, une part pour chacun, une pour les frais et une pour Billy O. Chacun glisse les billets dans une enveloppe adressée à lui-même, qu'ils ont toujours sur eux.

Après quoi, ils retournent chercher Teddy.

— Et ma caisse ? demande-t-il, alors qu'ils l'obligent à se remettre debout. Vous allez pas me la piquer aussi, hein ?

— Tu transportais de l'héro dedans, connard, répond Russo. Maintenant, elle appartient au NYPD.

— Elle appartient plutôt à Russo, oui, rétorque Fat Teddy. Vous allez pas rouler dans ma Caddie avec ce rital puant à l'intérieur.

— J'aimerais pas qu'on me retrouve mort dans cette négromobile, réplique Russo. Elle va direct à la fourrière.

— C'est Noël ! gémit Fat Teddy.

Malone désigne l'immeuble d'un mouvement de menton.

— C'est quoi, son numéro ?

Fat Teddy le lui dit. Malone le compose et approche son portable de la bouche de Fat Teddy.

— Descends, trésor, dit-il. J'ai besoin que tu t'occupes de ma caisse. Elle a intérêt à être là quand je sors. Et en état de marche.

Russo laisse les clés sur le capot et entraîne Fat Teddy vers leur voiture.

— Qui m'a mouchardé ? C'est cette infecte petite salope de Merde au cul ?

— Tu veux faire partie des suicidés du réveillon ? demande Malone. En sautant du pont GW ? On peut t'arranger ça, tu sais.

Fat Teddy s'en prend alors à Monty.

— Tu bosses pour l'homme blanc, *brother* ? T'es leur Oncle Tom ?

Monty lui balance une gifle. Fat Teddy est costaud, pourtant sa tête bascule en arrière comme un spirobole.

— Je suis un Noir, petit branleur de cité, buveur de soda au raisin, cogneur de femmes et dealer d'héro.

— Fils de pute, si j'avais pas ces menottes…

— Tu veux qu'on règle ça ?

Monty jette son cigare par terre et l'écrase sous son talon.

— Allez, viens, rien que toi et moi.

Fat Teddy ne répond rien.

— C'est bien ce que je pensais, dit Monty.

Sur le chemin du Trois-Deux, ils s'arrêtent devant une boîte aux lettres et y déposent leurs enveloppes. Puis ils coffrent Fat Teddy pour possession d'arme et d'héroïne. L'officier de permanence ne saute pas de joie.

— C'est le réveillon de Noël. Saloperie de Task Force.

— Que La Force soit avec vous, répond Malone.

Russo roule dans Broadway en direction de l'Upper West Side.

— De qui parlait Fat Teddy ? demande-t-il. C'était du pipeau ? Ou bien Carter arrose quelqu'un de chez nous ?

— Je parierais sur Torres.

Torres est un mauvais élément.

Il monte des arnaques, il vend des dossiers et fait même travailler des putes minables, des camées au crack surtout, ou des fugueuses. Et il les mène à la baguette. Qui, plus précisément, est une antenne de voiture. Malone a vu les marques.

Le sergent est un cogneur et il possède une réputation non usurpée de brutalité, même selon les règles en vigueur à Manhattan North. Malone fait son possible pour amadouer Torres. En définitive, ils font tous partie de la Task Force, il faut qu'ils s'entendent.

En revanche, il ne peut accepter d'entendre des ordures comme Fat Teddy Bailey lui dire qu'il est protégé, il va donc falloir qu'il trouve un moyen de régler le cas Torres.

Si c'est vrai.

Si c'est bien Torres.

Russo s'engage dans la 87e et trouve une place juste en face d'un *brownstone*, au numéro 349.

Malone loue cet appartement à un agent immobilier qu'ils protègent.

Loyer : zéro dollar.

C'est un petit pied-à-terre qui convient très bien à l'usage qu'ils en font. Une chambre pour pioncer ou amener une fille, un salon, une kitchenette, et de quoi prendre une douche.

Ou cacher de la dope, car dans le bac, il y a un carreau amovible, et dessous, un vide dans lequel ils ont planqué les cinquante kilos qu'ils ont fauchés au non regretté Diego Pena.

Ils attendent pour les fourguer. Cinquante kilos, c'est suffisant pour créer un impact dans les rues, provoquer de l'agitation, voire entraîner une baisse des prix. Il faut donc que l'affaire Pena retombe. À la revente, l'héroïne possède une valeur de cinq millions, mais ils vont devoir la céder au rabais à un receleur de confiance. Malgré cela, même partagé en quatre, ça reste un coup énorme.

Attendre ne pose aucun problème à Malone.

C'est la plus grosse prise qu'ils ont jamais réalisée et réaliseront sans doute jamais, c'est leur assurance, leur plan de retraite, leur avenir. Les frais de scolarité de leurs enfants, un mur face à une maladie vicieuse, la différence entre une retraite dans un parc pour mobile homes et une retraite dans une résidence de West Palm. Ils ont immédiatement partagé les trois millions en liquide, Malone les mettant en garde contre l'envie de faire des folies : acheter une nouvelle voiture, des bijoux à leur femme, un bateau, un séjour aux Bahamas.

Voilà ce que cherchent ces enfoirés des Affaires internes : un changement dans le style de vie, les habitudes de travail, l'attitude. Mettez ce fric de côté, a dit Malone à ses gars. Planquez au moins cinquante mille dollars là où vous pouvez les récupérer en moins d'une heure, au cas où vous devriez partir en cavale à cause des Affaires internes. Et encore cinquante pour payer la caution si vous n'avez pas eu le temps de décamper. Sinon, dépensez un peu, gardez le reste, faites vos vingt années, tirez votre révérence et profitez.

Ils ont envisagé de prendre leur retraite dès maintenant. À quelques mois d'écart, mais au moment où ils ont encore le vent en poupe. Oui, peut-être qu'ils devraient, songe Malone, mais pas si vite après l'affaire Pena, ça éveillerait les soupçons.

Il imagine déjà les gros titres : LES HÉROS DE LA POLICE DÉMISSIONNENT APRÈS LEUR SAISIE RECORD.

De quoi attirer les AI à coup sûr.

Malone et Russo entrent dans le salon et Malone attrape une bouteille de Jameson derrière le petit bar. Il leur en verse deux doigts à chacun dans des gros verres à whisky.

Cheveux roux, grand et mince, Russo fait aussi italien qu'un sandwich jambon-mayonnaise. C'est Malone qui a un physique de rital, et quand ils étaient gamins, ils plaisantaient en disant qu'on les avait peut-être échangés à l'hôpital.

La vérité, c'est que Malone connaît sans doute mieux Russo qu'il ne se connaît lui-même, sans doute parce qu'il garde tout pour lui, contrairement à Russo. Tout ce qui occupe l'esprit de Russo ressort par sa bouche, mais pas devant tout le monde, seulement devant ses frères flics.

La première fois qu'il avait fait l'amour avec Donna, le coup classique du bal de fin d'année, il n'avait même pas eu besoin de l'annoncer le lendemain, son air idiot parlait pour lui.

— Je suis amoureux d'elle, Denny. Je vais l'épouser.

— Tu te prends pour un Irlandais ou quoi ? Vous n'êtes pas obligés de vous marier parce que vous avez baisé ensemble.

— Non, j'en ai envie.

Russo a toujours su qui il était. Un tas de gars veulent quitter Staten Island, devenir autre chose. Pas Russo. Il savait qu'il épouserait Donna, qu'il aurait des enfants et vivrait dans son quartier de naissance. Et il se réjouissait d'être un stéréotype de l'East Shore : flic à New York, une femme, des gamins, une maison avec trois chambres et une salle de bains et demie, et barbecues les jours de congé.

Ils avaient passé l'examen ensemble, étaient entrés dans la police ensemble, étaient allés à l'académie ensemble. Malone avait dû aider Russo à prendre trois kilos pour atteindre le poids minimum en le gavant de milkshakes, de bière et d'énormes sandwichs.

Même avec le bon gabarit, Russo n'aurait pas été reçu sans Malone. S'il pouvait toucher n'importe quelle cible sur le champ de tir, il ne savait pas se battre. Il avait toujours été comme ça, même à l'époque où ils jouaient au hockey. Russo était capable d'envoyer le palet au fond des filets, mais dès qu'il enlevait les gants, c'était une catastrophe, malgré ses longs bras, et Malone était obligé d'intervenir pour le tirer d'affaire. Aussi, durant les épreuves de corps à corps à l'académie, ils s'arrangeaient pour combattre l'un contre l'autre, et Malone laissait Russo l'immobiliser, lui faire des clés de poignet et des prises d'étranglement.

Le jour de la remise des diplômes – Malone pourra-t-il jamais oublier ce jour ? –, Russo affichait un sourire niais dont il n'arrivait pas à se départir, et ils s'étaient regardés, pleinement conscients de ce que seraient désormais leurs vies.

Quand Sheila avait fait apparaître deux traits bleus en pissant, c'est Russo que Malone était allé voir en premier, c'est Russo qui lui avait dit qu'il n'y avait aucune question à se poser, juste une bonne réponse, et il voulait être le témoin.

— C'est des conneries de l'ancien temps, avait rétorqué Malone. C'était bon pour nos parents, nos grands-parents, ça se passe plus forcément comme ça.

— Mon cul, oui. On est de l'ancien temps, Denny. On est nés à East Shore Staten Island. Tu crois peut-être que tu es moderne et tout ce baratin, mais non. Et Sheila non plus. Qu'est-ce qu'il y a, tu ne l'aimes pas ?

— Je sais pas.

— Tu l'aimes assez pour la baiser. Je te connais, Denny, tu n'es pas comme ces branleurs de pères absents donneurs de sperme. Ce n'est pas toi.

Russo avait donc été son témoin.

Malone avait appris à aimer Sheila.

Ça n'avait pas été très difficile : elle était jolie, drôle, intelligente, ça avait été chouette pendant longtemps.

Russo et lui portaient encore l'uniforme le jour où les Tours étaient tombées. Russo avait couru *vers* les immeubles au lieu de détaler, car il savait qui il était. Et ce soir-là, lorsque Malone avait appris que Liam se trouvait sous la Tour Deux et qu'il n'en ressortirait jamais, c'est Russo qui était resté près de lui toute la nuit.

Tout comme Malone était resté près de Russo quand Donna avait fait une fausse couche.

Russo avait pleuré.

Quand Sophia, la fille de Russo, était née prématurément, pesant moins de un kilo, et que les médecins avaient parlé d'état critique, Malone avait passé la nuit à l'hôpital avec lui, sans rien dire, jusqu'à ce que le bébé soit tiré d'affaire.

Le soir où Malone avait été suffisamment stupide pour se faire tirer dessus parce qu'il s'était précipité pour plaquer un cambrioleur, si Russo n'avait pas été là, la police aurait offert à Malone des funérailles d'inspecteur et un drapeau bien plié à Sheila. Ils auraient joué de la cornemuse, il y aurait eu une veillée et Sheila serait devenue veuve au lieu d'être divorcée, si Russo n'avait pas abattu le cambrioleur et conduit la voiture jusqu'aux urgences comme s'il venait de la voler parce que Malone faisait une hémorragie interne.

Phil avait tiré deux balles dans la poitrine du type et une troisième dans la tête, parce que c'est le code : celui qui abat un flic meurt sur place ou « dans le bus », après un lent trajet en direction de l'hôpital, autant de détours que nécessaire et le maximum de dos d'âne.

Les médecins prêtent le serment d'Hippocrate, pas les ambulanciers. Ils savent que s'ils se démènent pour sauver la vie d'un tueur de flic, la prochaine fois qu'ils réclameront des renforts, ceux-ci tarderont à arriver.

Mais ce soir-là, Russo n'avait pas attendu les secours. Il avait foncé à l'hôpital et porté Malone dans ses bras comme un bébé.

Il lui avait sauvé la vie.

Du pur Russo.

Un type de la vieille école, réglo, qui possède un tablier Roi du Barbecue, un goût inexplicable pour Nirvana, Pearl Jam et Nine Inch Nails, foutrement intelligent, burné, fidèle comme un chien. Toujours là pour vous, partout, n'importe quand. Phil Russo.

Un flic pour les flics.

Un frère.

— Tu ne te dis jamais qu'on devrait laisser tomber ? demande Malone.

— La police ?

Malone secoue la tête.

— L'autre truc. Je veux dire... est-ce qu'on a encore besoin de gagner du fric ?

— J'ai trois gosses, répond Russo. Toi, tu en as deux. Monty, trois. Tous intelligents. Tu sais combien ça coûte d'aller à la fac de nos jours ? Ils sont pires que les Gambino, ils te sucent jusqu'au sang. Toi, je ne sais pas, mais moi, faut que je continue à engranger.

Et toi aussi, Denny, se dit Malone.

Tu as besoin de cet argent, cette trésorerie, mais il n'y a pas que ça, avoue-le. Tu adores ce jeu. L'excitation, dépouiller les méchants. Le danger, même, l'idée que tu puisses te faire prendre.

Tu es un sale détraqué.

— Il est peut-être temps de fourguer l'héro de Pena, est en train de dire Russo.

— Pourquoi, tu as besoin de fric ?

— Non, ça va. C'est juste que… la tension est retombée et cette came reste là, sans rien rapporter. C'est du pognon pour la retraite, Denny. Du pognon qui dit : « Allez vous faire foutre, je me tire. » Du pognon de survie au cas où il arriverait quelque chose.

— Tu crains qu'il arrive quelque chose, Phil ? Tu sais un truc que j'ignore ?

— Non.

— C'est franchir un grand pas, dit Malone. On a déjà piqué du fric, mais on n'a jamais dealé.

— Dans ce cas, pourquoi on a pris cette came, si c'est pas pour la revendre ?

— Ça fera de nous des dealers. On a combattu ces types durant toute notre carrière, et on va devenir comme eux.

— Si on avait remis toute la came, quelqu'un d'autre l'aurait fauchée.

— Je sais.

— Alors, pourquoi pas nous ? Pourquoi est-ce que tous les autres ont le droit de s'enrichir ? Les mafieux, les dealers, les politiciens ? Pourquoi pas nous, pour une fois ? Notre tour, c'est pour quand ?

— Je comprends, dit Malone.

Ils continuent à boire en silence.

Finalement, Russo demande :

— Il y a autre chose qui te tracasse ?

— Je ne sais pas. Peut-être que c'est juste Noël, tu vois.

— Tu vas là-bas ?
— Demain matin, pour ouvrir les cadeaux.
— Ce sera chouette.
— Oui, ce sera chouette.
— Passe à la maison si tu peux. Donna va la jouer ritale à fond : macaronis sauce tomate, *baccalata*, et ensuite la dinde.
— Merci, j'essayerai.

Malone roule jusqu'à Manhattan North et demande à l'officier de permanence :
— Fat Teddy est déjà monté dans le bus ?
— C'est Noël, Malone. Tout tourne au ralenti.
Malone descend dans les cellules, où il trouve Teddy assis sur un banc. S'il existe un endroit plus déprimant qu'une cellule le soir du réveillon de Noël, Malone ne le connaît pas. En le voyant approcher, Fat Teddy lève la tête.
— Faut faire quelque chose pour moi, *brother*.
— Et toi, qu'est-ce que tu vas faire pour moi ?
— Du style ?
— Me dire qui touche du fric de Carter.
Rire de Teddy.
— Genre, vous savez pas.
— Torres ?
— J'en sais rien.
Évidemment, se dit Malone. Fat Teddy a peur de moucharder un flic.
— OK, dit Malone. Tu n'es pas un imbécile, Teddy. Tu joues les idiots dans la rue, c'est tout. Tu sais qu'avec deux condamnations sur ton casier, rien qu'à cause du flingue, tu vas en prendre pour cinq ans. Et si on remonte sa trace jusqu'à un achat bidon à Ploucville, le juge va s'énerver et il pourrait doubler la peine. Dix ans, c'est long, mais je viendrai te voir, je t'apporterai des *ribs* de chez Sweet Mama's.
— Épargnez-moi votre numéro de cirque, Malone.

— Je suis très sérieux. Supposons que je puisse te faire sortir ?

— Supposons que vous ayez une vraie bite ?

— C'est toi qui voulais parler sérieusement, Teddy. Si tu...

— Qu'est-ce que vous voulez ?

— J'ai entendu dire que Carter négociait pour acheter un véritable arsenal. Ce que je veux, c'est savoir avec qui il négocie.

— Vous me prenez pour un débile ?

— Absolument pas.

— Faut croire que si, dit Teddy. Si je sors d'ici et que vous mettez le grappin sur les armes, Carter va faire le rapprochement, et je vais me retrouver six pieds sous terre.

— C'est toi qui me prends pour un débile, Teddy ? Je ferai en sorte que ta libération ressemble à un arrangement habituel.

Fat Teddy hésite.

— Va te faire foutre, dit Malone. J'ai une jolie femme qui m'attend et je suis là avec un gros porc hideux.

— Il s'appelle Mantell.

— C'est qui, ce Mantell ?

— Un pauvre petit Blanc qui deale des armes pour les ECMF.

Malone connaît les East Coast Motherfuckers, un gang de motards qui donne dans le trafic d'herbe et d'armes. Ils ont des filiales en Géorgie et dans les deux Carolines. Mais ce sont des suprémacistes blancs.

— Les ECMF traitent avec des Noirs ?

— Je suppose que le fric noir a la même odeur.

Fat Teddy hausse les épaules.

— Et ça ne les gêne pas d'aider des Noirs à tuer des Noirs.

Ce qui surprend le plus Malone, c'est que Carter fasse des affaires avec des Blancs. Il doit être aux abois.

— Que peuvent lui offrir les bikers ?

111

— Des AK, des AR, des Mac-10, etc. C'est tout ce que je sais.

— Carter ne t'a pas envoyé un avocat ?

— J'arrive pas à joindre Carter. Il est aux Bahamas.

— Appelle ce type, dit Malone en tendant une carte de visite à Teddy. Mark Piccone. Il va t'arranger ça.

Teddy prend la carte.

Malone se lève.

— On a merdé quelque part, hein, Teddy ? Toi et moi, on est là à se geler les couilles, pendant que Carter sirote des *piña coladas* sur la plage.

— Bien dit.

Malone patrouille à bord d'une voiture banalisée.

Les endroits où peut se trouver l'indic ne sont pas si nombreux. Le secteur de Merde au cul est plutôt au nord de Columbia, mais en dessous de la 125e, et de fait, Malone le trouve en train de rôder sur le côté est de Broadway, en dansant le bop du junkie.

Malone s'arrête le long du trottoir, baisse sa vitre et ordonne :

— Monte.

Merde au cul jette des regards inquiets autour de lui, puis s'exécute. Il est un peu étonné car d'ordinaire, Malone refuse de le laisser monter dans sa voiture sous prétexte qu'il pue, même si lui ne sent rien.

Il est sacrément en manque.

Nez qui coule, mains qui tremblent, il se balance d'avant en arrière, les bras noués autour du corps.

— J'en peux plus, dit-il. J'ai trouvé personne. Faut m'aider, mec.

Son fin visage est creusé, sa peau brune cireuse. Ses deux incisives du haut, en avant, évoquent un écureuil dans un mauvais dessin animé, et s'il n'y avait son odeur, on pourrait l'appeler Chicots pourris.

Il est mal en point.

— Par pitié, Malone.

Malone tend la main vers une boîte métallique fixée sous le tableau de bord à l'aide d'un aimant. Il l'ouvre et tend une enveloppe au junkie, juste de quoi se faire un fix pour repartir.

Merde au cul ouvre la portière.

— Non, reste dans la voiture.
— Je peux me shooter là ?
— Pourquoi pas ? C'est Noël.

Malone tourne à gauche et roule vers le sud en descendant Broadway, pendant que Merde au cul verse l'héroïne dans une cuillère, la fait chauffer avec un briquet et l'aspire dans une seringue.

— Elle est propre, au moins ? demande Malone.
— Comme un nouveau-né.

Il enfonce l'aiguille dans une veine, appuie sur le piston. Il rejette la tête en arrière et soupire.

Il se sent bien de nouveau.

— Où on va ?
— Port Authority. Tu vas quitter la ville quelque temps.

Merde au cul se met à flipper.

— Pourquoi ?
— C'est pour ton bien.

Au cas où Fat Teddy serait suffisamment furax pour le retrouver et le buter.

— Je peux pas quitter New York. J'ai aucun contact ailleurs.
— Tant pis.
— Non, s'il vous plaît, m'obligez pas à partir.

Merde au cul commence à pleurer.

— Si je suis en manque ailleurs, je vais crever.
— Tu préfères que ça t'arrive à Rikers ? Car c'est l'autre possibilité.
— Pourquoi vous me faites ce coup de salaud, Malone ?
— C'est dans ma nature.
— Avant, c'était pas pareil.
— Eh bah, c'est plus comme avant.

— Où est-ce que je vais aller ?
— Je ne sais pas. Philadelphie. Baltimore.
— J'ai un cousin à Baltimore.
— Alors, vas-y.

Malone détache cinq billets de cent dollars d'une liasse et les tend au junkie.

— Ne dépense pas tout pour acheter de la came. Fous le camp de New York et reste où tu es pendant un petit moment.
— Combien de temps ?

Merde au cul semble désespéré, réellement effrayé. Malone devine qu'il n'a jamais quitté New York, il n'a même jamais mis les pieds dans l'East Side.

— Appelle-moi dans une semaine environ, je te le dirai.

Malone s'arrête devant la gare routière et laisse descendre l'indic.

— Si jamais je te vois en ville, je serai très en colère.
— Je croyais qu'on était amis, Malone.
— Non, on n'est pas amis. On ne sera jamais amis. Tu es mon informateur. Un mouchard. C'est tout.

En retournant vers le nord, Malone laisse les vitres ouvertes.

Claudette vient lui ouvrir.
— Joyeux Noël, trésor, dit-elle.

Malone adore sa voix.

C'est sa voix, douce et grave, plus que son physique, qui l'a tout d'abord attiré.

Une voix pleine de promesses, rassurante.

Ici, tu trouveras du réconfort.

Et du plaisir.

Dans mes bras, dans ma bouche, dans ma chatte.

Il entre, s'assoit sur le petit canapé – elle emploie un mot différent, mais il ne s'en souvient jamais – et dit :

— Désolé, je suis en retard.
— Je viens de rentrer moi aussi.

Alors qu'elle porte un kimono blanc et un parfum qui sent divinement bon, se dit Malone.

Elle vient de rentrer et elle s'est préparée pour moi.

Claudette s'assoit sur le canapé à côté de lui, ouvre une petite boîte en bois sculpté posée sur la table basse et en sort un joint tout fin. Elle l'allume, tire dessus et le passe à Malone.

Celui-ci prend une taffe et dit :

— Je croyais que tu faisais 16 heures-minuit.

— Moi aussi.

— Beaucoup de boulot ?

— Bagarres, tentatives de suicide, overdoses, répond Claudette en lui reprenant le joint. Un type a débarqué pieds nus avec le poignet brisé. Il a dit qu'il te connaissait.

Infirmière aux urgences, de nuit en général, elle a tout vu. Malone et elle se sont rencontrés le soir où il a conduit à l'hôpital un indic junkie qui s'était arraché la moitié du pied en se tirant dessus par accident.

— Pourquoi vous n'avez pas appelé une ambulance ? lui avait-elle demandé.

— À Harlem ? Il se serait vidé de son sang pendant que les ambulanciers étaient au Starbucks. Au lieu de ça, il a saigné à l'intérieur de ma bagnole. Que je venais de faire réviser.

— Vous êtes flic.

— Je plaide coupable.

Elle se laisse aller en arrière et étend ses jambes sur les siennes. Le kimono glisse, laissant entrevoir ses cuisses. Il y a, tout en haut, un endroit que Malone considère comme le plus doux sur terre.

— Ce soir, dit-elle, on nous a laissé un bébé drogué au crack. Abandonné devant l'entrée.

— Comme l'Enfant Jésus ?

— Je comprends l'ironie, Malone. Et toi, comment s'est passée ta journée ?

— Bien.

Malone apprécie le fait qu'elle ne le presse pas de

questions, qu'elle se contente de ce qu'il lui raconte. Contrairement à beaucoup de femmes qui voudraient qu'il « partage » ; elles exigent des détails qu'il préfère oublier que raconter. Claudette, elle, comprend : elle a ses propres horreurs à gérer.

Il caresse l'endroit le plus doux.

— Tu es fatiguée. Tu as sûrement envie de dormir.

— Non, trésor, j'ai envie de baiser.

Ils finissent leurs verres et passent dans la chambre.

Claudette le déshabille en embrassant sa peau. Elle s'agenouille et le prend dans sa bouche. Même dans l'obscurité de la chambre, éclairée par la seule lumière de la rue, il aime la vision de ses lèvres charnues et rouges autour de sa queue.

Elle n'est pas défoncée, elle a juste fumé le joint, même si c'était de la très bonne herbe, et ça aussi ça lui plaît. Il lui caresse les cheveux, puis se penche en avant pour glisser la main à l'intérieur du kimono. Il effleure ses seins et la sent gémir.

Il pose les mains sur les épaules de Claudette pour l'arrêter.

— J'ai envie d'être en toi.

Elle se lève, marche jusqu'au lit et s'y étend. Elle lève les genoux, comme une invitation muette, qu'elle formule ensuite :

— Alors, viens, trésor.

Elle est mouillée et chaude.

Il glisse d'avant en arrière sur son corps, sur sa poitrine pleine, sa peau brune ; d'un doigt il caresse l'endroit si doux, tandis qu'au-dehors des sirènes rugissent, des gens crient, mais il s'en fiche, il n'est pas obligé de se sentir concerné, il n'a qu'à aller et venir en elle, et l'entendre dire :

— J'adore ça, trésor. *J'adore* ça.

Sentant qu'il va jouir, il agrippe son petit cul ferme (Claudette trouve qu'elle n'a pas de fesses pour une Noire) et la plaque contre lui, tandis qu'il s'enfonce en elle, le plus loin possible, jusqu'à ce qu'il sente cette petite poche, et Claudette lui agrippe l'épaule, se cambre et jouit juste avant lui.

Malone jouit comme il jouit toujours avec elle, des orteils jusqu'au sommet du crâne, c'est peut-être la drogue mais il pense que c'est elle, avec sa voix douce et grave, sa peau brune et chaude, à présent glissante de sueur, mélangée à la sienne, et au bout d'une minute, ou d'une heure peut-être, il l'entend dire :

— Oh ! trésor, je suis fatiguée.

— Moi aussi.

Il roule sur le côté.

À moitié endormie, elle presse sa main dans la sienne avant de sombrer.

Malone s'allonge sur le dos. Sur le trottoir d'en face, le patron de la boutique d'alcool a dû oublier d'éteindre ses lumières, et elles projettent des reflets rouges sur le plafond de Claudette.

C'est Noël dans la jungle et, au moins durant un bref instant, Malone se sent en paix.

5

Malone ne dort qu'une heure car il veut arriver à Staten Island avant que les enfants se lèvent et commencent à éventrer leurs cadeaux sous le sapin.

Il ne réveille pas Claudette.

Il s'habille, se rend dans la kitchenette, se prépare un café instantané, puis va chercher dans sa veste le cadeau qu'il lui a acheté.

Des boucles d'oreilles en diamant de chez Tiffany.

Parce qu'elle est folle de ce film avec Audrey Hepburn.

Malone dépose la boîte sur la table basse et sort. Il sait que Claudette va dormir jusqu'à midi et se rendre ensuite chez sa sœur pour le repas de Noël.

— Après, j'assisterai certainement à une réunion à St. Mary, lui a-t-elle dit.

— Il y a des réunions même à Noël ?

— Surtout à Noël.

Elle tient bon, cela fait presque six mois maintenant qu'elle est clean. Pas facile pour une toxicomane qui travaille dans un hôpital, au milieu de toutes ces drogues.

Il roule en direction de son appartement, dans la 104e, entre Broadway et West End.

Quand il s'est séparé de Sheila, il y a un peu plus d'un an, Malone a décidé de faire partie des rares flics qui habitent dans leur secteur. Sans monter jusqu'à Harlem, il a opté pour la périphérie de l'Upper West Side. Il peut prendre le métro pour aller travailler, ou même faire le trajet à pied, et il aime les environs de Columbia.

Les étudiants sont lassants avec leur arrogance et leurs certitudes juvéniles, mais il y a là quelque chose qui lui plaît. Il aime entrer dans les cafés, les bars, écouter les conversations. Il aime marcher vers le nord, montrer aux dealers et aux toxicos qu'il est là.

Il habite au deuxième étage, dans un appartement sans ascenseur : un petit salon, une cuisine plus petite encore et une chambre minuscule, avec salle de bains attenante. Un sac de frappe pend au bout d'une chaîne dans le salon ; il n'a pas besoin d'autre chose. De toute façon, il n'est pas souvent là. C'est juste un endroit pour dormir, prendre une douche et se faire un café le matin.

Il se douche et se change. Il ne peut pas aller chez lui avec ses vêtements de la veille car Sheila le flairerait immédiatement et lui demanderait s'il était avec *elle*.

Malone ne comprend pas pourquoi ça la tracasse à ce point – ils étaient séparés depuis environ trois mois quand il a rencontré Claudette –, mais il a commis une grave erreur en répondant honnêtement à la question de Sheila : « Tu vois quelqu'un ? »

— Tu es flic, tu devrais savoir à quoi t'en tenir, lui avait dit Russo le jour où Malone lui avait confié que Sheila crisait. Il ne faut jamais répondre franchement.

Ni répondre quoi que ce soit. À part : « Je veux parler à mon avocat. Je veux parler à mon délégué. »

Mais Sheila avait pété un plomb.

— Claudette ? Elle est française ?

— En fait, elle est noire. Afro-Américaine.

Elle lui avait ri au nez. Elle était morte de rire.

— Putain, Denny, quand tu as dit à Thanksgiving que tu aimais la viande bien grillée, je croyais que tu parlais de la dinde.

— Classe.

— Ne me fais pas le coup du politiquement correct. Avec toi, c'est toujours « peau de boudin » par-ci, « bamboula » par-là. Dis-moi un peu, tu la traites de négresse ?

— Non.

Sheila ne pouvait plus s'arrêter de rire.

— Tu as raconté à la *sister* combien de *brothers* tu as tabassés avec ta matraque ?

— Il se peut que j'aie omis ce détail.

Elle avait continué à rire, mais Malone savait comment ça se terminerait. Ce n'était qu'une question de temps avant que l'hilarité se transforme en fureur et en apitoiement sur soi. Ça n'avait pas raté.

— Dis-moi, Denny, elle baise mieux que moi ?

— Arrête, Sheila.

— Non, non, je veux savoir. Elle baise mieux que moi ? Tu sais ce qu'on dit : dès que tu goûtes aux Noirs, ça n'a plus rien à voir.

— S'il te plaît.

— D'habitude, tu me trompes avec des putes *blanches*.

Ce n'est pas faux, s'était dit Malone.

— Je ne te trompe pas. On est séparés.

Mais Sheila n'était pas d'humeur à écouter des arguties juridiques.

— Quand on était mariés, ça ne t'a jamais posé de problème, hein, Denny ? Toi et tes frères de la police, vous vous tapez tout ce qui bouge. Hé, au fait, ils sont au courant ? Russo et Big Monty, ils savent que tu te tapes du chocolat ?

Il ne voulait pas perdre son calme, mais c'était arrivé.

— Ferme ta gueule, Sheila.

— Tu vas me frapper, sinon ?

— Je n'ai jamais levé la main sur toi, bordel !

Malone avait fait un tas de vilaines choses dans sa vie, mais frapper une femme, ça non.

— Oui, c'est vrai. Tu ne me touchais plus du tout.

Le problème, c'était qu'elle avait raison.

Il se rase soigneusement, dans le sens du poil d'abord, puis en remontant, car il veut avoir l'air propre, frais et dispos.

C'est pas gagné, se dit-il.

Il ouvre l'armoire à pharmacie et gobe deux comprimés de Dexedrine 5 mg pour se donner un petit coup de fouet.

Il enfile un jean propre, une chemise blanche et choisit une veste noire en laine pour avoir l'air d'un civil. Même l'été, il porte des manches longues quand il va chez lui, car Sheila déteste ses tatouages.

Pour elle, ils symbolisent son départ de Staten Island, sa transformation en « hipster new-yorkais ».

— Ils n'ont pas de tatouages à Staten Island ? avait-il répliqué.

Nom de Dieu, il y a un salon à tous les coins de rue, et la moitié des gars du quartier sont tatoués. La moitié des femmes aussi, d'ailleurs.

Il aime ses bras tels qu'ils sont. En eux-mêmes, tout d'abord, et aussi parce qu'ils foutent la trouille aux voyous, qui ne sont pas habitués à voir ça sur un flic. Quand il roule ses manches pour s'occuper de l'un d'eux, le gars sait qu'il va morfler.

En plus, c'est de l'hypocrisie car Sheila a un petit trèfle tatoué sur la cheville droite, comme si on ne devinait pas qu'elle est irlandaise rien qu'en voyant ses cheveux roux, ses yeux verts et ses taches de rousseur. Mais oui, je n'ai pas besoin d'un psy à deux cents dollars de l'heure pour comprendre que Claudette est l'exact opposé de ma future-ex-épouse, se dit Malone en fixant son arme à sa ceinture.

Je suis au courant.

Sheila représente tout ce avec quoi il a grandi, l'absence de surprises, le familier. Claudette incarne un monde différent, une découverte permanente, l'autre. Ce n'est pas seulement une question raciale, même si cela joue un rôle important.

Sheila est Staten Island, Claudette est Manhattan.

Pour lui, elle est New York.

Les rues, les bruits, les odeurs, la sophistication, le sexy, l'exotique.

Pour leur premier rancard, elle était arrivée vêtue d'une robe rétro style années 1940, avec un gardénia blanc dans les cheveux à la Billie Holiday, des lèvres écarlates, enveloppée d'un parfum qui l'avait presque rendu ivre de désir.

Il l'avait emmenée à La Buvette, dans le Village. Comme elle portait un prénom français, il pensait que ça lui plairait, et de toute façon, il ne voulait pas l'emmener à Manhattan North.

Elle l'avait tout de suite compris.

— Tu ne veux pas qu'on te voie avec une *sister* dans ton secteur, lui avait-elle dit, alors qu'ils s'asseyaient à table.

— Non, ce n'est pas ça, avait-il répondu, énonçant une demi-vérité. Simplement, quand je suis là-haut, je suis toujours en service. Tu n'aimes pas Greenwich ?

— J'adore. J'habiterais là si ce n'était pas si loin de mon travail.

Elle n'avait pas couché avec lui après ce premier rendez-vous, ni après le suivant, ni même le suivant, mais quand c'était arrivé, il avait eu une révélation et il n'imaginait pas que l'on pouvait être amoureux à ce point. En réalité, il était déjà amoureux car elle le défiait. Avec Sheila, c'était une acceptation amère de ce qu'il faisait ou bien une bagarre en règle, à l'irlandaise. Claudette ébranlait ses principes, elle lui faisait voir les choses sous un autre angle. Malone n'avait jamais été un gros lecteur, mais elle l'encourageait à lire, même des poèmes, dont certains, comme ceux de Langston Hughes, lui avaient plu. Parfois, le dimanche matin, ils faisaient la grasse matinée, puis ils sortaient prendre un café et traînaient dans les librairies, encore une chose qu'il n'aurait jamais imaginée ; elle lui montrait des livres d'art, elle lui parlait de ses vacances à Paris, seule, et lui disait combien elle aimerait y retourner.

Sheila ne veut même pas venir seule à Manhattan.

Mais s'il est amoureux de Claudette, ce n'est pas seulement à cause du contraste avec Sheila.

Il aime son intelligence, son sens de l'humour, sa chaleur.

Il n'a jamais rencontré quelqu'un d'aussi bienveillant.

C'est un problème.

Elle est trop bienveillante pour le métier qu'elle exerce – elle souffre pour ses patients, elle saigne intérieurement à cause de ce qu'elle voit – et ça la détruit, ça l'incite à prendre une seringue.

Heureusement qu'elle se rend aux réunions.

Malone prend les cadeaux emballés qu'il a achetés pour les enfants. En fait, il a acheté tous les cadeaux, mais ceux qui sont sous le sapin viennent du Père Noël. Là, ce sont ses cadeaux à lui : la nouvelle PlayStation 4 pour John, un coffret Barbie pour Caitlin.

Ce n'était pas difficile. En revanche, pour le cadeau de Sheila, il avait galéré.

Il voulait lui offrir un beau cadeau, mais rien de romantique ni de sexy. Finalement, il avait demandé conseil à Tenelli, qui lui avait suggéré une écharpe.

— Pas un truc bon marché, acheté à un vendeur de rue au dernier moment, comme vous le faites le plus souvent, bande de salopards. Prends un peu de temps, va chez Macy's ou Bloomie's. C'est quoi sa couleur ?

— Hein ?

— Elle est comment, imbécile ? Elle a la peau mate, claire ? Et ses cheveux ?

— Claire. Roux.

— Prends du gris. C'est sans risque.

Alors, il était allé chez Macy's, avait affronté la foule et trouvé une jolie écharpe en laine grise, qui lui avait coûté cent dollars. Il espère envoyer le bon message : je ne t'aime plus, mais je prendrai toujours soin de toi.

Elle devrait déjà le savoir, pense-t-il.

Il n'est jamais en retard pour verser la pension alimentaire, il paye les vêtements des enfants, le club de hockey de John, les cours de danse de Caitlin, et toute la famille est couverte par son assurance-maladie, qui comprend les soins dentaires.

Par ailleurs, il laisse toujours une enveloppe pour

Sheila car il ne veut pas qu'elle travaille et subisse une... comment on appelle ça ? Une « baisse » de son niveau de vie. Alors, il fait ce qu'il doit faire et il laisse une grosse enveloppe. Sheila est reconnaissante, et suffisamment informée pour ne pas demander d'où vient l'argent.

Son père était flic lui aussi.

— C'est bien que tu fasses le nécessaire, lui avait dit Russo, un jour où ils parlaient de ça.

— Je ne peux pas faire autrement.

Quand vous avez grandi dans ce quartier, vous faites ce que vous devez faire.

L'idée qui prévaut à Staten Island, c'est que les hommes peuvent quitter leurs femmes, mais que seuls les Noirs quittent leurs enfants. Ce n'est pas juste, se dit Malone – Bill Montague est sans doute le meilleur père qu'il connaisse –, mais voilà ce que pensent les gens : les Noirs baisent leurs salopes à droite et à gauche et ils refilent aux Blancs la note des allocs.

Si un Blanc de l'East Shore essaye d'en faire autant, il a aussitôt tout le monde sur le dos – le prêtre, ses parents, ses frères et sœurs, ses cousins, ses amis, qui tous le traitent de dégénéré et l'humilient en prenant la relève.

« Si tu faisais ça, lui dirait sa mère, je n'oserais plus regarder les gens à l'église. Et qu'est-ce que j'irais raconter au père Machin ? »

Pour Malone, ce dernier argument ne pèse guère dans la balance.

Il déteste les prêtres.

Il les considère comme des parasites et refuse de mettre les pieds dans une église, sauf pour un mariage ou un enterrement. En revanche, au moment de la quête, il ne donne rien.

Malone, qui ne passera jamais devant un bénévole de l'Armée du Salut sans déposer au moins cinq dollars dans son seau, ne donnera pas un *cent* à l'Église catholique au sein de laquelle il a grandi. Il refuse de donner de l'argent à ce qu'il considère comme une organisation de violeurs d'enfants qui devraient être inculpés et condamnés.

Quand le pape est venu à New York, Malone voulait le coffrer.

— Ça se serait mal passé, lui avait dit Russo.
— Oui, sûrement.

Étant donné que tous les gradés de la police jouaient des coudes pour pouvoir embrasser l'anneau du souverain pontife ou son cul, selon ce qui se présentait en premier.

Malone ne raffole pas des religieuses non plus.

— Et Mère Teresa, alors ? avait fait remarquer Sheila un jour où ils se disputaient à ce sujet. Elle nourrit les gens qui meurent de faim.

— Si elle leur distribuait des capotes, elle aurait moins de bouches à nourrir, avait-il rétorqué.

Il déteste même *La Mélodie du bonheur*, le seul film qu'il ait vu dans lequel il était du côté des nazis.

— Comment est-ce qu'on peut détester *La Mélodie du bonheur* ? lui avait demandé Monty. C'est chouette.

— Faut être un drôle de Noir pour écouter *La Mélodie du bonheur*.

— Ah, oui, j'oubliais. Tu préfères ce rap de merde.
— Qu'est-ce que tu as contre le rap ?
— C'est raciste.

Malone a remarqué que personne ne déteste autant le rap et le hip-hop que les Noirs de plus de quarante ans. Ils ne supportent pas cette frime, les pantalons qui tombent sur les fesses, les casquettes de base-ball à l'envers, les bijoux. Et la plupart des Noirs de cet âge n'accepteront pas qu'on traite leur femme de *bitch*.

En aucun cas.

Malone en avait été le témoin. Un jour, avant que son mariage parte à vau-l'eau, Sheila et lui étaient sortis à quatre avec Monty et Yolanda. Il faisait doux et ils roulaient dans Broadway vitres baissées. Au coin de la 98e, un rappeur ayant repéré Yolanda dans la voiture s'était exclamé : « Oh ! *brother*, elle est canon, ta *bitch* ! » Monty s'était arrêté en plein milieu de Broadway, il était descendu et était allé tabasser le jeune gars, avant de remonter à bord sans rien dire.

Les autres non plus n'avaient rien dit.

Claudette ne déteste pas le rap, mais elle écoute surtout du jazz et parfois elle l'entraîne dans des clubs si un musicien qu'elle aime se produit sur scène. Malone n'a rien contre, mais ce qu'il préfère, ce sont les *vieux* chanteurs de rap et de hip-hop : Biggie, Sugarhill Gang, N.W.A. et Tupac. Neely et Eminem, c'est bien aussi, tout comme Dr Dre.

Debout au milieu de son salon, Malone s'aperçoit qu'il rêvasse. La Dexedrine n'a pas encore fait son effet.

Il sort de chez lui, verrouille sa porte et marche jusqu'au garage où il laisse sa voiture.

Son véhicule personnel est une Chevrolet Camaro SS décapotable de 1967, magnifiquement retapée, noire, ornée de deux grosses bandes rouges sur le capot, moteur de 350 ci, boîte manuelle de quatre vitesses, équipée d'un *sound system* Bose tout neuf. Il ne la prend jamais pour aller au poste, il la conduit rarement dans Manhattan. C'est son petit plaisir : il s'en sert pour se rendre à Staten Island ou faire des virées en dehors de la ville.

Il emprunte la West Side Highway vers le centre, puis traverse Manhattan près du site du 11 Septembre. Cela fait plus de quinze ans maintenant et ça continue à le rendre dingue de ne plus voir les Tours. C'est un trou dans la *skyline*, un trou dans son cœur. Malone n'a pas de haine pour les musulmans, mais il hait au plus haut point ces fils de pute de djihadistes.

Trois cent quarante-trois pompiers sont morts ce jour-là.

Trente-sept officiers de police de Port Authority et du New Jersey.

Vingt-trois flics se sont précipités à l'intérieur de ces deux immeubles et n'en sont jamais ressortis.

Malone n'oubliera jamais ce jour, et il le regrette. Il n'était pas en service, mais il avait répondu à la mobilisation de niveau 4. Il avait rappliqué avec Russo et deux mille autres flics, et il avait vu la deuxième tour s'écrouler, sans savoir que son frère s'y trouvait.

Cette interminable journée de recherches et d'attente, puis le coup de téléphone qui lui avait confirmé ce qu'il savait déjà dans ses tripes : Liam ne rentrerait pas. C'est Malone qui avait dû l'annoncer à sa mère et il n'oublierait jamais ce *son*, ce hurlement de chagrin qui avait jailli de sa bouche et qui continue de résonner dans ses oreilles aux heures grises, quand il n'arrive pas à dormir.

L'autre souvenir qui ne cesse de revenir, c'est l'odeur. Liam lui avait confié un jour qu'il ne pourrait jamais chasser de ses narines l'odeur de la chair brûlée, et Malone ne l'avait pas vraiment cru, jusqu'au 11 Septembre. Alors, la ville tout entière avait senti la mort, les cendres, la chair calcinée, la pourriture, la fureur et la tristesse.

Et Liam avait raison : Malone n'avait jamais pu se débarrasser de cette odeur.

Il met Kendrick Lamar à fond au moment d'emprunter le Battery Tunnel.

Son portable sonne alors qu'il roule sur le pont Verrazano.

C'est Mark Piccone.

— Vous avez quelques minutes à me consacrer aujourd'hui ?

— C'est Noël.

— Cinq minutes. Mon nouveau client tient à régler cette affaire.

— Fat Teddy ? Putain, le procès n'aura pas lieu avant plusieurs mois.

— Il est inquiet.

— Je suis en route pour Staten Island.

— Je suis déjà là-bas, dit Piccone. Une grosse réunion de famille. J'espère pouvoir m'échapper en fin d'après-midi.

— Je vous appellerai.

Malone quitte le pont à la hauteur de Fort Wadsworth,

point de départ du marathon de New York, traverse Dongan Hills, passe devant Last Chance Pond, puis tourne à gauche dans Hamden Avenue.

Son ancien quartier.

Rien d'exceptionnel, un pâté de jolies maisons individuelles, typiquement East Shore, habitées principalement par des Irlandais ou des Italiens, beaucoup de flics et de pompiers.

Un bon endroit pour élever des enfants.

La vérité, c'était qu'il ne le supportait plus.

L'ennui mortel, inimaginable.

Il ne supportait plus de revenir ici après les descentes, les planques, les toits, les ruelles, les poursuites. Il rentrait chez lui à la fin de son service, shooté aux amphètes, à l'adrénaline ; il y avait la peur, la colère, la tristesse, la rage, et il allait chez quelqu'un, dans une maison qui ressemblait à toutes les autres, où il jouait aux dominos, au Monopoly, au poker pour des clopinettes. C'étaient des gens gentils et il se sentait coupable de siroter leur vin, d'échanger avec eux des banalités, alors que sa seule envie était de retrouver la chaleur, les odeurs, les bruits de Harlem, ce quartier amusant, intéressant, stimulant et qui vous rendait dingue, les vraies gens et leurs familles, les escrocs, les dealers, les putes.

Les poètes, les artistes, les rêveurs.

Il était amoureux de cette putain de ville.

Il aimait regarder les basketteurs à Rucker ou monter sur les terrasses à Riverside Park pour observer les Cubains jouant au base-ball en contrebas. Parfois, il poussait jusqu'aux Heights et Ironwood, s'offrait une balade dans le quartier dominicain : les parties de dominos sur le trottoir, le reggaeton qui jaillissait des haut-parleurs des voitures, les marchands de rue qui vendaient des noix de coco ouvertes à la machette. Entrer au Kenny's prendre un *café con leche* ou s'arrêter devant un étal pour manger une soupe de haricots rouges.

C'est ça qu'il aime à New York : si vous voulez quelque chose, c'est juste là, à portée de main.

L'abondance sucrée et fétide de cette ville. Il ne l'avait jamais vraiment découverte avant de quitter le ghetto irlando-italien d'ouvriers, de flics et de pompiers de Staten Island. Dans une seule rue vous entendez cinq langues, vous sentez six cultures, vous écoutez sept genres musicaux, vous voyez une centaine de personnes, un millier d'histoires, et tout ça c'est New York.

New York est le monde.

Le monde de Malone en tout cas.

Jamais il ne le quittera.

Il n'a aucune raison de le faire.

Il a essayé d'expliquer ça à Sheila, mais comment y parvenir sans l'emmener dans un monde que vous ne voulez pas lui imposer ? Comment, après avoir découvert un appartement où papa-maman sont complètement défoncés au crack, où un bébé est mort depuis une semaine, les pieds rongés par les rats, emmener ensuite ses propres enfants au Chuck E. Cheese's ? Vous êtes censé lui raconter ça ? Lui faire « partager » ça ? Non, le mieux à faire, c'est de plaquer un sourire sur votre visage, de parler des Mets ou de n'importe quoi d'autre avec le vendeur de pneus, car personne ne veut entendre ces histoires et vous n'avez pas envie de les raconter, vous voulez juste oublier. Bonne chance, mon gars.

Comme la fois où Phil, Monty et lui avaient reçu un tuyau anonyme. Ils s'étaient rendus à l'adresse indiquée à Washington Heights et là, ils avaient découvert un type ligoté sur une chaise, les mains tranchées, puni d'avoir prélevé un peu d'héroïne sur une cargaison, mais toujours vivant car les types avaient parfaitement cautérisé les plaies au chalumeau. Il avait les yeux qui lui sortaient du crâne et la mâchoire brisée à force de serrer les dents. Après cela, ils avaient dû se rendre à un barbecue et bavarder avec le maître de maison autour des grillades, ce que faisaient les hommes en général. Malone et Phil s'étaient regardés au-dessus du barbecue et chacun savait ce que l'autre pensait. Vous ne parlez pas de ces merdes aux autres flics car ce n'est pas nécessaire. Ils savent déjà. Ils sont les seuls à savoir.

Et puis, il y avait eu la fête d'anniversaire.

Malone ne se souvient même plus quel gamin fêtait son anniversaire, une des amies de Caitlin sûrement. Ils étaient tous dans le jardin, ils avaient suspendu une *piñata* à une corde à linge et Malone regardait les enfants taper dessus. Il avait passé la semaine au tribunal pour le procès d'un dealer d'héroïne nommé Bobby Jones, que les jurés avaient acquitté car ils ne pouvaient pas croire que Malone avait vu « Bobby Bones » vendre de la poudre de l'autre côté de la rue. Alors, Malone était assis là, tandis que les enfants tapaient encore et encore sur l'âne à coups de bâton, sans réussir à le briser. Finalement, Malone s'était levé, il avait pris le bâton à un des gamins et réduit la *piñata* en mille morceaux, projetant des bonbons dans tous les coins.

Tout s'était arrêté.

Tous les invités le regardaient.

— Mangez vos bonbons, avait-il dit.

Gêné, il s'était réfugié dans la salle de bains. Sheila l'y avait rejoint.

— Nom de Dieu, Denny, qu'est-ce qui te prend ?

— Je ne sais pas.

— Tu ne sais pas ? Tu nous fais honte devant tous nos amis et tu ne sais pas ?

Non, *toi* tu ne sais pas, pensait Malone.

Et je ne sais pas comment te le dire.

Je ne peux plus continuer comme ça.

Passer d'une vie à l'autre, et cette vie, *cette* vie me semble…

Stupide.

Fausse.

Ce n'est pas moi.

Désolé, Sheila, ce n'est pas moi.

***

En ce matin de Noël, c'est une Sheila endormie qui accueille Malone à la porte dans un peignoir en flanelle bleu, les cheveux en bataille, pas encore maquillée, une tasse de café à la main.

Malgré cela, il la trouve belle.

Comme toujours.

— Les enfants sont levés ?

— Non. Je leur ai refilé du Benadryl hier soir.

Voyant la tête de Malone, elle s'empresse d'ajouter :

— Je plaisante, Denny.

Il la suit dans la cuisine. Elle lui sert un café et s'assoit sur un tabouret devant la table du petit déjeuner.

Il demande :

— Comment s'est passé le réveillon ?

— Super. Les enfants se sont disputés pour savoir quel film on allait regarder, et finalement on a choisi *Maman, j'ai raté l'avion* et *La Reine des neiges*. Et toi, tu as fait quoi ?

— Une patrouille.

Sheila le regarde comme si elle ne le croyait pas, son expression l'accuse : il était avec *elle*.

— Tu bosses aujourd'hui ?

— Non.

— On dîne chez Mary. Je t'inviterais bien, mais tu sais qu'ils te détestent.

Cette chère Sheila, toujours fidèle à elle-même : l'élégance d'un marteau-piqueur. En fait, cela fait partie des choses qu'il a toujours aimées chez elle. Ce côté noir ou blanc. Avec elle, on sait à quoi s'en tenir. Et elle a raison : sa sœur, Mary, et toute sa famille le détestent depuis la séparation.

— Pas grave, dit-il. J'irai peut-être faire un saut chez Phil. Alors, comment vont les enfants ?

— Il va falloir que tu aies bientôt une « petite conversation » avec John.

— Il a onze ans.

— Il va entrer au collège. Tu n'imagines pas ce qui se passe de nos jours. Des filles de cinquième taillent des pipes.

Malone travaille à Harlem, Inwood, Washington Heights.

La cinquième, c'est tard.

— Je lui parlerai.

— Mais pas aujourd'hui.

— Non, pas aujourd'hui.

Des voix leur parviennent d'en haut.

— C'est l'heure de jouer, dit Malone.

Il se tient au pied des marches quand les enfants dévalent bruyamment l'escalier. Leurs yeux s'illuminent au moment où ils découvrent les cadeaux sous le sapin.

— Apparemment, le Père Noël est passé, lance Malone.

Il n'est pas vexé de les voir filer devant lui sans s'arrêter pour se jeter sur les paquets. Ce sont des gosses.

— Une PlayStation 4 ! s'écrie John.

Tant pis pour *mon* cadeau, se dit Malone, sachant qu'aucun enfant n'a besoin de deux PlayStation.

Comment ont-ils pu grandir autant en deux semaines, se demande-t-il. Sheila ne s'en aperçoit sans doute pas car elle les côtoie chaque jour, mais John pousse à toute allure, il commence à devenir un peu dégingandé. Caitlin a hérité des cheveux roux de sa mère, mais ils sont encore très bouclés, et ces yeux verts... Il va falloir que je construise une tour de guet sur la maison pour repousser les garçons.

Son cœur se fend.

Merde alors, pense-t-il, je ne vois pas mes enfants grandir.

Il choisit le fauteuil inclinable dans lequel il s'asseyait à chaque Noël quand ils étaient encore ensemble, et Sheila choisit le même coussin sur le canapé.

Les traditions, c'est important, pense-t-il. Les habitudes aussi : elles apportent aux enfants une dose de stabilité. Alors, Sheila et lui s'assoient, ils essayent d'instaurer un ordre en obligeant les enfants à ouvrir leurs paquets à tour de rôle, afin que leur Noël ne se termine pas en trente secondes, et Sheila leur impose une pause sadique – petits pains à la cannelle et chocolat chaud – avant qu'ils puissent retourner à leurs cadeaux.

John ouvre celui de son père et feint l'enthousiasme.

— Ouah ! Papa !

C'est un gentil garçon, se dit Malone. Sensible. Je ne pourrai pas le laisser poursuivre la tradition familiale, il se fera dévorer vivant.

— Je ne sais pas comment le Père Noël s'est débrouillé, dit-il.

Une pique discrète destinée à Sheila.

— Non, non, c'est super, improvise John. Comme ça, j'en aurai une en haut et une en bas.

— Je vais la rapporter. Je t'offrirai autre chose.

John se lève d'un bond et enlace son père.

Tout est dit.

Je dois empêcher ce garçon d'entrer dans la police.

Caitlin adore son coffret Barbie. Elle serre Malone dans ses bras et dépose un baiser sur sa joue.

— Merci, papa.

— De rien, ma chérie.

Elle a encore cette odeur de bébé.

Cette douce innocence.

Sheila est une super mère.

Puis Caitlin lui brise le cœur.

— Tu restes, papa ?

Crac.

John lève les yeux vers lui ; il ne savait même pas que c'était une possibilité, mais maintenant, il déborde d'espoir.

— Pas aujourd'hui. Je dois aller travailler.

— Pour arrêter les méchants, dit John.

— Oui, pour arrêter les méchants.

Tu ne deviendras pas ce que je suis, pense Malone.

Caitlin, elle, ne renonce pas.

— Quand tous les méchants seront arrêtés, tu reviendras à la maison ?

133

— On verra, ma chérie.

— « On verra », ça veut dire non, rétorque la fillette en lançant un regard noir à sa mère.

— Et vous, vous n'avez pas de cadeaux pour *nous* ? demande Sheila.

L'excitation reprend le dessus et ils se précipitent pour aller chercher les paquets sous le sapin. John offre à son père un bonnet des New York Rangers et Caitlin un mug qu'elle a décoré en cours de dessin.

— Je le mettrai sur mon bureau, déclare Malone. Et le bonnet, sur ma tête. Je les adore. Merci. Oh ! ça c'est pour toi.

Il tend son paquet à Sheila.

— Je n'ai rien pour toi, dit-elle.

— Pas grave.

— Macy's...

Elle montre l'écharpe aux enfants.

— Elle est superbe. Et elle me tiendra chaud au cou. Merci.

— De rien.

Puis ça devient gênant. Il sait que Sheila doit demander aux enfants de se préparer pour aller chez sa sœur, et les enfants le savent aussi. Mais ils sont aussi conscients que s'ils bougent, il va s'en aller, et la famille sera de nouveau brisée, alors ils restent figés comme des statues.

Malone consulte sa montre.

— Oh ! je ne peux pas faire attendre les méchants.

— Tu es drôle, papa, dit Caitlin.

Mais elle a les larmes aux yeux.

Malone se lève.

— Soyez gentils avec maman, OK ?

— Promis, dit John, adoptant déjà le rôle de l'homme de la famille.

Malone les relève tous les deux.

— Je vous aime.

— Nous aussi.

D'une voix triste, en chœur.

Sheila et Malone ne s'étreignent pas car ils ne veulent pas donner de faux espoirs aux enfants.

Putain de Noël.

Il est beaucoup trop tôt pour débarquer chez Russo, alors Malone roule jusqu'à la côte.

Il prévoit d'arriver après le déjeuner, afin d'échapper au meurtre à la *pasta* prévu par Donna. L'idée, c'est de débarquer au moment des *cannoli*, de la tarte au potiron et du café arrosé.

Malone se gare sur un parking situé en face de la plage, de l'autre côté de la route, en laissant tourner le moteur et le chauffage allumé. Il a bien envie de faire une promenade, mais il fait trop froid.

Il sort une bouteille de la boîte à gants et boit une gorgée. Malone est un gros buveur, mais en aucune façon un alcoolique, et en temps normal, il ne boirait pas si tôt, mais le whiskey le réchauffe.

Peut-être que je pourrais devenir un alcoolo, pense-t-il, quoique j'aie un ego trop développé pour être un stéréotype.

Le flic irlandais divorcé et alcoolique.

Qui était-ce ?... Ah oui, Jerry McNab. Un après-midi de Noël, il était venu jusqu'ici et avait collé le canon de son flingue sous son menton. Le flic irlandais divorcé et alcoolique s'était fait sauter la cervelle.

Encore un stéréotype.

Les gars du One-Zero-One s'étaient arrangés pour faire croire qu'il nettoyait son arme afin d'éviter les problèmes avec l'assurance et la pension de retraite, et l'enquêteur de la compagnie d'assurances s'était bien gardé de leur chercher des poux dans la tête, aussi, il avait fait semblant de croire qu'un flic nettoyait son arme devant la plage un jour de Noël.

Sauf que McNab avait peur d'aller en taule. Ils l'avaient coincé, la main dans le sac, filmé en train d'accepter de l'argent d'un dealer de crack de Brooklyn. Ils allaient lui prendre son insigne, son arme, sa pension, l'envoyer derrière les barreaux, et il ne pouvait pas le supporter. Il ne pouvait pas supporter la honte qui s'abattrait sur sa famille. Son ex-femme et ses enfants le verraient menottes aux poignets. Alors, il avait avalé son flingue.

Russo avait une interprétation différente. Ils en avaient parlé un soir, dans la voiture, pour tuer le temps lors d'une planque.

— Vous avez tout faux, vous les *stunatzes*. Il a fait ça pour sauver sa retraite, pour sa famille.

— Il n'avait rien mis de côté ? avait demandé Malone.

— Il patrouillait en bagnole. Il ne devait pas palper lourd, même au Sept-Cinq. S'il meurt accidentellement, sa famille touche sa retraite et garde les avantages. McNab a fait ce qu'il devait faire.

Sauf qu'il n'avait rien mis de côté, pense Malone.

Contrairement à lui.

Il a du fric planqué, des placements, des comptes bancaires sur lesquels les fédéraux ne pourront jamais mettre leurs sales pattes.

Et il possède un autre compte, dans Pleasant Avenue, chez les ritals, ce qui reste de la vieille famille Cimino à East Harlem. Ces types sont plus sûrs que des banques. Ils ne vont pas vous voler ni gaspiller votre argent pour acheter des prêts hypothécaires pourris.

Je préfère mille fois un gangster honnête à ces enfoirés de Wall Street, se dit Malone. Le public ne comprend pas ça. Les gens pensent que les mafieux sont des escrocs ? Les ritals voudraient juste pouvoir voler comme le font les gestionnaires de fonds de pension, les politiciens, les juges, les avocats.

Et les membres du Congrès ?

N'en parlons même pas.

Un flic accepte un sandwich au jambon pour tourner la tête, il perd son boulot. Le *Congressman* Trouduc touche plusieurs millions de la part d'un industriel travaillant pour la défense, c'est un patriote. La prochaine fois qu'un politicien se fera sauter la cervelle pour sauver sa retraite, ce sera une première.

Et je déboucherai une bouteille de champagne, pense Malone.

Mais je ne partirai pas comme Jerry McNab.

Malone sait qu'il n'est pas d'un tempérament suicidaire.

Je les obligerai à me buter, se dit-il, en contemplant la dune d'herbe et la palissade anti-ouragan patinée. Sandy s'était déchaînée sur Staten Island. Malone avait pris soin d'être à la maison ce soir-là, il avait fait des parties de Go Fish avec Sheila et les enfants dans le sous-sol. Le lendemain, il était ressorti et il avait aidé comme il le pouvait.

S'ils me coincent, je purgerai ma peine et allez vous faire foutre avec votre pension de retraite.

Je peux prendre soin de ma famille.

Sheila n'aura même pas besoin de se déplacer jusqu'à Pleasant Avenue, ils viendront la voir. Une grosse enveloppe tous les mois.

Ils feront ce qu'il faut.

Car ce ne sont pas des membres du Congrès.

Il prend son téléphone pour appeler Claudette.

— Tu es levée ? demande-t-il.

— À l'instant. Merci pour les boucles d'oreilles, trésor. Elles sont superbes. Moi aussi, j'ai quelque chose pour toi.

— Tu m'as donné mon cadeau hier soir.

— C'était pour nous deux. Je travaille de 16 heures à minuit. Tu veux passer après ?

— OK. Tu vas chez ta sœur aujourd'hui, c'est ça ?

— Je ne sais pas comment y échapper. Mais ce sera chouette de voir les enfants.

Il se réjouit qu'elle y aille, il n'aime pas qu'elle reste seule.

La dernière fois qu'elle s'était droguée, il lui avait laissé le choix : tu viens avec moi et je t'emmène en cure, ou bien je te passe les menottes et tu pourras te désintoxiquer à Rikers. Elle était furieuse contre lui, mais elle était montée dans sa voiture et il l'avait conduite dans le Connecticut, dans cet endroit que lui avait trouvé son médecin du West Side.

Soixante mille dollars pour une cure, mais ça en valait la peine.

Depuis, Claudette est clean.

— J'aimerais bien faire la connaissance de ta famille un jour, dit-il.

Elle rit tout bas.

— Je ne suis pas sûre qu'on soit prêts pour ça.

Une façon codée de dire qu'elle n'est pas prête à emmener un flic blanc dans sa famille à Harlem. Il serait à peu près aussi bienvenu qu'un membre du Klan dans un foyer noir du Mississippi.

— Plus tard, alors, dit Malone.
— On verra. Bon, il faut que je fonce sous la douche.
— Vas-y, fonce. À ce soir.

Il enfile le bonnet des Rangers, remonte la fermeture de son blouson et coupe le moteur. La voiture va rester chaude quelques minutes. Il se renverse contre le dossier de son siège et ferme les paupières, il sait que la Dexedrine ne le laissera pas dormir, mais il a mal aux yeux.

Il arrive au bon moment chez Phil.

Ils sont en train de débarrasser les assiettes du déjeuner. La maison est un chaos italo-américain où environ cinquante-sept cousins et cousines courent dans tous les sens, les hommes discutent autour de la télévision, les femmes bavardent dans la cuisine, et le père de Phil a réussi, par miracle, à s'endormir dans le gros fauteuil inclinable du bureau.

— Où tu étais passé, bordel ? demande Phil. Tu as loupé le déjeuner.

— Je suis parti en retard.

— Mon cul, dit Phil en le poussant à l'intérieur. Tu étais en train de broyer du noir quelque part comme un abruti d'Irlandais que tu es. Viens, Donna va te faire une assiette.

— Je me réserve pour les *cannoli*.

— Tu repartiras chez toi avec un tupperware, un point c'est tout.

Les jumeaux de Phil, Paul et Mark, viennent dire bonjour à leur oncle Denny. Deux ados italiens de South Staten Island typiques : gel dans les cheveux, T-shirt sans manches et frime.

— Des gamins trop gâtés, voilà ce que c'est, a un jour dit Russo à Malone. Ils passent la moitié de leurs journées au centre commercial, et l'autre moitié à jouer à des jeux vidéo.

Malone sait que c'est faux. Donna leur consacre tout son temps pour les conduire au hockey, au foot et au base-ball. Ce sont de bons athlètes, peut-être dignes de décrocher une bourse, mais Russo ne s'en vante pas.

Sûrement parce qu'il loupe la plupart de leurs matchs.

Leur fille, Sophia, c'est autre chose. Russo a carrément envisagé de déménager de l'autre côté du fleuve car si elle n'a aucune chance d'être élue Miss New York, elle a peut-être une chance de devenir Miss New Jersey.

À dix-sept ans, elle ressemble à Donna : grande, toute en jambes, avec des cheveux charbon noir et d'étonnants yeux bleus.

Elle est superbe.

Et elle le sait. Malgré cela, c'est une chouette gamine, se dit Malone, pas aussi prétentieuse qu'elle pourrait l'être, et elle adore son père.

Russo dédramatise. Son leitmotiv :

— Faut juste que je l'empêche de grimper à une barre de pole dance.

— Je ne pense pas que tu aies à t'inquiéter de ça, a dit Malone.

— Et éviter qu'elle se retrouve en cloque. Avec un garçon, c'est plus facile, tu as une seule bite à gérer.

Sophia vient embrasser Malone et lui demande, en faisant preuve d'une étonnante maturité :

— Comment vont Sheila et les enfants ?
— Bien, merci.

Elle presse sa main dans la sienne : un geste compatissant pour montrer qu'elle est une femme et comprend sa douleur, puis elle retourne en cuisine pour aider sa mère.

— Ça s'est bien passé ce matin ? demande Russo.
— Ouais.
— Faut qu'on se parle une minute. Hé, Donna ! s'écrie Russo. J'emmène Denny au sous-sol. Je voudrais lui montrer les outils que tu m'as offerts.
— Dépêchez-vous ! Le dessert va arriver !

Le sous-sol est aussi propre qu'un bloc opératoire. Une place pour chaque chose et chaque chose à sa place, même si Malone ne sait pas quand Russo trouve le temps de descendre ici.

— C'est Torres, dit Russo. Le type à la solde de Carter.
— Comment tu le sais ?
— Il a appelé ce matin.
— Pour te souhaiter un joyeux Noël ?
— Pour déblatérer sur Fat Teddy. Je parie que ce gros porc est allé pleurer dans les jupons de Carter, qui a mis la pression sur Torres. Torres dit qu'on doit le laisser bouffer.
— On ne l'a jamais empêché de se faire du fric, dit Malone.

Si un gars palpe en dehors du *borough*[1], il garde tout pour lui. Mais si lui ou son équipe palpent à l'intérieur de Manhattan North, ils versent 10 % dans un pot commun.

Un peu comme à la NFL.

N'importe quelle équipe peut aller où elle veut, mais pour des questions pratiques, Washington Heights et Inwood sont le centre de profit de l'équipe de Torres.

Mais on dirait qu'il émarge chez Carter désormais.

Malone refuse d'entrer dans cette combine. Il veut

---

1. Nom donné aux arrondissements de New York.

bien escroquer des dealers, profiter du système avec eux, mais pas question de devenir un employé ou une filiale en propriété exclusive.

Ce n'est pas pour autant qu'il va faire la guerre à Torres. La vie est belle pour le moment, et quand la vie est belle, vous ne vous emmerdez pas.

Malone dit :

— Piccone va s'occuper de Fat Teddy. Je dois le retrouver plus tard.

Il se demande soudain si Torres n'essaye pas de les piéger en portant un micro, avant de repousser cette idée. On pourrait lui comprimer ses chaussures jusqu'à ce que ses os se brisent, Torres ne donnerait pas un flic, un frère. C'est un mauvais policier, brutal, un connard cupide, mais pas un mouchard.

Un mouchard, c'est la pire chose au monde.

Après un moment de silence, Russo dit :

— Noël sans Billy, c'est pas la même chose, hein ?
— Non.

Ils se posaient la question chaque Noël : quelle femme Billy allait-il leur amener cette année ?

Un mannequin, une actrice, toujours un canon.

— On ferait bien de remonter avant qu'ils croient que tu es en train de me pomper le dard.

— Et pourquoi ils ne croiraient pas que c'est toi qui me pompes ?

— Personne ne peut croire ça, répond Russo. Allez, viens.

Les *cannoli* sont à la hauteur de leurs attentes.

Malone en mange deux avant de participer à un débat sur les mérites comparés des Rangers, des Islanders et des Devils, car Staten Island se situe à l'intérieur de ce triangle et vous pouvez légitimement encourager n'importe laquelle de ces équipes.

Il a toujours été un supporter des Rangers et ce n'est pas près de changer.

Donna Russo le surprend dans la cuisine en train de

racler son assiette et en profite pour lui tendre une embuscade. Elle ne plaisante pas.

— Alors, ta femme et tes gamins… Tu vas revenir ?
— Ce n'est pas ce que je vois dans les cartes, Donna.
— Change de paquet. Ils ont besoin de toi. Et crois-le si tu veux, tu as besoin d'eux. Sheila te réussit.
— Ce n'est pas son avis.

Malone ignore si c'est vrai. Ils sont séparés depuis plus d'un an, et si Sheila affirme qu'elle veut bien divorcer, elle traîne des pieds pour remplir les papiers. Lui, de son côté, est trop occupé pour la presser.

Du moins, c'est ce que tu te dis, songe-t-il.

— Donne-moi cette assiette, ordonne Donna.

Elle la prend et la dépose dans le lave-vaisselle.

— Phil dit que tu vois quelqu'un en cachette à Manhattan.
— Pas en cachette.
— Aux yeux de l'Église…
— Épargne-moi ces conneries.

Malone adore Donna, il la connaît depuis toujours, il donnerait sa vie pour elle, mais il ne se sent pas d'humeur à supporter son hypocrisie de femme au foyer. Donna Russo sait – forcément – que son mari a une *gumar* dans Columbus Avenue, et qu'il s'envoie en l'air dès qu'une occasion se présente, c'est-à-dire souvent. Elle sait et elle choisit de l'ignorer car elle veut une jolie maison, des fringues et des gamins qui vont à la fac.

Malone ne lui reproche rien, mais soyons réalistes.

— Je vais te donner à manger avant que tu partes, dit Donna. Tu es tout maigre. Tu te nourris ?
— Ah, les Italiennes.
— Tu devrais t'estimer heureux.

Donna commence à remplir de grands récipients en plastique de dinde, de purée, de légumes et de macaronis.

— Sheila et moi, on prend des cours de pole dance, elle te l'a dit ?
— Elle a dû oublier.
— C'est super pour le cardio. Et ça peut être très sexy

aussi. Elle a peut-être appris des nouveaux trucs que tu ne connais pas, mon gars.

— Ce n'était pas une question de sexe.

— C'est toujours une question de sexe. Retourne avec ta femme, Denny. Avant qu'il soit trop tard.

— Tu sais une chose que j'ignore ?

— Je sais *tout* ce que tu ignores.

En sortant, il dit au revoir à Russo.

— Elle t'a cassé les couilles avec toi et Sheila ? demande celui-ci.

— Évidemment.

— À moi aussi elle me casse les couilles avec toi et Sheila.

— Merci pour l'invit.

— Va te faire foutre avec tes mercis.

Malone dépose tous les restes de nourriture à l'arrière de sa voiture, puis appelle Mark Piccone.

— Vous avez du temps, là ?

— Pour vous, toujours. Où ?

Malone est pris d'une envie subite.

— Si on disait le Boardwalk ?

— On gèle.

— Raison de plus. Il n'y aura pas beaucoup de monde.

Et en effet, c'est désert. Le ciel est devenu gris et un vent cinglant souffle de la baie. La Mercedes noire de Piccone est déjà sur le parking, avec deux ou trois autres voitures, des gens qui se sont échappés des repas en famille. Une vieille camionnette semble avoir été abandonnée là.

Malone se gare à la hauteur de Piccone, côté conducteur, en venant en sens inverse. Il baisse sa vitre. Malone ignore pour quelle raison tous les avocats roulent en Mercedes, mais c'est un fait.

Piccone lui tend une enveloppe.

— Votre commission pour Fat Teddy.

— Merci.

Voici comment ça fonctionne : vous arrêtez un gars,

vous lui filez la carte d'un avocat, si le type engage cet avocat, celui-ci vous doit un pourcentage.

Mais ce n'est pas tout.

— Vous pouvez arranger ça ? demande Piccone.
— Qui pilote ?
— Justin Michaels.

Malone sait que Michaels est un vendu. Ce n'est pas le cas de la plupart des procureurs assistants, mais ils sont quand même suffisamment nombreux pour qu'un flic qui a des relations, comme Malone, puisse lécher deux fois la cuillère.

— Oui, je peux sans doute arranger ça.

En refilant en douce une enveloppe à Michaels, qui découvrira que les preuves ont été contaminées.

— Combien ? demande Piccone.
— On parle d'une remise de peine ou d'un *nolle prosequi* ?
— D'un acquittement.
— Entre dix et vingt mille.
— En comptant votre part, hein ?

Pourquoi Piccone fait-il chier ? s'interroge Malone. Il sait aussi bien que moi que je me paye sur l'enveloppe de Michaels. C'est ma récompense d'intermédiaire, pour éviter que deux enfoirés d'avocats aient honte de s'avouer mutuellement qu'ils sont à vendre. Et puis, c'est moins risqué pour eux : un flic qui bavarde avec un procureur dans un couloir, on voit ça tous les jours, ça n'a rien de louche.

— Oui, évidemment.
— Concluez l'arrangement.

New York, New York, songe Malone... Une ville de choix où tout se paye deux fois.

De toute façon, il a une dette envers Teddy pour l'info sur l'origine du flingue.

Malone ressort du parking.

Il a parcouru trois pâtés de maisons quand il remarque la voiture qui le suit.

Ce n'est pas Piccone.

Putain, les Affaires internes ?

La voiture se rapproche et Malone aperçoit Raf Torres. Il se gare, Torres se range derrière lui et ils se rejoignent sur le trottoir.

— À quoi tu joues, Torres ? C'est Noël. Tu ne devrais pas être en famille ou avec tes putes ?

— Tu vas arranger le coup avec Piccone ?

— Ton gars va s'en tirer.

— Cette arrestation aurait dû cesser à l'instant même où il a prononcé mon nom.

— Il n'a pas mentionné ton putain de nom. Et qu'est-ce qui te fait croire que tu peux couvrir un des gars de Carter ?

— Trois mille par mois, répond Torres. Et Carter n'est pas content. Il veut récupérer son fric.

— Qu'est-ce que ça peut me foutre qu'il soit content ou pas ?

— N'empêche pas les autres de bouffer.

— Sers-toi, répliqua Malone. Mais va dîner en dehors de Harlem.

— Tu es un connard de première, Malone, tu le sais ?

— La question, c'est : est-ce que *toi* tu le sais ?

Rire de Torres.

— Piccone t'a arrosé ?

Malone ne répond pas.

— Je devrais palper une partie, dit Torres.

Malone empoigne son entrejambe.

— Tu peux palper ça, si tu veux.

— La classe. Le jour de Noël.

— Si tu veux empocher le fric de Carter, ça te regarde. Fais-toi plaisir. Mais qu'il sache bien que c'est toi qu'il a acheté, pas moi. S'il deale sur mon territoire, la chasse est ouverte.

— C'est comme ça que tu veux la jouer, frangin ?

— Tu mises sur le mauvais cheval, dit Malone. Si ce n'est pas moi qui fais tomber Carter, les Domos s'en chargeront.

— Même après avoir perdu cent kilos d'héro ?
— Cinquante, corrige Malone.
Sourire narquois de Torres.
— Si tu le dis.
On se gèle.
Malone remonte en voiture et repart.
Torres ne le suit pas.

En regagnant Manhattan, Malone met Nas à fond, « The World Is Yours ».
Et il chante en même temps.
Le monde est à moi, il est à moi, il est à moi.
Si je parviens à m'y accrocher, songe Malone.
Si DeVon Carter exploite le Pipeline de Fer, il va éparpiller des cadavres de Domos dans tout Manhattan North. Les Domos vont se venger et avant même qu'on comprenne ce qui se passe, ce sera Chicago.
Et il n'y a pas que ça.
Carter a parlé de la came de Pena, puis Lou Savino, et maintenant, c'est Torres qui met ça sur la table.
C'est trop risqué d'essayer de la fourguer tout de suite.
Mais cette merde peut te mettre dans la position de Jerry McNab.
Peut-être qu'avec un peu de chance tu mourras subitement d'une crise cardiaque ou d'une rupture d'anévrisme, mais sinon, le moment venu, tu ne pourras pas te défendre…
Putain, tu es sacrément morbide aujourd'hui.
Arrête de pleurnicher.
Tu as un boulot que tu adores.
Du fric.
Des potes.
Un appartement à New York.
Une jolie femme sexy qui t'aime.
Tu règnes sur Manhattan North.
Alors, ils ne peuvent pas t'atteindre.
Personne ne peut t'atteindre.

DEUXIÈME PARTIE

LE LAPIN DE PÂQUES

« Au cours de mes quarante ans de carrière en tant qu'avocat de la défense, j'ai régulièrement été en contact avec des gens qui mentaient, trichaient et tentaient de contourner le système afin de rafler la mise.
La plupart travaillaient pour le gouvernement. »

Oscar GOODMAN, *Being Oscar*

6

Harlem, New York City
Mars

Un gosse mort a tué une vieille dame.
La femme a quatre-vingt-onze ans, elle est chétive.
Encore plus dans la mort.
Comme très souvent le point d'entrée de la balle est bien net, au milieu de la joue gauche, sous l'œil. Comme très souvent le point de sortie n'est, lui, ni petit ni net : du sang, de la cervelle et des cheveux blancs ont éclaboussé le dossier d'un fauteuil à oreilles recouvert de plastique.

— Ils ne devraient pas se mettre à la fenêtre quand ils entendent du bordel, lâche Ron Minelli. Mais je parie qu'elle n'avait que ça dans sa vie. Elle devait passer ses journées à regarder dehors.

Troisième étage, bâtiment six, cité Nickel, la vieille dame a reçu une balle perdue. Malone s'approche de la fenêtre et regarde en bas. Le tireur est dans la cour, la main qui tient l'arme est tendue, le doigt encore sur la détente, comme quand il a tiré en tombant à la renverse. Sans doute était-il déjà clamsé, c'était un réflexe musculaire.

— Merci de m'avoir prévenu, dit Malone.
— J'ai pensé que c'était une histoire de drogue, répond Minelli.

En effet. Le macchabée en bas est Mookie Gillette, un des revendeurs de DeVon Carter.

Monty balaye du regard le petit appartement : photos d'enfants adultes, de petits-enfants, d'arrière-petits-enfants. Des tasses en porcelaine, une collection de cuillères-souvenirs venant de Saratoga, Williamsburg, Franconia Notch… : des cadeaux de sa famille.

— Leonora Williams, reposez en paix, dit Monty.

Il allume un cigare, bien que le cadavre ne sente pas encore. La vieille femme s'en fiche.

Une voiture de patrouille s'arrête dans la cour et Sykes en descend. Le capitaine s'approche du gamin mort, secoue la tête. Puis il lève les yeux vers la fenêtre.

Malone hoche la tête.

Russo annonce :

— J'ai trouvé la balle. Elle est là, dans le mur.

— Attendez les gars du labo, dit Malone. Je descends.

Il prend l'ascenseur.

La moitié des habitants de St. Nick's sont dans la cour, maintenus à l'écart du corps par des agents en uniforme du Trois-Deux et des rubalises. Un gamin lance :

— Hé, Malone, c'est vrai que Mme Williams est morte ?

— Oui.

— C'est moche.

— Oui.

Il marche vers Sykes.

Celui-ci le regarde.

— Dans quel monde on vit.

— C'est le nôtre.

— Quatre fusillades mortelles en six semaines.

Eh oui, vos statistiques sont foutues, capitaine, se dit Malone. Lundi, à la réunion CompStat, ils vont danser le flamenco sur votre poitrine. Puis il regrette cette pensée. Il n'aime pas Sykes, mais celui-ci est réellement attristé par tous ces morts dans les cités.

Ça le tracasse.

Et ça tracasse aussi Malone.

Il est censé protéger les gens comme Leonora Williams.

Des dealers qui s'entretuent, c'est une chose, une vieille dame innocente prise entre deux feux, c'en est une autre.

Les journalistes vont débarquer sans tarder.

Torres s'approche.

Leur arrangement tient depuis trois mois. Torres continue à émarger chez Carter, tandis que Malone et son équipe n'ont pas levé le pied. Mais les représailles entre Carter et les Dominicains menacent de dégénérer en guerre de territoire, en même temps qu'elles menacent cette fragile trêve.

Et voilà qu'une « civile » vient d'être tuée.

— C'est un choc, dit Torres. Et personne n'a rien vu.

— Certainement un Trinitario, avance Sykes. Qui voulait venger DeJesus.

Raoul DeJesus a été abattu dans les Heights la semaine dernière. Avant son décès, il était le principal suspect pour le meurtre d'un membre des Get Money Boys, dans la 135e.

— Gillette était un GMB, non ? demande Sykes.

— Depuis la naissance.

Et les GMB dealent pour Carter.

— Rassemblez tous les Trinis, ordonne Sykes à Torres. Emmenez-les au poste pour interrogatoire, coffrez-les pour détention d'herbe ou un mandat non exécuté, peu importe. On verra si l'un d'eux veut parler au lieu de se retrouver à Rikers.

— OK, patron.

— Malone, contactez vos sources et voyez si quelqu'un a des choses à dire. Je veux un suspect, je veux une arrestation, je veux que ces meurtres s'arrêtent.

Le cirque débarque. Journalistes, camionnettes de la télé. Et avec eux, le révérend Hampton.

Évidemment, se dit Malone. Projecteurs, caméras, Hampton.

En fait, ce n'est pas plus mal. Hampton détourne l'attention des médias, qui dès lors s'intéressent moins aux flics. Malone l'entend parler : « ... tragédie... engrenage de la violence... disparités économiques... que va faire la police... »

Au crédit de Sykes, c'est lui qui se coltine le reste des journalistes. « Oui, nous confirmons qu'il y a deux homicides... En revanche, je ne peux pas certifier le lien avec la drogue ou les gangs... La Manhattan North Special Task Force va mener l'enquête... »

Un journaliste se détache du troupeau et s'approche de Malone.

— Inspecteur Malone ?
— Oui ?
— Mark Rubenstein, *New York Times*.

Grand, mince, barbe bien taillée. Veste sport par-dessus un pull, lunettes, élégant.

— C'est le capitaine Sykes qui répond à toutes les questions.
— Oui, j'avais compris, dit Rubenstein. Mais je me demandais si vous n'auriez pas un petit instant à m'accorder. Je consacre une série d'articles à l'épidémie d'héroïne...
— Vous vous doutez bien que je suis un peu occupé pour le moment.
— Bien sûr.

Rubenstein lui tend sa carte.

— J'aimerais beaucoup vous interroger, si vous êtes d'accord.

Je ne serai jamais d'accord, songe Malone en prenant la carte.

Rubenstein regagne la conférence de presse impromptue.

Malone retourne auprès de Torres.

— Il faut que je parle à Carter.
— Vraiment ? Tu n'es pas son flic préféré.
— Je m'occupe des affaires de Bailey pour lui.

Son procès approche, la combine va s'enclencher.

— Saloperies de Dominicains, dit Torres. Je suis espagnol et je déteste ces enculés de métèques.

Tenelli les rejoint.

— Les GMB parlent déjà de se venger.

— Hé, Tenelli, laisse-nous une seconde, tu veux bien ? lance Malone.

Elle hausse les épaules et repart.

— Organise-moi un rancard avec Carter, demande Malone.

— Tu garantis sa sécurité ?

— Tu crois que les Trinis vont rappliquer pendant...

— Je ne parle pas des Domos. Je parle de *toi*.

— Arrange-moi ça.

Malone rejoint Sykes, qui en termine avec les journalistes. Un flic en civil se tient à côté de lui.

— Malone, je vous présente Dave Levin, dit Sykes. Il vient d'intégrer La Force. Je l'affecte à votre équipe.

Levin a peut-être la trentaine. Grand et mince, d'épais cheveux noirs, un nez busqué. Il serre la main de Malone.

— C'est un honneur de vous rencontrer.

Malone se tourne vers Sykes.

— Je peux vous parler un instant, capitaine ?

Sykes adresse un signe de tête à Levin, qui s'éloigne.

— Si je voulais un chiot, j'irais à la fourrière, dit Malone.

— Levin est un gars intelligent. Il vient de l'Anti-Crime au Sept-Six. Il a réussi quelques jolies arrestations, des gros coups aussi, et il a fait disparaître pas mal d'armes des rues.

Super, songe Malone. Sykes fait venir toute son ancienne équipe du Sept-Six. Levin lui sera loyal avant tout.

— La question n'est pas là. J'ai une équipe qui fonctionne parfaitement. On bosse bien ensemble... Un nouveau, ça va perturber l'équilibre.

— Une Task Force est composée de quatre personnes. Vous devez remplacer O'Neill.

Personne ne peut remplacer O'Neill, songe Malone.

— Dans ce cas, donnez-moi un Espagnol. Donnez-moi Gallina.

— Si je fais ça, je baise Torres.

C'est Torres qui *vous* baise, et par tous les orifices, se dit Malone.

— OK. Je prends Tenelli, alors.

Cette idée semble amuser Sykes.

— Vous voulez une femme ?

C'est mieux qu'une saloperie d'espion.

— Tenelli a obtenu un très bon score à l'examen de lieutenant, dit Sykes. Elle va bientôt nous quitter. Aussi, vous prenez Levin. Vous êtes en sous-effectif et, comme je l'ai peut-être déjà signalé, je veux que ces affaires soient résolues. Vous avancez au niveau de l'achat d'armes de Carter ?

— La piste est morte.

— C'est bientôt Pâques. Ressuscitez-la. Pas d'armes, pas de guerre.

Malone se dirige vers Levin.

— Suis-moi.

Il l'entraîne vers l'immeuble qui abrite l'appartement où vit – vivait – Leonora.

Levin dit :

— Je n'arrive pas à croire que je vais travailler à Manhattan North avec Denny Malone en personne.

— Pas la peine de me sucer la queue. Ce que je te demande, c'est d'écouter plus que de parler et en même temps de ne rien entendre. Tu as pigé ?

— Bien sûr.

— Non. Tu ne vas pas piger tout de suite. Mais si tu es aussi intelligent que le dit Sykes, ça viendra.

La question est : de qui es-tu l'espion ? Sykes ? Les AI ? Tu es un des leurs ou un « collaborateur de terrain », un flic qu'ils utilisent ?

Est-ce que tu portes un micro ?

C'est à cause de Pena ?

— Qu'est-ce qui t'a donné envie d'être muté à la Task Force ?

— C'est là que ça se passe, répond Levin.

— Il se passe également pas mal de choses au Sept-Six.

C'est le *precinct* le plus animé de la ville. Il détient le record des fusillades et des cambriolages. Sans parler de tous les gangs : les Eight Tray Crips, Folk Nation, Bully Gang. Que demander de plus en termes d'action ?

— Il faut faire attention à ce qu'on désire. Des fois, l'ennui a du bon, dit Malone.

Puis il demande :

— Marié ? Des enfants ?

— J'ai une petite copine. Mais on est fidèles.

On verra combien de temps ça dure, pense Malone. La Force, ce n'est pas vraiment une organisation évangélique.

— Elle a un nom, cette petite copine ?

— Amy.

— Sympa.

Bonne chance, Amy, pense Malone.

À moins que Dave ici présent soit un type des AI, et qu'il garde sa bite au chaud dans son froc. À surveiller. Vous ne pouvez pas faire confiance à un gars qui ne picole pas avec vous, qui refuse un peu de coke ou d'herbe et qui ne tire pas son coup en douce de temps en temps. Ce gars-là ne veut pas être obligé de se justifier devant ses supérieurs.

— Sykes, c'est ton protecteur ?

— Je ne sais pas si je dirais ça.

— Manhattan North, c'est le royaume des pistonnés. Et la Task Force une affectation en or. Tu as un oncle à One P ?

— Je pense que le capitaine Sykes a apprécié mon travail au Sept-Six. Mais si vous me demandez si je suis son larbin, la réponse est non.

— Il le sait ?

Levin se hérisse légèrement. Le chiot a déjà des dents, pense Malone.

— Oui, je crois qu'il le sait. Pourquoi ? Vous avez un contentieux tous les deux ?

— Disons que l'on voit les choses différemment.

— Il est réglo.

— C'est vrai.

— Écoutez, dit Levin. Je sais que ça ne vous enthousiasme pas d'accueillir un nouveau, et je sais que je ne peux pas remplacer Billy O'Neill. Sachez simplement que je me réjouis et que je ne vous mettrai pas de bâtons dans les roues.

Tu me mets déjà des bâtons dans les roues, se dit Malone. Ou dans le cul, plutôt.

L'ascenseur pue l'urine.
Levin a un haut-le-cœur.
— Ils s'en servent comme toilettes, explique Malone.
— Pourquoi ils n'utilisent pas leurs chiottes ?
— La plupart sont bousillées. Ils arrachent la tuyauterie pour la revendre. On a de la chance : c'est juste de la pisse aujourd'hui.

Ils sortent au troisième et pénètrent dans l'appartement de Leonora. Les types de la police scientifique sont arrivés ; ils font leur boulot, bien que l'évidence saute aux yeux.
— Je vous présente Dave Levin, annonce Malone. Il rejoint notre équipe.

Russo regarde Levin comme s'il examinait des légumes au supermarché.
— Phil Russo.
— Enchanté.

Montague, occupé à remonter ses chaussettes à losanges, lève la tête.
— Bill Montague.
— Dave Levin.
— Il arrive du Sept-Six, précise Malone.

Désormais, ils ont tous en tête la même idée : que Levin soit ou non l'espion de Sykes, ils n'ont certainement pas besoin d'un petit nouveau, quelqu'un dont ils ne savent pas s'il peut couvrir leurs arrières.
— Allez, on s'arrache, déclare Malone.

*
* *

La rue, c'est bon.

C'est là que Malone se sent chez lui, aux commandes, il a le contrôle de lui-même et de son environnement.

Quel que soit le problème, la réponse se trouve toujours dans la rue.

Il tourne à gauche dans Frederick Douglass pour prendre la 129e, qui traverse le centre de la cité, puis se gare devant un long bâtiment de deux étages.

— Voici la ZEH, dit Malone à Levin. La zone des enfants de Harlem, une école privée sous contrat. Il n'y a pas beaucoup de trafic par ici car les dealers savent qu'ils risquent une peine plus lourde s'ils opèrent autour d'une école.

Le commerce de la drogue se déroule essentiellement en intérieur désormais, à l'abri du regard des flics. C'est plus facile de passer un coup de téléphone ou d'envoyer un texto à son dealer, et de le rejoindre dans un appartement ou une cage d'escalier afin de conclure la transaction. Et pour la police, il est quasiment impossible d'effectuer une descente à cause des gamins postés aux entrées des immeubles pour donner l'alerte. Tout le monde a fichu le camp avant même que vous ayez franchi la porte.

Ils roulent vers l'est, jusqu'à l'extrémité du pâté de maisons et l'église méthodiste de Salem, puis ils repartent en direction du nord dans la Septième, vers le terrain de jeu de St. Nick's.

— Il y a deux terrains de jeu dans la cité, explique Malone. Au nord et au sud. Ici, c'est le nord. Ça parie gros sur les matchs de basket et on a vu des perdants ouvrir le feu au lieu de payer… Qu'est-ce que tu fais ?

— Je prends des notes.

— Tu te crois à la fac ? Tu as vu des étudiants, des frisbees, des types avec des chignons ? Tu ne prends pas de notes, tu n'écris rien. Sauf pour rédiger tes rapports. Les notes que tu prends en service, quelqu'un peut tomber dessus. Un enfoiré d'avocat les interprétera volontairement de travers et te les enfoncera dans le cul à la barre.

— Pigé.
— Note tout dans ta tête, l'Étudiant.

Deux membres des Spades occupés à tirer des paniers repèrent la voiture et se mettent à rigoler.

— Malone ! Hé, Malone !

Des sifflements transpercent l'air : les guetteurs préviennent les dealers. Les types des gangs disparaissent derrière les immeubles. Malone adresse un signe de la main aux gamins sur le terrain de basket.

— On reviendra !
— Profites-en pour rapporter une culotte propre à ta femme ! La sienne, elle pue !

Malone rit.

— Prête-lui une des tiennes, Andre ! Celle en soie rouge que j'adore !

Nouveaux éclats de rire et braillements.

Henry Oh Non marche sur le trottoir en arborant cette expression coupable mais ravie, qui signifie : « J'ai eu ma came. »

Il a hérité de ce surnom la première fois que la police l'a embarqué, il y a de cela trois ans maintenant. Ils l'avaient plaqué contre un mur en lui demandant s'il était en possession d'héroïne.

— Oh ! non, avait répondu Henry, image même de l'innocence outrée.
— Tu te shootes à la poudre ? lui avait demandé Malone.
— Oh ! non.

Monty avait alors découvert l'enveloppe d'héroïne dans la poche de son pantalon, et tout ce qui allait avec. Et Henry avait simplement dit :

— Oh ! non.

Monty avait raconté cette histoire dans le vestiaire ce soir-là et le surnom était resté.

Pour le moment, Malone attend que Henry Oh Non pénètre dans une ruelle où il va chauffer sa came et se piquer. Accompagné de Russo et Levin, il le suit. Henry se retourne, les aperçoit et dit, avec une merveilleuse prévisibilité :

— Oh ! non.

— Henry, ne m'oblige pas à te courir après, lance Malone.

— Ne bouge pas, Henry, dit Russo.

Ils le fouillent et trouvent rapidement la poudre.

— Ne le dis pas, Henry, lâche Malone. Je t'en supplie, ne le dis pas.

Henry ne saisit pas l'allusion. C'est un Blanc maigrelet proche de la trentaine, mais on pourrait aisément lui donner cinquante ans. Il porte un blouson en jean autrefois doublé de mouton, un jean et des baskets. Ses cheveux sont longs et sales.

— Henry, Henry, Henry, soupire Russo.

— C'est pas à moi.

— C'est pas à moi non plus, répond Malone. Et je ne pense pas que ce soit à Phil. Mais je vais quand même lui poser la question. Phil, c'est ton héro ?

— Non.

— Non, c'est pas à lui, dit Malone. Alors, si c'est pas à moi et si c'est pas à Phil, c'est forcément à toi, Henry. À moins que tu nous traites de menteurs. Tu n'oserais pas nous traiter de menteurs, hein ?

— Lâchez-moi, Malone.

— Tu veux que je te lâche ? Alors, lâche-moi des infos. Tu as entendu des trucs au sujet de la fusillade à St. Nick's ?

— Qu'est-ce que vous *voulez* que j'entende ?

— Non, ça ne marche pas comme ça, Henry. Si tu as entendu quelque chose, tu me dis ce que tu as entendu.

Henry regarde autour de lui et murmure :

— J'ai entendu dire que c'étaient les Spades.

— Tu es un sale baratineur, dit Malone. Les Spades sont du côté de Carter.

159

— Vous me demandez ce que j'ai entendu. Je vous répète ce que j'ai entendu.

Si c'est vrai, c'est une mauvaise nouvelle.

Depuis un an ou deux, les Spades et les GMB ont conclu une trêve fragile mais viable, soutenue par Carter. Si elle vole en éclats, St. Nick's va être anéantie. Une guerre à l'intérieur de la cité, avec la 129e en no man's land, ce serait une catastrophe.

— Si tu entends autre chose, dit Malone, appelle-moi.
— C'est qui, lui ? demande Henry en montrant Levin.
— Il est avec nous.

Henry le regarde bizarrement.

Lui non plus n'a pas confiance.

Ils retrouvent Babyface à Hamilton Heights, derrière le Big Brother Barber Shop.

L'agent infiltré suce sa tétine pendant que Malone lui répète ce que Henry a dit au sujet des Spades.

— C'est pas du délire, dit Babyface. Le tireur était bien un frère.
— Pas un Dominicain foncé ? demande Monty.
— Non, un frère, répond Babyface. Ça pourrait être un Spade. Ces enfoirés ont la gâchette facile.

Il regarde Levin.

— Dave Levin, dit Malone. Il arrive de Brooklyn.

Babyface lui adresse un hochement de tête. Levin ne doit pas espérer plus en guise de bienvenue.

— C'est triste pour cette vieille dame, dit-il.
— Qu'est-ce qu'on raconte au sujet des armes ?
— Silence radio.
— Quelqu'un a évoqué un pauvre petit Blanc ? demande Monty. Un certain Mantell ?
— Un biker ? Je l'ai vu traîner dans les parages, mais personne ne parle de lui. Vous croyez qu'on cherche un flingue du Pipeline de Fer ?
— Possible.

— Je vais tendre l'oreille.
— Sois prudent, hein ? dit Malone.
— Toujours.

— Quelqu'un a faim ? demande Russo.
— Je mangerais bien un truc, répond Monty. Manna's ?
Russo dit :
— Quand on est à Nairobi...
Il descend la 126e, tourne dans Douglass et se gare devant les pompes funèbres, de l'autre côté de la rue. Un garçon qui semble avoir quatorze ans se tient sur le trottoir.
— Pourquoi tu n'es pas à l'école ? lui demande Monty.
— J'ai été renvoyé.
— Pour quelle raison ?
— Je me suis battu.
— Abruti.
Monty lui glisse un billet de dix dollars.
— Surveille la bagnole.
Ils entrent chez Manna's.

C'est un établissement tout en longueur : un comptoir et la caisse à l'entrée, près de la vitre, puis un double chariot de cafétéria sur lequel s'empilent des plateaux-repas. Malone prend un gros récipient en polystyrène et le remplit de poulet grillé, de poulet frit, de macaronis au fromage, de quelques haricots verts et de pudding à la banane.
— Prends ce que tu veux, dit-il à Levin. On paye au poids.
La plupart des autres clients, tous noirs, détournent la tête ou leur jettent des regards hostiles, vides. Contrairement à la légende, la plupart des flics ne mangent pas sur leur secteur, surtout les secteurs à dominante noire ou hispanique, car ils ont peur que les employés crachent dans leur plat, ou pire.
Malone aime bien aller chez Manna's car la bouffe est

préparée à l'avance et il peut contrôler ce qu'il mange. De plus, il trouve ça bon.

Il fait la queue.

Le type au comptoir lui demande :

— Vous êtes tous les quatre ?

Malone sort deux billets de vingt, mais le type les ignore. Toutefois, il tend une note à Malone. Celui-ci se dirige vers une table au fond. Les autres gars de l'équipe choisissent leurs plats et viennent s'asseoir avec lui.

Des regards les suivent jusqu'à la table.

Ça s'est aggravé depuis l'affaire Bennett. Après Garner c'était déjà moche, maintenant c'est pire.

— On ne paye pas ? s'étonne Levin.

— On donne un pourboire, répond Malone. Un gros pourboire. Ce sont des gens bien, ils bossent dur. Mais on ne vient pas plus d'une fois par mois. Il ne faut pas exagérer.

— Tu n'aimes pas ? demande Russo.

— Tu rigoles ? Je kiffe.

— Tu kiffes, répète Monty. Tu veux la jouer racaille, Levin ?

— Non, c'est juste…

— Mange, dit Russo. Si tu veux un soda ou autre chose, tu le payes. Ils ont une compta pour ça.

Ils savent tous que c'est un test. Si Levin est le larbin de Sykes ou un agent de terrain des AI, ça remontera jusqu'à eux. Mais Malone pourra montrer sa note et il saura que Levin est une balance.

À moins qu'il ne traque un plus gros gibier, se dit-il. Il décide de tâter le terrain.

— On alterne les services – jour, soir, nuit –, mais c'est purement théorique. C'est l'affaire qui définit les horaires. On est souples. Si tu as besoin de quelques heures, tu m'appelles, tu passes pas par le bureau. On fait pas mal d'heures sup, et quelques chouettes petits boulots à côté. Mais interdiction d'accepter un truc en dehors du service sans m'en parler avant.

— OK.

Malone passe en mode prof.

— Les tours des cités, tu n'y entres *jamais* seul. Le toit et les deux premiers étages sont des zones de combat. Elles sont contrôlées par les gangs. C'est dans les escaliers que ça se passe : les deals, les agressions, les viols.

— Mais nous, on s'occupe surtout des stupéfiants, non ? demande Levin.

— Tu n'es pas encore un « nous », l'Étudiant, corrige Malone. Oui, notre mission principale, c'est la came et les armes, mais les équipes de la Task Force font ce qu'elles veulent car tout est lié. La plupart des cambriolages sont commis par des junkies et des camés au crack. Les viols et les agressions, ça vient surtout des gangs, qui dealent par ailleurs.

— On utilise les uns pour serrer les autres, ajoute Russo. Un type que tu coinces pour détention de drogue peut te refiler un meurtrier en échange d'une peine moins lourde ou d'une libération. Le complice d'un homicide peut dénoncer un gros dealer si tu le laisses plaider coupable pour un crime moins grave.

— N'importe quelle équipe peut suivre une affaire n'importe où à Manhattan North, reprend Malone. La nôtre opère principalement dans l'Upper West Side et à Harlem.

— On sillonne toutes les rues et les cités : St. Nick's, Grant, Manhattanville, Wagner. Tu apprendras à connaître notre territoire et les leurs. OTV, « Only the Ville », Money Avenue, Very Crispy Gangsters, Cash Bama Bullies. Le truc le plus chaud en ce moment, c'est les Domos, dans les Heights : les Trinitarios. Ils ne veulent plus se contenter d'être des grossistes. Ils s'en prennent aux dealers noirs du secteur.

— Intégration verticale, ajoute Monty.
— Tu viens d'où, Levin ? demande Russo.
— Du Bronx.
— Du Bronx ? répète Monty.
— Riverdale, avoue Levin.

Les autres rigolent.

— Riverdale, c'est pas le Bronx, dit Russo. C'est la banlieue. Les Juifs riches.

— Dis-moi que tu n'es pas allé à Horace Mann, demande Monty en citant le nom de cette école privée très chère.

Levin ne répond pas.

— Je m'en doutais, dit Monty. Et ensuite ?

— NYU. J'ai étudié la justice pénale.

— Tu aurais pu tout aussi bien étudier le yéti, dit Malone.

— Pourquoi ça ?

— Parce qu'ils n'existent ni l'un ni l'autre. Rends-nous un service, oublie tout ce qu'ils t'ont appris.

Malone se lève.

— J'ai un coup de téléphone à passer.

Il sort du restaurant et compose un numéro sur son portable.

— Alors, tu l'as vu ?

Larry Henderson, un lieutenant des AI, est assis dans une voiture garée devant les pompes funèbres.

— Levin, c'est le grand aux cheveux noirs ?

— Nom de Dieu, Henderson. C'est celui qui n'est pas des nôtres.

— Il n'est pas des nôtres non plus.

— Tu es sûr ?

— Si j'avais entendu quelque chose, je te le dirais, répond Henderson. Tu n'es pas dans le collimateur des AI.

— Tu es sûr de ça aussi ?

— Qu'est-ce que tu veux de plus, Malone ?

— Pour mille dollars par mois ? Des certitudes.

— Va en paix. Tu es protégé par un champ de force depuis l'affaire Pena.

— Renseigne-toi quand même sur ce Levin, OK ?

— Entendu.

Henderson démarre.

Malone retourne s'asseoir à leur table.

— Figure-toi que Levin ici présent ne connaît pas le Lapin de Pâques, annonce Russo.

— Si, je connais le Lapin de Pâques. Ce que je ne comprends pas, c'est le rapport entre votre Sauveur qui ressuscite après avoir été crucifié, hypothèse douteuse en soi, et un lapin qui sort de son trou pour cacher des œufs en chocolat, surtout qu'un lapin est un mammifère qui donne naissance à des êtres vivants.

— Voilà ce qu'on leur apprend à la fac, dit Russo. Qu'est-ce que tu veux qu'on cache ? Des croix en chocolat ?

— Ce serait plus logique, dit Levin.

Monty intervient :

— Le Lapin de Pâques vient d'une tradition germanique païenne adaptée par les luthériens afin de juger si les enfants ont été gentils ou méchants.

— Un peu comme le Père Noël, ajoute Russo.

— Qui n'a aucun sens lui non plus, dit Levin.

— Tu es aigri, dit Russo, parce que les gamins juifs se font niquer à Noël.

— C'est sûrement vrai.

— Un œuf, précise Monty, représente la naissance, une nouvelle vie. Quand tu l'enterres et que tu le retrouves, c'est le symbole d'une résurrection. Mais un lapin ne peut pas pondre des œufs, pas plus qu'un homme ne peut revenir d'entre les morts. L'un et l'autre nécessitent un miracle. Alors, le Lapin de Pâques symbolise l'espoir, l'idée que des miracles – la résurrection, une nouvelle vie, la rédemption – sont possibles.

— Hé, regardez ! s'exclame Russo en montrant le poste de télé fixé au mur.

Le maire s'adresse à la presse, devant St. Nick's.

— Mon administration ne tolérera pas, dit-il, et cette ville ne tolérera pas que la violence s'installe dans nos cités.

Un vieil homme assis près du téléviseur ricane.

Le maire poursuit :

— J'ai donné ordre aux forces de police de ne pas ménager leurs efforts pour retrouver le ou les coupables, et je vous promets que nous les retrouverons. Les habitants de Harlem, les habitants de New York doivent savoir, et être persuadés, que pour cette administration, la vie des Noirs compte.

— Conneries ! lance le vieil homme.

Deux clients acquiescent.

D'autres jettent des regards noirs à Malone et à son équipe.

— Vous avez entendu le maire, dit Malone. Au travail.

De retour dans la voiture, Malone aperçoit le Sig Sauer P226 dans le holster de Levin.

— Qu'est-ce que tu trimballes d'autre ? demande-t-il.

— Rien.

— C'est une bonne arme, mais il te faut quelque chose en plus.

— C'est contraire au règlement.

— Va dire ça au salopard qui vient de te piquer ton arme et qui s'apprête à te buter avec.

— Il te faut une arme de secours, dit Russo. Et aussi un truc qui ne soit pas un flingue.

— Genre ?

Russo sort d'une de ses poches une petite matraque en cuir ; de l'autre, un coup de poing américain. Montague, lui, possède un manche de batte de base-ball scié, dans lequel il a coulé du plomb.

— Nom de Dieu, dit Levin.

— Ici, c'est Manhattan North, dit Malone. La Task Force. On a une seule mission : tenir la position. Le reste, c'est des détails.

Son portable sonne.

Torres.

DeVon Carter accepte de le rencontrer aujourd'hui.

7

Malone et Torres sont assis à une table face à DeVon Carter, au-dessus d'une quincaillerie de Lenox Avenue, que le trafiquant de drogue utilise comme un de ses nombreux bureaux. Après cette rencontre, il n'y reviendra pas avant plusieurs mois, s'il y revient un jour.

Malone se dit que si Carter est prêt à sacrifier une planque, c'est qu'il pense tirer un bénéfice de cette entrevue.

— Vous vouliez me parler, dit Carter. J'écoute.

— Vous avez tué une vieille dame innocente, dit Malone. À qui le tour ? Un enfant ? Une fille enceinte ? Un bébé ? Si vous essayez de venger Mookie, tôt ou tard, c'est ce qui va se passer.

— Si je ne riposte pas, je perds le respect.

— Je ne veux pas d'une guerre sur mon territoire.

— Allez dire ça aux Dominicains. Vous savez qui les a envoyés ici ? Un certain Carlos Castillo, un recruteur certifié.

— Ce n'est pas un Dominicain qui a tué Mookie, dit Malone. C'est un frère, sans doute un Spade.

— Qu'est-ce que vous racontez ?

— Je raconte que vos Spades sont en train de se retourner contre vous pour rejoindre les Dominicains. Peut-être qu'ils ont validé leur ticket en butant Mookie.

Carter sait se contrôler, mais un bref éclat dans son œil indique à Malone qu'il a vu juste.

— Qu'est-ce que vous attendez de moi ?

— Annulez le deal avec les bikers. Dites-leur que vous n'avez plus besoin de leurs armes.

Le ton de Carter se durcit.

— Restez en dehors de ça.

Il se tourne vers Torres.

Torres est donc au courant pour la vente d'armes, se dit Malone.

— Oh que non. On ne lâchera rien, dit-il.

— Je ne peux pas combattre les Domos sans armes. Vous voulez ma mort, c'est ça ?

— Laissez-nous gérer les Domos.

— Comme vous avez géré Pena ?

— Si nécessaire.

Carter sourit.

— Et qu'est-ce que vous voulez en échange de vos services ? Trois mille par mois ? Cinq ? Un forfait ? Ou juste la possibilité de détourner tout ce que vous voulez ?

— Je veux que vous mettiez la clé sous la porte, répond Malone. Partez vivre à Maui, aux Bahamas, je m'en fous. Si vous prenez votre retraite, personne ne viendra vous emmerder.

— J'abandonne mes affaires et je prends le large ?

— Combien vous faut-il d'argent en plus pour vivre ? Combien de bagnoles pouvez-vous conduire ? Dans combien de maisons pouvez-vous vivre ? Combien de femmes pouvez-vous baiser ? Je vous offre une échappatoire.

— Allons, Malone, mieux que personne, vous savez que les rois ne se retirent pas.

— Vous serez le premier.

— Pour vous laisser le royaume ?

— Diego Pena a tué votre homme, Cleveland, et toute sa famille. Vous n'avez pas réagi. Ça ne ressemble pas au légendaire DeVon Carter. Je pense que vous êtes déjà au-delà de ça.

— Vous savez ce que j'entends dire ? Il paraît que vous

trempez votre bite dans l'encrier. Et que vous n'êtes pas le seul cheval blanc[1] qu'elle chevauche, votre miss Claudette.

Du dos de la main, il se tapote l'avant-bras.

Malone répond :

— Si vous ou l'un de vos négros s'approche d'elle, je vous bute.

— Je disais juste…

Carter sourit.

— … que si elle est malade, j'ai de quoi la soigner.

Malone se lève.

— Mon offre reste valable.

Torres suit Malone dans l'escalier.

— Nom de Dieu, Denny !

— Retourne voir ton boss.

— Ne te mêle pas de cette histoire d'armes. Je te préviens.

Malone se retourne.

— Tu me préviens ou tu me menaces ?

— Je te le dis : ne t'occupe pas de ces putains de flingues.

— Pourquoi ? Tu touches ta part là aussi ?

Malone connaît les bikers : les Blancs n'aiment pas traiter avec les Noirs, mais ils traiteront avec des basanés pour traiter avec des Noirs.

— Pour la dernière fois, dit Torres, ne te mêle pas de ça.

Malone lui tourne le dos et descend l'escalier.

Manhattan North est un zoo.

On y trouve les animaux habituels, mais également un troupeau de bureaucrates de One P et une meute de fonctionnaires de la mairie.

McGivern est là.

Il accueille Malone à l'entrée.

— Denny, il faut reprendre le contrôle de la situation.

— On y travaille, commandant.

---

1. En anglais, horse signifie cheval, mais aussi héroïne en argot.

— Redoublez d'efforts. On a tout le monde sur le dos, le *Post*, le *Daily News*... la « communauté ».

Et dans les deux sens, songe Malone. D'un côté, ils veulent que cessent les violences dans les cités ; de l'autre, ils protestent contre les arrestations de membres de gangs qui se multiplient depuis les meurtres Gillette-Williams de ce matin.

Mais ils vont devoir choisir.

Malone se fraye un chemin à travers la foule jusqu'à la salle de briefing où Sykes dirige une réunion de la Task Force.

— Alors, ça donne quoi ? demande le capitaine.

Tenelli prend la parole :

— Les Domos clament haut et fort qu'ils n'ont rien à voir dans le meurtre de Gillette.

— Forcément, dit Sykes. Ils n'avaient pas prévu celui de Williams et la tension qu'il a provoquée.

— Oui, certes, dit Tenelli. Mais ce n'est pas le refrain habituel, « Je n'ai rien à me reprocher ». Ils ont même anticipé en envoyant quelqu'un nous dire que ce n'était pas eux.

— Et c'est vrai, déclare Malone. Ils ont sous-traité avec les Spades.

— Pourquoi est-ce que les Spades feraient ça ?

— C'est le prix d'entrée pour rejoindre les Dominicains. Ils pensent que Carter ne peut pas leur fournir une came de qualité, ni des armes, ni des hommes. Alors, ils sautent du navire avant qu'il sombre.

Babyface ôte sa tétine de sa bouche.

— Je suis d'accord.

— La question, c'est : pourquoi maintenant ? demande Emma Flynn. Les Domos se tiennent à carreau depuis l'affaire Pena. Pourquoi voudraient-ils déclencher une guerre maintenant ?

Sykes projette une photo de surveillance sur l'écran.

— J'ai contacté les Stups et la DEA, dit-il. Tout ce qu'ils savent, c'est que cet homme, Carlos Castillo, est arrivé de République dominicaine pour redynamiser l'organisation.

Castillo est un narco pur jus. Il est né à Los Angeles, comme beaucoup de narcos de sa génération, il possède donc la double nationalité.

Malone observe l'image de Castillo, un petit homme à l'air débonnaire, la peau caramel, d'épais cheveux noirs, le nez busqué et les lèvres fines. Rasé de près.

Sykes reprend :

— La DEA l'a dans le collimateur depuis des années, mais elle n'a jamais eu de quoi l'inculper. Néanmoins, ça se tient : Castillo est ici pour remettre de l'ordre dans le marché de l'héroïne à New York. Intégration verticale, de la République dominicaine à Harlem, de l'usine au consommateur. Ils veulent tout maintenant. Castillo est là pour mener l'assaut final contre Carter.

Flynn se tourne vers Malone.

— Tu penses vraiment que les Dominicains ont récupéré les Spades ?

Malone hausse les épaules.

— C'est une théorie plausible.

— À moins que la trêve entre les Spades et les GMB ait été rompue, tout simplement, suggère Flynn.

Babyface intervient :

— C'est pas ce qui se dit dans la rue.

— Quelles informations nous permettent de relier cette fusillade aux Spades ? demande Sykes.

Un paquet.

Les cellules du Trois-Deux, du Trois-Quatre et du Quatre-Trois sont remplies de membres de gangs : GMB, Trinitarios et Dominicans Don't Play. Ils ont été arrêtés sous toutes sortes de prétextes : jet de détritus sur la voie publique, mandats en cours, violation de liberté conditionnelle, simple possession de drogue. Ceux qui parlent racontent la même histoire que Henry Oh Non : le tireur (quelques-uns évoquent *des* tireurs) était noir.

— Je suppose que personne n'a donné de nom, dit Sykes.

Il sait que les GMB ne livreront jamais aux flics un meurtrier des Spades car ils veulent régler ça eux-mêmes.

— Très bien, reprend Sykes. Demain, verticales dans les immeubles de North. On secoue les Spades, on les embarque et on voit ce qui tombe de l'arbre.

Des « verticales », ce sont des descentes aléatoires dans les cages d'escalier des cités, que les flics en uniforme réservent généralement aux nuits d'hiver quand ils veulent s'abriter du froid.

Malone les comprend : c'est dangereux, vous risquez de vous faire flinguer ou de descendre un gamin dans l'obscurité, comme ce pauvre Liang qui a paniqué et tué un Noir désarmé, et affirmé à son procès que « le coup était parti tout seul ».

Le jury ne l'a pas cru et il a été condamné pour homicide involontaire.

Au moins, ils ne l'ont pas envoyé en prison.

Alors, oui, les verticales sont des opérations risquées. Et maintenant, ils vont aller déloger les Spades.

Un des sbires du maire dit :

— La communauté ne va pas apprécier. Ils sont déjà très remontés contre la dernière vague d'arrestations.

— C'est qui, lui ? glisse Russo à Malone, en reluquant le type qui vient de parler.

— On l'a déjà vu, répond Malone, qui essaye de retrouver son nom. Chandler quelque chose. Quelque chose Chandler.

— Certaines personnes de la communauté ne vont pas apprécier, rectifie Sykes. D'autres feront semblant de ne pas apprécier. Mais la plupart veulent voir les gangs derrière les barreaux. Ils exigent – et ils méritent – d'être en sécurité à l'intérieur de chez eux. Le bureau du maire a-t-il réellement l'intention de s'opposer à cela ?

Bien vu, se dit Malone.

Mais apparemment, le bureau du maire a l'intention de s'y opposer. Chandler demande :

— Ne pourrait-on pas mener une opération plus chirurgicale ?

— Peut-être, si on avait le nom d'un suspect, répond

Sykes. Comme ce n'est pas le cas, ça reste notre meilleure option.

— La communauté va percevoir l'arrestation d'un grand nombre de jeunes Noirs comme un acte discriminatoire, dit Chandler.

Babyface éclate de rire.

Sykes le foudroie du regard, puis se retourne vers l'homme du maire.

— C'est vous qui faites de la discrimination.

— Comment ça ?

— En partant du principe que tous les Noirs vont être visés par cette opération.

Il sait bien, comme tout le monde, pourquoi le bureau du maire ménage la chèvre et le chou. Les minorités constituent son socle électoral, il ne peut pas se les mettre à dos.

Il se trouve dans une position délicate. D'un côté, il doit donner l'impression qu'il essaye d'éradiquer la violence au sein de la communauté ; de l'autre, il ne peut pas soutenir ce qui va apparaître comme une intervention policière brutale contre cette même communauté.

Alors, il réclame une arrestation, tout en prenant soin de faire savoir qu'il s'est opposé à la tactique susceptible de déboucher sur cette arrestation. Parallèlement, il va utiliser ce problème pour détourner l'attention du scandale qui le frappe sur les forces de police.

Chandler poursuit :

— Après l'affaire Bennett, on ne peut pas se permettre de s'aliéner davantage...

McGivern, debout au fond de la salle, l'interrompt :

— Doit-on vraiment discuter de tout ça devant l'ensemble de la Task Force ? Il s'agit d'une question de commandement et ces agents ont du pain sur la planche.

— Si vous préférez, répond Chandler, on peut porter cette discussion devant...

— Cette discussion n'ira nulle part, le coupe Sykes. Nous vous avons convié à cette réunion par courtoisie, pour que vous soyez informé, pas pour prendre part à des décisions qui relèvent uniquement de la police.

— Toutes les décisions de la police sont des décisions politiques, rétorque Chandler.

Il a rempli sa mission.

Si l'opération se traduit par une arrestation pour le meurtre de Williams, le bureau du maire en réclamera les bénéfices. Dans le cas contraire, le maire rejettera la faute sur le chef de la police et protestera contre les arrestations au faciès, en espérant que la presse s'intéressera aux problèmes des forces de l'ordre plutôt qu'aux siens.

— Allez vous reposer, dit Sykes à ses hommes. On passe à l'action dès demain matin.

Fin de la réunion.

Le représentant du maire s'approche de Malone et lui tend une carte de visite.

— Inspecteur Malone, Ned Chandler. Adjoint au maire.

— Oui, j'avais compris.

— Auriez-vous une minute à me consacrer ? Ailleurs, peut-être…

— À quel sujet ?

Ça pue l'arnaque. Malone ne tient pas à être vu en compagnie d'un type que son capitaine vient de défier.

— Le commandant McGivern pense que vous êtes la personne à qui je dois m'adresser.

C'est donc ça.

— OK. Où ?

— Vous connaissez l'hôtel NYLO ?

— 77e et Broadway ?

— Je vous retrouve là-bas. Dès que vous en aurez terminé ici.

McGivern se tient à côté de Sykes ; il fait signe à Malone d'approcher.

Chandler s'éloigne.

— Vous venez de vous passer la corde au cou, dit McGivern à Sykes. Vous croyez que ces salopards de Gracie Mansion hésiteront à ouvrir la trappe ?

— Je ne me fais aucune illusion à ce sujet.

Sykes sait aussi très bien, se dit Malone, qu'en cas de pendaison McGivern ne sera pas dans la foule à se réjouir, trop content de ne pas être sur l'échafaud. C'est pour cette raison qu'il a demandé à Sykes de diriger cette réunion à sa place. Si tout se passe bien, McGivern récoltera les lauriers à la place de son talentueux subordonné. Si ça tourne au vinaigre, on l'entendra se lamenter : « J'ai essayé de le mettre en garde… »

En attendant, il déclare :

— Sergent Malone, nous comptons sur vous.

— Oui, commandant.

McGivern hoche la tête et quitte la salle.

— Levin s'en sort ? demande Sykes.

— Il est avec moi depuis six ou sept heures seulement. Mais pour l'instant, ça va.

— C'est un bon flic. Il a une belle carrière devant lui.

Alors, ne le détruisez pas, voilà ce qu'est en train de dire Sykes.

— Des avancées au sujet des armes ? demande le capitaine.

Malone lui rapporte ce qu'il a appris sur le deal entre Carter, Mantell et les ECMF.

— Aucun chargement n'est encore arrivé, mais les négociations se poursuivent. Carter gère le deal par l'intermédiaire de Teddy, depuis un bureau situé au-dessus d'une quincaillerie de la 158e, au niveau de Broadway. Mais sans micro… on n'a pas de quoi obtenir un mandat, dit Malone.

Sykes le regarde.

— Faites le nécessaire. Mais n'oubliez pas : on a besoin d'un motif raisonnable.

— Ne vous inquiétez pas. S'ils vous pendent, je vous tiendrai les jambes.

— Je vous remercie, sergent.

— Tout le plaisir est pour moi, capitaine.

*
* *

L'équipe attend Malone dans la rue.

— Levin, dit celui-ci. Rentre donc chez toi faire la sieste. Les grands ont besoin de parler.

— OK.

Il est un peu vexé, mais il s'en va.

— Qu'est-ce que vous en pensez ? demande Malone.

— Ça m'a l'air d'être un gars bien, dit Russo.

— On peut lui faire confiance ?

— Pour faire quoi ? demande Monty. Son boulot ? Sûrement. Pour d'autres trucs ? Je ne sais pas.

— En parlant de ça, dit Malone. J'ai le feu vert pour enregistrer Carter.

— Tu as obtenu un mandat ? demande Monty.

— Oui, un signe de tête. On installera le micro après l'opération de demain. Faut que j'aille voir ce type du bureau du maire.

— À quel sujet ? demande Russo.

Malone hausse les épaules.

Installé au bar d'un hôtel chic du West Side, le NYLO, Malone sirote une eau gazeuse. Il aimerait bien boire une vraie boisson, mais le type avec qui il a rendez-vous travaille à la mairie, et on ne sait jamais.

Ned Chandler arrive précipitamment une minute plus tard, regarde autour de lui, aperçoit Malone et vient s'asseoir à sa table.

— Désolé pour le retard.

— Pas de problème.

Malone est sur les nerfs. C'est Chandler qui est demandeur, il aurait dû être là à l'heure, voire en avance. On ne fait pas attendre le type à qui on va réclamer un service.

Mais Chandler travaille à la mairie, se répète Malone, alors je suppose qu'il n'est pas soumis aux mêmes règles.

Le type tend le menton en direction de la serveuse, comme si cela allait aussitôt attirer son attention.

Malheureusement, c'est le cas.

— Qu'est-ce que vous avez comme single malt ?

— On a un Laphroaig Quarter Cask.

— Trop fumé. Quoi d'autre ?

— Un Caol Ila douze ans d'âge, dit la serveuse. Très léger. Rafraîchissant.

— Vendu.

Malone connaît Ned Chandler depuis quarante secondes et il a déjà envie d'en mettre une à ce connard élitiste. La petite trentaine, il porte un pantalon en velours côtelé marron, une chemise à carreaux et une cravate en tricot sous un cardigan gris.

Rien que pour ça, Malone le déteste.

— Je sais que votre temps est précieux, commence Chandler, alors j'irai droit au but.

Quand quelqu'un vous dit que votre temps est précieux, songe Malone, il veut dire en réalité que *son* temps est précieux.

— Bill McGivern vous a recommandé, ajoute Chandler. Évidemment, je vous connais de réputation, et je suis impressionné, je dois dire. Mais Bill m'a assuré que vous étiez professionnel, compétent et discret.

— Si vous cherchez un espion au sein de la brigade de Sykes, je ne suis pas votre homme.

— Je ne cherche pas un espion, inspecteur. Connaissez-vous Bryce Anderson ?

Non, pense Malone, jamais entendu parler d'un promoteur immobilier milliardaire qui siège à la commission du développement de la ville. Évidemment que je sais qui c'est, putain. Il a l'intention de s'installer à Gracie Mansion une fois que le locataire actuel occupera le poste de gouverneur.

— Je le connais de nom, pas personnellement.

— Bryce a un problème qui requiert de la discrétion.

Chandler se tait car la serveuse lui apporte son single malt léger et rafraîchissant.

— Pardonnez-moi, reprend-il. J'aurais dû vous poser la question. Vous voulez…
— Non, ça va.
— Jamais en service ?
— Voilà.
— Bryce a une fille. Lyndsey. Dix-neuf ans, intelligente, belle, la prunelle des yeux de son papa, et toutes ces conneries. Elle a arrêté ses études à Bennington pour créer sa chaîne *lifestyle* en devenant une star sur YouTube.
— Et c'est quoi, son *lifestyle* ?
— Je n'en ai pas la moindre idée. Elle non plus, je parie. Bref, la demoiselle a un petit ami, un véritable abruti. Évidemment, elle se sert de lui pour se venger de papa qui lui a tout donné.

Malone déteste quand les civils essayent de parler comme des flics.

— En quoi est-ce un abruti ?
— C'est un vrai loser.
— Noir ?
— Non, elle nous a au moins épargné ce cliché. Kyle est un pauvre petit Blanc convaincu d'être le nouveau Scorsese. Sauf qu'au lieu de réaliser *Mean Street* il a fait une sextape avec la fille de Bryce Anderson.
— Et maintenant, il menace de la diffuser, conclut Malone. Il réclame combien ?
— Cent mille. Si cette vidéo circule, la vie de cette gamine sera détruite.

Sans parler des chances de son père de se faire élire, pense Malone. Un candidat à la mairie qui veut s'attaquer aux gangs et n'est même pas capable de surveiller sa fille.

— Ce Kyle, il a un nom de famille ?
— Havachek.
— Et une adresse ?

Chandler fait glisser une feuille de papier sur la table. Havachek habite à Washington Heights.

— Elle vit avec lui ?

— Vivait. Lyndsey est revenue vivre chez papa maman, et c'est là que les menaces de chantage ont commencé.

— Il a perdu sa vache à lait, il lui en faut une autre.

— C'est également mon interprétation.

Malone glisse la feuille dans sa poche.

— Je m'en occupe.

Chandler semble soudain nerveux ; il voudrait dire quelque chose mais ne sait pas l'exprimer poliment. Malone pourrait l'aider, or il n'en a pas envie.

Finalement, Chandler lâche :

— Bill a précisé que vous pourriez gérer ça sans... sans vous emporter.

Malone aimerait l'obliger à dire les choses. Comme un mafieux qui formule une requête semblable. Je veux que ce type se fasse descendre. Je ne veux pas qu'il se fasse descendre. Je veux le punir, lui donner une bonne leçon...

S'il fallait assassiner le type pour empêcher que la sextape circule, ils me demanderaient de le faire. S'ils ne veulent pas que je le bute, ils tiennent quand même à éviter de s'attirer trop d'emmerdes, et de surcharger leur conscience.

Putain, je hais ces gens. Malgré cela, il choisit de soulager Chandler.

— J'agirai de manière convenable.

Ils adorent ce mot.

— Donc, on est sur la même longueur d'onde ? demande Chandler.

Malone hoche la tête.

— Concernant le dédommagement pour le temps perdu..., commence Chandler.

Malone l'interrompt d'un geste.

Ce n'est pas comme ça que ça marche.

Russo le prend dans la 79ᵉ Rue.

— Le type du maire, qu'est-ce qu'il voulait ? demande-t-il.

— Un service. Tu as un peu de temps ?

— Pour toi, toujours, ma chérie...

Ils roulent jusqu'à Washington Heights et trouvent l'adresse en question : un immeuble pourri de la 176e entre St. Nicholas et Audubon. Russo s'arrête devant, Malone avise un gamin au coin, se dirige vers lui et lui file un billet de vingt dollars.

— Cette voiture, je veux qu'elle soit encore là – entière – quand on revient, OK ?

— Vous êtes des flics ?

— On sera des fossoyeurs si quelqu'un fauche cette bagnole.

Havachek habite au troisième étage.

— Explique-moi pourquoi ces types n'habitent jamais au rez-de-chaussée ? demande Russo en montant l'escalier. Ou dans des immeubles avec des ascenseurs ? Je deviens trop vieux pour ces conneries. Les genoux…

— C'est ce qui pète en premier, dit Malone.

— Dieu soit loué.

Malone frappe à la porte de Havachek.

— Qu'est-ce que c'est ?

— Tu veux cent mille dollars, oui ou non ? lance Malone.

La porte s'entrebâille de la longueur de la chaîne. D'un coup de pied, Malone l'ouvre entièrement.

Havachek est grand et maigre, ses cheveux sont coiffés en chignon et une vilaine bosse apparaît déjà sur son front, là où la porte l'a cogné. Il porte un pull sale, un slim noir et des boots. Il recule d'un pas en mettant la main à son front pour toucher le sang.

— Désape-toi, ordonne Malone.

— Vous êtes qui, bordel ?

— Le type qui t'ordonne de te désaper.

Malone sort son arme.

— Ne m'oblige pas à répéter, Kyle.

— Tu es une star du X, non ? dit Russo. Alors, ça ne devrait pas te poser de problème. Allez, enlève tes fringues.

Kyle s'exécute et reste en caleçon.

— *Toutes* tes fringues, précise Russo en ôtant sa ceinture.

— Qu'est-ce que vous allez faire ? demande Kyle.

Ses jambes tremblent.

— Si tu veux être une vedette du X, dit Malone, va falloir que tu t'habitues.

— Ça fait partie du boulot, ajoute Russo.

Kyle enlève son caleçon et cache ses parties génitales.

— Tu as déjà vu une star du X faire ça ? demande Malone. Allez, l'étalon, montre-nous tout.

Il fait un geste avec son arme et Kyle retire ses mains.

— Qu'est-ce qu'on ressent ? continue Malone. À poil devant des inconnus ? Tu crois que Lyndsey Anderson éprouvera la même chose ? C'est une gentille fille, pas une pétasse qu'on fait tourner dans un porno.

— C'est elle qui a eu l'idée. Elle disait que c'était un moyen de soutirer de l'argent à ses vieux.

— Eh bien, c'est raté, Kyle, dit Malone. Tu as déjà téléchargé la vidéo ?

— Non.

— Dis-moi la vérité.

— C'est la vérité.

— Bravo. Tu as eu la bonne réponse.

Il s'empare de l'ordinateur portable, ouvre la fenêtre et constate qu'elle donne sur une ruelle.

— Hé, il coûte mille deux cents dollars ! proteste Kyle.

— Il y a forcément un truc qui va passer par la fenêtre. Toi ou ton ordi. Choisis.

Havachek choisit son ordi. Malone le balance par la fenêtre et le regarde exploser sur le bitume tout en bas.

— Lyndsey était dans le coup ?

— Oui.

— Vas-y, frappe-le et dis-lui qu'il se fout de notre gueule.

Russo fouette l'arrière des cuisses de Kyle avec sa ceinture.

— Tu te fous de notre gueule.

— Non, c'est vrai ! C'était son idée.

— Recommence.

Russo le frappe de nouveau.

— Je vous dis la vérité.

— Je te crois, dit Malone. Mais tu mérites quelques

coups de ceinture. En fait, tu mérites plus que ça, mais je vais agir de manière convenable.

— C'est un type très convenable, renchérit Russo.

— Je vais te dire un truc, Kyle, reprend Malone. Si jamais cette vidéo apparaît quelque part ou si j'apprends que tu as fait le même coup avec une autre fille, on reviendra et tu te souviendras de ces petites tapes avec nostalgie.

— Tu te diras, c'était le bon vieux temps, ajoute Russo.

— Quand Lyndsey t'enverra un texto pour savoir où ça en est, tu ne répondras pas. Tu ne répondras pas non plus à ses coups de téléphone, ni à ses messages sur Facebook, et tu ne l'appelleras pas, tu n'essayeras pas de la contacter. Tu vas disparaître, voilà tout. Sinon…

Malone pointe son arme sur son front.

— Tu disparaîtras pour de bon. Retourne dans le New Jersey, Kyle. Tu n'es pas équipé pour jouer avec les grands dans cette ville.

— Les règles sont pas les mêmes, dit Russo.

Malone pose les mains sur les épaules de Kyle. Un geste paternel, un geste de coach.

— Je veux que tu restes assis là, à poil, pendant une heure, en te disant que tu es un sale petit connard paresseux.

Il lève le genou, violemment. Kyle s'écroule et se recroqueville en position fœtale, il gémit de douleur, cherche à reprendre son souffle.

— On ne traite pas les femmes de cette façon. Même si elles prétendent que c'est ce qu'elles veulent.

Alors qu'ils redescendent l'escalier, Malone demande :

— Est-ce que j'ai été convenable ?

— Non, je ne crois pas, répond Russo.

Leur voiture les attend quand ils ressortent de l'immeuble. Intacte.

Malone appelle Chandler.

— C'est réglé.

— On a une dette envers vous, dit Chandler.

En effet, pense Malone.

*
* *

Ce soir, Claudette a juste envie de faire chier, voilà tout.

Et quand une femme, qu'elle soit noire, blanche, marron ou de n'importe quelle couleur, veut vous faire chier, vous pouvez être sûr qu'elle va y arriver.

C'est peut-être à cause des infos à la télé : les images de flics arrêtant de jeunes Noirs, les manifestations, ou on ne sait quoi. C'est peut-être à cause du fait que les chaînes de télé ont habilement relié les descentes dans les cités à l'affaire Michael Bennett, et que Cornelius Hampton occupe sa place habituelle devant les caméras pour affirmer : « Il n'y a pas de justice pour les jeunes Afro-Américains. Je peux vous assurer que si Sean Gillette était blanc et qu'il avait été abattu en plein jour dans un quartier blanc, la police aurait déjà arrêté un suspect. De même, je vous garantis que si Michael Bennett avait été blanc, son meurtrier aurait déjà comparu devant la justice. »

Avec un sens du timing de toute beauté, le procureur vient juste de confier l'affaire Bennett à un grand jury et il va falloir désormais attendre des semaines, voire des mois, avant d'obtenir une décision. Ajoutez à cela les meurtres dans le Nickel, et la communauté bouillonne.

— Il a raison ? demande Claudette.

Assis devant la télé, ils mangent des plats indiens qu'il a apportés : poulet tikka pour elle, korma de mouton pour lui.

— À propos de quoi ? demande Malone.

— De tout.

— Tu crois qu'on ne se démène pas pour trouver qui a tué ces deux personnes aujourd'hui ? Tu crois qu'on reste les bras croisés parce qu'elles sont noires ?

— Je pose la question.

— Ouais, et bah, va te faire voir.

Il n'est pas d'humeur à supporter ces conneries.

Mais Claudette ne lâche rien.

— Sois honnête. Tu peux admettre que, inconsciemment au moins, Gillette compte un peu moins à tes yeux parce que c'est un *Jamaal* parmi d'autres ? C'est comme ça que vous les appelez, hein ? Des Jamaals ?

— Oui, on les appelle des Jamaals. Mais on dit aussi « crétins », « raclures », « racailles », « déchets »...

— Et « nègres » ? Aux urgences, j'ai entendu des flics ricaner en racontant qu'ils avaient cogné un nègre sur la tête. Tabassé un moricaud. C'est comme ça que tu parles, Denny, quand je ne suis pas là ?

— Je n'ai pas envie de me disputer. J'ai eu une dure journée.

— Mon pauvre.

Le korma a un goût de merde maintenant, et il sent le mal s'emparer de lui.

— Le seul gamin que j'ai tabassé aujourd'hui était blanc. Tu te sens mieux ?

— Super, tu es une brute qui prône l'égalité des chances.

— Deux personnes ont été tuées, ajoute Malone, incapable de s'en empêcher. Ce gamin et cette vieille dame. Et tu sais pourquoi ? Parce qu'un *nigger* veut vendre sa came.

— Va te faire foutre, toi aussi.

— Je me casse le cul pour essayer de boucler ces affaires.

— Oui, c'est bien ça. Pour toi, ce sont des « affaires », pas des personnes.

— Nom de Dieu, Claudette ! Tu es en train de me dire que tous les patients qui arrivent sur une civière sont des êtres humains accomplis pour toi, et pas juste un boulot de plus, un autre morceau de viande ? Que tu essayes de les sauver, certes, mais qu'en même temps tu ne les détestes pas un peu parce qu'ils chient sur toi leurs saloperies de poivrots, de camés, de connards violents ?

— Tu parles de toi, là, pas de moi.

— Ouais, parce que ce n'est pas toute cette souffrance, la souffrance de tous ces gens, qui t'a poussée à prendre de la poudre, hein ?

— Va te faire foutre, Denny.

Elle se lève.

— Je me lève tôt demain.

— Va te coucher.
— Bonne idée.

Il attend jusqu'à ce qu'il la croie endormie pour se glisser dans le lit, et il a presque l'impression d'être de retour à Staten Island.

Malone fait des rêves effroyables.

Billy O s'agite sur le sol comme une ligne électrique tombée à terre.

Pena a la bouche grande ouverte, ses yeux morts sont vides et pourtant accusateurs. De la neige tombe du plafond, des briques blanches se détachent du mur, un chien tire sur sa chaîne, des chiots terrorisés gémissent.

Billy essaye de respirer : un poisson qui tressaute sur le fond d'un bateau.

Malone pleure et martèle la poitrine de Billy. De la neige jaillit de la bouche de Billy et éclabousse le visage de Malone.

Elle gèle sur sa peau.

Des rafales de mitraillette explosent dans sa tête.

Il ouvre les yeux.

Regarde par la fenêtre de Claudette.

Ce sont des marteaux-piqueurs.

Des ouvriers coiffés de casques jaunes et vêtus de gilets orange travaillent dans la rue. Un contremaître assis sur le hayon d'un camion fume une cigarette en lisant le *Post*.

Putain de New York.

La pomme juteuse, sucrée et pourrie.

Il n'y a pas que Billy dans ses rêves.

Ça, c'était juste cette nuit.

Trois nuits plus tôt, il a revu cette victime décédée avant l'arrivée de la police, à l'époque où il travaillait au Dix. Il avait reçu l'appel et il était monté au cinquième étage d'un immeuble de la cité Chelsea-Elliott. La famille était assise à table, en train de dîner. Quand il leur avait demandé où se trouvait le corps, le père avait montré la chambre d'un geste du pouce.

En entrant, Malone avait découvert le gamin allongé sur son lit, à plat ventre.

Un enfant de sept ans.

Mais il ne voyait aucune blessure par balle, nul traumatisme contondant. En retournant l'enfant sur le dos, il avait découvert l'aiguille encore plantée dans son bras.

Sept ans et il se shootait à l'héroïne.

Ravalant sa rage, il était retourné dans le salon pour demander à la famille ce qui s'était passé.

Le père lui avait répondu que le gamin « avait des problèmes ».

Et il avait continué à manger.

D'où le rêve.

Mais il y en a d'autres.

En dix-huit ans de carrière dans la police, vous voyez des choses que vous auriez aimé ne pas voir. Qu'est-il censé faire ? « Partager » tout ça avec un psy ? Avec Claudette ? Sheila ? Ils ne comprendraient pas.

Il se rend dans la salle de bains et s'asperge le visage d'eau froide. Quand il ressort, il trouve Claudette dans la cuisine, en train de faire du café.

— Sale nuit ? demande-t-elle.
— Ça va.
— Évidemment. Ça va toujours.
— C'est ça.

Nom de Dieu, c'est quoi son putain de problème ? Il s'assoit à table.

— Peut-être que tu devrais aller en parler à quelqu'un, suggère Claudette.

— J'aurais plus vite fait de me tirer une balle dans le pied.

Elle ignore ce qui se passe quand un flic va consulter un psy de son propre chef. On le colle derrière un bureau jusqu'à la fin de sa carrière car personne ne veut arpenter les rues en compagnie d'un cinglé potentiel.

— De toute façon, je me vois mal aller me lamenter devant un psy parce que je fais des cauchemars.

— Parce que tu n'es pas aussi faible que tous les autres.

— Bordel de merde, si je voulais m'entendre dire que je suis un connard, je...

— Tu retournerais chez ta femme ? Pourquoi tu ne le fais pas ?

— Parce que je veux être avec toi.

Debout devant le plan de travail, elle prépare la salade qu'elle mangera à midi en déposant soigneusement les ingrédients dans un récipient en plastique.

— Tu crois que seuls d'autres flics peuvent comprendre ce que tu vis. Vous vous sentez tous insultés parce qu'on vous accuse d'avoir tué Freddie Gray ou Michael Bennett. Mais vous ne savez pas ce que c'est que de se sentir accusé parce qu'on *est* Freddie Gray ou Michael Bennett. Vous pensez que les gens vous haïssent à cause de ce que vous faites, mais vous ne vous dites pas que les gens vous haïssent à cause de ce que vous *êtes*. Vous pouvez enlever votre uniforme bleu, moi je dois vivre vingt-quatre heures sur vingt-quatre dans cette peau. Voilà ce que tu ne peux pas comprendre, Denny... Ce que tu ne peux pas comprendre, parce que tu es un Blanc, c'est le... *poids*... d'être noir dans ce pays. Ce poids épuisant qui pèse sur tes épaules, qui fatigue tes yeux et fait que parfois le simple fait de marcher est douloureux.

Elle ferme le couvercle du récipient.

— Et tu avais raison hier soir, ajoute-t-elle. Il y a des moments où je hais mes patients et où je suis *fatiguée*, Denny, fatiguée de nettoyer tout ce qu'ils se font entre eux, ce qu'on se fait entre nous, et parfois je les hais parce qu'ils sont noirs comme moi, et parce que ça m'oblige à m'interroger sur moi-même.

Elle dépose le récipient dans son sac.

— Voilà ce qu'on endure, trésor, dit-elle. Chaque jour. N'oublie pas de fermer la porte à clé.

Elle l'embrasse sur la joue et s'en va.

*
* *

Un printemps précoce s'est installé sur la ville, tel un cadeau.

La neige a fondu, l'eau coule dans les caniveaux, semblables à de petits ruisseaux. Un soupçon de soleil promet un peu de chaleur.

New York sort de l'hiver. Bien que la ville n'ait pas hiberné, elle a simplement relevé son col et baissé la tête face au vent qui s'engouffrait dans ses canyons, gelait les visages et engourdissait les lèvres. Les New-Yorkais traversent l'hiver comme des soldats affrontent les tirs ennemis.

Aujourd'hui, la ville se découvre.

Et La Force se prépare à investir le Nickel.

— Vas-y mollo pour commencer, dit Malone à Levin. N'essaye pas de prouver quoi que ce soit. Reste en retrait, observe, prends la température. T'inquiète pas, tu seras cité dans le rapport.

On t'attribuera une arrestation, ça fera bien dans ton dossier.

Ils vont pénétrer dans le bâtiment Six de St. Nick's, au nord, pour faire une verticale.

Le gang sait déjà que les flics sont là, ainsi que dans quatre autres bâtiments. Les aspirants de dix ans ont donné l'alerte. Les gens fuient le hall comme si l'équipe de Malone avait une maladie contagieuse. Les deux seuls qui restent leur lancent des regards noirs et Malone entend l'un d'eux murmurer « Michael Bennett ». Il l'ignore.

Levin se dirige vers la porte de l'escalier.

— Qu'est-ce que tu fous ? lui demande Russo.

— Je croyais qu'on devait inspecter l'escalier.

— Tu veux monter à pied ?

— Bah…

— Abruti. On prend l'ascenseur jusqu'au toit et ensuite on descend. C'est moins fatigant et comme ça, on arrive au-dessus des problèmes, au lieu d'arriver en dessous.

— Oh.

— La NYU, hein ?

Une vieille femme assise sur un pliant regarde Levin en secouant la tête.

Ils montent jusqu'au treizième étage et sortent de l'ascenseur.

Les murs sont couverts de graffitis, des tags de gangs.

L'équipe se dirige vers la porte métallique de la cage d'escalier et l'ouvre. C'est la panique. Quatre Spades détalent comme une volée de cailles car l'un d'eux détient une arme. Ils s'enfuient dans l'escalier.

Par instinct plus qu'autre chose, Malone se lance à leur poursuite, mais voilà que Levin saute par-dessus la rampe et le devance.

— Attends, le nouveau ! braille Malone.

Levin est déjà parti, il dévale les marches jusqu'au douzième étage, et soudain, Malone entend le coup de feu. Nom de Dieu, la détonation résonne dans la cage d'escalier et lui brise les tympans. Rendu sourd, il continue à descendre, malgré ses oreilles qui bourdonnent, s'attendant à voir Levin se vider de son sang. Mais ce qu'il découvre, c'est Levin qui cavale derrière le type et, tel un *linebacker*, bondit pour le plaquer par-derrière. Il le cloue au mur sur le palier, au moment où Malone arrive.

Le Spade tente de balancer son arme, mais Russo les a rejoints et s'en empare.

Levin est survolté.

— Désarme ce flingue ! Cet enfoiré m'a tiré dessus !

Dopé par la peur et l'adrénaline, il parvient malgré tout à menotter le jeune type. Monty l'allonge au sol et s'agenouille sur sa nuque. Levin s'assoit sur le palier, dos au mur, le souffle court. L'adrénaline retombe.

— Ça va ? lui demande Malone.

Levin hoche la tête, trop flippé pour parler.

Malone comprend, il connaît cette sensation. *J'ai failli me faire descendre.*

— Reprends ton souffle et ensuite, tu le conduiras au Trois-Deux. Cette arrestation te revient.

*
** *

Quand Malone arrive au *precinct*, Levin l'attend.

— Odelle Jackson. Il y avait déjà un mandat à son nom : dix à quinze ans pour possession de crack. Pourquoi il a pris le risque de buter un flic ?

— Il est où ?

— Dans la salle commune.

Malone monte à l'étage et aperçoit Jackson à l'intérieur de la cage.

Il retourne voir Levin, assis dans le vestiaire.

— C'est quoi ce bordel, Levin ? lui demande Malone. Jackson a l'air de sortir de l'église un dimanche matin.

— Il devrait avoir l'air de quoi ?

— D'avoir pris une bonne branlée.

— Ce n'est pas mon genre.

— Il a essayé de te fumer, dit Monty.

— Et il va finir en taule pour ça.

— Écoute, dit Malone. Je sais que tu es très sensible à la « justice sociale » et tout ça et que tu veux te faire aimer de « la communauté minoritaire », mais si Jackson débarque à Central Booking sans avoir l'air de s'être fait tabasser, tous les fils de pute de cette ville vont penser qu'on peut tirer sur un officier de la police de New York.

— Si tu montres pas tes muscles, ajoute Monty, tu nous mets tous en danger.

Levin semble sidéré.

— On ne te demande pas de lui enfiler une ventouse dans le cul, dit Russo. Mais si tu ne l'amoches pas, personne dans cette maison ne te respectera.

— Fais ce que tu dois faire, dit Malone. Ou vide ton casier.

Vingt minutes plus tard, ils redescendent pour mettre Jackson dans le fourgon à destination de Central Booking. Sa tête ressemble à une citrouille, ses yeux ne sont plus que deux fentes, il boite en se tenant les côtes.

Levin s'est occupé de lui.

— Tu es tombé dans l'escalier quand mes gars t'ont arrêté, c'est ça ? demande Malone. Tu as besoin de te faire soigner ?

— Non, ça va.

Oui, *maintenant*, ça va, pense Malone. Les gardiens de Central Booking n'aiment pas les flics, alors ils te foutront la paix. Une fois en taule, ce sera une autre histoire. Les matons ont toujours le sentiment que leur vie est menacée et ils prennent très au sérieux les agressions contre les flics. Tu seras un héros parmi les détenus, mais les gardiens t'aideront eux aussi à descendre l'escalier.

On dirait que Levin va vomir.

Malone comprend : il avait ressenti la même chose la fois où un vieux de la vieille l'avait obligé à tabasser son premier criminel.

Si sa mémoire est bonne.

C'était il y a longtemps.

Monty entre dans la pièce et tend une feuille à Malone.

— Sale journée pour M. Jackson ici présent.

Malone lit le document. La balle que Jackson a tirée sur Levin correspond à celle qu'on a retrouvée dans la poitrine de Mookie Gillette.

Même arme.

— Oh ! sergent, lance Malone. Détachez ce type. On l'emmène dans la salle d'interrogatoire une. Et appelez Minelli aux Homicides. Il voudra sûrement se joindre à nous.

Jackson est attaché à un anneau fixé sur la table.

Malone et Minelli sont assis face à lui.

Malone dit :

— Tu vis peut-être la pire journée de toute l'histoire de l'humanité. Tu as tiré sur un flic et maintenant, tu vas plonger pour un double meurtre.

— Double meurtre ? J'ai pas tué Mme Williams.

— Ah, voilà une théorie intéressante, dit Minelli. Aux yeux de la loi, le meurtre de Mookie a directement conduit au meurtre de Mme Williams. Donc, tu plonges pour les deux.

— J'ai pas tiré sur Mookie. J'étais là, OK, mais je lui ai pas tiré dessus. Je servais de nettoyeur, c'est tout.

Le tireur refile l'arme à un « débutant », qui fiche le camp avec.

— Tu as gardé l'arme du crime, dit Minelli. Et tu t'en es servi une seconde fois.

— Ils me l'ont filée. Et ils m'ont dit de m'en débarrasser.

— Et tu ne l'as pas fait, dit Malone. Pauvre con.

— Qui t'a donné cette arme ? demande Minelli. Qui a tiré ?

Jackson regarde la table.

— Tu sais comment ça marche, reprend Minelli. Soit tu plonges pour ces deux meurtres, soit c'est quelqu'un d'autre. Moi, je m'en contrefous. Dans les deux cas, l'affaire est résolue.

— Je comprends, dit Malone. Tuer Mookie, c'est bon pour ta réputation. Mais as-tu vraiment envie de plonger pour le meurtre de Mme Williams ?

— De toute façon, j'irai en taule.

— Petit rappel de la loi dans l'État de New York : tu prends entre quarante ans d'emprisonnement et la perpétuité pour avoir tiré sur un officier de police. Compte tenu de tes deux condamnations précédentes, mise plutôt sur perpète.

— Je suis baisé, quoi qu'il arrive.

— Si tu nous donnes le meurtrier, dit Malone, on peut peut-être t'arranger le coup, pour avoir tiré sur un flic. On ne pourra pas t'éviter la taule, mais on peut demander à l'assistant du procureur de dire au juge que tu as coopéré dans une enquête sur un double homicide. Quarante ans, tu en fais quinze, ta vie n'est pas terminée. Sinon, tu crèves derrière les barreaux.

— Si je les balance, dit Jackson, ils me tueront en taule de toute façon.

Malone voit les choses avec les yeux de ce gamin : il sait que sa vie est terminée.

Une fois que la machine vous a avalé, elle ne vous recrache qu'après vous avoir mastiqué.

— Tu as une « grand-mère » ? demande-t-il.

— Évidemment.

Dix secondes au moins s'écoulent avant que Jackson ajoute :

— Jamichael Leonard.

— Où est-ce qu'on peut le trouver ?

— Chez son cousin.

Il leur fournit l'adresse.

Malone le conduit jusqu'au fourgon.

— On va contacter un avocat commis d'office.

— Si vous voulez.

Ils l'enchaînent et le font monter dans le fourgon.

— Tu veux que je te mette sur cette arrestation ? demande Minelli à Malone.

— Non. Trop de publicité, ça fait de nous des cibles. Mais rends-moi un service. Crédite Levin d'une assistance et mets Sykes au parfum avant d'aller le chercher.

— Sérieux ?

— Ça te pose un problème ?

Comme le sait n'importe quel bon mafieux, si vous voulez palper, vous ne palpez jamais seul.

De retour dans le vestiaire, il retrouve Russo, Montague et Levin.

— Si ça peut t'aider à te sentir mieux, le nouveau, Jackson nous a donné le meurtrier de Williams. Et tu as gagné une assistance.

Ça aide, mais ça n'arrange pas tout. Malone le voit dans les yeux de Levin : la première fois que vous abandonnez un peu de vous-même dans la rue, ça fait mal. La cicatrice n'est pas encore refermée et vous le sentez.

— Je crois, annonce Malone, qu'on a bien mérité une soirée bowling.

8

Les soirées bowling sont une institution de la Task Force.

Participation obligatoire, aucune excuse n'est acceptée. Les hommes annoncent à leur épouse ou leur petite amie qu'ils vont au bowling avec les gars.

Le privilège – certains diraient le devoir – d'annoncer une soirée bowling revient au chef. C'est une façon d'évacuer la pression et, quand un flic se fait tirer dessus, elle est énorme.

Lorsqu'un frère flic se fait tuer, vous n'en parlez pas. Si un flic manque de se faire tuer, vous *devez* en parler, en rire, il faut que ça sorte, car le lendemain, ou le surlendemain, vous allez devoir investir une autre cage d'escalier.

Ils organisent souvent des 10-13 (du nom du code radio qui signale un « agent ayant besoin d'aide ») et s'enferment quelque part pour faire la fête, mais les soirées bowling, c'est différent : tirés à quatre épingles, pas de femmes, pas de petites amies, pas même de *gumars*, et pas de bars de flics habituels.

Les soirées bowling, c'est la grande classe, du début à la fin.

Sheila a dit un jour, avec la perspicacité d'une femme de flic de Staten Island : « Vous n'allez pas au bowling. C'est une couverture pour vous empiffrer, picoler et baiser des putes à deux balles. »

C'est faux, songe Malone en sortant de chez lui ce soir-là. C'est une couverture pour *dîner* dehors, picoler et baiser des putes *qui coûtent un bras*.

Levin ne veut pas venir.

— Je suis vanné. Je crois que je vais me reposer chez moi.

— Ce n'est pas une invitation, répond Malone. C'est un ordre.

— Tu viens, ajoute Russo.

— Tu fais partie de l'équipe, renchérit Monty. Tu participes aux soirées bowling.

— Qu'est-ce que je vais dire à Amy ?

— Tu lui diras que tu sors avec ton équipe, et qu'elle a pas besoin de t'attendre, dit Malone. Alors, rentre chez toi, prends une douche et fais-toi beau. Rendez-vous chez Gallaghers à 19 heures.

Une table dans le coin chez Gallaghers, dans la 52e.

Russo a vraiment la classe ce soir : costume gris ardoise, chemise blanche sur mesure, boutons de manchette en nacre.

— Tu as entendu le coup de feu ? demande-t-il.

— Pas tout de suite, répond Levin. C'est ça qui est curieux. Je l'ai entendu plus tard.

— Putain, tu l'as méchamment plaqué, ce salopard. Si j'étais l'entraîneur des Jets, je t'engagerais.

— Parce que les Jets font des placages ? demande Malone.

Et ainsi de suite. Ils font parler Levin, ils veulent qu'il s'attribue le mérite d'avoir été courageux, d'avoir survécu.

— Le truc, dit Malone, c'est que tu es sûrement peinard jusqu'à la fin maintenant.

— Comment ça ?

Montague explique.

— La plupart des flics ne se font jamais tirer dessus durant toute leur carrière. Toi, ça t'est arrivé, et la balle t'a manqué. Statistiquement, il est peu probable que tu te fasses tirer dessus encore une fois. Dans vingt ans, tu pourras prendre ta retraite sain et sauf.

Malone remplit leurs verres.

— Ça se fête !

Russo lance :

— Vous vous souvenez de Harry Lemlin ?

Rires de Malone et de Monty.

— Qui était-ce, Harry Lemlin ? demande Levin.

Il raffole de ces vieilles histoires et n'est même pas furieux d'avoir été mis à l'amende de cent dollars parce qu'il porte une chemise à poignets boutonnés.

— J'ai pas de boutons de manchette, avait-il dit quand ils s'étaient retrouvés.

— Eh bien, achètes-en, avait rétorqué Malone en lui piquant cent dollars dans son portefeuille.

Levin insiste :

— C'était qui, ce Harry Lemlin ? Racontez-moi.

— Harry Lemlin…

— Tu veux dire Harry Ne S'avoue Jamais Vaincu, dit Monty.

— Ouais, Harry Ne S'avoue Jamais Vaincu, reprend Russo. Il était contrôleur des finances à la mairie, chargé de faire en sorte que le budget ait l'air plus ou moins réglo. Et il était monté comme un âne. Les étalons qu'on utilise pour la reproduction ? Ils regardaient Harry et baissaient la tête tellement ils avaient honte. Sa bite arrivait en réunion deux minutes avant lui. Bref, Harry était un habitué de chez Madeleine, à l'époque où elle gérait son petit business essentiellement à son domicile.

Malone sourit. Russo est en mode narratif.

— C'était où, déjà ? Dans la 64e, au niveau de Park. Voilà que Harry commence à prendre du Viagra. D'après lui, on n'avait jamais rien inventé de mieux. La pénicilline, le vaccin contre la polio… oublie. Harry était amoureux de la petite pilule bleue.

— Il avait quel âge ? demande Levin.

— Tu me laisses raconter ou tu as décidé de m'interrompre sans cesse ? Les gosses, de nos jours.

— La faute aux parents, déclare Monty.

— Cent dollars de plus, dit Malone.

— Harry devait avoir la soixantaine, poursuit Russo. Mais il baisait comme s'il avait dix-neuf ans. Deux filles à la fois, trois même. Une vraie machine à vapeur. Les filles se relayaient, il les épuisait. Madeleine, elle, s'en foutait, elle gagnait du fric. Et les filles adoraient Harry, il leur refilait de gros pourboires.

— En nature, dit Monty.

— Pourquoi est-ce que Monty n'est pas à l'amende ? demande Levin.

— Cent dollars de plus.

— Un soir, reprend Russo, emporté par son histoire, on planque tous les trois devant chez un dealer de coke et on reçoit un coup de téléphone de Madeleine sur le numéro privé de Malone. Paniquée, en larmes. « Harry est mort », dit-elle. On fonce sur place et, en effet, Harry a bien passé l'arme à gauche. Les putes pleurent autour de lui, comme si c'était Jésus ou je ne sais qui. Et Madeleine nous dit : « Vous devez l'emmener. »

» Sans dec. Tu imagines le merdier ? Le contrôleur des finances retrouvé mort au plumard, à 1 heure du mat', avec des call-girls. Fallait emporter le corps. Premier problème : réussir à habiller Harry. Il pesait presque cent trente kilos et il y avait, disons, un obstacle.

— Un obstacle ? demande Levin.

— Le soldat de Harry était toujours au garde-à-vous, dit Russo. Prêt à accomplir son devoir. On essaye de lui enfiler son caleçon. Le pantalon, je t'en parle même pas ; il était déjà moulant au départ, alors avec cette hampe... Et ça retombe toujours pas ! À cause du Viagra ou de la *rigor mortis*, on n'en sait rien, mais...

Russo éclate de rire.

Malone et Monty aussi. Levin passe un moment formidable.

— Alors, qu'est-ce que vous avez fait ?

— Qu'est-ce que tu voulais qu'on fasse ? demande Russo. À force de se démener, on réussit à le rhabiller – le froc, la chemise, la veste et la cravate, tout –, sauf qu'il y a toujours cette méga gaule qui dépasse. Et qui grossit encore, je te jure, comme si sa queue s'appelait Pinocchio et qu'elle venait de dire un mensonge.

» Je descends, je file vingt dollars au gardien pour qu'il aille fumer une clope et je surveille le hall. Monty et Malone foutent Harry dans l'ascenseur et on le traîne jusqu'à notre bagnole en passant par-derrière. Pas facile.

» Harry est affalé sur le siège avant, comme s'il était bourré, et on roule jusqu'à son bureau dans le centre. Cent dollars au type de la sécurité, on reprend l'ascenseur et on l'installe dans son fauteuil, derrière son bureau. Du genre, l'employé consciencieux qui travaille même la nuit.

Russo boit une gorgée de son martini et fait signe qu'on lui en apporte un autre.

— Et là ? reprend-il. On devrait foutre le camp, évidemment, et laisser quelqu'un le trouver comme ça le lendemain matin, mais on aimait bien Harry. On n'a pas le cœur à le laisser croupir là...

» Alors, Malone appelle l'officier de permanence au Cinq. Et il raconte un bobard en expliquant qu'il passait à pied devant l'immeuble, qu'il a vu des lumières et a eu l'idée de monter voir son vieil ami Harry, bla-bla-bla. Envoyez une unité.

» Les uniformes se pointent, puis le légiste. Il examine rapidement Harry et déclare : « Le cœur a lâché. » Nous, on hoche la tête. Oui, c'est triste. Il était surmené. Mais le légiste ajoute : « Seulement, c'est pas arrivé ici. » Et nous, genre : « Qu'est-ce que ça veut dire ? » Là, il se lance dans des explications interminables où il est question de lividité et de je ne sais quoi. Il n'a pas chié dans son froc et, par-dessus le marché, le défunt bande comme un taureau. Il nous regarde avec l'air de dire : « Qu'est-ce qui se passe ici ? » Alors, on l'entraîne à l'écart pour lui expliquer.

» « Écoutez, je lui dis, Harry a cassé sa pipe au pieu et on veut éviter cette humiliation à sa veuve et à ses enfants. Vous pouvez nous aider ? » « Vous avez déplacé le corps », dit-il. Oui, on avoue. « C'est un crime. » On est d'accord. Malone dit au légiste qu'on lui devra une fière chandelle. Et finalement, le type dit OK. Et il signe l'acte de décès comme quoi Harry est mort à son bureau, en fidèle serviteur de sa ville.

— Ce qu'il était, précise Monty.

— Absolument, affirme Russo. Sauf que maintenant, on doit aller annoncer à Rosemary que son mari est décédé. On roule jusque chez eux dans la 41ᵉ Ouest et on sonne à la porte. Rosemary vient nous ouvrir en peignoir, des bigoudis sur la tête, et on lui explique. Elle pleure un peu, elle nous fait du thé, et puis…

Le martini de Russo arrive.

— Elle veut le voir. On lui conseille d'attendre plutôt le lendemain, on a déjà identifié le corps, ce n'est pas la peine. Mais non. Elle veut voir son mari.

Malone secoue la tête.

— Donc bon, poursuit Russo. On file à la morgue, on montre nos insignes, ils sortent Harry de son tiroir, et là, je dois avouer qu'ils avaient fait de leur mieux. Ils l'avaient recouvert de draps, de couvertures, et malgré ça… La tente ! On aurait pu organiser une réunion évangélique là-dessous. Ou faire venir un cirque, avec éléphants, clowns, acrobates, tout le toutim. Et Rosemary, elle regarde son mari et elle dit…

Nouvel éclat de rire général.

— Rosemary, elle dit : « Regardez le Petit Harry… Il ne s'avoue jamais vaincu. » Elle était fière. Fière que son mari soit mort au pieu, en faisant ce qu'il aimait. On s'est chopé des hernies en trimballant cet enfoiré de queutard, et sa femme était au courant depuis le début.

» Pour la présentation du corps aux obsèques… Des fois, quand c'est des mafieux, ils sont obligés de fermer le cercueil. Là, il a fallu qu'ils ferment la moitié inférieure. Rosemary l'a confié au ciel au garde-à-vous.

Monty lève son verre.

— À Harry.

— Ne jamais s'avouer vaincu, dit Malone.

Ils trinquent.

Puis Russo regarde par-dessus l'épaule de Levin.

— Oh ! merde.

— Quoi ?

— Ne vous retournez pas, dit Russo. Au bar. C'est Lou Savino.

L'inquiétude se lit sur le visage de Malone.

— Tu es sûr ?

— Oui, c'est Savino, avec trois de ses gars.

— Qui est Lou Savino ? demande Levin.

— Qui est Lou Savino ? répète Russo. Tu te fous de ma gueule ? C'est le *capo* de la famille Cimino.

— Il dirige la bande de Pleasant Avenue, ajoute Malone. Il est visé par un mandat d'arrêt. Faut qu'on l'embarque.

— Ici ? s'étonne Levin.

— À ton avis, que vont penser les AI s'ils apprennent qu'on était dans le même bar qu'un mafieux visé par un mandat et qu'on l'a laissé filer ?

— Putain.

— Faut que ce soit toi, ajoute Malone. Il ne nous a pas encore repérés, mais si l'un de nous se lève, il va détaler comme un lapin.

— On surveille tes arrières, petit, dit Russo.

— Sois poli, surtout, dit Monty.

— Mais ferme, précise Russo.

Levin se lève. Il est ultra-nerveux, mais il se dirige vers le bar où Savino est en train de boire avec trois de ses hommes et leurs *gumars*. Quand ils sont dans la salle principale de n'importe quel restaurant, ils veulent toujours être vus en compagnie de jolies femmes. S'il n'y avait que des hommes, ils se réuniraient dans un salon privé.

Est-ce qu'il faut ou non inviter des femmes à dîner lors des soirées bowling, c'est un vieux sujet de discussion au sein de l'équipe de Malone. Lui-même pourrait défendre les deux options. D'un côté, c'est toujours agréable d'être escorté d'une jolie femme. De l'autre, c'est trop voyant. Un groupe d'inspecteurs connus qui dînent dans un restaurant chic, c'est déjà limite. S'afficher avec des call-girls, ça deviendrait ostentatoire.

Alors, Malone a mis son veto. Il ne veut pas provoquer les AI. En outre, ça offre aux gars une bonne occasion de se parler. Le restaurant est bruyant, il y a peu de risques qu'on les enregistre, et même si un type des AI portait un micro, le son serait tellement mauvais qu'ils pourraient affirmer que ce n'était pas eux. L'enregistrement ne franchirait pas le stade de l'audience préliminaire.

Malone et son équipe regardent Levin s'approcher de Savino.

— Pardonnez-moi, monsieur.

— Ouais, c'est pour quoi ?

Savino ne semble pas très content d'être dérangé, surtout par quelqu'un qu'il ne connaît pas.

Levin lui montre son insigne.

— Vous êtes visé par un mandat d'arrêt. Je me vois contraint de vous arrêter, monsieur.

Savino regarde ses hommes et hausse les épaules, comme pour dire : *C'est quoi, ce bordel ?* Il se retourne vers Levin.

— Y a pas de mandat contre moi.

— J'ai bien peur que si, monsieur.

— Pas de raison d'avoir peur, petit. Soit y a un mandat sur moi, soit y en a pas. Et comme y en a pas, pas la peine d'avoir peur de quoi que ce soit.

Tournant le dos à Levin, il fait signe au barman de remettre une tournée.

— Magnifique, commente Monty. Un régal.

Levin glisse la main dans son dos pour prendre ses menottes.

— Monsieur, nous pouvons régler ça entre gentlemen ou bien…

Savino pivote vers lui.

— Si on était entre gentlemen, tu serais pas là en train de me déranger, en présence de mes associés et de mes amies, espèce de… T'es quoi ? Italien ? Juif ?

201

— Je suis juif, mais je ne vois pas…

— … Espèce de sale youpin, enfoiré de tueur de Christ…

Savino regarde par-dessus son épaule et aperçoit Malone.

— Casse-couilles ! *Casse-couilles !*

Levin se retourne et voit Malone et Russo qui manquent de tomber de leur chaise ; un fou rire secoue les épaules de Monty.

Savino lui donne une tape sur l'épaule.

— Ils se foutent de ta gueule, petit ! C'est soirée bowling, hein ? Mais j'avoue que tu manques pas de *coglioni* pour venir me faire chier comme ça. « Pardonnez-moi, monsieur… »

Levin regagne leur table.

— C'était plutôt gênant.

Malone remarque qu'il le prend bien, il se moque de lui-même. Et le gamin y est allé… Trois mafieux accompagnés de leurs nanas et il y est allé. Ça en dit long.

Russo lève son verre.

— À la tienne, Levin.

— C'était vraiment Lou Savino ?

— Tu crois qu'on engage des comédiens ? Oui, c'est vraiment lui.

— Vous le connaissez ?

— On le connaît, répond Malone. Il nous connaît. On est dans le même business, mais pas du même côté du comptoir.

Les steaks arrivent.

Autre règle des soirées bowling : on commande des steaks.

Un bon gros steak bien saignant. Un Delmonico, un contre-filet, un chateaubriand. Parce que c'est bon, parce que ça s'impose, et parce que si vous êtes dans le même restaurant qu'une bande de mafieux, il faut qu'on vous voie manger de la viande.

Il existe deux catégories de flics : les bouffeurs d'herbe et les bouffeurs de viande. Les bouffeurs d'herbe, ce sont les petits joueurs : ils se font un peu de fric avec les services de la fourrière, ils se font offrir un café, un sandwich. Ils prennent ce qui se présente, ils ne sont pas agressifs. Les bouffeurs de viande, eux, sont des prédateurs, ils se servent : drogue, pots-de-vin... Ils partent en chasse et reviennent les poches pleines ; alors quand l'équipe sort en ville, il est important qu'elle soit bien habillée et qu'elle mange des steaks.

Pour envoyer un message.

Vous pensez que c'est une plaisanterie, mais non : ils regardent véritablement le contenu de votre assiette. Si c'est un cheeseburger, ils en parlent encore le lendemain. « J'ai vu Denny Malone chez Gallaghers hier soir. Et tu sais ce qu'il mangeait ? Tiens-toi bien. Un hamburger ! »

Les mafieux penseront que vous êtes radin, ou fauché, ou les deux. Dans un cas comme dans l'autre, leur cerveau reptilien reçoit le même message : vous êtes faible. Et très vite, vous vous apercevez qu'ensuite ils essayent de profiter de vous. Eux aussi sont des prédateurs ; ils éloignent les bêtes les plus fragiles du troupeau et ils les chassent.

Le steak de Malone est délicieux, un magnifique contre-filet saignant, bleu au centre. À la place de la pomme de terre au four, il a choisi des patates rissolées et un gros tas de haricots verts.

C'est bon de couper le steak, de le mastiquer.

Nourrissant.

Solide.

Authentique.

Il a bien fait de décréter une soirée bowling.

Big Monty se concentre sur son Delmonico de quatre cents grammes. Un jour, dans un rare moment de confidences, il a raconté à Malone qu'il avait grandi dans une famille où la viande était un festin d'exception, et qu'il mangeait des céréales non pas avec du lait mais avec de l'eau. C'était un gamin costaud et il avait toujours faim. Il aurait dû devenir gangster, sa carrure faisait de lui le garde du corps, l'homme de main idéal. Mais il était trop intelligent pour ça. Monty avait toujours eu la capacité de prévoir le coup suivant, de deviner ce qui allait se passer, et adolescent déjà, il avait compris que le trafic de drogue conduisait dans une cellule ou dans un cercueil, que seuls les types placés au sommet de la pyramide gagnaient beaucoup d'argent.

En revanche, il avait remarqué que les flics mangeaient à leur faim.

Il n'avait jamais vu un flic crever la dalle.

Alors, il avait choisi la direction opposée.

À l'époque, la police ingurgitait les candidats noirs comme des cacahuètes salées. Vous aviez votre brevet, deux jambes et vous voyiez plus loin que le bout de votre nez, on vous engageait. Ils ne s'attendaient pas à ce qu'un candidat noir possède un QI de 126, résultat obtenu par Monty. Costaud, intelligent, noir : le mot « inspecteur » était inscrit sur son front depuis le premier jour.

Même les flics qui détestent les Noirs chantent ses louanges.

C'est un des flics les plus respectés de la ville.

Ce soir, il est très chic dans son costume Joseph Abboud bleu nuit, sur mesure, chemise bleu ciel et cravate rouge masquée par la grande serviette qu'il a coincée dans son col. Monty ne veut pas prendre le risque de tacher une chemise à cent dollars, et il se fout d'avoir l'air idiot.

— Qu'est-ce que tu regardes ? demande-t-il à Malone.
— Toi.
— Eh bien quoi ?
— Je t'aime.

Monty le sait. Malone et lui ne jouent pas le numéro des deux bâtards nés d'une mère différente, le duo *ebony and ivory* à la con, mais frères, ils le sont bel et bien. Monty a un frangin comptable à Albany et un autre qui purge une peine de quinze à trente ans à Elmira, mais il se sent plus proche de Malone.

Logique : ils passent au moins douze heures par jour ensemble, cinq ou six jours par semaine, et chacun confie sa vie à l'autre. Ce n'est pas un cliché. Quand vous franchissez une porte, vous ne savez pas ce qu'il y a derrière. Vous voulez avoir votre frère avec vous.

De même qu'être un flic noir c'est différent, voilà tout. Même s'ils le respectent, les autres flics, à l'exception de ses frères ici présents ce soir, le regardent un peu différemment, et la « communauté » – soit le terme grotesque qu'emploient les activistes, les pasteurs à grande gueule et les politiciens locaux pour parler du ghetto – voit en lui soit un allié potentiel soit un traître. Un Oncle Tom. Un Oreo.

Monty s'en fout.

Il sait qui il est : un homme qui tente d'élever une famille et d'arracher ses gosses à la « communauté », cette communauté toujours prête à se voler, s'escroquer, s'entretuer pour une dose de came.

Alors que ses frères, assis à cette table, se feraient tuer pour lui.

Malone a déclaré un jour qu'il ne fallait jamais faire équipe avec quelqu'un à qui vous n'oseriez pas confier votre famille ou tout votre argent. Avec ces hommes, vous étiez sûr de retrouver une famille heureuse à votre retour, et plus d'argent qu'avant.

Ils commandent des desserts : Mississippi *mud pie*, *apple pie* accompagné de grosses tranches de cheddar, cheesecake aux cerises.

Ensuite : café, cognac ou *sambuca*. Et Malone décide qu'il doit équilibrer un peu les choses à l'intention de Levin, alors il dit :

— Harry Ne S'avoue Jamais Vaincu, c'est une bonne histoire, mais si on veut vraiment parler de macchabés…

— Oh ! non, ne commence pas, dit Russo.

Mais il rigole déjà.

— Quoi ? demande Levin.

Monty rit lui aussi, signe qu'il connaît l'histoire.

— Non, non, dit Malone.

— Allez !

Malone regarde Russo, qui hoche la tête, alors il dit :

— C'était à l'époque où Russo et moi, on était encore en uniforme, au Six. On avait un sergent...

— Brady.

— Oui, Brady. Il m'aimait bien, mais va savoir pourquoi, il pouvait pas blairer Russo. Bref, ce Brady, il avait un penchant pour la picole, aussi, il me demandait de le déposer au White Horse, où il se bourrait la gueule, et de revenir le chercher pour le ramener cuver chez lui.

» Un soir, on reçoit un appel au sujet d'un type mort. En ce temps-là, les flics en uniforme devaient rester à côté du corps jusqu'à l'arrivée du légiste. Il gelait cette nuit-là et Brady me demande : « Où est Russo ? » « À son poste », je réponds. « Envoyez-le s'occuper du macchabée. » C'était gentil, non ? Permettre à Russo de se mettre au chaud. Mais en fait, Brady savait que Phil...

Malone ne peut s'empêcher de rire.

— À l'époque, Russo était terrorisé par les cadavres.

— Il était mort de trouille, si je puis dire, plaisante Monty.

— Allez vous faire foutre tous les deux.

— Bref, j'essaye de dissuader Brady, reprend Malone, car je sais que Russo a une trouille de bleu et qu'il risque de s'évanouir comme une gonzesse. Mais Brady ne veut rien entendre. Il exige que ce soit Russo. « Dites-lui de traîner son gros cul jusque là-bas et de rester près du corps. »

» Ça se passe dans un *brownstone* près de Washington Square. Le corps est dans un appartement au premier étage, dans son lit. Mort naturelle de toute évidence.

— Ce vieux con possédait tout l'immeuble, précise Russo. Il vivait seul et il avait fait une crise cardiaque au plumard.

Malone enchaîne :

— Je dépose Russo sur place et je retourne poireauter devant le White Horse. Brady ressort, à moitié bourré, et me demande de le conduire au domicile du défunt. Il est sorti du bar depuis... cinq secondes, et je le vois qui s'enfile une flûte...

— C'est quoi, une flûte ? demande Levin.

— Une bouteille de Coca remplie d'alcool, explique Monty.

— Donc, nous voilà partis. Et on trouve Russo devant l'immeuble, en train de se geler les couilles. Brady devient dingue. « Je vous ai dit de rester près du corps, abruti ! Vous allez me faire le plaisir de remonter là-haut vite fait, sinon je vous colle un rapport ! » Russo retourne dans l'appart et nous, on retourne au bar.

» Alors que j'attends dans la bagnole, il y a un appel à la radio. Un 10-10. Des coups de feu. J'entends l'adresse. C'est celle du macchabée !

— Oh ! putain, fait Levin, aux anges.

— Oui, c'est aussi ce que je me dis. Je me précipite dans le bar, je trouve Brady et je lui dis : « On a un problème. » On fonce sur place, on monte l'escalier quatre à quatre et là, on voit Russo arme au poing et le macchabée assis dans son lit, droit comme un I, avec deux balles dans la poitrine.

Malone rit tellement qu'il a du mal à continuer.

— En fait, ce qui s'est passé… les gaz se déplacent à l'intérieur du corps… et ça peut faire des trucs bizarres… là, le vieux bonhomme s'est redressé… et Russo a tellement eu la trouille qu'il lui a tiré deux balles en pleine poitrine.

— J'étais face à un putain de zombie ! dit Russo. Qu'est-ce que je pouvais faire d'autre ?

— Du coup, on avait un gros problème, reprend Malone, car si ce type n'était pas mort, Russo n'avait pas seulement fait usage de son arme, il risquait aussi d'être accusé de meurtre.

— Je chiais dans mon froc.

Monty est secoué d'un fou rire, des larmes coulent sur ses joues.

Malone continue son histoire :

— Brady me demande : « Vous êtes sûr que ce type était mort ? » « Presque sûr », je réponds. « *Presque* sûr ? Ça veut dire quoi, ça ? » « Son pouls ne battait plus », je dis. En tout cas, c'est sûr, après avoir reçu deux balles dans le cœur, il ne battait plus.

— Qu'est-ce que vous avez fait, alors ? demande Levin.

— Le légiste, c'était Brenman. Je n'ai jamais connu un type aussi paresseux à ce poste. Ils lui ont filé ce boulot pour l'empêcher de s'occuper des vivants. Il rapplique, il évalue la situation, il regarde Russo et lui lance : « Vous avez tiré sur un mort. »

» Phil tremble comme une feuille. Il demande : « Alors il était déjà mort ? » « Vous vous foutez de moi ? répond Brenman. Il a cassé sa pipe trois heures avant que vous sortiez votre flingue, mais comment je vais expliquer ces deux putains de balles dans la poitrine ? »

Monty se tapote la joue avec sa serviette.

— C'est là que Brady a mérité ses galons, je dois le dire, poursuit Malone. Il s'adresse à Brenman : « Vous allez avoir du pain sur la planche. Les rapports, l'enquête, vous devrez sans doute témoigner... » Et là Brenman nous sort : « Et si on disait qu'on est quittes ? L'ambulance arrive, on met le type dans le sac, je conclus à une mort naturelle et Russo s'achète un nouveau caleçon. »

— Fantastique, dit Levin.

Lou Savino et sa bande se lèvent pour partir. Savino adresse un signe de tête à Malone, qui répond de la même manière.

Que les AI aillent se faire foutre.

Si les mafieux ne savent pas qui on est, s'ils ne nous respectent pas, on ne fait pas notre boulot.

La note dépasserait les cinq cents dollars, s'ils devaient la payer.

Quand la serveuse leur apporte l'addition, le montant est égal à zéro. Elle la leur apporte néanmoins, au cas où on les observerait. Malone dépose une carte bancaire, elle part avec et la rapporte, il fait semblant de signer.

Ils laissent deux cents dollars en liquide sur la table.

Il ne faut jamais oublier le pourboire, jamais.

D'abord, ce n'est pas bien. Ensuite, l'info se répand :

vous êtes un rat. Quand vous entrez dans un restau, vous voulez que le personnel se dise : « Je veux servir ces gens-là. »

Comme ça, vous avez toujours une table.

Et si vous n'êtes pas avec votre femme, personne ne s'en apercevra ni ne s'en souviendra.

Vous n'oubliez jamais le pourboire et vous ne demandez jamais la monnaie sur vingt dollars dans un bar ou dans une épicerie.

Ça, c'est bon pour les bouffeurs d'herbe, pas pour les inspecteurs de La Force.

C'est le prix à payer pour faire des affaires.

Si vous ne pouvez pas assumer, reprenez vos patrouilles.

Malone commande la voiture.

Pour les soirées bowling, ils louent toujours une voiture, avec chauffeur.

Car ils savent qu'ils vont picoler et aucun d'eux ne veut perdre son boulot à cause d'une conduite en état d'ivresse si un bleu rédige un P-V ou signale l'infraction avant de savoir à qui il a affaire.

La moitié des mafieux de New York possèdent des sociétés de location de limousines car c'est très pratique pour blanchir de l'argent, Malone et ses hommes n'ont donc aucun mal à en obtenir une gratuitement. Évidemment, le chauffeur racontera à son patron où ils sont allés et ce qu'ils ont fait, mais ils s'en foutent. Parce que ça n'ira pas plus loin : jamais aucun chauffeur ne s'amusera à les dénoncer aux AI, ni ne voudra reconnaître qu'ils sont montés dans sa voiture. D'ailleurs, quelle importance qu'un gangster sache qu'ils picolent et se tapent des filles ? Ils sont déjà au courant.

Et la société de location de limousines se garde bien de leur envoyer un Russe, un Ukrainien ou un Éthiopien. C'est toujours un rital qui connaît la chanson, à qui on peut faire confiance pour ouvrir ses oreilles et fermer sa bouche.

Le chauffeur de ce soir se prénomme Dominic, c'est un « associé » d'une cinquantaine d'années qui les a déjà trimballés et sait qu'il aura droit à un gros pourboire. Il aime voir des types habillés en Armani, Boss et Abboud monter dans sa voiture et en descendre. Il se garera tout près du trottoir afin que ses clients ne mouillent pas leurs Gucci, leurs Ferragamo ou leurs Magli. Des gentlemen qui traitent sa voiture avec respect, ne vont pas vomir à l'intérieur, ni bouffer des trucs qui sentent fort, ni la remplir de fumée d'herbe, ni se battre avec leurs nanas.

Il les conduit chez Madeleine dans la 98e, au niveau de Riverside.

— On en a au moins pour deux heures, dit Malone en lui glissant un billet de cinquante. Vous pouvez aller dîner.

— Appelez-moi, dit Dominic.

— C'est quoi cet endroit ? demande Levin.

— Tu viens de nous entendre jacter à propos de Madeleine, répond Malone. Eh bien, on y est.

— C'est un bordel ?

— On peut dire ça.

— Je ne suis pas sûr... Amy et moi, on est exclusifs.

— Tu lui as passé la bague au doigt ? demande Russo.

— Non.

— Alors ?

— Écoutez... Je crois que je vais rentrer chez moi.

— Ça s'appelle une soirée bowling, dit Monty. Pas un dîner bowling. Tu viens avec nous.

— Monte, au moins, dit Malone. Si tu veux pas tirer ton coup, OK. Mais tu viens avec nous.

Madeleine possède tout le *brownstone*, mais elle est très discrète sur ce qui s'y passe afin de ne pas provoquer l'indignation des voisins. D'ailleurs, la plupart des prestations s'effectuent désormais à l'extérieur ; cette maison n'accueille que des petites fêtes ou des clients spéciaux. Elle ne pratique plus la vieille technique de « l'alignement » ; les clients font leur choix avant, sur Internet.

Elle accueille personnellement Malone à la porte en l'embrassant sur la joue.

Ils ont gravi les échelons ensemble ; elle prenait encore des clients quand il était en uniforme. Un soir où elle rentrait chez elle en traversant Straus Park, un connard avait décidé de l'emmerder, et ce policier en uniforme était « intervenu », dirons-nous. Il lui avait flanqué un coup de matraque sur le crâne, accompagné de quelques coups de pied dans les reins pour bien se faire comprendre.

— Vous voulez porter plainte ? avait demandé Malone à Madeleine.

— Je crois que vous venez de régler le problème.

Depuis, ils sont amis et associés. Il la protège et lui envoie des clients ; en échange, elle ne les fait pas payer, son équipe et lui, et elle le laisse consulter son « carnet noir », au cas où certains de ses clients pourraient se révéler utiles. La maison de Madeleine Howe ne subit jamais de descente de police, ses filles ne sont jamais menacées ni harcelées – du moins pas longtemps, et jamais deux fois – et elles sont toujours payées.

Les rares fois où une fille sans scrupule essaye de faire chanter un ou plusieurs clients, Malone intervient également. Il lui rend visite, lui explique les ramifications juridiques de ce qu'elle tente de faire, puis il lui dépeint la vie en prison pour une jolie fille gâtée comme elle, il lui fait comprendre que s'il lui passe les menottes, ce sera certainement le dernier bracelet que lui offrira un homme. Généralement, elle préfère prendre le billet d'avion qu'il lui tend.

Par conséquent, les hommes qui figurent dans le « carnet noir » de Madeleine – puissants businessmen, politiciens, juges – bénéficient eux aussi, qu'ils le sachent ou non, de la protection de La Force. Ils ne voient pas leurs noms s'étaler à la une du *Daily News* et savent raison garder. Plus d'une fois, Malone et Russo ont dû aller discuter avec le gérant d'un fonds de pension ou une étoile montante de la politique tombés amoureux d'une des filles de Madeleine, pour leur expliquer que ça ne marchait pas comme ça.

— Mais je l'aime ! leur avait répondu un futur candidat au poste de gouverneur. Et elle m'aime aussi.

Il voulait quitter sa femme, ses enfants et sa carrière pour monter une entreprise de torréfaction de café au Costa Rica avec une femme qui, croyait-il, s'appelait Brooke.

— Elle est payée pour vous donner cette impression, lui avait dit Russo. C'est son métier.

— Non, non, c'est différent entre nous. C'est sincère.

— Ne vous faites pas honte, avait dit Malone. Ressaisissez-vous. Vous avez une femme et des enfants. Une famille.

Ne m'obligez pas à lui demander de vous appeler pour vous dire que vous avez une bite grosse comme un crayon de golf, mauvaise haleine et qu'elle a essayé de convaincre Madeleine de vous envoyer une autre fille la dernière fois.

Madeleine les accueille et ils prennent le petit ascenseur qui les conduit à un appartement meublé avec goût.

Les filles sont superbes.

Forcément, à deux mille dollars la soirée.

Levin a les yeux qui lui sortent de la tête.

— Du calme, l'Étudiant, lui glisse Russo.

— J'ai choisi vos partenaires en fonction de vos préférences, explique Madeleine. Mais pour le nouveau, j'ai été obligée de deviner. J'espère que Tara saura vous satisfaire. Sinon, on peut toujours consulter le catalogue.

— Elle est magnifique, dit Levin, mais… je ne participe pas.

— On peut juste boire quelques verres en bavardant, suggère Tara.

— Parfait.

Elle entraîne Levin vers le bar.

La fille de Malone se prénomme Niki. Elle est grande, toute en jambes, coiffée à la Veronica Lake, des yeux bleu acier. Ils vont s'asseoir, Malone commande un bourbon pour accompagner le martini de Niki, discute avec elle quelques minutes, puis l'entraîne dans une des chambres.

Niki porte une robe noire moulante très décolletée. Elle la fait glisser à ses pieds, dévoilant la lingerie noire dont Madeleine sait que Malone est friand, sans qu'il l'ait réclamé.

— Tu veux quelque chose de spécial ? demande Niki.
— Tu es déjà spéciale.
— Maddy m'a prévenue que tu étais du genre charmeur.

Elle commence à enlever ses stilettos, mais Malone dit :
— Garde-les.
— Tu veux que je te déshabille ou…
— Je vais le faire.

Il ôte ses vêtements et les accroche sur les cintres fournis par Madeleine afin que ses clients mariés ne rentrent pas chez eux avec un costume froissé. Il glisse son arme sous l'oreiller.

Niki lui jette un regard étonné.

— On ne sait jamais qui peut entrer, explique-t-il. Ce n'est pas un truc de pervers. Si ça te gêne, je peux réclamer quelqu'un d'autre.
— Non, j'aime bien.

Elle lui offre une partie de jambes en l'air à deux mille dollars.

Le tour du monde en quatre-vingts minutes.

Ensuite, Malone se rhabille, remet son pistolet dans son holster et laisse cinq billets de cent dollars sur la table de chevet. Niki enfile sa robe, prend l'argent et demande :
— Je t'offre un verre ?
— Avec plaisir.

Ils retournent dans le salon. Monty est déjà là, avec une Noire incroyablement grande. Russo n'a pas encore terminé, comme toujours.

« Je mange lentement, je bois lentement et je fais l'amour lentement, leur a-t-il confié. Je savoure. »

Levin n'est plus au bar.

— Le nouveau nous a plantés ? demande Malone.

— Il est parti dans une chambre avec Tara, répond Monty. Comme disait Oscar Wilde : « Je peux résister à tout, sauf à la tentation. »

Russo réapparaît enfin, en compagnie d'une brune prénommée Tawny qui rappelle Donna à Malone. Classique, pense-t-il. Il trompe son épouse avec une femme qui ressemble à son épouse.

Quelques minutes plus tard, Levin revient à son tour, l'air un peu éméché, mort de honte et complètement lessivé.

— Ne dites rien à Amy, OK ?

Les autres éclatent de rire.

— « Ne dites rien à Amy ! », s'exclame Russo en prenant Levin par les épaules. Ce gamin, ce putain de gamin se la joue Batman avec un Jamaal dans une cage d'escalier et manque de se prendre une balle. Ensuite, il lui flanque une raclée. Après ça, il veut passer les menottes à Lou Savino devant ses hommes et leurs nanas, chez Gallaghers, rien que ça. Il trempe son biscuit dans une chatte à mille dollars et il revient en disant : « Pas un mot à Amy ! »

Nouveaux éclats de rire.

Russo embrasse Levin sur la joue.

— Ah, j'adore ce putain de gamin !

— Bienvenue dans l'équipe, dit Malone.

Ils boivent un autre verre, après quoi il est temps de partir.

Les filles les accompagnent dans la 127e, au niveau de Lenox.

Dans un club baptisé le Cove Lounge, l'Alcôve.

— Pourquoi tu écoutes cette musique de négros ? demande Russo à Malone en chemin.

— Parce qu'on bosse avec des négros. Et puis, j'aime ça.

— Et toi, Monty, demande Russo, tu aimes cette merde de hip-hop ?

— Je déteste. Fais-moi plutôt écouter du Buddy Guy, BB, Evelyn « Champagne » King.

— Vous avez quel âge, les gars ? demande Levin.

— Tu écoutes quoi, toi ? rétorque Malone. Matisyahu ?

Ils s'arrêtent devant le Cove. Voyant la limousine, les gens qui font la queue sur le trottoir sont curieux de savoir qui va en descendre. Sans doute une star du hip-hop. Ils ne sont pas contents de voir descendre deux Blancs.

Puis quelqu'un reconnaît Malone.

— C'est les flics ! braille-t-il. Hé, Malone ! Enfoiré !

Les videurs les laissent entrer directement. À l'intérieur, des lumières bleues et violettes palpitent au rythme de la musique.

L'autre couleur dominante est le noir.

En comptant Malone, Russo, Levin et leurs filles, il y a très précisément huit personnes blanches dans le club.

On les dévisage.

Mais ils obtiennent une table.

L'hôtesse, une Noire à tomber par terre, les conduit directement au carré VIP et les installe.

Quatre bouteilles de Cristal arrivent une minute plus tard.

— Avec les compliments de Tre, glisse l'hôtesse. Il me charge de vous dire que votre argent n'a pas cours ici.

— Remerciez-le, répond Malone.

Ce club n'appartient pas officiellement à Tre. Le rappeur et producteur de disques deux fois condamné ne pourrait pas obtenir une licence de débit d'alcool même avec un lance-roquettes, néanmoins c'est son club. À cet instant, il toise littéralement Malone du haut d'une estrade du carré VIP et lève son verre à sa santé.

Malone en fait autant.

Les gens le remarquent.

Ça détend l'atmosphère.

Si Tre adoube ces flics blancs, pas de problème.

— Tu connais Tre ? demande Niki, impressionnée.

— Oui, un peu.

La dernière fois que la police a voulu interroger Tre, Malone l'a conduit personnellement au poste. Pas de menottes, pas de caméras, pas de chemin du condamné.

Tre a apprécié cette marque de respect.

Il a commencé à refiler des boulots de protection à Malone, qui s'en charge seul ou avec Monty si c'est important. Pour les trucs plus ordinaires, il appelle d'autres flics de Manhattan North, bien contents de se faire un peu de blé.

Et puis, Tre prend son pied en employant des flics racistes. Au début, il les envoyait chercher des cafés, du cheesecake et des conneries dans ce genre, jusqu'à ce que Malone l'apprenne et y mette le holà. « Ce sont des officiers de police de New York, ils sont là pour vous protéger. Si vous avez un petit creux, envoyez un de vos larbins. »

Tre descend de son estrade et se glisse sur la banquette à côté de Malone.

— Bienvenue dans la jungle, dit-il.

— Je *vis* ici, réplique Malone. Vous, vous vivez dans les Hamptons.

— Vous devriez venir un de ces jours.

— Je viendrai.

— On fera la fête. Ma femme vous aime bien.

Sa veste en cuir doit valoir dans les deux ou trois mille dollars, la montre Piaget beaucoup plus.

Il y a du fric dans la musique, dans les clubs.

« L'argent n'est ni noir ni blanc, dit toujours Tre, il est vert. »

Il demande à Malone :

— Qui va me protéger de la police ? Un jeune Noir ne peut plus marcher dans la rue sans se faire descendre par un flic, et le plus souvent dans le dos.

— Michael Bennett s'est fait tirer dans la poitrine.

— C'est pas ce que j'ai entendu dire.

— Si tu veux jouer à Jesse Jackson, fais-toi plaisir, dit Malone. Et si vous avez des preuves, apportez-les-nous.

— Au NYPD ? On pourrait appeler ça une tentative de dissimulation.

— Qu'est-ce que tu attends de moi, Tre ?

— Rien. Je vous donne un tuyau, voilà tout.

— Tu sais où me trouver.

— Oui.

Tre glisse la main dans sa poche et en sort un blunt[1].

— En attendant, faites-vous du bien avec ça.

Il lui laisse le blunt et s'en va.

Malone le renifle.

— La vache.

— Allume-le, dit Niki.

Malone s'exécute, tire une taffe et passe le joint à Niki. C'est une herbe de premier choix, se dit Malone. Mais venant de Tre, peut-il en être autrement ? Sucrée, légèrement corsée – énergisante –, plus de *sativa* que d'*indica*. Le joint circule autour de la table, jusqu'à Levin.

Celui-ci regarde Malone.

— Quoi ? dit Malone. Tu n'as jamais fumé d'herbe ?

— Pas depuis que je suis entré dans la police.

— On ne dira rien.

— Et si je dois passer un test ?

Les autres se moquent de lui.

— Personne ne t'a parlé du Pisseur commis d'office ? demande Russo.

— C'est quoi, ça ?

— Pas quoi, *qui*, rectifie Monty. L'officier Brian Mulholland.

— Le type qui balaye le vestiaire ? L'homme à tout faire ?

Presque tous les *precincts* ont le leur : un flic inapte à patrouiller dans les rues et proche de la retraite. Ils le gardent au chaud pour faire le ménage, quelques courses. Mulholland avait été un bon flic jusqu'au jour où, répondant à un appel, il avait découvert un bébé qui avait été plongé dans une baignoire d'eau bouillante. Après ça, il avait commencé à tâter de la bouteille. Malone avait persuadé le capitaine du Trois-Deux de le garder comme homme à tout faire.

— C'est pas juste un larbin, précise Russo. C'est aussi

1. Joint roulé avec un cigare vidé.

le Pisseur commis d'office. Si tu dois passer un test de dépistage, Mulholland pisse dans une poche pour toi. Ton urine titre dans les cent degrés, mais aucune trace de drogue.

Levin tire sur le joint et le fait circuler.

— Ça me rappelle une autre histoire, dit Malone en regardant Monty.

— Allez tous vous faire foutre.

— Montague devait passer son test de résistance physique, raconte Malone. Et disons qu'il n'était pas vraiment sous-alimenté.

— Et vos *mamas* non plus, ajoute Monty.

— Monty est incapable de *marcher* un *mile*. Et encore moins de courir sur cette distance, dans le temps imparti. Alors, voici ce qu'il a fait…

Monty arrête Malone d'un geste.

— Il y avait un bleu, un gentleman afro-américain beau mec et distingué, dont on taira le nom…

— Grant Davis, dit Russo.

— … qui avait été champion d'athlétisme à l'université de Syracuse.

— Il avait même passé les épreuves de sélection des Dolphins, précise Malone.

— Je faisais d'une pierre deux coups, reprend Monty. Je réussissais les tests physiques, et je prouvais que la police ne peut pas faire la différence entre deux Noirs, et qu'elle s'en fout.

Malone intervient :

— Alors, Monty se la joue grosse queue et insigne doré pour convaincre ce bleu de se faire passer pour lui et de courir à sa place. Le gamin chiait dans son froc de peur, et apparemment, ça l'a fait courir encore plus vite car… il a battu le record de la police !

— Je ne pensais pas avoir besoin de lui demander de freiner un peu, dit Monty.

— Mais personne ne s'est aperçu du rien, ajoute Malone.

— C'est bien la preuve, dit Monty.

— Jusqu'à ce qu'un petit génie de One P décide d'améliorer les relations entre les pompiers et la police en organisant une... compétition d'athlétisme amicale.

Levin regarde Monty avec un grand sourire.

Monty hoche la tête.

— Ce commandant sort tous les dossiers et découvre que l'inspecteur William Montague court le *mile* presque aussi vite qu'un champion olympique. Il pense qu'il tient l'oiseau rare, dit Malone. Les huiles de One P commencent à miser du fric avec leurs camarades pompiers.

— Ces demeurés prennent les paris, dit Russo, parce que quelques-uns parmi eux connaissent le vrai William J. Montague et ils se disent que c'est gagné d'avance.

— Et ils ont raison, reprend Malone. Car on n'a absolument aucun moyen d'échanger le faux Monty contre le vrai devant tous ces flics et tous ces pompiers qui le connaissent. Alors Monty décide de s'entraîner, ça veut dire un cigare de moins par jour et mollo sur la sauce barbecue. Arrive le grand jour. On se pointe à Central Park. Et là, on découvre que les pompiers ont sorti leur étalon, un bleu venu de l'Iowa, champion du *mile*. Ce gamin...

— Un Blanc, précise Monty.

— ... ressemble à un dieu, dit Malone. On dirait une statue grecque. Et Monty qui débarque dans un bermuda à carreaux, un T-shirt déformé par son bide et un cigare à la bouche. En le voyant, le commandant manque de se chier dessus. C'est genre : « Qu'est-ce que vous avez foutu, bordel ? Comment vous avez pu bouffer autant en un mois ? » Les gradés ont misé des milliers de dollars sur cette course, et ils sont furax.

— Ils se placent sur la ligne de départ. Coup de pistolet, et là, l'espace d'une seconde, j'ai cru que le commandant avait flingué Monty. Celui-ci se met à courir...

— Façon de parler, intervient Monty.

— ... Il fait cinq foulées, reprend Malone, et il s'écroule.

— L'ischio-jambier, dit Monty.

— Ces bouffons de pompiers font des bonds sur place,

dit Malone. Les flics leur filent l'argent qu'ils ont gagné, ils sont furax. Monty, lui, est couché par terre, il se tient la jambe. Et nous, on est morts de rire.

— Vous n'avez pas perdu un gros paquet de fric ? demande Levin.

— Tu te fous de moi ? répond Russo. J'avais demandé à mon cousin Ralphie, un pompier, de miser notre pognon contre Usain Bolt ici présent, et on a raflé la mise. Le commandant est reparti complètement dégoûté. Je l'ai entendu dire : « Il n'y a qu'un seul nègre qui ne sait pas courir à Harlem, et c'est le mien. »

Levin observe Monty pour voir comment il réagit au mot « nègre ».

— Quoi ? lui demande Monty.

— Le mot en N...

— Je ne connais pas « le mot en N ». Je connais « nègre ».

— Et ça ne te gêne pas ?

— Dans la bouche de Russo, non. Dans la bouche de Malone, non plus. Et peut-être qu'un jour tu pourras le dire toi aussi.

— Ça fait quoi d'être un flic noir ? demande Levin.

Malone grimace. De deux choses l'une : soit Monty explose, soit il prend un ton professoral.

— Ça fait quoi ? Je ne sais pas... ça fait quoi d'être un flic juif ?

— C'est différent, répond Levin. Mais quand des Juifs me voient, ils ne me haïssent pas.

— Tu penses que les Noirs me haïssent ? Certains, c'est vrai. Ils me traitent d'Oncle Tom, d'esclave. Mais en vérité, qu'ils le disent ou pas, la plupart des Noirs pensent que j'essaye de les protéger.

— Et au sein de la police ? insiste Levin.

— Il y a des racistes, dit Monty. Comme partout. Mais au bout du compte, la plupart des flics ne voient pas des Blancs ou des Noirs, ils voient des bleus et tous les autres.

— Quand on dit « tous les autres », fait remarquer Levin, la majorité des gens pensent qu'on veut parler des Noirs.

La tension retombe et bientôt, ils affichent tous ce sourire idiot que provoque une herbe puissante. Ce blunt les a complètement défoncés. Et voilà qu'ils se lèvent pour danser. Au grand étonnement de Malone, qui ne danse jamais. Mais il est là, au milieu de la foule dense des clubbers, à se trémousser avec Niki, la musique palpite dans les veines de ses bras et tournoie à l'intérieur de sa tête. Monty, ultra-décontracté, cool comme un Noir, est à côté de lui, Russo lui-même est en train de danser, ils sont tous fracassés.

Ils dansent dans la jungle avec tous les autres animaux.

Ou les anges.

Qui pourrait voir la différence ?

Ils ramènent Levin chez lui, jusque dans la 87e Rue, après le West End. Sa copine, Amy, ne semble pas très heureuse de les voir soutenir son fiancé à moitié inconscient jusqu'à la porte.

— Il a un peu abusé, dit Malone.

— J'ai l'impression, répond Amy.

Mignonne.

Cheveux bruns bouclés, yeux foncés.

L'air intelligent.

— On a fêté sa première arrestation, ajoute Russo.

— J'aurais aimé qu'il me prévienne. J'aime faire la fête, moi aussi.

Bonne chance, intelligente Amy, pense Malone. Les flics font la fête entre flics. Personne d'autre ne peut comprendre ce qu'ils fêtent.

Rester en vie.

Éliminer des méchants.

Faire le plus beau métier du monde.

Être vivant.

Ils balancent Levin sur le canapé.

Il est dans les vapes.

— Enchanté, Amy, dit Malone. On m'a dit un tas de jolies choses sur vous.

— Également.

Ils chargent Dominic de ramener les filles, puis ils descendent Lenox Avenue dans la voiture de Russo, musique à fond, vitres baissées. Ils accompagnent N.W.A., « Fuck tha Police », en chantant à tue-tête.

Ils roulent dans cette vieille rue, cette rue froide, en passant devant les immeubles, les cités.

Malone se penche au-dehors, hurle les paroles.

Russo laisse échapper un rire démoniaque et ils reprennent le refrain tous en chœur.

Ils roulent à travers la jungle.

Défoncés, ivres, complètement partis.

À travers la grisaille brutale de l'aube.

9

Ils l'arrêtent alors qu'il marche vers son appartement.

Une voiture noire s'immobilise à sa hauteur et trois hommes en costume en descendent.

Défoncé comme il est, Malone met d'abord ça sur le compte de la came. Il a du mal à fixer son attention sur ces types, et il s'en fiche. Ça ressemble à une mauvaise blague, non ? « Trois hommes en costard sortent d'une voiture et… »

Et puis, l'électrochoc : ce sont des tueurs.

Les hommes de Pena ?

De Savino ?

Il s'apprête à dégainer son arme quand le chef du trio montre son insigne et se présente :

— Agent spécial O'Dell. FBI.

De fait, il ressemble à un agent fédéral, songe Malone. Cheveux courts, blonds, yeux bleus. Costume marine, chaussures noires, chemise blanche et cravate rouge. Un enfoiré de la gestapo de Church Street.

— Montez dans la voiture, je vous prie, sergent Malone.

Malone brandit son insigne. Les mots sortent de sa bouche comme un flot de boue.

— Je suis de la police, enfoiré de Church Street de mes deux. NYPD, la *vraie* police. North Manhattan…

— Vous voulez qu'on vous embarque dans la rue, sergent Malone ? demande O'Dell. Dans votre quartier ?

— M'embarquer ? Pour quelle raison ? Ivresse sur la voie publique ? C'est un délit fédéral maintenant ? Je vous ai montré mon insigne, nom de Dieu. Et la solidarité professionnelle, hein ?

— Je ne vous le répéterai pas.

Malone monte dans la voiture.

La peur tournoie dans son cerveau défoncé.

La peur ?

La terreur, oui.

Car soudain, il comprend : ils l'ont coincé pour l'affaire Pena.

De trente ans à perpète, plutôt perpète.

John grandira sans père, Caitlin marchera vers l'autel sans toi, tu vas crever dans une prison fédérale.

L'explosion de terreur provoquée par l'alcool, l'herbe et la coke déclenche des décharges électriques dans son cœur. Il se dit qu'il va peut-être vomir.

Il inspire profondément et déclare :

— Si ça concerne les inspecteurs et les capitaines qui reçoivent du fric ou des cadeaux, ça ne se passe pas à mon niveau. Je ne suis au courant de rien.

Il a l'impression d'entendre Fat Teddy. *J'sais rien.*

— Pas un mot de plus jusqu'à ce que nous soyons arrivés, dit O'Dell.

— Arrivés où ? À Church Street ?

Le QG du FBI à New York.

Non, en fait, ils s'arrêtent au Waldorf. Ils empruntent une entrée sur le côté, un escalier de service qui les conduit au cinquième étage et pénètrent dans une suite au fond du couloir.

— Le Waldorf ? J'ai droit à un *red velvet*[1] ?

— Vous voulez un *red velvet* ? demande O'Dell. J'appelle le room service. Nom de Dieu, vous êtes dans un sale état. Qu'est-ce que vous avez foutu ? Si on vous faisait pisser dans un flacon, qu'est-ce qu'on trouverait ? De l'herbe ? De la coke ? De la Dexedrine ? Vous risquez votre insigne et votre flingue.

---

1. Gâteau au chocolat recouvert d'un glaçage au fromage à tartiner.

Un ordinateur portable est ouvert sur la table basse. O'Dell désigne le canapé juste devant.

— Asseyez-vous. Vous voulez boire quelque chose ?

— Non.

— Si. Croyez-moi, vous allez en avoir besoin. Jameson, c'est bien ça ? Un bon Irlandais comme vous ne boit pas de whiskey protestant. Pas de Bushmills pour un gars qui s'appelle Malone.

— Arrêtez de me faire chier et expliquez-moi ce que vous voulez, dit Malone.

Il aimerait la jouer cool, mais c'est plus fort que lui. Il ne veut pas attendre une seconde de plus pour écouter la condamnation à mort…

Pena.

Pena.

Pena.

O'Dell verse du whiskey dans un verre et le lui tend.

— Sergent Dennis Malone. Manhattan North Special Task Force. Héros de la police. Votre père était flic, votre frère était pompier, il a perdu la vie le 11 Septembre…

— Ne parlez pas de ma famille.

— Ils seraient fiers de vous.

— Je n'ai pas de temps à perdre avec ces conneries.

Malone marche vers la porte. Ou plutôt, il titube ; ses pieds pèsent des tonnes, ses jambes sont en guimauve.

— Asseyez-vous, Malone. Détendez-vous, regardez un peu la télé.

Ces paroles émanent d'un type d'un certain âge, trapu, assis dans un fauteuil, dans le coin.

— Vous êtes qui, vous ?

Gagne du temps. Fais durer. Et mets de l'ordre dans tes putains de pensées. C'est pas un rêve, c'est ta vie. Un faux pas et c'est toute la fin de ton existence qui part en couille. Alors, essaye d'y voir clair dans ta tête de crétin de flic.

— Stan Weintraub, dit l'homme. Enquêteur rattaché au bureau du procureur des États-Unis, Southern District de New York.

Le FBI et le Southern District, se dit Malone.

Des agences fédérales.

Ni l'État ni les AI.

— Puisque vous m'obligez à travailler à cette heure matinale, dit O'Dell, vous pourriez au moins vous asseoir et regarder un peu la télé avec moi.

Il fait apparaître une vidéo sur l'écran de l'ordinateur.

Malone s'assoit et regarde.

Il découvre son propre visage, au moment où Mark Piccone lui tend une enveloppe en disant :

— *Votre commission pour Teddy.*
— *Merci.*
— *Vous pouvez arranger ça ?*
— *Qui pilote ?*
— *Justin Michaels.*
— *Oui, je peux sans doute arranger ça.*

Ils le tiennent.

Il entend Piccone demander :

— *Combien ?*
— *On parle d'une remise de peine ou d'un* nolle prosequi *?*
— *D'un acquittement.*
— *Entre dix et vingt mille.*
— *En comptant votre part, hein ?*
— *Oui, évidemment.*

Pris la main dans le sac.

Comment peut-on être aussi stupide, baisser sa garde parce que c'est Noël ? C'est quoi, ton problème ? Ils tenaient Piccone et il t'a piégé, ou bien ils t'avaient dans le collimateur ?

Putain, ça fait combien de temps qu'ils te surveillent ? Que savent-ils ? Juste pour Piccone ou ils ont autre chose ? S'ils savent pour Piccone, alors ils sont au courant de la combine avec Fat Teddy ? Ça veut dire que Russo et Monty sont eux aussi dans la merde.

Mais il ne s'agit pas de Pena, se dit-il.

Ne panique pas.

Sois fort.

— Tout ce que vous avez, dit-il, c'est un avocat de la défense qui me remet une commission pour lui avoir envoyé un client. Allez-y, envoyez-moi à la potence. Vous gaspillerez de la corde pour rien.

— À nous d'en décider, répond Weintraub.

— Je voulais filer un coup de main à ce Bailey. C'est un indic.

— Donc, vous avez un dossier d'informateur à son nom, dit O'Dell. On peut le consulter ?

— Il m'est plus utile vivant.

— Il vous est plus utile comme source de revenus, rétorque Weintraub.

— Ce n'est pas vous qui contrôlez la situation, dit O'Dell. Vous êtes dans le pétrin. Avec cet enregistrement, on a de quoi vous prendre votre insigne, votre flingue, votre boulot et votre retraite.

— Et vous envoyer dans une prison fédérale, ajoute Weintraub. Entre cinq et dix ans.

— Condamnation fédérale, précise O'Dell. Ça veut dire que vous effectuez 85 % de votre peine.

— Sans blague ? Je l'ignorais.

— À moins que vous préfériez aller dans une prison d'État, avec tous les gars que vous avez envoyés là-bas, dit Weintraub. Qu'est-ce que ça donnerait ?

Malone se lève et se plante devant Weintraub.

— Vous voulez jouer les gros durs avec moi ? Oubliez. Vous n'avez pas la carrure. Si vous me menacez encore une fois, je vous fais passer par la fenêtre.

— Ce n'est pas la bonne tactique, Malone, dit O'Dell.

Si, pense Malone. Joue les durs, tape fort. Ces types sont comme les petits criminels dans les rues : si vous affichez votre faiblesse, ils vous bouffent tout cru.

— Y a-t-il d'autres procureurs adjoints, à part Michaels, qui vendent des dossiers ? demande Weintraub.

O'Dell semble mécontent, ils viennent de commettre

leur première erreur. Weintraub a abattu ses cartes : ils s'intéressent aux avocats, pas aux flics.

C'était Piccone qui était dans le viseur, pas moi.

Merde alors, j'ai échappé aux AI pendant quinze ans, et je me retrouve englué dans le pétrin de quelqu'un d'autre. Il faut que je sache si Piccone est au courant ou pas.

— Demandez donc à Piccone.

— C'est à vous qu'on le demande, rétorque Weintraub.

— Qu'est-ce que vous voulez que je fasse, que je me pisse dessus ?

— On veut que vous répondiez à la question, dit O'Dell.

— Si Piccone coopère, vous connaissez déjà la réponse.

Weintraub commence à perdre patience.

— Répondez. Y a-t-il d'autres procureurs adjoints de ce district qui vendent des dossiers ?

— À votre avis ?

— Je vous demande le vôtre.

Indignation morale.

Donc, Piccone ne coopère pas. Et sans doute ne sait-il pas encore qu'il est devenu une vedette du petit écran.

— Je pense que vous le savez, dit Malone. Et je pense aussi que vous ne voulez pas savoir. Vous dites que vous voulez faire le grand ménage dans les écuries. Mais à l'arrivée, vous allez vous en prendre à quelques avocats de la défense contre lesquels vous avez une dent. Les procureurs et les juges passeront entre les mailles. Si vous en coincez un, ce sera une première.

— Des juges, avez-vous dit ?

— Réveillez-vous.

Weintraub ne répond pas.

— Nous ne sommes pas obligés d'emprunter cette voie-là, dit O'Dell.

Nous y voilà, se dit Malone. L'arrangement.

À combien de criminels ai-je proposé la même chose ?

— Vous collectez directement l'argent auprès des procureurs adjoints ? demande O'Dell. Ou bien il transite par les avocats ?

— Pourquoi ?
— Si c'est vous, vous porterez un micro. Vous les enregistrez, vous nous rapportez le fric et on le classe comme pièce à conviction.
— Je ne suis pas un mouchard.
— Dernières paroles célèbres.
— Je peux encaisser la taule.
— J'en suis sûr, dit O'Dell. Mais votre famille…
— Je vous le répète : laissez ma famille en dehors de tout ça.
— Non, à vous de laisser votre famille en dehors de tout ça. C'est vous qui les avez entraînés là-dedans. Vous. Pas nous. Que penseront vos enfants en découvrant que leur père est un escroc ? Et votre femme ? Que leur direz-vous au sujet de l'université ? Qu'ils ne peuvent pas y aller car les économies ont servi à payer vos avocats ? Papa n'a pas droit à sa retraite et les facs n'acceptent pas les coupons alimentaires ?

Malone ne répond pas.

Ce O'Dell est doué, pour un agent fédéral. Il sait sur quels boutons appuyer. Un catholique irlandais de Staten Island obligé d'utiliser des coupons alimentaires ? C'est la honte assurée pendant trois générations.

— Ne répondez pas tout de suite, ajoute O'Dell. Prenez vingt-quatre heures pour réfléchir. On sera là.

Il tend un morceau de papier à Malone.

— C'est un téléphone à carte prépayée. Sécurisé à 100 %. Si vous appelez dans les vingt-quatre heures, on organise un rendez-vous avec notre chef pour voir ce qu'on peut faire.

— Si vous n'appelez pas, ajoute Weintraub, on vient vous passer les menottes au poste, devant tous vos frères de la police.

Malone ne prend pas le morceau de papier.

O'Dell le lui glisse dans la poche de sa chemise.

— Réfléchissez.

— Je ne suis pas un mouchard.

*
* *

Malone marche vers le nord, en espérant que l'air frais va éclaircir ses pensées et lui permettre de réfléchir. Il a la nausée, à cause du stress et de la peur, des drogues et de l'alcool. Ils ont attendu, ces salopards, se dit-il. Ils ont choisi le moment favorable, ils voulaient te choper en position de faiblesse, quand tu avais déjà la tête à l'envers.

C'était la bonne tactique, celle que tu aurais employée.

Quand tu veux arrêter un type, tu essayes de le choper à l'aube, alors qu'il dort encore, tu transformes son rêve en cauchemar et tu lui arraches des aveux avant qu'il comprenne que le réveil ne va pas sonner.

Sauf que ces enfoirés n'ont pas besoin de tes aveux, ils t'ont filmé, et maintenant, ils te proposent ce que tu as proposé à une centaine de criminels. « Deviens mon indic, mon mouchard. Sors-toi du trou et balance quelqu'un d'autre. Putain de merde, tu crois qu'ils n'en feraient pas autant s'ils étaient à ta place ? »

Il s'est entendu prononcer ces paroles une centaine de fois.

Et neuf fois sur dix, ça marchait.

Malone atteint Central Park South et bifurque à l'ouest, vers Broadway. Il passe devant ce qui était autrefois le Plaza Hotel. Un des meilleurs boulots au noir qu'il ait jamais faits : surveiller du matériel de cinéma arrivé avant l'équipe de tournage. Ils l'avaient payé pour rester dans une suite, commander à bouffer, regarder la télé et mater les jolies femmes par la fenêtre.

C'est le printemps, le milieu de la matinée, et les touristes débarquent en force. Il entend le brouhaha de toutes les langues : asiatiques et européennes, l'accent de *New Yawk*. Pour lui, c'est un des bruits de la ville. C'est bizarre, étrange : toute sa vie vient de basculer au cours des deux dernières heures, et pourtant, la ville continue à vivre autour de lui, les gens vont là où ils doivent aller, ils discutent, ils s'installent en terrasse et se baladent en calèche, comme si le monde de Denny Malone ne venait pas de s'écrouler.

Il s'oblige à avaler une bouffée d'air printanier.

Et comprend que les fédéraux ont commis une deuxième erreur.

Ils l'ont relâché, ils l'ont laissé quitter cette pièce, ils l'ont laissé retourner dans le monde et prendre un peu de recul. Jamais je ne laisse partir un criminel, pas tant qu'il n'a pas appelé un avocat, se dit Malone, et même là, j'essaye de le garder avec moi, de l'empêcher de voir qu'il existe un monde en dehors de ma tronche, d'autres possibilités que celles que je tiens dans ma main.

Mais ils l'ont fait, alors profites-en.

Réfléchis.

OK, ils ont de quoi t'envoyer quatre ou cinq ans derrière les barreaux d'une prison fédérale, mais tu n'es pas sûr d'aller en taule, pense-t-il. Tu as mis du fric de côté exprès pour les urgences de ce type.

Une des premières choses qu'il a apprises – et qu'il a apprises à ses hommes –, c'est de planquer les premiers cinquante mille dollars, en liquide et facilement accessibles, en cas d'arrestation. Comme ça, vous avez toujours de quoi verser une caution et une avance à un avocat.

Tu as une chance d'échapper à une condamnation si tu tombes sur le bon procureur, le bon juge. Ces accusations sont merdiques de toute façon. La moitié des juges voudraient enterrer cette enquête, s'ils en connaissaient l'existence. Et même si tu es condamné, tu peux sans doute négocier et ramener la peine à deux ans.

Mais supposons que tu écopes des quatre ans pleins, se dit Malone. Quatre années critiques pour John, celles durant lesquelles il peut choisir un chemin ou un autre. Et Caitlin ? Malone a entendu quantité d'histoires sur les filles privées de père, qui vont rechercher cet amour auprès du premier type qu'elles rencontrent.

Non. Sheila est une super mère, et puis, il y aura toujours oncle Phil, oncle Monty et tante Donna.

Ils maintiendront les gamins dans le droit chemin.

Ils souffriront, mais ils s'en sortiront. Ce sont des Malone, des durs, et ils viennent d'un quartier où, parfois, les pères « s'en vont ». Les autres gamins ne les embêteront pas avec ça.

Quant à la fac, tout est arrangé.

Un homme gère ses affaires.

Les frais de scolarité de ses enfants sont planqués dans un trou sous la douche.

Les gars s'occuperont de Sheila, elle continuera à recevoir son enveloppe. Alors, allez vous faire foutre avec vos coupons alimentaires.

Ils ont prêté serment. Si le pire se produit, Russo se rendra chez lui chaque mois avec l'enveloppe, il emmènera son fils aux matchs, le recadrera s'il le faut, il veillera à ce qu'il marche droit.

Les mafieux prêtent le même serment, mais de nos jours, ils tiennent parole quelques mois seulement. Si l'un d'eux se retrouve à l'ombre, ou dans la tombe, sa femme se voit obligée de travailler et ses gosses ressemblent vite à des délinquants. Dans le temps, les choses étaient différentes. Aujourd'hui, c'est une des principales raisons qui poussent les mafieux à se transformer en mouchards.

Avec l'équipe, ce n'est pas pareil. Monty et Russo savent qui aller trouver pour récupérer le fric qu'il a mis de côté, et chaque *cent* reviendra à Sheila afin de lui garantir un train de vie confortable.

Et même en taule, il touchera sa part du gâteau.

Alors, tu n'as pas à t'inquiéter pour ta famille.

Claudette, tu pourras toujours lui faire parvenir du fric si elle en a besoin. Mais tant qu'elle ne touche pas à la poudre, ça ira. Elle est clean depuis presque un an maintenant, elle a son boulot, sa famille, quelques amis. Elle t'attendra peut-être, peut-être pas, mais elle s'en sortira.

Arrivé à l'extrémité sud-ouest du parc, il contourne Columbus Circle pour pénétrer dans Broadway.

Malone adore marcher dans Broadway, depuis toujours.

Le Lincoln Center reste beau, et le voilà revenu dans son secteur, sur son terrain, son territoire.

Dans ses rues.

Manhattan North.

Nom de Dieu, il adore cette rue. Depuis son passage au Deux-Quatre. Le vieil immeuble Astoria, Sherman Square, qu'ils surnommaient « Needle Park », le Gray's Papaya. Puis le vieux Beacon Theater, l'hôtel Belleclaire et l'endroit où se trouvait autrefois Nick's Burger Joint. Le Zabar's, le vieux restaurant Thalia, et la lente montée vers le nord.

Il n'a pas peur d'aller en prison. Certes, il y aura des détenus qui voudront se venger, des types coriaces, mais je suis plus coriace qu'eux. Et je ne serai pas pris au dépourvu. Quelle que soit la prison dans laquelle ils m'envoient, les Cimino m'organiseront un comité d'accueil. Personne ne s'en prend aux types liés à la mafia.

En supposant que j'aille en taule.

Dans un cas comme dans l'autre, tu perdras ton boulot. Si tu n'es pas viré à cause des poursuites pénales, la commission de discipline s'en chargera. Le jeu est truqué. Le chef de la police ne perd jamais. S'il veut te foutre dehors, tu sors.

Plus d'arme, plus d'insigne, pas de retraite, pas de boulot et aucune autre police dans tout le pays ne voudra entendre parler de toi.

Qu'est-ce que je vais foutre, nom de Dieu ?

Il ne sait rien faire d'autre. Il a toujours été flic, il n'a jamais voulu exercer un autre métier.

Et maintenant, c'est terminé.

Cette constatation le frappe comme un coup de poing au visage. Je ne serai plus flic.

À cause d'un seul moment de stupidité, de connerie, de négligence, un après-midi de Noël, je ne serai plus jamais flic.

Je pourrai peut-être me faire engager dans une société de protection ou dans une agence de détectives privés, pense-t-il. Avant de rejeter cette idée. Il ne veut pas être un faux flic, un *has been*, et ce genre de boulot lui ferait côtoyer de vrais flics qui auraient pitié de lui, le regarderaient de haut, et qui, au minimum, lui rappelleraient ce qu'il avait été et ne serait plus.

Mieux vaut couper les ponts, faire quelque chose de totalement différent.

Il a de l'argent à la banque, et il en aura beaucoup plus quand ils vendront la came de Pena.

Je peux monter une affaire, pense-t-il. Pas un bar – tous les anciens flics le font –, mais autre chose.

Quoi alors, Malone ? se demande-t-il.

Quel genre de putain d'affaire, hein ?

Que dalle, pense-t-il.

Tu sais juste être flic.

Alors, il retourne au travail.

10

— Où tu étais passé ? lui demande Russo.
Malone regarde sa montre.
— Patrouille de midi, je suis à l'heure.
Oui, il est à l'heure, mais il a la tête qui tourne, nom de Dieu. Et il a la gueule de bois. L'alcool, la drogue, le sexe, la peur.
Ils le tiennent par les couilles et il ne sait pas quoi faire.
— Je ne parle pas de ça, dit Russo. Tu ne t'es pas changé. Tu pues l'alcool, l'herbe et la chatte. La chatte de luxe, mais n'empêche...
— J'étais chez ma copine. Ça te va ?
C'est le premier mensonge.
À son collègue, son meilleur ami, son frère.
Dis-lui, pense-t-il. Emmène-les dans la ruelle, Monty et lui, et dis-leur. Tu as la bite coincée dans l'affaire Piccone, tu vas trouver une solution, ils n'ont pas à s'inquiéter.
Mais il ne le fait pas.
— Tu es allé chez ta copine ?
Russo éclate de rire.
— Dans cet état ? Comment ça s'est passé ?
— Comme tu l'imagines. Maintenant, si ça ne t'ennuie pas, maman, j'avais prévu de prendre une douche ici et de me changer.
S'il a une sale tête, Levin est encore pire. Assis sur le banc, penché en avant, il essaye de lacer ses chaussures, mais ça semble au-dessus de ses forces. Il lève la tête et aperçoit Malone. Son visage est blême.

Coupable.

Un criminel avant son procès.

Levin fera un bon flic, se dit Malone, mais il ne sera jamais un agent infiltré. Il ne sait pas dissimuler son sentiment de culpabilité.

— Les soirées bowling, c'est pas pour les gonzesses, dit Malone.

— Ça dépend lesquelles, plaisante Russo. Mais ça, tu l'as compris, hein ?

— J'ai pas envie d'en parler, lâche Levin.

— Pauvre Emily, dit Russo.

— Amy.

— Comme dans « Dites rien à Amy », lance Monty.

— Qu'est-ce que ça change ? dit Russo. T'en fais pas, Dave… tout ce qui se passe à Manhattan North reste à Manhattan North. Non, ça c'est pour Las Vegas. Ce qui se passe à Manhattan North, on le raconte à tout le monde.

Malone va prendre une douche, il avale deux amphètes, puis enfile une chemise en jean et un jean noir.

Quand il ressort, Russo lui annonce :

— Sykes veut te voir.

Malone monte dans le bureau du capitaine.

— Vous avez une sale tête, dit Sykes. Vous êtes allé faire la fête ?

— Vous devriez en faire autant. Vous avez bouclé l'affaire Gillette/Williams, vous avez desserré le nœud coulant, le *Post* et le *News* mouillent pour vous.

— Le *Amsterdam News* me traite d'Oreo.

— Ça vous embête ?

— Pas vraiment.

Mais Malone sait que si.

— Je me réjouis au sujet de Gillette/Williams, dit Sykes, mais ça ne résout pas le problème dans son ensemble. Au contraire, ça ne fait que l'aggraver… Si Carter achète ces armes, il va riposter et ça va faire mal.

— Je lui ai parlé, dit Malone.

— Vous avez fait quoi ?

— Je l'ai rencontré par hasard, alors j'en ai profité pour lui demander de renoncer.

— Et ?

— Vous avez raison. Il refuse.

Encore des mensonges par omission. Il ne dit pas à Sykes qu'il sait, avec certitude, qu'un de ses inspecteurs est à la solde de Carter et sert d'intermédiaire dans cette vente d'armes. Il ne peut pas le lui dire, car Sykes passerait les menottes à Torres. Alors, il ajoute simplement :

— On est sur le coup.

— Pouvez-vous être un peu plus précis ?

— On est en train d'installer une vidéosurveillance au 3803 Broadway, là où on pense que Teddy Bailey va organiser la transaction.

— Ça peut nous permettre de coincer Carter ?

— Sans doute pas. Vous voulez les armes ou vous voulez Carter ?

— Les unes d'abord, l'autre ensuite.

— Si on met la main sur les armes, Carter est condamné.

— Je veux qu'on l'arrête, dit Sykes, pas qu'il se fasse tuer par Carlos Castillo.

— Quelle importance ?

— Je ne veux pas que la Task Force donne le sentiment d'agir pour le compte d'un réseau de trafiquants contre un autre. On est à New York, pas au Mexique.

— Nom de Dieu, capitaine. Vous voulez ces armes, oui ou non ? Nous savons très bien tous les deux que DeVon Carter ne s'en approchera pas, de près ou de loin. Comme nous savons que la liquidation de ces affaires de meurtre va vous faire gagner un peu de temps, mais pas beaucoup, avant que One P recommence à vous emmerder.

— Récupérez ces armes, dit Sykes. Mais n'oubliez pas que votre équipe est le fer de lance de la Task Force et non un électron libre qui fait ce qu'il veut.

— Ne vous inquiétez pas, répond Malone. Quand on passera à l'action, vous serez informé.

Vous pourrez lancer le ballon en l'air après le *touchdown*.

Mais il vaut mieux que vous ne sachiez pas comment je vous conduis vers l'en-but.

Il descend au rez-de-chaussée et tombe dans une sale embuscade.

Claudette.

Deux agents en uniforme la tiennent par les coudes pour tenter, en douceur, de lui faire quitter le hall, mais elle résiste.

— Où est-il ? demande-t-elle. Où est Denny ? Je veux voir Denny !

Malone découvre la scène en franchissant la porte.

Elle fait une crise de manque. Elle s'est shootée et tremble maintenant de partout, ses nerfs lui en font baver.

Elle aussi l'a vu.

— Où tu étais ? Je t'ai cherché partout hier soir. Je t'ai appelé. Tu n'as pas répondu. Je suis allée chez toi, tu n'y étais pas.

La plupart des agents en uniforme semblent atterrés et effrayés. Deux d'entre eux affichent un petit sourire en coin, jusqu'à ce que Monty pose son regard sur eux.

— Je m'en occupe, dit Malone.

Il reprend Claudette aux deux agents.

— Viens, sortons d'ici.

Mais elle déploie cette force que la démence confère aux gens, et elle refuse de bouger.

— C'est qui, cette fille ? demande-t-elle. Tu sens la chatte, salopard. La chatte de blanche. Une pute ?

L'officier de permanence se penche par-dessus son comptoir.

— Denny…

— Je sais ! Je m'en occupe !

Il saisit Claudette par la taille et l'entraîne vers la sortie, tandis qu'elle hurle et se débat.

— Tu ne veux pas que tes copains me voient, enfoiré ? Tu as honte de moi devant tes flics ? Vous savez quoi ?

Il me baise ! Je le laisse même me prendre par-derrière quand il veut ! Dans mon cul de négresse !

Sykes s'est arrêté dans l'escalier.

Pour regarder.

Malone parvient à faire sortir Claudette dans la rue. Des flics en civil viennent voir le spectacle.

— Monte dans la voiture, ordonne-t-il.

— Va te faire foutre.

— Monte dans cette putain de bagnole !

Il la pousse sur le siège passager, claque la portière, fait le tour de la voiture et s'installe au volant. Il appuie sur le bouton de verrouillage, remonte les manches de Claudette et découvre les traces de piqûre.

— Nom de Dieu, Claudette !

— Je suis en état d'arrestation, monsieur l'agent ? Oh ! Seigneur, qu'est-ce que je peux faire pour ne pas aller en prison, monsieur l'agent ?

Elle ouvre la braguette de Malone et se penche en avant.

Il la repousse.

— Arrête !

— Tu n'arrives pas à bander ? Ta pute t'a vidé ?

Il lui pince le menton entre le pouce et l'index.

— Écoute-moi. Écoute-moi ! Je ne peux pas accepter ça. Tu ne peux pas venir ici.

— Parce que tu as honte de moi.

— Parce que c'est mon lieu de travail.

Claudette s'effondre.

— Je suis désolée, Denny. J'étais perdue. Tu m'as laissée. Tu m'as abandonnée.

Une explication en même temps qu'une accusation.

Il comprend.

Quand un junkie pénètre seul dans une ruelle avec la maladie, seule la maladie en ressort.

— Quelle quantité tu t'es injectée ?

Il a peur, il est face à un nouveau monde, inconnu : les dealers mélangent du fentanyl à l'héroïne, un cocktail quarante fois plus puissant, et si elle en a consommé une simple dose, elle risque de faire une overdose. C'est l'hécatombe chez les junkies, ils meurent comme les homos à la pire époque du sida.

— Suffisamment, je suppose, répond-elle.

Et elle répète :

— Tu m'as abandonnée, trésor. Je ne pouvais pas le supporter, alors, je suis sortie m'acheter de la came.

— Qui t'a piquée ?

Elle secoue la tête.

— Tu vas lui faire du mal.

— Non, je te le promets. Qui ?

— Qu'est-ce que ça change ? Tu crois que tu peux menacer tous les dealers de New York ?

— Tu crois que je ne peux pas trouver qui c'est ?

— Alors, trouve-le. J'ai mal, trésor.

Il la ramène chez elle. Avant de monter, il prend un sachet de poudre sous le tableau de bord.

— Va te shooter dans la chambre, dit-il. Je ne veux pas voir ça.

— C'est la dernière fois, trésor. Ils me fileront des trucs pour la descente à l'hôpital, je connais un médecin. Je vais décrocher, je te promets.

Il s'assoit sur le canapé.

Si je vais en taule, pense-t-il, elle mourra.

Seule, elle ne tiendra pas.

Claudette revient quelques minutes plus tard.

— Je suis fatiguée. J'ai envie de dormir.

Malone l'allonge sur le canapé, se rend dans la salle de bains, s'agenouille devant la cuvette des toilettes et vomit. Violemment, jusqu'à ce qu'il ne crache plus que de la bile et des haut-le-cœur. Assis sur le carrelage noir et blanc, il tend la main vers le lavabo pour prendre un gant de toilette avec lequel il essuie son visage en sueur et sa nuque.

Il se brosse les dents afin de faire disparaître l'odeur de vomi.

Après quoi, il sort son portable et compose un numéro.

Tout de suite, il entend :
— Allô.
O'Dell devait être assis à côté de son téléphone, ce salopard si content de lui. Sachant que j'allais céder.
Malone dit :
— Je vous donnerai des avocats. Mais aucun flic, OK ? Jamais je ne vous livrerai mes frères.

11

Sykes lui fait signe de monter à l'instant même où il rentre au poste.

Dans son bureau, le capitaine demande :

— Avez-vous déjà entendu parler du délit de « viol par une personne ayant autorité » ?

— Non.

— Par exemple, si une personne en position de pouvoir, disons un inspecteur de police, a une relation sexuelle avec une personne soumise à ce pouvoir, disons un informateur, il s'agit d'un viol par une personne ayant autorité. Un crime puni d'une peine d'emprisonnent qui peut aller de dix ans à la perpétuité.

— Ce n'est pas une indic.

— Elle était défoncée.

— Ce n'est pas une indic, répète Malone.

— Alors, qui est-ce ? demande Sykes.

— Ça ne vous regarde pas.

— Si une femme vient faire une scène sordide dans le hall de mon poste, justement, ça me regarde. Je ne peux tolérer que la vie personnelle d'un de mes inspecteurs fasse honte à la police. Vous êtes marié, je crois, sergent Malone ?

— Séparé.

— Cette femme réside à Manhattan North ?

— Oui.

— Le fait que vous ayez une relation avec une femme

qui réside dans votre périmètre d'intervention est une conduite indigne d'un officier de police. Pour le moins.
— Portez plainte.
— Je le ferai.
— Non, vous ne le ferez pas. Car je viens de régler cette grosse affaire de merde, votre carrière est repartie sur de bons rails et vous n'allez pas ternir votre image de capitaine.

Sykes le foudroie du regard et Malone sait qu'il a raison.
— Laissez vos embrouilles personnelles à la porte de mon poste, sergent Malone.

Malone et Russo roulent dans Broadway au nord de la 158ᵉ.
— Tu veux en parler ? demande Russo.
— Non, dit Malone. Mais toi, oui, et tu vas le faire, alors vas-y.
— Une Noire qui a un problème de drogue ? Ce n'est pas bon, Denny, surtout compte tenu du contexte racial sensible, dirons-nous.
— Je vais régler ça.
— Tu veux dire par là que tu vas y mettre fin ?
— Je veux dire par là que je vais régler ça. Fin de la discussion.

À cet endroit, Broadway se sépare en deux voies, nord et sud, avec une rangée d'arbres au milieu, et la quincaillerie située sous la planque de Carter du côté ouest.
— Un premier étage sans ascenseur, dit Russo. Fat Teddy ne doit pas aimer ça.

Il se gare devant un distributeur de billets du côté est de la rue, ils descendent de voiture et font semblant de retirer de l'argent, mais en réalité ils observent Babyface qui entre dans la boutique d'alcool voisine de la quincaillerie.

Il en ressort cinq minutes plus tard avec un pack de six Colt 45 qu'il tend à Montague.

Malone et Russo traversent Broadway pour entrer dans

un *diner*. Un quart d'heure plus tard, Montague entre à son tour et s'assoit devant Malone.

— Vas-y, dit celui-ci, je t'écoute.

— Qu'est-ce que tu veux que je te dise ? répond Monty.

Une lueur espiègle brille dans ses yeux, mais Malone perçoit le sérieux derrière.

— Moi aussi, je préfère les Noires.

— C'était une sacrée scène, dit Russo.

— J'admire tes goûts en matière de femmes, ajoute Monty. Sincèrement. Mais avec toute la pression qu'on a sur les épaules en ce moment, on n'a pas besoin d'attirer l'attention encore plus.

— J'ai dit à Russo que j'allais régler ça.

— Et je te crois, dit Monty. Concernant une affaire plus urgente, le Chaldéen tient à conserver sa licence de débit d'alcool. Je lui ai expliqué qu'il venait d'en vendre à un mineur. Il ne connaît pas Carter, apparemment, et je lui ai dit qu'on voulait juste utiliser sa réserve pendant quelques semaines, et que tout serait pardonné.

Malone se lève.

— Foutons le camp d'ici.

Ils regagnent leur voiture et regardent Levin entrer dans la boutique. Il y reste trois quarts d'heure. Puis il les rejoint et Russo démarre.

— On peut percer un trou dans le placo, explique Levin, faire monter un câble jusqu'au premier, et comme ça, on écoutera tout ce qui se passe dans le bureau de Carter.

— Et pour les tours de garde ? demande Russo. Teddy nous connaît, Malone, Monty et moi, et tu ne peux pas faire du vingt-quatre heures sur vingt-quatre sept jours sur sept.

— Vous êtes des Néandertaliens de la technique. Une fois qu'on aura installé le câble, je peux gérer la surveillance sur mon ordinateur portable, n'importe où à proximité d'une source wi-fi. Autant dire partout. Et puis, pas besoin de s'y coller vingt-quatre heures sur vingt-quatre sept jours sur sept, uniquement quand Teddy débarque.

— Merde au cul pourra nous renseigner, dit Malone. Levin, tu es sûr de vouloir faire ça ? On n'a pas de mandat, c'est totalement illégal. Si on se fait choper, tu perds ton insigne, tu peux même te retrouver en taule.

Levin sourit.

— Ne dites rien à Amy, c'est tout.

Russo demande à Malone :

— Tu retournes au poste ?

— Non, faut que j'aille dans le centre. Je dois me préparer pour l'audition de Fat Teddy.

— Bonne chance.

— Ouais.

Stupide ironie de toute cette histoire. Pour empêcher la vente d'armes, ils doivent éviter la prison à Fat Teddy, il faut qu'il reste dans les rues, et s'ils l'avaient su avant, ils auraient pu le laisser en liberté sans avoir à acheter ce dossier.

Et tout ce merdier avec les fédéraux ne serait pas arrivé.

À présent, il est contraint d'acheter le dossier pour ne pas aller en taule.

Il a envie de vomir.

Arrête de te lamenter sur ton sort, se dit-il.

Ressaisis-toi et fais ce que tu as à faire.

Malone trouve Merde au cul sur Amsterdam Avenue, qu'il remonte de sa démarche sautillante de junkie, au niveau de la 133e. Il s'arrête à sa hauteur.

— Monte.

Il avait oublié que son indic puait autant.

— Nom de Dieu…

— Quoi ?

Merde au cul est détendu, heureux.

Il a dû se procurer sa dose.

— Tu ne vas jamais aux toilettes ?

— J'ai pas de toilettes.

— T'as qu'à en emprunter.

Malone baisse les vitres.

— Tu connais une infirmière qui se fournissait dans le coin ? Une certaine Claudette ?

— Une *sister* ? Très jolie ?

— Oui.

— Je l'ai vue.

— Qui est son dealer ?

— Un gars qui s'appelle Frankie.

— Un Blanc ? Du côté de Lincoln Playground ?

— Lui-même.

Malone lui donne un billet de vingt.

— Les Blancs sont radins.

— C'est pour ça qu'on a du fric. Allez, descends.

— Les Blancs sont malpolis aussi.

— Je suis obligé de rendre cette bagnole maintenant, pour en prendre une propre.

— Tu es blessant. Oui, un salopard blessant.

— Appelle-moi.

— Radin, malpoli et blessant.

— Dehors.

Merde au cul descend de voiture.

Frankie est assis sur le banc métallique de la cellule située au fond du couloir.

Malone l'a embarqué et l'a conduit au Trois-Deux, pas à Manhattan North. Et il l'a laissé poireauter un moment pour faire monter le stress. La cellule empeste la pisse, la merde, le vomi, la peur, le désespoir et une forte dose d'eau de Cologne Axe que Frankie a certainement fauchée chez Duane Reade.

Malone ouvre la porte et entre.

— Non, ne te lève pas.

Frankie a la trentaine, le crâne rasé, des tatouages qui lui recouvrent entièrement les bras et d'autres dans le cou.

Malone remonte ses manches.

Frankie remarque son geste.

— Vous allez me tabasser ?

— Tu te souviens d'une certaine Claudette ? Tu lui as vendu de la poudre aujourd'hui ?

— Oui, je crois.

— Tu crois ? Tu savais qu'elle était clean car tu ne l'avais pas vue depuis un moment, pas vrai ?

— Ou bien elle allait ailleurs.

— Toi aussi tu es un junkie ?

— Oui.

— Donc, tu deales pour t'acheter ta came ?

— En quelque sorte.

Frankie tremble.

— Tu sais pourquoi ils t'ont mis dans cette cellule précisément ? Parce qu'elle est à l'abri de la caméra de surveillance. Et tu sais comment c'est de nos jours : s'il n'y a pas d'images, ça n'existe pas.

— Oh ! nom de Dieu.

— Dieu n'est pas là. Il n'y a que moi. Et la différence entre Lui et moi, c'est qu'Il est du genre à pardonner, alors qu'en ce qui me concerne je n'ai pas une once de pardon en moi.

— La vache, elle a fait une OD ?

— Non. Si ça avait été le cas, tu ne serais même pas arrivé jusqu'ici. Alors, écoute-moi bien, Frankie. Regarde-moi et écoute-moi...

Frankie lève les yeux.

— Je lui ai promis de ne pas te faire de mal. Ils vont donc te relâcher après mon départ. Mais écoute-moi, Frankie. La prochaine fois que tu la vois, tu cours, tu ne marches pas, tu *cours* dans la direction opposée. Si jamais tu lui revends de la came, je te retrouverai et je te tabasserai à mort. Et tu sais maintenant que je tiens mes promesses.

Malone ressort de la cellule.

12

Isobel Paz, procureure du Southern District de New York, est une tueuse.

Une putain de tueuse, se dit Malone.

Peau couleur caramel, cheveux noir corbeau, rouge à lèvres écarlate sur une grande et fine bouche. La petite quarantaine sans doute, mais paraissant plus jeune. Elle entre dans la pièce vêtue d'une veste stricte sur une jupe moulante.

Une tueuse en escarpins.

Ils sont de retour au Waldorf.

Paz a pris soin d'arriver la dernière.

Comme chez les mafieux, pense Malone. Le boss arrive toujours le dernier dans une réunion. Il fait attendre les autres, il établit la hiérarchie. Ces salopards ne sont pas différents.

Très vieille école, Malone se lève.

Paz ne lui tend pas la main. Elle se contente de dire :

— Isobel Paz, procureure.

— Denny Malone. Inspecteur du NYPD.

Elle ne sourit pas non plus. Elle lisse sa jupe et s'assoit en face de lui.

— Asseyez-vous, sergent Malone.

Il s'exécute. Weintraub enclenche un magnétophone numérique. O'Dell tend une tasse de café à Paz comme s'il lui offrait ses couilles sur un plateau, puis s'assoit à son tour.

Voilà, on est tous autour de cette putain de table, se dit Malone.

Et maintenant ?

Paz prend la parole :

— Que les choses soient bien claires, sergent Malone. Pour moi, vous n'êtes pas un héros. Vous êtes un criminel qui touche des pots-de-vin d'autres criminels. Cela afin qu'il n'y ait pas de malentendu entre nous.

Malone ne répond pas.

— Je serais ravie de vous envoyer derrière les barreaux pour avoir trahi votre serment, votre insigne et la confiance du public, ajoute Paz, mais nous traquons des cibles plus haut placées. Par conséquent, je vais me pincer le nez et coopérer avec vous.

Elle ouvre un dossier.

— Mettons-nous au travail. Vous ferez une déclaration dans laquelle vous avouerez tous les crimes que vous avez commis jusqu'à présent. Si vous mentez, par omission ou commission, notre arrangement sera déclaré nul et non avenu. Si vous commettez d'autres crimes en dehors du champ de cette enquête, sans avoir obtenu notre accord spécifique, notre arrangement sera déclaré nul et non avenu. Si vous vous parjurez dans n'importe quelle déposition écrite rédigée sous serment ou au cours d'un témoignage, notre arrangement sera déclaré nul et non avenu. Vous comprenez ?

— Je ne dénoncerai pas de flics.

Paz se tourne vers O'Dell et Malone le voit sur sa figure : il ne lui a pas parlé de cet aspect du deal. O'Dell, assis de l'autre côté de la table basse lui aussi, le regarde.

— Nous discuterons de cette question le moment venu.

— Non, dit Malone. Il n'y a pas à discuter.

— Dans ce cas, vous irez en prison, dit Paz.

— Dans ce cas, j'irai en prison.

Et je vous emmerde.

— Vous pensez que c'est une plaisanterie, sergent Malone ? demande la procureure.

— Vous voulez que je vous donne des avocats ? Je me pincerai le nez et je coopérerai avec vous. Si vous me demandez d'agir contre des flics, vous pouvez aller vous faire foutre.

— Arrêtez le magnétophone, ordonne Paz à Weintraub, sans quitter Malone des yeux. Vous me confondez peut-être avec un de vos habituels branleurs du Southern District sortis des écoles privées. Je suis une représentante du South Bronx, un quartier plus dur que celui d'où vous venez, *hijo de puta*. Je suis née dans une famille de six enfants, mon père travaillait dans des cuisines, ma mère fabriquait des contrefaçons pour les Chinois de *downtown*. J'ai étudié à Fordham. Alors si vous me faites chier, espèce de trou du cul, je vous envoie dans un pénitencier fédéral de haute sécurité où vous baverez votre porridge en moins de six semaines. *Compréndé, puñeto ?* Remettez le magnétophone.

Weintraub obéit.

— Cet enregistrement sera archivé en lieu sûr et accessible uniquement aux personnes assises autour de cette table, reprend Paz. Aucune transcription ne sera faite. L'agent O'Dell résumera la procédure dans un rapport, auquel auront accès uniquement les personnes autorisées du Southern District, de l'État de New York et du FBI.

— Ce 302 pourrait me faire tuer, dit Malone.

— Je garantis sa confidentialité, répond O'Dell.

— Oui, bien sûr. Parce qu'il n'y a aucun agent fédéral corrompu, ironise Malone. Aucun avocat qui ne paye plus les traites de sa maison, aucune secrétaire dont le mari ne verse plus la…

Paz le coupe :

— Si vous connaissez des noms…

— Je ne connais pas de noms, mais je sais que les 302 ont la sale manie de se retrouver dans certains cercles, à côté des tasses d'expresso, et que s'il n'y a pas de transcription, c'est pour que le Bureau puisse arranger à sa sauce ce que j'ai dit.

Paz pose son stylo.

— Voulez-vous faire cette déclaration ou pas ?

Malone soupire.

— Oui.

Pas de déclaration, pas de deal.

Elle lui fait prêter serment. Malone jure de dire la vérité, toute la vérité, rien que la vérité…

— Vous avez visionné un document où l'on vous voit en train d'accepter de l'argent pour avoir adressé un accusé à un avocat, dit Paz. Reconnaissez-vous les faits ?

— Oui.

— Par ailleurs, vous semblez prendre part à une opération de corruption d'un procureur, afin qu'il intervienne en faveur de cet accusé. Est-ce exact ?

— Oui.

— Est-ce ce qu'on appelle « acheter un dossier » ?

— C'est mon expression.

— Combien de fois, demande Paz, avez-vous « acheté un dossier » ou facilité une telle transaction ?

Malone hausse les épaules.

Paz lui lance un regard chargé de dégoût.

— Il y en a tellement que vous avez perdu le compte ?

— Vous mélangez deux choses. Parfois, je recommande un avocat à un suspect contre une commission. Et parfois, je facilite un contact avec un procureur pour acheter un dossier, et dans ce cas-là, le procureur me verse un dessous-de-table.

— Merci pour ces clarifications, dit Paz. Combien de commissions avez-vous acceptées de la part d'avocats de la défense ?

— Au fil des ans ? Des centaines, peut-être.

— Et de la part des procureurs qui ont été achetés ?

— Vingt ou trente. En tout.

— Est-ce vous qui remettez l'argent aux procureurs ? demande Weintraub.

— Parfois.

— Combien de fois ? demande Paz.

— Vingt ?
— C'est une question ou une réponse ?
— Je n'ai pas compté.
— J'en suis sûre, dit Paz. Donc, une vingtaine de fois. Je veux des noms. Je veux des dates. Je veux tout ce dont vous vous souvenez.

Ce sera une ligne franchie, se dit Malone. Si je commence à livrer des noms, impossible de revenir en arrière.

Je serai un mouchard.

Il commence par les affaires les plus anciennes, il leur donne des personnes dont il sait qu'elles ont pris leur retraite ou changé de métier. La plupart des procureurs ne restent pas longtemps dans cette profession, ils s'en servent comme d'un apprentissage pour bifurquer vers celle, plus lucrative, d'avocat de la défense. Cela les freinera sans doute dans leur carrière, mais pas autant que ceux qui exercent toujours ce métier.

— Mark Piccone ? demande O'Dell.
— J'ai touché de l'argent de Piccone, avoue Malone.

Forcément, ils ont tous vu l'enregistrement.

— C'était la première fois ? demande Paz.
— Est-ce que ça ressemblait à la première fois ? Je dirais que j'ai recommandé Piccone une bonne dizaine de fois.
— Combien de fois avez-vous remis des pots-de-vin de sa part à des procureurs ?
— Trois.
— Tous destinés à Justin Michaels ? demande Paz.

Michaels est du menu fretin, se dit Malone, pourquoi se donner tout ce mal pour une petite magouille merdique ? Michaels n'est pas un mauvais bougre, il prend du fric dans des affaires mineures qui de toute façon ne déboucheront sur rien. Mais dans les dossiers d'agressions, de vols et de viols, il est réglo.

Pourtant, ils vont le coincer.

Non, non, se dit Malone, c'est *toi* qui vas le coincer.

Mais merde, ils savent déjà.

Il répond :

— Deux étaient destinés à Michaels.
— Pour quelles affaires ? demande Weintraub.
Il est furieux.
— Une affaire de drogue, une livre de coke. Un nommé Mario Silvestri.
— L'enfoiré, crache Weintraub.
Ce qui arrache un sourire à Paz.
— Et l'autre affaire ? demande Weintraub.
— Une inculpation bidon pour possession d'arme. Un dealer de coke qui s'appelait... J'ai oublié son vrai nom, mais son surnom, c'était Long Dog. Clemmons, peut-être.
— DeAndre Clemmons, dit Weintraub.
— Oui, voilà. Michaels a saboté la chaîne des pièces à conviction et le juge les a rejetées au cours de l'audience préliminaire. Vous voulez le nom du juge ?
— Plus tard, répond O'Dell.
— Ouais, plus tard, répète Malone. Et je parie que, bizarrement, ça ne se retrouvera pas dans le 302.
— Donc, on a Silvestri et Clemmons, résume Paz. Et maintenant, Bailey.
— Vous n'auriez jamais réussi à faire condamner ces types, de toute façon. Alors quelle importance si, pour une fois, ce ne sont pas les dealers qui gagnent un peu de fric ?
— Vous voulez vraiment essayer de justifier ça ? demande Paz.
— Je dis juste qu'on a collé une amende de quelques milliers de dollars à ces criminels, et que vous n'auriez pas pu en faire autant.
— Donc, vous rendez la justice ?
Et comment, se dit Malone. Bien mieux que le « système ». Je rends la justice dans la rue quand je tabasse un salopard qui a agressé sexuellement un enfant. Je la rends au tribunal quand je « témoigne » contre un dealer d'héroïne que vous n'auriez jamais réussi à faire condamner sans mon mensonge. Et oui, je rends la justice quand je fais cracher à ces ordures du fric que vous n'auriez jamais pu leur soutirer.

253

Il répond :

— Il existe différentes formes de justice.

— Et je suppose que vous donnez cet argent à des œuvres caritatives ? ironise Paz.

— Une partie.

De temps à autre, il envoie une enveloppe pleine de fric à St. Jude's, mais ces enfoirés n'ont pas besoin de le savoir. Il ne veut pas voir leurs sales pattes s'approcher de quelque chose de propre.

— Qu'avez-vous fait d'autre ? demande Paz. J'ai besoin d'aveux complets.

Nom de Dieu.

C'est Pena.

Tout ça, c'est un piège pour en arriver à Pena.

Vous croyez que je vais cracher le morceau ? Vous me prenez pour un junkie dans une salle d'interrogatoire, prêt à tout raconter, rien que pour s'enfiler sa dose ?

— Si vous posez des questions, j'y répondrai.

— Avez-vous déjà volé des dealers ? demande Paz.

Oui, il s'agit bien de Pena, pense Malone. S'ils savent quelque chose, ils vont insister. Alors, reste bref, ne leur donne pas d'ouverture.

— Non.

— Avez-vous déjà saisi de la drogue ou de l'argent que vous n'avez pas enregistrés ? demande Paz.

— Non.

— Avez-vous déjà vendu de la drogue ?

— Non.

— Vous n'avez jamais remis de la drogue à un indicateur ? Sur le plan juridique, cela s'apparente à de la vente.

Il faut que je leur donne quelque chose.

— Si, ça m'est arrivé.

— S'agit-il d'une pratique courante ?

— Pour moi, oui. C'est une façon d'obtenir des informations qui permettent d'arrêter les individus que je vous envoie.

Et avez-vous déjà vu un junkie souffrir ? Un drogué

en manque ? Il tremble, il se crispe, il supplie, il pleure. Vous aussi, vous lui fileriez sa dose.

— Est-ce une pratique courante chez les autres policiers ? veut savoir Paz.

— Je ne parle que pour moi-même. Pas pour les autres flics.

— Mais vous savez.

— Question suivante.

— Avez-vous déjà tabassé un suspect afin d'obtenir des informations ou des aveux ?

Vous vous foutez de moi ? Je leur ai carrément défoncé la gueule, oui.

— Je n'emploierais pas le terme « tabasser ».

— Que diriez-vous, alors ?

— Écoutez, il a pu m'arriver de gifler un type. Ou de le pousser contre un mur. Mais c'est tout.

— Rien d'autre ? demande Paz.

— Qu'est-ce que je viens de dire ? Vous me posez des questions, mais vous ne voulez pas connaître les réponses. Vous voulez vivre dans l'Upper East Side, le Village ou à Westchester, sans que la merde dégouline dans vos beaux quartiers. Et vous ne voulez pas savoir comment on empêche ça. Vous voulez juste que je fasse le boulot pour vous.

— Et vos collègues ? insiste Paz. Vos équipiers ? Ils trempent dans la vente de dossiers eux aussi ?

— Je ne parlerai pas de mes équipiers.

— Allons, fait Weintraub, vous espérez nous faire croire que Russo et Montague ne sont pas dans la combine ?

— Je me fiche de ce que vous voulez croire au ou pas.

— Vous gagnez ce fric tout seul ? Ils n'ont pas droit à leur part ? Vous êtes un drôle d'équipier.

Malone ne répond pas.

— À première vue, c'est impossible à croire, dit Weintraub.

— L'arrangement repose sur des aveux complets, ajoute Paz.

— J'ai pourtant été suffisamment clair. Je ne parlerai pas des autres flics. Je vais vous dire ce que vous avez, *chica*. Vous avez un avocat de la défense qui verse un bakchich, vous avez un flic qui se vante de pouvoir acheter un dossier. Vous pouvez faire rayer Piccone du barreau, vous pouvez me prendre mon insigne, et peut-être m'envoyer à l'ombre pour deux ou trois ans. Mais vous et moi, on sait bien que vos boss, en voyant ça, vont demander : *C'est tout ce qu'on a pour notre argent ?* Et vous aurez l'air d'une conne.

» Alors, laissez-moi vous expliquer comment ça va se passer. C'est simple comme bonjour. Je vous donne Michaels. Je vous donne quelques avocats et un ou deux procureurs. Je veux bien même ajouter deux juges, si vous avez les couilles. En échange, je ressors libre. Pas de séjour en prison. Je garde mon insigne et mon arme.

Sur ce, Malone se lève, marche vers la porte et mime un téléphone avec son pouce et son auriculaire. *Appelez-moi.*

Il attend l'ascenseur quand O'Dell sort dans le couloir.

La discussion a été brève.

— OK, dit-il. Marché conclu.

Évidemment, pense Malone.

Car tout le monde est à vendre.

Il suffit de trouver la bonne devise.

Claudette est malade.

Nez qui coule, tremblements, douleurs jusque dans les os. Malade comme une junkie.

Malone doit cependant lui reconnaître ce mérite : au moins, elle tente de se désintoxiquer encore une fois.

Mais elle le détrompe très vite.

— Je voulais m'acheter ma dose, mais je n'ai pas trouvé mon dealer. Tu t'es occupé de lui ?

— Je ne lui ai pas fait mal, si c'est ce que tu veux savoir. Tu as demandé à un médecin de te donner quelque chose ? Sinon, je connais un gars qui...

— Un traumatologue m'a donné du Robaxin.
— Tu n'as pas peur qu'il te dénonce à l'administration ?
— Après ce que je l'ai vu faire ?
— Et ça te fait du bien ?
— Tu as l'impression que ça me fait du bien ?

Il met de l'eau dans la bouilloire pour lui préparer une infusion. Ça n'aura absolument aucun effet, mais ça la réchauffera peut-être un peu.

— Laisse-moi t'emmener au centre de désintox.
— Non.
— Je m'inquiète pour toi.
— C'est inutile. Les alcooliques meurent à cause du sevrage, pas les héroïnomanes. On est juste malades. Puis on se remet et ensuite on replonge.
— C'est ça qui m'inquiète.
— Si j'avais voulu recommencer, je l'aurais fait.

Elle finit l'infusion. Malone l'enroule dans une serviette et la prend dans ses bras, il la berce tel un bébé.

Si ça arrivait à un autre type, il lui dirait de larguer cette femme. Avec une junkie, tu organises des funérailles comme si elle était morte, tu la pleures et tu passes à autre chose car la personne que tu as connue n'existe plus.

Mais il est incapable de le faire avec Claudette.

13

Le lendemain matin, Malone pénètre chez Rand, non loin du tribunal, avec un exemplaire du *New York Post* sous le bras. Quelques minutes plus tard, Piccone se glisse dans le box en face de lui, et dépose le *Daily News* sur la table.

— La page 6 est intéressante aujourd'hui.
— Intéressante comment ?
— Comme vingt mille dollars.

Certains dossiers coûtent plus cher que d'autres. Simple possession de drogue, deux mille dollars. Possession avec intention de revendre, comptez le double. Dans le cas d'une grosse quantité, ça peut atteindre les six chiffres, mais bon, si l'accusé pèse aussi lourd, il a les moyens de dépenser cette somme.

De nos jours, pour la détention illégale d'arme à feu, on atteint les mêmes sommets, surtout si l'accusé a déjà un casier. Fat Teddy risque de cinq à sept ans de taule, alors c'est un bon prix.

Malone doit piéger Piccone, lui ont-ils dit. Faire comme si cette conversation était destinée à un jury.

— Si je convaincs Michaels de vendre le dossier pour vingt mille, ça vous va ?

Malone prend le *Daily News* et le pose à côté de lui.

— Seulement si vous le persuadez de laisser tomber les motifs d'inculpation et de ne pas poursuivre.
— Pour vingt mille, je peux le convaincre de déclarer que c'était *son* flingue.

— Qu'est-ce que vous prenez ? demande Piccone. Les pancakes sont mangeables.

— Rien. Il faut que j'y aille.

Malone se lève avec le *Daily News* et laisse le *Post* à Piccone. Il se rend dans les toilettes pour hommes et prélève cinq mille dollars dans l'enveloppe glissée à l'intérieur du journal. Il fourre l'argent dans sa poche et sort dans la rue.

Il a toujours pensé que le 100 Centre Street était un des endroits les plus déprimants au monde.

Il ne se passe jamais rien de bon au Criminal Court Building.

Même lorsqu'une bonne nouvelle, un méchant condamné, se faufile entre les mauvaises, c'est toujours à la suite d'une tragédie. Il y a toujours une victime, au moins une famille éplorée, ou un groupe de gamins qui voit partir papa ou maman.

Malone retrouve Michaels dans le hall. Il lui tend le journal.

— Vous devriez lire ça.
— Ah oui ? Pourquoi ?
— Fat Teddy Bailey.
— Bailey s'est fait niquer.
— Quinze mille dollars pour sortir votre bite de son cul ?
— Vous avez prélevé votre part ?
— Vous voulez ce fric ou pas ? Mais c'est pour une libération, pas une peine aménagée.

Michaels glisse le journal dans son sac de toile. Puis il commence son numéro.

— Nom de Dieu, Malone, cette affaire va être rejetée à cause d'une Dunaway.

Absence de motif raisonnable.

Deux personnes leur jettent un coup d'œil en passant. Malone s'assure discrètement qu'elles les regardent et s'écrie, à leur intention :

— C'est un criminel connu, et j'ai vu la bosse du flingue !

— Quel genre de manteau portait Bailey ?

— Vous me prenez pour Ralph Lauren ? répond Malone en continuant à jouer son rôle.

— Il avait une *doudoune*, dit Michaels. Une doudoune North Face. Et vous allez me dire que… non, vous allez dire à un juge que vous avez vu un 6,35 mm dessous ? Vous voulez me faire passer pour un con ? Et un sale raciste par-dessus le marché ?

— Je veux juste que vous fassiez votre travail !

— Alors, faites le vôtre ! s'emporte Michaels. Apportez-moi des arrestations avec lesquelles je peux travailler.

— Vous allez relâcher ce salopard.

— Non, c'est vous qui allez le relâcher, rétorque Michaels, en s'éloignant.

— Dégonflé, dit Malone. Putain de merde.

Des gens l'observent dans le hall. Mais la scène n'a rien d'inhabituel : flics et procureurs s'engueulent tout le temps.

Malone monte au deuxième étage de l'ancienne usine de textile de Garment District, où O'Dell a installé son QG.

Deux bureaux et le téléphone prépayé. Des boîtes rouges remplies de dossiers. Des classeurs métalliques bon marché, une cafetière. Malone lui remet les cinq mille dollars, ôte sa veste, arrache le micro et le pose sur un des bureaux.

— Vous l'avez ? demande O'Dell.

— Oui, je l'ai.

Weintraub se jette sur l'enregistrement et le fait avancer à vitesse rapide jusqu'à la conversation avec Michaels. Il écoute et il gueule :

— Putain de bordel de merde !

— Ça vous ira ? demande Malone. Je les ai foutus dans la merde tous les deux ?

— Vous avez des remords ? demande Weintraub. Vous voulez prendre leur place ?

— La ferme, Stan, dit O'Dell. Vous avez fait du bon boulot, Denny.

— Ouais, je suis un bon mouchard, dit Malone en se dirigeant vers la sortie pour quitter ce putain d'endroit qui lui donne envie de vomir, ce trou à rats.

Littéralement. Et d'où est-ce qu'il sort ce « Denny » ? On est amis maintenant ? On se donne du « Stan » et du « Denny », comme si on appartenait à la même équipe ? Une petite tape sur la tête et un « Bien joué, Denny » ? Je suis votre putain de clébard ?

— Où allez-vous ? lui lance O'Dell.

— Qu'est-ce que ça peut vous foutre ? Je n'ai pas le droit de m'en aller, vous avez peur que j'aille le prévenir ? Ne vous inquiétez pas, j'aurais trop honte.

— Vous n'avez aucune raison d'avoir honte. Vous devriez plutôt avoir honte de ce que vous *faisiez*, pas de ce que vous faites.

— Je ne suis pas venu chercher votre absolution.

— Ah bon ? Je pense que si. Je pense que, quelque part, vous vouliez qu'on vous attrape, Denny.

— C'est ce que vous pensez ? Dans ce cas, vous êtes encore plus con que je le pensais.

— Vous voulez un café, quelque chose à boire ?

Malone lui tourne le dos.

— Ne jouez pas à ce jeu-là avec moi, O'Dell.

Vous savez combien d'indics j'ai drivés, cajolés, séduits, en leur racontant qu'ils avaient raison de faire ce qu'ils faisaient ? Je leur refilais de l'héroïne, pas du café, et je connais la règle essentielle quand on traite avec eux ; il ne faut pas les considérer comme des individus, ce sont des indics. Si vous commencez à tomber amoureux d'eux, à vous intéresser à eux, à oublier ce qu'ils sont, ils finiront par vous buter.

Je suis votre indic, O'Dell.

Ne commettez pas l'erreur de me traiter comme un être humain.

∗
∗ ∗

Claudette lui dit quasiment la même chose lorsqu'il va la voir.

Dès qu'il franchit la porte, les premiers mots qu'elle prononce sont :

— Tu as honte d'être vu avec moi ?

— Nom de Dieu, c'est quoi, ce plan ?

Il examine ses yeux : ses pupilles ne sont pas rétractées. Elle ne s'est pas droguée, elle est restée là pour affronter le manque, il sait combien c'est dur, alors elle est en colère et elle va se défouler sur lui.

— Je me suis demandé pourquoi j'avais replongé.

Tu as replongé parce que tu es une junkie, pense-t-il.

— Pourquoi est-ce que je n'ai jamais rencontré tes équipiers ? Tu as rencontré leurs maîtresses, non ?

— Tu n'es pas ma maîtresse.

— Je suis quoi, alors ?

Oh ! putain.

— Ma petite amie.

— Tu ne m'as pas présentée parce que je suis noire.

— Claudette, un de mes équipiers est noir.

— Et tu ne veux pas qu'il sache que tu te tapes une *sister*.

C'est en partie vrai, se dit Malone. Il s'était demandé comment réagirait Monty, s'il n'y trouverait rien à redire ou s'il serait furax.

— Pourquoi veux-tu les rencontrer ?

— Pourquoi tu ne veux pas que je les rencontre ? rétorque Claudette. Parce que je suis noire ou parce que je suis une camée ?

— Personne ne le savait.

— Parce que personne ne connaissait mon existence.

— Eh bien, maintenant, ils savent. Pourquoi mes collègues ont-ils tant d'importance ?

— C'est ta famille. Ils connaissent ta femme, tes enfants. Tu connais les leurs. Ils connaissent toutes les personnes importantes dans ta vie, sauf moi. J'en déduis que je ne suis pas importante.

— Je ne sais pas ce que je peux faire de plus pour…
— Je suis ton petit secret. Tu me caches.
— Tu dis des conneries.
— On ne sort presque jamais.

C'est exact. Entre leurs emplois du temps respectifs, c'est compliqué. Et puis, c'est problématique, même en 2017 : un Blanc et une Noire à Harlem. Quand ils vont quelque part ensemble, que ce soit dans une cafétéria ou à l'épicerie, ils s'attirent des regards de biais, et parfois insistants.

De plus, Malone n'est pas seulement blanc, c'est un *flic* blanc.

Ce qui provoque de l'hostilité, ou quelque chose de pire encore : certains habitants du coin iront peut-être imaginer que Malone leur laissera une chance parce qu'il sort avec une Noire.

— Je n'ai pas honte de toi, dit-il. C'est juste que…

Il lui confie sa crainte que les gens du quartier ne pensent qu'il s'est relâché.

— Mais si tu veux sortir, sortons. Sortons maintenant.
— Regarde-moi. Je suis une loque. Je ne veux pas sortir.
— Nom de Dieu, tu viens de dire…
— C'est quoi, au juste ? rétorque-t-elle. Un trip jolie Black ? La *jungle fever* ? Tu viens ici juste pour me baiser ?
— Non.

Toi aussi, tu me baises, *baby*, pense-t-il, mais il a l'intelligence de ne pas le dire.

— Denny, tu n'as jamais pensé que tu étais peut-être une des raisons qui faisaient que je me droguais ?

Nom de Dieu de bordel de merde, Claudette, tu ne te dis pas, toi, que tu es une des raisons pour lesquelles je suis devenu aujourd'hui un putain d'indic, un putain de mouchard, et que c'est ta putain de dépendance, ta putain de maladie, qui m'a poussé à faire ça ?!

— Va te faire foutre, dit-il.

— Toi-même.

Il se lève.

— Où tu vas ? demande-t-elle.
— Ailleurs qu'ici.
— Tu veux dire loin de moi ?
— Oui, voilà.
— Va-t'en, alors. Fiche le camp. Si tu veux être avec moi, traite-moi comme un être humain. Pas comme une pute camée.

Il claque la porte en sortant.

14

Malone et Russo assistent à un match des Rangers, deux bonnes places au niveau de la ligne bleue, offertes par un type du Garden qui aime encore les flics.

Ils sont de moins en moins nombreux, se dit Malone.

Pas plus tard que le mois dernier, près d'Ozone Park dans le Queens, deux flics en uniforme dans un véhicule banalisé avaient repéré un type debout à côté d'une voiture garée en double file, une bouteille d'alcool ouverte à la main.

Une simple citation à comparaître, mais quand ils s'étaient approchés du type, il s'était enfui.

Si vous fuyez devant des flics, ils vous courent après. C'est la mentalité golden retriever. Ils l'avaient coincé, il avait sorti une arme, les flics l'avaient abattu de treize balles.

La famille avait engagé un avocat, qui avait commencé le procès par médias interposés. « Un père de cinq jeunes enfants a été abattu de treize balles, dont certaines dans le dos et à la tête, tout cela à cause d'une bouteille ouverte. »

D'abord vous aviez Garner qui se faisait tuer parce qu'il vendait des Lucky, puis Michael Bennett, et aujourd'hui un type qui se faisait descendre à cause d'une putain de bouteille ouverte.

Il fallait reconnaître ce mérite au chef de la police, il défendait ses hommes. « La façon la plus sûre de pas se faire tirer dessus par un officier de la police de New York, avait-il dit, c'est encore de pas porter d'arme et de pas la pointer sur eux. »

Syntaxe et grammaire mises à part, comme l'avait fait remarquer Monty, c'était une déclaration forte, surtout qu'il avait ajouté : « Mes hommes vont sur le terrain tous les jours, ils risquent leur vie, pendant que les avocats, eux, jouent à leurs petits jeux. »

L'avocat avait riposté.

« Nous avons de l'empathie, bien évidemment, pour les bons policiers qui risquent leur vie afin de protéger les communautés. Comme tout le monde, non ? Quant à ces « petits jeux » dont il est question… il suffit d'ouvrir le journal, n'importe quel jour de la semaine, pour découvrir les mensonges, les duperies et les vols dont se rendent coupables les membres du NYPD, alors vous me pardonnerez si je mets en doute leur version des faits. »

Ainsi, la police est attaquée de tous les côtés.

Les manifestants sont dans la rue, les activistes poussent à l'action et les relations avec la communauté sont plus tendues que jamais.

Et toujours pas de verdict dans l'affaire Bennett.

Quand les Noirs ne tuent pas des Noirs, les flics s'en chargent.

Dans un cas comme dans l'autre, se dit Malone, des Noirs meurent.

Et il est toujours flic.

New York est toujours New York.

Le monde est toujours le monde.

Oui et non. Son monde a changé.

Il a mouchardé.

La première fois, se dit-il, ça change la vie.

La deuxième fois, c'est juste la vie.

La troisième fois, c'est *votre* vie.

C'est ce que vous êtes devenu.

Une balance.

La première fois qu'il avait porté un micro caché, il avait eu l'impression que le monde entier le voyait, comme s'il était collé sur son front. C'était une épaisse cicatrice sur sa peau, une coupure qui le démangeait et l'élançait encore.

La dernière fois, ça a été aussi facile que d'enfiler sa ceinture. Il le sentait à peine.

O'Dell ne le traite pas de mouchard.

L'agent du FBI le qualifie de « rock star ».

Rock star.

À la mi-mai, Malone a livré aux fédéraux quatre avocats de la défense et trois procureurs adjoints. Dans le bureau de Paz, on tape des inculpations sous pli cacheté. Aucune arrestation n'a lieu avant qu'ils soient prêts à refermer le piège dans son ensemble.

Le truc le plus dingue, c'est que lorsqu'il n'est pas occupé à coincer des avocats véreux, Malone continue à être flic.

À croire que tout cela n'existe pas vraiment.

Il travaille avec son équipe, il gère la surveillance de Carter, il traite avec Sykes. Il patrouille dans les rues, discute avec ses indics et effectue les arrestations qui doivent l'être.

Il se rend sur les scènes de crime.

Deux semaines après le double meurtre Gillette/Williams, un Trinitario d'Inwood a reçu une balle derrière la tête alors qu'il rentrait chez lui en sortant d'un club. Dix jours plus tard, un Spade de St. Nick's s'est pris une décharge de fusil de chasse tirée d'une voiture. Il est toujours au Harlem Hospital, mais il ne s'en sortira pas.

Comme l'avait prédit Malone, la bienveillance née de l'affaire Williams a duré environ une demi-heure. Maintenant, Sykes se fait taper dessus par CompStat, le chef de la police se fait taper dessus par le maire, et le maire se fait taper dessus par les médias.

Sykes harcèle Malone pour qu'il obtienne des résultats au sujet des armes.

Sykes est après tout le monde.

Il exige que Malone s'occupe de Carter, que Torres s'occupe de Castillo, que les flics en civil essayent d'éradiquer les armes des rues, et que les flics infiltrés essayent d'en acheter.

Oui, la merde coule toujours de haut en bas.

C'est Levin qui leur a offert une ouverture.

Enfoiré de Levin, il s'est pointé un jour avec son iPad et s'est installé dans la remise de la boutique d'alcool pour bosser. Russo et Monty ont cru que le gamin glandouillait sur Internet, qu'il regardait Netflix, et ils s'en foutaient. C'était un boulot monotone, il fallait bien s'occuper, mais un jour, Levin est arrivé plus fier qu'un môme de quatorze ans qui s'est tapé sa première nana, il a allumé son iPad en disant :

— Regardez ça !

— Qu'est-ce que tu branles ?

— J'ai piraté ses téléphones. Pas la voix, on n'entend pas l'autre moitié des conversations, mais chaque fois qu'il passe ou reçoit un appel, ça apparaît sur l'écran.

— Levin, a dit Monty, tu as peut-être enfin justifié ta présence sur terre.

Sans déconner.

À présent, ils savent à qui parle Fat Teddy, et il parle beaucoup à Mantell.

— Analyse des volumes, a expliqué Levin. Quand la date de la livraison approchera, le nombre d'appels augmentera.

— Mais comment on connaît le lieu de l'échange ? a demandé Malone.

— On ne le sait pas encore. Mais on le saura.

— Carter ne se déplacera pas, a fait remarquer Monty. Il ne prend même pas son téléphone, c'est Fat Teddy qui s'occupe de tout.

— On se fout de Carter, a déclaré Malone. On veut juste récupérer les armes.

Et peut-être éviter un bain de sang.

Aussi, Malone s'efforce d'être un vrai flic, de faire un vrai travail de flic, de rétablir la paix dans son royaume.

La paix de l'esprit, il ne peut pas la restaurer.

Le conflit armé se déroule à l'intérieur de sa tête.

Monty n'avait pas envie d'assister au match des Rangers.

— Les Noirs n'approchent pas de la glace.

— Il y a des joueurs de hockey noirs, avait fait remarquer Malone.

— Des traîtres.

Ils auraient bien emmené Levin, mais impossible de l'arracher à la surveillance de Fat Teddy, même avec un pied-de-biche et une grenade. Alors, il n'y a que Malone et Phil pour voir les Penguins éliminer les Rangers des *play-offs*. Ils sont assis dans les gradins, une bière à la main, et Russo demande :

— Qu'est-ce qui t'arrive ?

— Comment ça ?

— Ça fait combien de temps que tu n'as pas vu tes gamins ?

— Tu te prends pour mon prêtre maintenant ? Vous voulez m'enculer, mon père ?

— Bois ta bière. Oublie ce que je t'ai dit.

— J'irai ce week-end.

— Fais ce que tu veux, répond Russo.

Puis il demande :

— Et au sujet de cette Noire, tu as réglé la question ?

— Putain de bordel, Phil.

— OK, OK.

— On peut regarder ce putain de match, oui ou merde ?

Ils regardent ce putain de match et voient les Rangers faire ce qu'ils savent faire : ils laissent passer leur chance dans le troisième tiers temps et perdent durant les prolongations.

Après le match, Malone et Russo vont boire un dernier verre au Jack Doyle's. La télé diffuse les infos : le révérend Cornelius parle du « meurtre commis par la police » à Ozone Park.

Au bar, un type en costard, cravate desserrée, qui ressemble à un enfoiré d'avocat, se met à la ramener :

— Les flics ont exécuté ce type.

Russo remarque le regard de Malone.

Il a déjà vu cette expression, et ce soir, Malone a bu plusieurs bières et trois Jameson d'affilée.

— Du calme.

— Qu'il aille se faire foutre.

— Laisse couler, Denny.

Mais la grande gueule continue sur sa lancée, le voilà qui fait un cours sur « la militarisation de nos forces de police », et le plus curieux, c'est que Malone n'est pas franchement en désaccord avec lui. Simplement, il n'est pas d'humeur à écouter ces conneries.

Il dévisage le type, celui-ci s'en aperçoit et soutient son regard. Malone lui demande :

— Qu'est-ce que tu regardes ?

Le type veut calmer le jeu.

— Rien.

Malone descend de son tabouret.

— Non, non. Qu'est-ce que tu regardes, grande gueule ?

Russo s'approche derrière lui et pose la main sur son épaule.

— Allez, Denny. Calme-toi.

Malone repousse sa main.

— Fais pas chier.

Les copains du type tentent de l'éloigner du bar et Russo, qui approuve ce choix, dit :

— Si vous rameniez votre pote chez lui ?

— Tu es quoi, avocat ? demande Malone.

— Il se trouve que oui.

— Eh bien, moi, je suis flic. Je suis un enfoiré d'inspecteur de la police de New York !

— Arrête, Denny.

— Je vais me payer votre insigne, dit l'avocat. C'est quoi votre nom ?

— Denny Malone ! Sergent Dennis John Malone ! Manhattan North t'emmerde !

Russo dépose deux billets de vingt dollars sur le comptoir. Et dit au barman :

— C'est bon, on s'en va.

— Pas avant d'avoir botté le cul de cette tapette, dit Malone.

Russo s'interpose entre les deux hommes, repousse Malone et tend sa carte au type.

— Il a eu une semaine difficile et il a bu quelques verres de trop. Prenez ça, et si vous avez besoin d'un service un jour, pour un P-V ou autre chose, appelez-moi.

— Votre copain est un connard.

— Ce soir, je peux pas dire le contraire.

Russo empoigne Malone, l'entraîne vers la sortie du bar et le pousse dehors dans la Huitième Avenue.

— Qu'est-ce qui te prend, Denny !

— Ce type m'a rendu dingue !

— Tu veux avoir les AI sur le dos ? Tu veux faire triquer Sykes encore plus ? Putain.

— Allons boire un verre.

— Non, je vais te mettre au lit.

— Je suis inspecteur du NYPD.

— Oui, j'ai entendu. Comme tout le monde.

— La fine fleur de la police.

— OK, champion.

Ils marchent jusqu'au parking et Russo ramène Malone chez lui. Il l'aide à monter l'escalier.

— Rends-toi service, Denny. Reste ici. Ne ressors pas ce soir.

— T'inquiète, je vais au tribunal demain.

— Oui. Faut que tu sois en forme. Tu mets ton réveil ou tu veux que je t'appelle ?

— Le réveil.

— Je t'appellerai. Dors bien.

Les rêves alcoolisés sont les pires.

Peut-être parce que votre cerveau déjà cramé est prêt à succomber aux trucs les plus moches qui se baladent à l'intérieur.

Cette nuit-là, il rêve de la famille Cleveland.

Deux adultes et trois enfants retrouvés morts dans leur appartement.

Exécutés.

Les enfants l'appellent au secours, mais il ne peut rien faire pour eux.

Il ne peut pas les aider, il reste planté là, et il pleure et pleure sans pouvoir s'arrêter.

En se levant le lendemain matin, Malone avale cinq verres d'eau.

Il a un mal de crâne épouvantable.

Une bière après un whiskey, c'est bien ; le whiskey après la bière, c'est catastrophique. Il gobe trois aspirines, deux Dexies, prend une douche, se rase et s'habille. Aujourd'hui, sa tenue de tribunal se compose d'une chemise blanche, d'une cravate rouge, d'un blazer bleu, d'un pantalon gris et d'une paire de chaussures noires cirées.

Vous ne mettez pas de costume pour aller au tribunal, sauf si vous êtes un lieutenant, au minimum, car vous ne voulez pas faire honte aux avocats et les jurés doivent voir en vous un honnête et modeste travailleur.

Pas de boutons de manchette aujourd'hui.

Pas de costard Armani. Ou Boss.

Du prêt-à-porter passe-partout.

En le voyant, Mary Hinman ne peut s'empêcher de rire.
— C'est votre costume de premier communiant ?

Cheveux roux, taches de rousseur sur une peau claire, la procureure rattachée aux Stupéfiants pourrait faire partie de la troupe de *Riverdance* si elle était plus grande.

Mais Hinman est petite. Un qualificatif qu'elle rejette.
— Je ne suis pas petite, affirme-t-elle chaque fois que le sujet revient sur le tapis. Je suis *concentrée*.

Et c'est bien vrai, songe Malone à cet instant, assis face à elle, de l'autre côté de la table. Hinman est féroce, une petite boule de rage de un mètre soixante-cinq élevée dans la tradition : école catholique de filles, Fordham

University, puis études de droit à NYU. Lorsqu'elle est assise sur un tabouret de bar, ses pieds ne touchent pas le sol, mais vous roulerez sous la table avant elle. Malone en sait quelque chose. Le soir où ils avaient réussi à faire condamner un dealer nommé Corey Gaines pour l'assassinat de sa petite amie, ils avaient fait un concours pour savoir qui tenait le mieux l'alcool.

Malone avait perdu.

Hinman l'avait mis dans un taxi.

Elle ne triche pas. Son père était un flic alcoolique, sa mère était une femme de flic alcoolique.

Hinman connaît les flics, elle sait comment ça se passe. Néanmoins, quand elle était jeune assistante au bureau du procureur, Malone avait dû lui enseigner deux ou trois choses que son père ne lui avait pas apprises. C'était sa première affaire de drogue – bien avant qu'elle bouscule ses homologues masculins pour accéder à ce poste – et Malone travaillait en civil à l'Anti-Crime.

Malone et son collègue de l'époque, Billy Foster, avaient découvert un kilo entier de coke dans un appartement de la 148e. Un indic leur avait refilé un tuyau, mais pas suffisant pour obtenir un mandat. Malone refusait de donner l'affaire aux Stups, il voulait cette arrestation, alors, Foster et lui étaient entrés avec un mandat pour usage d'arme à feu, ils avaient arrêté le dealer et ensuite appelé des renforts.

Cela lui avait valu un savon de la part de son sergent et des Stups, mais il avait réussi à se faire remarquer. En temps normal, il ne se serait pas préoccupé de savoir si cette arrestation débouchait sur une condamnation, mais il voulait accrocher ce scalp à sa ceinture et il craignait qu'un procureur débutant, une femme par-dessus le marché, ne plante son affaire.

Quand Hinman l'avait appelé pour préparer son témoignage, elle lui avait conseillé :

— Dites simplement la vérité et on obtiendra la condamnation.

273

— C'est l'un ou l'autre, avait répondu Malone.
— Comment ça ?
— Je peux dire la vérité ou obtenir la condamnation. Qu'est-ce que vous préférez ?
— Je veux les deux, avait déclaré Hinman.
— Impossible.

S'il disait la vérité, l'affaire serait rejetée pour vice de forme car Malone n'avait ni mandat ni motif raisonnable pour pénétrer dans cet appartement. Les preuves deviendraient « le fruit d'un arbre empoisonné », et le dealer ressortirait libre du tribunal.

Hinman avait réfléchi quelques secondes, avant de répondre :

— Je ne peux pas suborner un témoin ni encourager un faux serment, officier Malone. Je peux uniquement vous conseiller de faire ce qui vous semble nécessaire.

Mary Hinman n'avait plus jamais conseillé à Malone de dire la vérité.

Car la vérité vraie, ils le savent l'un et l'autre, c'est que si les flics ne « mythomoignaient » pas, le bureau du procureur n'obtiendrait presque aucune condamnation.

Cela ne pose pas le moindre problème à Malone.

Si le monde jouait franc jeu, il en ferait autant. Mais les cartes sont truquées, contre l'accusation et la police. Le code Miranda, la jurisprudence Mapp, toutes les décisions de la Cour suprême donnent l'avantage aux criminels. C'est comme dans la NFL de nos jours : la ligue veut des *touchdowns* après des passes, si bien qu'un défenseur n'a même plus le droit de toucher un receveur. Nous sommes les pauvres défenseurs, pense Malone, qui tentent d'empêcher les méchants de marquer.

La vérité et la justice, à l'américaine.

À l'américaine, ça signifie que la vérité et la justice peuvent se dire bonjour dans le couloir et s'envoyer des cartes de vœux à Noël, mais leurs relations s'arrêtent là.

Hinman comprend.

Assise à cette table dans une salle de réunion du tribunal, elle regarde Malone.

— Qu'est-ce que vous avez fait hier soir, nom d'un chien ?

— Je suis allé voir un match des Rangers.

— Hmm. Vous êtes prêt à témoigner ? Donnez-moi un aperçu.

— Mon partenaire, l'inspecteur Phillip Russo, et moi avions été informés par un habitant du voisinage que des agissements suspects se déroulaient dans la 132e Rue, au 324 West. Ayant installé une surveillance à cette adresse, nous avons vu une Escalade blanche se garer devant et l'accusé, M. Rivera, en descendre. Je ne disposais d'aucun élément permettant de penser que ce véhicule contenait de la drogue, et aucune preuve visuelle n'indiquait un motif raisonnable.

C'était le moment le plus chouette de leur numéro : prendre le contrepied pour convaincre les jurés que vous dites la vérité. Et puis, grâce à la télé, c'est ce qu'ils attendent.

Hinman demande :

— Si vous n'aviez pas de motif raisonnable, qu'est-ce qui vous a donné le droit de pénétrer de force dans cet appartement ?

— M. Rivera n'était pas seul, dit Malone. Deux autres hommes sont descendus du véhicule avec lui. L'un portait un pistolet-mitrailleur MAC-10 muni d'un silencieux. L'autre un TEC-9.

— Et vous avez vu ces armes ?

Malone prononce les paroles magiques.

— Elles étaient exposées à la vue de tous.

Dans ce cas-là, vous n'avez pas besoin de motif raisonnable. Vous disposez d'un motif immédiat. Et les armes étaient effectivement exposées à la vue de tous, aux pieds de Malone.

— Donc, vous avez investi cette adresse, reprend Hinman. Vous êtes-vous identifiés comme agents de police ?

275

— Oui. On a crié : « Police de New York », et on portait nos insignes de façon clairement visible autour du cou, sur nos gilets pare-balles.

— Que s'est-il passé ensuite ?

On a déposé les pistolets-mitrailleurs devant ces connards.

— Les suspects ont lâché leurs armes.

— Qu'avez-vous découvert dans l'appartement ?

— Quatre kilos d'héroïne et une certaine quantité de billets de 100 dollars représentant une somme totale de 550 000 dollars.

Hinman évoque ensuite les sujets rasoir : les numéros d'enregistrement des scellés, comment Malone peut-il être certain que l'héroïne saisie est bien celle qui est présentée maintenant devant le tribunal, bla-bla-bla. Puis elle dit :

— J'espère que vous serez un peu plus énergique face au jury.

— Pour citer Allen Iverson, répond Malone, « on parle de l'entraînement, là ».

— Non, on parle de Gerard Berger.

Voici comment Malone résume ce qu'il pense de Gerard Berger : *S'il était en train de cramer, je pisserais de l'essence sur lui pour éteindre les flammes.*

Denny Malone déteste trois choses dans la vie, pas nécessairement dans cet ordre :

1. Les pédophiles
2. Les balances
3. Gerard Berger.

L'avocat de la défense prononce son nom « Beur-jay » et insiste pour que tout le monde en fasse autant. Ce que Malone refuse, sauf au tribunal car il ne veut pas passer pour un petit malin devant le juge.

Partout ailleurs, c'est Gerry Burger.

Malone n'est pas le seul à détester Berger. Tous les procureurs, tous les flics, tous les gardiens de prison et toutes les victimes le haïssent. Même ses propres clients le détestent car, une fois le procès terminé, Berger possède presque tout ce qui leur appartenait : leur argent, leurs maisons, leurs voitures, leurs bateaux, et parfois même leur femme.

Mais, comme il n'oublie jamais de leur faire remarquer : « En prison, vous ne pouvez pas dépenser d'argent. »

Généralement, les clients de Berger évitent la taule. Ils rentrent chez eux, parfois en liberté surveillée, ou bien ils partent en cure de désintoxication, ils suivent des cours pour apprendre à gérer leur colère. Bref, ils reprennent leurs activités d'avant, de nature criminelle la plupart du temps.

Berger s'en contrefout.

Trafiquants de drogue, assassins, maris violents, violeurs, pédophiles, Berger accepte tous les clients dotés d'un portefeuille bien rempli ou d'une histoire susceptible d'intéresser un éditeur, un producteur de cinéma, voire les deux de préférence. Comme Diego Pena. Il s'est vu incarné par des acteurs de premier plan, dont certains sont venus lui demander des conseils. Qu'il résume par cette simple phrase : « Soyez un parfait connard. »

On raconte que la seule fois où un de ses clients est passé aux aveux, c'était chez Oprah... et Berger a fait couper la séance au montage.

Il ne se donne pas la peine de cacher sa fortune : il l'exhibe. Costumes sur mesure à plusieurs milliers de dollars, idem pour les chemises, cravates et chaussures de créateurs, montre de luxe. Il arrive au tribunal en Ferrari ou en Maserati, des voitures qui lui ont été offertes, devine Malone, en guise de paiement. Il possède un penthouse dans l'Upper East Side, une maison d'été dans les Hamptons, une résidence d'hiver à Aspen, cédée légalement par un client reconnaissant qui vit aujourd'hui en Colombie, l'accord conclu avec la justice ne lui permettant de toute façon pas de revenir aux États-Unis.

Malone doit reconnaître que Berger excelle dans son métier. C'est un grand communicant, un génie des motions (surtout *in limine*), un contre-interrogateur rusé et vicieux, un maître des déclarations liminaires et des plaidoiries.

Mais le plus grand secret de son succès, c'est qu'il est véreux.

Malone en est convaincu.

Il n'a jamais pu le prouver, mais il parierait son testicule gauche que Berger a des juges dans sa poche.

L'autre sale secret du prétendu système judiciaire.

La plupart des gens l'ignorent, mais les juges ne gagnent pas beaucoup d'argent. Et souvent, ils doivent dépenser énormément pour endosser cette robe. Résultat, beaucoup sont à vendre.

Il ne faut pas grand-chose pour faire pencher un dossier d'un côté ou de l'autre : une motion accordée ou refusée, des preuves acceptées ou rejetées, un témoignage autorisé ou rayé. Des petites choses, de menus détails, qui peuvent faire libérer un coupable.

Et la défense sait – tout le monde sait, nom de Dieu – quelles affaires peuvent être achetées. Dans le système judiciaire, un des postes les plus lucratifs est celui du greffier chargé du registre des affaires : si vous mettez le prix, vous pouvez faire en sorte qu'une affaire soit confiée à un juge que vous avez déjà soudoyé.

Ou loué.

Malone et Hinman exécutent leur numéro devant la cour, puis réclament un ajournement de quelques minutes avant que Berger débute son contre-interrogatoire. Malone va chier. Quand il ressort des W-C pour se laver les mains, Berger se tient devant le lavabo voisin.

Ils se regardent dans le miroir.

— Inspecteur Malone, quel plaisir.
— Salut, Gerry Burger, comment va ?
— Oh ! très bien. J'ai hâte de vous faire venir à la barre. Je vais vous massacrer, vous humilier, et montrer aux gens l'officier de police corrompu que vous êtes.

— Vous avez acheté le juge, Gerry ?

— Le corrompu ne voit que corruption, répond Berger en s'essuyant les mains. On se revoit à la barre, sergent.

— Hé, Gerry ! lui lance Malone. Votre cabinet sent encore la merde de chien ?

Chacun repart de son côté.

Il se rend à la barre et le greffier lui rappelle qu'il est toujours sous serment.

Berger lui sourit et demande :

— Sergent Malone, connaissez-vous l'expression « mythomoigner » ?

— Oui, vaguement.

— Et que signifie-t-elle « vaguement » au sein de la police ?

— Objection ! s'exclame Hinman. Pertinence.

— Le témoin peut répondre.

— Je l'ai entendue au sujet de policiers qui ne disent pas l'exacte vérité à la barre.

— L'exacte vérité ? répète Berger. Existe-t-il une vérité inexacte ?

— Même objection !

— Où voulez-vous en venir, maître ? demande le juge.

— Je vais développer, Votre Honneur.

— Soit, mais allez-y.

— Il existe différents points de vue, dit Malone.

— Ah.

Berger se tourne vers les jurés.

— Et est-il exact que, du point de vue des officiers de police, ils « mythomoignent » afin de faire condamner un accusé qu'ils jugent coupable, indépendamment des preuves recevables ?

— Je l'ai entendue utiliser dans ce contexte.

— Mais vous ne l'avez jamais fait ?

— Non, répond Malone.

Si on ne compte pas les quelques centaines d'exceptions.

— Pas même dans votre dernière réponse ?
— Spéculation !
— Objection retenue, dit le juge. Poursuivez, maître.
— Vous dites, dans votre témoignage, que vous ne disposiez pas d'un motif raisonnable pour pénétrer dans l'appartement dans le cadre d'un trafic de drogue supposé. C'est bien cela ?
— Exact.
— Et vous affirmez sous serment que vous aviez un motif raisonnable fondé sur le fait que les associés de mon client portaient des armes. C'est bien cela ?
— Exact.
— Vous avez vu ces armes ?
— Elles étaient exposées à la vue de tous.
— C'est une réponse affirmative ?
— Oui.
— Et si ces armes n'avaient pas été « exposées à la vue de tous », vous n'auriez eu aucun motif raisonnable pour pénétrer dans ce domicile, c'est bien cela ?
— Exact.
— Et quand vous avez vu ces armes, elles étaient en possession des suspects, c'est bien cela ?
— Exact.
— J'aimerais ajouter ce document aux pièces à conviction, annonce Berger.
— De quoi s'agit-il ? demande Hinman. Nous n'avons pas été informés.
— Cet élément vient de nous être remis, Votre Honneur.
— Approchez les uns et les autres.

Malone voit Hinman se lever. Elle lui lance un regard qui signifie : « C'est quoi ce bordel ? », mais il n'en sait pas plus qu'elle.

— Votre Honneur, dit Berger, il s'agit d'un récépissé de mise sous scellés daté du 22 mai 2013. Vous remarquerez qu'il concerne un pistolet-mitrailleur MAC-10 portant le numéro de série B-7842A14.
— Oui.

— Cette arme a été enregistrée au 32ᵉ *precinct* à la date indiquée. Le 32ᵉ se situe, bien évidemment, à Manhattan North.

— Où voulez-vous en venir ?

— Si la cour le permet, je vais vous l'expliquer.

— Autorisation accordée.

— Objection, dit Hinman. Nous n'avons pas eu accès à cette pièce…

— Votre objection est conservée pour l'appel, madame Hinman.

Berger revient vers la barre. Il tend le document à Malone.

— Reconnaissez-vous ceci ?

— Oui, il s'agit d'un récépissé pour le pistolet-mitrailleur MAC-10 retrouvé en possession d'un des suspects.

— Est-ce bien votre signature ?

— Oui.

— Voulez-vous lire, je vous prie, le numéro de série de cette arme ?

— B-7842A14.

Berger lui tend un autre document.

— Reconnaissez-vous ceci ?

— C'est un autre récépissé, apparemment.

— Pas « apparemment ». Il s'agit bien d'un récépissé. N'est-ce pas ?

— Oui.

— Pour un pistolet-mitrailleur MAC-10. C'est exact ?

— Exact.

— Lisez, je vous prie, la date de ce récépissé.

— 22 mai 2013.

Nom de Dieu, se dit Malone. Nom de Dieu, ils m'avaient assuré que ces armes étaient clean.

Berger le pousse vers le bord de la falaise. Impossible de l'arrêter.

— Maintenant, veuillez lire, je vous prie, le numéro de série de ce MAC-10 saisi le 22 mai 2013.

Je suis baisé.

— B-7842A14.

Malone entend la réaction des jurés. Il n'a pas besoin de tourner la tête pour savoir qu'ils le foudroient du regard.

— Il s'agit bien de la même arme, n'est-ce pas ? interroge Berger.

Comment a-t-il mis la main sur ce récépissé, bordel ? se demande Malone.

Comme sur tout le reste, ducon. Il l'a acheté.

— Il semblerait.

— En tant que policier chevronné, pourriez-vous nous expliquer comment la même arme peut se trouver enfermée dans la salle des scellés du 32e *precinct* et réapparaître comme par magie dans les mains des suspects, à la vue de tous, le soir du 13 février 2015 ?

— Spéculation.

— J'autorise la question.

Le juge est énervé.

— Je ne sais pas, répond Malone.

— Il n'y a pas dix mille explications, dit Berger. Elle a peut-être été volée au *precinct* et vendue à ces prétendus trafiquants de drogue ? Est-ce possible ?

— Oui, sans doute.

— Est-il possible également que vous ayez pris cette arme afin de faire croire qu'elle était en possession des suspects et d'obtenir ainsi un prétexte pour un motif raisonnable ?

— Non.

— Ce n'est même pas une possibilité, sergent ?

Berger prend son pied.

— On ne peut pas imaginer que vous ayez fait irruption dans cet appartement, ouvert le feu sur deux suspects, *tué* l'un des deux, et menti ensuite en faisant croire que ces armes étaient en leur possession ?

Hinman se lève d'un bond.

— Spéculation ! Supputation ! Votre Honneur, la défense...

— Approchez.

— Votre Honneur, dit Hinman, nous ne connaissons pas la provenance de ces documents, nous n'avons pas eu le loisir d'enquêter sur leur légitimité, leur validité…

— Bon sang, Mary, répond le juge, si vous avez mijoté ce coup…

— Il ne me viendrait pas un seul instant à l'idée de mettre en doute l'éthique de Mme Hinman, dit Berger. Il n'en demeure pas moins que si le sergent Malone n'avait pas vu les armes, contrairement à ce qu'il affirme, il n'y avait pas de motif raisonnable, et toutes les preuves relevées dans cet appartement sont le fruit d'un arbre empoisonné. Voilà pourquoi je demande une relaxe, Votre Honneur.

— Pas si vite, intervient Hinman. La défense elle-même a évoqué la possibilité que cette arme ait été volée au *precinct* et…

— Vous me donnez la migraine, dit le juge.

Il soupire et ajoute :

— Je décide d'exclure le MAC-10.

— Il reste le TEC-9, souligne Hinman.

— Allons, dit Berger. Le jury croira qu'une arme est viciée et pas l'autre ? Soyons sérieux.

Malone sait que Hinman est en train de réfléchir aux différentes options, toutes merdiques.

De deux choses l'une : soit des officiers du NYPD vendent des armes automatiques placées sous scellés à des trafiquants de drogue, soit un inspecteur plusieurs fois décoré a menti à la barre.

Si elle choisit cette explication, cela risque de déclencher une avalanche de gros titres et une enquête des AI sur un certain sergent Denny Malone, et tous ses témoignages antérieurs. Hinman ne perdra pas seulement cette affaire, mais aussi vingt autres dont le verdict sera annulé. Vingt coupables sortiront de prison et elle sera foutue à la porte.

Il n'existe qu'une seule autre option.

Malone entend Hinman demander à Berger :

— Votre client est-il prêt à accepter un arrangement ?

— Ça dépend de l'offre.

Malone sent la bile monter dans sa gorge quand Hinman dit :

— Simple possession. Vingt-cinq mille dollars d'amende, deux ans de prison en déduisant la préventive et l'expulsion.

— Vingt mille, peine couverte par la préventive et expulsion.

— Votre Honneur ? demande Hinman.

Le juge est écœuré.

— Si l'accusé est d'accord, j'accepte cet arrangement et je prononce la sentence négociée.

— Juste une chose, ajoute Hinman. Le dossier est scellé.

— Aucun problème pour moi, répond Berger avec un sourire suffisant.

Aucun journaliste n'était présent dans la salle, se dit Hinman. Il y a des chances pour que cette affaire ne s'ébruite pas.

— Le dossier sera scellé, déclare le juge. Mary, la cour est mécontente. Occupez-vous de la paperasse et envoyez-moi Malone dans mon bureau.

Le juge se lève.

Hinman revient vers Malone.

— Je vais vous tuer.

Berger se contente d'un sourire.

Malone entre dans le bureau du juge. Celui-ci ne lui propose pas de s'asseoir.

— Sergent Malone, vous êtes à deux doigts de perdre votre insigne, votre arme et d'être inculpé pour faux témoignage.

— Je maintiens ma déclaration, Votre Honneur.

— Comme le feront Russo et Montague. Le Mur Bleu.

Tout juste, pense Malone.

Mais il ne dit rien.

— À cause de vous, je suis obligé de relâcher un accusé très certainement coupable. Afin de protéger le NYPD, censé nous protéger.

Non, c'est à cause de Berger, connard. Et de quelques

branleurs du Trois-Deux trop flemmards pour balancer un vieux récépissé de mise sous scellés. Ou qui sont payés par Berger. Dans un cas comme dans l'autre, je le découvrirai.

— Qu'avez-vous à dire, sergent ?
— Le système est vérolé, Votre Honneur.
— Sortez d'ici, sergent Malone. Vous me donnez envie de vomir.

Je vous donne envie de vomir ? pense Malone en quittant le bureau. C'est vous qui me donnez envie de gerber, sale hypocrite. Vous venez de participer à cette mascarade, vous savez très bien ce qui se passe. Vous n'avez pas protégé les flics par bonté d'âme, mais parce que vous y êtes obligé. Vous faites partie du système, vous aussi.

Hinman l'attend dans le couloir.

— Nos deux carrières étaient dans le collimateur, dit-elle. J'étais obligée de conclure un arrangement avec ce salopard pour nous sauver.

Ma pauvre, songe Malone. Je conclus des arrangements tous les jours, bien pires que celui-ci.

— Vous connaissiez la chanson, alors épargnez-moi votre numéro à la Jeanne d'Arc.
— Je ne vous ai jamais demandé de mentir à la barre.
— Vous vous foutez pas mal de savoir si on ment quand vous obtenez des condamnations, rétorque Malone. « Faites ce que vous avez à faire. » Mais si jamais ça dérape, vous nous dites : « Suivez les règles. » Je suivrai les règles quand tout le monde les suivra.

Après tout, pense-t-il en quittant le bâtiment, ça ne s'appelle pas une chambre criminelle sans raison.

15

Malone retrouve son équipe à Montefiore Square, qui n'est ni une place ni un square, mais un triangle formé par Broadway, Hamilton Place et la 138ᵉ.

— Alors, quel est le topo ? demande-t-il.

— Fat Teddy a passé trente-sept coups de téléphone en Géorgie au cours de ces trois derniers jours, répond Levin. Le chargement arrive, c'est sûr.

— Oui, mais où ? demande Malone.

— Teddy ne leur donnera l'adresse qu'à la dernière minute. S'il le fait du bureau, on a une chance de la choper, mais s'il appelle de la rue, on saura quand il appelle, mais pas ce qu'il dit.

— On peut obtenir un mandat pour les téléphones de Teddy ? demande Monty.

— À partir de ce qu'on sait grâce à des écoutes illégales ? répond Malone. Plus de nos jours.

Levin sourit.

— Qu'est-ce qu'il y a de drôle ? demande Russo.

— Et si on arrêtait Teddy ?

— Il ne nous dira rien, répond Russo.

— Non, dit Levin, j'ai une meilleure idée.

Il leur explique de quoi il s'agit.

Les trois vétérans se regardent.

Puis Russo dit :

— Vous voyez, les gars, c'est ça la différence entre City College et NYU.

— Mets-toi au boulot, dit Malone à Levin. Et préviens-nous quand c'est prêt.

Malone est dans le bureau de Sykes, assis face à lui.
— J'ai besoin de fric, dit Malone.
— Pour quoi faire ?
— Les armes de Carter arrivent par le Pipeline. Mais Martell ne les vendra pas à Carter, il va nous les vendre à nous.

Le capitaine l'observe longuement.
— Et la jurisprudence Mapp ?
— Aucun problème. Ça se fera dans la rue.
— Et la couverture ?
— Un indic nous filera le lieu et l'heure du rendez-vous. Et on prendra sa place.
— Avez-vous enregistré cet indic ?
— Je le ferai en sortant d'ici.
— Combien ?
— Cinquante mille, dit Malone.

Rire de Sykes.
— Vous voulez que j'aille réclamer cinquante mille dollars à McGivern sur la foi d'une info que vous ne devriez pas avoir ?
— J'aurai une déposition signée, sous serment, de l'indic.
— Dès que vous sortirez d'ici.
— McGivern vous donnera l'argent.

Malone prend un risque, mais il n'a pas le choix.
— Si vous lui dites que c'est pour moi.

Une couleuvre dure à avaler pour Sykes.
— C'est pour quand ?

Malone hausse les épaules.
— Bientôt.
— Je vais en parler au commandant. Mais j'exige que tout se fasse dans les règles. Vous communiquez, vous me tenez informé à chaque étape.
— Promis.

— Et j'exige que vous vous fassiez seconder par une autre équipe au moment où ça se passe. Faites appel à Torres et à ses hommes.
— Capitaine…
— Quoi ?
— Pas Torres.
— Quel est le problème ?
— Je vous demande de me faire confiance sur ce coup-là.
Sykes le dévisage pendant de longues secondes.
— Qu'essayez-vous de me dire, sergent ?
— Laissez mon équipe gérer cette transaction. Envoyez les uniformes et les gars en civil s'occuper du vendeur. Distribuez les arrestations à votre guise… toute la Task Force pourra se régaler.
— Mais pas de Torres.
— Pas de Torres.
Nouveau silence.
Nouveau regard.
Finalement, Sykes dit :
— Si vous me la faites à l'envers, Malone, je vous garantis que vous ne pourrez plus jamais vous asseoir.
— J'adore quand vous me dites des trucs cochons, patron.

— Avez-vous livré un faux témoignage dans l'affaire Rivera ? lui demande Paz.
— Avec qui avez-vous déjeuné ? répond Malone. Gerry Berger ?
Elle lance un dossier sur la table.
— Répondez à ma question.
— Ce dossier était classifié. Comment Berger se l'est-il procuré pour vous le donner ?
Elle ne répond pas.
— Vous croyez que ce fumier remporte tous ses procès parce qu'il est intelligent ? demande Malone. Parce que tous ses clients sont innocents ? Vous croyez qu'il n'a

jamais acheté un verdict, qu'il n'a jamais fait rejeter de preuves avec une enveloppe ?

— Il n'a pas eu besoin d'une enveloppe pour faire rejeter les vôtres, n'est-ce pas ? rétorque Paz. Vous avez fabriqué un motif raisonnable et livré un faux témoignage.

— Si vous le dites.

— C'est le procès-verbal qui le dit. Mary Hinman a-t-elle l'habitude d'accepter ce genre de choses pour obtenir des condamnations ?

— Vous voulez vous en prendre à elle, maintenant ?

— Si elle est corrompue.

— Elle n'a rien à se reprocher. Laissez-la tranquille.

— Pourquoi ? Vous couchez avec elle ?

— Vous n'êtes pas sérieuse.

— Si vous avez menti à la barre, notre arrangement est caduc.

— Allez-y, dit Malone en tendant les mains pour qu'on lui passe les menottes. Allez-y, faites-le. Maintenant.

Paz continue à le foudroyer du regard.

— C'est bien ce que je pensais.

Il laisse retomber ses mains.

— Vous savez pourquoi vous ne le ferez pas ? *Brady contre le Maryland* : vous devez informer les avocats de la défense si un flic impliqué dans leurs dossiers a menti sciemment sous serment. Parce que si je vous avouais que j'ai menti, cela rouvrirait quarante ou cinquante vieux dossiers de types qui se trouvent actuellement derrière les barreaux et qui réclameront un nouveau procès. Et certaines personnes se demanderont si vos copains procureurs savaient que je mentais et l'ont toléré afin d'obtenir ces condamnations. Alors, vous pouvez remballer votre baratin moralisateur et condescendant car je parie que vous en avez fait autant pour arriver là où vous êtes.

Silence dans la pièce.

— Enfoirés de fédéraux, crache Malone. Vous êtes prêts à mentir, à tricher, à vendre les yeux de votre mère pour obtenir une condamnation. Mais quand les flics en font autant, vous criez au scandale.

— La ferme, Denny, dit O'Dell.

— Je vous ai obtenu combien de condamnations ? Six ? Sept ? Quand est-ce que ça va s'arrêter ? Quand est-ce que ça sera suffisant ?

— Ça s'arrêtera quand on vous le dira, répond Paz.

— Oui, mais quand ? Jusqu'où voulez-vous aller ? Vous avez des couilles, Paz ? Vous avez des couilles assez grosses pour vous attaquer aux juges ? À votre avis, combien ils gagnent après impôts ? Assez pour s'offrir un appart à Palm Springs ? Et quand ils se font inviter à Vegas ? Ils claquent un max de fric au casino, mais ça passe par pertes et profits. Ça vous intéresse de savoir comment ça marche ?

— Vous vous prenez pour un justicier tout à coup ? demande Weintraub.

— Si vous savez quelque chose…, dit Paz.

— *Tout le monde* sait ! s'exclame Malone. Le pauvre hindou du kiosque à journaux sait ! Un gamin noir de dix ans qui traîne au coin de la rue sait ! Ce que je vous demande, c'est comment ça se fait que *vous* ne savez pas !

Nouveau silence.

— Vous êtes bien calmes, tout à coup, ironise Malone.

— Nous sommes obligés d'aller de la base au sommet, explique O'Dell.

— C'est pratique, hein ? Ça vous arrange bien. Comme ça, vous n'êtes pas obligés de vous retrouver en première ligne.

— Je refuse de rester là à recevoir des leçons de la part d'un flic corrompu, déclare Paz.

— Vous savez quoi ? rétorque Malone. Rien ne vous y oblige.

Il se lève.

— Asseyez-vous, Denny, ordonne O'Dell.

— Vous en avez eu pour votre argent. Je vous ai donné tous les avocats avec lesquels j'ai travaillé. J'arrête.

— Dans ce cas, on vous inculpe, dit Paz.

— Allez-y, envoyez-moi à la barre. Vous verrez quels noms je vais citer, ce qui arrivera à vos carrières.

— Quelles que puissent être mes aspirations professionnelles, répond Paz, elles n'ont rien à voir avec ça.

— Oui, et moi je suis le Père Noël.

Malone marche vers la porte.

— Vous savez quoi ? lui lance Paz. Vous avez raison. Vous nous avez conduits aussi loin que vous le pouviez avec les avocats. Maintenant, je veux des flics.

Pauvre connard d'Irlandais, se dit Malone. Les avocats, ce n'était qu'un appât pour t'attirer. Combien de fois tu as utilisé la même tactique avec des mouchards ? Dès que tu les as ferrés, ils sont à toi. Tu les balances dans les rues et tu t'en sers.

Mais tu as cru que tu étais différent, abruti.

— Je vous l'ai dit dès le départ, répond-il. Pas de flics.

— Vous me donnerez des flics. Sinon, quand on dévoilera les inculpations visant les avocats, j'indiquerai que ça vient de vous.

Paz lui sourit et attend que ces paroles fassent leur chemin.

— Courez, Denny, courez.

Cette salope te tient par les couilles, se dit Malone. Tu es pris au piège. Si elle répand la nouvelle que tu es un mouchard, tout le monde va te tomber dessus : les flics, les Cimino, les salopards de la mairie.

Tu es un homme mort.

— Sale petite pute basanée.

Paz continue à lui sourire.

— Elles sont très appréciées. Tout le monde veut y goûter. Donnez-moi des flics. Sur bandes.

Elle quitte la pièce.

Autour de Malone, les murs tournoient. Il parvient à se contrôler suffisamment pour dire à O'Dell :

— On avait un accord.

— On ne vous demande pas de donner vos équipiers.

Juste un ou deux autres gars. Il y a bien des flics qui, même pour vous, Denny, franchissent la ligne. Des flics brutaux. Que nous devons faire disparaître des rues.

— Je ne ferai rien contre mes équipiers.

— Vous les *sauverez*, au contraire. Vous croyez que nous sommes stupides ? Que nous vous pensons capable de monter tout seul un coup foireux comme Rivera ? Si on vous inculpe pour ça, ils tomberont aussi. Russo et Montague.

— Leur sort est entre vos mains, Malone, ajoute Weintraub. Ne le laissez pas échapper.

— Denny, reprend O'Dell, je vous apprécie. Je ne crois pas que vous soyez un pourri, je pense que vous êtes un type bien qui a fait des choses pas bien. Mais il existe une échappatoire, pour vous et vos équipiers. Aidez-nous et on vous aidera.

— Et Paz ?

— Vous savez pertinemment qu'elle ne peut pas être informée d'un tel arrangement.

Weintraub demande :

— Pourquoi a-t-elle quitté la pièce, à votre avis ?

— On a un accord entre nous, dit O'Dell.

— Si je vous en donne un ou deux, dit Malone, je veux votre parole d'honneur, sur la tête de vos enfants, que vous ne toucherez pas à mes équipiers.

— Vous avez ma parole.

Comment franchit-on la ligne ?

Un pas après l'autre.

16

Fat Teddy est en route.

Aussi vite qu'il peut marcher.

De l'autre côté de Broadway, à l'intérieur de la camionnette de livraison du magasin d'alcool, Malone le regarde sortir de la quincaillerie, toujours au téléphone.

— C'est bon, annonce Levin en regardant l'écran de son iPad.

Teddy a utilisé trois téléphones pour appeler le même portable en Géorgie et descend maintenant Broadway en direction du centre.

— Il vient de composer un numéro en 212[1], dit Levin.
— Il annonce à Carter que c'est parti, dit Monty.
— Où tu veux qu'on le chope ? demande Russo.
— Attends, répond Malone.

Ils demeurent à sa hauteur lorsqu'il traverse la 158e, tourne à droite dans la 157e puis encore à droite vers Edward Morgan Place.

— S'il entre au Kennedy's Chicken, dit Monty, bonjour les stéréotypes.

Ils tournent derrière lui.

— Il nous a repérés ? demande Russo.
— Non, dit Malone. Il est trop préoccupé.
— C'est sa bagnole là-bas, dit Russo. Devant la cafèt'.
— Allons-y.

---

1. Indicatif de l'État de New York.

Il compose le numéro de Merde au cul.

— Fais ce que tu as à faire.

Merde au cul ne voulait pas être mêlé à cette histoire. Il avait tenté de se défiler.

— Putain, j'ai failli me faire choper la dernière fois. Je veux pas être obligé de retourner à Baltimore.

— T'inquiète pas.

Il avait essayé une autre tactique :

— Carter est pas protégé par Torres ?

C'est précisément ça l'idée, mon pote.

— C'est toi qui diriges la Task Force, maintenant ? lui avait répliqué Malone. Ils ont remplacé Sykes par un enfoiré de junkie black qui ressemble à Ichabod Crane et personne ne m'a prévenu ? C'est moi qui choisis où je veux agir, connard.

— Je disais juste…

— Tu n'as rien à dire, à part que tu vas faire ce que je te demande.

Par conséquent, Merde au cul est maintenant dans la rue et il appelle la police.

— Je vois un type avec un flingue.

Il donne l'adresse.

L'appel retentit à la radio, c'est Russo qui répond.

— Unité de Manhattan North. On y va.

Ils jaillissent de la camionnette, marchent derrière Teddy et lui sautent dessus juste avant qu'il monte dans sa voiture.

Cette fois, Teddy n'a pas envie de plaisanter, il la ferme. C'est du sérieux.

Monty le plaque contre la voiture.

Levin lui confisque son téléphone.

Malone dit à Teddy :

— Je te jure, si j'entends un seul mot…

Ils le ramènent à la camionnette.

— Tu attends des potes bouseux qui arrivent du Sud ? demande Malone.

Teddy ne dit toujours rien.

Monty grimpe dans la camionnette avec une mallette.
— Tiens, tiens.

Il ouvre la mallette. Des liasses de billets de cent, cinquante et vingt.

— Fais-nous gagner du temps, Teddy. Il y a combien ?
— Soixante-cinq.

Malone éclate de rire.

— C'est ce que tu as dit à Carter ? C'est combien, en vrai ?
— Cinquante, enfoiré.

Russo en prélève quinze.

— Quel triste monde corrompu.
— Tu as déjà rencontré Mantell ? demande Malone. Ou tu lui as seulement parlé au téléphone ?
— Pourquoi vous me demandez ça ?
— Je t'explique comment ça va se passer.

Malone brandit un paquet de feuilles : le dossier d'informateur qu'il a créé au nom de Teddy.

— Soit tu deviens illico mon indic, soit ce document se retrouve entre les mains de Raf Torres, qui le vendra à Carter.
— Tu me ferais ça, Malone ?
— Oh ! que oui. J'ai déjà commencé, pauvre tache. Alors, dis-moi vite ce que tu décides. Je ne voudrais pas que tes potes de la cambrousse s'énervent.
— J'ai jamais rencontré Mantell.
— Signe ici, ici et ici, dit Malone en lui tendant un stylo.

Teddy signe.

— Où doit avoir lieu l'échange ? demande Malone.
— À Highbridge Park.
— Les péquenauds sont au courant ?
— Pas encore.

Le portable de Teddy sonne.

Levin se tourne vers Malone.

— C'est la Géorgie.
— Vous avez un code de reconnaissance ? demande Malone.

— Non.

Malone fait signe à Levin, qui approche le téléphone du visage de Teddy.

— Où est-ce que vous êtes ? demande celui-ci.

— *Harlem River Drive. Où je vais maintenant ?*

Teddy lève les yeux vers Malone, qui lui montre un carnet.

— Dyckman, à l'est de Broadway. Il y a un garage du côté nord. Garez-vous dans la ruelle.

— *Vous avez notre fric ?*

— D'après toi, ducon ?

Levin coupe la communication.

— Parfait, Teddy, dit Malone. Maintenant, appelle Carter et dis-lui que tout baigne.

Teddy compose le numéro, tandis que Malone lui agite sous le nez le dossier d'informateur pour lui rappeler l'enjeu.

— C'est moi, dit Teddy au téléphone. Tout roule... Vingt minutes, une demi-heure peut-être... OK.

Fin de l'appel.

— Une performance digne d'un oscar, approuve Russo.

— Vous avez des gars qui attendent à Highbridge Park ? demande Malone.

— À votre avis ?

— Alors, tu vas te grouiller de foncer là-bas. Et vous allez attendre les culs-terreux, sauf qu'ils ne viendront pas.

— Vous avez pas besoin de moi pour la transaction ?

— Non, dit Malone. On a notre gros Noir à nous. Je t'entends réfléchir, Teddy. Alors, réfléchis à ça : si tes nouveaux amis blancs ne se pointent pas à Dyckman, je refile ton dossier à Carter.

— Qu'est-ce que je vais lui dire ?

— Conseille-lui de regarder les infos. Et dis-lui aussi qu'il ne devrait pas faire de business sur mon territoire.

Teddy descend de la camionnette.

Russo partage les quinze mille dollars et tend sa part à Levin.

Celui-ci l'arrête d'un geste.

— Vous faites ce que vous voulez, les gars. Je n'ai rien vu. Mais moi… je ne touche pas à ça.

— Ça ne marche pas comme ça, dit Russo. Soit tu es avec nous, soit tu n'es pas avec nous.

— Si tu ne prends pas ce fric, ajoute Montague, on ne peut pas être sûrs que tu vas la boucler.

— Je ne suis pas un mouchard.

Malone sent un pincement au ventre.

— Personne n'a dit ça, répond Montague. C'est juste que tu dois t'impliquer, tu piges ?

— Prends ce fric, dit Russo.

— File-le à des œuvres de charité si tu veux, ajoute Montague. Ou dépose-le dans le tronc à l'église.

— Envoie-le à St. Jude's, suggère Malone.

— C'est ce que tu fais ? demande Levin.

— Parfois.

— Qu'est-ce qui se passe si je ne le prends pas ?

Russo le saisit par le col.

— Tu bosses pour les AI, Levin ? Tu es un « homme de terrain » ?

— Bas les pattes.

Russo le lâche, mais ordonne :

— Enlève ta chemise.

— Hein ?

— Enlève ta chemise, dit Montague.

Levin se tourne vers Malone.

Celui-ci hoche la tête.

— Nom de Dieu.

Levin déboutonne sa chemise et l'ouvre.

— Satisfaits ?

— Il est peut-être planqué sous ses couilles, dit Russo. Vous vous souvenez de Leuci ?

— Si tu as un truc sous les couilles à part de la merde, dit Montague, tu ferais bien de nous le dire tout de suite.

— Baisse ton froc, ordonne Malone.

Levin secoue la tête, défait sa ceinture et fait glisser son jean jusqu'aux genoux.

— Vous voulez regarder dans mon cul aussi ?
— Ça te ferait plaisir ? demande Russo.
Levin remonte son jean.
— C'est humiliant.
— Ne te sens pas visé, dit Malone, mais si tu refuses de prendre ce fric, on se demande forcément ce que tu as dans le crâne.
— Je veux juste faire mon boulot de flic.
— Alors, fais-le. Tu viens d'infliger une amende de trois mille dollars à DeVon Carter.
— C'est comme ça que ça fonctionne ?
— C'est comme ça que ça fonctionne.
Levin prend les billets et les compte.
— Il en manque.
— Je te demande pardon ? dit Russo.
— Quinze mille divisé par quatre, ça fait trois mille sept cent cinquante, répond Levin. Il n'y a que trois mille.
Ils rient. Russo dit :
— Maintenant, on a un vrai Juif dans l'équipe.
— Il y a toujours une part pour les frais, explique Malone.
— Quels frais ?
— Tu veux des comptes détaillés ? demande Russo.
— Invite Amy au restau, et ne t'inquiète pas pour ça, dit Malone.
— Fais-lui un beau cadeau, ajoute Montague.
— Pas *trop* beau, précise Malone.
Russo sort une épaisse enveloppe marron et un stylo.
— Écris ton adresse dessus et envoie-la. Comme ça, tu ne te trimballes pas avec le fric sur toi.
Ils font un détour par un bureau de poste et prennent la direction de Dyckman.

— Et si Teddy les prévient ? demande Levin.
— Dans ce cas, on est baisés, dit Malone.
Ce qui ne l'empêche pas d'appeler Sykes pour lui

conseiller d'envoyer des unités en renfort à Highbridge Park. Il lui donne le signalement et l'immatriculation de la voiture de Fat Teddy.

Levin est aussi nerveux qu'une pute dans une église.

Malone ne lui jette pas la pierre : c'est un truc énorme, le genre de coup de filet qui fait les carrières et les médailles. Et tout ça grâce à l'idée de génie de cet enfoiré.

Le téléphone de Teddy sonne.

Monty répond :

— Vous êtes où ?

— *On arrive à Dyckman, par l'ouest.*

— Je vous vois. Un camion Yellow Penske ?

— *C'est nous.*

— Entrez dans la ruelle.

Le camion de location s'exécute.

Un type genre biker – cheveux longs, barbe, gilet de cuir frappé des lettres ECMF, East Coast Motherfuckers –, descend du côté passager, armé d'un fusil à pompe. Un svastika tatoué dans le cou, à côté du chiffre 88, le code du salut hitlérien : *Heil Hitler*.

Pour ce salopard, c'est gagnant-gagnant, pense Malone. Il se fait du fric et il refile aux négros de quoi s'entretuer.

Monty sort de la boutique d'alcool en tenant une mallette dans la main droite, la main gauche levée. Malone et Russo émergent derrière lui et demeurent en retrait, sur le côté, pour avoir un couloir de tir dégagé.

Malone constate que le biker est nerveux.

— Je pensais pas tomber sur des Blancs.

— C'était juste pour te mettre à l'aise, répond Monty.

— Je ne sais plus, du coup.

— Oh ! il y a plein de Noirs autour de toi. Mais tu ne les vois pas parce qu'il fait nuit.

— Une minute.

Le type appelle le portable de Teddy. Il l'entend sonner dans la poche de Monty et se détend un peu.

— OK.

— OK, répète Monty. Alors, qu'est-ce que tu m'apportes de beau ?

Le chauffeur descend du camion à son tour et va ouvrir le hayon arrière. Malone suit Monty et jette un coup d'œil à l'intérieur au moment où le biker commence à ouvrir des caisses. Elles contiennent suffisamment d'armes pour occuper les Homicides pendant deux ans : revolvers, pistolets automatiques, fusils à pompe et en tout genre : un AK, trois AR-15, y compris un Bushmaster.

— Tout est là, annonce le biker.

Monty balance la mallette sur le hayon et l'ouvre.

— Cinquante mille. Tu veux compter ?

Oui, il veut. Il compte les liasses de billets marqués et enregistrés.

— C'est bon.

Malone et Russo déchargent les armes et les transportent dans la camionnette de la boutique d'alcool.

— Tu diras à Mantell qu'on est prêts à lui acheter tout ce qu'il a à vendre, dit Monty.

Le biker sourit.

— Du moment que c'est pour tirer sur d'autres « personnes de couleur ».

Monty ne peut s'en empêcher :

— Ou des flics.

— Ça me va aussi.

Ah oui ? se dit Malone. On verra si ça te va toujours quand un maton te réduira les reins en compote, espèce de sale bouseux fumeur de meth et bouffeur de viande séchée qui baise sa cousine. Je me ferais un plaisir de m'en charger tout de suite si je ne voulais pas offrir ce coup de filet à Sykes et à La Force.

Ils ont terminé le transbordement.

— Tu as besoin que je t'indique le chemin pour repartir ? demande Monty au chauffeur.

Monty pense à tout. Sykes a fait couvrir le secteur, de tous les côtés, mais cela lui permettra d'avoir un coup d'avance s'il sait quelle direction va prendre le camion.

— On va repartir par où on est venus, je suppose.

— Ou alors, tu continues dans Dyckman, tout droit, jusqu'au pont Henry Hudson, au sud du George Washington, et ensuite tu prends la 95, direct vers le sud.

— On trouvera, dit le biker.

— Nom de Dieu, dit Monty en secouant la tête, si on voulait vous dépouiller, on le ferait ici, on ne va pas s'amuser à vous courser sur l'autoroute.

— Mantell vous contactera.

— *Heil Hitler.*

Le camion Penske ressort de la ruelle en marche arrière et, paranoïa oblige, il tourne à droite dans Dyckman pour traverser toute la ville avant de pouvoir reprendre l'autoroute.

Malone passe un coup de téléphone.

— Le suspect arrive de l'est, dans Dyckman.

— Vu, répond Sykes.

Levin a la banane.

— Attends, dit Malone.

Et soudain, c'est parti : les sirènes, les braillements. Malone et Levin sortent dans la rue et voient les lumières rouges clignotantes des voitures de patrouille qui se rapprochent.

— Je connais deux mères, au moins, dit Malone, qui ne se feront pas sauter ce soir. Levin, tu as fait un vrai boulot de flic.

— Merci.

— Sérieux. Tu as sauvé des vies ce soir.

Une voiture de patrouille s'arrête devant eux et Sykes jaillit du siège arrière. En uniforme, rasé de frais, prêt pour les caméras.

— Quel est le topo, sergent ?

— Venez.

Malone conduit le capitaine à la camionnette.

Sykes découvre les armes.

— Nom de Dieu.

— Vous appelez McGivern ?

Si Sykes n'informe pas tout de suite McGivern, celui-ci lui pourrira le job jusqu'à ce qu'il prenne sa retraite.

— Non, sergent, je suis un idiot, répond Sykes. Il est déjà en chemin.

Il ne quitte pas les armes des yeux.

Malone sait ce que ça représente pour lui. Certes, c'est formidable pour sa carrière, mais pas seulement. Comme eux tous, Sykes a vu les cadavres, le sang, les familles, les enterrements.

Pendant quelques secondes, Malone a presque de l'amitié pour lui.

Et il a de nouveau le sentiment d'être un flic.

Et non pas un mouchard.

Un flic qui fait son métier, qui veille sur les siens. Car ce soir, il y aura moins de morts, moins de souffrance, au royaume de Malone.

Une autre voiture s'arrête. McGivern en descend.

— Joli travail, messieurs ! s'exclame-t-il. Joli travail, capitaine ! Ce soir, il fait bon appartenir à la police de New York, n'est-ce pas ?

Il marche vers Sykes.

— Vous avez récupéré l'argent, j'espère ?

— Oui, commandant.

Les voitures se succèdent. Police scientifique et membres des différentes Task Force. Ils commencent à prendre des photos et à enregistrer les armes saisies avant de les rapporter au poste, où elles seront exposées le lendemain, lors de la conférence de presse.

Une fois les formalités achevées, Sykes surprend tout le monde en annonçant que la première tournée au Dublin House est pour lui.

Une première tournée en entraîne une deuxième, qui en entraîne une troisième, et ensuite, plus personne ne compte.

À un moment donné, entre la cinquième et la sixième, Malone se retrouve assis au bar à côté de Sykes.

— Si quelqu'un me demandait, dit celui-ci, de citer le meilleur et le pire flic avec lequel j'ai travaillé, je répondrais Denny Malone.

Malone lève son verre.

Sykes en fait autant et ils les vident d'un trait.

— Je ne vous avais jamais vu en uniforme, dit Malone.

— J'ai fait trois ans d'infiltration au Sept-Huit. Qui le croirait, hein ?

— Pas moi.

— Je portais des dreads.

— Vous vous foutez de moi.

— Juré. Vous avez fait du bon travail ce soir, Malone. Je n'ose même pas imaginer ce qui se passerait si ces armes s'étaient retrouvées dans la rue.

— DeVon Carter ne sera pas ravi.

— J'emmerde Carter.

Malone ricane.

— Quoi ? demande Sykes.

— Je repensais à ce jour où on était assis là, au bar, avec Monty, Russo, Billy O, moi et cinq ou six autres inspecteurs, après le service, et voilà un jeune Noir… sans vouloir vous vexer… qui entre en brandissant un flingue et qui gueule : « C'est un hold-up ! » Le braquage le plus stupide de toute l'histoire de l'humanité. Ça devait être un débutant, il n'avait même pas vingt ans et il tremblait de peur. Il pointe son arme sur Mike, derrière le bar, qui le regarde sans réagir, et soudain, le pauvre gamin se retrouve avec une douzaine de flingues dirigés sur lui, face à tous ces flics qui rigolent et lui crient : « Fous le camp d'ici ! » Le gamin fait demi-tour et ressort à toute vitesse comme un personnage de dessin animé. On ne lui a même pas couru après. On a continué à boire.

— Mais vous n'avez pas tiré.

— C'était un gosse. Il faut être complètement crétin pour braquer un bar de flics.

— Ou désespéré.

— Oui, sans doute.

— La différence entre vous et moi ? dit Sykes. Je lui aurais couru après.

Une fête s'est improvisée autour d'eux. Monty danse au rythme de la musique, seul, Russo et Emma Flynn se prennent la tête, Levin surfe sur les tables, Babyface écrase des flics en civil dans une partie de *beer pong*.

Malone a le cœur brisé.

Il va trahir les siens.

Il va dénoncer des flics.

Il dépose un billet de vingt sur le comptoir et dit :
— Faut que j'y aille.
— Denny Malone, alias « Le Dernier Verre » ?
— Ouais.

Il faut que j'y aille avant d'être encore plus ivre et de commencer à parler, à raconter ma vie et à chialer sur le bar en disant à tout le monde que je suis une ordure.

Levin le voit se lever.
— Hé, Malone ! Tu ne peux pas partir maintenant !
Malone le salue d'un geste.
— Malone !
Levin lève sa chope de bière.
— Hé, mesdames et messieurs ! S'il vous plaît ! Un peu de silence, bande d'enfoirés !
— Il va le sentir demain, glisse Sykes.
— Les Juifs ne tiennent pas l'alcool, répond Malone.

Levin ressemble à la statue de la Liberté avec sa chope brandie à bout de bras telle une torche.

— Mesdames et messieurs de La Force ! Je vous présente le sergent Denny Malone ! Le plus grand casseur de couilles, la terreur des criminels, qui fait la loi dans les rues de notre belle ville ! Le roi de Manhattan North ! Vive le roi !

Les flics reprennent tous en chœur :
— Vive le roi ! Vive le roi ! Vive le roi !
Sykes sourit à Malone.
— Vous êtes un type bien, capitaine, dit Malone. Je

ne vous aime pas beaucoup, mais vous êtes un type bien. Prenez soin de tous ces gens, d'accord ?

— C'est mon boulot, répond Sykes en balayant le bar du regard. J'aime ces gens.

Moi aussi, se dit Malone.

Il sort.

Il n'a plus sa place ici.

Il n'a plus sa place chez Claudette non plus.

Il rentre chez lui et vide le fond d'une bouteille de Jameson, seul.

17

La conférence de presse ressemble à une soirée radio-crochet au Chuckle Hut.

Classique, se dit Malone.

Les armes, belles et mortelles, soigneusement étiquetées, sont disposées sur des tables. Des gradés et des huiles alignés sur l'estrade attendent leur tour pour prendre le micro. Outre Sykes, qui n'a même pas l'air d'avoir la gueule de bois, et McGivern, il y a là Neely, le chef des inspecteurs ; Isadore, le chef des agents de patrouille ; Brady, le grand manitou, son adjoint, le maire et, pour des raisons qui dépassent Malone, le révérend Cornelius.

McGivern prononce quelques mots d'autocongratulation, avant de présenter Sykes, qui évoque en termes techniques l'opération et la saisie d'armes, et dit combien il est fier des agents de la Task Force et de leur travail d'équipe pour obtenir ce résultat.

Il cède ensuite la parole au chef de la police, qui élargit le champ des félicitations afin d'englober toutes les forces de l'ordre, et prend soin de prolonger son discours, histoire de faire attendre le maire.

Quand Hizzoner prend enfin le micro, il étend les félicitations à tous les fonctionnaires municipaux, y compris, et surtout, lui-même, expliquant que la police et l'administration œuvrent main dans la main dans le but de rendre cette ville plus sûre pour tous. Après quoi, il présente ce cher révérend.

Malone a déjà la nausée, mais il a carrément envie de

vomir en l'entendant prêcher les vertus de la communauté et de la non-violence, dénoncer les causes économiques de cette violence, expliquer que la communauté a besoin de « programmes, pas de pogroms » (personne ne comprend ce que ça veut dire), puis avancer sur une corde raide en incitant la police à en faire davantage, tout en la mettant en garde contre un excès de zèle.

Dans l'ensemble, Malone juge que c'est une bonne prestation.

Isobel Paz elle-même, qui a tant fait pour lutter contre le trafic d'armes entre États, semble apprécier le spectacle.

Le portable de Malone sonne, justement c'est Paz. Il l'aperçoit à l'autre extrémité de la salle bondée.

— Ne croyez pas que ça va vous aider, petit salopard. Je veux toujours des flics.

— Plus que jamais, hein ? répond-il en la regardant. Le chef de la police avait des allures de maire, j'ai trouvé.

— Des flics. Sur bandes. Maintenant.

Clic.

Torres l'aborde de front dans le vestiaire de Manhattan North.

— Faut qu'on se parle, toi et moi.
— OK.
— Pas ici.

Ils sortent du poste et traversent la rue ; ils pénètrent dans la cour arborée de St. Mary.

— Espèce d'ordure, crache Torres.

Très bien, se dit Malone. Plus il est en colère, mieux c'est. La colère le rend imprudent, elle lui fait commettre des erreurs. Il se plante devant Malone.

— Recule, dit celui-ci.
— Je devrais te péter la gueule.
— Je ne suis pas une de tes putes.

La voix de Torres vire au grincement.

— Qu'est-ce qui t'a pris, nom de Dieu, de taper ce

chargement ? Dans Dyckman ? C'est mon territoire. Tu étais censé rester en dehors des Heights.

— Carter a conclu ce deal sur *mon* territoire.
— Tu viens de livrer ton territoire à Castillo, connard. Qu'est-ce que Carter peut faire sans armes ?
— Mourir.
— Je devais percevoir ma commission sur cette vente.
— Et alors ? On rembourse maintenant ?
— Pas touche à mon fric, Malone.
— OK, OK.

Et puis, rongé de honte, Malone débite son laïus. Il va donner à Paz ce qu'elle réclame.

— Qu'est-ce qu'il faudrait pour arranger les choses ? Tu devais empocher combien ?

Torres se calme un peu. Puis il passe la tête à l'intérieur du nœud coulant.

— Quinze. Plus les trois que Carter ne me filera pas ce mois-ci, vu qu'on l'a entubé.
— Tu veux lécher la sueur de ma bite aussi ?
— Non, tu peux la garder. Quand est-ce que j'aurai mon fric ?
— Retrouve-moi sur le parking.

Malone regagne sa voiture, sort dix-huit mille dollars de la boîte à gants et les glisse dans une enveloppe. Torres rapplique quelques minutes plus tard, il se coule sur le siège du passager. Dans l'espace exigu de la voiture, Malone sent son odeur : l'haleine de café froid, les vêtements imprégnés de tabac, l'eau de toilette trop forte.

— Alors ? demande Torres.

Il n'est pas trop tard, songe Malone. Pas trop tard pour reculer et s'abstenir de détruire un flic, un frère, même un sale enfoiré comme Torres. Tant qu'il ne prend pas l'argent, ils n'ont rien contre Raf, uniquement du baratin.

Si tu franchis la ligne, impossible de revenir en arrière.

— Alors, Malone ? Tu as quelque chose pour moi, oui ou merde ?

Oui, j'ai quelque chose pour toi, pense Malone. Il lui tend l'enveloppe.

— Tiens, voilà ton blé.

Torres fourre l'enveloppe dans sa poche.

— Tu veux me rendre service ? dit-il. Branle-toi un bon coup et arrête de bander pour Carter. Crois-moi, Castillo est bien pire.

— Carter appartient au passé, dit Malone. Mais il ne le sait pas encore.

— Ne me fais plus jamais un coup pareil, Malone.

— Tu peux lécher mon cul maigrichon d'Irlandais.

Torres descend de voiture.

Malone ouvre sa chemise et vérifie que le magnétophone a bien fonctionné. C'est bon, il a enregistré cet échange. Torres est un mort-vivant.

Et toi aussi, se dit-il.

L'homme que tu étais n'existe plus.

Il roule jusque dans le centre pour remettre l'enregistrement à O'Dell. Quinze fois, vingt fois en chemin, il envisage de le balancer et de foutre le camp. Mais en faisant cela, se dit-il, j'entraîne Russo et Monty dans mon merdier. Alors, s'il faut choisir entre eux et Torres…

Weintraub introduit aussitôt la cassette dans l'appareil, et Malone entend :

— *Qu'est-ce qui t'a pris, nom de Dieu, de taper ce chargement ? Dans Dyckman ? C'est mon territoire. Tu étais censé rester en dehors des Heights.*

— *Carter a conclu ce deal sur mon territoire.*

— *Tu viens de livrer ton territoire à Castillo, connard. Qu'est-ce que Carter peut faire sans armes ?*

— *Mourir.*

— *Je devais percevoir ma commission sur cette vente.*

— *Et alors ? On rembourse maintenant ?*

— *Pas touche à mon fric, Malone.*

— *OK, OK. Qu'est-ce qu'il faudrait pour arranger les choses ? Tu devais empocher combien ?*

— Félicitations, Malone, dit Weintraub. Vous commencez à prendre le coup.

— *Quinze. Plus les trois que Carter ne me filera pas ce mois-ci, vu qu'on l'a entubé.*

— *Tu veux lécher la sueur de ma bite aussi ?*

— Élégant, lâche Weintraub.

— *Non, tu peux la garder. Quand est-ce que j'aurai mon fric ?*

— Vous lui avez remis les billets enregistrés ?
— Oui.
— On le tient, déclare Weintraub.
— Joli travail, dit O'Dell.
— Allez vous faire foutre.

— Notre ami culpabilise car il a dénoncé un flic trafiquant de drogue, dit Weintraub. Torres a mérité ce qui lui arrive.

— À savoir ? demande Malone.

— On va l'envoyer dans une charmante petite ferme à la campagne, où il sera tout content de jouer avec les autres flics ripoux. Qu'est-ce que vous imaginiez, bordel ?

— Assez, intervient O'Dell. Denny…
— Ne m'adressez pas la parole.
— Je sais ce que vous ressentez.
— Non, vous ne savez pas.

Malone sort de la pièce. Ses pas résonnent dans le couloir désert.

Nom de Dieu, pense-t-il, tu viens de le faire.

Tu as détruit un frère.

Tu peux te dire que tu n'avais pas le choix. Il fallait que tu le fasses, hein ? Pour ta famille, pour Claudette, pour tes équipiers. Oui, tu peux te dire tout ça, et c'est la vérité. Mais ça ne change rien au fait que tu viens de détruire un flic.

Soudain, le couloir se met à tanguer, ses jambes tremblent et il se retrouve appuyé contre le mur, qu'il agrippe comme s'il pouvait l'empêcher de tomber. Penché en avant, il enfouit son visage dans ses mains.

Pour la première fois depuis la mort de son frère, il sanglote.

18

Claudette est ravissante.
Blanc sur noir.
Une robe fourreau blanche souligne sa silhouette et sa peau sombre. Créoles en or, rouge à lèvres carmin, les cheveux relevés en chignon très années 1940, ornés de sa fleur blanche.
Saisissante.
Belle à briser le cœur, à faire bouillir le sang et jaillir les yeux de leurs orbites.
Malone retombe amoureux d'elle.
Ils s'offrent une véritable sortie en couple.
Elle avait raison, a-t-il décrété. Pour un motif quelconque, débile, il la cachait. Il la laissait seule avec ses doutes et son addiction.
Qu'ils aillent tous se faire foutre.
Si les bouseux de la police ne sont pas contents, il les emmerde. Et si les *bros* croient que ça signifie qu'il va se montrer plus coulant, ils vont vite s'apercevoir de leur erreur.
Et puis, il y a autre chose.
Il a besoin d'elle.
Après avoir piégé un frère flic, même un connard comme Torres, il a besoin d'elle.
Alors, il avait pris son téléphone et il l'avait appelée. Il avait été un peu surpris qu'elle ne lui raccroche pas au nez quand il avait dit :
— Ici l'inspecteur Malone de Manhattan North.

Il y avait eu un bref silence, puis :

— Que puis-je pour vous, inspecteur ?

Il devinait à sa voix qu'elle était clean.

— Je sais que j'appelle à la dernière minute, mais j'ai réservé une table chez Jean-Georges ce soir, et personne n'est assez charitable pour accompagner un abruti insensible et négligent comme moi, et même si je suis certain qu'une femme aussi jolie que toi a déjà prévu quelque chose, j'ai décidé de tenter ma chance et de te demander si, par hasard, tu accepterais de dîner avec moi.

Il avait dû endurer un long silence avant qu'elle réponde :

— Ce n'est pas facile d'obtenir une table chez Jean-Georges.

Exact. Il avait dû rappeler au maître d'hôtel un certain incident qu'il avait étouffé avant qu'il apparaisse dans les journaux à la rubrique faits divers.

— Je leur ai dit qu'il y avait une chance, une toute petite chance, pour que la femme la plus jolie et la plus charmante de New York honore leur établissement de sa présence, et ils se sont mis en quatre.

— Tu en fais des tonnes.

— La subtilité n'est pas mon fort. Alors ?

Après un autre long silence, elle avait répondu :

— Ce sera avec plaisir.

Il a choisi de l'inviter chez Jean-Georges car elle aime tout ce qui est français.

Noté dans le Zagat, trois étoiles au Michelin, hors de prix, impossible d'y obtenir une table si vous n'êtes pas un flic célèbre. Mais c'est Malone, malgré son beau costume, qui se sent nerveux dans ce décor chic, pas Claudette.

On dirait qu'elle y est née.

C'est aussi l'avis du serveur qui lui adresse la plupart de ses questions et de ses commentaires, et Claudette répond comme si elle avait fait ça toute sa vie. Elle suggère discrètement les plats et les vins, et Malone suit.

— Comment tu connais tout ça ? lui demande Malone

en attaquant prudemment le jaune d'œuf toasté au caviar et aux herbes, bien meilleur qu'il l'avait imaginé.

— Crois-le si tu veux, répond-elle, mais tu n'es pas le premier homme avec qui je sors. Et je suis allée au sud de la 110e cinq ou six fois, peut-être même sept. Tu imagines ?

Il se sent con.

— Vas-y, enfonce-moi encore un peu plus. Je le mérite.

— C'est vrai. Mais je passe un moment merveilleux, trésor. Merci de m'avoir invitée ici. C'est superbe.

— C'est *toi* qui es superbe.

— Tu vois, tu t'améliores déjà.

Malone choisit le homard du Maine, Claudette le pigeonneau fumé.

— C'est du pigeon ? demande Malone.

— Oui, réplique Claudette. Tu n'as jamais eu envie de te venger ?

Ils ne parlent pas de l'héroïne, de sa « rechute » et du sevrage. Elle se sent mieux aujourd'hui, ça se voit. Il pense qu'elle a peut-être arrêté définitivement. Au dessert, ils se décident pour un assortiment de « bouchées » au chocolat.

— C'est notre premier vrai rancard depuis longtemps, dit Claudette.

— Le mot important, c'est « premier ».

— Avec nos emplois du temps, c'est difficile de trouver un moment libre.

— Il se pourrait que je commence à travailler un peu moins. Que je prenne un peu plus de congés.

— Ça me plairait.

— Ah bon ?

— Oui, beaucoup. Mais on n'est pas obligés de toujours faire *ça*.

— C'est agréable.

— Je veux juste passer du temps avec toi.

Malone se lève, prétendument pour aller aux toilettes, mais il va voir l'hôtesse d'accueil et lui dit qu'il voudrait une véritable addition, réglo et détaillée, car s'il y a certaines choses qu'on peut se faire offrir, il y en a d'autres qu'il faut payer.

Si vous sortez votre nana, vous payez.

L'hôtesse répond :

— Le directeur a dit...

— Je sais, et je le remercie. Mais j'aimerais une vraie note.

La vraie note arrive. Il paye, laisse un bon pourboire et tire la chaise de Claudette.

— J'ai pensé que tu aimerais peut-être aller au Smoke. Lea DeLaria y passe ce soir.

Malone ne la connaît pas, il sait juste que c'est une chanteuse. Il s'est renseigné sur Internet.

— J'aimerais beaucoup, dit Claudette. Je l'adore. Mais tu n'aimes pas le jazz.

— C'est ta soirée.

Le Smoke Jazz and Supper Club se situe dans la 106e, au niveau de Broadway, sur le territoire de Malone. C'est un petit club d'une cinquantaine de places, mais Malone a appelé plus tôt pour réserver, au cas où Claudette voudrait y aller.

On leur donne une table pour deux.

DeLaria interprète des standards, accompagnée d'une contrebasse, d'une batterie, d'un piano et d'un saxophone. Claudette feint l'étonnement :

— Une Blanche qui sait chanter ? Ça alors.

— Raciste.

— Je suis réaliste, voilà tout.

Entre deux chansons, DeLaria s'approche de Claudette et demande :

— Il est gentil avec toi, ma jolie ?

Claudette hoche la tête.

— Très.

DeLaria se tourne alors vers Malone.

— Tu as intérêt. Elle est si belle que je pourrais te la voler.

Puis elle se lance dans « Come Rain or Come Shine ».

Une légère agitation parcourt la salle lorsque Tre fait son entrée avec sa bande. DeLaria le salue d'un hochement de tête tandis qu'il se dirige vers sa table, puis le magnat du hip-hop aperçoit Malone, avec Claudette, et lui adresse un signe de tête respectueux.

Malone le lui rend.

— Tu le connais ? demande Claudette.

— Je travaille pour lui de temps en temps.

La nouvelle va se répandre dans toute la ville : cet enfoiré de Malone sort avec une *sister*.

— Tu veux que je te le présente ? propose-t-il.

— Non. Je ne suis pas très branchée hip-hop.

Malone sait ce qui va se passer ensuite et, en effet, une bouteille de Cristal arrive sur leur table, avec les compliments de Tre.

— Quel genre de travail tu fais pour lui ? demande Claudette.

— Protection.

DeLaria attaque « You Don't Know What Love Is ».

— Billie Holiday, dit Claudette.

Elle s'immerge dans la chanson.

Malone se tourne vers Tre, qui l'observe, le réévalue, tente de deviner qui est ce type qu'il a en face de lui.

Je comprends, pense Malone. J'essaye d'en faire autant.

La robe blanche glisse sur elle comme la pluie sur une obsidienne.

Ses lèvres sont charnues et chaudes, son cou musqué.

Après qu'ils ont fait l'amour, elle s'endort et Malone reste éveillé. Il regarde par la fenêtre en repensant à la chanson de Billie Holiday.

19

Son portable sonne de nouveau.

Et de nouveau, il l'ignore. Il se colle contre le dos de Claudette et tente de se rendormir, le visage enfoui dans le doux creux de son cou. Mais sa conscience prend le dessus et il regarde son téléphone.

C'est Russo.

— Tu es au courant ?

— Au courant de quoi ?

— Pour Torres.

Malone est parcouru d'une décharge électrique.

— Quoi, Torres ?

— Il a avalé son flingue.

Sur le parking du poste de Manhattan North, explique Russo. Deux flics en uniforme ont entendu une détonation, ils sont sortis en courant et l'ont trouvé dans sa voiture. Le moteur allumé, la clim à fond, la radio qui gueulait de la salsa, et la cervelle de Torres éparpillée sur le pare-brise arrière.

Pas de mot.

Pas de message.

Pas de traces de freinage, il s'était buté, tout simplement.

— Pourquoi il a fait un truc pareil ? demande Russo.

Malone connaît la réponse.

Les fédéraux lui ont mis la pression. Tu deviens mouchard ou tu vas en taule.

Et Torres leur a répondu.

Ce salopard de Raf Torres, brutal, méchant, raciste, menteur et pervers, leur a répondu.

Allez vous faire foutre. Je mourrai en homme.

Malone se lève.

— Que se passe-t-il ? demande Claudette d'une voix endormie.

— Faut que j'y aille.

— Déjà ?

— Un flic s'est suicidé.

Malone fait irruption dans le bureau, saisit O'Dell par les revers de sa veste, l'arrache à son fauteuil et le plaque contre le mur.

— J'ai essayé de vous appeler, dit O'Dell.

— Salopards.

Weintraub se lève et s'approche pour intervenir, mais Malone se retourne et lui jette le regard de la mort, style : si tu veux t'en mêler, tu ne vas pas être déçu. Weintraub recule.

— Calmez-vous, Malone, dit-il d'une petite voix.

— Qu'est-ce que vous avez fait ? demande Malone. Vous avez essayé de le retourner ? De lui faire porter un micro ? Ou sinon, vous lui passiez les menottes au poste, devant ses collègues, ses frères inspecteurs, et vous l'obligiez à sortir comme ça, devant les caméras de télé et une foule qui crie « Pourri ! » ? Vous lui avez parlé de la prison, de ce qu'allait devenir sa famille ?

— Nous avons fait notre travail.

— Vous avez tué un flic !

Malone postillonne au visage de O'Dell.

— Vous êtes un tueur de flic.

— J'ai essayé de vous appeler dès que j'ai appris la nouvelle. Nous n'y sommes pour rien, et vous non plus. C'est lui. Il a fait des choix, y compris le dernier.

— Et peut-être qu'il a fait le bon, dit Malone.

— Non. Il n'avait pas le courage d'affronter ce qu'il a fait. Vous, si. Vous vous rachetez.

— En tuant un frère flic.

— Torres a choisi la solution des lâches, dit Weintraub.

Malone fait volte-face et lui fonce dessus.

— Ne dites pas ça. Ne dites plus jamais ça. J'ai vu ce type dévaler des cages d'escalier, je l'ai vu enfoncer des portes. Vous étiez où, vous ? En train de siroter un martini avant de déjeuner ? Bien à l'abri au plumard avec votre petite amie ?

— Vous n'aimiez pas ce type.

— C'est vrai, mais c'était un flic. Et pas un lâche.

— OK.

— Asseyez-vous, Denny, dit O'Dell.

— *Vous*, asseyez-vous.

— Vous êtes défoncé ? Vous avez pris un truc ?

Juste une demi-douzaine de *go-pills* et deux lignes de coke.

— Faites-moi pisser dans un flacon. Si c'est positif, vous pourrez ajouter ça aux autres inculpations.

— Calmez-vous.

— Comment vous voulez que je me calme, putain de merde ?! Vous croyez que ça va s'arrêter là ? Vous croyez qu'il n'y aura pas de rumeurs ? Que les gens ne vont pas se poser de questions ? Ces enculés des AI vont se régaler !

— On s'en occupera.

— Comme vous vous êtes occupés de Torres ?

— Je n'y suis pour rien ! proteste O'Dell. Et si vous me traitez encore une fois de tueur de flic, je...

— Vous quoi ?

— Vous n'êtes pas innocent dans cette affaire, Malone !

Paz fait son entrée. Elle regarde les trois hommes et dit :

— Quand vous aurez fini de piquer une colère, les filles, on pourra se mettre au boulot.

Malone et O'Dell se foudroient du regard, prêts à en découdre.

319

— Celle qui a la plus grosse bite, ici, c'est moi, ajoute Paz. Alors, asseyez-vous, messieurs.

Ils s'exécutent.

— Un flic corrompu s'est suicidé, reprend Paz. Bouhouu. Remettez-vous. Il faut limiter les dégâts. Torres a-t-il parlé à quelqu'un avant d'annuler sa réservation ? A-t-il évoqué cette enquête ? Malone, essayez de savoir ce qui se dit.

— Non.

— Non ? Vous êtes assailli par les remords, *papi* ? Cette vieille culpabilité catholique des Irlandais ? Vous voulez grimper sur la croix et vous crucifier ? Résistez à cette envie, Malone. D'ailleurs, je vous ai classé dans la catégorie des survivants.

— Dites plutôt la catégorie des Judas.

— Arrêtez de vous faire du mal. Ressaisissez-vous. Je veux seulement savoir ce que racontent vos frères au sujet de Torres. Car ils vont forcément en parler. Et s'ils vous en parlent, vous nous en parlez. C'est aussi simple que ça. À moins qu'un problème m'échappe ?

Il y a tellement de problèmes qui vous échappent, pense Malone.

— Cherchons des explications alternatives au suicide de Torres, reprend Paz.

Elle regarde Malone.

— Il buvait ? Il se droguait ? Il avait des ennuis conjugaux ? Des ennuis d'argent ?

— Pas à ma connaissance.

Torres gagnait beaucoup de fric. Il avait une épouse, trois enfants, et au moins trois maîtresses qu'il entretenait, dans les Heights.

— Même si des rumeurs commencent à circuler au sujet de cette enquête, ajoute Paz, cela pourrait arranger vos affaires. Vos frères inspecteurs penseront que le mouchard est mort. Il ne supportait pas la culpabilité, alors il s'est suicidé. Du coup, la voie est libre devant vous, Malone.

— Pour faire quoi ? Je vous ai donné ce que vous vouliez.

— Nous avons besoin d'un socle plus large. Nous ne voulons pas montrer qu'il rackettait juste un flic, mais toute une écurie. Nous voulons des inculpations multiples. Est-ce que Torres avait instauré un système ?

— Vous lui avez posé la question ?

— Il a dit qu'il nous répondrait plus tard.

— C'est ce qu'il a fait, non ?

Le poste est dans la tourmente.

Quand Malone arrive à Manhattan North, les vans des chaînes de télé sont déjà là. Il se fraye un chemin au milieu des journalistes en lâchant un « Aucun commentaire » lapidaire et s'engouffre à l'intérieur. Là règnent les rumeurs, la colère et la peur. Il se faufile entre les agents en uniforme qui bavardent à l'accueil et sent leurs regards dans son dos tandis qu'il monte l'escalier pour rejoindre les locaux de la Task Force.

Il sait ce qu'ils pensent : Malone sait quelque chose. Malone sait toujours quelque chose.

Tout le monde est assis à son bureau : Russo, Montague, Levin. Ils lèvent la tête quand il entre.

— Où tu étais passé ? demande Russo.

Malone ignore la question.

— Quelqu'un a contacté le légiste ?

— McGivern s'en occupe.

D'un mouvement du menton, Russo désigne le bureau vitré de Sykes, où le commandant regarde le capitaine, au téléphone.

— Et les AI ?

— Ils veulent interroger tous les inspecteurs de la Task Force, répond Montague.

— On est tous convoqués, ajoute Levin.

— Voici ce que vous allez dire. Vous ne savez rien. Des problèmes d'alcool, de drogue, de fric, des ennuis conjugaux ? Que dalle. Si son équipe a envie d'en parler, laissons-les faire.

Il se dirige vers le bureau de Sykes, frappe à la porte et entre sans attendre qu'on l'y invite.

McGivern lui pose la main sur l'épaule.

— Nom de Dieu, Denny.

— Je sais.

— Qu'est-ce qui s'est passé, bordel ?

Malone hausse les épaules.

— Quelle tristesse, soupire le commandant.

— Vous avez parlé au légiste ?

— Il ne rejette pas totalement la thèse d'un accident.

— C'est ce que vous auriez pu faire de mieux pour Torres, commandant. Mais les médias parlent déjà d'un suicide.

— Quelle tristesse, répète McGivern.

Sykes raccroche et regarde Malone.

— Où étiez-vous, sergent ?

— Je dormais. Il faut croire que je n'ai pas entendu le téléphone.

Sykes semble ébranlé. Malone ne peut pas lui en vouloir : le joli plan de vol de sa carrière vient d'entrer dans une zone de turbulences.

— Que pouvez-vous me dire ? demande Sykes.

— Je viens d'arriver, capitaine.

— Vous n'aviez rien remarqué, aucun signe ? Torres ne s'était pas confié à vous ?

— Nous n'étions pas très proches, capitaine. Que disent les membres de son équipe ? Gallina, Ortiz, Tenelli…

— Rien.

Évidemment, pense Malone. Et tant mieux.

— Ils sont encore sous le choc, ajoute McGivern. Quand un collègue, un frère, tombe sous les balles d'un criminel, c'est toujours affreux, mais une chose pareille…

Bon sang, se dit Malone, il est déjà en train de rédiger son discours.

Sykes dévisage Malone.

— Selon certaines rumeurs, Torres était dans le

collimateur des Affaires internes. Savez-vous quelque chose à ce sujet ?

Malone soutient son regard.

— Non.

— Vous ne voyez donc pas pour quelle raison les Affaires internes auraient pu s'intéresser à Torres ?

— Non.

— Ni à aucun autre inspecteur de la Task Force ?

— Elle est placée sous votre commandement, capitaine.

La menace est claire : si vous commencez à creuser, vous allez creuser votre propre tombe.

McGivern intervient :

— Ne nous emballons pas, monsieur. Laissons les Affaires internes faire leur travail.

— Je compte sur vous pour leur apporter votre entière coopération, dit Sykes en s'adressant à Malone. Et celle de toute votre équipe.

— Cela va sans dire.

— Soyons réalistes, Malone. La Task Force, c'est vous. Vos hommes vous suivront. C'est vous qui donnez le *la*.

Un aveu remarquable, d'autant plus qu'il est vrai.

— On ne couvrira rien, déclare Sykes. Pas question de dresser des barricades pour nous cacher derrière en nous repliant sur nous-mêmes.

C'est pourtant exactement ce qu'on va faire, pense Malone.

— Nous serons ouverts et transparents, ajoute Sykes. Et nous laisserons l'enquête suivre son chemin.

Oui, c'est ça. Tout droit dans votre cul.

— Ce sera tout, capitaine ?

— Donnez le *la*, sergent.

Comptez sur moi, se dit Malone en ressortant du bureau. Il fait signe à Russo et à Montague de le suivre, redescend et marche jusqu'à l'accueil.

— Sergent, pouvez-vous réclamer leur attention, je vous prie ?

— Hé, fermez-la un peu !

Le calme revient.

— Bien, dit Malone. On est tous tristes à cause de Torres. Toutes nos pensées et nos prières vont à sa famille. Mais dans l'immédiat, on doit serrer les rangs. Si vous parlez aux journalistes, voici ce que vous devez leur dire : « Le sergent Torres était un officier de police aimé et respecté, tout le monde le regrettera. » C'est tout. Restez polis, mais continuez à avancer. Je ne pense pas qu'il y en ait un seul parmi vous qui espère devenir une vedette de la télé ou des réseaux sociaux grâce à cette histoire, mais si jamais c'est le cas, sachez que j'aurai sa peau.

Il s'interrompt, le temps que le message soit bien enregistré, et que Russo et Montague l'appuient de leurs regards. Puis il ajoute :

— En patrouillant, vous allez croiser des individus qui se réjouiront. Ne réagissez pas. Ils essayeront de vous inciter à faire une connerie, ne tombez pas dans le panneau. Je ne veux pas voir un seul d'entre vous être accusé de brutalités. Restez calme, enregistrez bien leurs visages, et on réglera nos comptes plus tard... Vous avez ma parole.

» Si les AI vous interrogent, coopérez. Dites-leur la vérité : vous ne savez rien. Car c'est la vérité. Croire que l'on sait et savoir, ce sont deux choses différentes. Si vous donnez la moindre miette à ces charognards, ils reviendront. S'ils n'ont rien à se mettre sous la dent, ils s'en iront. Des questions ?

Aucune.

— Très bien, dit Malone. Nous sommes le NYPD. Alors, allons faire notre travail.

C'est le discours qu'aurait dû délivrer le capitaine. Malone remonte et avise Gallina, l'équipier de Torres, à côté de son bureau.

— Allons faire un tour, lui glisse-t-il.

Ils sortent par-derrière pour échapper aux journalistes.

— Qu'est-ce qui s'est passé, nom de Dieu ? demande Malone.

Si Torres s'est confié à quelqu'un, c'est à Jorge Gallina. Les deux hommes étaient très proches.

— Je ne sais pas.

Gallina est visiblement secoué. Il a peur.

— Il n'a pas ouvert la bouche hier. Quelque chose n'allait pas.

— Mais il n'a pas dit quoi ?

— Il m'a téléphoné de sa voiture. Il voulait juste me dire au revoir, a-t-il dit. Alors, je lui ai demandé : « Qu'est-ce qui se passe, Raf ? » Il m'a répondu : « Rien » et il a raccroché.

Ce type va mettre fin à ses jours, et il appelle son équipier pour lui dire adieu, pense Malone. Il n'appelle pas sa femme.

Les flics.

— Il avait les AI sur le dos ? demande Malone en se traitant d'ordure.

— Non, répond Gallina. On l'aurait su. Qu'est-ce qu'on va faire maintenant, Malone ?

— On va éteindre l'incendie, dit Malone. Même pas question de faire sauter un P-V. On ignore les AI et on se tient à carreau.

— OK.

— Où est planqué le fric de Torres ?

— Un peu partout, dit Gallina. J'ai environ cent mille sur un compte.

— Gloria le sait ?

Vous ne voulez surtout pas que, par-dessus le marché, une veuve s'inquiète pour des questions de blé.

— Oui. Mais je le lui rappellerai.

— Comment elle va ?

— Elle est dévastée. Même si elle parlait de divorcer, elle l'aime toujours.

— Va voir ses *gumars*. File-leur du fric et ordonne-leur de la boucler. Et surtout, pour l'amour du ciel, qu'elles comprennent bien que ce n'est pas une bonne idée d'assister à l'enterrement.

— OK. Pigé.

— Il faut que tu décompresses, Jorge. Les vautours flairent la peur comme les requins flairent le sang.

— Je sais. Et s'ils veulent me soumettre au détecteur de mensonge ?

— Tu appelles ton délégué. Il leur dira d'aller se faire foutre. Tu es sous le choc, tu es rongé par le chagrin, tu n'es pas en état.

Malgré tout, Gallina est terrorisé.

— Tu penses que les AI l'avaient dans le collimateur, Malone ? Putain, tu crois que Raf portait un micro ?

— Torres ? Jamais de la vie.

— Alors, pourquoi il a fait ça ?

Parce que je l'ai dénoncé, pense Malone. Je l'ai foutu dans la merde, j'ai mis le flingue dans sa main.

— Comment savoir ? répond-il.

Il retourne à l'intérieur du poste. McGivern l'attend.

— C'est mauvais, Denny.

Sans blague ? pense Malone. Peut-être plus qu'il ne l'imaginait, cependant, car Bill McGivern, un commandant du NYPD, qui a plus de relations qu'un conseiller municipal, paraît effrayé.

Et soudain vieux.

Sa peau ressemble à du papier, ses cheveux blancs au bouchon d'un flacon d'aspirine, et s'il a les joues rouges, c'est à cause de la couperose.

McGivern dit :

— Si les AI tenaient Torres…

— Non, dit Malone.

— Et si c'était le cas ? Que leur a-t-il dit ? Que savait-il ? Il était au courant pour moi ?

— Moi seul vous apporte des enveloppes, dit Malone.

Pour tout Manhattan North.

Mais bon Dieu, oui. Torres savait.

Tout le monde sait comment ça marche.

— Tu penses qu'il portait un micro ? demande McGivern.

— Vous n'avez rien à craindre, de toute façon. Vous n'avez jamais parlé business avec lui, si ?

— Non. C'est exact.

— Les AI vous ont convoqué ?

— Ils n'en ont pas le courage. Mais si quelqu'un parle...

— Personne ne parlera.

— La Task Force, Denny, elle est solide ? Ce sont des gars en qui on peut avoir confiance ?

— Totalement.

Du moins, j'espère.

— J'ai entendu des rumeurs, dit le commandant. Ce ne serait pas les Affaire internes, mais les fédéraux.

— Quels fédéraux ?

— Southern District. Cette salope espagnole. Elle a de l'ambition, Denny.

Dans sa bouche, ça ressemble à une insulte. Elle a de l'ambition. Elle a des morbacs. Comme si le fait d'être ambitieuse faisait d'elle une pute.

Malone déteste lui aussi cette *buchiach*, mais pas pour la même raison.

— Elle veut faire du tort à la police, dit McGivern. On ne peut pas la laisser faire.

— On n'est même pas sûrs que ça vient d'elle.

McGivern ne l'écoute pas.

— Je suis à deux ans de la retraite. Jeannie et moi, on a acheté un chalet dans le Vermont.

Et un appartement à Sanibel Island, songe Malone.

— J'ai envie de passer du temps dans ce chalet. Pas derrière les barreaux. Jeannie n'est pas très bien portante, tu sais.

— Vous m'en voyez désolé.

— Elle a besoin de moi. Durant le temps qu'il nous reste... Je compte sur toi, Denny. Je compte sur toi pour étouffer cette affaire. Fais ce que tu dois faire.

— Bien, commandant.

— J'ai confiance en toi, dit McGivern en posant la main sur son épaule. Tu es un gars bien.

Ouais, pense Malone en s'éloignant.

Je suis un roi.

Ça va être chaud, pense-t-il, de maintenir le couvercle.

D'abord, les langues vont se délier dans la rue. Tous les petits dealers minables que Torres a rackettés ou tabassés vont cracher le morceau maintenant qu'ils n'ont plus besoin d'avoir peur de lui.

Puis les types qu'il a envoyés au trou vont balancer eux aussi, de l'intérieur de leurs cellules. Hé, Torres était un ripou. Il a menti à la barre. J'exige un nouveau procès. Non, j'exige que ma condamnation soit annulée.

Si on découvre que Torres était corrompu, c'est le plein emploi assuré pour les avocats de la défense. Ces salopards feront rouvrir tous les dossiers auxquels Torres a été mêlé. Putain, et même tous ceux de la Task Force.

Et on pourrait le découvrir. Il suffit qu'un seul type craque. Gallina est déjà ébranlé. S'il crache le morceau, il ne mouchardera pas uniquement les membres de son équipe, tout le monde y passera.

La dégringolade des dominos.

Il faut qu'on éteigne l'incendie.

Non, pas on, enfoiré. *Toi.*

C'est toi qui as allumé la mèche.

Malone est le dernier de son équipe à être interrogé par les Affaires internes.

Ses gars ont fait ce qu'ils avaient à faire, et Russo lui a dit :

— Ils n'ont rien. Ils savent que dalle.

— C'est qui ?

— Buliosi et Henderson.

Henderson, pense Malone. Enfin un coup de pot.

Il entre dans la salle.

— Asseyez-vous, sergent Malone, dit Buliosi.

Le lieutenant Richard Buliosi incarne le parfait connard des AI. C'est peut-être les cicatrices d'acné qui l'ont rendu comme ça, songe Malone, mais ce type a un compte à régler avec le monde entier, assurément.

Malone s'assoit.

— Que pouvez-vous nous dire, demande Buliosi, au sujet de l'apparent suicide du sergent Torres ?

— Pas grand-chose. Je ne le connaissais pas très bien.

Buliosi pose sur Malone un regard chargé d'incrédulité.

— Vous apparteniez à la même unité.

— Torres travaillait principalement dans les Heights et à Inwood. Mon équipe opère surtout à Harlem.

— Ce ne sont pas deux mondes séparés.

— Vous seriez surpris, répond Malone. Si vous mettiez le nez dans les rues, s'entend.

Il regrette aussitôt cette pique, mais Buliosi ne relève pas.

— Torres était-il dépressif ?

— Faut croire.

— Je veux dire : est-ce qu'il montrait des signes de dépression ? demande Buliosi, qui commence à perdre patience.

— Je ne suis pas psy, mais d'après ce que j'ai pu observer, Torres était toujours le même connard.

— Vous ne vous entendiez pas ?

— Si, très bien. Entre connards.

Tu veux profiter de cette aubaine, Henderson ? se demande Malone en le regardant. Ai-je besoin de te rappeler que tu es impliqué toi aussi ? Henderson comprend le message.

— J'ai cru comprendre, dit-il, que Torres avait une réputation de type coriace par ici. Est-ce exact, Malone ?

— Si vous n'avez pas une réputation de type coriace « par ici », répond Malone, vous ne ferez pas long feu « par ici ».

— Peut-on affirmer, reprend Henderson, que les inspecteurs de la Task Force étaient choisis en fonction de ce critère ?

— Oui, on peut le dire.

— C'est bien ça, le problème avec la Task Force,

ajoute Buliosi. Elle semble avoir été créée pour chercher les ennuis.

— C'était une question, lieutenant ?

— Quand je vous en poserai une, je vous le dirai, sergent.

C'est ce que tu crois, mais pour l'instant, c'est moi qui choisis de quoi on parle, pas vrai ?

Buliosi demande :

— Savez-vous si Torres faisait quoi que ce soit qui aurait pu l'inciter à s'inquiéter pour son job ou son avenir ?

— C'est plutôt vous que ça concerne, non ?

— On vous pose la question.

— Je vous le répète : j'ignore ce que faisait ou ne faisait pas Torres.

— Vous n'avez pas entendu de rumeurs, au poste ?

— Non.

— Est-ce qu'il touchait de l'argent ?

— Je ne sais pas.

— Est-ce qu'il rackettait des dealers ?

— Je ne sais pas.

— Et vous ? demande Buliosi.

— Non.

— Vous en êtes sûr ?

— Je le saurais, il me semble, répond Malone en croisant le regard du lieutenant.

— Vous savez également, je suppose, ce que vous risquez si vous mentez au cours d'une enquête des AI ?

— Des sanctions internes, un licenciement éventuel et de possibles poursuites pénales pour obstruction à la justice.

— Exact. Torres est mort, c'est triste. Mais vous n'êtes pas obligé de le protéger.

Malone sent la colère monter du plus profond de son être. Il a envie d'écraser la tronche de cet enfoiré, pour l'obliger à fermer sa sale gueule de faux jeton.

— Vous êtes vraiment triste, lieutenant ? Ça ne se voit pas sur votre visage.

— Comme vous le disiez, vous n'êtes pas psy.

— Non, mais déchiffrer les expressions des connards, ça fait partie de mon métier.

Henderson intervient.

— Ça suffit, Malone. Je sais que vous êtes meurtri par la disparition d'un collègue, mais...

— Si un jour je vois un type des AI avaler son flingue, ce sera une première. Ça ne vous arrive jamais, pas plus qu'aux avocats ou aux mafieux. Vous savez qui fait ça ? Les flics. Uniquement les flics. Les *vrais* flics, s'entend.

— Je pense que ce sera tout pour aujourd'hui, dit Henderson. Si vous preniez quelques jours de congé, sergent ? Le temps de vous ressaisir.

— Nous nous réservons le droit de vous réinterroger, ajoute Buliosi.

Malone se lève.

— Laissez-moi vous dire un truc, à tous les deux. Je ne sais pas pourquoi Torres a fait ça. Et je n'aimais pas ce type. Mais c'était un flic. Ce métier réclame un lourd tribut. Parfois, c'est brutal : un criminel vous flingue et on n'en parle plus. Parfois, ça prend du temps, ça s'accumule peu à peu, vous ne vous en apercevez même pas. Mais un jour, vous vous levez et vous n'en pouvez plus. Torres ne s'est pas suicidé : d'une manière ou d'une autre, c'est ce métier qui l'a tué.

— Éprouvez-vous le besoin de consulter un psychologue de la police ? demande Buliosi. Je peux vous obtenir un rendez-vous.

— Non. Ce dont j'ai besoin, c'est de retourner bosser.

Il retrouve Henderson à Riverside Park, près des terrains de softball.

— Merci pour ton aide tout à l'heure, ironise Malone.

— Tu ne m'as pas franchement aidé non plus, avec ton comportement. Maintenant, Buliosi bande pour toi.

— Ce n'est pas la première fois. Aux AI, vous avez envie de vous taper *tous* les vrais flics.

— Oh ! merci bien, Denny.

Malone regarde le New Jersey de l'autre côté du fleuve. Le seul intérêt de vivre là-bas, c'est la vue sur New York.

— Vous étiez sur Torres ? demande-t-il.

— Non.

— Sûr ?

— Pour citer l'immortel Denny Malone : « Je le saurais, il me semble. » Ça ne venait pas de nous. Peut-être les fédéraux. Le Southern District veut se faire le chef de la police.

Nom de Dieu. Putain de radar.

— En tout cas, les AI sont maintenant sur le coup. Combien ça va coûter ?

— Ça fait les gros titres, Denny. Le *News*, le *Post*, et même le *Times*. Juste après cette putain d'affaire Bennett...

— Raison de plus pour étouffer la chose. Vous croyez vraiment que le grand manitou a envie que vous déterriez des squelettes dans le placard de Torres ? Les scandales ne durent pas, les gars de One P, si. Et ils ont une très bonne mémoire. Ils attendront que ça retombe, et ensuite, ils vous le feront payer. Tu partiras à la retraite avec le même grade qu'aujourd'hui, si tu arrives jusque-là.

— Tu as raison.

— Je le sais déjà. Ce que je veux savoir, c'est : combien ?

— Il faut que j'en parle à Buliosi.

— Qu'est-ce que tu fais encore là, alors ?

— Nom de Dieu, Malone, si je loupe mon coup, je me retrouve en taule.

— Et où iras-tu, à ton avis, si Gallina crache le morceau ? demande Malone. Écoute-moi bien, Larry : on plonge, tu plonges avec nous.

Sur ce, il repart, laissant Henderson contempler le New Jersey.

*
* *

— Oh ! formidable, dit Paz. Vous êtes en train de nous dire, très sérieusement, que le Bureau des affaires internes est corrompu ? Vous jetiez des os aux chiens de garde ?

— Pas à tous, répond Malone.

— Et que font-ils pour vous ? demande O'Dell.

— Ils nous rencardent, dit Malone.

Puis il ajoute :

— Vous vouliez des flics.

— C'est de toute beauté, dit Paz. À un certain niveau d'écœurement, c'est presque admirable : il va moucharder la brigade des mouchards.

— Jusqu'où ça va au sein des AI ? demande Weintraub.

— Je paye un lieutenant. Ce qu'il fait ensuite de cet argent, je n'en sais rien.

— Vous pouvez nous fournir des photos ? demande Weintraub. Un lieutenant des AI en train de toucher des pots-de-vin ?

— Qu'est-ce que je viens de dire ?

Tous les regards se tournent vers Paz.

Elle hoche la tête.

— Non, dit Malone. Je veux vous l'entendre dire, patronne. « Sergent Malone, attaquez-vous aux Affaires internes. »

— Vous avez mon autorisation.

Très bien, se dit Malone.

Dresser les rats les uns contre les autres et les laisser s'entredévorer.

Weintraub lui demande :

— Croyez-vous que votre gars puisse acheter Buliosi ?

— Ce n'est pas mon gars.

— Bien sûr que si. Il vous appartient.

— Je ne sais pas.

— Nous devons tenir les AI à l'écart, déclare Paz. Une révélation précoce menacerait notre enquête.

— Ça vous couperait l'herbe sous le pied, vous voulez dire.

— Ce que je veux dire, réplique Paz, c'est que si les AI

sont corrompues, cela supprimera les preuves et colmatera les fuites. Il ne nous restera que Henderson.

Tu parles, pense Malone. Ce qu'ils redoutent réellement, c'est que le chef de la police prenne le maire de vitesse, dénonce la corruption, la reconnaisse et passe pour un héros.

— Cet enfoiré de Torres, dit Paz. Qui pouvait se douter que c'était une telle gonzesse ?

— Donc, vous n'allez pas vous attaquer aux AI ? demande Malone.

— Bien sûr que si. Mais pas tout de suite.

Elle se dirige vers Malone et son parfum la précède.

— Sergent Malone, espèce de sale petit flic véreux, vous avez peut-être éradiqué à vous seul la corruption chez les avocats, les procureurs, aux Affaires internes et dans tout le NYPD.

— Plus fort que Serpico, Bob Leuci, Michael Dowd, Eppolito et tous ces gars-là, dit Weintraub.

Le portable de Malone sonne.

O'Dell lui fait signe de répondre.

C'est Henderson.

Il a la réponse.

Buliosi est à vendre pour cent mille dollars.

— Il pourrait s'agir d'un contre-coup monté, dit O'Dell.

— Qu'est-ce que j'ai à perdre ? demande Malone.

— Toute notre enquête, répond Weintraub. Si vous achetez Buliosi et qu'il s'agit d'une manipulation, les AI auront la peau de la Task Force et on se fera baiser.

— Et vous nous dénoncerez, n'est-ce pas ? demande Paz.

— Immédiatement.

— Le moment est peut-être venu de travailler main dans la main avec les AI, dit O'Dell. De toute façon, s'ils sont clean, nos enquêtes vont finir par se chevaucher.

— Vous êtes complètement con ou quoi ? répond Paz. Ils sont sur le point de fourguer l'enquête sur Torres.

— Ou pas.

— Si on les met dans le coup maintenant, dit Weintraub,

ils vont sacrifier Henderson et dresser les barbelés. Ils n'iront pas plus loin que ça pour embarrasser le chef de la police.

— Ils vont se replier sur eux-mêmes, dit Paz. Et nous laisser sur la touche.

— Et le maire ne deviendra pas gouverneur, dit Malone. Et vous ne deviendrez pas maire. C'est ça, l'enjeu. Alors, épargnez-moi votre numéro sur la lutte contre la corruption. Vous *êtes* la corruption.

— Alors que vous, vous êtes blanc comme neige, rétorque Paz.

— La neige de New York.

Sale, abrasive, dure.

Paz se tourne vers O'Dell.

— On paye Buliosi.

O'Dell demande :

— Est-ce qu'on a cent mille dollars, au moins ? En liquide ?

Personne ne répond.

— C'est bon, dit Malone. J'ai pigé.

Et je vous tiens.

J'ai peut-être trouvé un moyen de m'en sortir.

— Vous êtes une vedette, sergent Malone, dit Rubenstein.

Ils sont assis au premier étage de la Landmark Tavern.

— Non.

Malone ne parvient pas à déterminer si Rubenstein est homo, comme le pense Russo, mais pour Russo, tous les journalistes sont homos, même les femmes. En revanche, Malone est sûr d'une chose : Rubenstein est dangereux. Un prédateur sait reconnaître un autre prédateur.

— Oh, allons, dit Rubenstein. La plus grande saisie de drogue de toute l'histoire... Vous êtes le flic le plus célèbre de cette ville.

— Ne le répétez pas à mon capitaine, OK ?

— On raconte, dans les rues, que c'est *vous* qui dirigez Manhattan North, dit Rubenstein, souriant.

Menaçant.

— N'écrivez pas ça, sinon c'est fini, dit Malone. Écoutez… tout ça doit rester… quelle est l'expression que vous utilisez ?

Malone sait parfaitement quelle expression ils utilisent.

— Source anonyme, dit Rubenstein.

— Oui, voilà. Personne ne doit savoir que je vous livre des informations. Je vous fais confiance.

— Vous pouvez.

Ouais, tu parles. On peut faire confiance à un journaliste autant qu'à un chien. Si vous avez un os dans la main, si vous le nourrissez, tout va bien. Mais si vous avez les mains vides, ne vous retournez pas. Si vous n'alimentez pas les médias, ce sont eux qui vous bouffent.

— Vous aviez déjà été confronté à Pena, n'est-ce pas ? demande Rubenstein.

Nom de Dieu. Avec qui est-il en contact ?

— Exact.

— Cela a-t-il influencé votre façon d'agir ?

— Vous connaissez la maladie d'Alzheimer des Irlandais ?

— Non.

— Vous oubliez tout, sauf la rancune. Je vais vous dire un truc : on ne savait pas à quoi s'attendre quand on a investi cet immeuble. Il se trouve que des méchants armés voulaient nous flinguer. Parmi eux, Pena. Est-ce que je suis content qu'on ait gagné et pas eux ? Oui. Est-ce que je prends plaisir à tuer des gens ? Non.

— Mais cela a forcément un effet sur vous.

— Le flic torturé ? C'est un cliché. Je dors bien, je vous remercie.

— À votre avis, comment la communauté des quartiers défavorisés voit-elle la police de nos jours ?

— D'un œil méfiant. Il existe une longue tradition de racisme et de violence à l'intérieur du NYPD. Aucune personne sérieuse ne peut le nier. Mais les choses ont changé. Les gens ne veulent pas y croire, pourtant c'est vrai.

— Le meurtre de Michael Bennett semble prouver le contraire.

— Si on attendait que la vérité soit établie ?

— Pourquoi est-ce si long pour boucler une enquête ?

— Posez la question au grand jury.

— Je vous la pose à vous. Vous avez été impliqué dans un certain nombre d'incidents impliquant l'utilisation d'armes à feu.

— Une utilisation jugée fondée à chaque fois.

— C'est peut-être là où je veux en venir.

— Je ne suis pas là pour me lancer dans un débat.

— Pourquoi êtes-vous là ?

— Rafael Torres. Il y a eu énormément de spéculations dans les médias…

— On a dit que c'était un policier corrompu. Qu'il protégeait des trafiquants de drogue.

— Des conneries.

— Reconnaissez, dit Rubenstein, que l'hypothèse n'est pas extravagante. Il y a eu de nombreux précédents.

— Les Trente Salopards, Michael Dowd. De l'histoire ancienne.

— Vraiment ?

— Personne plus que la police ne veut éradiquer l'héroïne des rues. C'est nous qui devons affronter la violence, la criminalité, la souffrance, les overdoses, les cadavres. C'est nous qui allons à la morgue. *Nous* qui annonçons la nouvelle aux familles. Pas le *New York Times*.

— On dirait que ça vous met en colère, sergent.

— Et comment que ça me met en colère, répond Malone, furieux de s'être laissé brocarder. Les gens lancent des accusations sans savoir. Qui avez-vous interrogé, vos collègues et vous ?

— Est-ce que vous livrez *vos* sources, sergent ?

— OK, vous avez raison. Si je suis venu, c'est pour que vous sachiez pourquoi Torres s'est suicidé.

Malone fait glisser une enveloppe sur la table, contenant des documents que lui a fournis son médecin apprivoisé du West Side, après s'être plaint de commettre une faute professionnelle.

Rubenstein ouvre l'enveloppe ; il regarde la radio et le rapport médical.

— Cancer du pancréas ?
— Il ne voulait pas partir comme ça.
— Pourquoi n'a-t-il pas laissé de mot ?
— Ce n'était pas le genre de Raf.
— Et il n'était pas du genre corrompu non plus.

Va te faire voir, Rubenstein.

— Lui arrivait-il d'accepter un café ou un sandwich ? Oui, bien sûr. Mais ça n'allait pas plus loin.
— J'ai entendu dire, dans les rues, qu'il servait quasiment de garde du corps à DeVon Carter.
— J'entends dire toutes sortes de conneries dans les rues. Vous saviez que Jack Kennedy tenait un magasin Applebee sur Mars ? Que Trump était l'enfant naturel de reptiles qui vivent sous le Madison Square Garden ? Dans le contexte actuel, la « communauté » est prête à croire n'importe quoi sur les flics. Ils le répètent et ça devient la « vérité ».
— C'est ça le plus curieux, dit Rubenstein. Des membres de la « communauté » ont arrêté de me parler de Torres. Ils ne répondent plus à mes coups de téléphone et ils m'évitent. On pourrait presque croire que quelqu'un fait pression sur eux.
— Vous êtes vraiment incroyables, vous les journalistes. Je viens de vous donner la véritable raison pour laquelle Torres a pris la Sortie 38, mais malgré ça, vous privilégiez la théorie du complot. Ça fait un meilleur article, je suppose ?
— Ce qui fait les meilleurs articles, c'est la vérité, sergent.
— Et maintenant vous l'avez.
— Ce sont vos supérieurs qui vous envoient ?

— Vous avez vu quelqu'un me tenir en laisse ? Je suis venu de mon propre chef, afin de protéger la réputation d'un collègue.

— Et celle de la Task Force.

— Oui, aussi.

— Pourquoi m'avoir choisi, moi ? Habituellement, c'est le *Post* qui tapine pour la police ?

— J'ai lu vos articles sur l'héroïne. Ils sont bons, vous avez tout compris. Et puis, vous êtes le *Times*, bordel.

Après quelques secondes de réflexion, Rubenstein demande :

— Et si j'écris qu'une source confidentielle mais fiable m'a révélé que Torres était atteint d'une maladie douloureuse et incurable ?

— Vous aurez droit à toute ma gratitude.

— Qu'est-ce que ça me rapporte ?

Malone se lève.

— Je ne baise pas le premier soir. Un dîner, peut-être un ciné après. On verra bien.

— Vous connaissez mon numéro.

Oui, se dit Malone en sortant dans la rue.

Je connais ton numéro.

Il retrouve Russo et Monty à l'appart.

Où ils vont généralement pour se détendre, décompresser, mais aujourd'hui, l'ambiance est tout sauf détendue. L'atmosphère est étouffante. Russo et Monty, deux durs à cuire, sont ébranlés. Russo n'affiche pas son habituel sourire, Monty a carrément l'air sinistre ; le cigare coincé dans sa bouche est éteint, froid.

Levin, lui, n'est même pas là.

— Où est le bizuth ? demande Malone.

— Il est rentré chez lui.

— Comment il va ?

— Il est secoué, mais ça va, répond Russo.

Il se lève du canapé et fait les cent pas dans la pièce. Il regarde par la fenêtre, puis se retourne vers Malone.

— Nom de Dieu. Tu crois que Torres nous a balancés ?

— S'il l'avait fait, on aurait déjà les menottes aux poignets, dit Monty. Torres avait un tas de défauts, mais ce n'était pas un mouchard.

Cette remarque pénètre en Malone comme une lame. Car Big Monty a raison. Raf Torres était un dealer, un fornicateur et il tabassait les femmes, se dit Malone, mais il n'était pas comme moi. Ce n'était pas un mouchard, il ne mentait pas à ses collègues en les regardant droit dans les yeux, comme je m'apprête à le faire.

— N'empêche, ça fauche méchamment, dit Russo.

— Ça ne venait pas des AI, dit Malone, pétri de honte. Du moins, d'après ce qu'en sait Henderson. Il va faire en sorte de les mettre sur la touche. Ça nous coûtera cent mille sur la caisse noire.

— Il faut savoir investir pour gagner de l'argent, dit Monty.

— C'est qui, alors ? Les fédéraux ? demande Russo.

— On ne sait pas. Si ça se trouve, c'est personne. Torres en avait peut-être marre d'être un sale branleur et il a décidé d'en finir. J'ai monté une histoire bidon, comme quoi il était malade.

Silence, pendant que Monty et Russo échangent un regard. Ils ont discuté entre eux avant qu'il arrive, et Malone veut savoir ce qu'ils ont en tête. Putain, est-ce qu'ils se posent des questions à mon sujet ?

— Quoi ? demande-t-il, et son foutu cœur s'arrête.

C'est Russo qui se lance :

— Denny, on se disait que...

— Vas-y, bordel de merde. S'il y a un truc qui te travaille, crache le morceau.

— Eh bien, on se disait qu'il était temps de fourguer la came de Pena.

— *Maintenant ?* Avec toute cette pression ?

— *À cause* de toute cette pression, dit Russo. Suppose

qu'on soit obligés de se tirer, ou qu'on ait besoin de fric pour payer les avocats ? Si on attend, on risque de ne plus pouvoir la vendre.

Malone regarde Monty.

— Tu es d'accord avec ça ?

Monty fait rouler son cigare entre ses doigts et l'allume soigneusement.

— Je ne suis plus très jeune, et Yolanda me harcèle pour que je passe plus de temps en famille.

— Tu envisages de quitter La Force ?

— La police, dit Monty. Dans quelques mois, j'aurai mes vingt annuités. Je me dis que je pourrais finir derrière un bureau, dans une banlieue tranquille, en attendant de prendre ma retraite et d'emmener ma famille en Caroline du Nord.

— Si c'est ce que tu veux, Monty, dit Malone, fais-le.

— La Caroline du Nord ? dit Russo. Tu ne veux pas rester à New York ?

— Les garçons, surtout les deux plus grands, commencent à devenir insolents. Ils refusent de faire ce qu'on leur demande, ils répondent. À dire vrai, je n'ai pas envie qu'ils insultent un flic mal luné et se fassent descendre.

— Tu déconnes ou quoi, Monty ? dit Russo.

On en est donc arrivés là ? pense Malone : un flic noir a peur qu'un autre flic noir flingue ses gamins.

— Vous deux, c'est pas un truc auquel vous devez penser, dit Monty. Vos gamins sont blancs. Mais Yo et moi, ça nous inquiète. Elle est morte de trouille. Si c'est pas un flic, ce sera un gars qui appartient à un gang.

— Les gamins noirs se font aussi buter dans le Sud, dit Malone.

— Pas comme ici, répond Monty. Tu crois que j'ai envie de partir ? Putain, j'ai déjà du mal à bouffer au restau ailleurs qu'à New York. Mais Yo a de la famille près de Durham. Il y a de bonnes écoles là-bas. Je pourrai trouver un chouette poste dans une des facs… On en a bien profité. Mais tout a une fin. Peut-être que cette histoire avec Torres essaye de nous faire comprendre qu'on doit foutre le camp avec les bénefs. Alors, oui, je crois que je veux reprendre mes billes.

— OK, dit Malone. Je pense à Savino. Il pourra emporter la came en Nouvelle-Angleterre, quelque part. À l'écart de notre territoire.

— Dans ce cas, dit Russo, allons le voir.

— Non, répond Malone. Pas vous. Moi.

— Tu déconnes ou quoi ?

Comme ça, dans le pire des cas, je pourrai jurer au détecteur de mensonge que vous n'étiez pas avec moi, pense Malone.

— Moins on est, mieux c'est.

— Il a raison, dit Monty.

— OK. Dès qu'on aura enterré Raf, je m'occuperai de tout ça, dit Malone. En attendant, on va se détendre, laisser passer la tempête.

20

Le sergent Rafael Torres a droit à des funérailles de commandant. Une façon pour la police de montrer au monde entier qu'elle n'a rien à cacher, pense Malone, ni aucune raison d'avoir honte.

Le *New York Times* a apporté sa contribution.

L'article de Rubenstein. Du lourd. En haut de la première page, avec son unique signature, sous ce titre :

UN HÉROS DE LA POLICE DÉCÈDE.

Du grand art, songe Malone.

« *Nul ne sait véritablement pour quelle raison Rafael Torres a commis ce geste. S'il était accidentel ou intentionnel, si la faute incombe à la douleur d'une maladie incurable ou à des dizaines d'années d'interminable guerre contre la drogue. Nous savons seulement qu'il a mis fin à une vie pleine de souffrances...* »

Ça, au moins, c'est vrai. Torres a infligé beaucoup de souffrances.

À son épouse, sa famille, ses putes, ses *gumars*, à ceux et à celles qu'il a arrêtés, quasiment à toutes les personnes qu'il a côtoyées. Et à lui-même peut-être, oui, mais Malone en doute. Raf Torres était un sociopathe, incapable de ressentir la douleur des autres.

Néanmoins, il a pressé la détente.

Il faut lui reconnaître ce mérite.

L'enterrement a lieu au cimetière de Woodlawn, dans le Bronx. Malone avait oublié que Torres venait de ce quartier. C'est un endroit immense, des centaines d'hectares, planté de cèdres et de pins énormes, truffé de mausolées tarabiscotés. Malone n'y est venu qu'une seule fois, traîné par Claudette qui voulait fleurir la tombe de Miles Davis.

À l'instar de tous les autres flics présents, Malone a revêtu son uniforme. Veste bleue, gants blancs, un bandeau noir sur son insigne doré, ses autres décorations. Malone n'en possède pas beaucoup : il n'aime pas les médailles parce qu'il faut en formuler la demande et il trouve ça minable.

Il sait ce qu'il a fait.

Et toutes les personnes qui comptent le savent aussi.

L'enterrement lui rappelle douloureusement celui de Billy.

La formation, les cornemuses, la salve d'honneur, le porte-drapeau.

Sauf que Billy n'avait pas d'enfants. Torres, si : deux filles et un fils qui se tiennent courageusement aux côtés de leur mère, et Malone se sent transpercé par le poignard glacé de la culpabilité : c'est toi qui leur as fait ça, tu les as privés d'un père.

Les épouses sont présentes elles aussi, pas uniquement celles des membres de l'équipe de Torres, mais de tous les policiers. C'est la tradition, et elles sont toutes alignées dans leur robe de deuil, qu'elles portent trop souvent. Tels des corbeaux sur une ligne téléphonique, pense Malone avec méchanceté, et il sait ce qu'elles ressentent : elles sont tristes pour Gloria Torres, elles se sentent coupables de ne pas être à sa place.

Sheila a perdu plusieurs kilos, cela ne fait aucun doute.

Elle a l'air en forme.

Et au bord des larmes, alors qu'elle détestait Torres et ne supportait pas de devoir le fréquenter.

Le maire prononce quelques mots, mais Malone ne l'écoute pas. Qu'est-ce que ça change, nom de Dieu ? La plupart des flics affichent discrètement leur indifférence, car ils le détestent, convaincus qu'il les a trahis chaque fois qu'il en a eu l'occasion, et qu'il va recommencer dans l'affaire Michael Bennett.

Hizzoner est suffisamment intelligent pour rester bref et passer la parole au chef de la police, et Malone devine que si les deux hommes ne s'étripent pas sur place, évitant ainsi à tout le monde de se déplacer pour un nouvel enterrement, c'est parce qu'ils craignent une *standing ovation*.

Les flics écoutent leur chef qui, même si c'est un parfait connard, les soutient dans l'affaire Bennett comme dans toutes les sales histoires de brutalité policière. Et puis, ils ont peur parce que les chefs sont là, aux aguets, et ils notent les noms. Les maires et les chefs de la police valsent, alors que ces gars-là sont immuables.

Vient ensuite le prêtre, encore quelqu'un que Malone n'écoute pas. Il entend ce putain de parasite évoquer le séjour de Torres au paradis, ce qui prouve bien qu'il ne connaissait pas le défunt.

Les dirigeants de la police ont dû faire pression sur l'Église pour qu'elle organise des funérailles complètes et enterre Torres en terre consacrée, étant donné qu'il a commis un péché mortel en se suicidant, et n'a pas eu droit à une bénédiction.

Pauvres clowns.

Faites ce que vous avez à faire, dites adieu à cet homme devant sa famille et laissez-le aller en enfer. Comme prévu. À supposer qu'il existe. Mais la police est un client fidèle, et un généreux donateur, alors l'Église a cédé. Toutefois, Malone ne peut s'empêcher de remarquer que le prêtre est asiatique.

Bordel de merde, ils n'ont pas réussi à dessoûler un prêtre irlandais le temps d'enterrer un flic ? Ou à dénicher un pasteur qui ne soit pas occupé à tripoter un petit garçon ? Il a fallu qu'ils aillent chercher un… quoi donc ? Un putain de Philippin ou un truc dans le genre ? Il a entendu dire que l'Église manquait de prêtres blancs et il en conclut que c'est vrai. Le pygmée bridé la ferme enfin et les cornemuses enchaînent. Malone pense à Liam.

Et à tous ces autres enterrements, à l'époque.

Ces foutues cornemuses.

La musique s'arrête, les coups de fusil claquent, on apporte le drapeau plié, les flics rompent les rangs.

Malone marche vers Sheila.

— Sacrée histoire, hein ?

— J'ai de la peine pour les enfants.

— Ils s'en remettront.

Gloria est une jolie femme, encore jeune et séduisante. Cheveux noirs brillants, belle silhouette : elle n'aura aucun mal à remplacer Raf, si elle le souhaite.

En vérité, Gloria Torres a peut-être décroché le gros lot. Elle s'apprêtait à divorcer de son mari quand il a avalé son bulletin de naissance, aussi, elle va désormais toucher à la fois sa retraite officielle et l'autre.

Malone a fait en sorte que Gloria reçoive sa grosse enveloppe et que le système des versements mensuels soit mis en place.

Torres continuera à gagner du fric.

— Et pour les putes ? lui a demandé Gallina.

— Vous arrêtez la prostitution.

— Hé, tu es qui pour nous…

— Je suis le type qui vous a débarrassés des AI. Voilà qui je suis, ducon. Si ton équipe veut ruer dans les brancards, on verra bien ce qui arrive.

— C'est une menace ?

— C'est la réalité, Jorge. La réalité, c'est que vous n'êtes pas assez malins pour gérer votre propre merde. Ces filles vont reprendre le car pour retourner là d'où elles viennent, un point c'est tout.

Malone s'avance vers Gloria Torres pour lui adresser ses condoléances.

Ces connards sont trop débiles pour savoir ce que j'ai fait pour eux, pense-t-il. J'ai amené les fédéraux et les AI à se neutraliser mutuellement, sous peine de se détruire. J'ai fait taire les rumeurs concernant Torres. Avec un peu de chance, ces histoires seront enterrées en même temps que lui et nous reprendrons nos vies d'avant.

Malone se place dans la queue pour s'adresser à la veuve, et quand il arrive devant elle, il dit :

— Toutes mes condoléances, Gloria.

Il est choqué de l'entendre murmurer :

— Fous le camp.

Il la regarde sans un mot.

— Un cancer, Denny ? demande-t-elle. Il avait un *cancer* ?

— J'ai protégé sa réputation.

Gloria éclate de rire.

— La réputation de Raf ?

— Pour toi, pour les enfants.

— Je t'interdis de parler de ses enfants.

Il voit de la haine pure dans ses yeux.

— Qu'est-ce...

— C'est toi, sale fils de pute, crache-t-elle.

Malone a l'impression de recevoir un coup de poing au visage. Il n'en croit pas ses oreilles. Il s'oblige à la regarder.

Elle ajoute :

— Raffy m'a tout raconté. C'est toi.

Russo balance un crochet du droit qui atteint Ortiz de plein fouet.

Celui-ci recule en portant la main à sa bouche ensanglantée, mais Russo n'en a pas fini avec lui. Alors qu'il s'avance pour enchaîner avec une gauche, Malone le ceinture.

— Tu es dingue ou quoi ? *Ici ?*

Devant la moitié des huiles du NYPD.

— Tu as entendu ce qu'il a dit sur toi ? demande Russo, le visage empourpré, déformé par la fureur. Il t'a traité de sale balance !

Russo tente d'échapper à l'étreinte de Malone, mais Monty s'est interposé lui aussi, et il les oblige à reculer.

Levin se faufile entre eux et les hommes de Gallina. Monty continue à faire reculer Russo, à l'écart du regard des flics.

— Il a traité Malone de balance, répète Russo. Il dit que Torres l'a dit à sa femme.

— S'il a dit ça, répond Monty, c'est son dernier acte de malveillance, depuis sa tombe. Laissons la haine aux gens haineux.

Russo s'arrache à l'étau des bras de Malone et lève les mains.

— C'est bon, c'est bon.

Il appuie son front contre une pierre tombale pour reprendre son souffle.

Levin les rejoint.

— Qu'est-ce qui se passe ?

Russo secoue la tête.

— Les gars de Torres affirment que Malone bossait pour les fédéraux, explique Monty, et qu'il l'a piégé.

— C'est pas vrai, si ? demande Levin.

Malone lui saute dessus.

— Putain...

Monty s'interpose et immobilise Malone.

— On va se battre entre nous maintenant ?

— Tout ça, c'est des conneries ! s'exclame Malone, presque convaincu.

— Évidemment que c'est des conneries, dit Monty. C'est un test, pour voir comment on réagit.

— Si c'est un test, dit Levin, pourquoi parler des fédéraux et pas des AI ?

Cette question dégage la puanteur de la vérité, songe Malone.

— Parce qu'on a les AI dans notre poche, et ils le savent, explique Russo. Qu'est-ce que tu connais à quoi que ce soit, le bizuth ?

— Rien, avoue Levin.

— Tu es calmé ? demande Monty à Malone.

— Oui.

Monty le lâche.

Il a suffi d'une minute, pense Malone. *Une minute, une seule,* après cette accusation, et Monty est devenu le chef, moi, une marchandise avariée. Il n'en veut pas à Monty, il fait ce qu'il a à faire, mais Malone ne peut pas laisser passer ça.

Il s'adresse à Monty et à Russo :

— Allez leur dire : Charles Young Park, ce soir, 22 heures. Tout le monde vient.

Monty s'éloigne à travers les tombes.

— Très bien, dit Levin. On va régler ce problème.

— Sans toi, rétorque Malone.

— Pourquoi ?

— Il y a des trucs que tu n'as pas besoin de savoir.

— Écoute. Soit je suis dans l'équipe, soit…

— Je te protège. Un jour, il se peut que tu passes au détecteur de mensonge, et ce sera bien que tu puisses affirmer « Je ne sais pas », sans déclencher l'alarme.

Levin le regarde d'un air hébété.

— Nom de Dieu, dans quoi vous trempez, les gars ?

— Dans un merdier que j'essaye de t'éviter.

— J'ai déjà pris du fric, dit Levin. Je suis baisé moi aussi ?

— Tu as une belle carrière devant toi, répond Malone. J'essaye de la protéger. Tout ça ne te regarde pas. Démerde-toi pour être ailleurs ce soir.

Russo et Monty reviennent.

La rencontre aura lieu.

— C'est terminé, nom de Dieu ! s'exclame Malone. Fini !

— Calmez-vous, dit Paz.

— Si je veux ! La rumeur va se répandre dans toute la Task Force… Que dis-je ? dans toute la police, dès cet après-midi ! Je suis devenu un pestiféré ! J'ai une putain de cible dans le dos !

— Niez, suggère Paz.

Elle se renverse dans son fauteuil et l'observe calmement.

Ils sont réunis dans leur « planque » de la 36ᵉ Rue, qui n'en est plus une aux yeux de Malone.

— Vous voulez que je nie ? Torres a tout raconté à sa femme.

— C'est ce qu'elle vous a dit. Peut-être qu'ils essayent simplement de vous démasquer.

— Et pour ça, ils ont recruté Gloria ?

Paz hausse les épaules.

— Gloria Torres n'a rien de la veuve éplorée. Et elle a tout intérêt à ce que le flot d'argent sale ne se tarisse pas.

Malone se tourne vers O'Dell.

— Vous m'avez dénoncé à Torres ?

— Nous lui avons fait écouter l'enregistrement de votre conversation. En prenant soin de préciser qu'on tenait toute la Task Force.

— Donc, ils savent que vous me tenez, bordel de merde ! Espèce de pauvres cons ! Vous n'êtes qu'une bande d'incompétents en costard-cravate ! Ah, nom de Dieu...

— Asseyez-vous, Malone, ordonne Paz. J'ai dit *assis*.

Il se laisse tomber lourdement sur une des chaises métalliques.

— On a toujours su, dit-elle, qu'à un moment donné vous seriez exposé. Mais je pense que nous n'y sommes pas encore. Pour les hommes de Torres, ça peut venir de n'importe qui à l'intérieur de la Task Force, ou de personne. Alors, oui, je vous suggère de nier.

— Ils ne me croiront pas.

— À vous de les convaincre. Et arrêtez de gémir. Ce n'est pas nous qui vous avons mis dans cette situation : c'est vous-même. Je vous conseille de ne jamais l'oublier.

— Gardez vos conseils pour vos copines.

— Je n'en ai pas. Je suis trop occupée à gérer les ordures comme vous et feu Rafael Torres. Il était corrompu, son équipe est corrompue. Vous êtes corrompu et toute votre équipe est corrompue.

— Je ne...

— Oui, oui, je sais, le coupe Paz. Vous ne ferez rien qui

puisse nuire à vos équipiers. Vous l'avez déjà dit quinze fois. Vous voulez protéger vos équipiers, Malone ? Vous souffrez en silence, vous restez dans la police et vous continuez à nous apporter des inculpations.

— On va le faire tuer, dit O'Dell.

Paz hausse les épaules encore une fois.

— Tout le monde meurt.

— Sympa, dit Weintraub.

Paz demande à Malone :

— Alors, qu'est-ce que vous décidez ?

— On a organisé une rencontre ce soir. Mon équipe et celle de Torres.

— Opération tout en un, dit Paz. Vous porterez un micro.

— Pas question. Vous ne croyez pas qu'ils vont commencer par me palper ?

— Ne les laissez pas faire.

— Ils n'auront plus aucun doute, alors.

— Vous savez ce que je n'aime pas chez vous, Malone ? En plus de tout le reste ? Vous me prenez pour une imbécile. La véritable raison pour laquelle vous refusez de porter un micro lors de cette réunion, c'est pour ne pas incriminer vos équipiers. Je vous ai déjà donné des assurances à ce sujet, je l'ai même noté par écrit : si vos chers équipiers n'ont pas commis d'autres crimes que ceux que nous connaissons déjà, ou que nous pouvons logiquement déduire à partir de vos propres agissements, ils ne seront pas inquiétés, grâce à votre collaboration.

O'Dell intervient :

— S'il va à cette réunion avec un micro, et s'ils le fouillent, on aura juste réussi à le faire buter. Vous vous en fichez peut-être, Isobel, mais cela voudra dire qu'il ne pourra corroborer aucun des enregistrements.

— Il faut y penser, ajoute Weintraub.

Paz dit :

— J'exige un affidavit complet et authentique, signé de Malone, décrivant en détail la réunion.

— Vous voulez des renforts ? demande O'Dell à Malone.

— Hein ?

— En cas de problème. On peut envoyer des types sur place pour vous récupérer.

Malone lui rit au nez.

— Ouais, c'est ça. Des fédéraux vont pénétrer dans ce quartier sans se faire repérer par les flics ou les habitants. Vous me feriez descendre à coup sûr.

— Si vous vous faites tuer, dit Paz, notre accord ne tient plus.

Malone n'arrive pas à savoir si elle plaisante.

Malone glisse le couteau SOG dans sa bottine.

Le Sig Sauer est dans un étui, à sa ceinture ; le Beretta contre ses reins, et il a scotché des chargeurs supplémentaires à ses chevilles.

Pour rencontrer d'autres flics, pense-t-il.

Oui, mais des flics qui veulent me tuer.

L'aire de jeux Colonel Charles Young se compose de quatre terrains de baseball arrachés à la terre, entre la 143e et la 145e, à l'est de Malcolm X Boulevard et à l'ouest de Harlem River Drive, là où le pont de la 145e part de la voie rapide Deegan. La station de métro située en face de Malcolm X offre une autre échappatoire à Malone en cas de besoin.

Comme convenu, il rejoint son équipe au coin sud-ouest de la 143e et de Malcolm X, et ils pénètrent tous ensemble sur l'aire de jeux.

Russo porte son manteau en cuir et Malone sait qu'il cache son fusil de chasse dessous. Monty a opté pour une veste en laine Harris Tweed : on devine la bosse du 38 au niveau de la hanche.

— C'est Runnymede, lâche Monty tandis qu'ils traversent la 143e en direction des terrains de base-ball.

— Runny qui ?

— Runnymede. Les barons défient le roi, dit Monty.

Malone ne sait pas de quoi il parle, il sait seulement

que Monty le sait, lui, et c'est suffisant. De toute façon, il a saisi l'idée : il sait qui est le roi, et qui sont les barons.

Deux ou trois gamins et quelques junkies décampent en voyant arriver les flics.

Le portable de Malone sonne, il regarde le numéro. Claudette.

Il devrait répondre, mais il ne peut pas, pas maintenant. Il sent un pincement de culpabilité : il aurait dû aller la voir, ou lui téléphoner, mais avec tout ce qui se passe, il n'a pas eu le temps.

Merde, se dit-il, peut-être que je devrais prendre une seconde pour la rappeler.

Il voit alors les hommes de Torres arriver par le nord du parc. Ils attendaient, il le sait, pour voir si on venait seuls.

Il ne peut pas leur en vouloir.

Il les regarde marcher vers eux au milieu des terrains. Il sait qu'ils sont armés, eux aussi.

Ça ressemble plus à une fusillade dans un vieux western, pense-t-il, qu'à une foutue histoire de barons et de rois. Les deux camps – putain, on est des camps maintenant – marchent l'un vers l'autre.

— Laisse-moi te palper, dit Gallina à Malone.

— Pourquoi on ne se fout pas tous à poil ? demande celui-ci.

— Parce qu'on n'est pas des balances.

— Moi non plus.

— C'est pas ce qu'on a entendu dire, répond Tenelli.

— Qu'est-ce que vous avez entendu, au juste ? demande Russo.

— Vérifions d'abord qu'on n'est pas en train de se faire enregistrer, insiste Gallina.

Malone écarte les bras. C'est humiliant, mais il laisse Gallina le palper pour s'assurer qu'il ne porte pas de micro.

— Les autres gars de ton équipe, maintenant, dit Gallina.

— Que tout le monde inspecte tout le monde, répond Malone. Rien ne nous dit que ce n'est pas vous.

C'est ridicule, des flics qui se fouillent mutuellement, mais ils le font.

— OK, dit Malone, on peut parler maintenant ?

— Tu n'as pas déjà assez parlé ? lance Tenelli.

— Je ne sais pas ce que vous a raconté Gloria, poursuit Malone, mais je n'ai pas mouchardé Torres.

— Elle a dit que les fédéraux avaient fait écouter à Torres un enregistrement de vous deux, dit Gallina. Comme il ne portait pas de micro, ça ne peut être que toi.

— Ne dis pas de conneries. Ils ont pu installer un appareil d'écoute dans une bagnole en stationnement, sur un toit, n'importe où.

— Dans ce cas, pourquoi ils ne s'en sont pas pris à toi ?

— Peut-être que si, dit Tenelli.

— Non, répond Malone.

— Pourquoi, alors ?

— Ça va venir, dit Gallina. Et qu'est-ce que tu feras à ce moment-là ?

— Je les enverrai se faire foutre, dit Malone. Ils n'ont rien sur personne, et ils n'auront rien.

— Sauf si tu craches le morceau.

— Je ne ferai jamais de tort à un collègue.

Tenelli demande :

— Qu'est-ce qui nous prouve que c'est pas déjà fait ?

— Je n'ai jamais frappé une femme, répond Malone, mais tu vas me pousser à le faire.

— Allez, viens.

Gallina intervient de nouveau.

— Qu'est-ce que ça prouvera ? Si c'est pas toi, Malone, comment se fait-il que les fédéraux nous sont tombés dessus ?

— Je ne sais pas. Vous touchiez des pots-de-vin de Carter, bande de cons. Peut-être qu'il a tout balancé. Vous faisiez bosser des putes, peut-être qu'elles vous ont dénoncés ?

— Et le nouveau, Levin ? demande Ortiz.

— Eh bien quoi ?

— C'est peut-être lui, la balance ? Peut-être qu'il bosse pour les fédéraux ?

— Dégage de ma vue.

— Ou sinon ?

— C'est moi qui te dégage.

Ortiz bat en retraite.

— Et maintenant ?

— On reste clean, dit Malone.

— Et au sujet de Carter ?

— C'est moi qui traiterai avec lui désormais.

Tenelli dit :

— D'abord tu fais tuer Torres, et ensuite tu nous retires le pain de la bouche ?

— Écoutez-moi bien. C'est Raf qui m'a mis dans le pétrin, pas l'inverse. Mais je vais régler ça. Et si je dois tomber sur mon épée, tant pis. Si on agit intelligemment, on peut tous s'en sortir. On a les AI dans notre poche et ils ne peuvent rien nous faire sans se tirer une balle dans le pied. La police a déjà sa dose question mauvaise publicité. Si rien d'autre ne se produit, ils laisseront couler.

— Et les fédéraux ? demande Gallina.

— Un long été chaud se profile, dit Malone. Le rapport sur l'affaire Bennett va être publié, et s'ils passent l'éponge sur cette connerie, la ville va exploser. Les fédéraux le savent, ils savent qu'ils auront besoin de nous pour éviter que tout s'embrase. Alors, évitez les ennuis, faites votre putain de boulot, et je nous sortirai de là.

Ils n'ont pas l'air très heureux, mais aucun n'ouvre la bouche.

Le roi reste le roi.

Puis Monty prend la parole.

— Le métier de policier est dangereux. On le sait tous. Mais si jamais il arrive quelque chose à Malone, s'il reçoit une balle, si un parpaing lui tombe sur la tête, s'il est frappé par la foudre, je reviendrai vous chercher sur ce terrain de jeu. Et je vous tuerai.

Les deux camps se séparent.

**
*

Ils regagnent leur appart.

— Ne parlez affaires avec personne en dehors de nous, dit Malone. Et ne discutez de rien au poste, dans les voitures, dans tous les endroits qui ne sont pas sécurisés à 100 %.

— Les fédéraux ont un enregistrement de toi avec Torres ? demande Monty.

— Apparemment.

— Qu'est-ce qu'ils savent ?

— Je n'ai eu que deux conversations compromettantes avec Torres. La première à Noël, quand il est venu me voir au sujet de Teddy. La seconde, c'était après le coup des armes. Il voulait me parler de Carter. Je ne me souviens pas précisément de ce qui s'est dit, mais c'est pas bon.

Russo demande alors :

— Et si les fédéraux s'en prennent à toi ?

— Je ne leur donnerai rien.

— Ça signifie la taule, dit Monty.

— Alors, ce sera la taule.

— Nom de Dieu, Denny.

— Pas de problème. Vous prendrez soin de ma famille.

— Cela va sans dire.

Paroles prononcées par Russo.

— Espérons qu'on n'en arrivera pas là, dit Malone. Je ne suis pas encore sur la touche. Mais au cas où…

— On te soutiendra, déclare Russo. Et au sujet de Levin ?

— Putain, toi aussi ?

— Tout ça a commencé quand il est entré dans l'équipe, souligne Russo.

— *Post hoc, ergo propter hoc*, dit Monty.

— Hein ?

— « Après cela, donc à cause de cela. » C'est un sophisme. Ce n'est pas parce que ces emmerdes ont commencé après l'arrivée de Levin qu'elles ont commencé *à cause* de Levin.

— Il a pris sa part du fric de Teddy, dit Malone.

— Oui, mais il en a fait quoi ? demande Russo. Peut-être qu'il l'a refilée aux fédéraux.

— OK, dit Malone. Débarquez chez lui à 2 ou 3 heures du matin pour voir s'il a planqué le fric quelque part.

— Et sinon…

— On aura des questions à lui poser, répond Malone.

Il sort et regagne sa voiture.

Il est temps de fourguer l'héroïne.

C'est le pire moment pour prendre des risques, mais il doit balancer la came de Pena.

21

Ils se retrouvent au cimetière St. John.

— Putain, pourquoi est-ce qu'on doit se traîner jusque dans le Queens ? demande Lou Savino.

— Tu voulais qu'on se donne rendez-vous dans Pleasant Avenue ? répond Malone. C'est un vrai décor de cinéma pour le FBI. Ici, on peut toujours dire que tu es venu saluer la mémoire de quelques vieux amis.

La moitié des caïds des Cinq Familles sont enterrés dans ce cimetière. Luciano lui-même, Vito Genovese, John Gotti, Carlo Gambino, Joe Colombo, et même le vieux Salvatore Maranzano, qui est à l'origine de tout ça.

St. John est un peu le panthéon des gangsters.

Et puis, il y a Rafael Ramos.

Difficile de croire que deux ans ont déjà passé depuis que Ramos et un autre flic, Wenjian Liu, se sont fait descendre dans leur voiture de patrouille à Bed-Stuy. Le cinglé responsable de ces meurtres avait déclaré vouloir venger Eric Garner et Michael Brown. Il voulait « envoyer des poulets au ciel ». Il avait quand même eu assez de jugeote pour se faire sauter la cervelle avant que le NYPD l'arrête.

L'arme qu'il avait utilisée avait transité par le Pipeline de Fer.

Où étaient ces enfoirés de manifestants à ce moment-là ? se demande Malone. Où étaient les pancartes « Blue Lives Matter » ?

Il avait assisté à l'enterrement de Ramos ici même, le plus important de toute l'histoire de la police : plus de mille personnes. Un tas de flics avaient tourné le dos au maire au moment où celui-ci avait prononcé l'éloge funèbre.

Hizzoner leur avait tourné le dos dans l'affaire Eric Garner.

« Envoyer des poulets au ciel. »

Va te faire foutre.

Mais c'est une belle matinée de juin, une journée idéale pour se promener.

Malone demande :

— Tu es sûr de toi ? Si tes chefs apprennent que tu deales, ils t'élimineront.

La règle familiale des Cimino : tu deales, tu meurs.

Non pas pour une question de morale, mais parce que les lourdes peines incitent les gars à moucharder. Par conséquent, si vous vous faites prendre avec de la drogue, vous devenez un trop grand danger, vous devez disparaître.

— C'est pas si on deale, corrige Savino. C'est si on se fait prendre en train de dealer. Tant que les chefs palpent au passage, ils n'en ont rien à foutre. Sinon, comment tu veux que je me nourrisse, hein ?

Oui, tu parles, pense Malone.

Louie qui crie famine, il y a de quoi rire. Comme s'il avait besoin de fourguer de la poudre pour mettre du beurre dans les épinards. Il sait juste qu'il y a un max de fric à se faire. C'est une putain d'aubaine, s'il peut la saisir.

— Laisse-moi gérer les risques, dit Savino. Combien tu veux pour ta came ?

— Cent mille le kilo.

— Dans quel monde tu vis ? Je peux trouver de la blanche pour soixante-cinq, soixante-dix.

— Pas de la Dark Horse. Pure à 60 %. Le prix du marché, c'est cent.

— Si tu t'adresses directement au détaillant. Ce que tu ne peux pas faire. C'est pour ça que tu m'as appelé. Je peux aller jusqu'à soixante-quinze.

— Tu peux surtout aller te faire foutre.

— Réfléchis, dit Savino. Tu peux traiter avec la famille, avec des Blancs, pas des négros ni des basanés.

— Soixante-quinze, c'est pas assez.

— Fais-moi une contre-proposition.

— On se croirait dans un jeu télé, dit Malone. Je veux bien descendre jusqu'à quatre-vingt-dix le kilo.

— Tu veux aussi que je me penche au-dessus d'une pierre tombale pour que tu puisses m'enculer ? Je peux peut-être monter jusqu'à quatre-vingt.

— Quatre-vingt-sept.

— Ah, putain, on est des Juifs ou quoi ? On ne peut pas discuter comme des gentlemen et dire quatre-vingt-cinq ? Quatre-vingt-cinq mille le kilo, multipliés par cinquante. Quatre millions deux cent cinquante mille dollars.

— Tu les as ?

— Je les trouverai, répond Savino.

Cela veut dire qu'il va devoir s'adresser à d'autres personnes, pense Malone. D'autres personnes, ça veut dire plus de risques. Mais impossible de faire autrement.

— Une dernière chose. Tu ne balances pas la came à Manhattan North. Tu l'emportes dans le nord, en Nouvelle-Angleterre, mais pas ici.

— T'es pas croyable comme mec. Tu t'en fous qu'il y ait des junkies, du moment que c'est pas *tes* junkies.

— Oui ou non ?

— Marché conclu, dit Savino. Mais seulement parce que je ne veux pas rester plus longtemps dans ce cimetière. Ça me fout les jetons.

Oui, se dit Malone. Rien de tel qu'un cimetière pour vous rappeler qu'un jour il faut payer la note, rendre des comptes.

Saloperies de bonnes sœurs.

— On fait ça quand ? demande Savino.

— Je t'indiquerai l'endroit et l'heure. Et apporte-moi du cash, Lou. Te pointe pas avec des bijoux volés et des traites bidon.

— Ah, les flics. Toujours méfiants.

Avant de partir, Malone va se recueillir sur la tombe de Billy.

— C'est pour toi, Billy. Pour ton fils.

Malone soulève la trappe sous la douche.

Comment les Portoricains appellent-ils ça ? La *caja*.

Chaque kilo de poudre est enveloppé dans du plastique bleu et porte un autocollant indiquant que c'est de la Dark Horse. Malone arrache les étiquettes et les balance dans les toilettes. Puis il range les pains de drogue dans deux sacs en toile North Face achetés pour l'occasion, il referme la trappe, transporte les sacs dans l'ascenseur, un par un, avant de les déposer à l'arrière de sa voiture.

En temps normal, il serait accompagné de Russo ou de Monty, ou des deux, mais il ne veut pas les mêler à ça ; il leur donnera leur part, tout simplement, comme si c'était de nouveau Noël. Mais c'est risqué. Agir en solo, sans assistance.

Ton monde est ainsi fait désormais, se dit-il en tournant dans Broadway pour rouler vers le nord de la ville. Tu seras livré à toi-même tant que tu n'auras pas échappé aux griffes de Paz et des fédéraux. Et d'ici là, tu dois protéger tes gars.

N'empêche, ce serait chouette qu'ils soient là, au cas où Savino essayerait de l'entuber. Il n'y croit pas trop car ils ont de nombreux liens avec la *borgata* Cimino, mais il y a en jeu beaucoup de fric, et beaucoup de came. Et on ne sait jamais ce qui peut se passer dans la tête d'un type.

Savino pourrait avoir envie de faire un gros coup.

Ce qui n'arriverait pas si Russo ou Monty était là.

Là, je suis seul, avec un Sig, un Beretta et un couteau. Bon, d'accord, il y a aussi le MP5, dans un holster sous ma veste. J'ai tout un arsenal, mais un seul index pour presser la détente, alors je mise avant tout sur l'honneur de Savino.

Dans le temps, vous pouviez compter là-dessus avec les mafieux.

Dans le temps, plein de choses étaient différentes.

Il prend la West Side Highway, passe devant le pont George Washington, puis pénètre dans Fort Tryon Park, sous les Cloisters. À 1 heure du matin, le parc est désert, et si quelqu'un s'y trouve, ce n'est pas pour une raison honorable. C'est un sans-abri qui veut allumer un feu, un type accompagné d'une pute ou qui vient se faire sucer, même si tout ça a quasiment disparu depuis que les gays sont sortis de leurs placards.

Ou alors, c'est un type qui veut fourguer de la drogue.

Ce que je cherche à faire, pense Malone, comme un vulgaire criminel.

Si ce n'était pas moi, ce serait quelqu'un d'autre, se dit-il. Une fausse excuse vieille comme le monde. Mais elle est vieille comme le monde parce qu'elle est vraie. À cet instant même, dans un laboratoire au Mexique, ils continuent à fabriquer cette merde, alors si ce n'étaient pas ces cinquante kilos-là, d'autres les remplaceraient. Et si ce n'était pas moi, ce serait quelqu'un d'autre.

Pourquoi les méchants seraient-ils les seuls à gagner de l'argent ? Ceux qui torturent et qui tuent. Pourquoi on ne se ferait pas un peu de fric, Russo, Monty et moi ? Pour assurer l'avenir de nos familles ?

Tu passes ta putain de vie à essayer d'empêcher que cette saloperie finisse dans le bras des gens, et quelles que soient les quantités que tu saisis, le nombre de dealers que tu arrêtes, elle continue à se déverser, en ligne directe des champs d'opium, dans les labos, les camions, les seringues et les veines.

Un long fleuve tranquille qui ne s'arrête jamais.

Non, il a conscience de son hypocrisie.

Il sait qu'il pourrait tout aussi bien injecter cette came dans le bras de Claudette.

Mais si ce n'est pas moi, ce sera quelqu'un d'autre.

Ironie du sort : j'utiliserai ce fric pour coller Claudette

en cure de désintoxication. Pour envoyer mes gosses à la fac. Plutôt qu'il finisse dans les poches d'un Mexicain ou d'un Colombien qui s'offrira une Ferrari de plus, de nouvelles chaînes en or, un tigre, une propriété, un harem.

De toute façon, tu te dis ce que tu dois te dire pour pouvoir faire ce que tu dois faire.

Et parfois, tu parviens même à y croire, bordel.

Il quitte la voie rapide à l'endroit où Fort Tryon Place rejoint Corbin Drive. Il tient à rester sur son territoire de Manhattan North, en cas de problème, mais il sait aussi ce que savent tous les criminels : il faut se déplacer autour des *precincts*. Vous commencez dans le Deux-Huit, vous concluez le deal sur le Trois-Quatre, des secteurs également couverts par Manhattan North.

Comme ça, si jamais ça merde, si vous vous faites prendre, vous avez une chance qu'il y ait des embrouilles de paperasse entre les *precincts* et les juridictions. Les rivalités et les jalousies peuvent s'en mêler, et même vous sortir du pétrin.

C'est la raison pour laquelle, par exemple, les putes tapinent dans les rues qui marquent la limite d'un *precinct*, parce que aucun flic ne veut effectuer une arrestation en dehors de son secteur. Trop de paperasse. Idem pour les petits dealers qui vendent des sachets à dix dollars. S'ils voient un flic arriver, ils traversent simplement la rue, et la plupart du temps, le flic ne les suivra pas. En cas de poursuite, Malone roulera à travers Manhattan, mais Savino, lui, franchira la frontière du Bronx, ce qui impliquera un autre *borough*.

Le Bronx et Manhattan se détestent.

Sauf si les fédéraux s'en mêlent, dans ce cas, ils détestent les fédéraux.

Ce que le public ignore, c'est le côté tribal des flics. Ça commence par l'appartenance ethnique. Vous avez la tribu la plus importante : les Irlandais. Puis vous avez la tribu italienne et la tribu de tous les autres Blancs. Ensuite, il y a la tribu noire et la tribu hispanique.

Chacune a ses clubs. Les Irlandais ont la Emerald Society, les Italiens la Columbia Association. Pour les Allemands, c'est la Steuben Society, et pour les Polonais, la Pulaski Association. Les autres Blancs ont un truc fourre-tout qui s'appelle la St. George's Society. Chez les Noirs, c'est les Guardians, et chez les Portoricains, la Hispanic Society. Les douze Juifs ont la Shomrim Society.

Ensuite, ça se complique parce que vous avez la tribu des flics en uniforme, la tribu des flics en civil et la tribu des inspecteurs qui croisent les tribus ethniques. Mais surtout, vous avez la tribu des flics de terrain contre la tribu de l'administration, et son sous-clan : les Affaires internes.

Ensuite, vous avez les *boroughs*, les *precincts* et les unités.

Malone fait donc partie de la tribu des inspecteurs de terrain irlandais de la Task Force de Manhattan North.

Il existe encore une autre tribu, pense-t-il : la tribu des ripoux.

Savino l'attend déjà.

Sa Navigator noire lance deux appels de phares. Malone se gare devant afin de l'obliger à reculer en cas de départ précipité. Il ne discerne pas l'intérieur du SUV. Savino en descend.

Le *capo* porte un survêtement. Sérieux. Certains de ces types sont irrécupérables. Son arme fait une bosse à la ceinture, du côté droit, et il arbore un grand sourire débile.

Malone s'aperçoit alors qu'il n'aime pas beaucoup Savino. Et encore moins quand les portières arrière s'ouvrent pour laisser descendre trois Dominicains.

Parmi lesquels Carlos Castillo.

Le *jefe* visiblement. Costume noir, chemise blanche, sans cravate. La classe. Cheveux noirs gominés et coiffés en arrière, fine moustache. Les deux autres sont des porte-flingues : blousons noirs, jeans, santiags et AK.

Malone dégaine le MP5 et le tient au niveau de sa hanche.

— Du calme, dit Savino. C'est pas ce que tu crois.

Tu parles. Tu m'as piégé. Tout ce baratin dans le cimetière. Tu n'as pas le fric. C'était un *fugazy*, une mascarade, un coup monté pour me buter.

Castillo lui sourit.

— Tu crois qu'on savait pas combien y avait de kilos dans cette pièce ? Combien de pognon ?

— Qu'est-ce que tu veux ?

— Diego Pena était mon cousin.

Ne te dégonfle pas, se dit Malone. Si tu te dégonfles, tu es mort. Si tu donnes des signes de faiblesse, tu es mort.

— Le meurtre d'un détective du NYPD en plein New York ? Le ciel va te tomber sur la tête.

Si je ne l'explose pas avant.

— On est le cartel, dit Castillo.

— Non. *Nous*, on est le cartel, rectifie Malone. J'ai trente-huit mille membres dans mon gang. Et toi, combien ?

Castillo comprend. Il n'est pas idiot.

— Quel dommage. Pour le moment, je vais devoir me contenter de récupérer notre marchandise.

Une des règles de Malone : ne jamais reculer d'un pas.

— Tu peux *l'acheter*, dit-il.

— C'est généreux de ta part. Tu proposes de nous vendre notre propre came.

— Tu as droit à un bon prix, négocié par cet enculé de rital. Sinon, ce serait plein pot.

— Tu l'as volée.

— Non, je l'ai *prise*. Ce n'est pas pareil.

Castillo sourit.

— Alors, moi aussi je pourrais la prendre.

— Tes hommes, oui. Toi, je t'enverrai rejoindre ton cousin.

— Diego n'aurait jamais braqué une arme sur toi, dit Castillo. Il était trop intelligent. Pourquoi combattre ce qu'on peut acheter ?

— Diego a eu ce qu'il méritait.

— Non, répond calmement Castillo. Tu n'étais pas obligé de le tuer. Tu en avais envie.

C'est la vérité, pense Malone.

— Alors, c'est pour aujourd'hui ou pour demain ?

Un des Domos retourne au SUV et revient avec deux mallettes. Il va pour les tendre à Castillo, mais celui-ci, les yeux fixés sur Malone, secoue la tête, alors son homme de main remet les mallettes à Savino.

Deux belles Halliburton.

Savino s'avance et les dépose sur le capot de la voiture de Malone. Il les ouvre pour montrer les liasses de billets de cent.

— Tout est là, dit Castillo. Quatre millions deux cent cinquante mille dollars.

— Tu veux compter ? demande Savino.

— Inutile.

Malone ne tient pas à s'éterniser plus longtemps que nécessaire et il ne veut pas quitter des yeux les Domos afin de compter l'argent.

Il pose les mallettes sur le plancher de sa voiture, devant le siège passager, fait le tour, prend les sacs de toile à l'arrière et les pose sur le capot.

Savino les apporte à Castillo, qui les ouvre et regarde à l'intérieur.

— Il manque les étiquettes.

— Je les ai enlevées.

— Mais c'est bien de la Dark Horse ?

— Oui. Tu veux la tester ?

— Je te fais confiance, dit Castillo.

Malone a le doigt sur la détente du MP5. S'ils ont décidé de le buter, c'est maintenant : ils savent qu'ils ont l'héroïne et qu'ils peuvent encore récupérer leur fric. Le *jefe* adresse un signe de tête à un de ses hommes, qui prend les sacs pour les emporter dans la voiture de Savino.

Celui-ci sourit.

— C'est toujours un plaisir de traiter avec toi, Denny.

Oui, c'est ça, et Castillo m'aurait tué s'il n'avait pas voulu faire affaire avec la famille Cimino. Toi et moi, Louie, on va avoir une petite conversation entre quatre yeux.

Castillo foudroie Malone du regard.

— Tu sais que tu es en sursis, hein ?

— On l'est tous, non ?

Malone remonte en voiture et repart. Avec plus de quatre millions à côté de lui. Son adrénaline hurle tandis qu'il conduit, puis la peur et la colère le frappent comme un double coup de marteau. Il est parcouru de violents frissons.

Il voit ses mains trembler sur le volant, alors il le serre de toutes ses forces dans une tentative de les contrôler. Il inspire par le nez pour ralentir son rythme cardiaque.

J'ai cru que j'étais mort.

J'ai bien cru que j'étais mort, bordel de merde.

Je m'en sors pour cette fois, mais le cousin de Pena ne me lâchera pas. Il va attendre une occasion et il la saisira. Ou peut-être qu'il passera un contrat avec les Cimino. Louie me donnera un rendez-vous dont je ne reviendrai jamais. Tout dépend de ce qui a le plus de valeur aux yeux des Cimino : moi ou le cartel.

Je parierais sur les Domos.

Et il n'y a pas que ça.

Ces enfoirés vont balancer la came dans les rues de Manhattan North, pour couler DeVon Carter.

Des junkies vont mourir sur mon territoire.

Je vais devoir vivre avec ça. En plus.

Il roule vers le sud en longeant l'Hudson. L'eau noire a des reflets argentés sous les lumières du pont.

22

Malone dépose les mallettes contenant l'argent dans la *caja*, puis se sert un verre.

Au moins, ses mains ne tremblent plus, et le whiskey l'aide à avaler deux comprimés de Dexedrine. Il est déjà 3 heures du matin passées et John a un match de base-ball à 8 h 30, qu'il ne veut pas manquer. Il s'assoit et attend que les *go-pills* fassent effet, puis il quitte l'appartement, remonte dans sa voiture et se rend à Staten Island pour voir le soleil se lever sur l'océan.

Il marche seul sur la plage, avec le soleil d'un rouge incandescent, les reflets rosés de la mer et le pont Verrazano-Narrows qui dessine un arc ambré. Des mouettes rassemblées au bord de l'eau refusent de bouger lorsqu'il passe devant elles. C'est lui l'intrus ; elles attendent que la mer charrie les algues qui feront leur petit déjeuner. À la bonne heure, les mouettes, pense Malone, que les amphètes empêchent d'avoir faim, bien qu'il n'ait rien mangé depuis le déjeuner de la veille. Ne laissez personne vous chasser de chez vous. Vous avez l'avantage du nombre.

Quand il était gamin, son père les emmenait parfois sur cette plage, et il adorait courir après les mouettes. Si l'eau était assez chaude, son père lui faisait faire du bodysurf, et il n'existait rien de mieux au monde. Il aimerait bien se baigner, même si l'eau est gelée, mais il ne veut pas se balader avec du sel sur la peau. Il n'y a pas moyen de se rincer, et de toute façon, il n'a pas de serviette.

Mais ce serait bon de pénétrer dans l'eau froide, et il

s'aperçoit soudain qu'il a oublié de prendre une douche. Il espère qu'il ne sent pas mauvais. Il renifle ses aisselles : ça ne pue pas trop.

Il ne s'est pas rasé non plus, et cela risque de déplaire à John, alors, de retour dans sa voiture, il prend la trousse de toilette qu'il garde sous le siège avant et il se rase à sec en se regardant dans le rétroviseur. Ça l'érafle, et sa peau n'est pas aussi lisse qu'il le voudrait, mais au moins, il est présentable.

Sur ce, il se rend au terrain de base-ball.

Sheila est déjà là et l'équipe de John s'échauffe. Les enfants semblent mécontents d'être debout de si bonne heure, alors qu'ils pourraient faire la grasse matinée.

Malone marche vers Sheila.

— Bonjour.
— La nuit a été dure ?

Il ignore cette pique.

— Caitlin est là ?
— Elle a dormi chez Jordan.

Malone est déçu, et il ne peut s'empêcher de penser que cela a été fait exprès. Il adresse un signe de la main à John, qui lui répond d'un geste endormi. En souriant toutefois. C'est John : toujours le sourire aux lèvres.

— On s'assoit ensemble ? propose Malone à Sheila.
— Plus tard, peut-être. Je suis réquisitionnée pour tenir la buvette.
— Il y a du café ?
— Viens, je vais t'en faire.

Malone la suit jusqu'à la petite cabane qui sert de buvette. Sheila a l'air en pleine forme dans sa veste polaire verte et son jean. Elle fait du café et lui en sert une tasse ; il prend un donut car il sait qu'il doit manger quelque chose. Il dépose un billet de dix dollars sur le comptoir en lui disant de mettre la monnaie dans le bocal.

— Tu joues les flambeurs.

Il sort une enveloppe de la poche de sa veste et la fait

369

glisser vers Sheila. Celle-ci la prend et la fourre dans son sac.

— Sheel, dit Malone, s'il devait m'arriver quelque chose, tu sais où aller, hein ?

— Chez Phil.

— Et s'il lui arrive quelque chose ?

Ces deux flics, Ramos et Liu, deux collègues assis dans leur voiture, ils y sont passés l'un et l'autre.

— Monty, alors, dit Sheila. Il va se passer quelque chose, Denny ?

— Non. Je voulais seulement m'assurer que tu savais quoi faire.

— OK.

Malgré tout, elle semble inquiète.

— C'est juste par acquit de conscience, je te dis.

— Et moi, j'ai dit OK.

Elle commence à disposer des barres chocolatées, des paquets de gâteaux et des barres de granola. Puis des pommes, des bananes et des briques de jus de fruits.

— Certaines mères voudraient qu'on vende du kale. Je ne vois pas trop comment on peut faire.

— C'est quoi, du kale ?

— On est d'accord.

Oui, sans doute, pense-t-il. Réellement, il ne sait pas ce que c'est.

— Comment va Caitlin ?

— Je ne sais pas. Quelle heure il est ?

Sheila se concentre sur l'installation de son stand.

— Elle passera peut-être plus tard, en fonction de l'heure à laquelle elles se lèvent.

— Ce serait chouette.

— Oui, en fonction de l'heure à laquelle elles se lèvent.

Malone ne sait plus comment alimenter la conversation, mais il sent qu'il ne peut pas partir maintenant.

— Tout va bien à la maison ?

— Ça t'intéresse, Denny ?

— Oui, puisque je te pose la question.

Il suffit d'un rien, de rien du tout, putain, pour qu'une dispute éclate.

— Tu pourrais demander au type de venir voir le chauffe-eau, dit Sheila. Il recommence à faire du bruit. Je l'ai appelé trois fois.

Enfoiré de Palumbo, il se fout de la gueule des épouses, comme si les bruits n'existaient que dans leur tête.

— Je vais m'en occuper.

— Merci.

Ça la fout en rogne, il le voit bien, d'avoir encore besoin de son « mari » pour gagner l'attention qu'elle devrait obtenir par elle-même. Si j'étais une femme, se dit Malone, je prendrais une mitraillette et j'arroserais les rues en hurlant.

— Dis, Sheila, tu as un couvercle pour le gobelet ?

Elle lui en lance un.

Après un silence approprié, Malone se dirige vers les gradins situés derrière le grillage, en face de la première base. Un petit nombre de parents sont déjà assis, dont quelques femmes avec des couvertures sur les genoux. Certains ont des thermos et des boîtes de donuts de chez Dunkin'. Nom de Dieu, pense Malone, ils ne peuvent pas plutôt dépenser un dollar au stand, pour soutenir les gamins ?

Il connaît la plupart des parents, il les salue d'un hochement de tête, mais il s'assoit à l'écart.

Il a assisté aux réunions parents-profs, aux spectacles de fin d'année et à toutes ces conneries avec ces gens. Pizza Hut après les matchs, barbecues dans le jardin, fêtes au bord de la piscine. Il va encore aux manifestations scolaires, mais il n'est plus invité aux réjouissances extérieures. Je crois que j'ai déchiré ma carte de père de banlieue, pense-t-il. À moins que ce soient eux qui l'aient fait. Ils ne se montrent pas hostiles ni rien, c'est juste différent.

Ils passent un enregistrement de l'hymne national. Malone se lève, la main sur le cœur, et regarde John aligné avec ses coéquipiers.

Je suis désolé, John.

Peut-être qu'un jour tu comprendras.

Ton père à la ramasse.

Le match commence. L'équipe de John jouant à domicile, c'est elle qui entame la partie sur le terrain. Malone regarde John trottiner vers la gauche. Il est grand pour son âge, alors ils le mettent sur le champ extérieur. Profilage, pense Malone. En fait, il a un très bon gant, mais une batte pas formidable et les lanceurs d'en face le savent, du coup, ils lui envoient des balles pourries. Malone ne fait pas partie de ces connards de pères qui hurlent des tribunes après leurs gamins. À quoi ça sert ? Aucun de ces mômes ne finira chez les Yankees.

Russo vient s'asseoir à côté de lui.

— Tu as une sale gueule.

— À ce point ?

— Hier soir, on est allés chez Levin. À 2 heures du mat'. J'ai cru que le gamin allait pisser dans son froc. Sa petite amie n'était pas très jouasse non plus.

— Et ?

— Le fric était dans une valise, au fond de l'armoire. Je lui ai dit : « Petit, tu dois faire mieux que ça. »

— Donc, il est réglo, dit Malone.

— Je n'irais pas jusque-là, répond Russo. Peut-être qu'ils lui ont confié une mission à long terme. Peut-être qu'ils veulent la came et Pena. Il faut fourguer cette merde, Denny.

— C'est fait. Tu es plus riche de un million et quelque.

— Putain. Tout seul ?

Russo n'aime pas ça.

Malone lui raconte qu'il a vendu la poudre à Savino, il lui parle de Carlos Castillo et des Dominicains.

— Tu leur as revendu leur propre came ? L'enfoiré de Denny Malone.

— C'est pas terminé. Castillo veut nous faire payer la mort de Pena.

— Putain, Denny, la moitié de North Manhattan a envie de nous buter, dit Russo. Ça ne change rien.

— Je ne sais pas. Les Cimino, les Domos…

— Il faut qu'on discute avec Lou. C'est pas correct, ce qu'il a fait, de te les balancer sur le dos comme ça.

— Je vais régler ça.

— Hé, tu te prends pour le Lone Ranger maintenant ? demande Russo. J'ai l'impression que tu me caches des trucs.

Un gamin expédie une balle en profondeur sur le côté gauche. Ils regardent John suivre sa trajectoire, l'attraper et la lever pour la montrer à l'arbitre.

— Bien joué, John ! s'écrie Malone.

Après un moment de silence, Russo demande :

— Ça va, Denny ?

— Oui. Pourquoi ?

— Je ne sais pas. Si quelque chose te tracassait, tu me le dirais, hein ?

Les mots sont là, mais ils restent bloqués dans sa gorge.

Tout change à cet instant.

Ses anciens prêtres auraient pu lui expliquer qu'il existe des péchés de commission et des péchés d'omission, que ce n'est pas toujours ce que vous faites, mais ce que vous ne faites pas qui vous coûte votre âme. Parfois, ce n'est pas le mensonge formulé, mais la vérité tue qui ouvre la porte à la trahison.

— Qu'est-ce que tu veux dire ?

Malone se dégoûte. Russo est le seul gars à qui il devrait pouvoir parler, tout dire. Mais il n'y arrive pas. Il ne peut se résoudre à avouer à Russo qu'il est devenu un mouchard. À moins que Phil essaye de le tester, peut-être commence-t-il à croire les affirmations de Gloria Torres.

Car c'est la vérité.

Fais confiance à ton équipier, se dit Malone.

Tu peux toujours faire confiance à ton équipier.

Oui, mais Russo peut-il en dire autant ?

Un mouvement sur le parking attire l'attention de Malone.

En tournant la tête, il voit Caitlin descendre d'une Honda CR-V. Elle se penche à l'intérieur pour dire au revoir, puis Malone la regarde se diriger vers la buvette, et se hisser sur la pointe des pieds pour embrasser sa mère.

Russo le remarque, comme il remarque tout.

— Ça te manque ?
— Tous les jours.
— Il y a un remède, tu sais ?
— Putain, toi aussi ?
— Je dis ça comme ça.
— C'est trop tard. Et de toute façon, je n'en ai pas envie.
— Mon cul. Écoute, Denny, tu peux continuer à faire ce que tu veux à côté, mais ne perds pas de vue l'essentiel.
— Pardonnez-moi, mon père, car j'ai péché.
— *Va fangul.*
— Surveille ton langage, ma fille approche.

Caitlin gravit les gradins. Malone lui tend la main pour assurer son équilibre et la hisser. Elle se blottit contre lui.

— Salut, papa.
— Salut, ma chérie.

Malone lui embrasse la joue.

— Dis bonjour à l'oncle Phil.
— Salut, oncle Phil.
— C'est toi, Caitlin ? Je croyais que tu étais Ariana Grande.

Caitlin sourit.

— Quoi de neuf, trésor ? demanda Malone.
— J'ai dormi chez Jordan.
— Tu t'es bien amusée ?
— Oh oui.

Elle lui raconte tous les trucs de filles qu'elles ont faits. Elle lui demande quand il va revenir les voir, et quand ils pourront aller chez lui, puis elle aperçoit deux amies au pied du grillage, derrière le marbre.

— C'est bon, Cait, dit Malone. Tu peux aller avec tes copines.
— Mais tu viendras me dire au revoir, hein ?

— Oui.

Il la regarde rejoindre ses amies, puis sort son portable. Le numéro de Palumbo figure dans ses contacts.

— Je voudrais parler à Joe, s'il vous plaît.

— Il a été appelé.

— Non, il est dans les chiottes pour hommes en train de se branler. Passez-le-moi.

Palumbo reprend la communication.

— Salut, Denny !

— « Salut, Denny », mon cul ! C'est quoi ce bordel, Joe ? Ma femme t'appelle trois fois et tu ne te déplaces pas ? À quoi tu joues ?

— J'étais occupé.

— Ah bon ? Eh bien, la prochaine fois que ta camionnette sera embarquée à la fourrière à cause d'un paquet de P-V non payés, je serai occupé moi aussi.

— Comment je peux me faire pardonner, Denny ?

— La prochaine fois que ma femme t'appelle, tu rappliques.

Il coupe la communication.

— Enfoiré de rital.

— Tu as remarqué un truc ? dit Russo. Quand ces types se pointent enfin, ils n'ont jamais les bons outils. Leur camion est garé dans ton allée, mais il leur manque toujours quelque chose pour faire le boulot. Donna, elle se laisse pas avoir. Un jour, elle a dit à Palumbo : « J'aimerais bien vous faire un chèque, mais j'ai pas le bon stylo. » Il a compris le message.

— C'est pas Sheila, ça.

— Les Italiennes, dit Russo. Si tu veux leur soutirer du fric, faut faire le boulot.

— On parle toujours de plomberie, là ?

— Plus ou moins.

— Comment vont tes gamins ?

— Les deux garçons sont des petits cons.

— En tout cas, leurs études sont payées maintenant.

— Quasiment.

— C'est chouette, non ? demande Malone.
— Tu te fous de moi ?

Ils savent ce qu'ils ont fait, et pourquoi.

Si je plonge, se dit Malone, mes gamins auront peut-être honte de leur père criminel, mais ils auront honte depuis la fac.

Mais je ne plongerai pas.

La partie est interminable. Une véritable guerre de tranchées, sans vainqueurs ni vaincus, pense Malone, sarcastique. L'équipe de John l'emporte finalement 15-13. Malone descend voir son fils.

— Tu as bien joué.
— J'ai reçu un retrait.
— En réussissant ta frappe. C'est ça qui compte. Et combien tu as éliminé de coureurs ? C'est aussi important que les *runs*, John.

Son fils lui sourit.

— Merci d'être venu.
— Tu rigoles ? Je n'aurais pas voulu manquer ça. L'équipe va chez Pizza Hut ?
— Pinkberry. C'est plus sain.
— Bonne idée.
— Tu veux venir ?
— Il faut que je retourne en ville.
— Pour attraper les méchants.
— Exact.

Malone le serre dans ses bras, sans l'embrasser, afin de ne pas lui faire honte. Il dit au revoir à Caitlin, puis retourne voir Sheila.

— Tu n'es pas venue t'asseoir.
— Marjorie n'était pas là pour me remplacer. La gueule de bois, j'imagine.

Russo l'attend sur le parking.

— On a encore des trucs à se dire ?
— À quel sujet ?
— Toi, répond Russo. Je ne suis pas idiot. Tu n'es pas toi-même depuis quelque temps... Tu es ailleurs...

Tu tires la tronche. Par moments, tu planes. Si tu ajoutes cette histoire autour du suicide de Torres…

— Tu as quelque chose à me dire, Phil ?
— *Toi*, tu as quelque chose à me dire, Denny ?
— Genre ?
— Genre, est-ce que c'est vrai ?

Après un silence d'une minute, Russo reprend :

— Peut-être que tu t'es retrouvé coincé. Ça arrive. Peut-être que tu as vu une échappatoire. Je peux le comprendre. Tu as une femme, des gamins…

Malone a le cœur qui se serre.

Il se fissure comme une pierre qui brûle.

— Ce n'est pas moi, dit-il.
— OK.
— C'est pas moi.
— J'ai entendu.

Mais Russo le regarde comme s'il ne savait pas s'il le croyait ou non.

Il dit :

— Merci, hein. De t'être occupé de ça.
— Va te faire foutre.

À Staten Island, c'est une marque d'affection.

23

Le samedi en fin d'après-midi, Malone sait où il peut trouver Louie Savino.

Les cafés italiens aux terrasses desquels Lou aimait siroter un expresso, comme Tony Soprano, n'existent plus, alors il va au Starbucks, il commande un *espresso* et va s'asseoir dehors dans le petit patio clôturé de la 117ᵉ Rue.

Pathétique, songe Malone. Lou est là, vêtu de son survêtement ringard, avec un de ses soldats, un aspirant mafieux nommé Mike Sciollo, et il pérore en matant les culs qui passent.

Mais ne le sous-estime pas, se dit-il. Tu as commis cette erreur hier soir et ça a failli te coûter la vie. Lou Savino n'est pas devenu *capo* par bêtise. C'est un salopard malin et impitoyable, pense-t-il en entrant dans le Starbucks.

Cependant, même les salopards impitoyables ont besoin de pisser. Savino habite loin d'ici, à Yonkers, il va donc se rendre aux toilettes avant de reprendre sa voiture. En effet, Malone le voit se lever et retourner à l'intérieur. Il calcule son approche afin d'arriver au moment où Savino entre dans les toilettes et commence à refermer la porte.

Malone la bloque du pied, la repousse et la ferme derrière lui.

— Denny, j'allais justement t'appeler.

L'espace est exigu, étouffant.

— Tu allais m'appeler ? Tu n'as pas pensé à me passer un putain de coup de fil *avant* de me livrer à Castillo ?

— Ce sont les affaires, Denny.

— Ne me la joue pas à la Sollozo. Toi et moi, on est en affaires aussi. Tu aurais dû m'en parler, Lou. Tu m'as donné ta parole que tu expédierais la poudre loin de mon territoire.

— Tu as raison. C'est vrai. Mais tu as eu tort de buter Pena de cette façon. Et tu le sais, Denny. Tu aurais dû le laisser filer.

— Où est-ce que je peux trouver Castillo ?

— N'essaye pas de le trouver. Il veut te couper la tête, bordel.

— Je vais réduire la sienne et la foutre dans ma poche pour que sa langue bien pendue me lèche les couilles du matin au soir. Où est-il, Lou ?

Savino ricane.

— Qu'est-ce que tu vas faire ? Me donner un coup de crosse sur le crâne comme si j'étais un de tes bamboulas ?

Savino jette un coup d'œil par-dessus l'épaule de Malone, comme s'il s'attendait à ce que Sciollo vienne frapper à la porte pour lui demander si tout va bien.

— On entend des choses à ton sujet. Et certains sont très inquiets.

Malone sait que certains, ça veut dire Stevie Bruno. Et s'il s'inquiète, c'est parce que j'ai un tas de choses à raconter sur la *borgata* Cimino.

— Dis à ces gens qu'ils n'ont aucune raison de s'inquiéter.

— Je me suis porté garant pour toi, Denny. Je suis responsable de ce que tu fais. Ils me tueront, moi aussi. J'ai été convoqué. Tu sais ce que ça signifie ?

— À ta place, je n'irais pas.

— Toi aussi tu es invité, connard. Demain, midi et demi. La Luna. Ce n'est pas facultatif. Viens seul.

— Pour recevoir une balle derrière la tête ?

Ou pire, pense Malone. Un couteau dans la colonne vertébrale, un fil de fer autour de la gorge, ma bite enfoncée dans la bouche.

— Sans moi.

— Écoute, dit Savino. Je réponds de toi si tu me couvres pour l'héro.

— Tu n'en as pas parlé à Bruno ?

— J'ai dû oublier. Ce sale rapace réclamerait 20 %. Si on se soutient mutuellement, on peut sortir vivants de cette réunion, Denny.

— OK.

— À demain.

Sciollo frappe à la porte des toilettes.

— Hé, Lou, tu t'es noyé ?

— Fous le camp !

Savino regarde Malone.

— Tu crois que tu peux tenir tête au monde entier ?

Oui, se dit Malone.

Au monde entier, s'il le faut.

Alors qu'il roule en direction du centre, il a l'impression, soudain, de ne plus pouvoir respirer.

Et que la voiture se referme sur lui.

Que le monde entier se referme sur lui, bordel de merde : Castillo et les Dominicains, les Cimino, les fédéraux, les AI, la police, le maire, et Dieu sait qui encore. Une douleur lui comprime la poitrine, et il se demande s'il fait un infarctus. Il se gare, ouvre la boîte à gants, prend le flacon de Xanax et en gobe un.

Ça ne te ressemble pas.

Une putain de crise d'angoisse ?

Ça ne te ressemble pas.

Tu es Denny Malone, bordel.

Il repart et descend Broadway. Il sait que des yeux le regardent. Sur les trottoirs, aux fenêtres des immeubles, dans les voitures. Des yeux sur des visages noirs, des visages mats. Des yeux de vieux, des yeux de jeunes, des yeux tristes, des yeux en colère, des yeux accusateurs, des yeux de junkies, des yeux de criminels, des yeux d'enfants.

Des yeux sont posés sur lui.

Il se rend chez Claudette.

*
* *

Elle est défoncée.

Pas assez pour avoir la tête qui pend, mais assez pour se déhancher sur de la musique. Cécile McLorin Salvant, un truc dans le genre. Claudette lui ouvre la porte, recule en dansant et en lui faisant signe d'entrer.

Elle sourit comme si le monde était un immense bol de crème.

— Viens, trésor. Joue pas les rabat-joie, danse avec moi.
— Tu es défoncée.
— Exact, dit Claudette en se retournant pour le regarder. Je plane. Tu veux monter me rejoindre tout là-haut, trésor ?
— Non merci.

Ça n'ira jamais mieux, pense-t-il. Elle n'ira jamais mieux. Tu ne peux pas toujours être là, mais la poudre, si.

La poudre que tu as balancée dans les rues.

Claudette revient sur ses pas et l'enlace.

— Viens, je veux que tu danses avec moi. Tu n'as pas envie de danser avec moi ?

Le problème, c'est qu'il en a envie.

Il se met à onduler avec elle.

Il sent la chaleur de son corps.

Il pourrait rester ainsi éternellement, mais ils ne dansent pas longtemps car l'héroïne commence à s'emparer d'elle, et voilà qu'elle pique du nez. En murmurant :

— Tu n'as pas répondu quand je t'ai appelé.

Il y a une expression qui dit « être fou de quelqu'un ». Voilà ce que je suis, pense-t-il. Je suis fou de cette femme. C'est de la folie de l'aimer, de rester avec elle, mais je continue, et je continuerai.

L'amour fou.

Il la porte jusqu'au lit.

24

Pour Malone, ce dimanche ressemble à tous les dimanches, et s'accompagne d'un vague sentiment de malaise qui date de l'enfance, dû au fait qu'il ne va pas à la messe.

Il a somnolé plus qu'il n'a dormi ; ses pensées le ramenaient toujours à Claudette.

Il fait du café, retourne dans la chambre et la réveille. Quand elle ouvre les yeux, il remarque qu'elle met une seconde ou deux à le reconnaître.

— Bonjour, trésor.

Claudette sourit.

Un sourire paisible de dimanche matin, un sourire de grasse matinée.

— Hier soir…, dit-il.
— C'était magnifique. Encore merci.

Elle ne se souvient absolument de rien. Mais ça va revenir, quand elle aura recouvré ses esprits et que le manque commencera à se faire sentir.

Il devrait rester avec elle, il le sait.

Mais…

— Je dois aller travailler.
— On est dimanche.
— Rendors-toi.
— Oui, c'est ce que je vais faire.

La Luna est un établissement à l'ancienne, se dit Malone. Exactement ce dont Savino rêve la nuit et qui lui fait tacher ses draps. Au cœur du Village. Ils veulent m'éloigner de mon territoire.

Et les Cimino ont des hommes ici.

J'aurais dû appeler Russo, et peut-être Monty aussi. En renfort.

Mais cette réunion concerne un mouchard.

O'Dell, alors.

Oui, c'est ce qu'il aurait dû faire, mais il s'est dit : rien à foutre.

Sciollo l'accueille à la porte.

— Je suis obligé de te fouiller, Denny.

— J'ai un 9 mm à la ceinture. Et un Beretta dans le dos.

— Merci.

Sciollo lui confisque ses armes.

— Je te les rendrai en partant.

Ouais, pense Malone. Si je ressors d'ici.

Sciollo le palpe afin de s'assurer qu'il ne porte pas de micro. Puis il le conduit jusqu'à un box au fond du restaurant. Celui-ci est presque désert, en dehors de quelques types au bar et d'un couple qui se bécote.

Savino est assis dans le box, en compagnie de Stevie Bruno, qui paraît déplacé dans sa tenue de chez L.L.Bean : chemise à carreaux, gilet, pantalon de velours côtelé. Il y a même une gibecière en toile posée à côté de lui sur le siège. Il n'a pas l'air très heureux derrière sa tasse de thé, ce parrain de banlieue obligé de mettre les pieds dans la ville sale.

Il est accompagné de quatre gars, à portée de vue et hors de portée de voix.

Bruno fait signe à Malone de s'asseoir. Malone se glisse dans le box et Sciollo s'installe sur une chaise à l'extérieur.

Il est coincé.

— Denny Malone, Stevie Bruno, dit Savino.

Il affiche son petit sourire nerveux.

— Le couple qui est en train de fonder une famille au bar, demande Malone. Qui tient le flingue, elle ou lui ?

— Vous avez vu trop de films, répond Bruno.

— J'aimerais en voir d'autres.

— Tu veux boire quelque chose, Denny ? propose Savino.

— Non merci.

— Une première pour un Irlandais. Je n'ai jamais vu ça.

— Tu m'as fait venir ici pour faire des plaisanteries ?

— Ce n'est pas une plaisanterie, dit Bruno. On raconte partout que vous servez d'indic aux fédéraux.

Les mafieux ne craignent pas la police, mais ils détestent les fédéraux, qu'ils considèrent comme des fascistes et des persécuteurs qui s'en prennent à toute personne dont le nom se termine par une voyelle. Et ils détestent particulièrement les agents fédéraux italiens et les mouchards qui les informent.

Malone connaît la distinction : un flic infiltré n'est pas un mouchard. Un flic corrompu qui a fait des affaires avec eux et qui les balance, si.

— Et vous y croyez ? demande-t-il.

— Moi, je ne veux pas y croire, dit Savino. Dis-nous que c'est pas vrai, Denny.

— Ce n'est pas vrai.

— Les paroles d'un mourant à sa femme, dit Bruno. J'ai tendance à y croire, moi.

— Les fédéraux nous ont piégés, Torres et moi. Je ne sais pas comment. Je peux seulement vous jurer que je ne portais pas de micro.

— Dans ce cas, pourquoi ont-ils arrêté seulement Torres ? demande Bruno.

— Je ne sais pas.

— C'est encore pire.

— Torres ne connaissait pas mes relations avec votre famille. Je n'en ai jamais parlé avec lui. Par conséquent, vous ne pouvez apparaître sur aucun des enregistrements entre lui et moi.

— Mais si les fédéraux vous arrêtent, ils vous feront cracher tout ce que vous savez.

Bruno regarde Malone d'un air inquiet. Malone sait

ce qu'il pense, ce qu'il ne veut pas l'entendre dire : *Si je servais d'indic aux fédéraux, Savino ici présent encourrait entre trente ans et perpétuité pour trafic d'héroïne et il serait en train de vous balancer en ce moment même.*

Au lieu de cela, Malone dit :

— Combien de fric j'ai fait gagner à la *borgata* Cimino ? Combien de sacs de pognon j'ai apportés à des procureurs, des juges, des fonctionnaires pour décrocher des contrats ? Pendant combien d'années, sans jamais aucun problème ?

— Je ne sais pas, répond Bruno. J'étais à Lewisburg.

Nom de Dieu, Savino, dis quelque chose.

Mais Savino reste muet.

Alors, Malone demande :

— Quinze ans, ça ne signifie rien ?

— Si, ça signifie beaucoup. Mais je ne vous connais pas, puisque j'étais loin d'ici.

Malone foudroie du regard Savino, qui intervient enfin.

— C'est un gars bien, Stevie.

— Tu es prêt à parier ta vie ? demande Bruno. Car c'est ce que tu es en train de faire.

Savino met une seconde à répondre.

Une putain de seconde qui n'en finit pas.

— Oui, Stevie. Je me porte garant de lui.

Bruno enregistre cette réponse, puis demande :

— Qu'allez-vous dire aux fédéraux ?

— Rien.

— Vous êtes prêt à faire de quatre à huit ans de taule ?

— Ce sera plutôt quatre. Vos gars empêcheront les *brothers* de faire de moi leur pute ?

— Les types droits ne se penchent pas en avant.

— Je suis un type droit.

— J'ai un problème, dit Bruno. Vous risquez quatre ans de taule. Moi, si je me fais arrêter pour avoir jeté un papier par terre, je finis ma vie derrière les barreaux. Alors, la grande question que je me pose, c'est : puis-je courir ce risque ? Si vous êtes un mouchard, avouez-le

385

maintenant, on fera ça vite et sans douleur. Et je veillerai à ce que votre femme touche son enveloppe. Sinon… si je dois vous arracher la vérité… ça ne sera pas beau à voir, et votre bourgeoise devra se débrouiller seule.

Malone sent la colère monter en lui comme de l'eau qui bout et il ne peut pas éteindre le feu sous la casserole. Il sait qu'ils le testent, ils lui offrent une porte de sortie, comme le feraient des flics dans une salle d'interrogatoire.

Le moindre signe de faiblesse et il est mort.

Alors, il prend la direction opposée.

— Ne me menacez jamais. Ne menacez jamais mon fric. Ne menacez jamais ma femme.

— Du calme, Denny, intervient Savino.

— J'ai dit la vérité.

— OK, dit Bruno.

Il glisse la main dans sa besace et en sort une liasse de feuilles qu'il pose sur la table.

— Et ça, c'est la vérité aussi, monsieur « Je suis un type droit » ?

Malone voit son 302.

Il agrippe Sciollo par les cheveux et lui écrase le visage contre la table, puis il envoie valdinguer sa chaise d'un coup de pied.

Il se penche pour sortir le couteau SOG glissé dans sa botte, attrape Savino par la tête et colle la lame contre son cou.

Deux types, dont celui qui roulait des pelles à la fille, dégainent leurs armes.

— Je vais égorger cet enfoiré de rital.

— Laissez-le passer, gémit Savino.

Les types se tournent vers Bruno, qui hoche la tête.

Il pourrait réaliser un carton plein dans ce restaurant, mais il ne peut pas autoriser un bain de sang qui se retrouvera à la une du *Post*.

Malone entraîne Savino hors du box tel un bouclier, le couteau toujours sous sa gorge, et recule vers la porte. Il lance à Bruno :

— Si vous voulez que je lui fasse un O. J., recommencez à menacer ma femme. Allez-y, parlez-moi encore d'elle.

— Il est déjà mort de toute façon, répond Bruno. Et vous aussi. Profitez bien de votre dernière journée sur terre, enfoiré de mouchard.

Malone saisit la poignée de la porte par-derrière, balance Savino au sol et sort.

Il trottine jusqu'à sa voiture garée au bout de la rue.

— Il avait mon 302 ! hurle Malone.
— OK, répond O'Dell.

Mais il est visiblement ébranlé.

— Il est *à l'abri*, vous me disiez ! braille Malone en faisant les cent pas dans la pièce. Dans un coffre... Seules les personnes présentes ici...

— Asseyez-vous, dit Paz. Vous êtes vivant.

— Pas grâce à vous ! Ils ont mon 302 ! Ils ont la preuve ! Vous êtes tellement occupés à coincer des flics corrompus que vous ne voyez même pas les vendus qui se trouvent parmi vous !

— On n'en sait rien, répond O'Dell.

— Alors, comment ils l'ont eu ? Pas par moi !

— On a un problème, reconnaît Weintraub.

— Sans blague !

Malone donne un coup de poing dans le mur.

Weintraub feuillette le 302.

— Où est-il question de vous et des Cimino là-dedans ?

— Nulle part.

— Divulgation complète, dit Paz. C'était notre accord.

Soudain, une pensée traverse l'esprit de Malone.

— Nom de Dieu... Sheila...

— Des agents sont en chemin, dit O'Dell.

— Rien à foutre. J'y vais.

Malone se dirige vers la porte.

— Restez où vous êtes, ordonne Paz.

— Vous allez m'empêcher de sortir ?

— S'il le faut. Il y a deux marshals dans le couloir. Vous n'irez nulle part. Réfléchissez plutôt. Stevie Bruno ne va pas envoyer quelqu'un à Staten Island pour s'en prendre à votre femme en plein après-midi. Il essaye d'éviter la prison, pas de tout faire pour y aller. On a du temps devant nous.

— Je veux voir ma famille.

— Si vous nous aviez parlé de cette réunion, dit Paz, vous auriez porté un micro et Bruno serait derrière les barreaux à cette heure-ci. Bon, d'accord, du sang a coulé sous les ponts, vous êtes pardonné. Mais maintenant vous devez nous dire ce que vous trafiquiez avec les Cimino.

Malone ne répond pas. Il s'assoit et se prend la tête à deux mains.

— La seule façon de vous protéger, votre famille et vous, ajoute Paz, c'est d'envoyer Bruno à l'ombre. Donnez-moi de quoi obtenir un mandat.

— Je ne l'avais jamais rencontré.

— Si, rétorque Paz.

Malone lève la tête et découvre dans ses yeux qu'elle est totalement disposée – non, déterminée – à lui arracher un faux témoignage.

O'Dell n'ose pas le regarder.

Weintraub fait mine de ranger des feuilles.

— Nous vous ferons bénéficier du programme de protection des témoins, votre famille et vous…

— Pas question.

— Vous n'avez pas le choix, dit Paz.

— Laissez-moi sortir d'ici. Je m'occuperai de Bruno personnellement.

— Vous savez quoi ? s'emporte Paz. Faites venir les marshals et menottez-le. J'en ai marre de cet abruti.

— Et ma famille ? s'exclame Malone.

— Qu'ils se débrouillent ! Vous me prenez pour une assistante sociale ? C'est *vous* qui avez mis vos proches en danger ! Vous, pas moi ! Achetez-leur un rottweiler, un système d'alarme ou je ne sais quoi.

— Espèce de salope.
— Pourquoi les marshals ne sont-ils pas encore là ? demande Paz.
— Vous êtes encore plus pourris que je croyais l'être.
Silence. Ils n'ont rien à répondre à ça.
— OK, soupire Malone. Allumez le magnéto.

Avec la pègre, il a commencé comme la plupart des flics qui empruntent ce chemin, en prenant une petite enveloppe pour fermer les yeux devant les tripots.

Rien d'extraordinaire, une centaine de dollars par-ci par-là.

Il a connu Lou Savino quand il était encore un jeune *capo* mafieux. Un jour, Savino l'avait abordé à Harlem et lui avait demandé s'il voulait gagner du fric.

Oui, Malone voulait gagner du fric.

Un des hommes de Savino avait un putain de problème d'agression avec violence, alors qu'il n'avait fait que protéger sa sœur, qui s'était fait tabasser par un putain d'enfoiré. Mais il y avait un putain de témoin qui refusait de comprendre ça. Alors, peut-être que Malone pourrait jeter un coup d'œil au rapport pour connaître le nom et l'adresse de ce témoin ; ça éviterait à la municipalité les frais d'un procès et beaucoup d'ennuis à tout le monde.

Non, Malone ne voulait pas être complice du passage à tabac d'un témoin, voire d'un meurtre.

Rire de Savino. Allons, personne ne parlait de ça. Il s'agissait d'offrir de belles vacances à un témoin, ou une voiture.

Une voiture ? avait demandé Malone. Le gars avait dû se faire sacrément dérouiller.

Non. Simplement, l'homme de Savino était en liberté conditionnelle et cette condamnation pour agression le renvoyait à l'ombre pendant dix ans. Tu appelles ça de la justice, toi ? Pas moi. Si ça te donne bonne conscience, tu pourras apporter l'enveloppe toi-même, pour t'assurer qu'on ne fait de mal à personne. Tu prélèves ta part, et tout le monde est content.

Malone était nerveux à l'idée d'aborder l'officier qui avait effectué l'arrestation, mais il s'avéra qu'il n'avait aucune raison de l'être. Cent dollars pour consulter le rapport. Revenez quand vous voulez. Un boulot facile. Le témoin, lui, était ravi d'emmener ses gamins à Disneyworld. Gagnant gagnant gagnant, tout le monde était content à l'arrivée, sauf le type qui avait la mâchoire brisée, mais il l'avait bien cherché. On ne frappe pas une femme.

Justice avait été rendue.

Malone avait plusieurs fois dispensé la justice pour les Cimino, puis Savino l'avait approché pour autre chose. Il travaillait à Harlem, hein ? Exact. Il connaissait le quartier, il connaissait les gens. Bien sûr. Alors, il connaissait un prêtre, un *ditzune*, qui prêchait dans une église de la 137e ?

Le révérend Cornelius Hampton ?

Tout le monde le connaissait.

Il avait pris la tête d'une manifestation sur un chantier de construction qui refusait d'engager des ouvriers issus des minorités.

Savino avait remis à Malone une enveloppe destinée à Hampton. Le révérend ne voulait pas être vu en compagnie de ritals.

C'est pour mettre fin aux manifestations ? avait demandé Malone.

Mais non, pauvre abruti d'Irlandais. C'est pour qu'elles continuent. On joue sur les deux tableaux. Le révérend lance une manifestation, il bloque le chantier. L'entrepreneur vient réclamer notre protection. On récupère une part du projet, les manifs s'arrêtent.

On palpe, le révérend palpe, l'entrepreneur palpe.

Alors, Malone s'était rendu à l'église en question, il avait trouvé le prêtre, qui avait pris l'enveloppe comme si c'était un envoi par UPS.

Sans rien dire.

Ni cette fois, ni la suivante, ni celle d'après.

— Le révérend Cornelius Hampton, dit Weintraub. Un militant des droits de l'homme, un homme du peuple.

— Avez-vous rencontré Steven Bruno à ce sujet ? demande Paz. Vous a-t-il approché ?

— Je crois qu'il était entre vos mains à cette époque, répond Malone.

— Mais vous avez cru comprendre que Savino agissait sous ses ordres, insiste Paz.

— Preuve par ouï-dire, intervient Weintraub.

— Nous ne sommes pas au tribunal, maître.

— Oui, répond Malone. Je savais que Savino était l'intermédiaire de Bruno.

— C'est Savino qui vous l'a dit ?

— Oui. Plusieurs fois.

On sait tous que c'est un mensonge, pense-t-il.

Mais c'est le mensonge qu'ils veulent entendre.

Il poursuit.

Deux ans plus tard, il avait de nouveau versé des pots-de-vin de la part des Cimino, une fois que Bruno était sorti de Lewisburg.

C'est qui ? avait-il demandé.

Rire de Savino.

Des fonctionnaires municipaux, ceux qui attribuent les contrats.

— Éteignez le magnéto, ordonne Paz.

Weintraub s'exécute.

— Des fonctionnaires municipaux, avez-vous dit ? demande Paz. Vous parlez de la mairie ?

— Les services du maire. Ceux du contrôleur des finances. Le bureau des opérations... Vous pouvez remettre le magnéto, je répéterai ce que je viens de dire.

Il la foudroie du regard.

— Vous venez de comprendre, hein ? dit-il. C'est peut-être une chose que vous ne vouliez pas savoir.

— Moi, je veux savoir, dit O'Dell.

— Taisez-vous, John.

— Ne me dites pas de me taire. Vous avez là un formidable témoin qui vous raconte que des fonctionnaires municipaux sont payés par la famille Cimino. Peut-être que le Southern District ne veut pas en entendre parler, mais ça intéresse beaucoup le Bureau.

— Idem, ajoute Weintraub.

— *Idem ?*

— C'est vous qui avez ouvert cette porte, Isobel. J'ai le droit de la franchir.

— Faites, dit Paz.

Elle se penche vers le bureau pour remettre le magnéto en marche et regarde Malone, avec l'air de dire : *Allez-y.*

— Donnez des noms.

Elle est prise au piège, elle le sait.

Il donne des noms.

— Nom de Dieu, lâche Weintraub. Comme on dit.

— Oui, reprend Malone. J'ai construit un tas de maisons à Westchester. Des cottages à Nantucket, des hôtels aux Bahamas…

Il regarde Paz.

L'un et l'autre savent qu'il y a là de quoi faire tomber l'administration, ruiner des carrières et des aspirations, dont les siennes. Mais elle n'a plus le choix, et elle va jusqu'au bout en serrant les dents.

— Quels membres de la famille Cimino avez-vous rencontrés pour distribuer ces pots-de-vin ?

— Lou Savino, répond Malone, sans la quitter des yeux.

Il laisse passer une seconde, puis il ajoute :

— Et Steven Bruno.

— Avez-vous rencontré M. Bruno en personne ?

— À plusieurs occasions.

Il invente des dates et des lieux plausibles.

— Soyons clairs, dit Paz. Êtes-vous en train de dire qu'à différentes reprises, comme indiqué précédemment, Steven Bruno vous a donné de l'argent en vous demandant de le remettre à des fonctionnaires municipaux afin qu'ils truquent des appels d'offres dans le domaine du bâtiment ?

— C'est exactement ça.
— Incroyable, dit Weintraub.
— Au sens propre du terme, peut-être, dit Paz.

Habile, cette salope, pense Malone. Elle essaye de jouer sur les deux tableaux, elle préserve ses options en attendant de choisir une stratégie, de voir de quel côté penche la balance.

Weintraub s'en aperçoit et tente de la coincer.

— Vous voulez dire que le témoin ne vous semble pas crédible ?

— Je dis juste que je ne sais pas. Malone est un menteur avéré.

— Vous voulez vraiment ouvrir *cette* porte ? demande Weintraub.

— Je veux voir ma famille, exige Malone.

— Pas encore, répond Paz. C'est tout, sergent Malone ? Entrave à la justice ? Corruption de fonctionnaires ?

— C'est tout.

Je ne te parlerai pas de la drogue.

Ni de Pena.

Pour l'instant, c'est quatre à huit ans de prison.

Pena, c'est la peine de mort.

Paz dit :

— Vous venez d'avouer une série de crimes qui n'étaient pas inclus dans notre arrangement premier, qui s'en trouve par conséquent caduc.

Malone peut presque sentir l'odeur du cerveau de Paz en ébullition, elle se donne tellement de mal. Il la pousse dans ses retranchements.

— Alors, vous m'arrêtez ou pas ?

— Pas maintenant. Pas *tout de suite*. Je veux discuter avec mes collègues.

— Allez-y, discutez. Peut-être que vous pourriez discuter du mouchard planqué parmi vous.

— Vous êtes en danger dans les rues, dit O'Dell.

— C'est maintenant que vous vous souciez de ça ? On m'a tiré dessus, j'ai reçu des coups de couteau, je me suis

393

tapé des centaines d'escaliers et de ruelles, j'ai franchi un millier de portes sans savoir ce qui m'attendait de l'autre côté, et à présent, vous vous inquiétez pour moi ? Alors que vous avez failli me faire tuer ? Allez tous vous faire foutre.

Et il sort.

— On les bute tous, déclare Russo. Bruno, Savino, Sciollo, et tous ces enculés de Cimino s'il le faut.

— On ne peut pas faire ça, dit Malone.

Ils sont dans leur appart.

— Tout le monde en parle déjà, dit Monty. Il y a eu une confrontation armée entre Denny Malone et trois mafieux dans un lieu fréquenté par la pègre. Ce n'est qu'une question de temps avant que les AI viennent te demander ce que tu faisais là.

— Tu crois que je ne le sais pas, bordel ?

Monty demande alors :

— Pourquoi est-ce qu'ils voulaient te parler ?

— Ils ont entendu le baratin de Torres. Et ils y croient, je suppose. Peut-être.

— Pourquoi tu ne nous as pas appelés en renfort ? s'étonne Russo.

— Je pensais pouvoir gérer ça tout seul. Et c'est ce que j'ai fait.

— Si on avait été là, rétorque Monty, il n'y aurait pas eu de confrontation. Pas de rumeurs dans les rues, pas d'AI. Après ça, tu disparais des écrans radar pendant trois heures. En plus, si on tient compte de ce que racontent les hommes de Torres…

— Qu'est-ce que tu essayes de dire, Monty ?

— Juste ça : dans moins de deux mois, je prends ma retraite. Je quitte cette ville en emmenant ma famille. Et je ne laisserai ni toi ni personne me mettre des bâtons dans les roues. Alors, si on doit régler un problème, Denny, réglons-le.

**
*

Malone regagne sa voiture et s'installe au volant.

Un fil de fer glisse autour de son cou.

Le fil de fer se resserre.

Instinctivement, Malone cherche à agripper le fil, mais il est trop serré, impossible de l'arracher de sa gorge, ni même de passer les doigts dessous pour pouvoir respirer. Sa main se tend vers le pistolet posé sur le siège passager, mais elle n'arrive pas à empoigner la crosse, et le laisse retomber.

Il décoche un coude de coude vers l'arrière pour tenter de frapper son agresseur, sans parvenir à pivoter suffisamment pour avoir de l'élan. Ses poumons réclament de l'air, il sent qu'il perd connaissance, ses jambes sont agitées de spasmes ; le peu de lucidité qu'il conserve encore lui dit qu'il est en train de mourir et sa voix entonne mentalement une prière de son enfance.

Oh ! Seigneur, je suis profondément désolé de T'avoir offensé.

Et je déteste tous mes péchés.

Il entend les râles qui sortent de sa gorge.

La douleur est insoutenable.

Et je déteste tous mes péchés…

Et je déteste tous mes péchés…

tous mes péchés…

mes péchés…

péchés…

Voilà, il est mort, et il ne discerne aucune lumière aveuglante, uniquement les ténèbres ; il n'entend aucune musique, uniquement des cris. Il aperçoit Russo et se demande si Phil est mort lui aussi. On raconte qu'une fois au ciel on voit tous ceux qu'on a aimés, mais il ne voit pas Liam ni son père, uniquement Russo, qui le saisit par l'épaule et le projette sur le sol en bitume. Il tousse, il s'étrangle, il crache, tandis que Russo le relève pour l'entraîner vers une autre voiture, et Malone se retrouve sur le siège passager, Russo est au volant, à sa place habituelle, dans ce monde des vivants et non pas celui des morts, puis la voiture démarre.

— Ma bagnole, dit-il d'une voix enrouée.
— Monty s'en occupe, répond Russo. Il est derrière nous.
— Où on va ?
— Quelque part où on pourra bavarder tranquillement avec le passager de la banquette arrière.

Ils empruntent la West Side Highway et sortent au niveau de Fort Washington Park, près du pont George Washington.

Malone descend. Ses jambes flageolent. Il voit Monty extirper le type de sa voiture, sur un terre-plein herbeux entre deux voies de la Hudson River Greenway.

Malone s'approche d'un pas chancelant et le toise.

Le type est déjà amoché, à demi inconscient. Sa tête a dû recevoir un coup de crosse de calibre 38, ses cheveux sont collés par le sang séché. Il a dans les trente-cinq ans, une chevelure noire, la peau mate. Il pourrait être italien ou portoricain ou, putain de merde, dominicain.

Malone lui balance un coup de pied dans les côtes.

— Tu es qui ?

Le type secoue la tête.

— Qui t'envoie ?

Même réponse.

Monty lui prend le bras et lui coince la main dans l'ouverture de la portière.

— On t'a posé une question.

Il referme la portière d'un coup de pied.

Le type hurle.

Monty ouvre la portière.

Les doigts du type, brisés, indiquent toutes les directions ; des os ont transpercé la peau. Avec son autre main, il se tient le poignet, regarde les dégâts et hurle de nouveau. Il lève les yeux vers Monty.

— On va faire la gauche maintenant, dit ce dernier. Sauf si tu nous dis qui tu es et qui t'envoie.

— *Los Trinitarios*.

— Pourquoi ?

— Je sais pas. Ils m'ont juste dit… d'attendre dans la voiture… et après…

— Quoi donc ? demande Malone.

— Je devais vous tuer. Et leur apporter votre tête. Pour Castillo.

— Où est Castillo ? demande Russo.

— Je sais pas. Je l'ai pas vu en personne. J'ai juste reçu des ordres.

— Mets ton autre main dans la portière, dit Monty.

— Par pitié…

Monty sort son 38 et le pointe sur la tête du type.

— L'autre main, je t'ai dit.

Le type glisse sa main dans l'ouverture de la portière en pleurant.

Il tremble de la tête aux pieds.

— Où est Castillo ? demande Monty.

— J'ai une famille.

— Et moi non ? rétorque Malone. Où il est ?

Monty s'apprête à décocher un coup de pied dans la portière.

— Park Terrace ! Le penthouse !

— Qu'est-ce qu'on fait de lui ? interroge Monty.

— L'Hudson est juste là, dit Russo.

— Non, non, je vous en supplie.

Russo se penche au-dessus de lui.

— Tu as essayé de tuer *un inspecteur de la police de New York*. De lui couper la tête. Qu'est-ce qu'on va faire de toi, à ton avis ?

Le type gémit en tenant sa main broyée. Il se recroqueville en position fœtale, il abandonne, et se met à réciter :

— Baron Samedi…

— C'est quoi, ce charabia ? demande Russo.

— Il prie Baron Samedi, explique Monty. Le dieu de la Mort dans le vaudou dominicain.

— Très bon choix, approuve Russo en dégainant son

arme personnelle. Vas-y, termine. Tu as besoin d'un poulet ou autre chose ? Tu vas crever.

— Non, dit Malone.

— « Non » ?

— On a déjà Pena sur notre feuille de score. Pas besoin de rajouter un autre meurtre.

— Malone a raison, dit Monty. De toute façon, notre ami ne risque plus de garroter les gens.

— Si on le laisse en vie, on envoie un mauvais message, dit Russo.

— Je m'en fous des messages, rétorque Malone.

Il s'accroupit à côté de celui qui a voulu le tuer.

— Retourne dans ton pays. Si je te revois à New York, tu es mort.

Ils remontent dans leurs voitures et roulent vers Inwood.

Park Terrace Gardens est un château.

La résidence se dresse sur une colline, non loin de la pointe de la péninsule que forme l'extrémité nord de Manhattan, aux confins du royaume de Malone.

La péninsule est délimitée par l'Hudson River à l'ouest ; au nord et à l'est par la Spuyten Duyvil Creek, qui sépare Manhattan du Bronx. Trois ponts enjambent la Spuyten Duyvil : un pont de chemin de fer qui borde la rivière, le pont Henry Hudson et, plus à l'est, là où le cours d'eau bifurque vers le sud, le pont de Broadway.

Les « Gardens », comme les appellent les résidents, forment un ensemble de cinq immeubles de sept étages en pierre grise, construits dans les années 1940, dans une zone arborée, entre la 215e et la 217e Ouest.

Au sud se trouvent la Northeastern Academy et le petit Isham Park. À l'ouest, le Inwood Hill Park, beaucoup plus vaste, isole les Gardens de la route 9 et du fleuve. Au nord des Gardens, un unique pâté de maisons résidentiel accueille des bâtiments publics – le complexe sportif de Columbia University, un stade de football et une annexe du New York Presbyterian Hospital, entre la résidence et le fleuve.

Le parc de Muscota Marsh s'étend au nord-ouest.

Des derniers étages des immeubles des Gardens, la vue est spectaculaire : la *skyline* de Manhattan, l'Hudson, les pentes plantées de chênes d'Inwood Hill, le pont de Broadway. On voit au loin.

Voit-on quelqu'un arriver ?

L'équipe remonte Broadway, l'artère centrale d'Inwood, dans deux voitures. Une petite rue perpendiculaire longe Park Terrace East. Ils la prennent en direction du nord jusqu'à la 217e, s'arrêtent et contemplent l'immeuble qui abrite le penthouse où vit Castillo, au nord.

Cela confirme ce que Malone savait déjà.

Ils ne peuvent atteindre Castillo chez lui.

Le trafiquant d'héroïne, qui a ordonné la décapitation d'un inspecteur de la police de New York, est protégé par les tours de pierre et les douves qui les entourent, mais surtout par la loi. Il ne vit pas dans une cité ni dans un ghetto. Cette résidence possède un syndic de copropriété, une association de propriétaires, son propre site Internet. Mais surtout, elle est habitée par de riches Blancs, et vous ne pouvez pas y faire irruption dans le but d'embarquer Castillo. Les résidents des Gardens, respectueux des lois, décrocheraient immédiatement leurs téléphones pour appeler le maire, le conseil municipal, le chef de la police, afin de protester contre ces « méthodes militaires ».

Pour entrer, ils ont besoin d'un mandat, qu'ils n'obtiendront pas.

Et sois honnête, se dit Malone, tu ne peux pas réclamer un mandat parce que tu es un flic corrompu. S'il y a une chose que tu ne peux pas faire, c'est arrêter Carlos Castillo, et il le sait. Il peut rester tranquillement assis dans son château pour gérer son trafic d'héroïne et commander ton assassinat.

Fais-toi une raison.

Alors, que décides-tu ?

Tôt ou tard, Castillo va balancer la Dark Horse dans les rues. Il supervisera personnellement l'opération, c'est son boulot.

Tu pourras l'avoir à ce moment-là.

Tu dois être patient.

Fais marche arrière, place Castillo sous surveillance et attends qu'il agisse. Contacte Carter, indique-lui où se trouve Castillo.

Joue les cartes que tu as en main, ne te soucie pas de celles que tu n'as pas. Une paire de valets vaut bien une quinte flush si tu sais t'en servir. Et tu as mieux qu'une paire de valets.

Russo a sorti ses jumelles pour examiner la terrasse du penthouse.

— Qu'est-ce qu'on regarde, là ? demande Levin.

Il est encore furax à cause de la descente chez lui à 2 heures du matin.

— Ne le prends pas mal, lui a dit Russo. Il fallait qu'on s'assure que tu étais réglo.

— Que j'étais un ripou, tu veux dire.

— Tu peux répéter ? s'est emporté Malone.

Levin a eu l'intelligence de ne pas insister. Il a seulement dit :

— Amy était furieuse.

— Elle t'a demandé d'où venait le fric ? a voulu savoir Russo.

— Évidemment.

— Et qu'est-ce que tu lui as répondu ? a demandé Monty.

— De s'occuper de ses oignons.

— Notre gamin grandit, a dit Russo. Maintenant, il faut que tu l'épouses. Pour qu'elle ne puisse pas témoigner.

— Je donnerai cet argent à une œuvre de bienfaisance, a déclaré Levin.

Pour le moment, Malone lui dit :

— On est devant la planque de Carlos Castillo. On va la surveiller.

— Un micro ?

— Pas tout de suite. Juste en visuel pour l'instant.
— Hé, fait Russo en tendant les jumelles à Malone.
Celui-ci voit Castillo en personne sortir sur la terrasse avec une tasse de café pour profiter du lever du soleil.
Le roi qui contemple son royaume.
Pas encore, pense Malone.
Ce n'est pas encore ton royaume, enfoiré.

25

— J'ai déconné, dit Claudette.

Une partie de lui-même avait hésité à franchir la porte, redoutant ce qu'il allait découvrir.

Mais il s'était dit qu'il devait prendre de ses nouvelles.

Il lui doit bien ça.

Et il l'aime.

À présent, elle traverse cette phase de remords qu'il a observée des centaines de fois. Elle est désolée (ils le savent l'un et l'autre), elle ne recommencera plus (l'un et l'autre savent bien que si). Mais il est complètement crevé.

— Claudette, je ne peux pas m'occuper de ça tout de suite. Je suis désolé, je ne peux pas.

Elle découvre la marque dans son cou.

— Qu'est-ce qui t'est arrivé ?

— Quelqu'un a essayé de me tuer.

— C'est pas drôle.

— J'ai besoin de prendre une douche. Il faut que je m'éclaircisse les idées.

Malone se rend dans la salle de bains, se déshabille et passe sous la douche.

Tout son corps est douloureux.

Il se frotte à en avoir mal. Mais il ne peut pas enlever la marque rouge, il ne peut pas enlever la crasse, sur sa chair, dans son âme. Son père, dès qu'il rentrait du travail, fonçait sous la douche. Aujourd'hui, il comprend pourquoi.

La rue vous colle à la peau.

Sa puanteur s'incruste dans vos pores, puis dans votre sang.

Et ton âme ? se demande Malone. Tu vas rejeter la faute sur la rue également ?

En partie, oui.

Tu respires le parfum de la corruption depuis que tu as épinglé ton insigne sur ta poitrine. Comme tu as inhalé la mort en ce jour de septembre. La corruption ne flotte pas seulement dans l'air de cette ville, elle est dans son ADN. Et dans le tien.

Oui, c'est ça, rejette la faute sur la ville, rejette la faute sur New York.

Rejette la faute sur la police.

C'est trop facile, ça t'évite de te poser la question qui tue.

Comment en es-tu arrivé là ?

Comme on arrive n'importe où.

Un pas après l'autre.

Tu as cru qu'il s'agissait d'une plaisanterie quand ils t'ont parlé de la pente savonneuse à l'académie de police. Une tasse de café, un sandwich, ça conduit vers d'autres choses. Non, pensais-tu alors, une tasse de café, c'est une tasse de café, et un sandwich, c'est un sandwich. Les patrons d'épicerie te remerciaient pour ton travail, ils appréciaient ta présence.

Quel mal y avait-il ?

Aucun.

Pas plus qu'aujourd'hui.

Et puis, il y a eu le 11 Septembre.

Non, ne rejette pas la faute là-dessus, bordel. Tu n'es pas tombé aussi bas, hein ? Un frère mort, vingt-sept autres frères, des flics, morts, une mère détruite, un cœur brisé, la puanteur des corps brûlés, des cendres et de la poussière.

Ne rejette pas la faute là-dessus, mon pote.

Tu ne pourras plus jamais te rendre sur la tombe de Liam.

Là où tout a vraiment commencé, c'est chez les flics en civil.

Russo et toi, vous êtes entrés dans une planque, les

types ont foutu le camp, et il y avait ce fric, là, par terre. Pas grand-chose, deux mille dollars environ, mais n'empêche, il fallait acheter les couches, rembourser le crédit, et peut-être que tu avais envie d'inviter ta femme dans un endroit où on mangeait sur des nappes.

Russo et toi, vous vous êtes regardés, et vous avez raflé les billets.

Vous n'en avez jamais parlé.

Mais une ligne venait d'être franchie.

Tu ignorais qu'il y avait d'autres lignes.

Au début, l'occasion faisait le larron : du fric abandonné par des dealers dans leur fuite, des faveurs ou du cash offerts par une tenancière de bordel pour que tu regardes ailleurs ou que tu ouvres l'œil, une enveloppe remise par un bookmaker. Tu ne cherchais rien, tu n'étais pas en chasse, mais tu ramassais tout ce qui se présentait.

Quel mal y avait-il ? Les gens aiment jouer, les gens aiment s'envoyer en l'air.

Bon, d'accord, peut-être qu'ensuite, en arrivant sur un cambriolage ou un braquage, tu prenais un truc laissé par le voleur. Personne n'en pâtissait à part la compagnie d'assurances, et on ne connaît pas pires escrocs.

Tu passes ta vie au tribunal : tu vois comme l'incompétence, l'inefficacité et, merde, oui, la corruption font libérer des types que tu as envoyés là au risque de ta vie. Tu les regardes sortir libres le sourire aux lèvres, ils te sourient à la gueule, et un jour, un avocat t'aborde devant le palais de justice et te dit : « On travaille à l'intérieur du même système de toute façon, on pourrait peut-être en tirer profit tous les deux », puis il te file sa carte en expliquant qu'il y aura un petit quelque chose pour toi si tu lui envoies des clients.

Et pourquoi pas, bordel ? L'accusé prendra de toute façon un avocat, et tout le monde à l'intérieur du système se fait payer sauf toi, alors pourquoi ne pas prendre ta part, si on te l'offre ? Ensuite, s'il veut que tu apportes une enveloppe à un procureur bienveillant pour qu'il relâche un type, qui sera probablement relâché quoi qu'il arrive… c'est le fric du dealer que tu prends, voilà tout.

Tu profites des crimes, tu n'as pas organisé de crimes pour en tirer profit, et puis…

C'était une fabrique de crack dans la 123ᵉ Rue, au niveau de Adam Clayton Powell. Tu as agi dans les règles, avec un mandat de perquisition et tout. Sauf que le dealer n'a pas foutu le camp, il est resté assis là, calmement, et il t'a dit : « Servez-vous. Je me tire d'ici, vous aussi, on est contents tous les deux. »

Là, on ne parle plus de mille ou de deux mille dollars, on parle de cinquante mille, du lourd, du fric qui peut envoyer tes gosses à la fac si tu le mets de côté. De toute façon, le dealer va engager un Gerry Burger et sortir libre du tribunal. Au moins, tu le puniras, tu lui piqueras du blé, comme si tu lui collais un P-V, et pourquoi le fric reviendrait-il à l'État au lieu de finir dans ta poche, où il servira à faire du bien ?

Alors, tu le laisses filer.

Tu ne te sens pas très bien après, mais moins mal que tu ne le pensais car tu as avancé pas à pas. Pourquoi faire gagner du pognon aux avocats ? Au système judiciaire ? Aux prisons ?

Tu court-circuites tout le processus et tu rends justice sur-le-champ.

Comme les rois.

Mais il restait une ligne que tu n'avais pas encore franchie. Tu n'avais même pas conscience de marcher dans sa direction.

Tu te disais que tu étais différent, mais tu savais que tu te mentais. Comme tu savais que tu mentais en te disant que c'était la dernière ligne que tu franchirais, parce que tu savais bien que ce n'était pas vrai.

Il fut un temps où tu trafiquais des mandats pour effectuer des arrestations justifiées : éradiquer des criminels et la drogue. Puis est venue l'époque où tu trafiquais des mandats pour effectuer des arrestations afin de prélever ta part du butin.

Tu savais que tu passerais de charognard à chasseur.

Tu es devenu un prédateur.

Un parfait criminel.

Tu te disais que c'était différent puisque tu volais des dealers et non pas des banques.

Tu te disais que tu ne tuerais jamais personne pour une arnaque.

L'ultime mensonge, l'ultime ligne à franchir.

Mais qu'étais-tu censé faire, bordel de merde, quand tu es entré dans une fabrique d'héro où ils voulaient en découdre ? Te laisser flinguer ou les buter ? Et ensuite, tu n'aurais pas dû prendre le fric, ni la drogue, sous prétexte que quelques ordures venaient d'être rayées de la surface de la terre ?

Tu as pris du fric taché de sang, littéralement.

Et tu as pris la came.

Tu as laissé les gens te qualifier de héros.

Et tu y as cru à moitié.

Aujourd'hui, tu es un dealer.

Semblable aux salopards que tu voulais combattre en entrant dans la police.

Aujourd'hui, tu es nu et tu ne peux pas effacer la marque de Judas sur ton corps ni sur ton âme. Tu sais que Diego Pena n'a pas dégainé son arme pour te tirer dessus, tu sais que tu l'as abattu purement et simplement.

Tu es un criminel.

La porte de la cabine de douche coulisse et Claudette le rejoint. Elle se glisse sous le jet avec lui et caresse du bout du doigt la cicatrice qui disparaît sur sa cuisse, puis celle, à vif, dans son cou.

— Tu es vraiment amoché, dit-elle.

— Je suis indestructible, répond-il en la prenant dans ses bras.

L'eau qui ruisselle se mêle aux larmes sur sa peau douce et brune.

— La vie essaye de nous tuer, dit-elle.

La vie essaye de tuer tout le monde, songe Malone.

Et elle y arrive à tous les coups.

Parfois même avant qu'on meure.

Il sort de la douche et s'habille. Quand Claudette en sort à son tour, il lui dit :

— Je ne vais pas pouvoir revenir avant un certain temps.

— Parce que j'ai recommencé à me droguer ?

— Non, ce n'est pas ça.

— Tu vas retourner auprès de ta femme, hein ? La rousse de Staten Island, la mère de tes enfants. Non, non, pas de problème trésor, ta place est là-bas.

— C'est à moi d'en décider, Claudette.

— Je pense que c'est déjà fait.

— C'est dangereux pour toi si je viens ici. Certaines personnes me pourchassent.

— Je suis prête à courir le risque.

— Pas moi.

Il accroche le Sig Sauer à sa taille.

Il glisse le Beretta 8000 D dans un étui de cheville.

Un Glock 9 mm dans un holster.

Puis il enfile un T-shirt noir XL par-dessus tout ça, et fourre le couteau SOG dans sa bottine.

Claudette l'observe d'un air hébété.

— Mon Dieu, qui te pourchasse ?

— La ville de New York, répond Malone.

26

Ned Chandler vit dans Barrow Street, à l'ouest de Bedford.

Il entrouvre sa porte et voit l'insigne. Puis il ne voit plus rien car la porte s'ouvre vers l'intérieur, Denny Malone le pousse sur le canapé et lui colle le canon d'une arme sur la tempe.

— Fils de pute, crache Malone.
— Hein ? Quoi ? Du calme.
— Paz bosse pour le maire, hein ? C'est elle qui dirige son combat contre la police.
— Oui, on peut dire ça de cette manière, répond Chandler. Nom de Dieu, Malone, vous ne pouvez pas baisser cette arme ?
— Non, je ne peux pas. Parce que des gens essayent de me tuer. Une heure après que j'ai parlé à Paz des pots-de-vin versés à la mairie, quelqu'un me passe un fil de fer autour du cou. C'était un homme de Castillo, mais Castillo est de mèche avec les Cimino, et les Cimino sont de mèche avec la mairie…
— Je n'emploierais pas cette expression…
— J'ai livré ces putains d'enveloppes ! s'écrie Malone en accentuant la pression du pistolet sur la tempe de Chandler. Qui a fait fuiter mon 302 ?
— Je ne sais pas.
— Vous croyez en Dieu, Ned ?
— Non. Je ne sais pas…
— Vous vous interrogez, c'est ça ?

— Exact.

— Si vous voulez connaître la réponse, répétez-moi que vous ne savez pas. Alors, qui a fait fuiter mon 302 ?

— Paz.

Malone éloigne le pistolet de la tête de Chandler.

— Parlez.

— On ne suivait pas son enquête. Si vous étiez venu nous trouver plus tôt, on aurait pu y mettre fin, ou du moins la réorienter. Quand on a découvert que c'était vous, on a compris qu'il allait y avoir... un problème.

— Et vous espériez que les Cimino régleraient ce problème à votre place.

Chandler ne répond pas. C'est inutile.

— Et quand ils ont loupé leur coup, Castillo a tenté sa chance.

— De son plein gré. Vous avez tué un membre de sa famille, non ?

— Et vous étiez tous là pour m'applaudir.

Mais ils ne savent pas, pense Malone. Ils ne sont pas au courant pour la came. Ils ne savent pas que leurs potes de la famille Cimino ont remis cinquante kilos de poudre aux Dominicains.

Il existe encore une issue.

— Vous avez porté ces accusations de corruption devant des agents fédéraux, reprend Chandler. Il n'y avait pas seulement Paz, mais aussi le FBI, en la personne de O'Dell. Vous avez placé certaines personnes dans une position très délicate.

— Sauf si je meurs et que je ne peux plus témoigner.

Chandler hausse les épaules. C'est la vérité.

— Qui sont ces « certaines personnes » ? demande Malone. Qui est à mes trousses ?

— Tout le monde.

Exact, se dit Malone. Castillo, les Cimino, l'équipe de Torres, Sykes, les AI, les fédéraux... la mairie.

Alors oui, presque tout le monde.

— On n'est pas forcés d'en arriver là, dit-il. Je vais

m'occuper de Castillo. Je négocierai avec les Cimino. Et vous, vous m'organisez une rencontre avec « certaines personnes ».

— Je ne sais pas si je peux. Ne le prenez pas mal, Malone, mais vous êtes toxique.

— Oh ! je suis sûr que vous le pouvez. Voyez-vous, Neddy, je n'ai plus rien à perdre, et je n'hésiterai pas à vous en coller deux dans votre tête d'enfoiré.

Chandler décroche son téléphone.

La 57e Rue est surnommée « l'allée des Milliardaires ».

Un portier conduit Malone jusqu'au penthouse du One57, dans l'ascenseur privé, et Bryce Anderson en personne ouvre la porte.

— Sergent Malone, entrez donc.

Il introduit Malone dans un vaste salon dont la baie vitrée va du sol jusqu'au plafond. La vue à elle seule justifie le prix de cent millions de dollars. Tout Central Park s'étend en bas, la totalité du West Side sur leur gauche, et de l'East Side sur leur droite. Voilà ce que peuvent contempler les riches, pense Malone, la ville à leurs pieds.

Le mur du fond est entièrement occupé par un aquarium d'eau salée, doté de son propre récif corallien.

— Merci de me recevoir si tôt, dit Malone.

— Je n'aime pas que le soleil me trouve endormi, répond Anderson.

Il a le physique d'un magnat de l'immobilier : grand, cheveux blonds, nez busqué, yeux perçants.

— Chandler m'a prévenu qu'il ne s'agissait pas réellement d'une visite de courtoisie. Désirez-vous un café ?

— Non.

Il se tient devant la baie vitrée, tandis que l'aube s'offre en toile de fond à la ville.

C'est délibéré.

Il montre à Malone *son* royaume.

— Devrions-nous nous « palper », sergent, ou bien pouvons-nous faire ça entre gentlemen ?

— Je ne porte pas de micro.

— Moi non plus, dit Anderson. Alors...

— J'ai livré un tas d'enveloppes pour la famille Cimino. Et beaucoup ont fini ici.

— Peut-être. Écoutez, inspecteur, si j'ai reçu des enveloppes, c'était de la menue monnaie. Je les ai acceptées afin de réaliser des choses, de bâtir, et c'était la seule façon. Regardez dehors... cet immeuble... L'autre, là-bas... Celui-ci. Savez-vous combien d'emplois ils représentaient ? Tout le business ? Le tourisme ? Vous n'êtes pas naïf, vous savez combien ça coûte de reconstruire une ville. Vous voulez revenir au temps jadis ? Au chômage ? Aux capsules de crack qui se brisaient sous vos pieds comme des coquillages ?

— Je veux seulement survivre.

— Et que faut-il pour ça, à votre avis ? Vous avez un problème avec deux grosses organisations criminelles qui souhaitent votre mort. Vous vous faites des ennemis comme Lay's fait des chips, inspecteur.

— C'est le métier qui veut ça. Les narcos et les mafieux, je peux m'en charger. Mais le gouvernement fédéral, c'est trop gros pour moi. Idem pour la mairie. Et quand on assemble les deux... Vous voulez la peau du chef de la police et celle de la police dans son ensemble. Je suis un flic seul.

— Un flic seul qui a joué les enquiquineurs, rétorque Anderson. Et vous avez placé la mairie, ainsi que d'autres personnes très influentes, dont moi, dans la ligne de mire.

— Ce n'est pas une fatalité.

— Comment ça ?

— Mettre fin à une enquête fédérale serait beaucoup plus simple que de me tuer.

— Apparemment. Et si cette enquête s'arrêtait, les gens qui ont reconstruit cette ville auraient-ils des raisons de s'inquiéter à cause de vous ?

— Vous croyez que ça m'intéresse de savoir qui s'en fout plein les poches dans le centre de Manhattan ? répond Malone. Qui va devenir maire, qui va devenir gouverneur ? Pour moi, vous êtes tous pareils.

— La nuit, tous les chats sont gris, c'est ça ? Mais pourquoi vous ferait-on confiance, Malone ?

— Comment va votre fille ?

— Qu'est-ce que ça signifie ?

Anderson est un homme intelligent, il comprend vite.

— C'était vous, évidemment. Elle va bien, je vous remercie. Grâce à vous. Elle a repris ses études à Bennington.

— Vous m'en voyez ravi.

— Il s'agit donc de chantage. Vous avez une copie de la sextape et si cette enquête ne s'arrête pas, vous la ferez circuler.

— Je ne suis pas comme vous, dit Malone. Je n'ai même pas visionné cette vidéo et je l'ai encore moins copiée. C'est peut-être pour ça que je ne possède pas d'appart comme celui-ci. C'est peut-être pour ça que je suis juste une bête de somme dans cette ville que vous avez reconstruite. Il n'existe aucun chantage, vous êtes suffisamment malin pour faire le bon choix. Mais sachez une chose : si quelqu'un s'en prend à moi, à ma famille, à mes équipiers, je reviendrai, et cette fois-là, je vous tuerai.

Malone marche vers la baie vitrée.

— C'est une putain de belle ville, hein ? Dans le temps, je l'aimais autant que ma vie.

Isobel Paz fait son jogging matinal dans Central Park, près du réservoir.

Malone lui emboîte le pas.

Elle a attaché ses cheveux en une longue queue-de-cheval.

— Isobel, dit Malone, je suppose que personne ne vous a jamais tiré dans le dos. Moi non plus, mais j'ai vu ça plusieurs fois. Ce n'est pas beau. Et ça a l'air douloureux. Très. Alors, si vous vous retournez, si vous appelez à l'aide, ou si faites quoi que ce soit, je vous tire une balle dans les reins. Vous me croyez ?

— Oui.

— Vous avez refilé mon 302 aux Cimino. Ne vous fatiguez pas à nier, je le sais. Et maintenant je m'en fous.

— Donc vous n'allez pas me tuer ?

Elle essaye de jouer les coriaces, mais elle a peur, sa voix tremble.

— Seuls quelques avocats et quelques flics issus du peuple morflent, hein ? dit Malone. Les héritiers, les privilégiés, s'en sortent toujours. Un flic touche un pot-de-vin, c'est un criminel ; un fonctionnaire en fait autant, ça fait partie du business.

— Que voulez-vous ?

— J'ai déjà ce que je veux. Le type qui a vue sur le parc a donné son accord. Je suis juste venu vous expliquer comment ça va se passer. Je suis innocenté. De toutes les accusations. Pas de peine de prison. Je démissionne de la police et je fous le camp.

— Nous ne pouvons pas vous faire bénéficier du programme si vous ne témoignez pas.

— Je n'en veux pas, de votre programme. Je suis capable de veiller sur moi, et sur ma famille.

— Comment ?

— Ne vous inquiétez pas pour ça. Vous aviez raison : ce n'est pas votre problème.

— Autre chose ?

— Mes équipiers conservent leur boulot, leur insigne et leur retraite.

— Vous êtes en train de me dire qu'ils sont complices ?

— Je suis en train de vous dire que si vous leur causez du tort, je fais tomber toute cette ville, et vous avec. Mais je vois mal certaines personnes accepter ça.

Paz cesse de courir et se retourne vers Malone.

— Je vous ai sous-estimé.

— En effet. Mais je ne vous en veux pas.

Sur ce, il s'en va tuer Lou Savino.

*
* *

La voiture de Savino n'est pas garée dans l'allée de sa maison à Scarsdale.

Malone observe les lieux durant quelques minutes, puis retourne en ville. Il se rend au domicile de la *gumar* de Savino, un appartement au premier étage dans la 113ᵉ.

Son 9 mm caché dans le dos, il sonne à la porte.

Il entend des pas à l'intérieur, puis une voix de femme qui demande :

— Tu as encore perdu tes clés, Lou ?

Malone tend son insigne devant le judas.

— Madame Grinelli ? NYPD. J'aimerais vous parler.

Elle entrouvre la porte, de la largeur de la chaîne.

— C'est Lou ? Il va bien ?

— Quand l'avez-vous vu pour la dernière fois ?

— Oh ! mon Dieu.

Elle se souvient de qui elle est, d'où elle vit.

— Je ne parle pas aux flics.

— Il est là, madame Grinelli ?

— Non.

— Puis-je entrer pour vérifier ?

— Vous avez un mandat ?

Il enfonce la porte d'un coup de pied et entre. La *gumar* de Savino se tient le visage à deux mains.

— Je saigne, salopard !

L'arme au poing, Malone traverse le salon, puis il inspecte la salle de bains et la chambre, la penderie, la cuisine. La fenêtre de la chambre est fermée. Il retourne dans le salon.

— Quand avez-vous vu Lou pour la dernière fois ?

— Allez vous faire foutre.

Malone lui colle son arme sous le nez.

— Je n'ai pas envie de jouer. Quand l'avez-vous vu pour la dernière fois ?

Elle tremble.

— Il y a deux jours. Il est venu tirer son coup et il est

reparti. Il était censé venir hier soir, mais je ne l'ai pas vu. Il n'a même pas téléphoné, cet enfoiré. Et maintenant, vous. Je vous en supplie... ne me tuez pas... par pitié.

Mike Sciollo rentre chez lui.

Il prend ses clés dans la poche de son jean et ouvre la porte de son immeuble au moment où Malone le frappe sur l'arrière du crâne avec la crosse de son pistolet, avant de le pousser à l'intérieur, dans le hall exigu.

Il le plaque contre les boîtes aux lettres et appuie le canon de son arme derrière son oreille.

— Où est ton patron ?
— Je sais pas.
— Dis bonne nuit, Mike.
— Je l'ai pas vu !
— Depuis quand ?
— Ce matin, répond Sciollo. On a bu un café, on a fait le point, et je l'ai pas revu depuis.
— Tu l'as appelé ?
— Il décroche pas.
— Tu me dis la vérité, Mike ? Ou bien tu aides Lou à se planquer ? Si tu me mens, tes voisins vont retrouver des morceaux de cervelle sur leurs factures d'électricité.
— Je sais pas où il est.
— Alors, qu'est-ce que tu fous dans les rues ? Si Bruno a fait buter Lou, tu es le suivant sur la liste des espèces menacées.
— J'avais deux ou trois trucs à régler. Après ça, je fous le camp.
— Si je te revois, Mikey, je prendrai ça pour une déclaration de guerre et j'agirai en conséquence. *Capisce ?*

Malone balance Sciollo contre le mur et regagne sa voiture.

Lou Savino ne reviendra pas, pense-t-il en roulant vers le nord. Il est au fond du fleuve, ou dans une décharge. Ils retrouveront sa voiture à l'aéroport, comme s'il avait filé quelque part, mais il n'a jamais quitté New York, et il ne le quittera jamais.

Bruno enterrera le 302.
Paz enterrera le reste.
Anderson y veillera.
Je m'occuperai de Castillo.
Il rentre chez lui pour dormir.
C'est terminé.
Tu les as vaincus.

27

Il dort à poings fermés quand la porte s'ouvre.
Des mains lui écrasent le visage contre le mur.
D'autres mains lui confisquent ses armes.
On lui tord les bras dans le dos et on lui menotte les poignets.
— Vous êtes en état d'arrestation, déclare O'Dell. Malversations, corruption, extorsion, entrave à la justice...
Malone est désorienté, hébété.
— Vous faites erreur, O'Dell ! Interrogez Paz !
— Elle n'est plus aux commandes. À vrai dire, elle est sous le coup d'une inculpation. Comme Anderson. C'était bien joué, Malone. Bien tenté. Je vous arrête également pour détention de drogue dans un but de revente, complicité de vente et de distribution de stupéfiants et vol à main armée.
— Qu'est-ce que vous racontez, nom de Dieu ?
O'Dell l'agrippe et le retourne.
— Savino s'est rendu, Denny. Il a craché le morceau. Il nous a parlé de Pena, de la poudre que vous avez fauchée et que vous lui avez vendue.
— J'exige un avocat.
— On va même l'appeler pour vous, dit O'Dell. Comment s'appelle-t-il ?
— Gerard Berger.
Peut-être y a-t-il un Dieu, pense-t-il.
Et peut-être y a-t-il un enfer.
En tout cas, le lapin de Pâques n'existe pas.

TROISIÈME PARTIE

LE 4 JUILLET, CETTE FOIS, C'EST L'EMBRASEMENT

« J'enverrai le feu dans les murs de Tyr, et il dévorera les palais. »

AMOS I-IO

28

Gerard Berger croise les doigts, pose les mains sur la table et dit :

— Parmi les milliers de coups de téléphone qui auraient pu me réveiller ce matin, j'avoue que le vôtre est celui auquel je m'attendais le moins.

Ils sont assis dans une salle d'interrogatoire des locaux du FBI, au 26 Federal Plaza.

— Alors, pourquoi êtes-vous venu ? demande Malone.

— Compte tenu de l'origine de cette question, j'y vois une expression de gratitude, dit Berger. Et pour y répondre, je crois que j'étais intrigué. Mais pas étonné. Je savais que vos malheureux penchants vous conduiraient tôt ou tard dans des eaux profondes et bouillantes. En revanche, je suis étonné que vous ayez fait appel à moi pour vous lancer une bouée de sauvetage.

— J'ai besoin du meilleur, dit Malone.

— Mon Dieu, combien cela doit vous coûter de prononcer ces paroles, dit Berger en souriant. Ce qui nous amène au point le plus important : avez-vous les moyens de payer mes honoraires ? Il s'agit là d'une question essentielle : sans réponse satisfaisante de votre part, nos chemins se séparent ici.

— Combien prenez-vous ?
— Mille dollars de l'heure.

Mille dollars de l'heure. Malone songe qu'un agent de patrouille en gagne trente.

— Si vous pouvez me faire sortir d'ici aujourd'hui,

répond-il, je peux vous payer vos cinquante premières heures en liquide.

— Et ensuite ?

— J'ai de quoi en acheter deux cents autres.

— C'est un début. Vous avez une maison, une voiture, et peut-être une histoire suffisamment intéressante pour devenir un livre ou un film. Très bien, sergent Malone, vous avez un avocat.

— Vous voulez que je vous raconte ce que j'ai fait ?

— Oh ! mon Dieu, non, dit Berger. Ce que vous avez fait ne m'intéresse absolument pas. Cela est totalement hors sujet. La seule chose qui compte, c'est ce qu'ils peuvent, ou croient pouvoir, prouver. Quels sont les motifs d'inculpation ?

Malone répète la liste énumérée par O'Dell : une flopée d'accusations de corruption, de nombreux faux témoignages, auxquels viennent s'ajouter le vol aggravé et le trafic de stupéfiants.

— Cela concerne l'affaire Diego Pena ?

— Ça pose un problème de conflit d'intérêts ?

— Nullement. M. Pena n'est plus mon client. En fait, il est mort, comme vous le savez.

— Vous pensez que je l'ai tué.

— Vous l'avez tué, dit Burger. La question, c'est de savoir si vous l'avez *assassiné*, et ce que je pense ne compte pas. Même si vous l'avez assassiné, ça ne compte pas non plus, et je ne vous ai pas posé la question, d'ailleurs, alors fermez-la. Pour le moment, vous n'êtes pas inculpé d'homicide. En vérité, vous n'êtes pas inculpé de quoi que ce soit, ils vous ont simplement arrêté. Si nous invitions ces gens à nous rejoindre, pour voir ce qu'ils ont ?

O'Dell entre dans la salle d'interrogatoire, en compagnie de Weintraub, et ils s'assoient.

— Je pensais que vous étiez un type honnête, Malone, dit Weintraub. Un bon flic pris dans une histoire dont il ne savait plus comment se dépêtrer. Et j'apprends que vous êtes un vulgaire trafiquant de drogue.

— Maintenant que vous avez pu vous soulager en exprimant votre déception et vos critiques vis-à-vis de mon client, dit Berger, pourrions-nous passer aux choses sérieuses ?

— Certainement, dit O'Dell. Votre client a vendu cinquante kilos d'héroïne à Carlos Castillo.

— Et comment le savez-vous ?

— Grâce à un témoin confidentiel, dit Weintraub. Louie Savino.

— Lou Savino ? répète Berger. Le criminel condamné, le mafieux notoire, *ce* Lou Savino ?

— Nous le croyons, déclare O'Dell.

— Qui ça intéresse, ce que vous croyez ? demande Berger. Ce qui compte, c'est ce que croira le jury, et quand j'interrogerai Savino à la barre sur son passé et sur l'arrangement que vous avez très certainement conclu avec lui afin qu'il témoigne, je peux parier, sans risquer de me tromper, que le jury ne croira pas à la parole d'un gangster face à celle d'un héros de la police.

» Si vous n'avez rien d'autre qu'une histoire invraisemblable inventée par un trafiquant de drogue cherchant à éviter la prison à perpétuité, et dont j'afficherai toutes les photos d'identité judiciaire au mur du tribunal en guise de papier peint, je vous suggère de relâcher mon client sur-le-champ, avec des excuses.

Weintraub se penche en avant pour enfoncer la touche d'un magnétophone, et Malone entend Savino dire :

— *Laisse-moi gérer les risques. Combien tu veux pour ta came ?*

— *Cent mille le kilo*, répond Malone.

Weintraub arrête l'enregistrement et regarde Berger.

— Il s'agit de votre client, je crois.

Il remet en route l'enregistrement.

— *Dans quel monde tu vis ?* demande Savino. *Je peux trouver de la blanche pour soixante-cinq, soixante-dix.*

— *Pas de la Dark Horse. Pure à 60 %. Le prix du marché, c'est cent.*
— *Si tu t'adresses directement au détaillant. Ce que tu ne peux pas faire. C'est pour ça que tu m'as appelé. Je peux monter jusqu'à soixante-quinze.*

— On peut accélérer, non ? dit Weintraub.

Malone s'entend dire :

— *On se croirait dans un jeu télé. Je veux bien descendre jusqu'à quatre-vingt-dix.*
— *Tu veux aussi que je me penche au-dessus d'une pierre tombale pour que tu puisses m'enculer ? Je peux peut-être monter jusqu'à quatre-vingt.*
— *Quatre-vingt-sept.*
— *Ah, putain, on est des Juifs ou quoi ? On ne peut pas discuter comme des gentlemen et dire quatre-vingt-cinq ? Quatre-vingt-cinq mille le kilo, multipliés par cinquante. Quatre millions deux cent cinquante mille dollars.*

Ce fils de pute portait un micro, il l'a baratiné, peut-être même depuis la veille de Noël, quand il se plaignait de ses supérieurs et de la minceur de son enveloppe. Il creusait un tunnel pour s'échapper en cas de besoin.

Puis Malone s'entend encore dire :

— *Une dernière chose. Tu ne balances pas la came à Manhattan North. Tu l'emportes dans le nord, en Nouvelle-Angleterre, mais pas ici.*

Weintraub arrête le magnétophone de nouveau.

— C'était une tentative pour faire preuve de civisme, Malone ? Devrions-nous être reconnaissants ?

Il réenclenche l'enregistrement.

— *T'es pas croyable comme mec. Tu t'en fous qu'il y ait des junkies, du moment que c'est pas tes junkies.*
— *Oui ou non ?*
— *Marché conclu.*

— C'est irrecevable, déclare Berger d'un air las.
— Ça se discute, répond Weintraub.

Il regarde Malone.

— Vous êtes prêt à parier votre vie ?

— Ne répondez pas, intervient Berger.

Il sourit à Weintraub et à O'Dell.

— Ce que j'entends ici, et ce qu'entendra le jury, c'est un policier qui tente de piéger un mafieux en lui proposant un deal de drogue.

— Vraiment ? rétorque O'Dell. Dans ce cas, Malone aurait porté un micro. Où est cet enregistrement ? Où est le mandat ? Où est l'autorisation écrite de ses supérieurs ? Serez-vous en mesure de produire ces documents ?

— Tout le monde sait que le sergent Malone est un franc-tireur, répond Berger. Un jury verra un exemple supplémentaire de ses méthodes solitaires.

Weintraub a un petit sourire en coin, et Malone sait pourquoi.

Si Savino a enregistré leur entrevue à St. John, il a également enregistré la vente. Effectivement, Weintraub introduit un autre MiniDisc dans l'appareil et se rassoit. La voix de Carlos Castillo s'élève dans la pièce :

— *Tu crois qu'on savait pas combien y avait de kilos dans cette pièce ? Combien de pognon ?*

— *Qu'est-ce que tu veux ?*

— *Diego Pena était mon cousin.*

— *Le meurtre d'un détective du NYPD en plein New York ? Le ciel va te tomber sur la tête.*

— *On est le cartel.*

— *Non. Nous, on est le cartel. J'ai trente-huit mille membres dans mon gang. Et toi, combien ?*

O'Dell demande :

— Croyez-vous que le jury appréciera d'entendre un officier de police se vanter que le NYPD soit le plus grand cartel au monde ?

— *Tu peux l'acheter*, dit Malone sur l'enregistrement.

— *C'est généreux de ta part. Tu proposes de nous vendre notre propre came.*

— *Tu as droit à un bon prix, négocié par cet enculé de rital. Sinon, ce serait plein pot.*

— Je crois que nous en avons suffisamment entendu, dit Berger.

— S'il vous plaît, dit Weintraub. Évitons le coup de « la mission d'infiltration ». Où est l'arrestation de Castillo qui aurait dû suivre ? Où est l'héroïne ? Je suis sûr qu'elle a été déposée et enregistrée au bureau des saisies. Mais je crois que nous n'en avons pas encore entendu suffisamment.

— *Alors, c'est pour aujourd'hui ou pour demain ?*
— *Tout est là. Quatre millions deux cent cinquante mille dollars.*
— *Tu veux compter ?*
— *Inutile.*

Malone écoute la suite de sa conversation avec Castillo, puis il entend Savino dire :

— *C'est toujours un plaisir de traiter avec toi, Denny.*

Le silence se fait dans la pièce.

Malone sait qu'il est baisé à 100 %.

Berger demande :

— Quel est le rôle de la procureure du Southern District dans tout ceci ? Sa signature figure sur l'accord conclu avec l'inspecteur Malone.

— Mme Paz a été démise de l'enquête, répond Weintraub.

— Par qui ?

— Par son supérieur. Autrement dit le ministre de la Justice des États-Unis.

— Puis-je vous demander pourquoi ?

— Vous pouvez, mais nous ne sommes pas obligés de répondre.

— J'en ai conscience.

— Disons qu'elle était confrontée à un conflit d'intérêts, répond Weintraub, et restons-en là. Mme Paz doit faire face à une inculpation elle aussi, et la même chose pourrait arriver à un certain nombre de personnes au sein et autour de la mairie.

— J'aimerais m'entretenir avec mon client quelques instants.

— Vous n'êtes pas dans votre cabinet, maître, répond O'Dell. Vous ne pouvez pas nous congédier comme vos associés.

— Je crois que cette conversation avec mon client permettra de faire avancer notre discussion. Alors, je réclame votre indulgence.

Dès que Weintraub et O'Dell sont sortis, Berger demande :
— Que savez-vous sur Paz ?

Malone lui rapporte ses conversations avec Chandler, Anderson et Paz.

— Paz a tenté de vendre votre deal, dit Berger, mais ils n'ont pas voulu l'acheter. Elle a fait une erreur de calcul.

Ce que Paz n'a pas compris, explique l'avocat, c'est que l'administration de Washington veut étouffer dans l'œuf les ambitions politiques du maire et qu'ils accueilleront avec joie la nouvelle d'un scandale de corruption à New York. Alors, quand Paz a mis en avant cet arrangement pour masquer l'affaire, Weintraub et O'Dell ne lui ont pas fait de cadeau. Elle les a sous-estimés.

— Vous avez bien joué le coup, ajoute Berger. J'avoue que je suis impressionné. Mais votre carte n'était pas assez forte.

— Pouvez-vous faire en sorte que les enregistrements de Savino soient supprimés du dossier ? demande Malone.

— Non.

— Alors, je suis baisé.

— Oui, mais on peut se faire plus ou moins baiser. Ils veulent votre coopération pour faire tomber l'administration du maire, mais elle a moins de valeur maintenant qu'ils ont Savino. Si on essayait de savoir combien vaut votre témoignage potentiel sur le marché ?

Berger va rechercher les deux agents fédéraux.

Ils s'assoient.

Berger commence :

— Mon client est déjà un témoin coopérant.

— Il l'était, corrige O'Dell. Il a ensuite avoué des crimes qu'il avait cachés lors de l'accord initial, en violation de la clause d'aveux complets, ce qui rend cet accord caduc.

— Et alors ? Il est disposé à présent à témoigner au sujet de ces crimes non divulgués précédemment. C'est ce que vous voulez, n'est-ce pas ? Nous écoutons vos offres, messieurs.

— Allez vous faire voir, répond Weintraub. Nous avons Savino pour ça.

— Nous pourrions conclure un arrangement pour les autres crimes, ajoute O'Dell. Les pots-de-vin et ainsi de suite. Mais on ne peut pas négocier avec un flic corrompu qui balance cinquante kilos d'héroïne dans les rues.

— Vous saviez que je rackettais les dealers, dit Malone.

— Fermez-la, ordonne Berger.

— Non, j'emmerde ces connards moralisateurs ! Je vous emmerde tous ! Vous voulez parler de mes crimes, de tout ce que j'ai fait ? Parlons un peu de ce que *vous* avez fait. Vous êtes aussi pourris que moi.

O'Dell explose. Il se lève et balance son poing sur la table.

— Ce scandale a assez duré ! Je ne permettrai pas… vous m'entendez ? Je ne permettrai pas que des officiers de police deviennent des gangsters qui braquent des trafiquants de drogue et revendent la came dans les rues ! Je vais mettre fin à ces agissements ! Et si c'est suicidaire, tant pis !

— Je suis d'accord, dit Weintraub. Asseyez-vous, O'Dell, avant de faire un infarctus.

O'Dell s'assoit. Il a le visage tout rouge et ses mains tremblent.

— Nous avons une proposition à vous faire.

— Nous vous écoutons, répond Berger.

— L'époque où vous décidiez qui vous vouliez dénoncer ou pas, qui vous vouliez protéger ou non, est révolue, dit

O'Dell. Aujourd'hui, on veut tout. Tout sur tous les flics. McGivern, la Task Force et, oui, Malone, je veux vos équipiers : Russo et Montague.

— Ils n'ont rien...

— Épargnez-moi votre baratin. Vos équipiers étaient présents lors de cette descente chez Pena. Ils ont même eu droit à des médailles. Ils étaient dans le coup, et ne me dites pas qu'ils ignoraient que vous aviez emporté ces cinquante kilos, pas plus qu'ils n'ont pas touché leur part sur la vente.

— Exact, ajoute Weintraub. Si vous refusez de parler, vous prenez entre trente ans et perpète.

— C'est au juge et au jury d'en décider, dit Berger. Nous irons au procès et nous gagnerons.

Non, pense Malone.

O'Dell a raison. C'est terminé. Il faut que ça s'arrête. J'irai en prison.

Russo prendra soin de ma famille.

Ce n'est pas un super arrangement, mais ce n'est pas si mal non plus.

De toute façon, je n'ai pas le choix.

— Terminé, dit-il. Plus d'aveux, plus de négociations, plus d'arrangements. Faites ce que vous voulez.

— Vous m'avez appelé pour finalement décider d'être votre propre avocat ? demande Berger. Je vous le déconseille.

Malone se penche vers O'Dell au-dessus de la table.

— Je vous ai dit, dès le premier jour, que je ne causerais jamais de tort à mes équipiers. Je peux supporter la prison.

— Vous, sans doute, répond Weintraub. Mais Sheila ?

— Hein ?

— Votre femme peut-elle supporter la prison ? Elle risque dix ans minimum.

— Qu'est-ce que vous racontez ?!

— Peut-elle justifier de ses revenus ? demande Weintraub. Quand nous lui enverrons les inspecteurs du fisc, pourra-t-elle justifier ses dépenses ? Les paiements par carte de crédit qu'elle ne pourrait effectuer si elle ne disposait pas d'une source de revenus cachée ? Si nous perquisitionnons à son domicile, trouverons-nous des enveloppes de billets ?

Malone se tourne vers Berger.

— Ils ont le droit de faire ça ?

— J'en ai peur.

— Pensez à vos enfants, renchérit O'Dell. Leurs deux parents vont se retrouver en prison. Ils n'auront plus de toit, Denny, car s'il y a la moindre gouttière dont vous ne pouvez prouver l'achat avec votre salaire, nous saisirons votre maison. Vos voitures également, vos comptes en banque et, regardez-moi bien dans les yeux, Denny, je saisirai aussi les jouets de vos enfants.

Weintraub prend le relais :

— Si vous avez planqué l'argent de la drogue quelque part, pour votre famille, vous pouvez tirer un trait dessus. Ce qu'on ne saisira pas, c'est votre avocat qui le prendra. Vous dépenserez jusqu'à votre dernier *cent* pour payer votre défense et vos amendes, et quand vous sortirez de prison, si vous en sortez un jour, vous serez un vieillard sans le sou, dont les enfants, devenus adultes, ne se souviendront plus. Ils sauront seulement que c'est le type qui a envoyé leur mère en prison.

— Je vous tuerai.

— De Lompoc ? De Victorville ? De Florence ? Car c'est là que vous irez, dans des pénitenciers de haute sécurité, à l'autre bout du pays. Vous ne verrez plus jamais vos gosses, et votre femme, elle, sera à Danbury, avec les goudous et les butchs.

— Qui élèvera vos enfants ? demande O'Dell. Je sais que les Russo sont leurs tuteurs légaux, mais est-ce que l'oncle Phil aura envie d'élever les gosses d'un sale mouchard ? Surtout que vous n'aurez pas les moyens de participer financièrement. Est-ce qu'il fera des frais pour les habiller, pour les envoyer à l'université ? Pour les emmener voir leur mère en prison ?

Weintraub enchaîne :

— Russo est un radin. Il ne veut même pas changer de manteau.

— Comment est-ce que je pourrais faire ça à *leurs* familles ? demande Malone.

— Vous êtes en train de nous dire que vous aimez leurs enfants plus que les vôtres ? demande O'Dell. Que vous aimez leurs femmes plus que la vôtre ?

— Allons jusqu'au procès, Denny, dit Berger.

— Oui, bonne idée, dit Weintraub. Peut-être que le procès de Sheila aura lieu au même endroit, vous pourrez prendre votre pause déjeuner ensemble.

— Enfoiré.

— Nous allons ressortir dix minutes, dit O'Dell. Pour vous laisser le temps de réfléchir, de vous entretenir avec votre avocat. Dix minutes, Denny, c'est tout. Ensuite, à vous de choisir ce qui se passera.

Les deux agents fédéraux quittent la pièce. Malone et Berger restent muets. Finalement, Malone se lève et marche jusqu'à la fenêtre ; il contemple Midtown. L'agitation de New York. Les gens qui se bousculent, qui raflent un dollar ici ou là, qui essayent de s'en sortir.

— C'est l'enfer, dit-il.

Berger répond :

— Vous avez toujours détesté les avocats de la défense. Pour vous, nous étions la lie de l'humanité, qui aidait des coupables à échapper à la justice. Maintenant, Denny, vous savez pourquoi nous existons. Quand un simple individu se trouve pris dans le système, s'il a une voyelle à la fin de son nom ou si, Dieu le garde, il est noir ou hispanique, ou même si c'est un flic, la machine le broie. Le combat est inégal. La Justice porte un bandeau sur les yeux car elle ne supporte pas de regarder ce qui se passe.

— Vous croyez au karma ? demande Malone.

— Non.

— Moi non plus. Mais maintenant, je suis obligé de m'interroger... Les mensonges que j'ai racontés, les mandats bidon… les passages à tabac… les affranchis, les Jamaals, les Latinos que j'ai envoyés derrière les barreaux. Maintenant, je suis l'un d'eux. Je suis leur nègre.

— Ce n'est pas une obligation, dit Berger. Je suis là.

Oui. Malone ne connaît que trop bien l'efficacité de Berger devant un tribunal et il sait ce que l'avocat a en tête à cet instant, mais si cette affaire passe le cap du grand jury, et ça ne fait pas de doute, aucun procureur, aucun juge ne voudra courir le risque de truquer les cartes.

— Je ne peux pas mettre ma famille en danger.

Il n'a pas besoin des dix minutes. Dès qu'ils ont commencé à discuter, Malone a su qu'il ne laisserait pas Sheila aller en prison.

Un homme veille sur sa famille, un point c'est tout.

— Je vais accepter l'arrangement.

— Vous irez en prison.

— Je sais.

— Et vos équipiers aussi.

— Je sais.

L'enfer, ce n'est pas de ne pas avoir le choix.

C'est de devoir choisir entre deux choses épouvantables.

Berger dit :

— Je ne peux pas défendre Russo ou Montague. *Là*, il y aurait un conflit d'intérêts.

— Finissons-en.

Berger retourne chercher O'Dell et Weintraub. Tandis qu'ils s'assoient, il déclare :

— L'inspecteur Malone reconnaîtra la totalité de ses crimes et plaidera coupable de trafic d'héroïne. Il coopérera pleinement et acceptera de témoigner contre d'autres officiers de police qu'il sait impliqués dans des crimes.

— Ça ne suffit pas, dit O'Dell. Il devra porter un micro et obtenir des preuves compromettantes contre ces officiers.

— Il portera un micro, dit Berger. En échange, mon client exige une note rédigée par le juge recommandant une peine ne dépassant pas les douze ans de prison et regroupant tous les chefs d'inculpation, ainsi que des amendes ne dépassant pas cent mille dollars et la saisie des fonds acquis grâce à des activités illégales.

— D'accord sur le principe, répond Weintraub. Nous réglerons les détails plus tard. Le verdict définitif sera suspendu dans l'attente d'un bilan satisfaisant de la coopération de l'accusé.

— Étant bien entendu que le nouveau 302 de Malone ne contient ni mensonges ni omissions, ajoute O'Dell, et qu'il ne commettra pas de nouveaux crimes.

— Notre autre condition…, dit Berger.

— Vous n'êtes pas en position de formuler des exigences.

— Si tel était le cas, nous ne serions pas ici, rétorque l'avocat. Nous serions dans une cellule au Metropolitan Correctional Center. Puis-je continuer ? La coopération de l'inspecteur Malone concernant les inspecteurs Russo et Montague dépend de l'assurance qu'aucune charge ne sera retenue contre leurs épouses. Cela n'est pas négociable et doit être stipulé dans une note séparée, signée par vous deux et le ministre de la Justice.

— Vous ne nous faites pas confiance, Gerry ? demande Weintraub.

— Je veux juste m'assurer que tout le monde est impliqué dans cet accord, répond Berger, et que si l'un de vous deux, ou vous deux, devait perdre son poste, mon client reste protégé.

— Entendu, dit Weintraub. Nous n'avons nulle envie de faire du mal aux familles.

— Et pourtant, vous y parvenez quotidiennement, rétorque Berger.

— Marché conclu ? demande O'Dell.

Malone hoche la tête.

— C'est un oui ? demande Weintraub.

— Mon client est d'accord, dit Berger. Que voulez-vous de plus ? Son sang ?

— Je veux qu'il le dise.

— Je parle pour mon client.

— Eh bien, dites à votre client que s'il décide d'imiter

Rafael Torres pour mettre fin à tout ça, notre accord tombe à l'eau, et sa femme ne pourra pas aller fleurir sa tombe pendant au moins cinq ans.

— Nous avons besoin de ses aveux complets maintenant, dit O'Dell.

Malone leur parle de la descente dans le repaire de Pena, du vol de l'argent et de l'héroïne, puis de la vente de cette héroïne.

Il ne leur dit pas que la mort de Diego Pena était, en réalité, une exécution.

Malone et Berger ressortent ensemble de l'immeuble.

— Voilà pourquoi vous m'avez appelé, dit Berger. Pour sortir d'ici.

— Vous serez là pour m'accompagner ? Quand j'irai me livrer dans une prison fédérale ?

— On s'arrangera pour vous faire incarcérer à Allenwood. C'est à trois heures de voiture, votre famille pourra vous rendre visite.

Malone secoue la tête.

— Ils me mettront à l'isolement, pour « ma protection ». Je ne recevrai pas de visites avant plusieurs années. De toute façon, je ne veux pas que mes enfants me voient en prison. Je ne veux pas qu'ils subissent tout ça, qu'ils s'assoient dans la salle d'attente avec les familles des criminels. Quand les autres s'apercevront qu'ils viennent voir un flic, ils seront harcelés, peut-être même menacés.

— Ça ne sera pas avant plusieurs mois, voire plusieurs années, dit Berger. Il peut se passer un tas de choses pendant ce temps-là.

— Je vais aller chercher votre argent.

— Nous devons convenir d'une boîte aux lettres. Il vaut mieux éviter que l'on vous voie entrer dans mon cabinet.

Malone a presque envie de rire.

— Comment font vos autres clients mouchards habituellement ?

Berger lui tend une carte.

— C'est un blanchisseur. J'aime faire des plaisanteries, moi aussi.

— Et pour le reste de vos honoraires ? Ces saisies... je comptais sur cet argent pour vous payer.

— Que les choses soient bien claires. Je suis le premier sur la liste. Le gouvernement fédéral arrive en dernier. Que peuvent-ils faire, confisquer de l'argent que vous n'avez pas ?

— Ils peuvent prendre ma maison.

— Ils la prendront de toute façon.

— Super.

— Qu'est-ce que ça peut vous faire ? répond Berger. Vous allez témoigner pendant plusieurs années, alors vous vivrez sur une base militaire. Votre famille bénéficiera du programme de protection et quand vous sortirez, vous les rejoindrez. On peut acheter de grandes maisons pour pas cher dans l'Utah, à ce qu'il paraît.

— Vous possédez un appartement dans la Cinquième Avenue.

— Et une maison dans les Hamptons, un chalet à Jackson Hole et j'ai des vues sur une *casita* à St. Thomas.

— Il vous faut un endroit où amarrer votre bateau.

— Exact. C'est un business, inspecteur. La justice est un business. Il se trouve que j'ai bien réussi dans ce domaine.

— C'est une bonne planque.

— Vous voulez savoir quel est le revers de la médaille ? demande Berger.

— Oui.

— Personne ne m'appelle quand tout va bien.

29

Il y a la chaleur, et il y a la chaleur de New York.

Une chaleur étouffante, bouillonnante, fumante, sale, fétide, qui s'échappe du béton, du bitume, et transforme la ville en sauna.

L'été, c'est une fournaise.

Malone s'était réveillé en sueur et avait recommencé à transpirer trente secondes après être sorti de la douche.

C'est plus agréable ici, à Staten Island, dans le jardin de Russo, où il sirote une bouteille de Coors. Sa chemise en jean pend par-dessus son jean et il a mis des Nike noires.

Russo, affublé d'une chemise hawaïenne ridicule, d'un bermuda et de sandales enfilées sur des chaussettes blanches, retourne les hamburgers sur le gril.

— Le 4 Juillet. J'adore ce pays.

Monty porte une *guayabera* blanche, un pantalon kaki et un feutre bleu. Il tire sur un énorme Montecristo.

Le barbecue du 4 Juillet chez les Russo, toujours organisé le week-end le plus proche de la fête nationale.

Une tradition dans l'équipe.

Présence obligatoire, journée familiale.

Épouses, petites amies régulières… enfants.

John joue à Marco Polo dans la piscine avec les garçons de Monty et les frères de Russo. Caitlin se fait maquiller par Sophia : cas sérieux d'adulation. Yolanda, Donna et Sheila, assises autour de la table du patio, sirotent de la sangria, en échangeant des messes basses.

L'annonce de la prochaine retraite de Monty alimente

toutes les discussions du barbecue. Yolanda est folle de joie d'éloigner son mari des risques du métier de flic et ses enfants de New York. La vision de son bonheur brise le cœur de Malone.

— Tu vois ces petits cons dans la piscine ? dit Monty. Ils sont intelligents. Assez pour aller à l'université.

— Ils sont noirs, dit Russo, ils auront une bourse.

— Ils ont déjà une bourse, dit Monty en riant. La bourse Pena.

Russo et lui entrechoquent leurs bouteilles de bière.

— La bourse Pena ! Ça me plaît bien, dit Russo.

Malone sent son âme se ratatiner. Ici, dans la maison de son meilleur ami, avec la famille de celui-ci, il est en train d'effectuer un enregistrement qui va tout lui prendre.

Mais il le fait quand même. Regardant autour de lui pour s'assurer que les épouses et les enfants ne l'écoutent pas, il dit :

— Il faut qu'on s'occupe de Castillo. S'il se fait coffrer avant qu'on puisse intervenir, il déclarera qu'il manquait cinquante kilos d'héro sur le bon de livraison de Pena.

— Et tu penses qu'ils le croiront ? demande Russo.

— Tu veux prendre le risque ? Quinze à trente ans, dans un pénitencier fédéral ? On doit l'éliminer.

Avec insistance il regarde Russo, occupé à retirer une saucisse du gril pour la déposer dans une assiette.

— Pour citer l'immortel Tony Soprano : « Y en a qui doivent disparaître. »

Monty fait rouler son cigare entre ses doigts pour obtenir une combustion régulière.

— Ça me pose aucun problème de tirer deux balles dans la tête de Castillo.

— Ça ne vous arrive jamais de regretter ?

— Au sujet de Pena ? dit Russo. J'ai piqué le fric de ce tueur de bébés pour en faire quelque chose de bien. L'avenir de mes gamins est assuré. Ils ne se trimballeront pas des crédits sur le dos toute leur vie. Ils sortiront de la fac libres et décontractés. Alors, merde à Pena, je suis content qu'on l'ait fait.

— Je suis d'accord, ajoute Monty.

Les garçons s'approchent du bord de la piscine et demandent à leurs pères de venir jouer avec eux.

— Une minute !

— Vous dites toujours ça !

— Tu ne t'inquiètes pas à cause de leur densité osseuse dans l'eau ? demande Russo.

— Je m'inquiète pour la densité de leur *cerveau*, répond Monty. Il y a trop de jeunes chattes par ici, maintenant, et elles te l'offrent contre un chargement iTunes. Je vais prendre ma retraite en Caroline du Nord. Je ne veux pas être grand-père avant longtemps.

— La Caroline, c'est cher, dit Malone. Moi, je regarde plutôt du côté de… Rhode Island, bordel. On se demande où file le pognon. Le pognon de Pena, le pognon des avocats, toutes les autres combines. On a dû se faire… je ne sais pas, moi… environ deux millions au fil des ans ?

— Hé, tu te prends pour Merrill Lynch aujourd'hui ? demande Russo.

— On ne sait pas quand on touchera un autre pactole. Si ça se trouve, tout ce qu'on aura, c'est notre salaire, et peut-être quelques heures sup.

— Monty, dit Russo, Malone veut te vendre des emprunts municipaux.

— On a toujours su que ça ne durerait pas éternellement, dit Monty. Toutes les bonnes choses ont une fin.

— Il est peut-être temps que je m'arrête, moi aussi, dit Malone. Pourquoi prendre le risque de se faire flinguer par un junkie qui tire au hasard ? Le moment est peut-être venu de ramasser mes jetons et de quitter la table pendant que je suis encore gagnant.

— Nom de Dieu, dit Russo, vous allez me laisser seul avec Levin ?

Malone se lève.

— La bière. Faut que j'aille pisser.

Donna l'alpague dans la cuisine ; elle le prend par les épaules. D'un mouvement du menton, elle désigne Sheila assise dehors et dit :

— C'est chouette de vous voir ensemble, en famille. Sheila m'a dit qu'elle avait pris quelques jours pour réfléchir… Vous allez vous remettre ensemble ?

— Il semblerait.

— Je suis fière de toi, Denny. Tu retrouves la raison. Ta vie est ici, avec eux, avec nous.

Malone se rend dans la salle des bains, fait couler l'eau du robinet pour couvrir le son et éclate en sanglots.

La quatrième bière passe plus facilement que la troisième, et la cinquième plus facilement que la quatrième.

— Tu ne veux pas ralentir un peu ? lui demande Sheila.

— Tu ne veux pas arrêter de me dire ce que je dois faire ? rétorque Malone.

Il s'éloigne d'elle, vers la piscine où se déroule le match annuel de water-polo des « enfants contre les papas ».

John s'éclate.

— Papa ! s'écrie-t-il. Viens jouer !

— Pas tout de suite, Johnny.

— Allez, papa !

— Amène-toi, dit Russo. Ils nous foutent une raclée.

— Non, merci.

Russo a bu quelques bières lui aussi. Il devient un peu agressif.

— Ramène ton cul ici, Malone.

Le silence se fait. Tout le monde les regarde, les femmes sentent que la tension dépasse une simple histoire de jeu dans la piscine.

— Pourquoi tu ne viens pas ? demande Monty.

Il a réussi à ne pas mouiller son cigare.

— Parce que j'ai pas envie.

Parce que je porte un micro.

— Tu fais ton timide ? demande Russo.

— Ouais, voilà.

— Ne t'inquiète pas, on a déjà vu ça. Allez, saute dans cette putain de piscine.

Malone et Russo se foudroient du regard.

— Je n'ai pas pris de maillot.

— Tu n'as pas pris de maillot pour une *pool party* ? demande Monty.

— Je vais t'en prêter un, dit Russo. Donna, file un maillot à Denny.

En disant cela, il ne quitte pas Malone des yeux.

— Bon sang, Phil, répond Donna. S'il te dit qu'il…

— J'ai entendu ce qu'il a dit. Et toi, tu as entendu ce que *moi* j'ai dit ? Va chercher un putain de maillot dans cette putain de baraque.

Donna se précipite à l'intérieur de la maison.

— Il y a une raison qui t'empêche de te déshabiller, Denny ? demande Monty.

— Qu'est-ce que ça peut faire ?

— Viens te baigner.

— Tu vas m'y obliger ?

— Oui, s'il le faut.

Malone explose.

— Allez vous faire foutre, tous les deux !

— Denny, bon sang ! s'exclame Sheila.

— Toi aussi, va te faire foutre.

— *Denny !*

— Et puis, merde ! Je me tire.

— Non, tu n'iras nulle part, déclare Russo.

Sheila le retient par le bras.

— Tu ne devrais pas conduire.

Il se libère d'un geste brusque.

— Tout va bien.

— Oui, c'est ça ! lui crie-t-elle, alors qu'il s'éloigne. Tu es un connard, Denny ! Un connard de première !

Il lui répond d'un doigt d'honneur.

*
* *

Le *sound system* martèle Kendrick Lamar sur la 95 qui ramène Malone à New York.

Ils savent, pense-t-il.

Russo et Monty savent, bordel.

Nom de Dieu.

Il roule à plus de cent quarante kilomètres/heure.

Il songe à foncer droit dans un lampadaire. Ce serait si facile. Conduite en état d'ivresse. Aucune trace de freinage. Personne ne pourrait jamais rien prouver. Une mort rapide et brutale, l'enregistrement de tes amis part en fumée, avec la voiture.

Avec toi.

Funérailles vikings sur le lieu du crash.

Pas de temps perdu.

Dispersez mes cendres au-dessus de Manhattan North.

Ça les ferait chier, que je sois encore là. Denny Malone poussé par le vent, avec les ordures.

Il pénétrerait dans les yeux des gens, dans leur nez.

Ils me snifferaient comme de la coke, comme de l'héro.

Black Irish.

Vas-y, mec, ne te dégonfle pas. Appuie sur l'accélérateur, pas sur le frein. Un bon coup de volant à droite et c'est terminé.

Pour tout le monde.

Malone serre le volant.

Vas-y, connard.

Fais-le, saloperie de mouchard.

Judas.

Il donne un coup de volant.

La Camaro traverse quatre voies à toute allure. Bruits de klaxon, crissements de freins, les poteaux métalliques du panneau routier grossissent dans le pare-brise.

À la dernière seconde, il braque dans l'autre sens.

La Camaro fait la toupie, une succession de 360 furieux.

Sa tête ballotte dans tous les sens, la *skyline* de Manhattan apparaît et disparaît devant ses yeux.

Finalement, la voiture ralentit, puis s'immobilise. Malone redémarre, se glisse dans une voie et repart en direction de la ville.

Malone arrache les bandes de sparadrap de son ventre et dépose violemment le magnétophone sur la table.

— Voilà. Espèce de salopards. Le sang de mes équipiers.

— Vous êtes ivre ? demande O'Dell.

— Je suis défoncé à la Dex et à la bière. Ajoutez ça aux accusations. Rajoutez-en une couche.

Weintraub dit :

— C'est pour entendre ces conneries que j'ai dû quitter les Hamptons et venir jusqu'ici ?

— Mes équipiers savent !

— Que savent-ils ? demande O'Dell.

— Que c'est moi le mouchard !

Il leur raconte l'incident de la piscine.

— C'est tout ? dit Weintraub. Parce que vous n'avez pas voulu foutre les pieds dans une piscine à la con ?

— Ce sont des flics. Ils sont nés méfiants. Ils flairent la culpabilité. Ils savent.

— Peu importe, dit O'Dell. Si vous les avez piégés, on les embarque de toute façon dès demain.

Ils écoutent l'enregistrement.

— *Ils sont noirs, ils auront une bourse.*

— *Ils ont déjà une bourse. La bourse Pena.*

— *La bourse Pena ! Ça me plaît bien.*

— *Il faut qu'on s'occupe de Castillo. S'il se fait coffrer avant qu'on puisse intervenir, il déclarera qu'il manquait cinquante kilos d'héro sur le bon de livraison de Pena.*

— *Et tu penses qu'ils le croiront ?*

— *Tu veux prendre le risque ? Quinze à trente ans, dans un pénitencier fédéral ? On doit l'éliminer.*

— *Pour citer l'immortel Tony Soprano : « Y en a qui doivent disparaître. »*

— *Ça me pose aucun problème de tirer deux balles dans la tête de Castillo.*

— Vous devrez témoigner pour corroborer, dit Weintraub en stoppant la bande.

— Je sais.

— Mais c'est parfait. Vous avez fait du bon boulot, Malone.

Il remet l'enregistrement.

— *Ça ne vous arrive jamais de regretter ?*

— *Au sujet de Pena ? J'ai piqué le fric de ce tueur de bébés pour en faire quelque chose de bien. L'avenir de mes gamins est assuré. Ils ne se trimballeront pas des crédits sur le dos toute leur vie. Ils sortiront de la fac libres et décontractés. Alors, merde à Pena, je suis content qu'on l'ait fait.*

— *Je suis d'accord.*

— Et voilà, dit O'Dell.

— Je vais lancer les inculpations de Russo et Montague, déclare Weintraub.

— Ça vous démange, hein ? dit Malone.

— Pour qui vous vous prenez ? Vous n'êtes pas Serpico, Malone ! Vous vous êtes toujours servi à pleines mains, partout où il y avait quelque chose à prendre. Alors, je vous emmerde !

— Moi aussi, je vous emmerde, connard !

— Allons nous promener, suggère O'Dell. Respirer un peu.

Ils utilisent l'ascenseur de service et sortent dans la Cinquième Avenue.

— Vous voulez savoir ce que je pense, Denny ? Je pense que vous culpabilisez. Vous culpabilisez à cause de tout ce que vous avez fait, et en même temps, vous culpabilisez d'avoir trahi d'autres flics. Mais les deux ensemble, ce n'est pas possible : si vous regrettez sincèrement ce que vous avez fait, vous nous aiderez à y mettre fin.

— Vous vous prenez pour mon prêtre ?

— En quelque sorte, répond O'Dell. En fait, j'essaye de vous aider à aller au-delà de vos émotions pour voir clair dans toute cette histoire.

— Je suis catalogué comme mouchard. Je suis foutu. Je ne vous sers plus à rien. Vous croyez qu'un seul flic va m'adresser la parole maintenant ? Un seul avocat ?

Malone s'arrête. Il s'appuie contre un mur.

— Vous avez fait quelque chose de formidable, dit O'Dell. Vous participez au grand nettoyage de cette ville : le système judiciaire, la police... Nous vous en sommes reconnaissants. Vous avez cessé de protéger la « confrérie » qui défend les dealers, qui vend elle-même de la drogue, mais qui ne fait rien pour empêcher les gens de mourir d'overdoses, les enfants de se faire tuer dans des fusillades et les bébés de...

— Fermez-la.

— Cette ville est au bord de l'explosion. En partie à cause des flics corrompus, des flics brutaux, des flics racistes. Ils ne sont pas si nombreux, mais ils cachent tous les bons flics avec leurs saloperies.

— Je n'en peux plus !

— Ce que vous ne supportez plus, c'est la honte, Denny. Ce n'est pas d'avoir trahi d'autres flics. Vous ne supportez plus de vous être trahi vous-même. Je le sais. Nous venons de la même Église, nous avons eu les mêmes cours de catéchisme. Vous n'êtes pas quelqu'un de mauvais, mais vous avez fait de mauvaises choses, et la seule façon pour vous, *la seule façon*, de vous en sortir, c'est de tout avouer.

— Je ne peux pas.

— À cause de vos équipiers ? Vous croyez que s'ils étaient dans le même pétrin, ils ne vous dénonceraient pas ?

— Vous ne connaissez pas ces types. Ils ne vous diront rien.

— Peut-être que vous ne les connaissez pas aussi bien que vous le croyez.

— Je ne les connais pas ? Je leur confie ma vie tous les jours. Je passe des heures en planque avec eux. Je bouffe de la merde avec eux, je dors sur des lits de camp à côté d'eux dans les vestiaires. Je suis le parrain de leurs enfants, ils sont les parrains des miens, et vous pensez que je ne les connais pas ?

» Je vais vous dire ce que je sais : ce sont les types les plus formidables que je connaisse. Ils valent beaucoup mieux que moi.

Il s'éloigne.

Son portable sonne.

C'est Russo.

Il veut le voir.

30

Morningside Park.

La tension enserre la poitrine de Malone comme du fil barbelé.

Au moins, il ne porte plus de micro. O'Dell l'aurait voulu, mais il l'a envoyé se faire foutre.

En fait, O'Dell ne voulait pas qu'il aille à ce rendez-vous.

— S'ils ont des soupçons comme vous le pensez, ils risquent de vous tuer.

— Non, ils ne me tueront pas.

— Pourquoi y aller ? a demandé Weintraub. On a déjà de quoi les embarquer. Et vous, vous entrez dans le programme.

— Vous ne pouvez pas les arrêter chez eux, a dit Malone. Pas devant leurs familles.

— Il pourrait aller au rendez-vous, a suggéré Weintraub, et on pourrait les coincer là-bas.

— Dans ce cas, il devra porter un micro.

— Allez vous faire foutre.

— Si vous ne portez pas de micro, impossible d'envoyer des renforts sur place.

— Tant mieux. Je ne veux pas de renforts.

— Ne jouez pas au con, a dit Weintraub.

C'est ce que je suis, pourtant. Un sale con.

— Qu'allez-vous leur dire ? a demandé O'Dell.

— La vérité. Je leur dirai la vérité, ce que j'ai fait. Pour leur permettre, au moins, de préparer leurs familles. Vous ne pouvez pas les arrêter demain.

— Et s'ils s'enfuient ? a demandé Weintraub.

— Aucun risque. Ils n'abandonneront pas leur femme et leurs enfants.

— S'ils nous filent entre les pattes, c'est vous qui payerez, a menacé O'Dell.

À présent, dans le parc, Malone regarde Russo et Monty remonter Morningside Avenue.

La colère déforme le visage de Russo, celui de Monty est impassible, impénétrable.

Des visages de flic.

Et ils sont lourdement armés. Malone remarque les renflements sur les hanches de Russo, il le voit dans la démarche de Monty.

— On va te palper, Denny, dit ce dernier.

Malone écarte les bras. Russo s'avance et cherche la présence d'un micro.

Il n'en trouve pas.

— Tu as dessoûlé ? demande-t-il.

— Suffisamment.

— Tu as quelque chose à nous dire ? demande Monty.

Ils savent. Ce sont des flics, ses frères, ils lisent sur son visage. Voient la culpabilité. Mais il ne peut pas se résoudre à leur dire.

— Du genre ?

— Du genre ils t'ont fait cracher le morceau, dit Monty. Ils t'ont coincé, ils t'ont obligé à parler et tu nous as mouchardés.

Malone ne répond pas.

— Nom de Dieu, Denny, dit Russo. Chez moi ? Avec nos familles ? Tu as porté un putain de micro *chez moi* ? Pendant que nos femmes bavardaient et que nos gosses jouaient dans la piscine ?

— Comment ils t'ont coincé ? demande Monty.

Malone ne répond pas.

Il ne peut pas.

— Peu importe, dit Monty.

Il dégaine son 38 et le pointe sur le visage de Malone.

Celui-ci n'amorce aucun geste vers son arme, il se contente de regarder Monty.

— Si tu penses que je suis un mouchard, vas-y.
— J'hésiterai pas.
— On doit d'abord être sûrs, dit Russo.

Il a les larmes aux yeux.

— On doit être sûrs à 100 %.
— Qu'est-ce que tu veux de plus ? demande Monty.
— Je veux qu'il nous le dise.

Russo saisit les bras de Malone.

— Denny, regarde-moi dans les yeux et dis-moi que ce n'est pas vrai. Je te croirai. Putain, mec, dis-moi que ce n'est pas vrai.

Malone le regarde dans les yeux.

Les mots n'arrivent pas à sortir.

— Denny, je t'en supplie, dit Russo. Je peux comprendre... ça pourrait arriver à n'importe lequel d'entre nous... mais dis-nous la vérité, bordel, pour qu'on puisse arranger ça.

— Et comment on va arranger ça ? demande Monty.
— C'est le parrain de mes gosses !
— Et il va expédier le père de tes gosses en taule, réplique Monty. Et le père des miens aussi. Sauf s'il n'est plus là pour confirmer les enregistrements ni pour témoigner. Je suis désolé, Denny, mais...

— Denny, dis-lui qu'on se trompe !
— Je ne le ferai pas changer d'avis, répond Malone.

Russo sort son flingue.

— Je ne te laisserai pas faire.
— On va s'entretuer, c'est ça ? dit Malone. On en est arrivés là ?

Son portable sonne.

— Réponds, dit Monty. Sans précipitation.

Malone sort son téléphone de la poche de son jean.

— Mets le haut-parleur, ordonne Monty.

Malone s'exécute.

C'est Henderson, des AI.

— *Denny, j'ai pensé qu'il fallait que tu saches. Les fédéraux viennent de m'assassiner.*

— Qu'est-ce que tu racontes ?

— *Un nommé O'Dell m'a demandé de laisser tomber la Task Force, ils ont un gars à l'intérieur. C'est Levin, Denny.*

Malone sent monter la nausée.

O'Dell, qu'est-ce que vous avez fait ?

— Tu m'as affirmé que Levin était réglo, dit-il.

— *Il m'a montré le 302*, répond Henderson. *C'est le nom de Levin dessus.*

— OK.

Malone coupe la communication.

Russo s'assoit dans l'herbe.

— Nom de Dieu. On allait s'entretuer. Bordel de merde. Je suis navré, Denny.

Monty range son 38 dans son holster.

Sans se presser.

Malone voit le colosse réfléchir, jouer aux échecs dans sa tête, analyser les éléments... Henderson est à la solde de Denny, les fédéraux ne montrent des documents aux flics que lorsqu'ils y sont obligés...

Il n'est pas convaincu.

Cette fois, c'est le portable de Russo qui sonne. Il écoute, met fin à l'appel et dit :

— Quand on parle du loup...

— Quoi ?

— Levin, dit Russo. Il vient de repérer Castillo.

Ils marchent jusqu'à la voiture de fonction.

Les yeux de Monty le transpercent.

Malone sent une balle de 38 pénétrer dans l'arrière de son crâne.

À l'ancienne.

Et je l'aurais mérité, pense-t-il. Je le mérite, nom de Dieu. Je le désire presque.

Il ralentit, à la hauteur de Monty.

— Tu allais vraiment me buter, Big Man ?

— Je ne sais pas. Laisse-moi te poser une question : dans la situation inverse, qu'est-ce que tu aurais fait ?

— Je ne sais pas si je serais capable de te tuer.

— Aucun de nous ne peut le savoir, dit Monty, jusqu'au moment crucial.

— Qu'est-ce qu'on va faire au sujet de Levin ? demande Russo. S'il travaille pour les fédéraux, on est baisés. Il va tous nous envoyer en taule.

— Où tu veux en venir ? demande Malone.

— Si on s'en prend à Castillo, il y a deux personnes qui pourraient ne pas sortir vivantes de ce raid.

— Oui, ce genre d'opérations, c'est toujours dangereux, dit Monty.

— Ça te pose un problème, Denny ? demande Russo.

Malone a envie de vomir. À quoi joue O'Dell, nom de Dieu ? Il essaye de me couvrir. Dis-leur. Dis-leur maintenant. Quatre petits mots : Je suis un mouchard.

Il n'y arrive pas.

Il s'en croyait pourtant capable.

Au lieu de cela, il répond :

— Allons-y.

Peut-être que j'aurai de la chance, pense-t-il.

Et que je me ferai tuer.

Le bâtiment se situe dans Payson Avenue, en face de Inwood Hill Park.

— Tu es sûr de toi ? demande Malone.

— J'ai vu la camionnette s'arrêter, répond Levin.

Il y a de la tension dans sa voix, de l'excitation.

— Que des Trinis. Ils ont sorti des sacs de voyage.

— Et tu as vu Castillo ?

— Ils l'ont déposé et ils sont repartis. Il est monté au troisième. Je l'ai aperçu à l'intérieur avant qu'ils tirent les rideaux.

— Tu es sûr ? insiste Malone. Tu es sûr que c'était lui ?
— Sûr à 100 %.
— Quelqu'un d'autre est entré ou sorti ?
— Personne, dit Levin.

Donc, on ne sait pas combien d'hommes sont à l'intérieur avec Castillo, songe Malone. Les dix que Levin a vus. Plus vingt autres qui se trouvaient peut-être déjà là. Castillo est sur les lieux, en train d'examiner et de compter la marchandise avant de la balancer dans la rue, il vérifie qu'aucun de ses gars ne l'a arnaqué.

Ce qu'on devrait faire, Malone le sait, c'est maintenir la surveillance, prévenir Manhattan North et laisser Sykes alerter la brigade des interventions d'urgence, les gars du SWAT. Mais on ne peut pas faire ça, car il ne s'agit pas d'une descente de police, mais d'une exécution.

Ils connaissent tous le risque. Et tous, à l'exception de Levin, savent pourquoi ils le prennent.

Personne ne dit rien.

Une approbation muette.

— Équipez-vous, ordonne Malone. Gilets. Armes automatiques. Prenez du lourd.

— Et pour le mandat ? demande Levin.

Malone croise le regard de Russo. Il répond :

— On a vu rôder des gangsters notoires, on les a suivis et on a entendu des coups de feu. On n'a pas eu le temps d'appeler des renforts. Ça pose un problème à quelqu'un ?

— Il faut leur faire payer la mort de Billy, répond Russo en distribuant les HK.

Levin regarde Malone.

Celui-ci précise :

— Les arrestations ne sont peut-être pas notre priorité.

— Je suis partant, dit Levin.

— Tu seras toujours partant s'il y a une enquête des AI ? demande Malone.

— Oui.

Russo déclare :

— On va changer un peu pour une fois. J'enfonce

la porte, Levin entre le premier. Malone passe ensuite. Monty reste sur le seuil.

Le regard qu'il adresse à Malone semble dire : *Ne me contredis pas*. Levin se tourne vers Malone lui aussi. Malone entre toujours le premier.

Celui-ci demande :

— Tu es OK avec ça, Levin ?

— C'est mon tour.

— Allons-y, alors.

Il tire deux coups de feu en l'air.

Monty trottine jusqu'à la porte de l'entrepôt et introduit le vérin dans l'encadrement. Levin se faufile près de lui et se colle contre le mur, son HK levé, prêt à entrer.

La serrure saute.

La porte s'ouvre.

Russo balance la grenade incapacitante.

L'intérieur s'illumine.

Levin compte jusqu'à trois, puis il hurle :

— *Go !*

Il pivote et franchit le seuil. Des rafales le transpercent instantanément, de bas en haut : jambes, ventre, poitrine, cou et tête.

Il est mort avant même que son corps touche le sol.

Malone se jette à terre derrière lui et aperçoit des Trinis aux bandanas verts accroupis derrière la rampe de la cage d'escalier. Ils portent des protections en kevlar, des casques de combat munis d'épaisses visières et des lunettes de vision nocturne.

Ils montent en courant.

Malone se couche sur le dos contre le corps de Levin. Il appuie sur le bouton de sa radio et braille :

— 10-13 ! Officier à terre ! Officier à terre !

Il vise par-dessus la poitrine de Levin et presse la détente. Les tirs de riposte criblent Levin de balles.

Posté contre la porte, Russo envoie des décharges de fusil.

— Tire-toi de là, Denny !

Malone roule par-dessus le corps de Levin et ouvre le feu de nouveau.

Puis il se lève.

Pour foncer dans l'escalier.

— Denny ! Recule !

Russo entre à son tour.

Alors, Monty le suit.

Malone entend leurs pas lourds dans l'escalier derrière lui.

Il ne s'est jamais soucié d'assurer ses arrières car Monty était toujours derrière lui.

Aujourd'hui, il s'en soucie. Parce que Monty est derrière lui et qu'il craint pour *son* dos lui aussi, il se demande si Malone n'y a pas planté un couteau.

Malone entend les Trinis cavaler au-dessus de sa tête. Ces putains de gamins sont plus rapides que lui. Ils foncent au troisième étage pour protéger la poudre et le *jefe*. Mais peu importe qu'ils remportent la course, ils ne peuvent aller nulle part, sauf sur le toit, et c'est un piège mortel.

Ils s'arrêtent pour faire feu.

Les balles rebondissent dans la cage d'escalier comme des balles de flipper. Contre les murs, la rampe.

Malone entend Russo hurler :

— Mon œil !

Il se retourne et le voit tomber à terre et se recroqueviller en se tenant le visage. Un éclat de rouille provenant de la rampe. Monty le plaque au sol, l'enjambe et monte en collant sa masse le long du mur.

— Ça va ! crie Russo. Redescendez !

Malone ne redescend pas. Au contraire, il monte jusqu'au palier du troisième étage, suivi de Monty, arme au poing.

Malone s'écarte.

Monty enfonce la porte d'un coup de pied.

Malone entre en tirant.

Un Trini hurle, frappé par une rafale. Les balles qui grêlent le sol en béton font jaillir des éclats et des étincelles.

Malone se jette à terre et roule sur le flanc.

En tournant la tête, il voit Monty pointer son 38.

Sur lui.

Malone recule en crabe jusqu'au mur à côté de la porte. Son dos s'écrase contre le béton. Il ne peut pas aller plus loin.

Il lève son HK, vers Monty.

Les deux hommes se regardent.

Monty tire dans l'encadrement de la porte.

Un Trini tournoie sur lui-même, touché au bas-ventre, sous le gilet pare-balles. Son AK mitraille le plafond. Monty l'abat de deux balles dans les jambes. Le Trini se plie en deux et tombe à la renverse.

Les Domos ne se rendront pas. Ils savent qu'ils ont tué un flic et qu'ils ne sortiront pas d'ici les menottes aux poignets. Ils n'ont que deux options : s'enfuir par la porte de derrière ou tuer les autres flics.

Malone pointe le canon de son HK par l'ouverture de la porte et fait feu, puis il recule tandis que Monty profite de ce tir de couverture pour venir se placer de l'autre côté de la porte. Il regarde Malone, l'air de dire : *On y est*. Il montre l'ouverture d'un mouvement du menton : Vas-y.

Malone se redresse et franchit le seuil. Des coups violents lui martèlent les côtes lorsque les balles viennent frapper son gilet, et il tombe à terre.

Un Trini s'avance, son Glock pointé sur lui.

Malone plonge, le plaque aux jambes et l'expédie au sol. Il lui arrache son pistolet des mains et avec le frappe à la tête, encore et encore, jusqu'à ce que le corps du Trini devienne tout mou.

C'est alors qu'il entend une autre détonation, et un corps s'écrase sur lui. En regardant par en dessous, il voit Monty abaisser son arme.

Monty le regarde.

Il envisage une nouvelle fois de tirer.

Tué par un tir ami : ça arrive.

Des sirènes hurlent dans la nuit. Des lumières clignotent au-dehors. Malone repousse le cadavre qui l'écrase.

Un corps jaillit du palier de l'escalier de secours.

Monty sort par la fenêtre pour se lancer à sa poursuite.

Pas d'héroïne dans la pièce. Pas de compteuses de billets. Pas de Castillo.

C'était une embuscade.

Il a dû filer par-derrière avant qu'on arrive, pense Malone. Il a vu qu'on le surveillait et il m'a tendu un piège, en sachant que c'est toujours moi qui entre d'abord.

La première salve m'était destinée.

C'est Levin qui l'a reçue.

Russo entre dans la pièce d'un pas titubant.

Des pas résonnent dans l'escalier et Malone entend :

— NYPD !

Ils débouchent dans le couloir en ouvrant le feu.

— NYPD ! hurle Malone. On est de la police !

Il essaye de se souvenir de la couleur du jour.

— Rouge ! Rouge ! s'époumone Russo.

D'autres coups de feu claquent au-dehors.

Des balles s'enfoncent dans les murs au-dessus d'eux. La Task Force – Gallina et Tenelli – avancent dans le couloir en tirant devant eux. Russo se jette à terre et rampe sous une table. Malone se roule en boule dans un coin. Il ôte l'insigne qui pend à son cou et le lance au sol afin qu'ils le voient.

— NYPD ! C'est Malone !

Tenelli l'aperçoit, et fait comme si de rien n'était.

Elle tire deux fois.

Malone enfouit son visage dans ses bras. Les balles frappent le mur à gauche de sa tête.

Russo hurle :

— Arrêtez, bordel ! C'est Russo !

D'autres bruits de pas, d'autres voix.

Des flics en uniforme du Trois-Deux s'écrient :

— Halte au feu ! Halte au feu ! C'est des flics ! Russo et Malone !

Tenelli baisse son arme.

Malone se lève et marche vers elle.

— Sale pute !
— Je ne t'avais pas reconnu.
— Mon cul !
Un policier en uniforme s'interpose.
Russo demande :
— Où est Monty, bordel ?
— Il est descendu par l'escalier de secours.
Ils s'élancent.
Dans les rues, c'est le chaos. Des voitures de patrouille s'arrêtent dans des rugissements de freins. Des gens hurlent, courent.
Monty est allongé sur le dos, sur le trottoir.
Le sang jaillit par saccades de sa carotide.
Malone s'agenouille et plaque la main sur son cou pour tenter d'arrêter l'hémorragie.
— Ne me claque pas entre les doigts, ne me fais pas ça, frangin. Je t'en supplie, Big Man, ne me fais pas ça.
Russo tourne sur lui-même tel un ivrogne, il se tient la tête et les larmes coulent sur ses joues.
Une voiture du Trois-Deux arrive dans un crissement de pneus, les policiers en uniforme en descendent précipitamment, armes à la main, prêts à tirer.
— On est de la police ! hurle Malone. Task Force ! On a un homme blessé ! Appelez une ambulance !
Il entend un des policiers dire :
— C'est cet enfoiré de Malone ? Peut-être qu'on est arrivés trop tôt alors.
— Appelez une ambulance ! hurle Russo. On a un policier mort, deux blessés, un troisième dans un état critique.
D'autres voitures de patrouille rappliquent, puis une ambulance. Les urgentistes relayent Malone.
— Il va s'en tirer ? demande celui-ci en se levant.
Il est couvert du sang de Monty.
— Trop tôt pour le dire.
Son collègue s'approche de Russo.
— On va s'occuper de vous.

Russo le repousse.

— Occupez-vous de Montague d'abord. Allez !

L'ambulance repart.

Un sergent en uniforme marche vers Malone.

— Qu'est-ce qui s'est passé ici, nom de Dieu ?

— On a un officier mort à l'intérieur. Et cinq suspects abattus.

— Des survivants parmi eux ?

— Je ne sais pas. Peut-être.

Un agent en uniforme sort du bâtiment.

— Trois morts. Et deux qui se vident de leur sang. L'un a reçu une balle dans la fémorale, l'autre a le crâne défoncé.

— Vous voulez interroger ces ordures ? demande le sergent à Malone.

Celui-ci secoue la tête.

— Attendez dix minutes, dit le sergent au policier en uniforme. Puis signalez la mort de cinq suspects. Et appelez une autre ambulance, pour récupérer le corps de cet officier.

Malone s'assoit par terre et s'adosse au mur. Il est épuisé brusquement, la chute d'adrénaline l'expédie dans un trou noir. Et soudain Sykes est là, penché au-dessus de lui.

— Nom de Dieu, Malone. Qu'est-ce que vous avez foutu ?

Malone secoue la tête.

Russo approche en trébuchant.

— Denny ?

— Ouais ?

— C'est fichu.

Malone se lève, prend Russo par le coude et le conduit vers une voiture.

Quand on sonne à la porte d'un flic à 4 heures du matin, c'est pour une seule raison.

Yolanda la connaît.

Malone le voit sur son visage à la seconde même où elle ouvre la porte.

— Oh ! non.
— Yolanda...
— Mon Dieu, non, Denny. Il...
— Il est blessé. C'est grave.

Yolanda regarde sa chemise : il a oublié qu'elle était couverte du sang de Monty. Elle étouffe un cri, le ravale et redresse les épaules.

— Laisse-moi le temps de m'habiller.
— Une voiture de patrouille t'attend. Il faut que j'aille informer la petite amie de Levin.
— Levin ?
— Il est mort.

L'aîné de Monty apparaît derrière Yolanda.

Tout le portait de son père, en plus maigre.

Malone perçoit la peur dans ses yeux.

Sa mère se tourne vers lui.

— Papa est blessé, je vais à l'hôpital. Occupe-toi de tes frères jusqu'à l'arrivée de grand-mère Janet. Je vais l'appeler en route.

— Il va s'en tirer ? demande le garçon d'une voix tremblante.

— On ne sait pas pour le moment. Il faut qu'on soit forts pour lui. Il faut prier et être forts, mon chéri.

Elle se retourne vers Malone.

— Merci d'être venu, Denny.

Il hoche la tête.

S'il essaye de parler, il va éclater en sanglots, et ce n'est pas ce dont elle a besoin.

Amy croit que c'est une autre soirée bowling.

Elle vient ouvrir, exaspérée, et constate que Malone est seul.

— Où est Dave ?
— Amy...

— Où est-il ? Malone, où est-il, bordel ?
— Il est parti, Amy.
Elle ne saisit pas tout de suite.
— Parti ? Où ça ?
— Il y a eu une fusillade. Dave s'est fait tirer dessus... Il n'a pas survécu. Je suis désolé, Amy.
— Oh.

Combien de fois a-t-il dû annoncer à des gens que leurs proches ne rentreraient pas à la maison ? Certains hurlent, ou s'évanouissent, d'autres réagissent de cette façon.

Ils sont hébétés.
— Oh ! répète-t-elle.
— Je vais vous conduire à l'hôpital.
— Pourquoi ? Puisqu'il est mort.
— Le légiste doit effectuer une autopsie, quand il y a homicide.
— Je comprends.
— Vous voulez vous changer vite fait ?
— Oui. D'accord. OK.
— Je vous attends.
— Vous avez du sang sur vous. C'est...
— Non.

Un peu, peut-être, mais il ne le lui dira pas. Elle s'habille rapidement. Elle réapparaît en jean et sweat-shirt à capuche bleu ciel.

Dans la voiture, elle demande :
— Vous savez pourquoi il avait demandé son transfert dans votre unité ?
— Il voulait de l'action.
— Il voulait travailler avec vous. Vous étiez son héros. Il ne parlait que de vous : Denny Malone ceci, Denny Malone cela. J'en avais marre, à force. En rentrant, il parlait de tout ce qu'il avait appris, de tout ce que vous lui aviez enseigné.
— Je ne lui en ai pas appris assez.
— C'était un truc de macho. Il ne voulait pas passer pour le petit Juif qui est allé à la fac.

— Personne ne pensait ça.
— Bien sûr que si. Il voulait tellement faire partie de votre groupe. Devenir un vrai flic. Et maintenant, il est mort. Quel gâchis. J'étais très heureuse avec le petit Juif qui est allé à la fac.
— Amy, Levin et vous n'étiez pas mariés, ça veut dire que vous ne toucherez pas sa pension.
— Je travaille. Ça ira.
— En revanche, c'est la police qui l'enterrera.
— Je ne relèverai pas l'ironie contenue dans cette phase. J'informerai ses parents.
— Je vais les contacter, dit Malone.
— Non, ne faites pas ça. Ils vous tiendront pour responsable.
— À juste titre.
— Ne comptez pas sur ma compassion. Je vous tiens moi aussi pour responsable.

Elle regarde par la vitre.

Elle voit défiler la vie qu'elle a connue.

À l'hôpital, c'est le chaos.

Comme toujours le matin à Harlem.

Une jeune mère portoricaine tient dans ses bras un bébé qui tousse. Un vieux sans-abri aux pieds enflés et bandés se balance d'avant en arrière. Un individu psychotique, jeune, est en pleine conversation avec tous ceux qui vivent dans sa tête. Et à côté de cela, il y a les bras cassés, les coupures, les douleurs d'estomac, les infections des sinus, la grippe, le delirium tremens.

Donna Russo est assise à côté de Yolanda Montague, elle lui tient la main.

Dans un coin de la salle, McGivern et Sykes discutent à voix basse. Ils ont un tas de choses à se dire, Malone le sait. Un inspecteur mort, un deuxième dans un état grave. Trois jours seulement après qu'un troisième inspecteur, de la même unité, s'est suicidé.

Moins d'un an après qu'un quatrième inspecteur, Billy O, a été tué au cours d'une intervention similaire.

Deux agents en uniforme, du Trois-Deux, se sont postés derrière eux pour interdire l'accès à la meute de journalistes rassemblés au-dehors.

Où d'autres flics attendent eux aussi.

McGivern abandonne Sykes pour se diriger vers Malone.

— Je peux vous parler, sergent ?

Malone suit le commandant dans le couloir.

Sykes leur emboîte le pas.

— Un officier abattu, un autre sans doute bientôt mort, dit-il. Cinq suspects tués, tous appartenant à la minorité. Pas de renforts, aucun soutien des services d'urgence, aucun plan opérationnel, et vous ne prenez même pas la peine d'informer votre capitaine...

— Vous voulez parler de ça maintenant ? le coupe Malone. Alors que Monty est là, en train de...

— À cause de vous, Malone ! Comme Levin...

Malone lui fonce dessus.

McGivern s'interpose.

— Assez ! C'est honteux !

Malone bat en retraite.

— Que s'est-il passé, Denny ? demande le commandant. Il n'y avait pas de drogue dans ce bâtiment. Uniquement des types armés pour aller au combat.

— Les Dominicains voulaient se venger à cause de Pena. Ils ont menacé la Task Force. On les a suivis, c'était un piège. Je n'ai rien vu venir, tout est ma faute. J'en assume la responsabilité.

— Les médias se déchaînent, dit Sykes. Ils parlent déjà d'une bande de flics fous de la gâchette et incontrôlables. Et ils se demandent si la Task Force ne devrait pas être dissoute. Je suis obligé de leur fournir des réponses.

McGivern intervient :

— Vous croyez que si vous leur livrez Malone, ils s'en contenteront ? Si vous offrez la moindre ouverture à la presse, on sera *tous* bouffés vivants. Alors, voici les réponses que vous allez leur donner : quatre policiers de New York, des héros de la police, ont livré un combat désespéré contre une bande de meurtriers. Un de ces héros a été tué – il a donné sa vie pour la ville – et un autre est en train de lutter contre la mort. Voilà les réponses, les seules réponses, que vous allez leur donner. Vous avez bien compris, capitaine Sykes ?

Sykes s'en va.

McGivern ouvre la bouche pour ajouter quelque chose, mais il entend du raffut dans le hall. Le chef de la police, l'inspecteur principal et le maire fendent la foule.

Les appareils photo s'affolent.

Malone constate que le chef Neely a endossé son uniforme d'apparat. Il a pris le temps d'enfiler son déguisement avant de rappliquer.

Il se précipite vers Yolanda pour prendre le maire de vitesse.

Penché vers elle, il lui murmure des paroles de réconfort, suppose Malone. Nous sommes tous derrière vous. Ne perdez pas courage. Nous sommes trente-huit mille, qui rechercherons les hommes qui ont fait ça à votre mari, et nous les aurons.

Neely aperçoit alors Malone et vient vers lui.

Il regarde McGivern, qui découvre qu'il a quelque chose à faire.

— Sergent Malone, dit Neely.
— Monsieur.
— Je vous soutiendrai dans cette épreuve. Je chanterai vos louanges devant la presse et je vous défendrai sans hésitation. Mais votre carrière dans la police est terminée. Il n'y a plus de place pour vos méthodes de cow-boy à la con. Vous avez fait tuer un bon officier, peut-être même deux. Rendez-vous service, demandez un arrêt de travail pour invalidité, je le signerai.

Il tapote l'épaule de Malone et repart.

***

Un médecin en blouse stérile entre, suivi de Claudette. Il balaye la salle du regard et avise Yolanda. Donna l'aide à se lever et, ensemble, elles s'avancent vers lui. Malone et Russo se tiennent en retrait, à portée de voix.

— Votre mari est sorti du bloc, annonce le médecin.
— Dieu soit loué, dit Yolanda.
— Nous l'avons transféré en soins intensifs. Le sang a cessé d'irriguer le cerveau pendant un long moment. De plus, une autre balle a endommagé les vertèbres cervicales et l'épine dorsale. À ce stade, nous devrions peut-être revoir nos espoirs à la baisse.

Yolanda s'effondre dans les bras de Donna.

Celle-ci l'entraîne à l'écart.

Le médecin retourne au bloc.

Malone s'approche de Claudette.

— Traduction ?
— Ce n'est pas encourageant. Son cerveau est sérieusement endommagé. Même s'il s'en sort, tu dois te préparer.
— À quoi ?
— L'homme que tu as connu n'existe plus. S'il survit, ce sera de manière rudimentaire.
— Bon Dieu.
— Je suis désolée, dit Claudette. Et j'ai honte. Quand on a reçu le 10-13, j'ai eu peur que ce soit toi. Ensuite, j'ai été soulagée.

Il constate qu'elle est clean.

Du moins, elle n'est pas défoncée à l'héroïne.

Peut-être que son pote médecin l'a boostée pour lui permettre de travailler.

En regardant par-dessus son épaule, Claudette voit Sheila qui marche droit vers Malone. Elle devine qu'il s'agit de sa femme.

— Tu devrais y aller, dit-elle.

Malone se retourne, découvre Sheila et va à sa rencontre. Elle l'enlace.

— Je suis couvert de sang, dit-il.
— Je m'en fiche. Tu n'as rien ?
— Non, ça va. Levin est mort, Monty est dans un sale état.
— Il va s'en tirer ?
— Peut-être qu'il ne vaudrait mieux pas.

En apercevant Claudette, Sheila comprend immédiatement.

— C'est elle ? Elle est jolie, Denny. Je vois ce que tu lui trouves.
— Pas ici, Sheila.
— Sois tranquille. Je ne vais pas faire une scène, pas devant Yolanda. Avec ce qu'elle endure.

Elle se dirige vers Claudette.

— Je suis Sheila Malone.
— Je m'en doutais. Je suis désolée pour votre ami.
— Je suis juste venue vous dire que si vous voulez mon mari, je vous le laisse. Et bonne chance, ma belle.

Sur ce, Sheila va rejoindre Yolanda et la prend dans ses bras.

Un inspecteur de police irlandais et catholique n'aime rien tant que la mort et la tragédie. À cet égard, McGivern est pire qu'une vieille dame. Plusieurs fois, en entrant dans son bureau, Malone l'a surpris en train de lire la rubrique nécrologique dans le journal.

Aujourd'hui, il le trouve dans la chapelle de l'hôpital, son chapelet à la main.

— Denny... Je récitais une prière.

Malone baisse la voix.

— Si les Homicides commencent à chercher un mobile et s'ils mettent le grappin sur Castillo, tout risque d'éclater au grand jour.
— Quoi donc ?

Ne jouez pas les innocents avec moi, pense Malone.

— L'affaire Pena.

— Oh ! je ne sais rien du tout à ce sujet.

— D'où venaient vos grosses enveloppes, à votre avis ? Vous pensez qu'on a acheté un billet de loterie à deux et que c'était votre part ? Ce serait une simple coïncidence si, après la descente chez Pena, votre salaire mensuel a explosé comme les primes d'un trader ?

— Vous ne m'avez jamais parlé de cette opération, répond McGivern d'une voix qui se crispe. En dehors de ce qui figure dans votre rapport.

— Vous ne vouliez pas savoir.

— Et je ne veux toujours pas.

McGivern se relève.

— Excusez-moi, sergent, je dois m'occuper d'un officier grièvement blessé.

Malone ne s'écarte pas du banc pour le laisser passer.

— S'ils arrêtent Castillo, il pourrait se mettre à table et raconter combien de kilos il y avait réellement dans cette pièce. Et dans ce cas, ça nous retombera dessus, sur moi et mes collègues, y compris cet officier grièvement blessé qui vous inquiète tant.

— Mais tu feras front, n'est-ce pas ? Je te connais, Denny. Je sais que l'homme qu'a élevé ton père ne dénoncera jamais un autre policier.

— Je risque la prison.

— Ta famille sera prise en charge.

— C'est ce que disent les mafieux.

— Nous, c'est différent, répond McGivern. On est sincères.

— Mon père et vous, vous touchiez des pots-de-vin à l'époque ?

— On prenait soin de nos familles. Ton frère et toi, vous n'avez jamais manqué de rien. Votre père y veillait.

— Tel père tel fils.

— Tu es comme un fils pour moi, Denny. Ton père, que Dieu le garde, m'a fait promettre de veiller sur toi. De t'aider dans ta carrière, de m'assurer que tu fasses ce

qui est bien. Et tu vas faire ce qui est bien, n'est-ce pas ?
Dis-moi que tu vas faire ce qui est bien.

— La boucler, c'est ça ?

— C'est ce qu'il y a de mieux à faire.

Malone dévisage McGivern. Il voit la peur.

— Dans ce cas, je ferai ce qui est bien, commandant.

Il se lève et quitte le banc.

McGivern sort dans l'allée et se signe face à l'autel. Puis il se retourne vers Malone.

— Tu es un brave garçon, Denny.

Oui, pense Malone.

Je suis votre brave garçon.

Il ne se signe pas.

À quoi bon ?

Aux soins intensifs, une infirmière intercepte Malone dans le couloir, devant la porte.

— Uniquement la famille proche, monsieur.

— Je suis de la famille proche, répond Malone en montrant son insigne, tout en contournant l'infirmière. Mais j'apprécie votre vigilance.

Monty, toujours dans le coma, ne réagit pas. Il a été victime d'un « accident coronarien », mais ils ont réussi à stabiliser son état. Pour quoi faire ? se dit Malone, et il songe, avec un pincement de culpabilité, qu'il aurait mieux valu qu'ils le laissent partir.

Yolanda, affalée dans un fauteuil, somnole. Les machines bourdonnent et bipent, leurs tubes pénètrent dans la bouche, le nez et les bras de Monty. Il a les yeux fermés. Le peu que l'on aperçoit de son visage sous les bandages est enflé et violacé.

Malone pose la main sur celle de Monty.

Il se penche vers lui et murmure :

— Big Man, je suis vraiment désolé. Je suis désolé pour tout.

Cette fois, il ne peut retenir ses larmes. Elles coulent sur son visage et gouttent sur la main de Monty.

— Ne t'en veux pas, Denny, dit Yolanda. Il connaissait les risques.

— Il est costaud. Il s'en sortira.

— Même s'il s'en sort, ce sera un légume. Mon mari va passer ses journées dans un fauteuil roulant, à baver. Sa pension d'invalidité ne servira pas à couvrir tous ses besoins, sans parler de ceux de ses trois fils. Je ne sais pas ce qu'on va devenir.

Malone la regarde.

— Monty ne t'a jamais parlé de l'argent ?

Yolanda semble perplexe.

— Le bonus, dit-il.

— L'argent des boulots au noir ? Si, bien sûr, mais...

Merde, se dit Malone. Elle ne sait pas.

Il se penche vers elle, la prend dans ses bras et dit tout bas :

— Monty a plus d'un million de dollars de côté. En liquide et en placements. Il ne t'a rien dit ?

— J'ai toujours cru qu'on vivait sur son salaire.

— Et c'est vrai. Il économisait le reste, je suppose.

— Où...

— Tu n'as pas besoin de le savoir. Phil sait où se trouve cet argent, et comment le récupérer. Mais parle-lui dès ce soir, Yolanda. *Ce soir.*

Elle le regarde droit dans les yeux.

— La police, elle ne te laisse rien, hein ?

Malone presse sa main dans la sienne et sort.

Assis dans le petit salon devant l'unité des soins intensifs, Russo feuillette un vieux numéro de *Sports Illustrated*.

— Il faut qu'on parle, dit Malone.

— OK.

— Pas ici. Dehors.

Ils traversent l'hôpital jusqu'à la porte située près de

l'entrée du personnel. Des poubelles débordent de détritus, des mégots de cigarette forment des petits arcs de cercle sur le bitume, là où se tiennent les fumeurs invétérés.

Malone s'assoit sur le perron et se prend la tête à deux mains.

Russo s'adosse à une benne.

— Nom de Dieu, qui aurait pu imaginer qu'il arriverait un truc pareil ?

— Nous, répond Malone.

— On n'a pas tué ce gamin, et on n'a pas tiré sur Monty. C'est les Domos.

— Bien sûr que si. Soyons honnêtes avec nous-mêmes, au moins. Depuis la mort de Billy, rien ne va plus. Parfois, je me dis que Dieu nous punit pour ce qu'on a fait, mais tout s'arrête ce soir.

— Pas question, dit Russo. Notre équipier est en train de crever dans cet hôpital. On doit réagir.

— C'est fini.

— Tu crois que tout va disparaître comme par enchantement ? L'enquête sur la fusillade ? Les AI ? Les Homicides vont se jeter sur cette histoire, ils chercheront le mobile. Ça risque de faire ressortir l'affaire Pena.

— On est foutus, dit Malone.

— Les seules personnes qui peuvent faire des révélations sur Pena sont ici, dit Russo. Et tant qu'on se serre les coudes, ils ne peuvent rien contre nous. Il n'y a que toi et moi, c'est tout.

Malone se met à sangloter.

Russo s'approche et pose les mains sur ses épaules.

— Ça va aller, Denny, ça va aller.

— Non, ça ne va pas.

Le visage rougi, les joues marbrées de larmes, il lève les yeux vers Russo.

— C'était moi, Phil.

— C'est pas ta faute. Ça aurait pu arriver...

— Phil, ce n'était pas Levin. C'était *moi*.

Russo le dévisage un instant, puis il comprend.

— Oh ! putain, Denny.

Il s'assoit à côté de lui. Il reste muet un long moment, comme sonné, comme s'il venait de recevoir un coup.

Puis il demande :

— Comment ils t'ont coincé ?

— Une connerie, dit Malone. Piccone.

— Nom de Dieu, Denny. Tu ne pouvais pas te taper quatre ans ?

— Je l'aurais fait. Je ne vous ai pas mêlés à ça. Mais Savino a craché le morceau. Les fédéraux ont menacé Sheila. Ils ont dit qu'ils l'enverraient en taule pour fraude fiscale et recel. Je ne pouvais pas...

— Et *nos* femmes, alors ? *Nos* familles ?

— Ils ont promis de laisser vos familles en dehors de cette histoire si je vous dénonçais.

Russo creuse les reins. Il lève les yeux vers le ciel. Puis demande :

— Qu'est-ce que tu leur as raconté ?

— Tout. Sauf l'exécution de Pena. Ça nous vaudrait à tous les trois une inculpation pour meurtre. Et je vous ai enregistrés en train de parler de la descente, du fric...

— Alors, combien je risque ? De vingt ans à perpète ? Et toi, qu'est-ce que tu as négocié ? Qu'est-ce que tu as obtenu pour nous balancer ?

— Douze ans, dit Malone. Confiscation des biens. Et amendes.

— Va te faire foutre, Denny.

Après un silence, Russo demande :

— Quand vont-ils venir m'arrêter ?

— Demain. Je n'étais censé t'avertir que quelques minutes avant.

— C'est très généreux de ta part.

— Tu peux t'enfuir.

— Comment tu veux que je m'enfuie ? J'ai une famille. Ah, putain, quand mes gosses me verront...

— Je suis désolé.

— Tu n'es pas le seul fautif, dit Russo. On est adultes.

On savait ce qu'on faisait. On savait que ça pouvait se finir de cette manière. Mais comment on en est arrivés là, bordel de merde ?

— Un pas après l'autre, dit Malone. On était de bons flics, dans le temps. Et puis… je ne sais pas… On vient de balancer cinquante kilos de poudre dans nos propres rues. Ce n'était pas ce qu'on avait en tête au départ. C'est même l'exact opposé. C'est comme quand tu grattes une allumette, tu ne penses pas qu'elle va faire des dégâts, puis le vent se lève et la flamme se transforme en un incendie qui détruit tout ce que tu aimes.

— Je t'aimais, Denny, dit Russo en se levant. Comme un frère.

Russo s'éloigne et le laisse assis là, sur les marches.

31

Malone franchit la porte d'entrée de ce qui était autrefois sa maison de Staten Island pour découvrir O'Dell dans le salon, debout, qui l'attend.

— Qu'est-ce que vous foutez chez moi ?

— Je protège votre famille. Mais c'est vous qui devriez le faire.

— Vous êtes peut-être au courant, rétorque Malone, deux de mes frères se sont fait tirer dessus. L'un est mort, et ce serait mieux pour l'autre s'il y était resté aussi.

— Je suis désolé.

— Ah oui ? Vous avez une part de responsabilité, en ayant fait passer Levin pour un mouchard.

— J'essayais de sauver votre peau.

— Vous essayiez surtout de sauver votre enquête.

— Ce n'est pas moi qui lui ai ordonné de franchir cette porte. C'est vous.

— Continuez à vous mentir.

Malone bouscule O'Dell pour entrer dans la cuisine.

Sheila est assise devant le comptoir du petit déjeuner, tête baissée.

Deux agents fédéraux en costume sont adossés au mur ; l'un regarde le jardin de derrière par la fenêtre.

Sheila a pleuré, Malone remarque les bouffissures rouges sous ses yeux.

— Vous voulez bien nous laisser une minute, les gars ? demande Malone.

Les deux agents se regardent.

— Je vais formuler ça autrement, dit Malone. Foutez-nous la paix un moment. Allez aider votre patron à surveiller le salon.

Les deux agents quittent la cuisine.

Sheila lève les yeux vers lui.

— Tu as quelque chose à m'annoncer, Denny ?

— Qu'est-ce que tu as entendu dire ?

— Épargne-moi ton numéro ! Je ne suis pas une criminelle ! Je ne suis pas des AI ! Je suis ta femme ! J'ai le droit de savoir !

— Où sont les enfants ?

— Oh ! merde, c'est vrai. Ils sont chez ma mère. Qu'est-ce qui s'est passé, Denny ? Tu as des ennuis ?

Une partie de lui-même a envie de lui mentir, de continuer à jouer la comédie. Mais c'est impossible, même s'il en a le désir : elle le connaît trop bien, elle a toujours su quand il racontait des histoires. C'est une des causes de l'échec de leur mariage : elle a toujours su quand il essayait de mentir.

Alors, il lui dit.

Tout.

— Nom de Dieu, Denny.

— Je sais.

— Tu vas aller en prison ?

— Oui.

— Et nous ? Les enfants et moi ? Qu'est-ce que tu nous as fait à nous ?

— Je ne t'ai jamais entendue te plaindre au sujet des enveloppes. Les meubles neufs dans le salon, tes notes de restaurants...

— Ne me colle pas ça sur le dos ! Je t'interdis de me coller ça sur le dos !

Non, c'est moi le fautif.

Personne d'autre que moi.

— J'ai du fric de côté. Les fédéraux ne pourront pas mettre la main dessus. Quoi qu'il arrive, tu seras à l'abri... les enfants iront à la fac...

Elle est sous le choc. Il ne peut pas lui en vouloir.

— Tu leur as livré Phil ? Et Monty ?

Il hoche la tête.

— Merde, comment est-ce que j'oserai regarder Donna en face ?

— Ça va aller, Sheel.

— Ça va aller ? On a des agents fédéraux dans la maison ! Qu'est-ce qu'ils font là ?

Malone la prend par les épaules.

— Écoute-moi et reste calme. Il se peut qu'on soit obligés d'entrer dans le programme.

— De protection des témoins ?

— Peut-être.

— Nom de Dieu, Denny ! On va devoir arracher les enfants à leur école, à leurs amis, leur famille ? Pour aller où ? En Arizona ou ailleurs ? On va devenir des cow-boys ?

— Je ne sais pas. Ça pourrait être un nouveau départ.

— Je ne veux pas d'un nouveau départ, déclare Sheila. J'ai de la famille ici. Mes parents, ma sœur, mes frères…

— Je sais.

— Les enfants ne pourront plus jamais revoir leurs cousins ?

— Procédons étape par étape, d'accord ?

— Justement, la prochaine, c'est quoi ?

— Les enfants et toi, vous allez prendre un peu de vacances.

— On ne peut pas les retirer de l'école.

— Si, on peut. Et on va le faire. Dès qu'ils rentreront à la maison. Allez donc… je ne sais pas moi, aux monts Pocono, tu as toujours eu envie d'y aller, non ? Ou bien cet endroit dans le New Hampshire.

— Pendant combien de temps ?

— Je ne sais pas.

— Oh ! bon sang.

— J'ai besoin que tu sois forte, Sheel. J'ai vraiment besoin que tu sois forte. Et tu dois me faire confiance. Pour arranger les choses, pour prendre soin de notre famille. Va faire ta valise. Je m'occupe des affaires des enfants.

— C'est tout ce que tu as à dire ?
— Que veux-tu que je dise ?
— Je ne sais pas. « Je suis désolé » ?
— Je suis désolé, Sheila. Tu ne peux pas savoir à quel point. Dans quelques jours, les agents fédéraux me conduiront à l'endroit où tu seras et…
— Non, Denny.
— Comment ça, non ?
— Je ne veux plus être avec toi. Je ne veux plus que tu voies nos enfants.
— Sheel…
— Non, Denny. Tu prononces de belles paroles… la famille, la fraternité, la loyauté. L'honnêteté. L'honnêteté, Denny ? Tu veux de l'honnêteté ? Tu es un être vide, Denny. Je savais que tu touchais du fric, je savais que tu étais un flic véreux. Mais j'ignorais que tu étais un meurtrier. Et j'ignorais que tu étais un mouchard. Mais c'est pourtant ce que tu es, et je ne veux pas que mon fils grandisse en prenant exemple sur son père.
— Tu veux me prendre mes enfants ?
— Tu les as déjà abandonnés. Comme tu as balancé tout le reste dans ta vie. Pourquoi est-ce que je ne te suffisais pas, Denny ? Pourquoi est-ce qu'on ne te suffisait pas ? Je connaissais le contrat. J'ai grandi avec, bordel. Tu épouses un flic, il est distant, secret, il boit trop peut-être, OK. Peut-être qu'il baise un peu à droite et à gauche. Mais il rentre à la maison. Et il y reste. Voilà pourquoi j'ai signé. Et je croyais que toi aussi. Dis au revoir aux enfants. Tu leur dois bien ça. Et ensuite, tu leur dois de rester loin d'eux, pour qu'ils puissent t'oublier.

Ça se passe mal avec les enfants.
Encore plus mal que ne l'avait imaginé Malone.

Putain, quand il était gamin, si son père lui avait annoncé qu'il le retirait de l'école, il en aurait pissé de joie dans son froc, mais John et Caitlin ne pensent qu'à leurs cours de danse, au base-ball, au centre aéré.

Et les agents fédéraux leur ont fait peur.

Réunis dans le salon, ils les regardent par la fenêtre car Malone leur a demandé d'aller attendre dans la rue.

— C'est qui eux, papa ? demande Caitlin.

— Des amis policiers.

— Pourquoi on les a jamais vus ?

— Ils sont nouveaux.

— Pourquoi c'est eux qui nous emmènent en voiture ?

— Parce que je dois retourner travailler.

— Pour attraper des méchants, dit John, mais il paraît moins convaincu cette fois.

— Pourquoi c'est pas oncle Phil qui nous emmène ? demande Caitlin.

Malone les prend par les épaules et les serre contre lui.

— J'ai besoin que vous gardiez un grand secret. Vous en êtes capables ?

Ils hochent la tête, ravis.

— Oncle Phil et moi, on travaille sur une très grosse affaire. C'est top secret.

— J'ai vu ça à la télé, dit John.

— Voilà, c'est la même chose. On se fait passer pour des méchants, vous comprenez ? Alors, si vous entendez quelqu'un dire qu'on est des méchants, vous devez jouer le jeu. Il ne faut rien dire.

— C'est pour ça qu'on doit se cacher ? demande Caitlin.

— Exactement. Pour tromper les méchants.

— Les méchants essayent de nous retrouver ? demande John.

— Non, non.

— Alors, pourquoi la police vient avec nous ?

— Ça fait partie du jeu, dit Malone. Allez, faites-moi un gros câlin tous les deux. Promettez-moi d'être sages et de veiller sur maman, d'accord ?

Ils le serrent si fort qu'il a envie de pleurer. Il murmure à l'oreille de John :

— Johnny.

— Oui, papa.

— Tu dois me promettre quelque chose.

— OK.

— Il faut que tu saches…

Malone doit ravaler ses larmes.

— Tu es un gentil garçon. Et tu seras un homme bien. OK ?

— OK.

— OK.

O'Dell vient leur annoncer qu'ils doivent se mettre en route.

Malone embrasse Sheila sur la joue.

Ils donnent le change devant les enfants.

Elle ne dit rien.

Elle a déjà tout dit.

Il ouvre la portière de la voiture et l'aide à monter à bord.

Il regarde sa famille partir.

Donna Russo vient ouvrir la porte.

Elle a pleuré.

— Fiche le camp, Denny. Tu n'es pas le bienvenu.

— Je suis désolé, Donna.

— Tu es *désolé* ? Tu t'es assis à notre table à Noël. Avec ma famille. Tu le savais déjà ? Tu t'es assis à notre table en sachant que tu allais détruire ma famille ?

— Non.

— Pourquoi tu viens ? Pour que je te dise que je comprends ? Que je te pardonne ? Pour que tu puisses te sentir mieux ?

Non, pense Malone. Pour me sentir encore plus mal.

La voix de Russo retentit :

— C'est Denny ? Laisse-le entrer !

— Non, répond Donna. Pas dans cette maison. Il ne mettra plus jamais les pieds ici.

Russo vient à la porte. Il semble avoir pleuré lui aussi.

— Sheila et les gamins sont partis ?

— Ouais.

— Ouais, dit Russo. Ils ne savent pas la chance qu'ils ont. C'est ma dernière soirée en famille, alors, à moins que tu aies quelque chose à dire...

— Je voulais juste m'assurer...

— Que je n'avais pas avalé mon flingue ? C'est un truc d'Irlandais, les Italiens ne font pas ça. Nous autres, les ritals, on pense à vivre, pas à mourir. On pense juste à faire ce qu'on doit faire.

— J'aurais voulu que Monty m'en colle une dans la tête.

— Suicide par flic interposé ? Trop facile, Denny. Beaucoup trop facile. Si tu n'as pas les couilles de le faire toi-même, tu dois vivre avec ce que tu as fait. Tu vivras en sachant que tu es une balance. Maintenant, si ça ne t'ennuie pas, je vais faire un câlin à mes gosses pendant que je le peux encore.

Donna referme la porte.

Plantée sur le seuil de son appartement, Claudette refuse de le laisser entrer.

Elle est clean, depuis peu, son abstinence est encore fragile : une tasse de porcelaine que le moindre choc peut briser.

— Retourne auprès de ta femme, dit-elle sans agressivité.

— Elle ne veut pas de moi.

— Alors, tu reviens me voir ?

— Non. Je viens te dire au revoir.

Claudette semble étonnée, mais elle répond :

— C'est sans doute préférable. On se fait du mal, Denny. J'ai commencé les réunions.

— Bonne nouvelle.

— Il faut que je me désintoxique. Et j'y arriverai. Mais je ne peux pas rester clean et t'aimer en même temps.

Elle a raison.

Il sait qu'elle a raison.

Ils sont comme deux noyés qui s'accrochent l'un à l'autre ; ils refusent de se lâcher, et ils vont sombrer ensemble dans l'obscurité glacée de leur tristesse partagée.

— Je voulais juste que tu saches..., dit Malone. Tu n'as jamais été « une pute que je baisais ». Je t'aimais. Et je t'aime toujours.

— Moi aussi je t'aime.

— Je suis un pourri...

— Un tas de flics...

— Non. Un vrai pourri.

Il est obligé de le lui dire. Le moment est venu.

— J'ai balancé de l'héroïne dans les rues.

— Oh.

Juste ça : « Oh. » Mais tout est dit.

— Je suis désolé.

— Et maintenant ? demande Claudette. Tu vas aller en prison ?

— J'ai conclu un accord.

— Quel genre d'accord ?

Le genre qui me fait passer de l'autre côté pour toujours. Et qui m'empêchera de te regarder le matin.

— Je vais disparaître.

— Grâce à un de ces programmes ? Comme dans les films ?

— Oui, en quelque sorte.

— Je suis désolée, trésor.

— Moi aussi.

Je suis vraiment désolé.

Le sac de frappe tressaute au bout de sa chaîne.

Il se soulève et retombe lourdement sous le crochet

du gauche de Malone, qui décoche ensuite un violent direct au corps.

Et il continue à frapper, encore et encore.

La sueur qui jaillit de son visage asperge le sac. Il envoie un crochet du droit et enchaîne avec un gauche au foie.

C'est bon.

C'est bon d'avoir mal.

La sueur, la brûlure dans ses poumons, les jointures à vif, meurtries, de ses poings nus qui s'écrasent contre la toile rêche, désormais constellée de taches de sang. Malone se défoule sur le sac, il se défoule sur lui-même, l'un et l'autre méritent de connaître la douleur, la souffrance, la rage.

Il avale une bouffée d'air et il recommence. Ses coups lourds visent O'Dell, Weintraub, Paz, Anderson, Chandler, Savino, Castillo, Bruno... mais surtout Denny Malone.

Le sergent Denny Malone.

Le héros de la police.

Le mouchard.

Il finit par un direct au cœur.

Le sac se soulève et retombe ; il se balance lentement, comme une chose morte qui ne le sait pas encore.

32

Le lendemain matin, en descendant Broadway à pied, Malone passe devant le kiosque à journaux au coin de la rue.

Il voit son visage à la une du *New York Post*, accompagné de ce gros titre : Deux héros abattus.

Une photo le montre en compagnie de Russo et de Monty après la descente dans la planque de Pena.

Un ovale blanc éclaire le portrait de Monty, telle une auréole.

Le *Daily News* titre en gros caractères : Un flic d'élite tué, un autre blessé et publie une photo un peu différente de Monty, ainsi qu'une photo de Malone prise après la même opération, avec cette légende : *« Denny le ripou s'estime-t-il chanceux ? »*

Pas de photo de lui en une du *New York Times*, mais une interrogation : *Après ce nouveau bain de sang, le moment est-il venu de remettre l'existence des unités d'élite en question ?*

L'article est signé Mark Rubenstein.

Malone arrête un taxi et se rend à Manhattan North.

Russo est tiré à quatre épingles.

Costume Armani impeccable, chemise monogrammée et boutons de manchette, cravate Zegna rouge, chaussures Magli étincelantes. Comme on est en été, il ne porte pas son manteau rétro, mais il le tient sur le bras, et de ce fait, O'Dell a du mal à lui passer les menottes.

Au moins, il les attache devant, pas derrière.

Malone pose le manteau sur les menottes.

Les médias sont dehors, devant le poste. Camionnettes de la télé, radios, journalistes de la presse écrite accompagnés de leurs photographes.

— Vous êtes obligés de faire ça ? demande Malone à O'Dell. De l'exhiber ?

— Je n'ai pas prévenu les médias.

— Quelqu'un l'a fait.

— Ce n'est pas moi.

— Et il fallait que vous fassiez ça ici, hein ? Devant d'autres flics ?

— Vous vouliez que je fasse ça chez lui, devant ses enfants ?

O'Dell semble en colère, nerveux. Pas étonnant : tous les flics présents les foudroient du regard, lui et ses collègues.

Sans épargner Malone.

Il aurait pu s'éviter ça – O'Dell le lui avait conseillé –, mais Malone a estimé qu'il devait être présent.

Qu'il méritait d'être là.

Pour les regarder passer les menottes à son frère.

Russo garde la tête haute.

— Salut, bande d'enfoirés ! lance-t-il. Amusez-vous bien en attendant la retraite !

Les fédéraux l'emmènent.

Malone l'accompagne.

Les appareils photo claquent comme des rafales de mitraillette.

Les journalistes se précipitent, mais les policiers en tenue les repoussent. Ils ne sont pas d'humeur à se laisser emmerder. Voir un collègue partir les menottes aux poignets, ça les écœure et ça leur fait peur.

Ça les fout en rogne.

Après la fusillade, les Bleus avaient envahi les cités, par vagues, armés de mauvaises intentions.

Ils avaient débranché leurs caméras de bord et ils étaient allés en ville.

Vous étiez sous le coup d'un mandat d'arrêt, vous aviez manqué un rendez-vous avec le contrôleur judiciaire, au trou. Vous aviez un simple joint sur vous, une seringue usée, une pipe contenant un gramme de vieux crack, au trou. Si vous opposiez la moindre résistance, si vous teniez des propos injurieux, si vous regardiez un flic de travers, vous aviez droit à un passage à tabac, et on vous balançait à l'arrière de la voiture de patrouille avec les mains menottées dans le dos, mais sans ceinture de sécurité. Les flics roulaient à fond puis pilaient net, afin que vous veniez vous écraser contre la paroi vitrée.

Les flics du Trois-Deux avaient ratissé St. Nick's deux fois, à la recherche d'armes, de drogue et surtout de renseignements, pour essayer de convaincre quelqu'un de moucharder, de lâcher une info, de vendre un nom.

La Force, ou du moins ce qu'il restait de ces enfoirés, avait débarqué juste après. Pas dans le but d'effectuer des arrestations, mais par vengeance. Et la seule façon de demeurer en dehors de l'équation, c'était de leur refiler des infos, pour ensuite vous retrouver coincé entre La Force et DeVon Carter, et le problème, c'est que La Force allait repartir.

Pas DeVon Carter.

Si vous vous faisiez tabasser, vous receviez les coups sans ouvrir la bouche, comme si elle était cousue, ce qui risquait de vous arriver une fois que La Force et ses chiens de garde de flics en civil en avaient fini avec vous.

Mais les habitants de St. Nick's se demandaient pourquoi ça leur tombait sur la gueule alors que tout le monde savait que c'étaient les Domos qui avaient massacré ces flics, juste de l'autre côté de Harlem.

Aussi, quand la nouvelle s'était répandue qu'un flic de La Force était emmené menottes aux poignets, une foule avide s'était massée dans la rue.

Une foule braillarde, moqueuse.

Sans caméras, les flics en uniforme auraient peut-être chargé, obligé tous ces gens à fermer leur sale gueule.

Russo se glisse à l'arrière d'une voiture noire.

Il adresse un signe à Malone.

Puis s'en va.

Malone retourne à l'intérieur du poste.

Quelques flics le regardent de travers. Nul ne lui adresse la parole.

À l'exception de Sykes.

— Videz votre casier, ordonne-t-il. Et venez dans mon bureau.

L'officier de permanence baisse la tête, des flics lui tournent le dos lorsqu'il passe.

Malone descend dans le vestiaire de la Task Force. Gallina s'y trouve, en compagnie de Tenelli, d'Ortiz et de deux policiers en civil, assis sur le banc. Ils taillent le bout de gras.

Quand Malone entre, ils se taisent.

Chacun trouve une bonne raison de contempler le sol.

Malone ouvre son casier.

Et découvre un rat mort.

Des rires étouffés fusent dans son dos, il se retourne vivement. Gallina affiche un sourire narquois, Ortiz tousse dans son poing.

Tenelli se contente de le dévisager.

— Qui a fait ça ? demande Malone. Lequel d'entre vous, bande de connards ?

Ortiz répond :

— Il y a de la vermine dans ce vestiaire. Il faut appeler un dératiseur.

Malone le saisit par le col et le plaque contre la rangée de casiers opposée.

— C'est toi ? C'est toi le dératiseur ? Tu veux commencer maintenant ?

— Bas les pattes.

— Peut-être que tu as autre chose à dire ?

— Lâche-le, Malone, intervient Gallina.

— Ne te mêle pas de ça, répond Malone.

Il approche son visage de celui d'Ortiz.

— Alors, tu as quelque chose à me dire ?
— Non.
— C'est bien ce que je pensais.
Malone le lâche, vide son casier et ressort.
Des rires éclatent derrière lui.
Puis il entend :
— Un mort en sursis.

Sykes ne l'invite pas à s'asseoir.
Il dit simplement :
— Votre insigne et votre arme sur mon bureau.
Malone ôte son insigne, le pose sur le bureau, puis il fait de même avec son arme de service.
— J'ai toujours su, je crois, que vous étiez un flic véreux, mais je ne pensais pas que le légendaire Denny Malone était aussi un mouchard. J'avais du respect pour vous, pas énormément mais un peu quand même. Aujourd'hui, je n'en ai plus du tout. Vous êtes un escroc et un lâche. Vous me dégoûtez. Le roi de Manhattan North ? Vous n'êtes le roi de rien du tout. Sortez. Je ne supporte plus de vous voir.
— Si ça peut vous faire plaisir, je suis comme vous.
— Ça ne me fait ni chaud ni froid, répond Sykes. Mon remplaçant va arriver. Ma carrière est terminée. Vous l'avez détruite, comme vous avez détruit la réputation de milliers de flics honnêtes. Je sais que vous avez conclu un arrangement, mais j'espère qu'ils vont vous envoyer en taule et que vous crèverez derrière les barreaux.
— Je ne survivrai pas longtemps en prison.
— Oh ! ils vont vous mettre à l'abri. Ils vous planqueront à Fort Dix et vous sortiront pour témoigner. Vous allez pouvoir dénoncer vos frères pendant trois ou quatre ans avant qu'ils vous envoient dans une vraie prison. Tout ira bien pour vous, Malone. Les mouchards ont la belle vie.
Malone sort du bureau, puis du poste.

Des yeux le suivent.
Le silence aussi.

McGivern l'attend dans la rue.
— Tu m'as dénoncé, moi aussi ? demande-t-il.
— Oui.
— Qu'est-ce qu'ils ont ?
— Tout, dit Malone. Ils ont un enregistrement de vous.
— Ton père aurait honte. Il doit se retourner dans sa tombe.
Ils atteignent la Huitième Avenue.
Malone guette le feu.
Dès qu'il passe au vert, il traverse. Il entend McGivern s'écrier derrière lui :
— Tu iras en enfer, Malone ! Tu iras en enfer !
Aucun doute à ce sujet, pense Malone.
C'est écrit.

La secrétaire se souvient de lui.
— La dernière fois, dit-elle, vous aviez un chien.
— Il a pris sa retraite.
— M. Berger va vous recevoir tout de suite. Si vous voulez bien vous asseoir.
Il s'assoit et feuillette *GQ*. Le magazine lui indique ce que portera l'homme élégant cet automne. Quelques minutes plus tard, la secrétaire le fait entrer dans le bureau de Berger.
Une pièce plus grande que l'appartement de Malone tout entier. Il dépose la mallette à côté du bureau de Berger. L'avocat saura ce que c'est.
— Puis-je vous offrir quelque chose à boire ? J'ai un excellent cognac.
— Non merci.
— Vous permettez que je m'en serve un ? J'ai eu une

dure journée. Je crois savoir que Russo a été arrêté par les autorités fédérales.

— Exact.

— Et vous avez estimé nécessaire d'être présent, dit Berger en saisissant une carafe en cristal d'où il verse le cognac dans son verre. Dites-moi une chose, Malone. Votre masochisme ne connaît donc aucune limite ?

— Il faut croire que non.

— J'ai entendu dire, reprend Berger, que les deux tiers environ des pompiers et des policiers qui se sont précipités à l'intérieur des Tours ce jour-là ont reçu les derniers sacrements. Je me demande si c'est vrai.

— Probablement.

— Si vous voulez devenir un témoin vedette, il faudra être plus bavard. Cela signifie…

— Je sais ce que ça signifie.

— Voilà qui est mieux.

L'avocat vide son verre d'un trait.

— J'ai donné ma parole à O'Dell que je vous livrerais à 15 heures. Ce qui nous laisse deux heures. Avez-vous des affaires en cours ? Avez-vous besoin de quelque chose ?

— J'ai ma brosse à dents. Mais il y a un problème à régler. Il concerne une certaine Debbie Phillips. Elle vient d'avoir un bébé, le fils de Billy O'Neill. Une partie de cet argent devra lui être remise, petit à petit. Toutes les informations sont dans la mallette. Vous pouvez vous en charger ?

— Je peux. Autre chose ?

— Non.

— Bien. Rien ne vaut l'instant présent.

La secrétaire passe la tête par l'entrebâillement de la porte.

— Monsieur Berger. Vous aviez demandé à être prévenu. Ils vont faire une annonce au sujet de l'affaire Bennett.

Berger allume un téléviseur fixé au mur.

— Écoutons ça.

Le procureur apparaît, flanqué du chef de la police et du chef de secteur.

— Il s'agit d'un regrettable accident, lit le procureur devant le micro. Mais les faits sont clairs. Le défunt, M. Bennett, a refusé d'obéir à l'agent Hayes qui lui demandait de s'arrêter de manière légitime. Il s'est retourné et a avancé vers l'agent Hayes en sortant de son blouson ce qui ressemblait à une arme de poing. L'agent Hayes a alors ouvert le feu, atteignant mortellement M. Bennett. Il s'est avéré que ce que l'agent Hayes avait pris pour une arme était en réalité un téléphone portable. Néanmoins, l'agent Hayes a agi en toute légalité, dans le cadre de la procédure en vigueur. Si M. Bennett avait obéi à l'ordre qui lui était donné, ces conséquences tragiques auraient été évitées. Par conséquent, le grand jury a décidé de ne pas poursuivre l'agent Hayes en justice.

— Judiciairement juste, déclare Berger, mais politiquement stupide. Niveau de clairvoyance zéro. Les ghettos seront en feu avant la fin de la journée. Vous êtes prêt ?

Malone est prêt.

Le chauffeur de Berger les conduit au siège local du FBI, au 26 Federal Plaza. Qui aurait pu imaginer, songe Malone, que j'irais en enfer à bord d'une limo avec chauffeur ?

La tour de verre et d'acier est aussi froide qu'un cœur mort. Ils franchissent les portiques détecteurs de métaux, puis ils montent au quatorzième étage, où se trouve le bureau d'O'Dell. Ils s'assoient sur une banquette dans le couloir et attendent.

La porte du bureau s'ouvre et Russo en sort.

Il voit Malone assis là.

— Tu ne t'es pas tiré une balle dans la tête, alors, dit-il.
— Non.

J'aurais peut-être dû, pense-t-il.

Je ne l'ai pas fait.

— Peu importe, dit Russo. Je l'ai fait à ta place.

— De quoi tu parles, Phil ?

— Je te l'ai dit hier soir. Je ferais ce que je devais faire.

Malone ne comprend pas.

Russo se penche vers lui, tout près.

— Tu m'as dénoncé pour protéger ta famille. Je ne t'en veux pas. J'en aurais fait autant. D'ailleurs, je viens de le faire.

Malone comprend soudain. Russo n'avait qu'un seul atout en main, et il l'a joué.

— Eh oui, Pena, dit Russo. Je leur ai dit que tu l'avais assassiné. Tu as buté cette ordure de sang-froid. J'irai témoigner à la barre, je serai le témoin vedette de ton putain de procès, et ensuite, libre, j'irai vendre des plaques d'aluminium dans l'Utah, tandis que tu prendras perpète, sans remise de peine.

Un agent fédéral sort du bureau, saisit Russo par le poignet et l'emmène.

— Sans rancune, Denny, lance Russo. Chacun a fait ce qu'il avait à faire.

O'Dell ouvre la porte et fait signe à Malone d'entrer.

— Notre accord est rompu, annonce-t-il. Maître, votre client va être mis en examen pour meurtre. Son témoignage ne sera plus nécessaire car nous avons celui de Phil Russo dans tous les dossiers qui nous intéressent. Et le sergent Malone devra trouver un nouveau défenseur car vous ne pouvez plus tenir ce rôle.

— Pour quelle raison ?

— Conflit d'intérêts, explique Weintraub. Nous avons l'intention de vous faire venir à la barre pour témoigner de la profonde animosité du sergent Malone envers Diego Pena.

O'Dell passe les menottes à Malone et le conduit au Metro Correctional Center dans Park Row. Là, il le place en cellule.

La porte se referme et d'un seul coup, Malone se retrouve de l'autre côté.
— Pourquoi étiez-vous obligé de le tuer ? demande O'Dell.

33

C'était Merde au cul qui avait averti Malone qu'il se passait quelque chose de bizarre au 673 de la 156ᵉ Rue Ouest. Au tout début de la Task Force, par une nuit d'août fétide, et l'indic n'avait même pas voulu se faire payer, ni en liquide ni en poudre. Il paraissait sérieusement secoué quand il avait dit : « Il paraît que c'est moche, Malone, très moche. »

L'équipe de Malone était allée voir.

Dans la police, vous franchissez un tas de portes. La plupart s'oublient facilement, rien ne les distingue des autres.

Malone n'oublierait jamais celle-là.

Toute la famille était morte.

Le père, la mère et les trois jeunes enfants, âgés de trois à sept ans. Deux garçons et une fille. Les enfants avaient été tués d'une balle à l'arrière du crâne ; idem pour les deux adultes, à cette différence près qu'on les avait découpés à la machette d'abord : les murs étaient aspergés de sang.

Russo fit le signe de croix.

Montague avait le regard fixe. Les enfants assassinés étaient noirs et Malone savait qu'il pensait à ses propres gamins.

Billy O se mit à pleurer.

Malone appela le poste : cinq personnes assassinées, toutes afro-américaines. Un adulte de sexe masculin, un adulte de sexe féminin, trois mineurs. Et grouillez-vous, bordel. Il fallut environ cinq minutes à Minelli, des Homicides, pour arriver, suivi de près par le médecin légiste et les techniciens de la police scientifique.

— Nom de Dieu, dit Minelli, les yeux écarquillés.

Puis il se ressaisit et déclara :

— C'est bon, on prend la relève.

— On reste sur l'affaire, répondit Malone. C'est une histoire de drogue.

— Comment tu le sais ?

— L'homme s'appelle DeMarcus Cleveland. Elle, c'est sa femme, Janelle. Des dealers de poudre de moyenne envergure qui bossent pour DeVon Carter. Il ne s'agit pas d'un cambriolage, l'appart n'a pas été retourné. Les types sont entrés et ils les ont exécutés.

— Pour quelle raison ?

— Ils ont dealé là où il ne fallait pas.

Minelli n'allait pas se livrer à une guerre de territoire sur ce coup-là, pas avec trois enfants assassinés. Même les gars du labo étaient secoués : aucun ne faisait les plaisanteries habituelles ou ne cherchait un truc à fourrer dans sa poche.

— Tu as une idée de qui a fait ça ? demanda Minelli.

— Oui, répondit Malone. Diego Pena.

Pena gérait le réseau des Dominicains à New York au niveau intermédiaire. Son boulot consistait à stabiliser le business chaotique de la vente au détail, à prendre le contrôle des petits dealers noirs, ou à les chasser. En résumé : vous vous fournissez auprès de nous, sinon vous n'achetez pas.

Malone supposait que les Cleveland avaient refusé de rentrer dans le rang et de payer le droit de franchise. Un soir, il avait entendu DeMarcus Cleveland manifester son refus de céder son coin de rue. « Ici, c'est notre putain de quartier, le quartier à Carter. On est noirs, pas espagnols. Vous voyez des tacos dans les parages ? Des *brothers* qui dansent le merengue ? »

Des rires avaient fusé, mais à présent plus personne ne riait.

Ni ne parlait.

Malone et son équipe frappèrent à toutes les portes de l'immeuble. Personne n'avait rien entendu. Et ils ne se retranchaient pas derrière l'habituel « Merde aux flics, ils ne feront que dalle de toute façon », ni le « On règle nos problèmes nous-mêmes » des gangs.

La peur les pétrifiait.

Malone comprenait : vous tuez un dealer lors d'une dispute pour un territoire, il s'agit d'une journée comme les autres dans le quartier. Vous assassinez le dealer et toute sa famille – ses enfants –, vous envoyez un message à tout le monde.

Póganse a la cola.

Rentrez dans le rang.

Malone refusait de s'entendre répondre : « Je ne sais rien. »

Trois jeunes enfants morts, assassinés dans leurs lits. Il mobilisa toute la puissance de la Task Force. Vous ne voulez pas être témoin ? Pas de problème, vous serez l'accusé. Avec son équipe, ils raflèrent tous les junkies, tous les dealers et toutes les putes des environs. Ils embarquèrent des types uniquement parce qu'ils traînaient là, ou parce qu'ils les regardaient de travers. Tu n'as rien entendu, tu n'as rien vu, tu ne sais rien ? Pas grave. Ne t'en fais pas, on va t'envoyer quelque temps à Rikers histoire de te faire réfléchir, peut-être qu'un truc te reviendra.

Ils remplirent toutes les cellules du Trois-Deux, du Trois-Quatre et du Deux-Cinq. À l'époque, leur capitaine s'appelait Art Fisher : il connaissait la rue, il avait des couilles, et il ne leur chercha pas de poux dans la tête.

Contrairement à Torres. Lui et Malone faillirent en venir aux mains dans les vestiaires le jour où Torres demanda :

— Pourquoi tu te casses le cul avec cette affaire ? C'est pas des êtres humains.

— Trois gamins assassinés ?

— Si tu fais le calcul, ça évitera à la municipalité de débourser des aides sociales pour environ dix-huit petits-enfants illégitimes.

— Ferme ta sale gueule d'abruti ou tu ne pourras plus tailler de pipes pendant un mois, rétorqua Malone.

Monty dut s'interposer. Et personne n'aurait voulu contourner Big Monty pour en découdre. Il demanda à Malone :

— Pourquoi tu te laisses emmerder par ce type ?

Sous-entendu : *Moi, je ne me laisse pas faire.*

Celui qui se démena sur cette affaire, ce fut Merde au cul.

Quand il n'était pas défoncé, il parcourait les rues comme un flic – Malone dut même lui rappeler plus d'une fois que ce n'était pas le cas. Il se donna beaucoup de mal, il prit des risques, posa des questions à des personnes auxquelles il n'aurait pas dû en poser. Pour une raison quelconque, cette affaire le touchait, et Malone, qui avait décrété depuis longtemps que les junkies n'avaient pas d'âme, dut revoir son opinion.

Mais l'enquête n'apporta aucun élément permettant d'arrêter Pena.

Il continua à vendre de l'héroïne – un produit étiqueté Dark Horse – dans les rues, et les gens avaient trop peur pour oser se dresser sur son chemin.

— Il faut s'en prendre à lui de manière plus directe, déclara Malone, un soir, alors qu'ils s'enfilaient quelques bières sur le terrain de jeu de Carmansville.

— Pourquoi on ne le bute pas ? suggéra Monty.

— Tu trouves que ça vaut la peine d'aller en taule ? demanda Malone.

— Peut-être.

— Tu as des gamins, lui rappela Russo. Une famille. Comme nous.

— Ce ne serait pas un meurtre s'il essayait de nous tuer d'abord, fit remarquer Malone.

Voilà comment ça débuta. La campagne de Malone pour inciter Pena à tuer un flic.

Ils commencèrent par une boîte de Spanish Harlem, un chouette club de salsa, qui appartenait en partie à Pena, et qui lui servait peut-être à blanchir de l'argent. Ils choisirent un vendredi soir, au moment où c'était plein à craquer, et firent irruption comme un commando défoncé au crack.

Les types de la sécurité à l'entrée tentèrent de s'interposer en jouant les gros bras lorsque Malone et son équipe remontèrent la file d'attente, montrèrent leurs insignes et annoncèrent qu'ils voulaient entrer.

— Vous avez un mandat ?
— Tu te prends pour qui, toi ? Johnnie Cochran ? J'ai vu un type armé courir jusqu'ici. Hé, c'était peut-être toi. C'était vous, maître ? Tourne-toi et mets les mains dans le dos.
— Je connais mes droits constitutionnels !

Monty et Russo l'agrippèrent par le dos de sa chemise et l'envoyèrent valdinguer à travers la vitre.

Une femme brandit son téléphone, réglé en mode vidéo.
— J'ai tout filmé !

Malone s'approcha d'elle, lui arracha son portable des mains et l'écrasa sous la semelle de sa Dr Martens.

— Quelqu'un d'autre pense que ses droits constitutionnels ont été violés ? Je tiens à le savoir tout de suite, afin de rectifier la situation.

Personne ne dit rien. La plupart des gens baissèrent la tête.

— Maintenant, foutez le camp pendant que vous le pouvez.

L'équipe entra dans le club et cassa tout. Muni d'une batte de base-ball en aluminium, Monty brisa les tables en verre et les chaises. Russo défonça les enceintes à coups de pied. Les clients se bousculaient pour s'écarter. Le bruit des armes qu'on laisse tomber sur le sol ressemblait à celui d'une pluie torrentielle sur un toit de tôle.

Malone passa derrière le bar et balaya toutes les bouteilles. Puis il s'adressa à une des barmaids :

— Ouvre la caisse.

— Je ne sais pas si...
— Je t'ai vue y planquer de la coke. Ouvre.

La fille obéit. Malone prit une poignée de billets et les lança en l'air. Ils retombèrent telles des feuilles mortes.

Un colosse vêtu d'une luxueuse chemise en soie s'approcha de lui.

— Vous n'avez pas le droit de...

Malone l'agrippa par la nuque et lui écrasa le visage contre le comptoir.

— Tu veux bien me répéter ce que je n'ai pas le droit de faire ? C'est toi le gérant ?

— Oui.

Malone prit une autre poignée de billets dans la caisse et les fourra dans la bouche du type.

— Tiens, mange. Allez, *jefe*, bouffe. Non ? Alors, je te conseille de fermer ta gueule. Sauf pour me dire où est Pena. Il est ici ? Dans l'arrière-salle ?

— Il est parti.

— Parti ? Si je vais dans le salon VIP et que je le vois, on va avoir un problème, toi et moi. Ou plutôt, *tu* vas avoir un problème. Je vais faire *Riverdance* sur ta grande gueule. Fouillez tous ces gens ! brailla Malone en se dirigeant vers l'escalier. Appelez des renforts ! Qu'ils viennent avec un fourgon ! On embarque tout le monde !

Il gravit l'escalier menant au salon VIP.

Le vigile à l'entrée semblait hésiter, aussi, Malone trancha pour lui.

— Je suis un VIP. À cet instant, je suis même la personne la plus importante de ta vie car c'est moi qui décide de t'expédier ou pas dans une cage avec une bande de *mallates* qui détestent les basanés. Alors, laisse-moi passer.

Le type s'écarta.

Quatre hommes étaient assis sur une banquette avec leurs compagnes, de superbes Latinas ultra-maquillées, choucroutes sur la tête et robes courtes aussi jolies que chères.

Des armes gisaient sur le sol, aux pieds des hommes.

Des types corpulents et bien habillés. Très calmes, décontractés et arrogants. Malone devinait qu'ils travaillaient pour Pena.

— Sortez de ce box, ordonna-t-il. Et allongez-vous par terre.

— À quoi vous jouez, là ? demanda l'un d'eux. Vous faites perdre du temps à tout le monde. Aucune de ces arrestations ne tiendra la route.

Un autre prit son téléphone sur la table et le pointa sur Malone.

Celui-ci lui lança :

— Hé, Ken Burns, le seul documentaire que tu feras dans ta vie, c'est ta coloscopie.

L'homme reposa son portable.

— Au sol. À plat ventre. Tout le monde.

Ils sortirent du box, mais les femmes répugnaient à s'allonger car leurs jupes remontaient trop haut.

— Vous manquez de respect à nos femmes, déclara celui qui avait déjà parlé.

— Oui, nul doute qu'elle ont beaucoup d'amour-propre pour baiser avec des ordures de votre espèce. Mesdames, saviez-vous que vos petits copains tuaient de jeunes enfants ? De trois ans ? Dans leurs lits ? À mon avis, vous devriez épouser ces salopards. Évidemment, ils sont sûrement déjà mariés.

— Un peu de respect, dit le type.

— Si tu m'adresses la parole encore une fois, dit Malone, je fais venir une collègue pour qu'elle inspecte vos dames par tous les orifices, et pendant ce temps, je te défoncerai la tronche à coups de pompe.

Le type faillit répondre, puis se ravisa.

Malone s'accroupit près de lui et dit :

— Quand tu seras libéré sous caution, cours dire à Pena que le sergent Malone, de la Manhattan North Special Task Force, va détruire ses clubs, coffrer ses dealers,

foutre dehors tous ses clients, avant de passer aux choses sérieuses. Tu m'as compris ? Tu peux parler, cette fois.
— J'ai compris.
— Parfait. Ensuite, tu appelleras tes patrons chez les Dominicains et tu leur diras que ça ne s'arrêtera jamais. Tu leur diras que Pena a merdé et que le sergent Denny Malone, de la Manhattan North Special Task Force, balancera leur Dark Horse dans le caniveau tant que Pena se baladera dans New York. Et tu leur diras que c'est pas eux qui dirigent ce quartier. C'est moi.

Les agents en uniforme étaient déjà là quand Malone redescendit. Ils menottaient des gens, ramassaient des flacons de coke, de pilules, les armes.
— On embarque tout le monde, dit Malone au sergent. Possession d'armes à feu, de cocaïne, d'ecstasy, et même un peu de poudre, on dirait...
— Denny, répondit son homologue, tu sais bien que ça ne tiendra pas devant un juge.
— Je sais.
Malone s'adressa à la foule :
— Ne remettez jamais les pieds dans ce club ! Il vous arrivera la même chose à chaque fois !
Sur ce, son équipe et lui ressortirent. Malone lança :
— Que La Force soit avec vous !

Le capitaine de l'époque, Art Fisher, n'étant pas un dégonflé, il épaula ses hommes.
Et vit son bureau envahi de procureurs adjoints hurlant qu'ils n'instruiraient pas un seul dossier, que cette opération constituait une violation de la jurisprudence Mapp, un parfait exemple des mauvaises méthodes de la police, qui frôlaient... non, qui franchissaient les limites de la brutalité.
Quand Fisher ignora leurs protestations (« Vous avez peur qu'une *chiquita* vous traîne en justice à cause d'un

iPhone ? »), les procureurs se pressèrent auprès de leur chef qui, en ce temps-là, était Mary Hinman.

Les choses ne se passèrent pas très bien.

— Si vous ne voulez pas prendre ces dossiers, soit, leur répondit-elle. Mais arrêtez de pleurnicher. Achetez-vous une paire de couilles et bouclez votre ceinture, parce que ça va secouer encore plus.

L'un d'eux demanda :

— On va laisser ce Denny Malone et sa bande de Néandertaliens semer le chaos dans tout Manhattan North ?

Hinman ne leva pas les yeux des documents posés sur son bureau.

— Vous êtes encore là ? Je croyais vous avoir demandé d'aller faire votre travail. Mais si vous ne voulez pas le faire...

Les Affaires internes s'en mêlèrent aussi, mollement.

Elles subissaient les récriminations des plaignants et du Civilian Review Board.

McGivern y mit fin. Il sortit de son bureau une photo des trois enfants tués d'une balle dans la tête et leur demanda si elles souhaitaient voir ce cliché à la une du *Post*, accompagné de ce titre : Les affaires internes stoppent l'enquête sur les tueurs d'enfants.

Non, elles ne le souhaitaient pas.

Tout cela, c'était avant Ferguson, avant Baltimore et tous ces autres meurtres, et si la communauté des Latinos était révoltée par cette descente dans le club, elle ne voulait surtout pas se trouver mêlée aux tueurs d'enfants, pas plus que la communauté noire.

Malone continua donc sur sa lancée.

Son équipe s'attaqua aux bodegas, aux planques, aux clubs et aux coins de rue. La rumeur se répandit : quoi que vous dealiez ou consommiez, tant que ce n'était pas de la Dark Horse, la police fermait les yeux, mais si vous touchiez à la marchandise de Diego Pena, La Force vous fonçait dessus à fond la caisse, sans laisser de traces de freinage.

Et ils ne s'arrêteraient pas.

Pas avant que quelqu'un leur ait fourni un élément qu'ils pourraient utiliser contre Pena.

Malone franchit un palier, brisant par là même les lois tacites qui régissaient les relations entre flics et gangsters. Un dealer condamné à sa troisième arrestation leur révéla où vivait réellement Pena. Malone le dénicha dans sa maison de Riverdale et installa une surveillance.

Il regardait l'épouse de Pena conduire leurs deux enfants dans une école privée huppée. Un jour, alors qu'elle descendait de voiture pour rentrer chez elle, il l'aborda et dit :

— Vous avez de charmants enfants, madame Pena. Savez-vous que votre mari a fait assassiner les enfants d'une autre famille ? Je vous souhaite une bonne journée.

Malone était de retour au poste depuis à peine dix minutes qu'une hôtesse d'accueil vint lui annoncer que quelqu'un en bas demandait à parler au sergent Malone.

Elle lui tendit une carte de visite. GERARD BERGER. AVOCAT.

En arrivant dans le hall, Malone découvrit un homme élégamment vêtu qui ne pouvait être que Gerard Berger, avocat.

— Je suis le sergent Malone.

— Gerard Berger. Je représente Diego Pena. Peut-on discuter quelque part ?

— Cet endroit ne vous plaît pas ?

— Je voulais seulement vous éviter de vous mettre dans l'embarras devant vos collègues.

Dans l'embarras ? pensa Malone. Devant *ces gars-là* ? Il en avait vu certains faire un concours pour savoir lequel éjaculait le plus loin.

— Pas de problème, répondit-il. Pourquoi Pena a-t-il besoin de se faire représenter ? Il est inculpé ?

— Vous savez bien que non, dit Berger. Mais M. Pena se sent harcelé par le NYPD. Et particulièrement par vous, monsieur Malone.

— Oh ! c'est moche.

— Allez-y, plaisantez. Nous verrons si vous continuez à trouver ça amusant quand nous vous traînerons en justice.

— Allez-y. Je n'ai pas d'argent.

— Vous possédez une maison à Staten Island. Vous avez une famille à charge.

— Je vous interdis de mentionner ma famille, maître.

— Mon client vous laisse une chance, sergent. Cessez votre harcèlement. Faute de quoi, nous vous intenterons un procès et déposerons une plainte auprès de votre hiérarchie. Je me payerai votre insigne.

— Vous pourrez vous le carrer dans le cul.

— Vous n'êtes qu'une merde de chien sous ma semelle, sergent.

— Ce sera tout ?

— Pour le moment.

Malone regagna son bureau. Toute la brigade était déjà au courant de la visite du tristement célèbre Gerard Berger.

— Qu'est-ce qu'il te voulait, cet enculé ? demanda Russo.

— Il m'a débité son laïus : Vous ne travaillerez plus jamais dans cette ville. Il m'a demandé de lâcher Pena.

— Et tu vas le faire ?

— Absolument.

Ce que mijota Malone ensuite restera éternellement connu dans le folklore de Manhattan North sous le nom de « Un après-midi de chien ».

Il alla voir l'agent Grosskopf de la brigade cynophile et demanda à emprunter Wolfie, un énorme berger allemand qui terrorisait Harlem depuis deux ans.

— Qu'est-ce que tu veux en faire ? demanda Grosskopf.

Il adorait Wolfie.

— L'emmener se promener.

Grosskopf donna son accord car il était très difficile, voire risqué, de dire non à Denny Malone.

Malone et Russo firent monter Wolfie à l'arrière de la voiture de Russo et roulèrent jusqu'à un *food truck* installé dans la 117e Rue Est, baptisé officiellement Paco's Tacos, mais que tout le monde surnommait Laxatruck. Là, Malone fit avaler à Wolfie trois enchiladas au poulet accompagné de chili verde, cinq tacos à la viande mystère et un burrito géant dénommé le Défonce-boyaux.

Wolfie, habituellement soumis à un régime très strict, heureux et reconnaissant, tomba aussitôt amoureux de Malone. Il lui lécha la main avec enthousiasme et remua gaiement la queue en regagnant la voiture. Il attendait avec impatience la prochaine surprise gastronomique.

— Il faut combien de temps pour arriver ? demanda Malone à Russo.

— Vingt minutes, s'il n'y a pas d'embouteillages.

— Tu crois que ça va aller niveau timing ?

— Ça risque d'être juste.

Le trajet leur prit vingt-deux minutes, pendant lesquelles la joie de Wolfie se transforma en sensation pénible à mesure que la nourriture trop grasse se frayait un chemin dans ses intestins et réclamait la sortie. Ses gémissements auraient immédiatement alerté Grosskopf.

— Retiens-toi, Wolfie, dit Malone en lui grattant la tête. On est bientôt arrivés.

— Si ce clebs chie dans ma bagnole…

— Ne t'inquiète pas. Il est bien dressé.

Quand ils arrivèrent, Wolfie gigotait de plus en plus et il fonça aussitôt vers la bande de gazon devant l'immeuble, mais Malone et Russo l'entraînèrent à l'intérieur, puis dans l'ascenseur, jusqu'au sixième étage.

La secrétaire de Berger, une jeune femme à tomber, qu'il se tapait probablement, déclara :

— Vous ne pouvez pas entrer ici avec un chien.

— C'est mon chien d'aveugle, répondit Russo en reluquant les nichons de la fille.

— Avez-vous rendez-vous avec M. Berger ?

— Non.

— Qu'est-ce qu'il a, votre chien ?

La réponse apparut dans la seconde.

Wolfie gémit, Wolfie tourna sur lui-même et Wolfie

expulsa une merde apocalyptique, fumante et pimentée, sur la moquette (autrefois) blanche de Gerard Berger.

— Oh ! zut, fit Malone.

Accompagné par les haut-le-cœur de la secrétaire, il quitta le bureau en tapotant la tête du berger allemand, honteux mais soulagé.

— Bon chien, Wolfie. Bon chien.

Ils le ramenèrent au poste.

La nouvelle les avait précédés car ils furent accueillis par une *standing ovation*. Et Wolfie reçut une avalanche de caresses, de flatteries, ainsi qu'une boîte de gâteaux pour chiens entourée d'un ruban bleu.

— Le capitaine veut vous voir, dit l'officier de permanence à Malone et à Russo. Tout de suite.

Ils rendirent Wolfie à un Grosskopf livide et se rendirent dans le bureau de Fisher.

— Je vais vous poser la question une seule fois, dit celui-ci. Avez-vous emmené un chien policier chier dans le bureau de Gerard Berger ?

— Est-ce que je pourrais faire une chose pareille ? répondit Malone.

— Foutez le camp. Je suis occupé.

En effet. Son téléphone n'arrêtait pas de sonner : tous les *precincts* de New York l'appelaient pour le féliciter.

Grosskopf ne pardonna jamais vraiment à Malone d'avoir maltraité le système digestif de Wolfie, une hostilité exacerbée par le fait que chaque fois que Malone approchait à moins de cinquante mètres du chien, celui-ci tentait de courir vers lui, éternellement reconnaissant de s'être vu offrir le plus bel après-midi de sa vie.

Et Malone ne s'arrêta pas là. Merde au cul lui apprit (Dieu seul sait où il dénichait ce genre d'infos) que la femme de Pena lui organisait une fête d'anniversaire surprise chez Rao, le célèbre restaurant de East Harlem.

Pena, assis à une grande table avec sa famille, ses amis, plusieurs hommes d'affaires, et quelques politiciens du cru, ouvrait ses cadeaux. En déballant un grand paquet, il découvrit une photo encadrée représentant les trois enfants morts, accompagnée de ce mot :

De la part de vos amis de la Manhattan North Special Task Force. Triste anniversaire, tueur d'enfants.

Malone en reçut des échos, par les mafieux de Pleasant Avenue. Il fut invité à rencontrer Lou Savino, qu'il avait connu lorsqu'il portait encore l'uniforme. Ils s'installèrent en terrasse, avec des expressos, et le *capo* dit :

— Tu es un cas, toi. Faut arrêter ces conneries.
— Depuis quand tu sers de messager aux tacos[1] ?
— Je pourrais me sentir offensé, répondit Savino. On laisse les femmes en dehors de nos affaires.
— Va dire ça à Janelle Cleveland. Oh ! zut, j'oubliais. Ce n'est pas possible. Elle est morte, comme toute sa famille.
— C'est un concours entre deux bandes de singes pour savoir qui pisse le plus loin, dit Savino. Les singes marron d'un côté, les singes noirs de l'autre. Quelle importance de savoir qui récupérera la banane ? On n'a rien à voir dans tout ça.
— J'espère bien, Lou. Car si tes hommes refourguent la came de Pena, ça change tout. Je m'occuperai d'eux, sans me soucier du reste.

Malone savait ce qu'il faisait : il expliquait à Savino que s'il voulait dealer de l'héroïne, il pouvait traiter avec n'importe qui sauf avec Pena. Ce qui l'inciterait peut-être à passer un coup de fil au Dominicain.

La clé, pour rester en vie dans une organisation mafieuse, c'est de faire gagner de l'argent aux gens. Tant qu'ils empochent du fric grâce à vous, vous n'avez rien à craindre. Mais si vous commencez à leur coûter du pognon, vous entrez dans la colonne « passif », et la pègre n'aime pas rester dans le rouge très longtemps.

---

1. Terme pouvant désigner, en argot américain, aussi bien les Mexicains que le sexe féminin.

Il leur est impossible de déduire les pertes de leurs impôts.

Malone transformait Pena en passif : il coûtait de l'argent à ses boss et leur créait des ennuis. Il devenait une gêne, un type qui se laissait humilier, qui laissait sa femme se faire insulter et ses affaires prendre des coups. Il devenait la risée de tous.

Si vous ambitionnez de devenir animateur de soirées, il est bon d'avoir des talents d'humoriste. Si votre but est de mettre la main sur le trafic de drogue dans le ghetto, il vaut mieux ne pas faire rire.

Vous devez faire peur.

Et si les gens vous mettent en boîte, même dans votre dos, ça veut dire qu'ils n'ont pas peur de vous. Et si les gens n'ont pas peur de vous, si vous ne rapportez pas d'argent, vous n'êtes qu'un problème.

Les organisations de trafiquants de drogue n'ont pas de départements des ressources humaines. Elles ne vous convoquent par pour vous conseiller, vous expliquer comment améliorer vos résultats. Elles envoient quelqu'un que vous connaissez, en qui vous avez confiance, qui vous invite à boire un verre ou à dîner, et qui vous dit : *Cuida de tu negocio.*

Occupe-toi de ton business.

— Va discuter avec ce type, dit Savino, c'est tout ce que je te demande. On peut trouver une solution.

— Trois enfants assassinés. Il n'y a pas de solution possible.

— C'est toujours bon de parler.

— S'il veut parler, il se rend à la police, il avoue les meurtres de la famille Cleveland et il rédige une déposition. Dans ces conditions, je veux bien m'asseoir en face de lui.

Savino joua alors son atout.

— C'est pas lui qui le demande. C'est nous.

Malone ne pouvait refuser une requête formulée par la famille Cimino. Ils faisaient des affaires ensemble, il était tenu à des obligations.

Ils se rencontrèrent donc dans l'arrière-salle d'un petit restaurant situé dans un quartier de East Harlem contrôlé par les Cimino. Savino se portait garant de la sécurité de Malone. De son côté, Malone promit qu'il n'y aurait pas de descente et qu'il n'aurait pas de micro planqué sur lui.

Quand il entra dans la salle, Pena était déjà assis à table. Chemise blanche, obèse, laid, même dans un costume à mille dollars. Savino se leva pour donner l'accolade à Malone. Il commença à le palper, mais Malone repoussa ses mains.

— Tu me fouilles ? Tu l'as fouillé, *lui* ?

— Il n'a aucune raison de porter un micro.

— *Moi*, je n'ai aucune raison de porter un micro, rétorqua Malone. Cette réunion commence très mal, Lou.

— Où est le micro ?

— Dans la chatte de ta mère. La prochaine fois que tu la brouteras, ne dis rien de compromettant. Va te faire foutre, je me barre.

— C'est bon, dit Pena.

Savino haussa les épaules et fit signe à Malone de s'asseoir.

— De qui tu reçois tes ordres maintenant ? lui demanda Malone.

Il s'assit face à Pena.

— Vous voulez quelque chose ? proposa celui-ci.

— Je ne romps pas le pain avec vous. Je ne trinque pas avec vous. Lou m'a demandé de vous rencontrer, alors je suis là. Qu'est-ce que vous avez à me dire ?

— Il faut que ça s'arrête.

— Ça s'arrêtera quand ils vous enfonceront une aiguille dans le bras.

— Cleveland connaissait les règles, dit Pena. Il savait qu'un homme n'est pas seul à prendre des risques, sa famille aussi. C'est comme ça chez nous.

— Sur mon territoire, on applique mes règles, répondit Malone. Et mes règles disent : on ne tue pas d'enfants.

— Ne me faites pas le coup de la supériorité morale. Je sais qui vous êtes. Vous êtes un flic corrompu.

Malone se tourna vers Savino.

— C'est bon ? On a eu la conversation que tu voulais ? Je peux partir maintenant, pour aller manger un morceau ?

Pena déposa une mallette sur la table.

— Il y a deux cent cinquante mille dollars à l'intérieur. Prenez-la et allez manger.

— C'est pour quoi ?

— Vous le savez bien.

— Non. Dites-moi ce que vous achetez avec, espèce d'ordure. Dites-moi que vous achetez le droit d'assassiner cette famille.

— Fouille-le, ordonna Pena à Savino.

— Si tu poses un seul doigt sur moi, Lou, nom de Dieu, je t'utilise comme serpillière pour nettoyer par terre.

— Il porte un micro, dit Pena.

— Si c'est le cas, Denny, tu ne sortiras pas d'ici, déclara Savino.

Malone arracha sa veste, faisant sauter les boutons, puis il ouvrit sa chemise pour dénuder sa poitrine.

— Satisfait, Lou ? Ou bien tu veux enfiler un gant pour me fourrer un doigt dans le cul, sale tapette de rital de merde ?

— Bon sang, Denny, ne te vexe pas.

— Si, justement. Je me sens insulté par toi et ce tueur d'enfants.

Malone prit la mallette et la balança sur Pena.

— Je ne sais pas ce que vous avez entendu dire sur moi, mais je sais ce que vous n'avez pas entendu. Vous n'avez pas entendu dire que j'allais laisser un salopard tuer trois gamins sur mon territoire sans payer pour ce qu'il a fait. Si vous me proposez encore une fois cette mallette, je vous la fourre dans la bouche jusqu'à ce qu'elle vous ressorte par le cul. Si je ne vous coffre pas sur-le-champ, c'est uniquement parce que j'ai donné ma parole à Lou. Mais elle n'a pas cours jusqu'à demain ni après-demain.

Je vais vous expédier à la morgue, si vos patrons ne me devancent pas.

— C'est peut-être moi qui vous enverrai à la morgue, répondit Pena.

— Venez, je vous attends. Amenez vos hommes, en revanche. Quand on appelle le loup, la meute rapplique.

Russo et Montague apparurent à la porte du restaurant comme s'ils avaient écouté la conversation. Et en effet, assis dans une voiture à proximité, ils avaient tout entendu grâce à un micro parabolique.

— Tu as un problème, Denny ? demanda Russo.

Il arborait un grand sourire et un fusil Mossberg 590. Monty, lui, ne souriait pas.

— Non, aucun; répondit Malone.

Il regarda Pena.

— Et toi, raclure, j'enculerai ta veuve sur ton cercueil jusqu'à ce qu'elle m'appelle *papi*.

Ils s'équipèrent, lourdement.

Ils commencèrent à trimballer une artillerie.

Ça pouvait venir de toutes parts. De Pena ou même des Cimino, bien que Malone doute qu'une famille de la mafia soit assez téméraire pour assassiner un inspecteur du NYPD.

Ils prirent des précautions. Malone ne rentrait plus chez lui à Staten Island, il dormait dans le West Side. Russo gardait son fusil sur le siège passager. Mais ils continuaient à sillonner les rues, à enquêter sur Pena, ils interrogeaient leurs sources, ils progressaient petit à petit.

Et Malone apporta l'enregistrement à Mary Hinman.

— Berger ne va en faire qu'une bouchée, dit-elle. Vous n'aviez pas de mandat, pas de motif raisonnable…

— Des collègues surveillaient un officier qui menait une opération d'infiltration, dit Malone. Au cours de leur mission, ils ont entendu un homme avouer plusieurs meurtres et…

— Vous voulez que j'inculpe Pena pour les meurtres de la famille Cleveland à partir de ça ? demanda Hinman. C'est un suicide professionnel.

— Convoquez-le, c'est tout. Enfermez-le dans une salle d'interrogatoire. Laissez les gars des Homicides lui faire écouter l'enregistrement et le travailler au corps.

— Vous croyez que Berger le laissera répondre aux questions, sinon pour donner son nom ?

— Essayez quand même, dit Malone, si tendu, frustré, qu'il se sentait au bord de l'explosion. Vous me devez bien ça.

Combien de condamnations avez-vous obtenues grâce à mes témoignages ?

Ils convoquèrent Pena.

Malone assista à la scène derrière la vitre sans tain pendant que Hinman lui faisait écouter l'enregistrement.

— *Cleveland connaissait les règles. Il savait qu'un homme n'est pas seul à prendre des risques, sa famille aussi. C'est comme ça chez nous.*

Berger leva la main pour intimer le silence à Pena. Il regarda Hinman et dit :

— Je n'entends rien qui ressemble, de près ou de loin, à des aveux ; mon client ne reconnaît même pas avoir connaissance de ces meurtres. J'entends un homme qui évoque une norme culturelle répugnante, je le reconnais, mais si c'est condamnable, ce n'est pas un crime.

Hinman fit écouter la suite.

— *Il y a deux cent cinquante mille dollars à l'intérieur. Prenez-la et allez manger.*
— *C'est pour quoi ?*
— *Vous le savez bien.*

— Vous pensez pouvoir accuser mon client de tentative de corruption sur la personne d'un officier de police ? dit Berger. Mais vous n'avez pas l'argent. La mallette était peut-être vide. Peut-être que mon client cherchait simplement à se moquer du sergent Malone pour se venger, malencontreusement je le reconnais, de ce harcèlement incessant et puéril. Ensuite ?

— *Non. Dites-moi ce que vous achetez avec, espèce d'ordure. Dites-moi que vous achetez le droit d'assassiner cette famille.*

— *Fouille-le.*

Hinman laissa l'enregistrement se poursuivre jusqu'au bout.

— Là encore, dit Berger, je n'entends rien de compromettant. En revanche, j'entends un inspecteur du NYPD menacer un individu en promettant, je cite, « d'enculer sa femme sur son cercueil ». Vous devez être très fière. Quoi qu'il en soit, cet enregistrement n'est pas seulement inutile, il est aussi irrecevable – comme vous pourrez le constater si vous commettez l'erreur d'inculper mon client. Un grand jury se laissera peut-être impressionner, mais un juge, indigné, s'empressera de le jeter à la poubelle, comme il le mérite. Bref, vous n'avez rien contre mon client.

Hinman répondit :

— Nous avons identifié les tueurs et ils dénonceront votre client. Alors, si celui-ci veut encore espérer échapper à la piqûre, c'est maintenant.

C'était du bluff, mais Pena tressaillit.

Pas Berger.

— Essayez-vous de faire bonne figure ? Ou bien s'agit-il d'un aveu implicite ? À savoir : votre dossier est vide. Laissez-moi vous dire une chose, madame le procureur. Votre police est incontrôlable. Je vais porter cette affaire devant le Civilian Review Board, et je vous conseille de sauver votre carrière en prenant les mesures qui s'imposent et en éliminant de la meute les chiens enragés.

Sur ce, il se leva et fit signe à Pena de l'imiter.

— Bonne journée.

Berger se tourna vers la vitre sans tain, sortit un mouchoir, sourit à Malone et leva un pied. Il essuya la semelle de sa chaussure et jeta le mouchoir dans la poubelle.

509

*
* *

Tout le quartier commença à se retourner contre Pena.

D'abord de manière subtile, une simple fuite. Mais la fuite devint un ruisseau, qui se transforma en torrent et lézarda le mur de l'invulnérabilité de Pena. Personne ne se présenta au poste – ce type de confiance n'avait pas cours –, mais quand Malone patrouillait dans les rues, un petit mouvement de tête, un signe discret lui faisaient comprendre qu'on avait quelque chose à lui dire.

Ces échanges avaient lieu au coin de la rue, dans des ruelles, des halls d'immeuble, des salles de shoot, des bars. Il était question de ceux qui avaient tué ces trois enfants, ceux que Pena avait recrutés.

Les motivations étaient parfois cyniques : les indics voulaient que l'héroïne recommence à circuler, que le harcèlement policier cesse, que Malone mette fin à sa campagne implacable. Mais très souvent, c'était la conscience libérée de la peur qui s'exprimait, maintenant que le vent se mettait à tourner.

Le tableau commençait à apparaître. Pena avait engagé deux jeunes gars prometteurs et arrivistes qui voulaient se faire les dents sur lui. Et la communauté était d'autant plus furieuse qu'ils étaient noirs.

Les frères Tony et Braylon Carmichael, âgés respectivement de vingt-neuf et vingt-sept ans, étaient fichés depuis l'adolescence pour agressions, vols, trafic de drogue et cambriolages. Ils espéraient maintenant prendre du galon et devenir grossistes pour Pena.

Mais avant cela, Pena leur avait trouvé un petit boulot, pour débuter.

Tuer les Cleveland.

Toute la famille.

Malone, Russo et Montague firent irruption dans l'appartement de la 145e arme au poing, prêts à tirer.

Pena les avait devancés.

Tony Carmichael était affalé dans un fauteuil, il avait reçu deux balles dans le front.

Au moins, se dit Malone, on a réussi indirectement à exécuter un des meurtriers, en indiquant à Pena qu'on avait identifié les tueurs. Ils fouillèrent tout l'appartement sans trouver Braylon, ce qui voulait dire que l'affaire n'était pas close.

Malone alla trouver Merde au cul.

— Fais circuler l'info. Si Braylon me contacte, je promets de le mettre à l'abri. Sans passage à tabac. À lui de conclure ensuite le meilleur arrangement possible pour témoigner contre Pena.

Braylon était une brute épaisse, son défunt frère était le cerveau de leur duo. Mais il avait quand même assez de jugeote pour savoir que Pena le traquait. Et les amis de Cleveland aussi. Son unique chance s'appelait Malone.

Il le contacta le soir même.

Malone et son équipe allèrent le chercher à St. Nicholas Park, où il se cachait dans les fourrés, et l'emmenèrent au poste.

— Je ne veux pas entendre un seul mot, dit Malone en lui passant les menottes. Ferme ta gueule.

Il voulait agir dans les règles. Il appela le poste et s'assura que Minelli était prêt à l'interroger, en présence de Hinman. Braylon refusa de se faire assister d'un avocat. Il raconta tout, comment Pena les avait engagés, son frère et lui, pour tuer les Cleveland.

— C'est suffisant ? demanda Malone.
— Pour l'arrêter.

Hinman obtint un mandat et les Homicides allèrent chercher Pena. Hinman interdit formellement à Malone d'y aller.

Pena n'était pas là.

Ils l'avaient loupé à quelques minutes près.

Gerard Berger avait livré son client aux agents fédéraux.

Non pas pour meurtre, mais pour trafic de stupéfiants.

Quand Hinman appela Malone pour lui annoncer la nouvelle, il explosa.

— Je ne veux pas le faire plonger pour trafic de drogue ! Je veux le faire plonger pour meurtres !

— On n'obtient pas toujours ce qu'on veut, dit Hinman. Parfois, on doit se contenter de ce qu'on a. Allons, Malone, vous avez gagné. Pena s'est rendu pour sauver sa peau et aller dans une prison fédérale où les siens ne pourront pas le tuer. Il purgera une peine de quinze à trente ans, et sans doute mourra-t-il derrière les barreaux. C'est une victoire. Prenez-la.

Sauf que ce n'en était pas une.

Gerard Berger avait obtenu pour son client le meilleur arrangement de tous les temps. En échange d'informations sur le cartel et de son témoignage dans une dizaine d'affaires en cours, Diego Pena écopa d'une condamnation à deux ans de prison, moins le temps passé en préventive. Autrement dit, quand il aurait fini de moucharder à la barre, il sortirait libre du tribunal.

Un juge fédéral devait encore contresigner l'accord, ce qu'il fit, en expliquant que les informations fournies par Pena permettraient d'empêcher que des tonnes d'héroïne se déversent dans les rues et de sauver plus de cinq vies.

— Mon cul, dit Malone. Si ce n'est pas l'héroïne de Pena, ce sera celle de quelqu'un d'autre. Ça ne changera absolument rien.

— On fait ce qu'on peut, dit Hinman.

— Qu'est-ce que je vais dire aux gens ?

— Quels gens ?

— Les gens du quartier qui ont risqué leur putain de vie pour faire plonger ce type. Les gens qui m'ont fait confiance afin que justice soit rendue à ces gamins.

Hinman ne sut pas quoi lui dire.

Malone ne sut pas quoi leur dire.

Mais ils savaient déjà. Pour eux, c'était une vieille histoire : la carrière d'une bande de costards-cravates blancs était plus importante que la mort de cinq Noirs.

Braylon Carmichael fut condamné à cinq réclusions à perpétuité cumulées.

Denny Malone perdit une partie de son âme. Pas la totalité, mais suffisamment pour que, lorsque Pena, fatigué de mener une vie honnête, recommença à se livrer au trafic d'héroïne, Malone soit disposé et prêt à l'exécuter.

34

La porte de la cellule de Malone s'ouvre, et O'Dell apparaît sur le seuil.

Il demande :

— Vous avez pris votre douche ?
— Oui.
— Bien. On va *uptown*.
— Où ?

Malone aimerait mieux rester dans sa cellule, avec ses pensées.

— Certaines personnes voudraient vous voir.

O'Dell conduit Malone à l'extérieur, le fait monter à l'arrière d'une voiture et se glisse à côté de lui. Il lui enlève ses menottes.

— J'espère que vous n'essayerez pas de me fausser compagnie.

— Où est-ce que j'irais ?

Malone regarde par la vitre tandis que la voiture passe devant City Hall et emprunte Chambers jusqu'à West Street, avant de prendre la West Side Highway.

Après une seule nuit passée en cellule, la liberté a déjà un parfum étrange.

Inattendu.

Entêtant.

L'Hudson lui paraît plus large, plus bleu. Sa vaste étendue est une promesse d'évasion, les crêtes formées par la violence du vent titillent le désir de liberté. La voiture dépasse le Holland Tunnel, les Chelsea Piers, où il venait jouer au *street hockey* la nuit, puis le Javits Center, dont le béton, la tuyauterie, les fenêtres et l'éclairage ont sauvé la mafia, le Lincoln Tunnel, le Pier 83, où il a toujours voulu emmener sa famille effectuer la croisière autour de Manhattan, sans l'avoir jamais fait. Il est trop tard, à présent.

La voiture tourne vers l'est dans la 57e, et c'est là que Malone comprend que quelque chose ne tourne pas rond.

Au nord de la ville, le ciel a une teinte jaune.

Presque brune.

Il n'a pas vu ça depuis l'effondrement des Tours.

— Je peux baisser la vitre ? demande-t-il.

— Allez-y.

L'air sent la fumée.

Malone se tourne vers O'Dell, le regard interrogateur.

— Les émeutes ont éclaté hier vers 17 heures, explique O'Dell. Peu après votre incarcération.

Les manifestations consécutives au verdict dans l'affaire Bennett ont débuté dans le calme, raconte l'agent du FBI, puis quelqu'un a lancé une bouteille, puis une brique. Vers 18 h 30, des vitrines ont été brisées dans St. Nicholas et Lenox. Des boutiques et des bars ont été pillés. À 22 heures, des cocktails Molotov ont été lancés sur des voitures de patrouille dans Amsterdam et Broadway.

Les gaz lacrymogènes et les matraques ont fait leur apparition.

Mais les émeutes se sont propagées.

À 23 heures, Bed-Stuy était en flammes, puis Flatbush, Brownsville, le South Bronx et certains coins de Staten Island.

Quand l'aube s'est enfin levée, la fumée obscurcissait le soleil chaud de juillet. Les autorités espéraient que les violences cesseraient avec le jour, mais elles ont recommencé vers midi. Les manifestants se sont regroupés devant la mairie et One Police Plaza, puis ont chargé les cordons de policiers.

À Manhattan North, des pompiers qui tentaient

d'éteindre les incendies se sont fait tirer dessus par des snipers postés sur les tours de St. Nick's, et à partir de là, ils ont refusé d'intervenir, si bien que des pâtés de maisons entiers ont brûlé.

Tous les policiers de la ville ont été réquisitionnés. Au lieu de rentrer chez eux, ils ont dormi par intermittence dans les vestiaires, sur des lits de camp. Ils sont épuisés, mentalement et physiquement, sur le point de craquer.

Des « volontaires » – clubs de motards, milices, groupes de suprémacistes blancs, militants pro-armes – ont rappliqué d'un peu partout pour aider à rétablir « la loi et l'ordre », compliquant encore davantage la tâche de la police, laquelle doit maintenant empêcher que les émeutes ne dégénèrent en guerre raciale.

Cette fois, c'est l'embrasement.

La voiture suit l'allée des milliardaires et s'arrête à la hauteur de l'immeuble d'Anderson.

Berger se tient devant l'entrée ; il attend visiblement la voiture. Il s'avance et ouvre la portière de Malone.

— Ne dites rien avant de les avoir écoutés.
— C'est quoi ce bordel ?
— Je n'appelle pas ça ne rien dire.

Un ascenseur les conduit jusqu'au penthouse.

Sacrée assemblée, songe Malone.

Le chef de la police, le chef Neely, O'Dell, Weintraub, le maire, Chandler, Bryce Anderson, Berger et Isobel Paz. La surprise de Malone lorsqu'il la voit doit se lire sur son visage car elle lance :

— Nous sommes parvenus à un petit arrangement. Asseyez-vous, sergent Malone.

Elle désigne une chaise.

— J'en ai assez d'être assis.

Il reste debout.

— Étant donné que nous nous connaissons déjà, poursuit Paz, on m'a demandé de diriger cette réunion.

Le chef de la police et Neely donnent l'impression de vouloir foudroyer Malone. Le maire garde les yeux fixés sur la table basse, Anderson a l'air pétrifié, Berger affiche son habituel sourire satisfait.

O'Dell et Weintraub ont envie de vomir, on dirait.

— Avant toute chose, dit Paz, cette réunion n'a jamais eu lieu. Pas d'enregistrement, pas de notes, pas de compte rendu. C'est bien compris et accepté ?

Malone répond :

— Vous pouvez écrire toutes les salades que vous voulez. Je n'en ai plus rien à foutre. Qu'est-ce que je fais ici ?

— On m'a autorisée à vous faire une offre. Gerard ?

— Je croyais qu'il y avait conflit d'intérêts, dit Malone à l'avocat.

— Ça, c'était lorsqu'on semblait se diriger tout droit vers un procès, répondit Berger. Cette option pourrait ne plus être d'actualité.

— Pourquoi donc ?

— Peut-être avez-vous eu vent de l'agitation sociale provoquée par la malencontreuse décision du grand jury dans l'affaire Michael Bennett, dit Berger. Pour dire les choses simplement, une seule allumette de plus suffira à mettre le feu à toute la ville, voire à tout le pays.

— Appelez les pompiers, répond Malone. Je peux regagner ma cellule, maintenant ?

— Certaines rumeurs sont parvenues jusqu'au bureau du maire, poursuit Berger. Il existerait une vidéo, réalisée avec un portable, du meurtre de Michael Bennett, montrant Bennett en train de fuir lorsque l'officier Hayes l'a abattu. Si cette vidéo était rendue publique, ce qui se passe en ce moment ressemblerait à un feu de camp de boy-scouts.

— Nous devons à tout prix éviter cela, ajoute le maire.

— Quel rapport avec moi ?

— Vous avez des relations au sein de la communauté afro-américaine de Manhattan North, reprend Berger. Surtout, vous avez des relations avec DeVon Carter.

— Façon de parler.

Quelqu'un qui veut vous tuer, c'est peut-être finalement une forme de relation.

— Arrêtez votre numéro, inspecteur ! s'emporte le chef de la police. Votre unité et vous touchiez des pots-de-vin de Carter !

Pas exactement, songe Malone.

C'était Torres et son équipe.

Mais vous y étiez presque.

— Nous croyons savoir que Carter détient cette vidéo, dit Paz, et qu'il menace de la divulguer. Il a disparu de la circulation, impossible de le localiser. Notre offre...

— Si on arrêtait de tourner autour du pot, nom de Dieu ? demande le chef de la police. Le marché est le suivant, Malone : vous récupérez la vidéo, vous êtes libre. Si vous voulez mon avis, ça pue, mais voilà.

— Et Russo ?

C'est Weintraub qui répond, sourcils froncés.

— L'arrangement restera valable.

— Et aucune mise en examen pour Montague, exige Malone.

Le chef de la police dit :

— Le sergent William Montague est un héroïque représentant de la police new-yorkaise.

— Alors, marché conclu ? demande Paz.

— Pas si vite, intervient Berger. Il reste la question des saisies.

— Non, dit Weintraub. Nous ne le laisserons pas garder l'argent. Impossible.

— Je pensais à la maison, dit l'avocat. Malone accepte de la céder à son épouse, qui a d'ailleurs entamé une procédure de divorce, et elle conserve la maison.

Le chef Neely s'offusque :

— On va laisser le flic le plus corrompu de cette ville s'en tirer ?

Bryce Anderson prend finalement la parole :

— Vous préférez voir cette ville partir en fumée ? Enfin quoi, qu'est-ce que ça peut bien nous faire qu'un trafiquant d'héroïne ait enfin eu ce qu'il méritait ? Va-t-on mettre ça dans la balance, face à la mort potentielle de personnes innocentes, sans parler des destructions ? Trois flics véreux passent entre les mailles du filet ? Ils ne seront pas les premiers, n'est-ce pas ? Si le fait de relâcher ce type peut éviter que toute la ville s'embrase, je signe des deux mains.

Anderson a le dernier mot.

Paz se tourne vers Berger.

— Vous êtes satisfait ?

— Ce n'est pas le terme que j'emploierais. Disons simplement que nous sommes parvenus à un accord satisfaisant pour les deux parties, tout en pouvant prétendre que nous avons agi dans l'intérêt de la population dans son ensemble. Marché conclu, inspecteur Malone ?

— J'aurai besoin de récupérer mon insigne et mon arme.

Il va redevenir flic.

Une dernière fois.

35

Manhattan North est en état de siège.

Malone doit affronter les émeutiers qui montent en masse de Grant et descendent de Manhattanville.

Des escadrons de policiers sont alignés dans MLK Boulevard, face au sud ; d'autres ont pris position dans la 126e, face au nord, créant ainsi un corridor dans lequel le poste de police ressemble à un fort assiégé. Les flics ont disposé des voitures de patrouille les unes derrière les autres, comme des chariots, et se sont réfugiés derrière. Leurs collègues de la police montée tentent de contrôler leurs chevaux qui piaffent sur le trottoir. Des tireurs sont postés sur le toit du *precinct*.

La boutique d'alcool d'Amsterdam Avenue a été pillée, les vitrines ont été brisées. Dans MLK, le supermarché C-Town a été vandalisé. Des pasteurs de l'Église pentecôtiste de Manhattan et de l'Église baptiste d'Antioche sont sortis dans les rues pour inciter au calme et à la résistance passive, tandis que de l'autre côté de la 126e, les manifestants se rassemblent dans le petit parc qui jouxte St. Mary's. Les deux camps semblent attendre le coucher du soleil pour voir ce qui va se passer ensuite.

Malone part à la recherche de Merde au cul.

L'indic est aux abonnés absents.

Malone fait le tour de ses repaires habituels : Lenox Avenue au niveau des numéros 200, Morningside Park, devant le 449.

Un flic blanc qui marche seul dans Harlem, en pleine

émeute raciale, serait probablement déjà mort s'il ne s'agissait pas de Malone. Mais sa réputation est intacte, la peur aussi, voire le respect, et les gens le laissent tranquille.

Même en feu, c'est toujours le royaume de Malone.

Il trouve Henry Oh Non.

Qui, lorsqu'il aperçoit Malone, détale comme une gazelle. Heureusement, les junkies ne sont pas réputés pour leurs prouesses au cent mètres. Malone le rattrape et le plaque contre le mur d'une ruelle.

— Tu essayes de m'échapper maintenant, Henry ?
— Oh ! non.
— Tu viens de le faire.
— Je vous ai pris pour un gorille.
— Oui, et je veux te piquer ta came. Où est Merde au cul ?
— On pourrait pas aller discuter ailleurs ? Si on me voit avec vous comme ça…
— Dans ce cas, je te conseille de parler vite. Réponds à ma question, sinon, je vais chercher un porte-voix et je descends Lenox en annonçant que tu es mon indic.

Henry se met à pleurer. Il semble terrorisé.

— Oh ! non. Oh ! non.
— Où est-il ?

Malone le décolle du mur.

Henry se laisse glisser jusqu'au sol et se couche en position fœtale. Le visage dans les mains, il est secoué de sanglots.

— L'école. Le terrain de jeu.
— Quelle école ?
— Dans la 75e.

Henry se recroqueville davantage.

— Oh ! non. Oh ! non…

Henry Oh Non est un baratineur.

Henry Oh Non lui a menti car Malone ne trouve pas Merde au cul sur le terrain de jeu de l'école indiquée. C'est étrange : un soir d'été, avec cette chaleur, même pendant une émeute, le terrain de jeu est désert, abandonné.

Comme s'il était radioactif.

Et soudain, Malone l'entend.

Un gémissement.

Mais il n'émane pas d'un être humain.

C'est un animal blessé.

Malone regarde autour de lui, il cherche l'origine de cette plainte. Elle ne provient pas du terrain de basket, ni du grillage.

C'est alors qu'il découvre Merde au cul appuyé contre un arbre.

Non, il n'est pas appuyé contre l'arbre.

Il y est *cloué*.

Nu comme un ver, il a les bras levés au-dessus de la tête, une main sur l'autre, clouées au tronc ; ses jambes maigres sont étirées, ses pieds croisés, cloués au tronc eux aussi. Son menton repose sur sa poitrine.

Ils l'ont sauvagement tabassé.

Son visage ressemble à un steak haché, ses yeux sont révulsés. Sa mâchoire est disloquée, ses dents tordues brisées, ses lèvres pendent, en lambeaux.

Il s'est chié dessus.

La merde forme une croûte le long de ses jambes et sur ses pieds.

— Putain de bordel, dit Malone.

Merde au cul ouvre les yeux, autant qu'il le peut. En voyant Malone, il gémit. Nulle parole, uniquement la douleur.

Malone saisit le clou épais qui transperce les pieds de l'indic et l'arrache d'un coup sec. Puis il lève le bras pour attraper le clou planté dans ses mains. Il tire de toutes ses forces, il s'acharne, et le clou vient enfin. Malone rattrape Merde au cul et l'allonge sur le sol, en douceur.

— C'est bon, je suis là, dit-il.

Il lance un appel radio :

— J'ai besoin d'une ambulance. De toute urgence. 135ᵉ et Lenox.

— *Malone ?*

— Grouillez-vous.

— Va te faire foutre, sale balance. J'espère que tu vas crever.

L'ambulance ne viendra pas.

Pas plus que les voitures de patrouille.

Malone passe son bras sous le corps de Merde au cul et le soulève. Et il l'emmène au Harlem Hospital, de l'autre côté de Lenox, en le portant comme un bébé.

— Qui t'a fait ça ? demande-t-il. Fat Teddy ?

Il ne comprend pas ce que dit l'indic.

— Où est-il ?

C'était la question qu'il voulait lui poser au départ, mais il est arrivé trop tard.

— St. Nick's, murmure Merde au cul. Bâtiment Sept.

Il sourit, si on peut qualifier de sourire le rictus formé par ce qui reste de sa bouche. Et ajoute :

— J'ai entendu autre chose, Malone.

— Quoi donc ?

— On est pareils maintenant, vous et moi. On est des indics.

Sa tête retombe dans les bras de Malone.

Malone le transporte aux urgences.

Claudette est de garde.

— Oh ! mon Dieu ! s'exclame-t-elle. Qu'est-ce qu'ils ont fait à ce pauvre homme ?

Ils allongent Merde au cul sur un brancard.

— Tu es couvert de sang, dit-elle à Malone.

Elle tient la main de Merde au cul pendant qu'ils le poussent dans le couloir.

Malone se rend aux toilettes. Il mouille des serviettes en papier avec lesquelles il tente d'essuyer, autant que possible, le sang et la merde qui maculent ses vêtements.

Puis il va s'asseoir dans la salle d'attente.

Elle est bondée, envahie de victimes des émeutes. Entailles provoquées par les éclats de verre des vitrines brisées, hématomes consécutifs aux bagarres, brûlures causées par les flammes, qu'on se soit trouvé à l'origine des incendies ou pris au milieu. Yeux rougis par les gaz lacrymogènes, contusions dues aux balles en caoutchouc tirées par la police. Les blessés graves, atteints par des balles réelles, sont déjà en salle d'opération, en salle de réveil ou à la morgue, attendant qu'on les transfère vers les maisons funéraires.

— Il n'a pas survécu, trésor, annonce Claudette.
— Je m'en doutais.
— Désolée. C'était ton ami ?
— C'était mon indic, répond Malone, par réflexe.

Puis il réfléchit :

— Oui, c'était mon ami.

Une violation d'une des premières règles non écrites du métier de policier : Ne jamais devenir ami avec un indic.

Mais comment qualifier un gars avec qui vous avez partagé les rues, les parcs, les impasses ? Avec lequel vous travailliez véritablement car il vous aidait à effectuer des arrestations, à éradiquer les vrais méchants, à défendre le quartier ?

Ne jamais devenir ami avec un indic ou un junkie, alors un indic junkie...

Pourtant, Merde au cul était mon ami, et il a toujours su que j'étais le sien. Et regardez où ça l'a mené.

Claudette demande :

— Il avait de la famille ?
— Pas à ma connaissance.

Parce que je n'ai jamais pris la peine de lui poser la question, pense Malone. Mais oui, il existe sans doute une mère ou un père quelque part. Peut-être même une épouse, qui sait ? Un ou plusieurs enfants ? Peut-être qu'une personne le cherche, à moins qu'elle ait renoncé à le chercher, qu'elle ait tiré un trait...

— Pour le corps...

— Appelle Unity, répond Malone en donnant le nom des pompes funèbres les plus proches. Je payerai les frais d'enterrement.

— Il avait de la chance de t'avoir comme ami.

— Oui, tellement de chance que je ne lui ai jamais demandé son vrai nom.

— Benjamin, dit Claudette. Benjamin Coombs.

Elle semble épuisée. Les victimes des émeutes ne lui laissent pas le temps de souffler, et encore moins de dormir.

— Tu as une minute ? lui demande Malone. Pour aller discuter dehors ?

Elle regarde autour d'elle.

— Juste une minute, alors. On est débordés. Les émeutes...

Ils sortent dans la 136ᵉ.

— Je croyais que tu devais aller en prison, dit Claudette.

— Moi aussi. Mais j'ai conclu un arrangement.

Encore pire que le précédent.

— Un jour, dit-il, tu m'as parlé du *poids* d'être noir. Tu as toujours cette impression ?

— Je suis toujours noire, Denny.

— Et ça continue à te miner ?

— Je ne me drogue pas, si c'est ce que tu veux savoir.

— Non, je voulais juste...

— Quoi donc ?

— Je ne sais pas.

Claudette baisse les yeux, le bout de sa chaussure racle le bitume. Finalement, elle relève la tête.

— Il faut que j'y retourne.

— OK.

— C'est bien ce que tu as fait, de l'amener ici. Je t'aime plus que tout.

Elle le prend dans ses bras. Malone sent sa joue humide contre la sienne.

525

— Adieu, trésor.
Adieu, Claudette.

Nuit d'été étouffante, la climatisation ne fonctionne pas, et tous les habitants de St. Nick's sont dehors, dans les cours. Impossible d'imaginer un flic blanc s'introduisant en douce, alors il n'essaye même pas d'être discret.

Il avance, comme s'il était toujours chez lui.

Comme s'il était encore Denny Malone.

Les sifflets, les cris et les insultes commencent à fuser, et lorsqu'il atteint le bâtiment Sept, toute la cité sait qu'il arrive, et personne ne pense que c'est pour distribuer des dindes de Noël.

Ils pensent uniquement à leur haine des flics.

Un groupe de Get Money Boys se tient devant la porte du bâtiment Sept.

Ce qui n'étonne pas Malone.

Pas plus qu'il ne s'étonne de découvrir Tre parmi eux.

Le nabab du rap marche vers Malone.

— On s'encanaille, Tre ?

— J'aide à protéger les miens.

— Moi aussi.

— Il se disent que quand un *brother* tue un flic, la police remue ciel et terre. Quand un flic tue un *brother*, ce n'est plus pareil.

— Si vous voulez protéger vos *brothers*, dites à ces gars de s'écarter de mon chemin.

— Vous avez un mandat ?

— Ce sont des logements sociaux, je n'ai pas besoin de mandat. Quelqu'un qui possède comme vous un diplôme de droit devrait savoir ça.

— Je suis désolé pour votre ami, dit Tre. Montague était un type cool.

— Il l'est toujours.

— C'est pas ce que j'ai entendu dire. Il paraît qu'il va avoir besoin d'un singe pour l'aider.

— Vous êtes volontaire ? demande Malone.

Les GMB estiment que c'est suffisant pour intervenir. Ils avancent vers Malone avec l'intention de le massacrer. Ils savent déjà, tout le quartier le sait, qu'aucun renfort ne viendra à son secours.

Tre leur fait signe de se calmer, puis se retourne vers Malone.

— Qu'est-ce que vous venez faire ?
— Il faut que je parle à Fat Teddy.
— Vous savez bien que Fat Teddy se laissera tabasser à mort avant de vous dire quoi que ce soit. Il a une mère, une sœur et trois cousins à St. Nick's et à Grant.
— On les protégera.
— Vous n'êtes même pas capables de vous protéger.
— Vous faites obstacle à une enquête de police, Tre. Alors, dégagez de mon chemin ou vous repartirez avec des bracelets.
— Je pense plutôt que je fais obstacle à un business privé entre vous et Carter. Mais si vous voulez jouer la carte de l'obstruction, allez-y, passez-moi les menottes et déclenchez une nouvelle vague d'émeutes.

Il pivote et tend les mains en arrière.

— Ça vous plairait, hein ? dit Malone. Histoire d'améliorer un peu votre réputation dans la rue.
— Faites ce que vous avez à faire. Je n'ai pas toute la nuit devant moi.

C'est alors que Fat Teddy sort de l'immeuble, les mains en l'air.

— Mon avocat va arriver. Qu'est-ce que vous me voulez ?
— Tu es en état d'arrestation.
— Vous êtes plus flic, d'après ce que j'ai entendu.
— Tu as mal entendu. Mets les mains dans le dos avant que j'éclate ta grosse tronche.
— Tu n'es pas obligé d'obéir, Teddy, dit Tre.
— Bouclez-la, dit Malone.
— Ou sinon ?

— C'est moi qui vous fais taire. Ne me mettez pas à l'épreuve.

— Vous non plus, répond Tre. Vous voyez autre chose que des *brothers* par ici ? Et si vous appelez des renforts, personne ne viendra, d'après ce que je sais. Vous serez le seul flic mort dont ils n'auront rien à foutre.

— Mais vous ne serez plus là pour le voir.

Vingt personnes au moins pointent leurs portables sur eux. On se croirait dans un concert de rock, pense Malone. Il reporte son attention sur Teddy.

— Les mains dans le dos. Si je dégaine mon arme, je te bute, et Tre ensuite. Comprends bien une chose : je n'en ai plus rien à branler.

Teddy en est sans doute convaincu car il met les mains dans le dos. Malone l'éloigne de l'entrée de l'immeuble, le pousse contre un mur et le menotte.

— Tu es en état d'arrestation pour meurtre.
— Qui c'est que j'ai tué ?
— Merde au cul.

Teddy baisse d'un ton.

— C'est pas moi qui l'a tué.
— Ah bon ? Qui, alors ?
— Vous.

Malone sent le parfum de la vérité, mais il demande quand même :

— Et pourquoi ça ?
— Les armes. Carter l'a buté parce que Merde au cul l'a mouchardé sur ce coup-là.
— Carter l'a crucifié à un arbre.
— Je sais. Pourquoi je vous raconte ça, à votre avis ? C'est pas bien ce qu'a fait Carter. Tuer un *brother*, d'accord, si vous pensez qu'il le faut. Mais lui faire *ça* ? Il a pas le droit de faire ça à quelqu'un.
— Où est Carter ?

Teddy hurle sa réponse pour que ses paroles se répercutent dans toute la cité.

— Je sais pas où est Carter !

Malone se penche vers lui et murmure :

— Quand je dirai à Carter que c'est *toi* qui l'as mouchardé au sujet des armes, il te tuera toi aussi, avec tes cousins, ta sœur et ta mère.

— Vous me faites ce coup-là, mec ? Vous faites ce coup-là à ma famille ? C'est indigne de vous.

— Je n'ai plus aucune dignité, Teddy. Alors, où il est ?

Les bouteilles commencent à voler.

Poste aérienne.

Bouteilles, canettes, puis poubelles enflammées.

Le feu qui descend du ciel.

Des sirènes retentissent, la cavalerie en uniforme bleu traverse à toute vitesse les canyons urbains. Pas pour voler au secours de Malone, sûrement pas, mais pour casser du Noir avant qu'ils se déversent de nouveau hors des cités.

— Alors, Teddy, qu'est-ce que tu décides ? demande Malone. Le temps presse.

— Four West 122. Dernier étage. Hé, Malone… J'espère qu'ils vont vous buter. J'espère que vos frères flics vont vous tirer deux balles entre les deux yeux, pour que vous les voyiez venir.

— Oui, c'est ça, abruti ! éructe Malone. Tu ferais mieux de garder tes grosses babines collées, tu as vu ce que ça te rapporte !

La foule commence à se refermer autour de lui. Il bat en retraite vers sa voiture. Une chose qu'il n'aurait jamais faite avant : laisser les Jamaals le chasser d'une cité. Mais il n'y reviendra plus jamais.

36

C'est le vieux quartier de Mount Morris.

Le Harlem d'autrefois, celui des élégants *brownstones* qui abritaient jadis les médecins, les avocats, les musiciens, les artistes, les poètes.

Les émeutes n'ont pas atteint ce quartier.

Malone comprend pourquoi.

DeVon Carter ne le tolérerait pas.

Malone se gare en face de son immeuble. Les guetteurs le repèrent dès qu'il descend de voiture. L'un d'eux lance :

— Faut avoir des couilles pour venir par ici quand on est un flic blanc.

Malone répond :

— Va dire à Carter que je veux le voir.

— Pourquoi ?

— Pourquoi tu me demandes pourquoi ? Tu as juste à aller dire à Carter que Denny Malone veut lui parler.

Le guetteur l'encule du regard, par orgueil, puis entre dans l'immeuble. Au bout d'une dizaine de minutes, il revient.

— Par ici.

Il précède Malone dans l'escalier.

DeVon Carter attend dans son salon. L'appartement est spacieux, ouvert et dénudé. Des murs blanc cassé accueillent d'immenses photos en noir et blanc de Miles Davis, Sonny Stitt, Art Blakey, Langston Hughes, James Baldwin, Thelonious Monk. Une bibliothèque noir satiné, qui monte jusqu'au plafond, contient principalement des livres d'art : Benny Andrews, Norman Lewis, Kerry James Marshall, Hughie Lee-Smith.

Carter porte une chemise en denim noir, un jean noir et des mocassins noirs, sans chaussettes. Il voit le regard de Malone s'attarder sur les dos des livres.

— Vous connaissez l'art afro-américain ? Oh ! oui, c'est vrai, vous avez une petite amie noire. Elle vous a peut-être appris quelque chose.

— Elle m'a appris beaucoup de choses.

— Je viens d'acheter un Lewis aux enchères. Cent cinquante mille pour un tableau sans titre.

— Pour ce prix, on aurait pu penser qu'ils allaient se fendre d'un titre.

— Il est en haut, si vous voulez le voir.

— Je ne suis pas venu admirer votre collection d'œuvres d'art.

— Pourquoi, alors ? J'ai entendu dire que vous étiez derrière les barreaux. On vous accuse d'avoir vendu une grosse quantité d'héroïne aux Dominicains. Et moi qui croyais qu'on était amis, Malone.

— Ce n'est pas le cas.

— Je vous en aurais donné plus, dit Carter.

— Vous en aviez davantage besoin. Maintenant, vous n'avez pas l'héroïne, et vous n'avez pas les armes. Donc, vous n'avez pas l'argent, et vous n'avez pas les hommes. Castillo va vous balayer au jet comme l'ordure que vous êtes.

— Il me reste des flics.

— L'ancienne équipe de Torres ? S'ils ne sont pas déjà passés du côté des Domos, ça ne va pas tarder.

Ça ne viendra pas de Gallina, pense Malone. Il n'a pas la matière grise ni les couilles nécessaires.

Ça viendra de Tenelli.

Carter sait qu'il a raison. Il demande :

— Alors, qu'est-ce que vous avez à m'offrir ? Votre équipe, ou ce qu'il en reste ? Non merci.

— Je vous offre la police dans son ensemble. Manhattan North, le Borough, les Stups, le Bureau des inspecteurs.

Et j'ajoute la mairie et la moitié des enfoirés de l'allée des milliardaires.

— En échange de quoi ?
— La vidéo de Bennett.

Carter sourit. Il comprend tout maintenant.

— Vos chefs ont laissé leur nègre sortir de sa cage pour venir la chercher.
— Exact.
— Qu'est-ce qui vous fait croire que je l'ai ?
— Vous êtes DeVon Carter.

Il l'a.

Malone le voit dans ses yeux.

— Vous voulez que je vende mon peuple pour acheter la protection des Blancs.
— Vous vendez votre peuple depuis que vous avez vendu votre premier sachet de poudre dans la rue.
— Dit le flic ripou dealer de came.
— C'est comme ça que je sais, répond Malone. On est pareils, tous les deux. Des dinosaures, et on essaye de s'acheter un petit sursis avant de disparaître.
— C'est la nature humaine. Un homme essaye de respirer le plus longtemps possible. Un roi veut demeurer sur son trône. On était des rois, Malone.
— C'est vrai.
— On aurait dû travailler ensemble. On le serait encore.
— Et on peut l'être encore.
— Si je vous donne la vidéo.
— C'est aussi simple que ça. Vous me donnez la vidéo et on régnera ensemble sur Manhattan North. Personne ne pourra nous atteindre.

Carter l'observe, puis demande :

— Vous savez ce qui est bien avec ces émeutes ? Ils foutent le feu à tout ce que vous vouliez détruire : les taudis, les épiceries crades, les bars miteux. Après, vous achetez pour pas cher, vous construisez de beaux immeubles et vous revendez à prix d'or. Laissez-moi vous donner un conseil, Malone. Prenez votre argent sale, le fric de la drogue, investissez-le dans l'immobilier et vous deviendrez un pilier de la communauté.

— Dois-je en conclure qu'on va faire affaire ?

— On a toujours fait affaire.

— J'ai besoin de voir la vidéo.

Carter possède un magnifique écran plat.

Il y connecte un iPhone.

Les images sont d'une douloureuse netteté.

Michael est un gamin des rues typique : sweat-shirt à capuche gris, jean baggy et baskets. Arrêté au milieu de la rue, il discute avec un policier en uniforme. Hayes.

Hayes veut lui passer les menottes.

Bennett se retourne et s'enfuit.

Il est rapide, comme un gosse de quatorze ans, mais moins rapide qu'une balle.

Hayes dégaine son arme de service et vide le chargeur.

Bennett tournoie sur lui-même, si bien que les deux dernières balles l'atteignent au visage et au torse, soit l'exact opposé de ce qu'a déclaré le légiste.

Nom de Dieu.

C'est un meurtre pur et simple.

Black Lives Matter, pense Malone.

Oui, la vie d'un Noir compte, mais pas autant que celle d'un Blanc.

— Vous l'avez copiée, dit Malone.

— Évidemment. Mme Carter n'a pas élevé des bébés noirs idiots. Dites à vos chefs que s'il m'arrive quelque chose, cette vidéo sera diffusée sur cinquante médias importants et sur Internet. Et la ville tout entière s'embrasera. Vous pouvez prendre les mêmes dispositions, ça m'est égal. Je veux vous revoir dans les rues.

Il tend le téléphone à Malone.

— Les émeutes finiront par se calmer, comme toujours, dit-il. Et vous et moi, on continuera à maintenir le couvercle sur la cocotte-minute, comme toujours. On fera de Manhattan North un endroit sûr pour l'immobilier. Maintenant, courez dire à missié Anderson que tant qu'il me laisse assez d'espace pour faire mes petites affaires, il n'a pas à s'inquiéter pour la vidéo.

Malone glisse le téléphone dans sa poche.

— C'est bon ? demande Carter.

— Juste une question. Qui était Benjamin Coombs ?

Carter semble perplexe. Il cherche dans sa mémoire comme s'il s'agissait d'un peintre afro-américain dont il aurait entendu parler. Mais il ne voit pas, et ça l'agace de devoir répondre :

— Qui ça ?

Malone dégaine son arme.

— Merde au cul, répond-il.

Et il tire deux balles dans la poitrine de Carter.

37

Ils l'attendent dans le penthouse d'Anderson.

Toute la bande est là.

Tel un portrait de groupe réalisé par un artiste en plusieurs jours. Mêmes modèles, poses différentes, mais tous les regards sont fixés sur Malone lorsqu'il entre.

Le chef Neely ordonne :

— Palpez-le.

— Pourquoi ? demande Berger.

— C'est un mouchard, non ? répond le chef des inspecteurs en s'approchant de Malone pour le fouiller lui-même.

Il le regarde droit dans les yeux quand il ajoute :

— Mouchard un jour, mouchard toujours. Je ne tiens pas à me débarrasser d'un enregistrement pour me retrouver avec un autre, pire encore.

— Je ne porte pas de micro, déclare Malone en levant les bras. Mais faites-vous plaisir, chef.

Neely le palpe, puis se retourne vers les autres et déclare :

— C'est bon.

— Alors, vous avez récupéré la vidéo ? demande Paz.

— Rassurez-vous, je l'ai. C'était notre accord, non ? Je récupère la vidéo de Bennett, vous me relâchez ?

Paz hoche la tête.

— Non, dit Malone en la transperçant du regard. Je veux vous l'entendre dire. Je veux que vous fassiez une déclaration. Transparence totale.

— C'était notre accord, dit Paz.

— Oui, *c'était* notre accord, dit Malone. Avant.

— Avant quoi ? demande Anderson.

— Avant que je voie la vidéo. Avant que je voie notre flic tuer ce garçon. Il l'a abattu alors qu'il s'enfuyait. C'est un assassinat pur et simple. Du coup, cette vidéo vaut beaucoup plus.

— Qu'est-ce que vous voulez ? demande Anderson.

— Je veux réintégrer la police. Je veux continuer à diriger Manhattan North. Voilà mon prix. Celui de Carter est un peu plus élevé. Il veut être libre de poursuivre son trafic de drogue. On s'occupe des Dominicains et on lui fout la paix. Si par hasard vous envisagez d'envoyer quelqu'un le buter – ou moi, d'ailleurs –, n'y pensez même pas.

— Il existe des copies de la vidéo, dit Anderson.

— Vous pensiez jouer avec des enfants ? Des flics idiots et des macaques ? C'est votre putain d'associé dans l'immobilier, n'est-ce pas, monsieur Anderson ? Mais rassurez-vous, si vous respectez notre accord, on le respectera aussi.

Le maire intervient :

— On ne peut pas consentir...

— Si, le coupe Anderson, sans quitter Malone des yeux. On peut et on va le faire. Nous n'avons pas le choix, n'est-ce pas ?

— Et tout le monde est d'accord, hein ? dit Malone.

Il balaye la pièce du regard, chaque visage. Comme dans ces vieux westerns de John Ford qu'aimait regarder son père, une succession de gros plans qui exprimaient l'espoir, la peur, la colère, l'angoisse, le défi. Sauf que ce ne sont pas des visages de cow-boys, mais des visages de citadins, des visages de New Yorkais débordants de fric, d'assurance, de cynisme, de cupidité et d'énergie.

— Monsieur le maire, monsieur le chef de la police, chef Neely, agents spéciaux O'Dell et Weintraub, madame Paz, monsieur Anderson. Vous êtes tous d'accord, n'est-ce pas ? Parlez maintenant ou taisez-vous à jamais...

— Donnez-nous cette putain de vidéo, dit Anderson.

Malone lui lance le téléphone.

— C'est l'original. Carter est mort. Nul doute que la vidéo tourne déjà sur CNN, Fox, Channel Eleven, Internet et je ne sais où encore.

Paz le regarde d'un air hébété.

— Avez-vous conscience de ce que vous avez fait ? demande Anderson. Vous venez d'incendier cette ville. Vous avez mis le feu à tout le pays.

— Je ne peux plus rien pour vous maintenant, Denny, dit Berger. Je ne peux rien faire pour vous sauver.

— Tant mieux, répond Malone.

Il ne veut pas être sauvé.

— J'aimais la police. Sincèrement. J'aimais cette putain de ville. Mais rien ne va plus. Vous l'avez bousillée.

» Alors, allez vous faire foutre. Individuellement et collectivement. J'ai passé dix-huit ans dans ces rues, dans ces ruelles, à franchir des portes, à faire ce que vous vouliez que je fasse. Mais vous n'aviez surtout pas envie de savoir comment, seul le résultat vous intéressait. J'ai fait tout ça pour vous, mais aujourd'hui, c'est fini. Vous allez voir ce qui arrive quand les types comme moi ne sont plus là pour empêcher les bêtes sauvages de sortir de leurs cages et d'envahir Broadway afin de réclamer ce que vous leur refusez depuis quatre cents ans.

» Vous nous traitez de flics véreux. Moi et mes équipiers, moi et mes frères. Vous nous traitez de corrompus. Mais c'est *vous*, les corrompus. Vous incarnez la corruption, vous êtes ce qui pourrit l'âme de cette ville, de ce pays. Vous touchez des millions de dollars de pots-de-vin pour des projets immobiliers, et vous êtes prêts à me relâcher pour couvrir vos magouilles. Des marchands de sommeil obtiennent des autorisations pour construire des logements sans chauffage, dont les toilettes ne fonctionnent pas, et vous détournez le regard. Des juges achètent leurs postes et vendent des affaires pour se rembourser, mais vous ne voulez pas en entendre parler.

Malone s'arrête sur le chef de la police.

— Vous et vos amis, vous vous faites offrir des cadeaux,

des voyages, des repas, des billets de match, par des gens riches que vous protégez en cas de P-V, d'amendes, d'infractions... vous leur procurez des armes... et vous tombez à bras raccourcis sur les flics qui acceptent un café, un verre, un putain de sandwich !

Malone se tourne ensuite vers Anderson.

— Et vous, vous avez bâti ce penthouse en blanchissant l'argent de la drogue. Ce putain d'immeuble est construit sur une montagne de poudre blanche et sur le dos des pauvres gens. J'ai honte d'avoir travaillé pour vous, d'avoir aidé à vous protéger.

» Oui, je suis un flic véreux. Je suis un être mauvais. Je répondrai de mes actes devant Dieu. Mais pas devant vous. Devant aucun d'entre vous. Cette guerre contre la drogue, pour vous, ce n'est qu'un moyen de maintenir les nègres et les basanés à leur place, de remplir les tribunaux et les cellules, de maintenir le plein emploi chez les avocats, les matons et, oui, dans la police. Vous manipulez les chiffres et vous leur faites dire ce que vous voulez, dans le but d'obtenir des promotions, de faire les gros titres et de soigner vos carrières politiques.

» Mais c'est *nous* qui sommes dehors. C'est *nous* qui ramassons les corps, qui informons les familles, qui les regardons pleurer. Et c'est *nous* qui pleurons en rentrant, qui saignons, qui mourons, et dès que ça se complique, vous nous bazardez. Pourtant, on continue à aller sur le terrain, quoi qu'il arrive – quoi qu'on ait pu faire par ailleurs, quoi que vous pensiez de nous, même si on s'égare en chemin, on continue et on essaye de protéger ces gens bien.

» Les flics véreux ? Ce sont mes frères, mes sœurs. Ils sont peut-être corrompus, ils ont peut-être des défauts, mais ils valent mieux que vous. N'importe lequel d'entre eux vaut mieux que n'importe lequel d'entre vous.

Malone ressort et personne ne tente de l'arrêter. Il remonte la Cinquième Avenue jusqu'à Central Park South, bifurque vers Columbus Circle et, arrivé à mi-chemin, il regarde par-dessus son épaule et voit O'Dell marcher derrière lui, la main droite glissée à l'intérieur de sa veste. L'agent fédéral avance à grands pas, c'est un homme qui a une mission.

Cet endroit n'est pas plus mal choisi qu'un autre, pense Malone.

Il se retourne et attend.

O'Dell le rejoint, un peu essoufflé.

— Alors, c'est bon ? lui demande Malone.

O'Dell ouvre sa chemise et lui montre le micro.

— Je prends le premier train pour DC. Ils vont vous tomber dessus, vous savez.

— Je sais. Et vous aussi.

— Peut-être que lorsque les gens auront écouté cet enregistrement...

— Peut-être. Mais n'y comptez pas trop. Ils ont aussi des amis à Washington. Alors, faites bien attention, d'accord ? Regardez derrière vous.

Les gens passent autour d'eux telle une rivière qui contourne un rocher ; l'immobilité est un obstacle dans cette ville du mouvement.

— Qu'allez-vous faire maintenant ? demande O'Dell.

Malone hausse les épaules.

La seule chose que je sais faire, se dit-il.

539

38

New York, 4 heures.

La ville ne dort pas, elle profite d'un moment de répit haletant après une nouvelle nuit de violences accrues depuis que la vidéo de la mort de Bennett est arrivée sur les écrans.

Des émeutiers descendus de Harlem ont envahi Broadway, ils ont brisé des vitres et pillé des magasins, d'abord autour de Columbia University et de Barnard, puis dans l'Upper West Side, où ils ont renversé des voitures, détroussé des chauffeurs de taxi, tabassé tous les Blancs qui ne s'étaient pas barricadés chez eux et allumé des incendies, jusqu'à ce que la Garde nationale forme un cordon de sécurité dans la 79e et se mette à tirer, des balles en caoutchouc d'abord, puis des balles réelles.

Treize civils, tous noirs, ont été touchés. Deux sont morts.

Et cela ne se limite pas à New York.

Des manifestations ont dégénéré à Newark, Camden, Philadelphie, Baltimore et Washington. Le soir venu, telles des braises emportées par un vent violent, les émeutes ont enflammé Chicago, St. Louis, Kansas City, La Nouvelle-Orléans, Houston.

Et plus tard Los Angeles.

Watts, South Central, Compton, Inglewood.

Des unités de la Garde nationale ont été appelées en renfort, des troupes fédérales ont été envoyées à L.A., La Nouvelle-Orléans et Newark, à mesure que les émeutes atteignaient une ampleur inégalée depuis l'affaire Rodney King et les longs été torrides des années 1960.

Malone a assisté à tout cela sur un tabouret de bar au Dublin House.

Il a vu le président lancer un appel au calme. Après l'intervention présidentielle, Malone s'est rendu aux toilettes et il a fait passer les trois Jameson avec quatre *go-pills*.

Il va en avoir besoin.

Il sait qu'ils le cherchent.

Sans doute se sont-ils déjà rendus chez lui.

Il quitte le bar et monte dans sa voiture.

Sa voiture personnelle, sa Camaro chérie, achetée quand il a été promu sergent.

Il monte le volume du *sound system* Bose alors qu'il roule derrière une autre voiture dans Broadway.

Le trajet vers le nord de la ville est un voyage à travers des rêves brisés.

Des décennies de progrès calcinées en seulement quelques jours de fureur et quelques nuits de violence. Il a sillonné ces rues pendant dix-huit ans, il les a connues lorsqu'elles étaient encore des terrains vagues dans des ghettos, il les a vues éclore et pousser. Aujourd'hui, il voit réapparaître les planches devant les fenêtres et les devantures incendiées.

À l'intérieur, les gens connaissent toujours les mêmes espoirs, les mêmes déceptions, ils éprouvent de l'amour, de la haine, de la honte, mais leurs rêves sont suspendus.

Malone passe devant le primeur Hamilton, le salon de coiffure Big Brother, la pharmacie Apollo, le cimetière de Trinity Church et le mur peint représentant un corbeau dans la 155e. Il passe devant l'église de l'Intercession – mais il est trop tard pour ça, pense-t-il –, devant le Wahi Diner et tous les petits dieux locaux, ses autels personnels, les repères de sa vie, dans ces rues qu'il aime comme un mari aime une épouse infidèle, comme un père aime un fils rebelle.

Il suit la voiture dans Broadway.

Illmatic à fond.

La dernière fois que tu as roulé vers le nord à cette heure matinale, pense Malone, tu étais avec tes frères, tes équipiers, et vous étiez en train de vous marrer, de vous charrier.

Le jour de la mort de Billy O.

À présent, Monty a disparu lui aussi.

Russo n'est plus ton frère.

Levin, que tu étais censé protéger, est mort.

Et ta famille, pour laquelle tu as fait tout ça, te disais-tu, a fichu le camp et ne veut plus te voir.

Tu n'as plus rien.

Il est 4 heures du matin à New York.

L'heure des rêves éveillés.

L'heure d'arrêter de rêver.

La voiture qu'il suit tourne à gauche dans la 177e, passe devant Fort Washington et Pinehurst Avenue, pour tourner de nouveau à gauche, dans Haven Avenue. Elle traverse la 176e et se gare du côté est de Haven, un peu plus haut que Wright Park. Malone regarde Gallina, Tenelli et Ortiz descendre de voiture, sans même se donner la peine de cacher leurs fusils d'assaut – les M4 et les Ruger 14 – lorsqu'ils entrent dans l'immeuble.

Les guetteurs des Trinis les laissent passer.

Et pourquoi pas ? se dit Malone. Ils sont dans le même camp désormais. Tenelli a pris la décision et c'était le bon choix.

Il voit ensuite une Navigator noire s'arrêter devant l'immeuble et Carlos Castillo sortir à l'arrière. Deux porte-flingues l'accompagnent et l'encadrent lorsqu'il entre. Malone continue à rouler, il tourne dans Pinehurst Avenue et se gare au fond d'une impasse.

Il a un Sig Sauer et un Beretta, son couteau à la cheville, une grenade incapacitante.

Mais il n'a pas Billy O, ni Russo, ni Monty, ni Levin pour assurer ses arrières.

En enfilant son gilet pare-balles et en serrant les bandes

velcro, il aimerait entendre Big Monty se plaindre de ce putain de gilet. Il aimerait le voir incliner son feutre sur sa tête et faire rouler son cigare entre ses doigts.

Il fait pendre son insigne sur sa poitrine. Puis il sort le vérin du coffre, traverse le parc et s'engage dans une ruelle qui longe l'immeuble de Castillo.

Il gravit l'escalier de secours extérieur jusqu'au toit.

Le guetteur Trini regarde de l'autre côté, en direction de la rue. Et il n'est pas très vigilant : Malone flaire l'odeur de l'herbe.

Il avance sur le toit.

Son avant-bras se referme autour de la gorge du Trini, il l'attire contre lui en serrant de toutes ses forces pour l'empêcher de crier. Puis il lui tire deux balles de Sig dans le dos. Le type s'effondre, Malone le laisse tomber en douceur.

Personne ne remarquera les coups de feu. Des fusillades éclatent de manière sporadique dans toute la ville, les voitures de patrouille ne répondent plus aux 10-10 et les irréductibles fêtards du 4 Juillet continuent à faire exploser des pétards.

En regardant vers le centre, Malone aperçoit la lueur orangée des incendies et l'épaisse fumée noire qui s'élève dans le ciel nocturne.

Il se dirige vers la porte du toit.

Comme elle est verrouillée, il introduit le vérin. Là encore, il aimerait que Monty soit là car ça demande énormément de force, mais il s'obstine, et la serrure finit par céder. La porte s'ouvre.

Malone descend l'escalier.

Le dernier, pense-t-il.

Il tient le Sig devant lui.

Une autre porte, mais celle-ci n'est pas verrouillée.

Elle donne sur un couloir.

Un néon de faible puissance, suspendu à une chaîne rouillée, projette une lumière jaune maladive sur le visage étonné de la sentinelle postée devant la porte en bois au fond du couloir.

Sa bouche forme un O vide.

Le cerveau s'empresse d'envoyer un message qui n'a pas le temps d'atteindre sa main avant que Malone l'abatte de deux balles, et il s'écroule au pied de la porte tel un paillasson enroulé.

La dernière porte, songe Malone.

Il revoit Billy O.

Et Levin.

Toutes ces foutues portes, et tout ce qu'il y avait derrière.

Trop de morts.

Des familles mortes, des enfants morts.

Une âme morte.

Le dos collé au mur, Malone progresse pas à pas vers la porte. Des balles de gros calibre viennent pulvériser le panneau de bois.

Malone pousse un cri de douleur et se jette à plat ventre sur le sol.

La porte s'ouvre.

Son arme pointée devant lui, Gallina a les yeux écarquillés par l'adrénaline ; son cou pivote, à la recherche de la menace, puis il aperçoit l'homme mort à ses pieds.

Malone tire une rafale qui pénètre dans sa poitrine et la traverse.

Gallina tournoie comme une toupie.

Un arroseur automatique qui projette du sang.

Son arme lui échappe et tombe bruyamment sur le sol.

Une nouvelle salve crible le mur au-dessus de la tête de Malone. Il roule sur lui-même, de l'autre côté du couloir, tandis que le flingue d'un Trini pointe le bout de son canon dans l'encadrement de la porte.

Malone ôte la goupille de la grenade incapacitante, il la lance à l'intérieur de la pièce et enfouit les yeux dans le creux de son coude.

Le bruit est terrifiant, écœurant.

La lumière blanche balaye tout.

Il compte jusqu'à cinq, se lève d'un bond et fonce vers l'ouverture. La détonation a faussé son équilibre, ses jambes vacillent comme s'il était ivre. Un Trini sort en titubant et en hurlant, le visage brûlé ; le bandana vert autour de son cou est en feu. Alors qu'il tente d'arracher à deux mains ce collet enflammé, il vient percuter Malone et l'envoie au tapis. Sous le choc, Malone laisse tomber son Sig et, comme il l'a perdu de vue, il prend le Beretta glissé dans sa ceinture.

Ortiz le toise.

Ortiz pointe un Ruger.

Malone ouvre le feu tout en rampant sur les fesses, à reculons, pour se coller dos au mur. Ortiz pousse un grognement et tombe à genoux, sans cesser de pointer son Ruger. Malone l'achève de deux balles supplémentaires.

Ortiz bascule la tête la première.

Le sang s'étale sous lui.

L'héroïne, cinquante kilos de Dark Horse, est soigneusement empilée sur des tables.

Castillo est assis derrière l'une d'elles, calmement, devant sa came tel Midas comptant son or.

Malone se relève et pointe son arme sur lui.

— Je pensais que c'était Carter, dit Castillo.

— Vous avez tué un de mes frères. Un autre est devenu un légume.

— On joue à un jeu dangereux. On en connaît les risques. Alors, on fait quoi maintenant ?

Castillo sourit.

Le sourire de Satan rencontrant Faust.

D'un seul coup d'œil, Malone remarque que toute l'héroïne est là. Ils s'apprêtaient à la couper avant de la répandre dans les rues.

Ses rues.

La dernière fois qu'il s'est retrouvé dans cette situation, il a commis la plus grande erreur de sa vie. Cette fois, il dit :

— Vous êtes en état d'arrestation. Vous avez le droit de…

Malone entend les deux détonations.

Tels des coups de poing, elles le propulsent vers le sol, mais il parvient à se retourner sur lui-même avant de se retrouver à plat ventre et, en levant les yeux, il voit Tenelli.

Il presse la détente et laisse son doigt appuyé dessus.

Les quatre balles la frappent de bas en haut, entre le bas-ventre et le cou, en passant par le ventre et le torse.

Ses cheveux noirs fouettent son visage.

Elle plaque la main sur sa blessure au cou comme si elle écrasait un moustique.

Puis elle s'assoit par terre et regarde Malone avec ce drôle de petit sourire : on dirait qu'elle est étonnée de mourir, qu'elle a du mal à croire qu'elle a été assez bête pour se faire tuer.

Un râle monte des profondeurs de sa poitrine, ses yeux s'écarquillent et elle s'éteint.

Malone se remet debout.

La douleur est atroce.

Il hurle et crache du vomi. Plié en deux, il dégueule de nouveau, puis il voit le sang qui s'échappe de la blessure sous son gilet. Il y porte la main et le sang se répand entre ses doigts, rouge, chaud et visqueux.

Il pointe son arme sur la tête de Castillo et presse la détente.

Un déclic métallique lui indique que le Beretta est vide.

Castillo éclate de rire. Il se lève de sa chaise et approche. Il pose la main sur la poitrine de Malone et le pousse.

Sans peine.

Malone se retrouve à quatre pattes.

Comme un animal.

Un animal blessé qu'il faut achever.

Castillo sort un pistolet de sous sa veste.

Un beau petit Taurus PT22.

De faible calibre, mais ça fera l'affaire.

Il appuie le canon contre le crâne de Malone.

— *Por Diego*.

Malone ne dit rien. Il prend le couteau SOG fixé à sa cheville, lève le bras et frappe derrière lui.

Le coup de feu part, dans un rugissement assourdissant, mais Malone est toujours vivant, dans un monde de lumière et de douleur écarlates. Il se relève, se retourne et plante le couteau dans la jambe de Castillo, lui sectionnant l'artère fémorale.

Les yeux fixés sur le visage du trafiquant, il ressort le couteau, l'enfonce dans l'estomac et remonte.

Castillo ouvre grand la bouche.

Un son inhumain s'en échappe.

Malone ressort le couteau et laisse Castillo s'écrouler.

Le sang du trafiquant lui macule la poitrine.

Il titube jusqu'à la première table et entreprend de déposer les pains d'héroïne dans des sacs de toile.

39

La seule fois où Malone a emmené sa famille dans les White Mountains du New Hampshire, pendant les vacances de printemps des enfants, ils avaient loué une petite cabane dans un canyon, au bord d'une rivière. Un matin où il s'était levé tôt, il avait fait couler l'eau du robinet, une eau si froide que ça faisait presque mal de la boire, mais elle était si bonne, si pure, qu'il ne pouvait plus s'arrêter.

C'était un beau voyage, de belles vacances.

Lorsque Malone ressort de l'immeuble dans la rue, quelque part, un *ghetto blaster* crache de la bachata.

Des rotors d'hélicoptère hachent l'air.

Malone souffre, il a soif et il peine à trimballer les sacs en marchant, en se traînant plutôt, dans la 176e. Le sang le suit comme un secret honteux tandis qu'il traverse la rue et titube jusqu'à Riverside. Il continue, pénètre à l'intérieur d'un bosquet, trébuche sur une racine et tombe.

Ce serait si bon de demeurer là, allongé sur le sol, et de s'assoupir douillettement dans l'herbe, mais la douleur lui donne des coups de poignard, et de toute façon, il ne peut pas rester là – il doit se rendre quelque part –, alors, au prix d'un gros effort, il se relève et repart.

John avait pêché une truite, et quand Malone l'avait posée sur une souche d'arbre pour la vider, John s'était mis à pleurer à la vue des viscères car il regrettait d'avoir tué ce poisson.

Malone pénètre sur l'autoroute Henry Hudson.

Une voiture le contourne dans un mugissement de klaxon. Une insulte jaillit par la vitre : « Putain d'ivrogne ! »

Malone traverse la voie qui va vers le nord, puis celle qui va vers le sud, et il se retrouve au milieu des arbres, avant de déboucher sur des terrains de basket, déserts à cette heure matinale, et même s'il aperçoit le fleuve, il s'appuie contre un lampadaire pour se reposer et assurer son équilibre tandis qu'il se plie en deux et vomit de nouveau.

Puis il repart et atteint d'autres arbres auxquels il s'agrippe, jusqu'à ce qu'il arrive devant des rochers qui bordent le fleuve.

Il s'assoit.

Il ouvre les sacs et commence à sortir les pains d'héroïne.

Billy O lève la tête et lui sourit.

— On est riches.

Puis le chien aboie au bout de sa chaîne.

Les chiots gémissent : une petite boule de vie grouillante.

Le jour où Malone a obtenu son diplôme de l'académie de police était une de ces journées de printemps dont New York a le secret, une journée magnifique où vous savez que vous ne voudriez pas être ailleurs, où vous ne voulez être personne d'autre que vous-même, ici, dans cette ville, dans ce monde en soi.

Il était jeune alors, jeune et pur, rempli d'espoir, de fierté et de foi, de foi en Dieu, en lui, de foi en la police, en sa mission : protéger et servir.

Il plante le couteau dans un pain d'héroïne et lacère le plastique.

Puis il le jette dans le fleuve.

Et il recommence, encore et encore.

En ce jour de printemps, il nageait dans un océan bleu. Ses frères et ses sœurs, ses amis, ses compagnons d'armes étaient blancs, noirs, marron et jaunes, mais en réalité, ils étaient bleus.

Sinatra chantait *New York New York* tandis qu'ils s'alignaient tous au garde-à-vous.

Je devrais signaler un 10-13, pense-t-il. Un policier à

terre, un policier en difficulté, mais il n'a pas de radio, il ne sait plus où est son téléphone, et de toute façon, ça n'a pas d'importance puisque ses collègues ne viendront pas s'ils savent que c'est lui, et même s'ils venaient, ils n'arriveraient pas à temps.

Tu aurais dû signaler un 10-13 il y a longtemps.

Avant qu'il soit trop tard.

La peau de Claudette est noire sur la soie blanche, à cet endroit le plus doux du monde, un monde de béton et de bitume, de menottes et de barreaux d'acier, de paroles dures et de pensées plus dures encore ; sa peau est sombre, douce et fraîche, sa chaleur est si proche.

Il vide un nouveau pain de poudre et s'attaque au suivant, il veut finir avant de s'endormir.

Levin le regarde en souriant. On est riches.

Non, ça c'était Billy.

Ou Liam.

Tant de morts.

Trop.

Quand John est né, il a mis un temps fou à sortir, et quand il est enfin apparu, Malone était tellement épuisé qu'il s'est allongé sur le lit à roulettes lui aussi et ils se sont endormis ensemble, tous les trois.

Pour Caitlin, la seconde, cela avait été beaucoup plus rapide.

Ah, nom de Dieu, ça fait mal.

Malone dans son uniforme bleu tout neuf, avec son insigne tout neuf, sa casquette et ses gants blancs, devant sa mère et son frère Liam, et Sheila. Il aurait aimé que son père soit là, qu'il ait vécu assez longtemps pour voir ça ; il aurait été fier, même s'il avait dit à Malone qu'il ne voulait pas de cette vie pour son fils, c'était la vie que sa famille connaissait, son père, son grand-père, c'était leur vie, leur métier, leur croyance, malgré la douleur et le chagrin, c'était ce qu'ils faisaient, et il aurait aimé que son père soit là pour le voir prêter serment.

« Je m'engage à défendre la Constitution des États-Unis

et la Constitution de l'État de New York et à remplir fidèlement mes devoirs d'officier de la Police de New York, de mon mieux, avec l'aide de Dieu. »

Alors, Dieu, aide-moi.

Non, tu ne le feras pas. Pourquoi le ferais-tu ?

La douleur lui dévore les entrailles, il hurle et se contorsionne sur les rochers.

John avait pleuré à cause du poisson.

Il pleure.

Une odeur de cendres flotte dans l'air. Comme le jour où Liam est mort.

Des cendres, de la fumée, des immeubles pulvérisés et des cœurs brisés.

Les larmes tracent des sillons sur ses joues noircies.

Maintenant, la ville se réveille.

Des sirènes gémissent comme des nouveau-nés.

Malone se retourne vers son royaume en flammes, des panaches de fumée semblent monter de bûchers funéraires.

Il éventre un autre pain et l'offre au fleuve.

Il lance ses gants blancs en l'air, tandis qu'une pluie de confettis bleus et blancs s'abat sur lui, sur ses frères et sur ses sœurs, et ils hurlent à pleins poumons, sous les acclamations de l'assistance, et il sait à cet instant que c'est ce qu'il veut, ce qu'il a toujours voulu, c'est à ça qu'il consacrera sa vie, son sang, son âme, son être.

Un feu pur brûle dans son cœur.

C'est le plus beau jour de sa vie.

Non, ce n'est pas aujourd'hui, c'est un souvenir.

Ce n'est pas maintenant, c'était autrefois.

L'héroïne tombe du plafond comme s'il neigeait à l'intérieur. Elle se pose délicatement sur les plaies de Billy, dans son sang, dans ses veines, elle atténue la douleur.

Ça fait encore mal, Billy ?

La douleur s'arrête ?

Est-ce qu'elle disparaît ?

Le commencement ne peut pas connaître la fin, la pureté ne peut pas s'imaginer corrompue. À l'époque, il ne savait qu'une seule chose : il aimait la police, durant ces premières années, quand il marchait ou roulait dans les rues, en uniforme, quand il voyait les regards des gens, les innocents qui se sentaient protégés parce qu'il était là, et les coupables qui s'inquiétaient parce qu'il était là.

Il se souvient de sa première arrestation comme on se souvient de la première fois où on fait l'amour : un type qui avait agressé une vieille dame pour la voler. Malone l'avait retrouvé et envoyé derrière les barreaux, et il s'était avéré que le type était recherché pour dix autres vols. La ville était plus sûre, les gens étaient plus en sécurité, car Malone était dans la police.

Il aimait que les gens se tournent vers lui pour réclamer son aide, lui demander de les protéger des prédateurs, ou d'eux-mêmes. Il aimait qu'ils se tournent vers lui pour un coup de main, des réponses, parfois même des réprimandes, puis l'absolution. Il aimait cette ville, il aimait les gens qu'il protégeait et servait, il aimait la police.

Il ne pouvait imaginer, alors, que ces rues l'useraient, que la police l'userait, que le chagrin et la colère, les corps, la souffrance, la folie, le cynisme broieraient son âme telle une pierre qui frotte contre l'acier, l'émousse au lieu de l'aiguiser, laissant des entailles et des fêlures invisibles, insidieuses, qui se répandent jusqu'à ce que l'acier d'abord se brise, puis vole en éclats, jusqu'à ce qu'il comprenne ce qui avait tué son père et laissé son manteau bleu étendu dans la neige sale, comme Billy O, allongé sur le sol tapissé d'argent sale, le corps et le sang souillés.

L'âme de Malone, aussi étincelante que son insigne au début, s'était assombrie en se changeant en or, et aujourd'hui, elle est aussi noire que la nuit.

Il laisse tomber le dernier pain d'héroïne dans l'eau.

Parfait, comme ça, elle ne se retrouvera pas dans la rue.

Son travail achevé, il s'allonge sur le dos.

Son père est mort sur un tas de neige sale, Liam sous un immeuble calciné, moi sur des rochers, en regardant le ciel.

Le ciel est gris, le soleil va bientôt se lever.
Les sirènes hurlent.
Une radio grésille dans son oreille.
10-13. 10-13.
Un policier à terre.
Puis le ciel blanchit, les sirènes s'interrompent, la radio se tait, et de nouveau il arrête son premier criminel, l'agresseur de la vieille dame.
Denny Malone n'a toujours voulu qu'une seule chose : être un bon flic.

REMERCIEMENTS

De nombreux policiers, encore actifs ou retraités, se sont montrés incroyablement généreux envers moi en me faisant partager leur temps, leurs expériences, leurs histoires, leurs pensées, leurs opinions et leurs émotions. J'ai une dette immense envers eux, mais sans doute leur causerais-je du tort en les citant ici. Vous savez qui vous êtes, et jamais je ne pourrai vous remercier comme vous le méritez. Je tiens à vous remercier également pour tout ce que vous avez fait et continué à faire.

Puisque nous en sommes aux remerciements, sachez que ce livre est né d'une conversation téléphonique très matinale avec Shane Salerno, le complice avec lequel je commets des romans policiers, mon collègue et ami intime depuis bientôt vingt ans. Je le remercie pour son inspiration, son apport créatif, son soutien infaillible, les innombrables, et indispensables, fous rires. On a passé du bon temps, mon pote.

J'aimerais remercier également David Highfill qui m'a fait venir chez William Morrow, et pour son travail éditorial attentionné sur ce manuscrit.

Merci à Deborah Randall, David Knoll, Nick Carraro et à tous les gens de la Story Factory.

À Michael Morrison, Liate Stehlik, Lynn Grady, Kaitlin Harri, Jennifer Hart, Sharyn Rosenblum, Shelby Meizlik, Brian Grogan, Danielle Bartlet, Juliette Shapland, Samantha Hagerbaumer et Chloe Moffett pour le soutien passionné qu'ils ont apporté à ce livre et leur travail acharné qui l'a rendu possible.

Ma reconnaissance va également à Laura Cherkas, éditrice, et Laurie McGee, relectrice, pour leur dur labeur.

À Ridley Scott, Emma Watts, Steve Asbell, Michael Schaefer et Twentieth Century Fox qui ont cru en ce manuscrit et qui ont acheté les droits de ce livre après notre collaboration réussie sur *Cartel*.

À Matthew Snyder et Joe Cohen de chez Creative Artists Agency.

À Cynthia Snyder et Elizabeth Kushel pour leur fantastique travail sur *Savages*, *Cartel* et maintenant *Corruption*.

À Richard Helley, mon avocat.

À John Albu, pour m'avoir traîné un peu partout.

À toutes ces personnes sympathiques de la Solana Beach Coffee Company, de Jeremy's on the Hill, Mr. Manitas, The Cooler, El Fuego et Drift Surf qui m'ont approvisionné en caféine, burritos pour le petit déjeuner, hamburgers, nachos, tacos de poisson, pour la distraction bienvenue.

Merci au regretté Matty Pavis pour sa bonté et sa générosité et à mon *paisan* de Staten Island, Steve Pavis, qui m'a présenté son frère.

Au regretté Bob Leuci, un prince partout.

J'aimerais remercier aussi tous mes lecteurs, anciens et nouveaux, pour leur soutien et leur gentillesse depuis des années. Sans eux, je ne pourrais pas faire ce travail que j'aime.

Merci à ma mère, Ottis Winslow, qui m'a permis d'utiliser sa terrasse et pour tous ces livres de bibliothèque.

À Thomas, mon fils, pour sa connaissance encyclopédique du hip-hop, et pour toutes ces années de patience et de soutien.

Et, comme toujours, merci à Jean, ma patiente épouse, pour son infatigable soutien et pour avoir effectué ce voyage, et tous les autres, avec moi. Je t'aime.

Composé et édité par HarperCollins France.

Achevé d'imprimer en septembre 2019.

CPI
BLACK PRINT

Barcelone

Dépôt légal : octobre 2019.

FSC MIXTE — Papier issu de sources responsables — FSC® C108412

Pour limiter l'empreinte environnementale de ses livres, HarperCollins France s'engage à n'utiliser que du papier fabriqué à partir de bois provenant de forêts gérées durablement et de manière responsable.

Imprimé en Espagne.